长篇小说

少年幸之旅

（上）

第一部　牧野大战

从前，我们的母语只被用来占卜吉凶
它所关注的，始终是命运与前途

——袁杰诗《卜辞》

江苏凤凰文艺出版社

图书在版编目（CIP）数据

少年幸之旅·牧野大战：全 2 册 / 陶林著. — 南京：江苏凤凰文艺出版社，2017.9

ISBN 978-7-5399-8102-4

Ⅰ. ①少… Ⅱ. ①陶… Ⅲ. ①长篇小说－中国－当代 Ⅳ. ① I247.5

中国版本图书馆 CIP 数据核字（2017）第 040077 号

书　　名	少年幸之旅·牧野大战（全 2 册）
著　　者	陶　林
责任编辑	张　黎
出版发行	江苏凤凰文艺出版社
出版社地址	南京市中央路 165 号，邮编：210009
出版社网址	http：//www.jswenyi.com
印　　刷	三河市华东印刷有限公司
开　　本	718 × 1000 毫米　1/16
印　　张	31.5
字　　数	480 千字
版　　次	2017 年 9 月第 1 版　　2020 年 1 月第 2 次印刷
标准书号	ISBN 978-7-5399-8102-4
定　　价	65.00 元（全 2 册）

目 录

第一章
逃亡之船

一 激流

这是一个暴风骤雨的晚上，南中国海的海面被肆虐的飓风搅得巨浪翻腾、波涛汹涌。黑压压的乌云笼罩着整个大海，电闪雷鸣，宛如入侵者隆隆的炮声，任何人听了都会吓得心惊肉跳。

一艘有些破败的、荷兰人称之为“中国戎克式”的五帆大帆船——而中国人叫作“三宝太监二千料宝船”，“料”是中国古人用来计算船只大小的，以造船使用木料数为算——正乘着飓风，在这滚滚的波涛中迅速向北行驶。

巨大的风暴把它一会抛上半空，一会掷到谷底。与无边无际的大海相比，它就像是一枚脆弱的树叶，随时可能被打翻，被大海所吞没，永远地消失在这一片漆黑的天地之间……

只有它桅杆顶部的风灯还在倔强地亮着，把自己绑在桅顶上的水手，在风雨飘摇之中守着灯，努力抹去自己脸上的雨水，睁大眼睛远眺前方。他看到身后战火炙热的群岛和兰芳共和国已经完全消失了。三天三夜过去了，在大船的正前方，正是浩瀚的中国南海。

水手心中有无限的感伤，因为生他养他的兰芳共和国已经同自己完全告别了，他不知道有生之年是否还能回到那个自由自在的小小国度。然而，想到前方，他心中依然会浮起一丝丝温暖：渡过这浩瀚无边的南海，他能够回到自己的故土，他自小就听说，一直在向往，却从来没去的原乡——中原，中国。

所有在风雨中驾驶着这艘大帆船的水手，都怀有这样的感伤和向往。他们甚至都不知道现在心目中的“中国”是个什么样子，但生活了一百多年的兰芳共和国已经被荷兰人攻破，他们无处可去，只有返回故土中原。

兰芳共和国全名叫作“兰芳大统制共和国”，地处南洋婆罗洲（如今的加里曼丹岛）西北。兰芳国建立于公元 1776 年，乃是亚洲近代的第一个共和国体制，是由中国逃出来“闯南洋”的农民、商人和手工业者效仿近代荷兰、英国国家体制所创建。

经历了近一百年的光阴，几代人生生不息的繁衍，大部分的兰芳国国民已经完全没有了关于中土的印象。可是，兰芳国世世代代的大统领依然不厌其烦地告诉大家，我们不但是兰芳国人，也是中国人，中国人一定要记住四个字：“叶落归根”！

这艘船的船长阿归伯，归云川，是兰芳国最后一任国民自选的大统领——梁恩伯的挚友，也是兰芳国最为优秀的船长之一。他并非出身兰芳国五兵府海兵部的军人，只是个纯粹的海运商人。军人们都要为兰芳国而战死，商人们则不必如此。他也是这艘船上唯一一位去过原乡中国的人。他多次从原乡带回大量精美的瓷器，转卖给了在大海上东游西逛的荷兰人。

在兰芳国即将被攻破的那一刻，他的朋友梁恩伯郑重地将这只船托付给他。阿归伯非常想和大统领在兰芳战斗到底，但大统领反复叮嘱，这只船里有兰芳国一百年积累的全部希望，比他一人的生死重要得多，因此万般郑重托付给阿归伯，一定要把船开到最安全的地方，等待某一天重建兰芳共和国。

生死诀别的时刻，他的好友大统领梁恩伯用马鞭驱赶他上船。随后，大统领义无反顾地带领着兰芳国愿意抵抗的男人、女人和老人投入战斗，最终战死在荷兰人猛烈而残忍的炮火中。

阿归伯抹干了泪，带着最强悍的一队水手来到了船上，打开船舱的门一看才知道，原来这艘大船“乐土号”里载着一船五岁到十五岁大小的孩子。他们都是兰芳国最后的苗裔，是兰芳选帝院的孤儿们，在荷兰人攻破兰芳国之前，都被送到了这艘坚固的大船上。

看着孩子们一张张天真无邪、肉乎乎圆滚滚的小脸，阿归伯一下子感到梁恩伯的嘱托有千钧之重……

二　孤舟

是的，这个世界上还有比孩子们更可贵的希望吗？真的没有了。

阿归伯是一位技术娴熟的船长，他巧妙地利用湾流，依靠傍晚的掩护，在荷兰人茂密的舰队中穿插。就这样无声无息地，他把“乐土号”从兰芳共和国首都——万律城的万律港中驶出，冲出了荷兰人的包围圈。

可惜，在最后时刻，他的船还是被荷兰人一艘巡逻艇给发现了。巡逻艇上的荷兰士兵大呼小叫，挥动旗语向主力舰队发出信号。随即，他们调来了一艘大炮舰追击“乐土号”。

荷兰人的炮舰火力很凶猛，行驶得也很快。他们紧紧地追着“乐土号”不放，不断射出猛烈的炮火。铁球炮弹呼啸而至，有一枚已经擦中了“乐土号”的舰尾。

整船的水手们都吓呆了，多年以来，他们其实都是一些商船的水手，并不是军舰上的战士。除了偶尔放炮驱逐海盗以外，这些水手从来没有与大炮舰打过正正规规的海战，也从来没有听过这么密集的炮声，更从来没有被凶狠致命的战舰追逐过。刚开始，他们都被吓蒙了，手忙脚乱，不知怎么办才好。

阿归伯伫立在船头，高声喊话：“不要慌张，我们认准北方，想办法甩开他们就成，老天会帮助我们的！”

荷兰人的火炮帆船，是那种即将要被蒸汽战船淘汰的大航海时代的“盖伦”式战舰，行驶得很快，侧舷装满了致命的重磅加农炮。追击“乐土”号的这艘战舰名叫“Jacht”号，是为了纪念两百年多年前（即公元 1633 年）荷兰和大明朝爆发的料罗湾海战中所折损的那艘旗舰。荷兰人的战舰取此舰名，毫无疑问，就是为了找中国人复仇来的。

为了躲避“Jacht”号的追击，“乐土号”船长阿归伯不得不以“之”字形曲折行驶，不断变换航向，让对方捉摸不透，希望能够摆脱他们的攻击和追击。

敌人来势凶猛而且狡猾残暴，他们在兰芳国人毫无防备的情况下，调集重兵，凭借着压倒性的火力优势，一举攻破这个无辜的国家，结束了他们一百多年来之不易的乐土生活。因为争夺海上之利而无辜灭人之国，并不是件光明磊落的事，荷兰人的作战计划里并不允许让这个国家任何一只船或任何一个人逃离出去。因为他们很害怕兰芳国人向隔着大海的其他华人国家，特别是中国求救。

尽管统治中国的满清王朝已经露出了风雨飘摇的迹象，在十几年前（1840年）爆发的鸦片战争中败给了大英帝国，可是，荷兰人还是心存阴影：如果这帮逃出去的人真的搬来一只强大的联合舰队来，他们指不定会重蹈近二百多年前在广东料罗湾，以及在台湾、澎湖岛上被郑成功攻击导致全军覆灭的命运。那一次战争，打得他们焦头烂额，给他们留下了深深的恐惧。

相比较于荷兰炮舰的舰长，“乐土号”上的阿归伯更熟悉万律城外这片海域。到了半夜里，潮水涨起，他矗立在船头，镇定自若地指挥着船沿着暗礁的边缘自在地穿行。

在同样一片海域，荷兰炮舰却不敢行驶得太快，只能远远地跟着，不间断地发射炮弹。万幸的是，那些炮弹够不着，都在距离“乐土号”舰尾两三丈远的地方落进大海里。就这样，阿归伯把荷兰的炮舰越甩越远，渐渐甩到了海平线的下面去了。

到达一处宽阔的洋面之时，阿归伯下令全体水手们满帆向北，胜利逃亡的希望就在眼前。

然而，令大家始料未及的是，才好好休憩了一晚，等到天完全放亮了以后，荷兰人的炮舰居然又追上来了。桅顶瞭望的水手，看到荷兰人的旗帜慌忙吹起了号角，向全船的人报警。

这真是一个难缠的敌人!

狡猾的荷兰人已经在全世界的大海上航行了好几个世纪，曾经在大洋上打遍全球无敌手。虽说西班牙和英国人后来居上，1814 年，荷兰从联省共和国变成了荷兰王国，殖民地不断萎缩，但“海上马车夫”并非浪得虚名。荷属东印度公司经营着东印度群岛多年，熟悉这片海域如同自己的国家。他们的航海学校积累了全球最丰富的海图，馆藏着最丰富的航海日志，口耳相传的航海知识更是数不胜数。

已经进入视域的船只，在经验丰富的荷兰舰长眼里，就像一个坠入罗网的猎物，哪能让它轻易地逃脱呢?

甩了好久敌船，无论如何也甩不掉，阿归伯也不再那么轻松，变得紧张了起来。情况紧迫，他不得不下令大家把“乐土号”上仅有的五门炮都搬到船尾，对荷兰人进行勇敢还击。用突然的火力，打它个措手不及，或者，至少也能吓唬吓唬这帮荷兰红毛鬼子!

三　海战

一场小规模的海战在南洋婆罗洲外海展开了。

这仅仅是两艘船的战争，却比两支庞大舰队的战争更让人惊心动魄，因为小小的“乐土号”上载满了兰芳共和国一百年积攒下来的全部希望。

由于“乐土号”一直没有开炮，所以“Jacht”号上的荷兰人一直有种错误判断，认为那是一艘单纯的商船，船上并没有武器。他们一心想着追赶上“乐土号”，打中它几炮，并吓唬吓唬船上的人，逼着它归航，俘虏这艘兰芳国的逃船。

当荷兰人的军舰“Jacht”号稍稍挨近“乐土号”的时候，阿归伯命令水手们突然放炮，反击荷兰人。“轰隆隆”，炮弹呼啸着从舰尾射出，飞向荷兰人的战舰。可惜的是，“乐土”号上的水手真的不太会开炮，所有的炮弹都偏离了荷兰人的船，统统都打到海里杀伤那些无辜游过的海鱼去了。

突发的炮响，把荷兰战舰的舰长吓了一大跳，他真没想到这艘商船上还有炮，紧令减速，与“乐土号”保持安全距离。这样，一整个上午过去，“乐土号”把荷兰战舰甩了很远。

可是，这位荷兰的舰长也是一个航海和作战经验极为丰富的战士。他在船头听了很久，发觉出对方射出的炮声太小了，炮弹射速不快、射程也并不是很远。

那是商船上防海盗的小炮，毫无威胁！荷兰舰长收起望远镜，命令大副报一下航海钟上的时间，脸上不由地露出了奸诈的笑容。他向大副下令："满帆，全速前进，在天黑之前抓住他们！"

"乐土号"的水手们毫无战争经验，匆匆忙忙放了炮之后，巨大的炮声倒把他们自己吓唬得不清。很多水手手忙脚乱，方寸全无，有限的炮弹很快就打光了。

阿归伯只希望用炮击吓住荷兰人，至少能够拖延住他们的进攻。倘若再次拖延到夜里，他还是有信心摆脱敌人的追击的。他跑到船尾眺望，密切注视着荷兰战舰的行踪。

过了中午，他有点悲哀地发现，荷兰人的船不但重新跟了上来，还越来越近。通过单筒望远镜就已经可以清晰地看见矗立在船头上的少校舰长了，他有一张面目凶狠的脸——他在狰狞地笑着，红色的胡须就像是一堆火，还露出了金光闪闪的假牙。

荷兰舰长也下令开炮了。舰首的两门大炮随即咆哮起来。他们的火炮是荷兰最新型的海军加农炮，炮的口径很大，炮管很长，射程极远。

炮声轰隆，有如雷震，飞出的弹丸很精准地擦着"乐土号"的船尾堕入海中，随即炸裂开来，炸出高高的水柱，像是从大海里伸出来的魔爪，随时要抓住"乐土号"，把它拖入万劫不复的深渊。

这几声炮并不是真正的攻击，仅仅只是荷兰人给"乐土号"的小小警告。

在蒸汽的铁甲战舰没有广泛地航行于全球各大洋之前，类似荷兰"Jacht"号的这种改进版"盖伦舰"，是标准制式的二级风帆战列舰，已经把风帆动力的战列舰战斗值提升到接近最大值了。这艘新版的"Jacht"号总长 62.2 米，宽 13.6 米，深 6.85 米，排水量 2200 吨，风帆面积有 3969 平方米，装备 40 门新 60 磅新式加农炮，28 门 24 磅和 10 门 12 磅旧式火炮，舰上海军船员共 700 人。

而"乐土号"只是由当年郑和下南洋时二千料宝船型制改进而成，要比荷兰人的炮舰小一点，长 61.2 米，宽 13.2 米，可排水量仅仅只有 1000 余吨，船上连船员带孩子们一共不过 400 人。更主要的是，它是一艘商船而并非一艘战船，它的侧身没有那么多的大炮，根本无法抵御敌舰的致命攻击。

当荷兰的炮舰追上乐土号，与它齐头并进之时，战舰侧身那上下三层的大炮口，将会吐出流星一般密集的炮弹。每一枚炮弹都能致命地开花爆炸，很轻易地就能把乐土号撕成碎片。在这种强大的海上喷火巨兽面前，任何的抵抗都将变得毫无意义。

等待“乐土号”的，似乎只有一种命运了，那就是被俘!

此刻的阿归伯心急如焚，想到兰芳共和国最后一船的余脉会被荷兰人掳走，不禁悲从心底来。他心中只剩下一个计划了，那就是在荷兰战舰追上“乐土号”之后，先佯装投降，然后尽最大可能撞向它，让两船碰撞，再带领他的部分水手们跳上敌人的船，用古老的战术作殊死的搏斗，大家拼个鱼死网破。以此来尽力争取时间，让他的副手带着“乐土号”再次逃亡，而他则抱定决心，与敌人同归于尽。

想好了这个计划，阿归伯立刻召集全船的水手到甲板上集合。他把自己的计划告诉大家，并邀请勇敢的水手自愿报名加入敢死队。水手中有胆怯的人踌躇不前，躲在角落里默不作声。但是更多人的选择了英勇，争先恐后地要求加入。

最终，阿归伯从中挑选了十三位健壮英武、有搏斗经验的水手。大家一起喝完了酒，分发了长矛、大刀和盾牌，准备拼死一战。

四　古歌

荷兰人的战舰“Jacht”号，在一点一点地逼近。

战舰上的炮手时不时地开上一两炮，用以恐吓“乐土号”。那些炮弹已经能够追得上它，并溅落在船舷左右两侧。“Jacht”号，很快就能够追上来了。

“乐土号”上所有的船员严阵以待，不论是敢死队员，还是那些留下来准备逃开的船员都紧张极了。

到了这个时候，阿归伯反而很从容了，横竖是个死，死国可乎！他放下手里一直握住的佩刀，端坐到一个木桶上，从怀里掏出一枚陶制的笛轻轻地吹了起来。那是一首来自中土中国的曲子，笛声呜咽且悠扬。很多年轻的水手还是第一次听到船长吹出曲子，不禁都侧耳倾听。船长吹了一段，水手听得颇为惊讶。因为这首曲子非常像兰芳共和国的国歌，但稍稍有所区别，似乎更为古朴、更为简洁。

就在这个异常平静却千钧一发的时刻，人群的背后忽然响起了一个老者的歌声，应和着阿归伯的曲子，只听到那个声音高唱道：

逝将去女，适彼乐土。
乐土乐土，爰得我所。
逝将去女，适彼乐国。
乐国乐国，爰得我直。
逝将去女，适彼乐郊。
乐郊乐郊，谁之永号？

这听来是一首非常古老的曲子。老人的声音深沉而浑厚，似乎在用一种非常古老的语言来唱诵。尽管很多的水手无法听懂它其中的含义，但还是被飘忽传来的歌声给一震。大家纷纷往人群之外看去，只见一位白发苍苍的老人从船舱里走到甲板上来。

这位老先生虽然看起来老态龙钟，但是，满头的白发和长长的白须并不能掩盖他炯炯有神的双眼放出的光芒。他步履坚定，在摇摆不止的航船上走得非常稳健，白发与白色胡须在晶亮的阳光下，也放射出闪闪的银光，与他一身的白袍交相辉映。这使得老人就像是一尊大理石的雕像，一个传说中的仙人。

阿归伯停止住了，不再吹陶笛。他站起身来，稍稍有点迷惘地询问身旁的大副：“这，这，这位老先生，是？”

大副忙回答他：“他叫阿幸翁，是受大统领派遣，随同那些小孩子一起上船，负责看护他们。他们上船的时候，您一直忙着看海图，所以，我忘了跟您说这事了。”

阿归伯点点头，心里还是有点奇怪：“梁恩糊涂了，干嘛要派这样一个老人来负责看护孩子们呢？”

不过，他还是迎向老人，谦恭地说：“幸翁……幸老先生，您刚才唱的是《诗经》里的句子吗？”

阿幸翁点点头，很从容地喃喃自语：“是啊，是啊，我多年没有好好听这首曲子了，几乎快要把它给忘记了。每次有人吹起它时，都将有一条真龙出现。真不知道九龙合璧的时候，他是否能够兑现自己的话……”

正在这时，荷兰人的一发炮弹落在“乐土号”的右舷，打断了老人的自语。炮弹很精准地擦着右舷落下，轻轻蹭了一下船体，然后弹了一下，飞出半丈远，落在了海里。随即，“轰”地一声炸开了，溅起很高的水柱，水花像下雨一样，被逐渐强劲的东风吹着，落到船甲板上。老人和水手们的头顶都被淋上了水滴。

这是最近的一次警告了。只消半个时辰，荷兰人的炮舰就能够追上“乐土号”。

焦急的船长阿归伯回头望了一眼荷兰人的战舰，慌忙拿起钢刀和盾牌，对老人阿幸翁说：“老伯，你还是回到船舱里去吧。敌人就快要追上来了。这时候，除非谁有什么法术能帮帮我们，不然大家就都要做奴隶了！”他随即命令大副说：“现在升起白旗，佯装投降。不怕死的准备好，他们一靠过来，我们就跳过去，跟他们拼了！”

大副匆匆忙忙翻找一块白布做旗帜，系在主桅的旗杆上，准备升起来。敢死队的十三个勇士，也紧握钢刀和盾牌，埋伏在船舷一侧。一位水手上前去拉阿幸翁，想带他返回船舱。

可是阿幸翁拒绝了水手的好意，他跨了几步向前，一把拉住大副的胳膊说：“不要升旗，我们还有救！”他转过头，又对船长阿归伯说：“把船向东方开去，再坚持半个时辰，就会有变数的。孩子们会有救的，兰芳国会有救的！”

包括阿归伯在内的全体船员都被幸翁斩钉截铁的话给镇住了。他们面面相觑，不知道该不该相信他的话。

幸翁说：“孩子们，不要白白地跟敌人拼死，相信我，尽快向东去，我已经闻到了苍龙的味道，它会在东边迎接我们的。快快，赶快去！”

荷兰侵略者们似乎感觉胜券在握了，他们很享受这种猫捉老鼠的游戏带来的快感。他们的大帆船比“乐土号”更大更快，在海上航行的经验更为丰富，所以，从舰长到舰员都坚信很快他们就将赶上兰芳国人的帆船，绝不让一个兰芳国人逃走，把他们统统赶回兰芳国内，这都是他们计划中原定好了的。

有三四个舰员还拥在了船头，说笑着用火枪射击。啪啪啪，几杆后膛装填的火枪时不时吐出一团白烟。这些子弹暂时还威胁不到“乐土号”，但足以表明此刻荷兰人的心态很轻松，并非认认真真地在战斗，而是在阳光明媚的草地上休闲打猎、追逐着属于自己的猎物，那种赶尽杀绝的杀心展露无遗。

情况危急，阿归伯凝视着幸翁的双眼，感受到了他眼睛里迸发的那种悠久、深厚的坚定光芒。一刹那，他被幸翁鼓舞了，立刻掏出指南针，校准航向，大手一挥，发号施令：

“调转船头，向东去！快！”

五 有龙

众水手听令，立刻调整风帆的角度，让“乐土号”向东开去。荷兰人看到“乐土号”在调转方向，横了过来，更是觉得非常可笑。在这样被追击的情况下，除非飞到天上去，仅仅调转方向又有多大的意义呢，横了过来的“乐土号”完全暴露在大炮的射程之内，可以很轻松地当活靶子来打。

在荷兰的舰长看来，“乐土号”的所作所为，不但有点不可思议，简直可以说十分愚蠢。他忍不住捋了捋自己蓬蓬的红色胡须，骂了一句：“愚蠢的东方人！”

在作恶心态驱使下，荷兰的水手又冲着“乐土号”开了两炮，一炮打在它的正前方，一炮打在了它的右舷下。两发炮弹都溅起了高高的水柱，使得“乐土号”摇曳不止。这是荷兰人的最终警告了，他们毫不吝啬炮弹，两天之内打了上百发，仿佛可以无穷无尽地用下去。

此时，老者幸翁已经和阿归伯并列站在了船头，两人眺望着东方。炮弹激起的水柱像下雨一样纷纷扬扬，却并不令他们感到恐惧。太阳已经渐渐偏西，荷兰人的战舰慢慢紧逼了上来。然而，苍茫的大海上，依然有自由翱翔的海鸟飞过，蔚蓝的大海此刻宁静无比。

幸翁看着迎面急速飞来的海鸟，对阿归伯高声说："孩子，相信我，兰芳国一定有救。我已经逃亡过许多回了，至少有八次了。每一次，我都觉得自己可能要死亡了，但依然活到今天。"

阿归伯说："老前辈，您刚才是说闻到了苍龙的味道吗？您是说会有龙解救我们？是南海的龙王？"

幸翁哈哈一笑，说："真有龙出现，你敢不敢去迎接它呢？我已经见过八条龙了！"

阿归伯说："当然，我敢，我们是龙的后裔！老伯，我还从来没见过龙呢！"

幸翁没有答复他，只是大声问他："孩子，你是如何学会那首曲的？"

阿归伯说："是我从小到大的朋友老梁教我的！"

幸翁点头，想了片刻说："你所说的老梁，应该就是殉国的梁统领吧？"

阿归伯脸露悲伤，回答说："正是，您应该跟他很熟吧？"

幸翁叹息一声，无限感伤地说："他是一个很棒的孩子，总是那么勇敢，那么无畏。那支曲子，曾是我教给他的。真没想到，我们的兰芳国也曲终人散了。"

阿归伯恍然想起了什么，忙问道："我记起来，我记起来了，您是不是就是老梁……梁统领的老师，据说长生不老的那位仙人？"

幸翁点点头又摇摇头："我曾经在选帝院中给恩官教习过音律和法律，但我并不是什么仙人，我不过多活几年，老身死而不朽罢了！"

阿归伯连忙向幸翁深深地一拜，说："晚辈这才记起来，您是兴文院大学士、大统领府白鹿阁的元老资政士、也是勋议院曾经的勋议长石有幸，石前辈。大家都说您是庇佑兰芳国的大仙师！今天，我终于知道为何梁统领要请您护送这些孩子了，请您受晚辈一拜！”

幸翁连忙摇头说：“孩子，孩子，他们是最最要紧的！我只是个老而不死的朽人！”

这时候，荷兰人又发炮了。眼见已经到了下午，距离婆罗洲兰芳国越来越远了，看到“乐土号”始终没有要停下来或者返航的意思，荷兰人失去了耐心。荷兰的舰长命令炮手换上一枚实心的铁炮弹并立即开炮。

“咕咚”很大的一声响，那炮弹准确地砸在了“乐土号”甲板距船头三分之一的地方，把甲板砸出了一个卵形的大洞。所幸，由于不是能爆炸的开花弹，倒没有造成更大的毁坏。

看到这个情况，船长阿归伯神色立刻变得慌张起来，对阿幸翁说：“老仙人，您说向东去有办法，您就快、快想想办法吧。他们已经开始强攻我们了。”

幸翁闭上眼睛，说：“不慌，不慌，正是时候，正是时候，龙，马上就要来了……”

第二章
神龙相助

六　九龙

“乐土号”的船长阿归伯慌忙转身向船的前方眺望，可眼见海面一片宁静，只有天际线上的云朵在堆积。天上海里并没有龙的踪迹。他很疑惑地又看了幸翁一眼，发现他也只是神情凝重地在等待着。阿归伯心中产生了重重的疑惑，他忍不住握紧了手中的刀和盾牌，准备随时跟荷兰人拼尽最后一命。

正在这时，海面上慢慢起了大风。风从东来，越刮越猛，本来十分晴朗的天气，陡然间变得阴郁起来。无数的乌云像从大海的裂缝中喷发出来一样，瞬间布满了天空。海面开始动荡起来，波涛越来越大越来越汹涌。仅仅一小会，整个天就黑透了，船只摇晃得十分厉害。堆积的云层里不断地电闪雷鸣，一条条巨大的闪电，就像是有巨龙在云丛之中飞舞。这是一场突然其来的海上风暴。

看到此情此景，阿归伯忍不住高兴得大叫起来：“龙来了，龙来了，龙来救我们啦！”

听到船长的话，满船的水手欢欣鼓舞，虽然他们没有一个人看得到龙的影子，没有一个人听得到龙的呼啸。比之战火，他们还要经历巨大的风暴，但至少风暴来了，他们可以依靠老天的力量。狂风暴雨对他们，比对荷兰人更加有利。

海浪越来越大，也越来越高了。荷兰的炮舰紧随着“乐土号”颠簸了起来。舰上的舰长也被这突如其来的热带海洋风暴给吓着了，他非常清楚，再追击兰芳国人的船将毫无意义，他们没准会一块葬身海底。于是，他随即下令，停止追击，赶快返航，回到舰队去避风。

就在电闪雷鸣之中，荷兰人的战船“Jacht”号返航了，很快消失在“乐土号”的视野之中。

风暴依然在肆虐，天很快就黑透了。接着，雨点急速地降落了下来，噼里啪啦地打在“乐土号”的风帆上。旋转的海风和汹涌的波涛把它向北方推得很快，阿归伯匆忙下令水手们收下风帆，并盖好甲板上的漏洞。

雷电和风暴之中，年迈的幸翁依然矗立在船头。他此刻睁大了双眼，向天空眺望。那些在他生命中出现又离开的巨龙，仿佛此时此刻正在云的上方汇集。雷电一闪一闪，把云端照射得异常明亮。它们张牙舞爪，它们上下翻腾，摇曳不止。

“一条，白龙，两条，青龙，三条，紫龙，四条，苍龙，五条，银龙，六条，金龙，七条，红龙，八条，冥龙……”

幸翁对着高天一条一条细数着闪电，似乎他真的看到了那些推云播雨的神龙。不仅如此，那些神龙还能跟老者对话。雨落如注，白色的老人矗立船头，在闪电的光辉之中直视海天，那种飘逸出尘的风度，完全是一位仙家，或者说是西洋人所说的魔法师。这样的情景实在太难得一遇，令满船的水手瞬时顶礼膜拜。

然而，无论是船长阿归伯，还是众多的水手，仅仅看到了密集的乌云和涌动不息的闪电。他们这才想起来，那些匆忙西飞的海鸟，恐怕都是为了逃避风暴——或者说那些云中的巨龙。他们认为自己仅仅是俗人，只能看到风暴雷雨，看不到那些龙的存在。

对于那些逃逸的“Jacht”号上的荷兰人来说，今天所遭遇的，仅仅只是突发的自然现象，一场极为突然的热带飓风。热气旋突然遇冷降温，引发了一个超级的龙卷风，仅此而已。此时，全世界纪年的历史已经是公元 1854 年了，距离哥伦布发现美洲新大陆已经过去三百五十年，著名的麦哲伦、库克船长和达尔文先生早先后已经完成了各自环球的航行，人们不但知道了地球围绕着太阳旋转，知道了太阳系的行星构成，还在八年之前，刚刚发现了太阳的第八大行星——海王星。

此时，欧洲大陆上的“工业革命”正在热热烈烈地进行着，天文学、物理学、数学、化学、生物学……声光电磁，世界百科，都已经有了明白的纲目体系。无数的小学、中学、大学在欧洲建立了起来，白人的孩子们停止了既往在田野或者城镇里闲游逛荡的日子，早早地进入课堂学习各门课程，考各种各样的试，写没完没了的功课。

总之，在故事发生的那个时代，现代我们熟知的科学世界已经降临到地球上了。因此，北欧的荷兰人更不会相信有龙的存在，他们只承认地球上曾经存在过恐龙。他们可真不是被龙给吓住的。他们放弃追击“乐土号”，是因为他们舰上随军的气象专员，确定那艘兰芳国人的船绝对逃不过风暴的灾难。

可是，那些龙真的在啊——它们就在老人的双眼中。

那位白袍白须的老人幸翁，穿越那厚厚云层，真真切切嗅到龙的气息。它们足足伴随了他三千年。它们曾经在古老而干涸的荒原上给他以水，在寒冷冰封的北方给他以温暖的火，在坚硬的山岩上给他以金，让他砸开石头寻找通向未来出路，它们也在荒凉的沙漠深处给他吐出种子，长出无边无际的森林，它们还曾在一望无际的大海深处给他堆积出一片生机勃勃的大地，让他得以和朋友们一起建设出前无古人的兰芳之国……

每一次少年幸在逃亡的路上信心全无、彻底绝望的时刻，这些龙就会从宇宙最大的深渊之处飞升出来，飞向少年幸。龙的一次又一次出现，延迟了那个“黑夜使者”的步伐……

七　风暴

老人虽然看得见一条一条的龙。但是，那些龙并不像他想象中的那样子聚集在一起。它们只是在云层的上方一条一条地闪现。这条龙隐没，那一条龙再出现。它们是幸相伴多年的老友，但似乎彼此并不熟悉。

风雨变得更大了，“乐土号”开始在巨浪的巅峰和深谷之中跌宕。世界开始变得一片漆黑，只有不时闪亮的雷霆能够照亮这乌云下的世界。船长急忙命令水手们各就各位，努力在惊涛骇浪之中保持“乐土号”的稳定。

这些水手虽然并不是能征善战的战士，但却都是饱经大海颠簸的真正的海上勇士。他们对波涛满怀感激，对心中的仙人幸翁也满怀感激，要不是他召唤出神龙，他们此刻肯定要被荷兰人俘虏了。

电闪雷鸣，一直在注视着老人阿幸翁的船长阿归伯惊奇地发现，船头上的老翁在雷电闪烁的瞬间不见了。在另一次的闪烁之中，他已经变了，变成了一个少年的模样，没有白发，也没有白胡须。只有一头浓密而深黑的头发，一个身材纤细却非常挺拔的少年。

可是，阿归伯一点没有被惊吓到，他坚信自己见到的一定是神仙，是兰芳国唯一的真神仙。因此，即使风雨再大，他都满怀信心，相信眼前一切很快就会过去，在彻底击退了敌人之后，神龙自然会消隐。他下令，不允许任何人接近船头，打扰老神仙与神龙沟通，唯恐扰乱了仙人的秩序。

此时，幸翁也不知道自己在电光石火的须臾回到了少年时代。

他仅仅是眺望着群龙，像既往一次又一次那样，等待他们的合璧。按照三千年前的约定，那个他真正少年时代遭遇的、西方来的那个陌生人、奇异的老师，明明白白地告诉他过：“九龙合璧之日，我一定归还给你。”

幸此刻神思恍惚，大海忽上忽下的颠簸。他双手紧紧握住大帆船前的缆绳，看到眼前的海面正似乎不那么深黑，也不那么波澜壮阔了。有光芒照射在其上，海面变得平坦，宁静，渐渐地，尘土飞扬了起来。那些翻腾的波浪，变成了一只又一只肥壮的山羊，互相拥挤着，在他的眼前奔跑。他的身体不由自主地跟随着羊群向前进，拿着一根长长的鞭子，驱赶着他们。那三千年前的光景，此刻就在眼前。幸的身体也开始变小，变成了一个牧羊的少年，那个无名的、一片懵懂与蒙昧的牧羊少年……

那是一个异常宁静的暮春的傍晚，没有风暴，也没有雷电。那个无名的牧羊少年从部落的村庄里走出来，赶着羊去长满嫩草的山谷。

那村庄里只有木头和草搭建的棚子，那是一户一户的村民。他们烧黄土为陶，烧出了各种各样的器皿，盛放食物与谷种，养羊，养猪，也养狗。

因为牧羊少年无父无母，所以，他只能和羊群生活在一起，成为羊群里穿着破烂葛条衣裳、两条腿的头羊。他不是部落的正式居民，所以连一件像样的羊羔皮裙摆都没有。

牧羊少年每天都会把羊群赶到一个异常宽阔、长满青草的谷地里放牧，谷地的最下方是一条细细却很悠长的小路，通向连绵的群山。群山之外可能还隐藏着无穷无尽的世界，但是少年却从来不去想它。他从来没有想过那条小路，更想象不到群山之外隐藏着的世界。他的世界，只有小小部落里小小的羊群这么大。

那些遮挡少年眼睛的群山其实并不高大，因为山顶上没有云雾缭绕，也没有终年不化的积雪，山顶上只有数也数不清的树木。牧羊少年的确数不清那些树，他毫无数字的概念，甚至连自己的羊群也不会数。实际上，这个小少年也不会使用部落里共用的语言，他听不懂他们所说的话。因此，他几乎不和任何人说话。

然而，他却清楚地知道不能丢失部落的羊，否则，他一定会被赶出这个小部落，成为这个山谷外白鹿原野上一只孤零流浪的小野兽——就像是部落酋长告诉他的那样，是被一只母狼的乳所喂养大的。

然而，牧羊少年自有他的办法。保证羊儿不丢失的办法只有一个，那就是认识每一只羊。尽管他自己没有名字，但他给它们都取了大名，一个叫“啊”，一个叫“啦”，一个叫“哈”，一个叫“呀”，一个叫“呱”……总之，都是一个一个简单音节。这一群的羊都有这么一个名字。当牧羊少年叫到它们名字的时候，它们会慢悠悠地抬起在正在吃草的脑袋，用迷糊迷糊眼神答复少年的呼唤，或者很不耐烦地告诉他：“我在这里。”羊的声音只是“咩咩咩”，但少年确实听得懂它们的语言，尽管他还没有能够掌握人的语言。

就是凭借着这种办法，少年很成功地保证了羊群的稳定与壮大。部落的人因此肯收养这个不知从何而来的少年。

有一天傍晚，少年站在一块高高的大石头上，挨着个叫唤每只羊的名字。他叫唤了一百零七个名字。当叫到“哇”的时候，他发现小羊羔“哇”并没有抬起头回应他。

“哇，哇，哇，哇……”

牧羊少年高声叫唤，起初只是很小声地喊，随后不断加大嗓门，大到引得远远近近的山谷里都布满了他的叫声。

小羊羔“哇”还是不见踪影。羊群里大大小小的羊在“咩咩”地叫唤着，不时有其他的羊抬头看了看少年，可它们也都一脸茫然。草的气息太清香了，它们一直在专注啃食着，谁也没心思关心身边的伙伴。

牧羊少年变得很焦急。他害怕挨饿，害怕部落里人们的冷落，害怕首领养的大狗对他狂吠，害怕一个人被关在黑地洞里……总而言之，他害怕的太多了，所以他浑身变得冰冷，在山谷里四处奔跑，寻找他丢失的小羊“哇”。

八　陌生人

小羊羔“哇”究竟到哪里去了呢？

无名的牧羊少年在石头缝里找，在树冠上找，在溪水转弯的巨石后找，在高而茂密的草丛后找。除了惊吓到了一条长蛇、一只饮水的獾、一头打瞌睡的野猪，他别无所获。还有一只又瘦又小的居心叵测的狐狸，居然躲在草丛里觊觎羊群，可惜它还没有最小的羊羔大，牧羊少年的长鞭一挥，就一溜烟跑得无影无踪了。

就在牧羊少年在山谷里四下寻找小羊的时候，他又听到那整个的大羊群发生了一点点的骚动。有几只大的羊，“咔”“哈”和“哒”发出了惊恐的叫声，随即群羊都惊恐地叫起来。它们在叫唤牧羊少年：“有闯入者来了，有闯入者来了！”

少年听在耳中，听得明白，连忙伸手抓起在草丛里盘着、准备攻击他的长蛇，向羊群跑去。这是条有毒的蛇，三角形的脑袋就像一个石箭头，“嗖”地咬向少年的胳膊。

少年太熟悉蛇的这套本领了。他在那个白鹿荒原上流浪的时候，要应付最多的动物，就是蛇了。他身手敏捷，很娴熟地躲过了蛇致命一口，左一甩、右一甩把蛇给转晕了，缠在牧羊的长鞭上。长鞭是由坚硬的柳枝做成的，蛇身缠绕在上面，就像是一根攀附在柳枝上的藤蔓。

在快要接近羊群的时候，牧羊少年看到，刚才自己站立的那个大石头上端坐着一个陌生人。这个陌生人穿着一袭黑色的长袍，在夕阳下似乎晶晶闪亮——此时的无名少年，还不知道那个袍子是丝质的。在这片东方大陆上，能够穿得上丝质袍子的，只有在白鹿原之外的之外的之外的那些非常非常大的部落和国家里的大王们。无名少年目前对他们还是一无所知。

走近了看，那个陌生人长像极其怪异，一头浓密而黑的头发却是蜷曲的，稍稍白皙的皮肤像是蛇的腹部，高耸的鼻梁下一口浓密的红色胡须。最为怪异的是，他的一只眼睛是黑色的，一只眼睛却是绿色的，藏在深深的眼窝里，像是两枚魔法石镶嵌在其中。这个一身黑衣的陌生人手边抱着一只呼呼大睡的小羊羔。牧羊少年定睛一看，正是他要找的“哇”。

“哇，哇！”

牧羊少年一边高喊着小羊的名字，一边大步流星地奔向那个陌生人。陌生人慢悠悠地抬起头，冲着牧羊少年微微一笑，露出了两排亮晶晶的牙齿。他朝牧羊少年招了招手，用少年根本听不懂的语言说了句什么话。

可惜牧羊少年更关心他的羊羔。他狂奔向抢了羊羔的陌生人，伸手一甩，将那条大蛇丢向那个笑容诡异的家伙。可是那个人似乎一点不惧怕，依然微笑着，站起身，伸手迎接那条凶狠的大蛇。他像抓住一根草绳那样抓住了蛇，并似乎对蛇说了什么，那条蛇就乖乖地缠在了他的胳膊上，丝毫没有咬他的意思。

“哇，哇！”

牧羊少年已经跑到大石旁边，他喊着羊的名字，伸手去抓羊羔。小羊羔依然在呼呼大睡。那个陌生人却先于牧羊少年夺到了它。他要比少年高三倍，左手托着羊羔，右手缠着那条蛇，一身黑袍，面露微笑，显得十分奇怪。

牧羊少年面对这位强敌，却一点不畏惧，立刻甩出牧羊的柳枝鞭子要抽打他。然而，那个陌生人伸出抓蛇的手，抓住了那个鞭子，并很轻易地就从少年手中夺了过去。

少年扑到他的腿上，想抢夺他手中的羊羔，却被陌生人用一只手指给顶在脑门上，一点动弹不了。那条在他右臂上的蛇顺势从少年身上溜到了地下，一哧溜钻到草丛里不见了。

陌生人微笑着叽里咕噜说了一段人类的语言，牧羊少年根本听不懂。他的头和双手都没法动弹，只有双腿在努力向前踢。陌生人闭上了双眼，然后立刻又睁了开来，忽然说了一段少年可以听得懂的语言说：

“野蛮的小朋友，我帮你找到了你的羊，你怎么能这样无礼地报答我呢！”

牧羊少年立刻不动了，瞪圆了双眼盯着这个高大、怪异的陌生人看。少年听懂了他的话，那是他可以听懂而部落里人们都不会懂的语言：狼的语言。少年大声用狼语在嗓子眼里发出了特有低沉的吼声，表示了警戒但不会再进攻意思。

陌生人微笑了起来，放开了少年，并把熟睡中的羊羔放到他的怀抱中。他继续用狼的语言说：“我是一个山谷外的过路人，发现了一只迷途的羊羔。问清楚它的来路，就把它带回到羊群这儿来了。这只小羊跑得真是累了，你看，它呼呼睡得多香。”

牧羊少年觉得不好意思了起来。他憨憨地一笑，算是谢过陌生人。这个高大的陌生人也笑了起来，继续用狼语说：“你在找羊，而我在找你。你应该就是我要找的那个人。你应该就是我们故事的原点。我从世界的那一端走到这一端，寻访过无数牧羊的少年，但像你这样身上狼奶气息到今天依然这么重的，一个没有！将来，我会在罗马谷地里也遭遇一对兄弟俩，他们也是浑身狼奶味。等他们的狼奶味渗透到血液里，他们建立起了一个庞大的帝国！”

牧羊少年愣住了，用狐疑的眼光死死盯着这个满嘴不知所云的陌生人。

陌生人慢悠悠地坐在了石头上，继续说：“一个混沌未开，还不懂人群的文明生活的小狼崽子。这个山谷，正和我印象中的一模一样，也跟上次见到你，你自己所描述的一模一样。嗯，不对，恐怕这时候的你，也听得懂羊的语言，鼠的语言，鸟的语言，虫的语言，可就是弄不懂人的语言吧？”

陌生人似乎什么都知道，牧羊少年忍不住点头，不过他努力翻查自己有限的记忆，确定自己的确从未见过这个人。

陌生人指着蛇的头，继续说：“蛇是危险的，可不是用来吓唬客人的，而是用来开启智慧的！有人说，蛇引诱人们偷吃了伊甸园里的禁果。这是非常荒谬的。仅仅是因为怕蛇，人们才生起了火堆。有了火，人才会有智慧。火，是世界所制造出的第一部机器。”

陌生人提及了“火”，令牧羊少年面露惊惧。牧羊少年真的很怕火，他无法融入部落的原因之一，就是他害怕那种上蹿下跳、稀奇古怪却无法用语言沟通的精灵。

陌生人从怀里掏出了一个奇怪的小方盒子，打开了，从中抽出一根细细的小棍子，在方盒子边上一擦。

瞬时间，火苗出现在了小棍子上。牧羊少年惊恐地要叫出来。

九　用火

“不用怕，少年，拿住它！”

陌生人把那个闪着火苗的小棍子交到牧羊少年的手上。少年颤抖着捏住燃烧中的小火棍子，火苗立刻在少年的双眼里跳跃。

陌生人鼓起嘴，吹熄了那个火苗，说：“孩子，火就是这么简单的东西，不用怕。从今天起，它也属于你了。”

牧羊少年似懂非懂地点了点头。他盯住陌生人手中的那个小小的方形的盒子看，那个盒子里住着一堆这样的小木棍。陌生人却把它揣进了怀里。

“你就是我要找的见证人和开启者，孩子！”陌生人的态度是如此的友善，就像喂养少年的母狼那么温和，“在未来的光阴里，我祝福你，你会慢慢学会人的语言，会认识文字，还会学习很多很多的东西。有朝一日，我们在这里再次相聚的时刻，你会明白我的祝福是多么地大！”

夕阳西下，陌生人从怀里掏出了一枚圆圆的似乎带着星星光泽的小鹅卵石，看了一下，突然换了一种猿猴的语言说：“时辰不早了，已经是下午五点了，放羊的小孩子，你应该要回家了吧？”

牧羊少年是能够听得懂猿猴们的语言的。它们跟狼语很接近，但要比狼语更为复杂一点，而狼语又比羊语更为复杂，正如羊语要比鸟语要复杂一样。猿猴的语言可以说是动物语言里最为复杂的了，只是差了那么一点点，接近部落里人们的语言了。

孩子用猿猴的语言说出了他与陌生人相遇的第一句话：“什么，是，五点？”。

陌生人又笑了起来，因为这个牧羊少年的声音里已经全然没有了狼的气息，就像猿猴一样地柔和，充满着好奇心。他告诉少年：“五代表着数字，点代表着时间……这也是两部组合得非常巧妙的机器。现在，它们都被组装了起来，装在了这里！”他把那个圆圆的小鹅卵石放在了牧羊少年的耳边。

少年听到了小石头发出的“滴滴答答”的声音，极其均匀。他看到了鹅卵石的正面，覆盖着像冰一样透明的东西，在它下面，藏着三根针，一根在快速地奔跑，另一根极慢地转动，还有一根似乎纹丝不动。少年非常谨慎，却满是好奇地伸出手摸了摸圆鹅卵石的表面，然后张开嘴，就想咬或者舔它一下。

陌生人笑了起来，连忙把那个小石头揣回到自己的怀中，说：“不不，这只是个记录时间的机器，可不是什么能吃的东西。”

牧羊少年放下已经被惊醒的小羊羔“哇”，突然用猿猴的语言说了第二句话：“你究竟是谁？从哪里来的？要到哪里去？”

陌生人盯着他的眼睛，他脸上一直没有退却的笑容变得更灿烂起来：“我的见证者，孩子，你的这个问题可非常不容易回答。不过，我会对你坦诚相告，我是一个旅行者，从一个天地来，要到各种不同的天地去！”

陌生人的回答令少年更加疑惑不解了，他无论如何也猜不透什么意思：“一个天地，另一个天地？”他抬头看了看天，又看了看地。天是那么高，地是那么广阔，并没有迹象表面它们有尽头，更别说有“另一个”，更别说“各种”不同的天地。

天哪，在牧羊少年看来，这个古怪的陌生人就像是一只发了疯的老猿猴。

陌生人已经感知到了少年的疑惑。于是，他笑眯眯地又掏出了第三样稀奇古怪的东西，一块三角形的“冰”。他把这块“冰”对着太阳，然后对牧羊少年说：“孩子，伸出你的手来。”

牧羊少年已经毫不惊讶这位陌生人又拿出什么令他大吃一惊的东西了，他乖乖地伸出了黑乎乎的双手，伸到了陌生人的面前。那个陌生人把这块三条边都像石刃一样锋利的冰悬着放在了少年双手的上方。牧羊少年连忙把双手一缩，藏在了身后。他突然间害怕陌生人会用那块东西砍他手心。

“不用怕，孩子，”陌生人说，“我不会伤害你的，只是给你看看不同的天地。我想，你一定会看到的！”

牧羊少年将信将疑，又将双手伸了出来，平整地放在陌生人的面前。陌生人将那块三角形的冰稍稍举起一点，对着夕阳的方向。忽然间，一束五颜六色的光整齐地排列在了少年的手掌心。少年的双瞳亮了起来，他被这道彩虹一样的光线给迷住了。

陌生人问牧羊少年：“数一数这里一共有几道光？”

红橙黄绿青蓝紫，分明的七道光芒，牧羊少年却无法数出。他的头脑里只能数到二，一个东西和另一个东西，一只羊和另一只羊，如此循环往复。

陌生人自顾自地说：“你的头脑真是一片混沌，就像是回归到了双子座里城邦一样……它一共有七道光芒，每一道光里就是一个天地。孩子，你看这个似乎平淡的光芒里都有这样不同的天地，我或许是从这个红色的世界来，又或者要去这道绿色的天地——这就是无穷的可能性所在，在我们眼见的光芒里。”

牧羊少年根本不可能听得懂他在絮絮叨叨地说些什么。他只是对那块透明的三棱形的小玩意感兴趣，试着抚摸它。

陌生人说笑着说：“这是天黑之前唯一可以送给你的东西，好吧，它将是属于你的了。”

他把那像冰块一样透明的三棱形东西放到了牧羊少年的手中，少年立刻举起它对准夕阳，瞪大了眼睛，他真的看到了各不相同的、无穷个天地交织在了一起……

十　讲述

风大浪大，“乐土号”依然在颠簸的飓风中向着北方前进。虽然荷兰人已经被远远地抛在了身后，但这一船兰芳国的遗民们依然要面对着不可测的未来。

云层上方那些七色龙的消失之后，已经到了半夜里，暴雨已经缓解了不少。“乐土号”上的水手们升起了印着兰芳共和国徽章的帆：一个巨大的倒正三角形中蕴含着一个圆形的太极图案。

这些水手们虽然没有战争经验，但是熟知大海的脾气，驾驭起船来都是一把好手。他们信心百倍地驾驭着船向前进，完全不把风暴放在眼中。

十分疲惫的阿幸翁从船头返回了船舱中，他告诉船长阿归伯：“不必惊恐，风暴很快就要结束了。”阿归伯对他的话坚信不疑，他回答幸翁说：“前辈放心，风暴我经历得很多，我一定能把这船稳稳地开出风暴。”

果然，又过了一个时辰，到了后半夜的时候，南海上的风浪平静了很多。飓风真的已经过去了，被炮火和风暴搞得破破烂烂的“乐土号”躲过了致命的劫难。

阿幸翁换上了干的衣服，吃了很少的一点餐饭之后，就提起一盏煤油马灯，到船舱里查看兰芳共和国幸存的那些小孩子们。他们一直都安静地待在船舱里，完全不知道外面发生的惊心动魄的战斗和风暴。然而，巨大的响声，和摇摆不止的船身也令他们惊吓得厉害。

几乎所有的孩子都晕船，承受着巨大的摆动，像沙包一样在小小的船舱里被丢来丢去。很多小孩子都呕吐过，头撞在小床的围栏上，晕乎乎半天无法清醒过来。有些小孩子很厉害，他们没有任何不适的反应，好像依旧生活在家里，啥事都没有发生一样。这是因为他们是兰芳国渔民的后裔，自小就在海港里长大，见惯了大海。

阿幸翁提着油灯到底舱的时候，无论是身体舒服还是不舒服的孩子，都没有睡着。他们在等待老爷爷的到来，等待他刚刚开了头，却被船外隆隆的炮声给打断了的故事。阿幸翁刚把灯举了起来，想查看孩子们的睡眠情况，就看到孩子们一张张天真、稚嫩却充满着无限期待的脸。

“幸运爷爷，幸运爷爷！”孩子们争先恐后地喊了起来，立刻将阿幸翁团团围坐在楼梯上。幸翁眼中所见，都是一双双渴求的小眼睛，倒映着油灯橙黄的光。那灯光透过粗砂的玻璃罩发生了奇异的扭曲，把一片漆黑的底舱幻化为斑驳不均的明亮与温暖所在，仿佛时空也在此刻发生了微妙的扭曲。

“乐土号”这个兰芳国存留在世界上唯一的漂流国土上，这个底舱非常狭窄的空间里，还幸存的这几十个孩子，瞬时给幸翁带来了无限的温暖与希望。他微笑着在通往舱口的楼梯上坐了下来，和蔼地询问大家：“孩子们，还都没有睡呢，该不是爷爷打搅了你们吧？”

“没有，没有！”孩子们异口同声地说，“我们都没有睡呢！”

也有稍大一点的孩子说：“我们刚刚睡醒了，翻来覆去睡不着。”有孩子说：“您去哪儿了啊，快继续讲讲您的故事啊，我们可等了老半天了。”于是，孩子们就如炸开了锅一般地说：“是啊是啊，我们都在等着您继续讲故事呢。”

幸翁故作神秘地说：“是啊，我听见龙在天上叫我，我就到甲板上去看看啦。那些砰砰砰的声音，真的不是大炮，果然都是龙在打喷嚏。”

“是啊，”有个小女孩说，“龙是不是都像大鲸鱼那么大？我亲眼见过鲸鱼打喷嚏的，真是这么响。”

幸翁说：“当然，它们是能飞在天上的大鲸鱼。”

孩子们一阵惊叹。有个十二三岁、稍大一点的男孩子却说：“可是，龙长的不是鲸鱼的样子，而是像蛇那样。龙有爪子，鲸鱼没有。肯定不是龙。”

“那么，很大很大的响声是哪里来的？”有人反问他。大男孩辩解说：“那真的是炮声，我跟着我爹在炮台上放过大炮。轰，轰！我爹是炮台的大僚长。他告诉过我，这个世界上其实并没有龙啊！”

立刻就有其他的孩子攻击他：“龙一定是幸爷爷的朋友。他刚才一定是给龙喂食去的，龙有那么大，所以他得喂这么久。”他的声音很小很稚嫩，却充满了针锋相对的意思。这引发了一阵子的争吵。

幸翁立刻示意他们安静下来，询问大家：“安静安静，小娃儿们，龙到底有没有不重要，你们都吃过饭了吧？”

孩子们告诉他都吃过了，吃的是水手叔叔送下来的烤洋芋（马铃薯）。听了这个回答，幸翁宽心了许多，他的确嗅到了空气中浓浓的马铃薯味道。

他起身将油灯挂在了大家舱顶的挂钩上，端坐好，准备继续给孩子们讲述那被炮声和暴风雨打断的前话。

第三章
白鹿部落

十一　部落

兰芳国幸存的最后一艘航船“乐土号”行驶在苍茫无涯的南海里，船长阿归伯安全地让船过了曾母暗沙群礁，已经完全进入南中国的海疆。

恰如阿幸翁所预料的，风暴真的越来越小直至完全消失了。黎明到来之前，在桅顶的瞭望台上，完全可以看得到群星在闪烁。亘古未变的星空是如此的神秘，高悬于头顶之上，展露着迷人的微笑，就像它三千年前的模样。

“乐土号”舱底有一个温暖的小世界，逃过灭顶之灾的老人和孩子相互依偎着。在狂风暴雨和深邃的大海里，油灯昏黄的光芒开辟出了一方光明的绿洲。这片绿洲将庇佑着生命的沙漠绿洲更温暖，更富有智慧源泉。

阿幸翁被孩子们紧紧地围簇着，继续讲述起从三千年前开始流淌起来的神奇往事。阿幸翁十分舒缓而从容地讲述着：

“一直到今天，我还能记得他那双很奇怪的眼睛，奇怪的瞳孔，一只是黑色，一只却是绿色的。尽管在随后三千年的时光里，我似乎不断能碰到这位奇怪的先生，但像那短短七天一样交流得那么多，却绝没有了。那个时候，呃，掐指算来，应该是大商朝就要灭亡的时候，殷人们的国君还是赫赫有名的纣王——他的大名叫作子受，姓子，名受。大周国才在周文王义父的率领下刚刚兴盛起来，可是我既不是商国的人，也不是周国的人，只是白鹿原最北端的白鹿部落里一个小小无名的放羊娃……”

说着，他从怀中掏出了一件东西，张开了手掌，呈给孩子们看。

大家仔细一看，阿幸翁的手掌心里是一个透明的玻璃三棱镜。兰芳国是东方和西方贸易的中转站之一，孩子们看多了西方的玻璃制品，望远镜、放大镜、天鹅、熊、玻璃的西方城堡、玻璃的冰雪美人、玻璃的大帆船模型等等，看到这个小小的三棱镜，倒没有表现出多大的惊奇来。

阿幸翁摆弄着这个简简单单的小玩意，说：“这个，就是那个陌生人所赠送给我的，三千年一点没有损坏。我后来才知道这面小小的三棱镜是何其贵重的馈赠，因为这应该就是牛顿博士亲手研磨出的第一面三棱镜。至今，我还在猜测其中的道理，为什么光芒在三棱镜中会分解成七种颜色。恰如他所说的，它是分解世界的钥匙，让我们清晰地看到了单纯的世界里所蕴含的无数个小天地。”

时至今日，阿幸伯还清晰地记得那个傍晚陌生人向他道别的情景。壮丽的夕阳下，那个陌生人目送着他走出山谷，走向小村落。最后的一声“再见”是用村落里人们的语言说的，那时候的牧羊少年居然听懂了。这是他能够听懂的第一句人类的语言。

牧羊少年回到村子里之后，发现小村庄热闹非凡。原来部落首领的女儿要出嫁，嫁到另一个大部落去，两个大部落要结成联盟，再一起加入到更大的部落联盟体系当中。这件事真是部落的大事啊，全村的人欢天喜地。

不过这只是部落族人们的热闹，牧羊少年只要负责把羊赶到圈里关好，然后看守上一夜就成。如果他肚子饿了，只能喝一些母羊的奶，部落的人们也会分给他一些小米碾成的饼。但那些饼，他每天只能吃一顿。如果觉得肚子还饿，那么少年必须自己出去钓鱼或者捕猎。这就是他的全部生活，显得十分寂寞，但少年感受不到，也因为饥饿是少年时常相伴的朋友。饥饿也会说话，而且有唯一的语言：“咕咕咕。”

那个时代的中土大地是十分空乏的，没有土豆可吃，没有葡萄也没有苹果，甚至连红薯和玉米都没有。牧羊少年经常和伴随自己的饥饿朋友一起研究土地里生长出来的各种美味野果，各种野生的豆类还有蘑菇，交流各种意想不到的美食，比如从河里捞出河蚌，还有偷吃各种鸟、蛇的蛋等等。

少年到了羊圈里，跟羊群一起入睡。他头枕在母羊的腹部，身上盖着两只软绵绵的小羊，一只耳朵贴着大地，小心地听着北方来偷袭的狼群的脚步声，还有它们之间低声的密谈。因为少年精通狼语，所以这些偷袭者的阴谋诡计，在距离很远的地方，他就能听到耳中。它们想偷袭羊圈，但永远都会落空——这也是首领肯把羊群这一部落最宝贵的财富交给少年看护的缘由。

在村落中心的空地上，今天燃起了很大一堆篝火，部落里的人们围绕着火堆在欢庆着。部落的大巫师念念有词，似乎在为即将出嫁的部落小公主祈福。

不知怎地，在和陌生人以各种动物的语言聊了一个下午之后，少年居然听懂了人类语言的第一个词汇："再见"。仿佛一个崭新的世界被打开了，这个牧羊少年一下子听懂了村落里人们所有的话。此刻他孤身一人躺在母羊的腹部，静静听着人们的言语，觉得十分不可思议。

有些人在敲着陶盆子歌唱，有些人在呢喃，有些人在赞美着部落小公主（"公主"一词那时候还没有，一般国王的女儿都叫"王姬"，姑且这么叫吧）的美貌，有些人则在暗中咒骂。还有一个人纯粹在胡言乱语，说着似乎妖魔鬼怪的语言——那个人，就是部落里的大巫师，一个部落全体居民都奉若神明的女人。

部落的首领带着颇为欣喜的语调说："我们白鹿部落，将来若能和有熊部落结盟，共同投奔西边的大周部落，一定能永远享有这原上的和平！"

有一个人立刻提出了异议："首领啊，万万不可啊，你不知道商王大军就在东边虎视眈眈么，连大周部落的人都归顺他们，我们怎么能不服从商王，而服从周国人呢？"

首领说："我听有熊部落的人说，商国人国富兵强，动不动征讨四方，我们要是归顺了他们，就会四面树敌，部落的安危难测！周人的王——姬昌是一个人人都夸好的明君，大周国的国人，温和平静，而且地种得特别好，我想向他们讨教种地的法子，让部落的老小妥妥当当地吃个饱啊！"

反对者不说话了。然而，女巫师却发话了："从周不从商，鬼神会迁怒于我们的，部落的灾难过不久就要来了！”

首领默不作声了，他沉默了良久才说：“商是大国，能吃饱甚至吃撑了却要打仗；大周也是一个新兴的大国，能吃饱肚子却不用打仗，想来想去，我们还是先归顺周人吧。再说周也是归顺大商的，还不是一样吗？我们白鹿部落的人不想打仗，我们只要和和平平地种地、养牲口，在神鹿的保佑下，多生孩子，增加人口。”

首领的这番说完，就没有人再说什么了。只有巫师还在念念有词，不过说的并不是人话，而又恢复了叽里哇呜与神鬼沟通的语言了。

牧羊少年听得津津有味，虽然他完全不明白其中的原委，但他能够听得懂，原来自己的部落叫作白鹿部落。除了这个白鹿部落之外，还有叫作“大周”的部落，叫作“商”的国家。“商”国还有一个国王。

“国家”和“国王”是什么意思，牧羊少年听不懂。但是，的确如那个陌生人所说的，在小小的部落世界之外，真有无数个不同的天地。

十二　笛声

第二天，牧羊少年依然赶着他的羊群要去谷地放羊。在他出发之前，白鹿部落的首领从羊圈里点走了二十只羊，要作为女儿陪嫁送到有熊部落去，嫁给有熊部落首领的弟弟，现在的代首领。这些羊都是羊群里比较大的羊，每只羊独特的嗓音少年都能非常清晰地辨别出来。

当羊们离开圈随着首领的人出发之时，它们纷纷向少年道别，少年也一一与它们话别。他的这个举动，又一次惹得赶羊的人哈哈大笑，因为他们从来都是把少年当是小傻瓜看待的，今天更是如此。

当送亲的人们簇拥着首领和他的女儿，带着一大群的牛羊猪浩浩荡荡离开部落时，少年又听到了女巫师惊恐的言语：“白鹿部落的末日不远了！”

少年只是听到了这句话而已，他内心倒没有任何的感觉，只顾赶着剩下的羊群，匆匆忙忙地往谷地去。昨天那个陌生人与他约好在那里等着他。

当他赶到谷地的时候，远远就看到那个怪异的陌生人坐在那块大石头上。他手里拿着一个亮晶晶、非常薄、正方形的盒子在看着，一动不动的，就像一块大石头。

“你！”牧羊少年远远就用部落人们的语言呼喊陌生人。那个陌生人看到他，连忙把方盒子塞到怀里去，站起身迎接。

陌生人远远地就张开手臂欢迎他，等少年走到他的面前，就一把拥抱起他：“孩子，你终于来了。”

牧羊少年从他羊羔皮的外套袋子里掏出了一团小米饼，递给陌生人，努努嘴表示给他吃的意思。又指了指一头跪着喂小羊喝奶的牧羊，示意陌生人去喝。陌生人笑了，他把米饼还给少年说：“谢谢你，孩子，一早上，我就已经在地中海岸边与以色列的大卫王陛下共进过早餐了——有朝一日，你会见到他的。”

少年呵呵一笑，他知道陌生人已经吃过饭了，而且还跟不知哪边的一个王吃过饭，于是就把自己的午饭揣回怀里。

羊儿们各就各位，继续在水草茂盛的谷地里埋头吃草。陌生人和他一起在石头上坐下，从怀里掏出了刚才在看的那个银色的长方形小盒子，展示给少年看。

牧羊少年看到它的一面光滑如石镜，还有几根丝线一样的东西。陌生人又开始展示他的魔法了：“这是一个地中海竖琴。今天我教你唱一个曲子如何？”

少年发现，陌生人所说的本部落的语言真是清晰好懂，要比部落首领和巫师的话好听多了。他不禁怀疑起来，这个陌生人是否就是一直生活在村子里的某个人。

“曲子？什么是曲子？”他十分惊奇地问。

“你没有唱过歌吗？”陌生人问他，“唱歌是非常美好的事情，就像……就像那母羊的奶一样鲜美。”他的这个比喻，少年一下子就明白了，忍不住笑了起来，露出了满嘴尖尖的白牙。

陌生人在那面镜子上拨了一下，那个神奇的镜子竟然发出了悦耳的声音来，吓得少年“哇”地大叫一声跳起来。陌生人笑着拉住他，请他坐下来，认认真真地听那个声音。那个银色的石镜实在是太神奇了，它散发的那份悦耳简直难于言表，远远近近，仿佛就是从石头的四周传出来的。牧羊少年简直听得如痴如醉。

一曲完毕，陌生人又在镜子上抹了一把，那又是另外一段不同的乐曲，同样地非常悦耳。一曲又一曲，足足让这个耳朵从未开过窍的少年倾听了一个上午。

甚至那些吃饱了草的羊也被这块魔法石给吸引了，它们围到陌生人和少年的身边，个个乖乖地趴着，一声不吭，侧耳倾听，甚至连天上流转的白云，也都停止了流动，它们凝固在山谷的上方，聚集着，就像是天上的羊群一般，也凑过来听魔法石盒里发出的好听乐曲。

一转眼，到了中午时间。牧羊少年的饥饿朋友准时到来召唤他，对他说话，发出了强烈的"咕咕咕"的叫声。牧羊少年尴尬地冲陌生人笑了笑，这时候再美好的乐曲也抵不上怀中那团小米饼的诱惑了。

陌生人也察觉到了少年的窘态，笑着问他："孩子，是不是饿了？"少年嬉笑着点了点头。"没关系，有吃的。"陌生人说着掏出了一个像羊肠衣一样透明的袋子，里面装满了食物。他拆开袋子说："这是欧洲人发明的食物，饼干，吃吧！"

三千年以来，牧羊少年不断回忆起自己第一次吃饼干的滋味，那种松软与甜美，远远胜过小米饼一百倍。一直到兰芳共和国受到荷兰人攻击前十年左右，已经卸去万律城大理塾教职，担任兰芳共和国魁兰官（民举会）选帝院大佑师的幸翁，才第二次吃到英国女王赠给民选君的饼干。那时候，现代工业大生产的饼干才刚刚被发明出来不多久。一块入口，让他不断回忆起三千年前那个赋予他永生的神奇初遇。

牧羊少年小心翼翼地掰开一小块，嗅了嗅然后放在嘴里含着，用舌头慢慢搅拌，感觉无与伦比。在接下来的几天里，他吃了陌生人所带来的各种美食：饼干、蛋糕、巧克力、糖果。这使得他坚信，这个陌生人绝对不是什么一般人，而是一个比部落里任何巫师还要强大的魔法师。

午后时分，陌生人继续给牧羊少年听了几个曲子，然后问他：“你能够记住哪一个？”

牧羊少年回想了片刻，发现自己一个都记不起。

陌生人就说：“那么，天黑之前，我教你一个最简单的曲子吧。这是我在一个崭新国家成立的典礼上记录下来的。”

陌生人绕着石头转了转，到一丛竹子那里折断一枝，掏出一把亮晶晶的刀削了一会，给少年做了一支小小的、竖着吹的竹笛。他吹了一支曲子，然后把笛子交给少年。少年其实是见过笛子的。部落里有一位放牛的壮小子，会用骨头做成的笛子吹出各种不同的声响。每当他放牛时，尖锐刺耳的骨笛声会充满河谷。部落里还有一位神奇的陶匠会用泥土烧出陶笛子，能够吹出比骨笛更为低沉好听的声音。

不过，每次牧羊少年想去摸摸骨笛或者陶笛的时候，都会遭到他们驱赶。在他们眼睛里，这个来路不明的小羊倌跟一匹小野狼没有任何区别，根本不能算是部落的“人”。他们不会跟他说话，通常都用燃烧着的木棍驱赶他。

陌生人很快就教会少年吹奏竹笛子。这的确是少年自己能够学会的第一支曲子。不久后，他听到伊颂工坊里神奇的工匠铸神龙伯吟诵一首古谣，他为教会自己认字的龙伯吹奏这首曲子，并把它们合为一首歌。

又过了近三千年以后，已经拥有了自己大名的牧羊少年——石有幸，和他的伙伴们在婆罗洲外海建立兰芳共和国的时候，这支简洁的曲子被精通音律的罗芳伯改了改，成为了传唱百年的国歌。

十三　数字

陌生人一共在山谷里等了牧羊少年七天。

第一天里，陌生人教会少年听懂了人类的语言；第二天里，陌生人让他学会了用粗陋的竹笛吹奏一首曲子；第三天里，陌生人教会了牧羊少年数羊。

少年本来只会数两个数字，一个，另一个。

陌生人摇摇头说："孩子，你这个是二进制，不能说你数数的方法不好。不过，非要等你非常非常聪明的时候，才会明白这样数数是多神奇。它的奥秘，不久后一位白发苍苍的老人会告诉你……不过现在，我得教会你更笨一点的办法学习数数，你伸出双手。"

少年就伸出自己的双手，张开十个手指头。陌生人教会少年用双手的手指头去数数，也就是让他掌握了十进制。

用双手的手指头数羊，的确是快了很多很多，很快少年就把草地上二百一十三只羊全数遍了。可是，当学会用双手去数羊的时候，少年觉得眼前那些他所熟悉的羊一下子都变得十分陌生了，有点不像他眼中的"啊""哈""咔""啦"和"哇"们了……

夜里回到羊圈的时候，那些羊也不愿意跟他多说话了。

少年只好抬头数天空上的星星，星星越数越多，让他有些失眠了。远远的一只最老的羊"唉"有点不耐烦了，对他说："快睡吧！"

少年便不数星星改在脑子里默默数着羊群，结果他很快就睡着了。以后漫长的岁月里，即便牧羊少年不再放羊，他睡不着觉的时候，都会默默地数着最早陪伴着他的这群羊。每次，他都能很快入睡……

第四天，下起了淅淅沥沥的小雨，这个神奇而陌生的大巫师邀请少年到他的屋子里避雨。大巫师在山坡的背后居然搭起了一个奇怪的小屋子。这个屋子并不是用木头和泥块搭建的，而是用非常大的布匹和绳索搭建的。不久之后，少年见到了游牧的犬戎人的住所，才猛然回想起来，当时这个陌生人的屋子是一座帐篷。

少年赶着羊群来到陌生人的帐篷外，陌生人用热气腾腾的饮料和食物招待了这个牧羊少年。陌生人的屋子真是神奇，正如他所说的，与山谷外的世界相比，简直是另外一个世界。屋顶能发出亮光，照得屋子里很亮堂。屋子里摆满各种稀奇古怪的东西，有球形的，有方形的，有弯弯曲曲的管子，有像星星一样闪烁的石头，闪出各种颜色的光芒。那个陌生人并不是坐在地上，而是坐在一个长方形的台子边，屁股下面撑着一个布做的架子。

牧羊少年眼花缭乱，他对屋子里的一切都充满了好奇。那个长方形的小魔盒子搁在长方形的台子上，依然在发出好听的乐曲，却不是那种竖琴的声音，而是另外一种东西发出的乐曲。陌生人用手指在魔盒上面一划，故作神秘地说：“我刚刚录制了巴赫先生亲手弹奏的管风琴乐曲，是不是也很好听？”

牧羊少年点点头，他完全没有兴趣理会陌生人在说些什么，而是被他屋子里各种神奇的玩意给惊呆了。陌生人请他到另外一张布做的架子上坐下来，坐在了台子边。少年拿起台子上的一个银亮的小叉子，瞪大眼睛看这个奇怪的东西。

陌生人哈哈大笑，说：“我们可以坐在椅子上，坐到桌子旁边。你手里拿着的是金属餐叉……金属，嗯，并不是什么了不起的东西，或许你很快就会熟悉它。”

牧羊少年又拿起了一把银亮的小勺子，毫无疑问，它也是金属勺子。在勺子的背面，他可以看见自己变了形的脸，和一对被扭曲放大了的、充满了惊奇的双眼。

正如陌生人所预见的那样，果然，到了那天的晚上牧羊少年就得以见识了什么叫作“金属”。半夜里，趁着首领出门，巫师把部落里剩下的全部人都召集到村子中央的旷场中，连熟睡中的牧羊少年都被拉了起来。

旷场里燃起了一堆很大的篝火，大家团团围坐在篝火边。与往常任何集会相比，这次的集会显得异常安静，传递出一种非常紧张的气氛。这还是少年第一次参加部落里的集会，他甚至有点怯场，怀着强烈的好奇心，悄悄躲在人群中最不起眼的一个角落里听着大家的议论。

巫师举着一个发出寒光的长条状的东西，大声说：“诸位啊诸位，今天，我要给大家长长眼，见识见识大商国人的宝贝！”说着，她拿起一根不算太粗的木棍，用那个长条状的东西“嗡”地一声砍向木棍。只听到“咔嚓”一声，那个木棍断成了两截。大家不由地纷纷惊叹，就连伏在地上的狗也“呜”地叫了一声。

“金属！”牧羊少年也忍不住大喊一声。他突然说话，令周围的人大吃一惊。大家从来没有听过牧羊少年说过人话，被他这一声大喊一吓，也大吃一惊。

“不错，就是金属，这是一把剑！”大巫师有点得意扬扬，“你看，这就是金的威力，都能让哑巴开口说人话了。来来，孩子，快坐到前排来。”

牧羊少年被部落里最显赫的大巫师点了名，有点受宠若惊的感觉，惊惶地站起来，穿过人群走到了巫师的身边。大巫师抚摸着牧羊少年的头顶说：“看到没，大家甚至都不如这个野狼孩子有见识。他是金命，能感应到金的魂。”众人听了开始欢呼。

“早在一千年前，大商国的人就会用这种利器了。而我们，至今还只会木制耒耜耕作！愚蠢啊！”大巫师用青铜剑从火堆里挑出一块烧裂开的龟甲，放在了牧羊少年的面前，大声喊道：“少年，告诉大家看到了什么？”

牧羊少年低下头，盯着那块裂开龟甲看了好一会，除了张牙舞爪的裂纹，他什么也看不出来。

大巫师是在用龟甲占卜吉凶，只听她口中念念有词，随后大喝一声，开口明示：“这是神鹿在托梦给我，我们白鹿部族的灾难就要降临了！”

十四　群鸟

第五天，少年一大早就迫不及待地把羊群赶到谷地。他急切地想寻找那个陌生人。好在陌生人已经等在那块石头上了，在晨曦中，只见他高高地站在石头上，平端着双臂，呈一个十字形。更奇怪的是，他的头顶发出“嗡嗡嗡”的怪声，似乎有十几只大鸟在盘旋着。

待少年走得更近些，看见那些银色的大鸟垂直地飞向了高空，以极快的速度向四面八方散去，几乎是一眨眼的工夫，就隐没在苍茫天穹之中。

“这个人一定是个神！”牧羊少年不由自主地想，“部落的事情还是请教他比较好。”

陌生人也看到少年来了，立刻收起双臂，跳下大岩石，显得十分兴致盎然地说：“我的孩子，今天要给你看一个有趣的东西。”

牧羊少年却追问他：“刚才那些是一群鸟吗？为什么它们连一句鸟语都

不讲？”

陌生人笑笑说：“是鸟，它们会讲鸟语，但是你听不懂。现在它们就在跟我说着话呢，你听不到吧？”

牧羊少年努力听了听，摇摇头说：“听不到。它们说什么呢？它们要晚上才飞回来吗？它们能飞多远？你这还有小鸟吗，能给我玩玩吗？”

陌生人连忙阻止少年继续说下去：“哈哈，孩子，你问得实在太多了，不要在意那些鸟。它们只是我派出去的使者，帮我打量这个世界的千姿百态。比如有一只鸟飞向了西岐，有一只鸟飞向了朝歌。只要吸纳阳光，它们可以飞上一百年不落地。”

牧羊少年十分神往，突然又问：“西岐，朝歌……在很远的地方吗？要飞一百年才到？”

陌生人摇摇头说：“不远，它们已经快要到了，我几乎就要看到纣王陛下那些美丽无比的妃子们了。”

牧羊少年忍不住憧憬起来：“这样的鸟能不能送我一只啊？”

陌生人又摇了摇头，故作神秘地说：“天机不可泄露！”

这倒提醒了牧羊少年，他连忙问：“您是一个大法师？大魔师？大巫师？还是，您就是一个神灵？”

陌生人倒被少年这突如其来的问题给问住了：“嗯，我发现你的话比以前多了两三倍，孩子，过两天我再回答你好不好。今天，就让我们在这块大石头上留下我们这次会面的标记……你会画画吗？”

少年摇摇头。他对“绘画”这件事情，真的毫无概念可言。陌生人这次掏出一块鸡骨头一般金属质的东西，一挥手，那个玩意发出了一束极其细小而绿色的光芒。光芒接触到了岩石，就在上面留下了一道深深的印迹。

陌生人就开始示范起“画画”来，他的画面很简单，就是大环套着小环，不断地画圈，画出了极为复杂的圈圈。不过每一个圆圈看起来标准极了，无数个大小不一的圆圈叠加在一起，构成了一个完全不知其何意的图形。

陌生人只画了非常短的时间，就在这块少年放羊时当“椅子”来坐的石头上留下了永久的印迹。他介绍说：“这些都是圆。圆是最美妙神秘的图案。你和我就是一个圆，这块石头就算是圆心，我们将走过一条直线。”他在一个圆中画了条直线。

陌生人比画了一下，说：“圆周和这条直线的比，当你计算出来的时候，将是你和我之间最神秘的距离，将包含所有的可能性！”

轮到少年来画了，陌生人却递给他一枚尖尖的东西让他到石头旁边作画。牧羊少年很想摸摸那个像鸡腿骨一样的东西，陌生人却不愿交给他，说：“来，画出你心中所想吧。”

少年认得那尖尖的东西，那是一颗狼牙，而且是一颗非常雄壮的公狼的獠牙。他只得拿着那个狼牙在石面上绘画。他努力画出了一大一小两个圆圈，极其不规整，与陌生人所画的圆圈简直无法相形。在每个圆圈下，他又画了几条线代表了胳膊和双腿。这样一大一小两个人，似乎代表着陌生人和牧羊少年。在他们的身后，少年又画出了很多的小圆圈代表了羊群。

在大人和小人之间，牧羊少年故意留下了一大块的空白。显然的，它代表了少年内心中的某种期待。陌生人也看懂了他的意思，从他手里接过狼牙，在空白的地方继续画了起来。只见他画了一个非常标准的倒三角形，又在三角形中间画了一个圈。他冲着少年微微一笑，少年非常期待他能拿出什么东西来。陌生人恍然想起什么来，就在圈子中间画了弯弯的一个“S”，在“S”的两端又画了两个小小的圈。

画完了整幅画，陌生人对少年说：“孩子，不用担心，在我离开之前，一定会送给你一个新的天地！”

多年以后，牧羊少年有了自己另外的名字——叫作卫幸。他逃离了中原的纷乱，走进河西走廊浩瀚的沙漠。在敦煌莫高山的石窟里安静地画着“飞天”的时刻，少年突然回忆起一千多年前的这句话。

心有所感，他走到石窟外面，面对着苍茫的戈壁沙漠发呆。时值正午，烈日如焚，光线在大漠中折射出一片清晰的海市蜃楼。少年卫幸定睛细看，在那蜃楼中居然看到了当年的那一幕：

牧羊少年有点失望，他期待的，是那些新奇的、具体的玩意儿，“新天地”是什么，他没法想象。于是，他龇着牙从怀里掏出一把青铜短刀，在那个倒三角形图案上砍了起来，表达心中的失望之情。

陌生人有点尴尬地站在他身后，想安慰少年，但是他第一眼就注意到了少年手中的青铜刀，忙抢了过来，在手上比画了一下。他用指头弹了一下刀刃，发出清脆的“嗡”声，就问少年：“孩子，你怎么会有这把刀？”

少年说：“部落里大巫师发的啊，愿意听她话的人，每人发一个武器！”

陌生人抬起头，向着天空自言自语：“这些刀是从何而来的？青鸟 11 号，观察部落北部区域。”

过了极短的一小会儿，陌生人低下了头，很郑重地对少年说：“孩子，刀子的出现，是极凶的征兆。犬戎苍狼部落的马队即将出发了，你们的白鹿部落里将有一场分裂的大灾难。”

牧羊少年一把夺回陌生人手中的刀子，又在石头里的画面上砍了两刀，然后转身，一溜烟地跑向自己的羊群。奔跑中，少年的头顶上有轻轻的“嗡嗡声”传出，他抬头细细看，竟是一只陌生人放出的鸟在头顶上盘旋。

那只鸟闪着银色的光芒，像老鹰一样轻盈地滑翔，像是在监视着少年。少年抬起头，撅起嘴，冲着天空吼了一句鸟语：“滚开！”

鸟仿佛听懂了他的愤懑，乖乖地向前滑动，消失在山谷边缘。

十五　和亲

牧羊少年带着失望放了一整天的羊，再也没有理会那个随即不知所踪的陌生人。在太阳下山之前，少年照例赶着羊群回到了村落里。

村落今晚很热闹，首领已经和有熊部落联姻结盟了，皆大欢喜。他召集全部落的人到旷场上集合，让人宰杀了一头猪，大家分肉吃庆祝。同样的一堆篝火被燃烧了起来，大家就着火烤肉吃。肉的香气飘满了整个村庄，这样光辉温暖的时刻，就像是神鹿降临了。

可是，部落首领并没有让牧羊少年来参加篝火晚宴。这也是惯例，因为他还算不得白鹿部落的正式成员。

少年独自在羊圈里喝了羊奶，吃了一小块米饼，闻着肉香，口水流了一嘴。那堆肉，明天早上多多少少会剩下一些骨头，少年可以和部落的狗分得一些。他可以用石头砸破骨头，吸出里面的骨髓，那简直是世界上至美无比的美味。

牧羊少年想到一整天遭遇的失望与冷落，心中有少许的愤懑，就把手伸到了怀里取暖。在怀中，他摸到了一个冰冷的东西。是那把昨天晚上大巫师分发的青铜刀……

昨天晚上，巫师命人从自己的屋子里抱出了一张大水牛皮裹着的东西，当着大家的面解开来一看，里面裹着的，都是金灿灿的青铜武器。有矛头，戈，还有青铜的刀。

巫师鼓动说："这是东边的苍狼部落的朋友送给我们的，苍狼部落归顺了大商的崇国。他们都是犬戎人，能骑在马上，会射箭，都要归顺大商。我们这个小小部族，就像是柔弱的羊羔，如果不寻求大部族的庇护，一定会被群狼吞吃了，遭受灭顶之灾。我们今天的状况，就像大海里的一艘独木舟，随时都会被巨浪灭顶！"

部族的人们面面相觑，不知道这位大巫师说的是真是假，关于"羊羔"和"狼群"，他们还能听得懂，至于"大海"和"巨浪"，大家都无法想象。对白鹿部族以外的世界，大家是一片茫茫然。在这整个部落里，只有首领和巫师远行过。首领还在少年时代，曾经是一个勇士，孤身一人到白鹿神庇护的领地之外冒险，亲手杀死过一只猛虎、一头犀牛。而巫师，则是部落前任首领的女儿，大家都知道，在她的少女时代曾被神鹿驮着，一直向东跑到海边，攀登过连接到天庭之上的扶桑树，见过扶桑树上呼唤太阳升起的雄鸡。

巫师拿出一把小青铜刀递给盘坐在她面前的牧羊少年，她用刀子割开自己的手掌。手掌滴出血，巫师滴一滴在牧羊少年的头顶上，念念有词道："拿着这把刀，孩子，你会用得着的！从今天起，你就是我白鹿部落正式成员。神鹿保佑你，你身上的血不再是狼血，而是神鹿的血！"

牧羊少年更是受宠若惊，双手接过大巫师递过来的刀子，但一时不知道该把它往哪里放才好。其他有心想要武器的人，也纷纷站起来跪到大巫师面前，分别承受了巫师的滴血，领取了他们心仪的武器——只要把矛头和戈捆绑在家中的木棒上，就都是这世上最厉害的武器了。

也有一大半的部族成员并没有动，他们惶恐地不安地看着大巫师的所作所为，觉得青铜武器真是一些非常可怕的东西。他们想象不出巫师所说的灾难在哪里，但害怕眼前这些部落外流传进来的不祥之物给他们带来灾难……

少年很喜欢那把青铜的刀，它的冰冷和锋利给了他内心极大的安慰。明天，少年憧憬着，明天就用这把刀来劈开骨头，吸食骨髓。今天，在山谷中，他真害怕陌生人把他的刀子给抢走。

部落首领的兴致很高，他让人捧出了几个黑色的陶罐子，高声告诉大家："这是有熊部落从大周国请回来的良种！这次去结姻，他们肯分一半给我们！孩子们，明年的好收成有希望了！"

大家都欢呼了起来。只有大巫师冷冷地说："饿狼在四方嚎叫，怎能躺在烈火上睡大觉呢！"

首领说："有熊部落人丁兴旺，粮食充足。遇到任何灾祸，只要他们肯伸出援手，就没有什么可怕的了！"

他又让人捧出一个白色的大陶罐子，把封在罐子上的泥巴敲开了，露出了里面白色沙粒一般晶亮的东西。

大家一看，又不禁高声欢呼了起来。那是盐。大家第一次见到这么多的盐巴。趁着大家的兴致，首领就说："有熊部落还有一方很大的盐池，远近的部落都要归附他们才能吃得上这么多、这么好的盐。今后我们再也不必用大批牛羊换盐了，只要与有熊部落修好，就能吃上一整年的盐巴。"

种子代表着粮食的大丰收，盐代表着有滋有味。首领让人取出盐罐里的盐，每人分得一点撒在烤肉上有滋有味地吃。趁着部落的兴致，首领又让人搬出第三个绛红色的陶罐子，敲开了封泥，大家看到里面居然是一坛子的水。

首领命每人分发一只陶碗，倒一点点坛子里的水。大家这才发现，这碗里的水实在味道非比寻常，有淡淡的甜味。一口喝下去，立即觉得通体舒泰，脑袋像中了魔法一般晕乎乎，身体也轻飘飘了起来。

首领得意地说：“这是有熊部落的粮食充裕的证明。他们用粮食酿出来的神水，酒！大家喝的每一口酒，都要用大量的粮食酿造而成。在这天地间，酒是顶顶美的东西了。吃肉，喝酒，就是我们与有熊部落一起归附大周国的好日子！”

大家立刻真的都醉了，对首领的拥戴到了极致。

只有大巫师在一旁冷冷地说：“这么点肉盐和酒算什么，大商国的酒能倒满一个湖，肉能堆满一个森林。没见识，枉送死！”

大巫师的声音很小，喝酒吃肉的白鹿部族人没几个能听到。可是，远在羊圈里咽口水的牧羊少年听到了，他紧紧握着自己的刀，无限憧憬着大巫师所说的那个大商国。短短几天的时间里，小小少年所面对的天地整整大了一百倍。

第四章
灭顶之灾

十六　灭顶

没有人相信大巫师的预言，但它真的发生了。白鹿部落就在那一夜遭遇了它的灭顶之灾。正当大家吃肉喝酒，畅想着归附大周国的好日子时，苍狼部落的敌人们发起了对部落的攻击。第一支箭落在了一个喝醉酒的白鹿部落壮汉的背后，随后接二连三的箭像雨点一样飘落下来，惨烈的叫声响彻整个村庄。

苍狼部落是犬戎人的一支，与白鹿部落人信奉神鹿不一样的是，他们信奉的是苍狼，也就是黑狼。

苍狼部落的人会骑马，更擅长射箭。他们用石头打磨成锋利的箭头，用牛筋做弓。他们归附了大商国的崇侯，用马匹与崇侯交换青铜和盐巴，制造刀和剑。

这一仗打得白鹿部落的人措手不及。苍狼部落与白鹿部落相隔很遥远，要翻过九座山、九条河还有一片戈壁沙漠。天知道他们是怎么神不知鬼不觉地来到白鹿部落的领地里的。当苍狼部落的人吹响牛角号之时，牧羊少年几乎已经跌入了梦境之中。

他见到自己提着刀，走在挂满肉的森林，想吃大块就吃大块，想吃小块就吃小块。当他割下一块肉准备吃的时候，突然看见那个白天里的陌生人，他拿着竹笛子吹出了“呜呜”的怪声。

牧羊少年睁开眼，推开身边的羊，正看到夜色下，一些披着狼皮的人拼命地往村子里射箭。部族里充满了喊叫声，另外有一队人举着青铜的长矛和戈，跟随着大巫师蜂拥着从村子里跑出来。

巫师在用另外一种人的语言向那些披着白狼皮的人喊叫。不一会儿，他们汇合在了一起。火四起，火的光芒照映着那些金属的武器，发出了异常凌厉的光亮。

有些赤手空拳的白鹿族人从村子里跑了出来，很快就中箭倒地。火光中，一队人马冲着羊圈来了，他们披着的狼头面目极其狰狞。他们想要夺取部落的羊，因此并没有向这里射出密集的箭。

可是，牧羊少年被吓坏了，他匆匆忙忙掏出怀中的青铜短刀，站在羊圈外要跟这帮野蛮人拼死一战。那些入侵者看到少年手中的短刀，居然没有放箭杀死他，只是围了上来，冲着他吼了几声，用鞭子抽打少年。

牧羊少年给吓坏了，丢下刀夺路而逃。正好遇上了被苍狼部落人簇拥着的大巫师，大巫师冲着他叫喊：“孩子，孩子，跟我们一起走吧，我们把你当成自家人！”

听到大巫师的声音，少年愣住了，稍稍止步，回头看了看。果然是大巫师带领着苍狼部落的人里应外合，攻占了白鹿部落。牧羊少年这个冰冷又温暖的小家园就此毁于一旦了。他眼睁睁看着那些熟悉的朋友，那些羊“哇”“哈”“咔”“啦”一个个被苍狼部落的驱赶着，离开了羊圈，非常无助地向他高声求救。

少年稍稍犹豫了片刻，立刻转过头，狂奔了起来。只听见大巫师在他背后遗憾地感慨：“野崽子，果然还是个野崽子！”

大巫师的话音落罢，只听到“嗖”一声，她身边苍狼部落的人就射出一支箭，射向了奔跑中的少年。然而火光之中，突然从天空中闪出了一道极其明亮的绿光，瞬间就把那支箭打穿，落在了地上。

苍狼部落的人被吓了一跳，五个弓箭手“嗖嗖嗖”地射出了一排箭。与此同时，半空中也闪出了一道绿光，竟在眨眼间把五支箭全都毁灭了。连大巫师本人也被吓着，她告诉苍狼部落的人，此少年有苍狼神保佑，万万不可伤害。

牧羊少年因此得以逃离虎口。

然而，逃出部落的少年被吓坏了。在黑暗中，他一口气跑了很远，直到累得实在跑不动了，才爬到一棵大树上胡乱地睡了一觉。

第二天早上，觉得自己无处可去，牧羊少年还是跑到了那个山谷里，呆呆地坐在那块大石头下。昨天，他和陌生人所画的那幅画依然还在石头上铭刻着。少年看到陌生人画出的极度复杂的圆圈，像是瞪着一个大眼睛。而自己画的人和羊群，则被青铜刀胡乱地划出了无数道伤痕，似乎象征一个非常不吉的预兆。

人依旧还在，那些代表着羊群的小圆圈们都不在了。自有记忆开始，少年就在这个小部落生活至今。虽然部落里的大多数人并不拿他当成真正的成员，甚至是一个人来看，但毕竟是他的一个“家”，至少他每天还能分得粟饼（小米饼）、粗麦饭，有时候还能分到骨头或者一小块的肉。他从来没挨过很大的饥饿，也没有过生命的担忧。他非常希望就这样一辈子平平安安地活着，放一辈子的羊。可是，一夜之间，他的家和他的希望全部都破灭了。

牧羊少年平生第一次有了悲伤的感受，他忍不住趴在石头上又睡着了，希望一觉醒来，这一切就像是一场噩梦那样全部结束，他又能回到部落里去，大家也依然如故。

十七　地球

牧羊少年一觉醒来的时候，发现自己已经走回了部落。

天色微微有点暗，部落里一栋栋木头和石块搭成的小屋子依然完好如初，可是却空空荡荡无一人，甚至连一条胡乱叫的狗都没有。少年惶恐不安地往里走去，走进了那块大旷场上。旷场上依然燃烧着一堆巨大的篝火，篝火旁还架着木头架子，烧烤着半只猪。

猪肉发出的香气真是诱人啊，少年的饥饿朋友立刻对他说话了：“咕咕，吃肉，咕咕，吃肉。”

牧羊少年的嘴立刻被汹涌而来的口水填满了。他也顾不得什么危险不危险了，立刻冲上前去，抓烤架上的肉吃。真香啊，刚刚好烤到七分熟，咬上一口，好似甘泉一般，妙不可言的味道。

少年感觉太美妙了，立刻大块吃起肉来，烤肉架边居然还有一坛开了封的酒，他立刻端起来喝上一口。这是一种非常原始的、淡淡的米酒，微酸微甜，喝到嘴里像是跟肉一起跳着舞，无与伦比的美妙。

少年喝上两三大口，头就有点晕乎乎的了。就在他大快朵颐之际，忽然发现他丢失的那一群羊，正从四面八方向着篝火这边跑来。它们长吁短叹地叫唤着，跟少年打招呼、问好。

当这群羊走得极其近之时，少年发现它们居然一个个都站立了起来。少年看呆了，还没来得及弄明白这是怎么回事，那些羊身上的皮都被掀掉了，暴露了它们的本相。原来是那伙苍狼部落的人，他们纷纷从腰间掏出闪亮的青铜小刀出来，凶神恶煞地向少年步步逼近。

牧羊少年“哇”地一声叫，立刻丢下手中的肉和酒想逃跑。但环顾四周，都被敌人包围得严严实实，根本无处可逃。正在他焦虑万分之时，那篝火里好像打开了一扇门，自动分开了，露出一个神奇的通道出来。

少年根本无从选择，只有猛地纵身一跃，跳到了篝火展开的通道之中去。

这个通道很明亮，亮得少年几乎睁不开眼，他拼命往前奔跑，跑了很久，才发现光芒稍稍暗淡了下来。也正在这时，他看到了有个人站在光芒之外。他再跑几步，看清那人正冲着他笑，似乎正等着他。那个人，就是这几天都在山谷里遇到的陌生人。

只要不是披着羊皮的苍狼部落的人，少年都不会感到恐惧，况且还是这么熟悉的一位老朋友。

陌生人迎向了少年，并朗声对他说：“火是人能掌握的最早的机器，可不仅仅是用来烤肉这么简单。每次燃烧，都是一次能量转化节点，是能够打通时空的坐标点。所以传说中的地狱，都充满了燃烧的火，而天堂都只是纯粹的光亮。”

牧羊少年根本无从理解他在嘟囔些什么，只是小声问他：“那些狼人没有追上来吧？”

陌生人微笑着说：“没有，他们被挡在了火之外。”

牧羊少年这才心神初定，问他：“你是神灵吧，你一定预知这一切！”

陌生人摇摇头说：“我不是神灵，只是你要去往的某个时刻。好，我们借蜀王的馈赠启动一下，宇阵的光芒！”

他说着，从怀中掏出了那个银亮亮发出滴答响声的圆石头，手一撒，垂直落在了地上。非常清脆地“当”地一声，那个圆圆的石头掉到了地面上一个圆圆的洞里。圆石正好完美无缺地吸附在洞里，洞口发出了一线笔直、明亮的光柱。

与此同时，仿佛被光柱托举，一个巨大的青铜的塑像从那个洞口升了起来。那塑像展示着背靠背的两个一模一样的巨人，一个面容怪诞，双眼突出，像小溪里的螃蟹，另一个闭目沉思。两人之中，一个人手里托着一个羊绒团一样空心大圆盘，另一个人手里托着陶盆一样的实心大圆盘。这个旋转着上升出来的巨像，足足有六个牧羊少年一般高。

最终那举着陶盆的巨人停下，正对着陌生人和牧羊少年。那中间便露出一个三角形的洞，射出一道圆形的白色光柱出来。

陌生人又从怀中掏出了那一枚小小的三棱镜，伸手向前送，移入到光柱中。光芒立刻折射成七彩色，散播了开来，倒映在前方。前方的光芒飞旋了起来，形成了无数绚丽的光芒泡沫。那些泡沫不断逼近，少年又看到了其中一个越来越大，变成了一张光芒交织的网。

那张光芒之网，又向牧羊少年逼近，渐渐分解成无数的小光斑。小光斑越来越近，变成一个个旋转着的光盘。其中一个五条臂的光盘慢慢逼近，分解成一个个小小的光球。

光球也越变越大，少年看它像是一堆大火在眼前燃烧，不由地抬起手遮挡双眼。当他放下手时，发现那个燃烧着的大火球，已经变成了一个旋转着的蓝色大球，一个灰土色的小球正围绕着大球旋转。

“我们的天地，从火中诞生，但本质上是由金构成的。”陌生人对少年说，“所以它永远不缺乏毁灭、刀剑和杀戮。”

牧羊少年呆呆地看着那个旋转中的蓝色大球，对陌生人的话毫无反应。

“当然，金之上，还覆盖着水，覆盖着土。水冲刷金，造就了土。土堆积成大地，所以有葱葱郁郁的草木生长，才有生命，才有你和你的羊群。”陌生人依然笑着说，“这就是我今天要给你看的东西，孩子，将来的某一刻，你会看到地球。”

十八　龙族

“爷爷，那时候，那个陌生人给你看到的，是地球仪吗？”一个瘦小的孩子打断了故事，悄悄问讲述往事的阿幸翁。

阿幸翁点点头说：“我想，是的，是一个类似西洋人的地球仪。只不过，它并不像是用铜或者木头做出来的，好像更大，就像纯粹用光造出来的。所以我很相信那个路先生……那个陌生人，就是一个了不起的魔法师！”

“我们也相信！”孩子们几乎异口同声地说。

不过，也有孩子说：“爷爷，你的故事太吓人了，而且，即使到现在也没有龙啊。”

阿幸翁沉默了一小会，抬起头说：“嗯，龙一定会有的。我说过，不同的色彩里有不同的世界。”

他捏着三棱镜，在油灯下转了转方向，光芒又照射在那个小孩子的眼睛里，变幻出别样的色彩。那种绚烂的色彩曾经让阿幸翁感到非常的温暖，忘记了梦境与现实分别，忘记了部族灭顶的劫难……

“想要看看龙吗？”那个陌生人依旧那么礼貌地微笑着对牧羊少年说，“我好像听到有人在问你龙的事情。”他把光柱之中的三棱镜换了一面，那蓝色的大球立刻向他们扑面而来，速度很快地撞了过来。

少年抱住了头，吓坏了。许久，他才敢放下双臂。这时他看到自己和陌生人正站在部族村庄的正中央。天已经大亮了，被毁灭的村庄充满了废弃的土屋。太阳升得很高，太阳下面一个活着的人都没有，一片死亡的宁静。

陌生人伸出一只手，对着天空高声呼唤："苍龙，出来！"

于是，那些废弃的屋子纷纷解体，碎片聚合在一起飞向了云端，并在云端长成了一条巨大的龙，在云里忽高忽低地穿行。

少年吓坏了。这是他第一次看到龙，那条光影之中的龙简直太令人震撼了，鳞片闪亮，五爪飞扬。龙在云中穿越，身姿修长，曲折多变，掠过光秃秃的大地，发出巨大的呼啸声。

"龙的确看起来比任何动物，比如羊，熊和虎要威风得多。不过，看多了也就是那么回事！"阿幸翁很坦率地告诉小孩子们，"龙既没有拯救我们的部落，也没有帮得了我任何具体的忙。"

"好吧，凡事总有一个标志。对于你这样一个聪明的中原孩子，没有比龙更好的信物了。孩子，我们就这么约定吧，如果以后的岁月里，你见到有龙的出现，那么，一定是我离你不远了。龙，就是我和你再见面的标志，你觉得如何？"陌生人低头询问牧羊少年。

少年抬头看着天空中盘旋飞舞的龙，想到还能与陌生人见到面，部落灭亡的不快一扫而空，愉快地点了点头。

陌生人也变得高兴起来，说："我一路走来，看遍了中国的古籍和传说，都说龙生九子，在中文里，九这个数字的确令人很愉快，寓意着天长地久，永生与循环。那么，漫长的岁月里，我们就见九次面好吧。那时候，十二星将也会聚齐了。"

刚刚学会计数的牧羊少年并不能立即领会陌生人的意思，只是伸出了双手，比画给他看。陌生人按下他左手的小拇指，说："九次，就是九条龙显现。你同意了吧？"

牧羊少年似懂非懂地点了点头。陌生人就用自己的小拇指钩住了他按下少年的小拇指，很愉快地说："那好，就这么定了，九条龙，九九八十一难，九次相遇。当你再遇到我的时候，得记得提醒我。因为我注定离你越来越远啦，每一次相遇，都是你九死一生的逃亡，你一定要记得我们的约定。"

牧羊少年紧紧钩住陌生人的小拇指，非常用力地点了点头……

满船的孩子立刻炸开了锅，议论纷纷，打断了阿幸翁的讲述。有孩子问他："老爷爷，你遇到几次龙了，真的又见到那个人了吗？"

阿幸翁等孩子们稍稍平息下来，自己回忆了良久，才说："当然，君子一言，驷马难追，我们作了约定，就一定要践行自己的约定。在以后的岁月里，我的确还能遇见他。不过就像是龙有不同的形态一样，这个人也似乎一直变来变去的，但是只要我和他慢慢聊一会，就会知道是他，错不了。"

"魔法师都是有七十二变的。他是不是孙悟空，或者，其他什么神仙呢？"

"不，不是的，他有他的名字，也有他自己的来历。他肯定不是孙悟空。哦，顺便跟大家说说吧，我当年在沙漠里遇到玄奘法师时，也就是唐僧先生时，并没有看到他的徒弟孙悟空和猪八戒，那些故事都是后来人编出来的。当然，如果你们乐意相信呢，我可以给你们也讲一讲遇到唐僧师徒四人，还有白龙马的故事。因为每一束光芒就是一个世界吗，只要我们愿意想象，没有什么是不可能的。不过，爷爷讲的故事可都是亲身经历，一定都是真的！"

"爷爷，那你真的看到龙了？你确定是真的吗？"那个质疑龙存在的大男孩又开始质疑了。

"是真的啊，是我亲眼所见的，我怎么能骗你们呢……但好像又不是，就像是，就像是，一种非常非常真实的幻影。总之，我见到了，见得越来越多，却从来没有像我所养的羊啊、狗啊那样，能亲手去摸一摸。"

"爷爷，你遇到白龙马算不算遇到龙了呢？"一个非常小的孩子被阿幸翁给弄迷糊了。

"呃，白龙马，我没有碰到啊……"阿幸翁又被小孩子给问迷糊了，"不能算，不能算，呵呵，白龙马是想象出来的。"

"那么，您一共见到了几次龙了呢？"

阿幸翁说："唉，我自己都记不清了。八次了吧，还是七次，反正一定没有满九次，我应该还能见到他的……"

"第一次算在内吗？刚才在船上见到的那次算吗？"

“这个，呃，我真搞糊涂了。我那时候，真没有留个心眼，问问他，做约定的第一次算不算。刚刚在船舱外，应该算吧，我们不也是九死一生地逃了出来么。我相信不久之后，应该会见到暗夜使者路修罗先生的。”

“什么？他叫暗夜使者？”

阿幸翁这才发现自己说漏了嘴，不由地哈哈大笑起来：“本来想给大家卖个关子，到底还是说漏了嘴。对的，他有自己的名字，叫作呵·路修罗。他自称是‘天眼之子’和‘暗夜使者’！”

“哇！好棒的名字！”兰芳共和国的孩子们都不由自主地惊叹了起来。

十九　战车

“快快醒来！”

牧羊少年是被轰隆隆的吼声给惊醒的。他努力睁开双眼，才发现自己做了一个非常漫长的梦。陌生人不在他的梦中，龙也不在了。他一时间分不清楚自己刚刚所见到的那一切，是真实还是虚幻，陷入一刹那的茫然当中。

天似乎刚刚放亮，有雄鸡在此起彼伏地叫唤着。牧羊少年揉了揉眼睛，才发现自己的周围站满了一些异常高大、强壮的人。他们手持着兵器，身上穿着皮质的甲，还有人还举着一两支未来得及熄灭的火把。为首的人顶着一个黑熊头的冠，表情凶狠，瞪着熊一样大的眼睛盯着牧羊少年看。

牧羊少年给吓坏了，完全不知所措。

“你总算醒来了！”那个首领像提小鸡一样拎起来少年来，拿着一把刀架在少年的脖子上，问，“好小子，整整睡了一夜！你是苍狼部落的人？”

牧羊少年拼命地摇头。立刻有人告诉首领说：“他不是，他是部落里的小羊倌儿！”那人是部落的幸存者。

那个熊头的首领丢下少年，长叹一声：“可恨哪，白鹿兄弟，我们有熊部落的人来迟了一步啊！”

少年这才知道原来这伙人是有熊部落的人。他从地上挣扎站起来，向周围看去。他已经被带到了部落中间的旷场里。旷场里站满了有熊部落的战士，他们个个手持寒光闪闪的金属兵器，穿着牛皮铠甲，手持木盾。

在那些士兵的背后，少年看到了十多辆奇怪的东西——由两匹马拉着的战车。那些战车由木头打造出来的，车舆外面也蒙着一层牛皮，一对圆圆的木轮上钉了一圈青铜钉，长长的车辕像蛇一样弯曲，两轭上拴着两匹雄健的大马，车毂涂着亮闪闪的牛油。

所有战车上都有一个虎背熊腰的汉子拉着马，有的战车上还有一个拉着弓警戒的战士，一个握着长长矛戈的战士。他们在战车上显得那么威风凛凛，令人望而生畏。

这是少年第一次看到战车，就像他第一次看到龙那样新鲜和震撼。

“你知道那些苍狼族人往哪里去了？”有熊部族的首领问少年，“该死的犬戎人，把这里能带走的东西，能带走的人，全都给掳走了！”

其他有熊部落的人在分头忙碌着，从残破的屋子里搜寻残存的东西，并把那些被苍狼族人杀死的白鹿族人都搬运到了旷场之中来。其中有一个尸身，牧羊少年一眼就认出来了，正是白鹿族首领。他如刺猬一般背着箭羽，死后依旧怒目圆瞪，死不瞑目。

“父亲啊！”有熊部落的人群中冲出了一个女孩子，大哭着扑向首领的尸体。她正是刚刚嫁到有熊部落去的白鹿族小公主。此刻，她也身穿着皮甲，手持着兵器，冒死来救自己的娘家部落。

有熊族的代首领安慰痛哭不止、刚刚嫁给自己没多久的小媳妇儿，说：“白鹿，勇敢些！”他转身大吼一声道：“苍狼族人应该没走多远，有熊部族的勇士们，赶快上车追击！”

白鹿族的小公主也就停止了哭泣，猛地站起来转身，跳上一辆战车，担任车长“甲首”的位置，拿起长弓。其他的人，纷纷跑上了自己的战车，准备出发。

有熊族的首领问牧羊少年说：“小羊倌儿，你要不要一起去报仇！”

牧羊少年想到要去打仗，吓得两腿直哆嗦，拼命摇头。白鹿族的小公主远远向他甩来一鞭子，骂他说：“你这个胆小鬼，跟女巫婆一样，都是叛徒！”

牧羊少年迎面挨了一鞭子，整个脸上和左肩部都火辣辣地疼。但他只龇了龇牙，忍住了，他可一点不想去打仗。经历了昨天一晚上的惊吓，他才知道，自己是一个特别胆小的人。

有熊族其他不在战车上的人，都是步兵，他们列好整齐的队伍，牵着运粮食的牛车，分发了口粮，只等首领吹响出发的号角。

揉着肩膀的牧羊少年退到了旷场的一角，准备目送这支军队离开后找点什么吃的填饱肚子。这时候，晨风四起。少年忽然听到风中夹杂着低沉的蛇语之声，蛇语很像是风声，一般人无从分辨。但少年却听出来了，是那个陌生人在跟他说话："少年，阻止他们，敌人比他们更强大！"

牧羊少年一愣，往四周看了看，并没有见到那个陌生人的身影。他犹豫了片刻，那个人又用蛇语对他说话了："快阻止他们去白白送死！"语气更为强烈了。

牧羊少年被催促得无可奈何，鼓足勇气，向前跑到有熊族首领的战车前，拦住了去路，张口想说些啥，但支吾了半天也没说得出。有熊族的首领问他："小羊倌，你是不是要跟我们一起去打仗？"

少年拼命地摇摇头，唯恐首领领会错了意思。首领问他："那你这是要干嘛？"

牧羊少年鼓足了全部的勇气，张开口说："别，别……"他说了一连串的"别"，就是没有把"去"字给蹦出来。

报仇心切的白鹿小公主怒了，她又甩开一鞭子打在少年右臂上，大声喝道："快滚，被恶鬼附身的家伙，再挡着道，我踏死你！"她一拉右骖马的缰绳，那匹大黑马长嘶一声，也在说："滚开！"

即便陌生人依旧在用蛇语鼓励着他，牧羊少年没有半点的勇气再阻止这支队伍了。他自己抱头鼠窜，像一只小耗子似的躲到了树丛里去了。他身后，有熊族的勇士们吹响了出发进军的牛角号。

二十　棱镜

山谷里安静得出奇。氤氲的雾气在渐渐消散，阳光四射，令人心情愉悦。

少年运气不错，在有熊族的人走了之后，居然在一处废屋里找到了半坛的粟饼。他找到一块葛布，把它们都包起来，挂在身上，来到了山谷里石头下歇脚。他看到了山谷底的路上有很多车辙的痕迹，才恍然想到，有熊部落的人一定是从这里经过才撞见了昏睡之中的自己，把他一并带到了白鹿部落。

那个梦做得真漫长，牧羊少年盘腿而坐，喝着溪水，吃着米饼，一边想，不知还能不能见到那个陌生人了，他什么也没给我留下来。

“你是在找我吗？”突然，陌生人的声音从牧羊少年的背后响起，“我会给你留下非常美好的东西的，这可是我们相遇的缘由。”

牧羊少年吃了一惊，蹦起了半人高。他的嘴里塞满了粟米饼，支支吾吾想说些什么。

陌生人似乎有读心术一般，点点笑着说：“我知道你胆小，我像你这么弱小的时候，也是这样胆小如鼠的。你可以做到不害怕任何的野兽，却始终非常的怕人，害怕人和人之间的战斗，战争。”

牧羊少年垂下头来，说：“喂！他们要报仇去，根本不会相信我的话。你是这么厉害的法师，为什么自己不去阻止他们呢？或者召唤龙去吓退他们也成啊。”

陌生人说：“因为历史就是历史吗，这或许是老天注定的。小小的，非常轻率的一点变动，指不定会引起一连串的风暴，整个世界就会都变了。我只能去观察，只能改变我自己，不能也不应该改变历史——甚至，我都弄不清楚自己能不能改变自己，兴许，同样会是一场改变未来的巨大风暴。”

牧羊少年说：“哦，我懂了。你是说你若去救他们的话，会引起老天爷的不高兴，引发狂风暴雨和山洪？”

陌生人抬头看了看风轻云淡的天空，想了想说：“可以这么类比吧，哈哈，你倒会为自己的怯懦找借口……”他忽而又低下头，问少年说：“对了，比起打仗来，你更害怕，最害怕什么呢？”

牧羊少年张口要说啥，陌生人却抢着接了他的话：“对，死亡。我们理所当然要害怕死亡，如果连死亡都不惧怕的话，人还有什么可以惧怕的呢？”

牧羊少年垂下了头，很蔫的样子，他觉得没有任何必要跟陌生人多说些什么了。这个远方来的大巫师，有着无所不知的神力。自己能够在这场部落的灭顶之灾中逃生出来，一定也是他施威的结果。

陌生人说："少年，整整七天了，我们不能待得更久了。我要走了，向更远古的方向去。我们的约定你还记得吧？"

少年一脸迷惘地看着他。陌生人提示他说："那是个梦，但你所见的一切都是真的。最最重要的，我们的约定是不可更改的。"少年点了点头。

陌生人掏出那块像冰一样的三角柱形，对着阳光照了照，然后放在了少年的手中，说："临行前，我应该送给你点什么。就这块小玩意吧，这是由大地那一头、两千多年以后的牛顿先生亲手打磨、又遗失掉的三棱镜，送给你吧，孩子。我把很多东西放进了里面，至少有一整个世界那么多，你一定要好好保管它。"

牧羊少年立刻蹦了起来，一把抢过那个三棱镜放在鼻子下面嗅，伸出舌头舔，放在嘴里咬。最后吐出来，对着太阳看。光芒透过棱镜，显示出非常瑰丽的变幻。少年透过那些光芒，仿佛看到了棱镜里有几条不同色泽的巨龙在飞舞。他兴奋极了。

"等你找到开启它的办法的时候，"陌生人微笑着说道，"一定会品尝到人世间最大的幸福滋味！"

牧羊少年根本不管那个陌生人在说些啥，依旧在摆弄着那个三棱镜。他试着跟它说话，但三棱镜毫无反应。陌生人说："不过，一物换一物，孩子，你有什么可以送给我的呢？"

少年听了他的话，一愣，慌忙按住自己身上背负的干粮包袱。陌生人摇摇头说："哈，我不要那个，我的食物比你多得多。嗯，只要把你最害怕、最用不着的东西送给我就成了！"

牧羊少年低头看了看自己一无所有的身体，最后一脸茫然地盯着陌生人。只听到陌生人说："那么好吧，你把你的死亡送给我好不好？"

牧羊少年闭起了眼睛，眼前立即浮现出部落首领的尸身，以及其他在劫难中横死的部落居民。那些惨状，一一在目。不用再多考虑，他迅速地点点头。

陌生人非常开心地笑了："好，君子一言，驷马难追。就这么定了。我要拿走你的死亡，伸出手来！”

牧羊少年非常胆怯地伸出自己的右手，陌生人伸出手到他的手心里抓。少年心中一怯，慌忙把手缩了回去。陌生人摇摇头，笑着说：“君子一言，驷马难追！”

少年只得硬着头皮将手掌又伸了出来，平摊在陌生人的面前说：“好吧，你拿去吧！”

陌生人伸出左手的食指，轻轻在少年的手心里一按，用一种玩笑般的口吻说道：“获得语音授权，取走死亡，启动永生！”说完，他又握紧手掌，做了一个“拿”的动作，似乎就把少年的“死亡”一下子给拿走了。

牧羊少年盯着自己的手掌看，又狐疑地看了看陌生人空空荡荡的双手，不禁释然了。这个奇怪的陌生人根本没有拿走任何东西。他问道：“喂！那个，你，你真的拿走了吗？”

陌生人点点头说：“当然！”

牧羊少年问：“那个，你会还给我吗？”

陌生人：“当然，只要你愿意。倘若你有什么意愿想继续活着，它就不会来。”

牧羊少年露出满腹的狐疑，突然问：“什么……叫君子，驷马？”

陌生人冷不防他问这个，哈哈一笑，说：“以后你会懂的，可以活到无穷尽，别着急把什么都很快弄懂！”

“喂！”牧羊少年想想交换是这么简单的事情，就说，“还有别的可以换了吗？”

陌生人也想了想说：“现在没有了，将来应该是你会找我换的……”

牧羊少年显得有些失望。陌生人陡然想起来了什么说：“哦，我想起来，的确有可以换的。”他说着，像变戏法一样抱出了一只小羊羔。

牧羊少年定睛一看，那正是他与陌生人第一次见面时丢失的小羊羔“哇”。

陌生人笑着说：“恐怕是那群苍狼族人赶羊时丢下的，还给你吧。”

牧羊少年兴高采烈地抱过小羊羔“哇”，仿佛见到了一个失散已久的亲人。

陌生人说：“认识我这么久，你不好奇我叫什么吗？你就拿一个名跟我换吧，就像那群羊一样，给我取一个名。”

牧羊少年说：“喂！你叫什么名？”

陌生人摇摇头，摆出很滑稽的表情说：“喂，可不是一个好听的名儿。我不接受。”

牧羊少年咧开嘴笑了起来：“呵！”

“‘呵’？这个名字挺不错，挺好。你就叫我‘呵’吧！”

第五章
身陷崇国

二十一　永生

“乐土号”中的阿幸翁说：“我和他分别之后，从来没有把他说过的话当回事。我很害怕‘死亡’，但那个时候的我，还是个小孩子，根本无法理解‘死亡’的意思。你们能懂吗？”

几乎所有的孩子都同时一脸茫然地摇了摇头。阿幸翁有点伤感，他们的父母、家人或许大多数都为多年的梦想之地——兰芳国而战死了。他们跟当年山谷里的牧羊少年一样，依然对“死亡”毫无概念。兴许，不应该告诉这些孩子，自然世界残酷的真相，也不应该向他们吐露他自己内心的巨大疑惑。阿幸翁的死亡，真的被那个人给带走了：

自山谷一别的千余年来，阿幸翁就从没有体味到死亡的滋味。到后来，他才发现自己身体的确被注入了一股永生的力量。

这股力量是显而易见的，每当他处于饥饿难当的绝境，稍稍晒晒太阳，就能驱逐最为致命的饥饿；他极度的寒冷时，身体内部某种力量似乎能释放出一定的热量，维持到他找到温暖为止；面临干渴或者不幸被水淹，都是如此，只要他头脑里释放出最后一丝求救的本能，他就能活过来。

他甚至也不会真正的老死，当他内心平和、悠然、无欲无求之时，他才会慢慢老去，老到非常老。可是，即使当他老到自己都忘记年纪时，他依然不会死亡；而当他内心真正惶恐、恐惧、不安深深惧怕死亡之时，他就能够在一夜之间恢复年轻……

当牧羊少年意识到自己的这股魔力时，已经经历过很多的时代。他一直猜不透那个陌生人给自己施加了怎样的魔法，可以让死亡远离自己，他是目睹太多的死亡之后，才发现自己是不死的。白鹿、小羊“哇”、大巫师、龙伯、姬昌王、梦师姬旦、阿绿、李耳老师……所有他的朋友、师父、相爱的人甚至他的敌人，都死去了，但他依旧这么活着，无始无终地活着。

他后来才深深意识到，他的死亡真的被他送给了陌生人。那个人并非在他手心里抓了一把空气那么简单。这个谜，正如陌生人送给他的三棱镜一样，随着少年的知识越来越积累、学养越来越深厚，反而变得越来越难解。

多少年后，已经变成阿幸翁的牧羊少年，在兰芳共和国国家图书馆——兰芳台那里阅读德文原版的《浮士德》时，立即想到了，这部书其实是真实的。真有一个叫“梅菲斯特”的魔鬼可以拿走浮士德的死亡，在那一刹那，阿幸翁突然想到：“兴许，三千年前的那个陌生人，就是‘梅菲斯特’的另一个化身！”

这个秘密到了最后仅仅保留在他一个人心里。因为随着年纪的增长，见到的世界越来越大，读过的东西方的书越来越多，经历的事情越来越多，牧羊少年越不相信天地间有鬼神存在。但他一直无法解释那个“陌生人”的来历，还有他日后亲眼目睹到的龙，以及他梦中忽隐忽现的那个双子座城邦……

与陌生人相处七日后，分别的时刻终于到来。七天之前，牧羊少年至少还是一个有家的孩子，有他的羊群，有他日复一日的一口饭吃。七天后，他和白鹿部落一起遭受了灭顶之灾。

现在，他什么都没有了，唯剩下一只孤零零的小羊“哇”。可是，“哇”连应该学会的羊语都没有学得全，只是在牧羊少年的怀里叫着妈妈。

牧羊少年心里十分想跟着陌生人一起走，因为这个人有各种稀奇古怪的东西，而且魔力无穷。七天里，他教会少年语言，数数，音乐，绘画，给他各种好吃的，让他看到光之中蕴含的无穷世界……让他完成了启蒙。从陌生人变成了他人生之中的第一个老师，他觉得自己理应跟随着这个人走，就像找到了头狼的小狼必须跟着头狼走一样。

但是陌生人却明显有赶走他的意思，他大声告诉牧羊少年：“你应该向东去，追赶那些有熊部落的人。他们不久就要遇到崇国派出的援兵了。据我的侦察兵青鸟 7 号显示，崇国人有五十辆兵车来接应苍狼部落的人。他们一定会倒霉的！”

牧羊少年脑子里完全没有崇国人的概念，但他真的不想向东去。他很害怕。正如他所说的，以前在荒原里流浪，与飞禽走兽打交道，他从来没有害怕的感觉。可是见证过人类的战争之后，他真正知道怕了。

“再见吧孩子，不要再跟着我了。你向东走，我还向西去。东边有你更多的惊喜和收获；向西，我要一直走到死亡之海。死海，死亡奥宙，你愿意跟着我吗？”

牧羊少年像一只牧羊犬一样，远远跟着陌生人在山谷里走了很远。陌生人不得不一次次地停下来，撵他走。

牧羊少年拼命摇头，他可不想去什么死亡之海，什么奥宙，但陌生人一旦走起来，他依然远远地跟随着。

“走自己的路去吧，孩子，”陌生人又停下来劝说他，“向东去吧。白鹿等着你救她呢！你放心好了，我已经拿走了你的‘死亡’，你一定不会死的！”

牧羊少年就停住了，怀里抱着的小羊“哇”不停地叫唤，也在劝说他别跟着别人走了。

“你的时光将非常漫长，我们或许还会相遇的。记住那块石头，记住那些圆。”陌生人有点不耐烦地对他挥了挥手说，“而最终，我一定会跟你在双子座城邦见面的！我无法告诉你再多了！你快走吧！”

牧羊少年就愣住了。他脑子变得更加糊涂了，有了更多的疑惑，“双子座城邦”，它又在哪里？

他大声叫：“喂，喂，呵，呵——城，城邦，在哪里，在哪里？”他冲着陌生人跑得更近了。

陌生人又丢给他一个透明羊肠似的包，说："这里有很多的压缩饼干，可以管你很多天的口粮。"

牧羊少年确实感到饿了，并且很怀念在山谷中所吃的饼干的味道。听到"饼干"，连忙跑上前去，拾了起来，拆开那个嚼不动的羊肠衣，"吭哧""吭哧"啃了起来。连小羊"哇"也被少年的食物给吸引了，伸出头舔舐少年嘴角掉落的饼干屑。

牧羊少年吃完一小包饼干，猛然抬起头寻找陌生人时，他已经不见了，就像是平空消失在山谷中一般。内心很短促的一阵失望后，少年又拆开了一包饼干，拿出一块狠狠地咬了起来。饼干的美味，令少年感到非常的愉悦。

他想了想，向西走只有"死亡之海"，实在太可怕了，还是向东去比较好。于是，牧羊少年带着他的小羊"哇"踏上了漫长、充满未知的东去之旅。

在牧羊少年愈走愈远之时，陌生人脱下了身上披着的隐身衣，从透明状态中呈现出来并远远目送着少年的背影消失在山谷的那一头。

一只银色的青鸟从他头顶上飞过，飞到山的那一头。

二十二　崇侯

牧羊少年至少有三年没有尝过流浪荒原的滋味了。

与四野流浪相比，在白鹿部落放羊的日子，实在是太安逸了。他不用挨饿，每天有一份固定的口粮，虽然与部落里的人格格不入，但是他还没有长大到可以领悟自尊的年纪，能够稳稳妥妥地生活真的很满足了。所有的一切，已经随着白鹿部落的毁灭而似水流逝。

不过，茫茫的原野还是能够激发起少年的勇气的。他本就是喝狼奶长大的，精通鸟兽的语言，丝毫不惧怕原野中可能出现的险情。而且，与以往不一样，这次在荒原行走，他的粮草充足，还有一只小羊作陪。牧羊少年走着走着，就完全把那个陌生人抛到了脑后。他哼着陌生人教会他的那首曲子，数着远远近近的山头，一只手在半空中画着圆圈，乐滋滋地向着东方走去。

东方很辽阔。从平坦的原上往东北走，高大的山峰就越来越多。牧羊少年并没有走多远，就碰到一队驾着车的人。是那种蒙着牛皮的战车，凑近了一看，竟然是有熊部族的人。只见他们丢盔卸甲，显得狼狈不堪。

少年迎着他们上去拦住他们的车，只见他们面露凶光，其中一辆车的甲首武士说："滚开，白鹿族的小狼崽，我们中了苍狼族人的埋伏，全军覆没了！"

他这才想起陌生人"呵"用蛇语说过的话，要劝阻他们追赶苍狼族的人。他还想再问点什么，冷不防，那位有熊族的士兵抡起长戈冲他的头顶砍下。少年吃了一大惊，蹦跳起来，闪到一边去，避开了致命的一击。少年吓得滚到草丛里。

"驾！"有熊族的士兵拉起了马的缰绳，再次启动，继续向着自己部落的方向赶路去了。三辆车很快就相继消失在车轮卷起的巨大尘埃里。

牧羊少年惊魂未定，在这帮溃兵逃跑后，慌忙从草丛里跑出来。他看到有熊部落的代首领正蜷缩在最后一辆车的车厢里，身上还插着一支箭。少年这才想起来自己没有听从陌生人的话，及时阻拦住他们去追赶苍狼族人。

是不是要跟着有熊族的人一起逃命呢？少年稍稍一犹豫，决定还是向东走。他才不想让陌生人嘲笑他胆小如鼠呢。继续向东走了许久，天色变暗，他走到了密林的边缘。密林十分幽暗，充满了不可测。

小羊"哇"高声叫唤起来，似乎要阻止他走进这片林子。牧羊少年使劲嗅了嗅，他闻到了空气中狼的味道，立刻知道情况不妙，转过身拔腿就跑，但为时已晚，一条麻索被抛了出来，十分准确地套到了少年的身上。这一定是娴熟于套马的苍狼族人！

果然，密林里冲出了一伙头顶着狼皮的苍狼族人。他们个子不高，但各个表情凶狠，手持铜刀，像狼一般地叫唤着，把倒在地上的牧羊少年给拖了起来，用绳索捆得十分结实。

"是白鹿部落里那个邪气的小羊倌！"领头的苍狼族犬戎人认得少年。小羊"哇"也被勒在绳索之中，十分痛苦，也真的在"哇哇"叫唤个不停了。

苍狼族人听到小羊的叫声，变得更加凶狠起来。他们大声叫嚷："有羊，有羊，正好饿了！"于是，从少年怀中抢夺了小羊，三两下手起刀落，就将小羊

“哇”给宰杀并分吃了。

他们生喝小羊的血，吃它的肉，情境非常恐怖。少年被此情此景吓坏了，大声呼喊：“哇！哇！”

苍狼族人被少年惊叫声给逗乐了，以为少年是在给自己讨肉吃，便扔了块血淋淋的带血羊皮盖到了他的脸上。牧羊少年愤怒得简直要爆炸。

就在这一群茹毛饮血的野蛮人刚刚分食完小羊“哇”之时，密林里又响起战车前进的马蹄声，还有牛角号的“呜呜”声。随后，一大队头戴虎皮纹饰的人马从林子里出来了。苍狼族人看到他们的到来，都举起刀，“哇哇”地高声欢呼起来。

一辆蒙着虎皮的战车率先冲到了苍狼族人当中。车上站立着一个十分高大，红色髯须的首领。他头戴着虎皮冠，脖子上挂着一长串的虎牙，身披着犀牛皮甲胄，甲胄上点缀着无数枚绿松石和玛瑙石。

所有的苍狼族人一见到这个首领，立刻都跪了下来，高声呼叫：“崇侯雄威！”

这个人正是大商朝坐镇西方第一属国崇国的国君——姒子磺，姓姒名子磺。他的祖辈崇侯虎曾经追随过大商国一位能征善战的大帝——武丁王东征西讨，因此崇侯世家不但祖祖辈辈得以继承封国，也把“虎”这个部族英雄的大名世代给继承了下来。所有继承封土的崇侯都叫“虎”，这位崇侯虎已经是第七代的崇侯虎了。

崇侯虎十分高傲地睥睨这些蛮族的人，厉声问他们：“你们这些犬狼之人，抓到的可是熊族的头人？”

苍狼族的人立刻非常小心地如实相告：“熊族的头人逃走了，我们抓到的只是白鹿部族溜出来的一个小羊倌！”

崇侯虎并不是很意外，只是假装生气地责备了苍狼族人：“你们这些蛮夷，白鹿族不是被你们给吞了吗，干嘛要为难一个小羊倌？熊族的头人都逃走了，你们还有心在这里吃羊肉！”

有一个苍狼族人就说：“崇侯，这个小羊倌很邪门的，有邪灵保护，他能把射向他的箭全灭了！”

大商朝的人都很迷信鬼神，崇侯听来十分不悦："是吗？我倒十分想试试，如果真灵验，把这个小羊倌跟那个小女子一起进贡给帝辛老人家！"

在"乐土"号中给孩子们讲故事的阿幸翁，就此告诉大家："那个崇侯所说的帝辛老人家，就是我们熟知的商朝最后一位国王，纣王。在那个时候，他已经快六十岁了。我平生只见过他一面，是一个非常魁梧的老头，面目威严又不失和善，给人的感觉很不错。"

有从父母嘴里听过中土《封神榜》故事的孩子好奇地问："他不是一个非常凶狠的国王吗？杀了很多人，还会吃人呢！怎么会非常和善呢？"

阿幸翁抬头看了看船舱的天花板，说："可能是这样吧……凡是做国王，都会变成非常凶狠的人！因为他们永远不会比这个天花板蹦得更高。"

孩子们似懂非懂地点点头。

二十三　被俘

崇侯虎是有意要放有熊族的头人走，因为他并没有继续率大军追赶他们，而是下令鸣金收兵。被带到崇侯虎的大军之中时，牧羊少年才知道有熊族的人为什么会打败了。崇侯带着足足一师的人马，按照大商朝军队的建制，一师有两千五百人之多。

牧羊少年还是第一次见到这么多的武人，这么多的战马和战车，竖起的长矛、长戈和长戟如同密林一般。与那原始的白鹿部落相比，这真的是一支来自天外世界的军队，威风凛凛，令人望而生畏。

崇侯让大军在山脚下就地扎营。大军支起了像天上云朵一样多的白色帐篷，烧起的篝火像天上的繁星一样密集。崇侯虎就在最大的一堆篝火边吃烤肉边喝酒。今天这个小仗，对他来说也算是一次令心情很愉快的胜利。收编了苍狼部落，与犬戎人结成了联盟，征服了白鹿部落，震慑了大商朝西域的诸多小部落。更重要的，威慑了刚刚在西岐崛起的周国，让崇国在大商国的封疆之内更有威信。

晚上，趁着兴致崇侯虎让人把牧羊少年押解到了面前。他对着五花大绑的少年说：“苍狼族的人说你很有邪门，有鬼神附体，有没有这么回事！”

牧羊少年胆都被吓破了，颤颤巍巍回答他：“我，我，我没有！”

一个苍狼族的小头目高声说：“他从背后能灭了我们的箭！”说着，他举出了一把刀给崇侯看，并告诉他，这就是小羊倌遗落的刀。

牧羊少年认得那是白鹿族女巫师发给他的刀，果然是在苍狼族进攻时遗落了。

“好！”崇侯虎的兴致上来了，下命令说，“你就用这把刀去砍他，如果砍中他，我赐你一坛酒！”

那个苍狼族人听了，立刻遵命，拔刀砍向牧羊少年。大家都屏住呼吸，看他说的是否是真的。

牧羊少年吓傻了，他眼睁睁看着相貌丑陋的苍狼族人举刀落下，浑身动弹不得，必死无疑。然而，正像那一夜所发生的一样。只见一束光从高空中一闪，竟非常凌厉地将青铜刀切成了两半。那个苍狼族人仅仅握住了光秃秃的刀柄，被切开的刀子边缘发出灼热红光，随即暗淡下去。

无数人见证了这一刻，连崇侯虎都惊住了，他抬头往夜空中看去，似乎真的看到了有什么东西在盘旋着。

“玄鸟神！一定是玄鸟神！”只听到这时候，人群中响起了白鹿部落女巫师的声音，“这个少年是玄鸟神赠给帝辛老人家最好的贡品！”

白鹿族的女巫走到崇侯虎的面前，举着一个龟甲说：“这是我刚刚占卜出来的！”

崇侯虎这才慢慢回过神来，下令说：“天命玄鸟！把这个小子给我看好了！跟那个白鹿族的妖女绑在一起，进贡给帝辛老人家！”

所有的士兵都高呼起来：“玄鸟，玄鸟，天命玄鸟！”

于是，牧羊少年又被押解了下去，严严实实地捆起来，关到了一个大木笼子里去。

木笼子里还关着一个女人。从惊魂中刚刚回过神来的牧羊少年过了许久才看清楚，那个女孩子居然是白鹿族的小公主。可怜她刚刚嫁到有熊部落，自己的娘家就家破人亡。如今，复仇不成又成为崇侯的阶下囚。

在部落生活时，牧羊少年从来没有跟小公主交流过。因为她高高在上，是部落大首领的最爱。而他仅仅只是个不通人语、受尽人们冷落的放羊娃。可是，今天她和他一样，成为了要被特殊对待的俘虏。

在商朝那个时代，做了俘虏不是被打和杀，就是要成为战胜者的奴隶，等待着他们的一定是一样糟糕的结果。即使是这样，白鹿小公主看到牧羊少年跟自己捆绑在一起，依然充满骄傲和一脸的不屑。

她尖叫：“你这个被邪灵附体的家伙，滚开。就是你给部落带来了灾难，我父亲当初就不应该收留你！”她一边叫一边拼命挣扎，似乎把她跟牧羊少年捆在一起，关进一个笼子里，比被苍狼族人俘虏还要可怕。

可惜，两人还是被绑在一起了。小公主挣扎得再厉害也无济于事。等她不挣扎了，便喘着粗气质问牧羊少年：“附在你身上的那个邪神呢，他哪去了？他怎么不来救你！”

牧羊少年被小公主问得莫名其妙，他真的不明白她在说些什么。于是，白鹿小公主说出了那一件令她惊恐万分的事。

二十四　丰邑

那一天，白鹿小公主救族心切，新婚典礼尚未举行，得了部落危急的消息，就匆匆借了夫家有熊部落的人马救难，而且一马当先。她是第一个驶进通往部落的那个山谷的。当她经过山谷时，看见了极其惊人的一幕：一个一身黑衣的陌生人，正抱着沉睡中的牧羊少年端坐在山谷里的一块大石头上。在他们头顶上，有一个银色的大鸟一样的东西在低低地盘旋，还不时闪烁着五色的光。

白鹿小公主和她的左右卫士，一开始还以为那是苍狼部落人留下的伏兵。她非常果断地拿起角弓，搭上一只利箭就射向那个黑衣人。眼见那支箭“嗖”

地一声，越来越接近黑衣人。盘旋在天空中的那个大鸟无声息地射出一道白光，竟然将箭极其准确地击落了。

白鹿小公主吃了一惊，但她并不信这个邪，连忙驾车上前，靠得更近，准备用长矛刺死黑衣人。但是，当她靠近之时，看到了更惊人的事情。牧羊少年很安静地平躺在黑衣人的两膝上，恬静地呼呼大睡，而黑衣人的右手似乎从他的胸口伸到他的身体里去，那个场景非常诡异，看起来也非常骇人。

复仇在即，白鹿公主容不得细想了，策马驾车杀向他。此举动静巨大，也惊动了黑衣人，他抬起头，冲着小公主微微一笑，随后竟然消失在了空中。独独留下了牧羊少年落到了草地上，依然在呼呼大睡。白鹿公主扑了个空，抬起头只见那只大鸟也急速垂直上升，隐没在无边的天穹顶。

白鹿公主给吓坏了，简直不敢相信自己的眼睛。她用长矛将牧羊少年挑了起来，拼命地摇晃他，可是牧羊少年就是没有醒。不一会儿，由首领率领的有熊部族后续大军也赶到了。白鹿公主想到救自己娘家要紧，就和他们一起带着睡熟中的牧羊少年赶到部落里去。只可惜一切为时已晚，当她赶到部落之中所见到的，只是无数的尸首和残破的房屋。

这位尚武的小公主十分倔强，冒着危险追赶苍狼族，完全没想到苍狼族人的背后，还有更为强大的崇国人和崇侯虎。寡不敌众，她做了战俘。

见到牧羊少年，小公主依然念念不忘那个可恶的陌生人，恶狠狠地对他说：“那个人跟你长得很像，你若长大，必是那种鬼鬼怪怪的样子，看起来完全像一个阴险的恶鬼！就是这个恶鬼，导致了我族此番的劫数！”

牧羊少年从来没有想到过自己长什么样子，甚至在溪水和池塘边喝水时，都没有想看自己一眼。因此，对于小公主的指责，他有点冤屈感，但他也不敢与小公主顶嘴。在他眼里，部落里的公主永远被众星捧月般供着，哪里能跟他这样的野孩子说话，想想都是一种亵渎。不过命运蹊跷，现在他们都成了阶下囚，还关在一个笼子里，这简直不可思议，甚至是莫大的光荣。

那一夜，虽然被结结实实地捆绑着，牧羊少年还是沉沉地睡着了，而且睡得特别踏实特别香，呼噜声大得如擂鼓一般。然而，同样战败被俘的白鹿小公主却几乎没怎么睡，忧心忡忡。

第二天，扣押了有熊族首领夫人的崇侯虎并没有等来有熊族人的再度进攻。他知道，这一族人是不敢再挑战自己了，便下令大军开拔回国都。他的两千大军，带着白鹿部落的余部和苍狼部落的投靠者一起，回到国都——崇市，崇都。崇市，又名叫丰城，因为沣水而得名，大致在今天陕西西安市附近，乃是大商国西域的第一大都市。

在牛车之中的牧羊少年真是开了眼界了，他生平第一次看到这么大的一座城。高高的城墙用土和石块砌起来，被宽宽的护城河围起来。城墙上还涂画着让人望而生畏的鬼脸图案，鬼脸上露出了獠牙，那都是些磨得很锋利的坚石，为了防止南部山区那些善于攀援的灵猿族人（庸人、巴人、羌人）攻城掠夺。这座城池给牧羊少年留下了深刻印象，千余年后，他负责营造兰芳共和国的国都万律城之时，脑子里浮现出的第一个城市模样，就是这个崇都。

能进入城中的，只有崇国的国人军。苍狼部族的人被安置到了城北一块空旷的草场扎营。白鹿族和有熊族的俘虏则被绳索串了一个长串，挨着个地押进了城，而拉着牧羊少年和白鹿小公主的牛车则走在这支队伍的最后。

牛车向前走着，囚笼中白鹿公主看到垂头丧气的白鹿族人，忍不住大声骂起来：“你们这些胆小鬼，不是背叛部落，投靠苍狼族的人了吗，怎么都被抓成了奴隶？是苍狼族的人卖了你们？还是尔等罪有应得？”

被骂的那些白鹿族人头也不敢抬，也有人向小公主辩解道：“冤枉啊，是大巫师骗了我们，她才是部族的背叛者！”

崇国的卫兵连忙用鞭子抽打那个答话的人，并加快速度把这批俘虏送进了丰邑之中。

二十五　烙幸

所有的战俘都被押解到了崇都中心。那里有一个非常大的圆形广场。所有熟悉大商西域的人都知道，那是西域最大的一个“仆市”，也就是奴隶市场。奴隶市场中心立着一个龙身人头的神像，手中握着一个土块。那正是崇国人所推崇的祖先，早于大禹时代治理洪水的先祖——鲧。

押解到奴隶市场的人，每人头颈之后都被烧得通红的铜块烫上一个商代文字——甲骨文的“幸”字。“幸”在商人的文字里可不是幸运儿、幸福的人之意，而是“枷锁”的意思，凡是被炮烙上这个“幸”的人都代表要被卖做奴隶。奴隶市场上充满了鬼哭狼嚎，那些被打上烙印的族人痛苦的叫声响彻云霄。原本自由自在生活在白鹿之原上，自由地耕种，自由地放牧，自由地游逛，一夜之间都变成了奴隶，这种痛苦是任何人都无法想象的。

牧羊少年和白鹿小公主最终也被押解到这个奴隶市场。少年完全被大家的嚎叫给吓坏了，他不理解这些人在干什么。小公主狠狠地告诉他：“他们全都要做奴隶了，你我也逃不了！”

按照崇侯虎的命令，这次跟随崇侯一起出征的崇国士兵中的百夫长，每人可以分得一个奴隶。他们很快就分完了押解到广场里的白鹿族人们，娴熟地给这帮新奴隶们带上枷锁，牵了回去。也有人不愿要奴隶回家的，便将属于他的奴隶转手卖给早早在市场里等着的买主。一时间讨价还价声不绝，好不热闹。

牧羊少年也被从囚笼里放了出来，带到一个肥壮的人面前。那人拿着烙铜，已经十分不耐烦地等着他走过来，大声喝道：“快点快点！”当少年被推搡着转身面对着他之时，那人十分麻利地用红通通的铜块在少年的后颈上一按。

一股巨大的疼痛感从后颈上传了过来，少年忍不住“哇”地大叫一声。不过，那种痛苦只持续了一瞬间。少年明显感觉到体内有一股神奇的热力涌向后颈处，在非常快的时间内伤口不痛了，似乎那些创口处在自行修补，一会后背就痒了起来。

少年伸手去摸了一把，明显感受到了后颈的皮肤上被刻入了一个符号。毫无疑问，与所有的奴隶一样，那是一个非常标准的阴文：“幸”。牧羊少年此刻并不知道，这个字将作为他使用三千年的大名。

除了牧羊少年，市场里其他被烙字的奴隶都在大呼小叫。炮烙上身份标识之后，一个崇国的士兵给少年带上了木枷锁，依然把他牵到囚笼外。

此刻，白鹿小公主也被牵了出来，内心坦然，也准备被烙上“幸之印”。这时候，忽然有人驾着一辆蒙着虎皮的马车冲进了市场里高呼：“崇侯有令，不得伤害白鹿公主及小羊倌！”

炮烙之人看那人手里高举着崇侯虎的虎头令牌，立刻丢下正准备烫向白鹿公主的铜条。而来传令的不是别人，恰恰是白鹿部落的大巫师。整个奴隶市场里顿时响起了一片骂声，讨伐她背信弃义。大巫师充耳不闻，她高声传达崇侯的命令：“将两人带到崇侯宫的牢房里关起来！”

于是，刚刚被炮烙上“幸”字的牧羊少年又被关到了囚车里，和不幸的白鹿公主一起被送到崇侯宫后面一个幽暗的地牢里。那里重兵把守，关押着崇国最厌恶的犯人们。

入夜后，手脚都带着木枷锁的牧羊少年抓着自己发痒的后颈，恬然地入睡了。囚牢的干草堆，跟在白鹿部落羊圈里的没有任何区别，甚至更舒适一点：没有羊群挤来挤去，也不会有羊身上那些寄生的蜱虫、螨虫或者虱子来烦扰。这里有屋子遮风挡雨，还有吃的喝的，简直美极了。

可是，在隔壁牢房里的白鹿公主不一样，睡惯了干净的羊羔皮褥子，刺人的干草堆令她根本无法睡觉。她只有干坐着，暗自寻思解脱之法。

半夜里，坐在干草堆上打瞌睡的公主忽然被一个声音叫醒：“白鹿，白鹿！快快醒来！”她猛地睁开双眼，看见大巫师一身白衣白袍正站在牢门外。

仇人相见分外眼红，即便戴着手铐脚镣，白鹿小公主还是想扑向大巫师报仇。

哪知道大巫师十分从容对她讲道：“孩子，孩子，不用恨我！你也看到了，我们小部落之外的力量多么强大！任何一股不起眼的小力量就能让我们全族尽毁！像你爹那样固步自封是没有用的，金属，最野蛮的苍狼族人舍得用一季的牛羊去交换，而你爹只知道有木头、石头和火就足够了！白鹿部族能活到今天真是侥幸！”

白鹿小公主啐她一下说：“那他总比你引得我全族灭亡强！”

大巫师冷笑一声说：“白鹿族灭亡了吗？我们不是还活着！”

白鹿小公主更加鄙视地说：“呸，你这巫婆！活着和死了有什么分别！”

大巫师不笑了，正色道：“你不也活着？崇国都城里那些族人不也活着吗？”

白鹿公主更是气愤万分：“他们，他们都做了奴隶，失去了自由，活着和死了有什么分别！”

大巫师更加严肃地说：“你爹把你嫁给有熊部落老头领，不过就是想让你一个人活。他能想到无论是犬戎人，还是周国人，或是商国人打过来，我们全族早迟一天都要完蛋！他是一个目不识丁的愚夫！”说着，她拿出了一片龟甲骨，它已经被灼烧过，上面还刻着密密麻麻的符号。

大巫师将甲骨丢给白鹿公主说：“白鹿，你认得这上面是什么？”

白鹿公主瞪着甲骨看了半天，摇摇头。大巫师指着旁边囚室里熟睡的牧羊少年的后颈上的“幸”字，说：“这是文字，文字，你知道吗？先祖仓颉造出文字已经有两千年，大商族人使用它们与神灵沟通已经有一千年。有字，就会有神明的启示，就会把我们的灵魂寄托给后人，就会永生，而我们的白鹿族，只会用打结的绳子！”

说到这里，大巫师流露出非常悲戚的情绪：“自由总会有的，我们只有用它来换一点时间！如果我们白鹿族人真的一朝覆灭，那就永远消失了。在这个苍茫的大地上，除了几块石头，我们什么都不会留下来，就连我们的骨头也会被野狼给吃干净！”

白鹿公主默不作声了。她呆呆地看着那块龟甲上的文字，小声问大巫师：“那上面的字，都说了些什么？”

大巫师也低头说：“神明指示说，救我白鹿族者，唯有你与一个无名小子！你知道为何你颈后没有被烙印为奴？”

白鹿公主摇摇头，大巫师富有感情的话已经让她颇能明白些什么。大巫师说：“因为正是我用族里所有人为奴的代价，换你得自由的！”

白鹿公主简直不敢相信自己的耳朵，喝问她：“为什么，为什么要这样！”

大巫师说：“我曾经苦苦建议你父亲把你献给大商国的帝辛，他拒绝了！他信不过我，总以为我想做头人！可是，我是唯一知道你能让我们部族绵延万年的人！”

白鹿公主摇头痛哭，抽搐了许久，忽然想到了什么：“我如何承担得了？不是说还有一个无名的小子吗？是我们部族里的哪一个人呢？会不会是……”

她扭头看向隔壁的囚室。

第六章
朝歌！朝歌！

二十六　夜奔

毫无疑问，白鹿公主的目光，看向的是牧羊少年。她又看了看表情凝重的大巫师，期待着她的回答。大巫师明白她的疑惑，抬起头想了许久，才缓缓吐出四个字："我不知道！"

白鹿公主非常急迫并坚定地说："一定是他，我亲眼看到了他身上的魔力，我还看到有一个邪神附在了他身上！对，你也亲眼看到了！一定是他！"

大巫师也非常疑惑地说："或许是他，这点神明并没有明示。可是，你别忘了，他并不是我们的族人。当年，他不过是一头野狼之子，被我们猎到部族里来的。或许，他还是我们的祸根！"

白鹿小公主听完也不说什么了，因为一直以来，她和全族的人都是这么看待牧羊少年的。只是她爹，也就是部族首领，坚信这个野狼之子只要驯服好了就是条非常好的两腿牧羊犬，力排众议，收留了无名的牧羊少年。部族首领生前是一个非常好的驯牲畜高手，任何野兽，只要被他逮住，就一定能驯化成非常服帖的家畜。他能把狼驯化成狗，把野鹰驯化成猎鹰，还能把蛇驯化成家蛇。

白鹿公主突然对牧羊少年内心有些歉疚，她说："这个少年在我族中，也有三年了，他为我们放羊放得很好，羊群兴旺。怎么能说他就是祸根呢？要说，其实我们也没有对他多好啊。我族人变成奴隶，他也是同样的命运。邪灵附身恐怕也不是什么好事，况且，那邪灵也并没有把他从囚俘当中带走啊。”

大巫师说：“嗯，就算是这样吧。倘若无名小子真是指这个人，那么他自会有活路。而神明则明示我，要把你带走，并没有提其他人！”

白鹿公主惶恐地抬起头说：“带走，你要把我带到哪里去？”

大巫师说：“我在外游历时，曾经与一个男子相爱过，他是西北方狐族之人。狐族人建立了一国，叫作有苏国。那个男人是有苏国的王子苏护，如今他应该做了有苏国的王了。我要带你投奔他！那有苏国在商国以北，穷国鄙邦，与大商国时战时和，为求和，总是献上美人——这是你的机会！”

白鹿公主说：“有苏国？你不是投靠崇侯虎了吗，为什么不留在崇国？”

大巫师立即悄声说：“这个崇侯不可靠，我跟随他至军帐之中时，无意中得知了他一个惊天的大秘密。上天启示过我，崇国离灭亡也不远了，我们得离开这里！趁着我手中还有崇侯的令牌，我们今晚就得走！立刻，马上！”

说话间，大巫师就拿出白鹿公主牢门和枷锁的钥匙，为她打开了，拉着她的胳臂就要走。白鹿十分抗拒地说：“我为什么要信你的，凭什么！”

大巫师甩开自己满头白发，露出了颈项说：“白鹿，我死不足惜，我们的部族，生死全得靠你了！”

白鹿公主看到大巫师的颈项中已经赫然烙着一个“幸”字。那个“幸”字的左侧，还烙着“虎”字。这证明，大巫师已经把自己也卖身作奴了，并且是崇侯的私奴。按照大商国的律法，私奴外逃，要么立刻捉拿并送还主人，要么就地刺死——他人不得收留。因此，这样的文身，无论到哪都是死路一条。

“死又何惜！”大巫师说，“我若能把你送到有苏国，一切自有白鹿神安排！有朝一日，你若能成大商国女主，何愁我族人没有自由！”她的语气是如此坚定，极有慷慨赴死之意。

白鹿公主踌躇了片刻。在她面前，无非两条路，信或者不信大巫师。最终，她选择可信，并下定了决心，跟着大巫师走。就在刚离开牢门后，白鹿又拉住了大巫师的手问：“真的不带走这个小羊倌吗？”

大巫师脸色有点焦急了：“真的不能，我们的谋划里并没有这个小子！”

“那么，我想跟他道个别可以吗？”白鹿公主近乎哀求。大巫师也只有默许了，她帮助白鹿打开了牢门，却不能打开牧羊少年身上的镣铐。

白鹿公主摇醒了熟睡之中的牧羊少年。少年抓了抓后颈上隐隐作痒的“幸”字，一脸茫然地看着白鹿公主。昏暗的火光之中，他第一次近距离凝视这个白鹿部族曾经最尊贵的少女，突然才发现她实在是太美丽了。少年张开嘴，却只发出了淡淡的“呵呵——”

白鹿公主说：“小羊倌，我要先走一步了，倘若我们此生还能再见一面的话，我保证，那定是我还你自由之身的日子！多保重！白鹿神会保佑你的！”说完，她在牧羊少年额头上轻轻地亲了一小口。

牧羊少年完全被惊呆了，以至于他无从得知白鹿公主和大巫师是什么时候飘然离去的。当他从满脸的炙热中稍稍冷静下来的时候，崇侯虎的卫兵们已经冲进了囚室之中。

卫兵们蜂拥着把牧羊少年带到了崇侯虎的内室当中。此刻的牧羊少年刚刚从对白鹿公主的怀念中清醒过来，他才注意到自己已经从那黑暗潮湿的牢房里来到了一处极其富丽堂皇的大殿里。那是一个由青砖和大瓦盖起来的大殿，粗大的梁上雕刻着玄鸟纹和夔龙纹，屋子里也摆满了各式各样的青铜器。最主要的，是青铜灯。有缠花连盏的树灯，有爬行龙纹的柱灯，有展翅的双凤灯等等。这些灯此刻都灌满了松油，灿灿地燃亮着，照得大殿里一片通明。

卫兵们并没有解开牧羊少年身上的枷锁，只是径直把他摔在了崇侯虎的案前。而崇侯虎见到少年躺在地上，并没有任何动静，只是镇定地在用一个犀牛形的象牙斗杯在喝酒，吃着饕餮纹餐盘里的肉醢。

看到牧羊少年一脸茫然地盯着自己，崇侯虎才挥手退下卫兵们。空空荡荡的大殿里，此刻，只剩下崇侯虎和带着枷锁的牧羊少年两人。

崇侯虎走下案，走近了少年，突然拔出身上佩戴的腰刀要砍向他。牧羊少年吃了一大惊，可惜枷锁在身，动弹不得，更无从躲避，只好闭上眼睛，等待致命的一击。

二十七　九州

一束强烈的红光极其短促地一烁，正是崇侯虎想要再次验证的。光束过后，他的腰刀无声无息地变成了两截。

要知道，这柄腰刀可不是寻常的青铜刀那么简单，它是一枚极品吴刀，号称能断山屠龙。相传，鲧因为治水不力，受到了帝尧的惩罚，身死于羽渊，死后尸身三年不腐烂。帝尧就命令火神祝融去剖开鲧的肚子。结果尸体内蹦出了一个孩子，就是后来成功治理好大水的大禹。那剖开鲧肚子的刀子，就是奇利奇锐的“吴刀”。

然而，这道光的威力并没有止于射断了他的腰刀这么简单，还在他背后的案脚上留下来一道不深不浅的圆坑。殿外，半空中传来了一阵非常低沉的闷雷声。

“雷神，雷神！”崇侯虎拿着剩下的刀柄，喃喃自语道，“这个小子，一定是雷神的儿子！是天助我成事的！”

牧羊少年惊魂初定。崇侯虎却哈哈大笑，用力将他从地上拉了起来说：“刚才你又死过一回了，可是，现在又活了！”

他拉着到牧羊少年来到大殿的东边，到一处非常幽暗的所在。这个地方，放置了很多的黑色木牌。木牌上刻着的都是牧羊少年不认识的文字。在这些黑木牌的中心，环绕着的供案上放置着的，只是一块黄土。

崇侯虎冲着那块黄土和黑木牌拜了拜，然后回过头对牧羊少年说：“我在拜祭我的祖先！”

牧羊少年头脑里毫无“祖先”这个概念，只是被崇侯虎一脸虔诚的表情给吓住了。崇侯虎继续说道：“那两个白鹿女人逃走了倒也无妨，她们要做的事情，和我要做的事情，实质上并无什么不同。不过，只要你还在就好！”

牧羊少年那简单直率的头脑，根本明白不了这个富甲一方的侯王在说什么。崇侯虎看懂了他的眼神，便跟他慢慢解释道：“你说我的先祖是什么人？是鲧，是盗取天帝息壤，救万民于洪水之中的大鲧后，是大禹后的父亲，大启后的祖父。他们三代兢兢业业，为天下众生而操劳！”

崇侯虎所言不虚。后，是夏朝人对于国君的尊称，正如到了商代习惯称呼国君为帝。相传鲧为“三皇五帝”中五帝之一——颛顼的儿子。颛顼大帝，大名高阳大帝，乃是轩辕黄帝之孙，其母见长虹入怀而生。他继承了黄帝之大部落首领天下共主之位，以帝丘为都城，以句芒为木正、蓐收为金正、祝融为火正、玄冥为水正、句龙为土正，励精图治，开疆拓土，使天下得太平。颛顼还平定了炎帝后人共工发动的战乱，失败的共工一怒之下，撞倒了天柱——不周山，令日月星辰开始循环，大地向东南倾斜。

提起先祖鲧，崇侯虎充满了无限的自豪，他滔滔不绝的对白鹿族的小羊倌说：“我祖鲧后，继承了颛顼帝的好德能，呕心沥血为天下治水，却蒙冤而死。大禹后继承了大鲧后的遗志，为天下治好了洪水，获得苍生的拥戴，才有我大启后开大夏国五百年之基业……”夏人一般称首领大王为“后”，大禹后就是大禹王，大启后就是大启王。

牧羊少年看着崇侯虎一张因兴奋而扭曲的脸，十分漠然地发呆。他眼前闪现出的，又是白鹿小公主的脸。虽然此刻他弄不清事情的头绪，但他暗自想的，就是如何才能与白鹿再见一面。他变得十分憧憬起来：

“我鲧公不但努力治水，还教会了大家营造城市。你看你脚下的这个城，就是这天下的第一座城池，乃是我大夏人的先祖所创。这城外方圆百里，都是我大夏国的……我大鲧后还为颛顼帝建言，为天下划出了兖、冀、青、徐、豫、荆、扬、雍、梁九州。有九州才有天下，无九州则无天下！我大夏国以九州为治，为天下开世袭，让地有常主，人有常君，普天之下莫非王土。不过因为桀后一时的疏忽，没有防备北夷商汤的狼子野心，才失掉了九州！你说说看，九州到底应该属于谁？失掉九州，又是谁的不对？”

牧羊少年哭丧着脸说：“大王，大王，你说的我都不知道，肯定不是我干的！我只是个喝狼奶长大的小羊倌，无父无母，没有人牵挂我，也不知从哪里来的。你的东西，肯定不是我弄掉的！”

说到兴奋之处的崇侯，不理睬他，继续说：“九州，天下，你知道吗？天下！有我大夏国的几代君臣，才有了今天这个天下。我大夏国营造了天下，让后世的帝王有个天子的位子坐！这天下不是我大夏的，还能是谁的？”

牧羊少年小心地问：“崇国，大夏，是两个地方吗？”

崇侯说：“崇国只是暂居的祖地，大夏才是我族人的天下！”看牧羊少年一脸不解又似乎想弄懂的样子，他从案上抽出了一张极大的羊皮卷，展开来给带着枷锁的少年看。

“这是什么？”崇侯兴奋地说，“这可是目前天下唯一的一张九州图，可不是谁想看就看到的。看到了么，小羊倌，天下，九州，山形，河流，城郭，关隘，通衢，仓储……尽在此图中！”

牧羊少年瞪大眼睛，将头从枷锁中伸出来，努力看那张图。图上不过是黑的、红的、绿的弯弯曲曲的线条和圆圈，加上认不得一堆文字罢了。

“九州之制荒废久矣，商人只知道渔利天下，根本不在乎九州。我的使命，就是把九州给夺回来！”

二十八　九鼎

牧羊少年完全懵了，他指着那张羊皮图，小心翼翼问狂热的崇侯：“九州，它不就是在您的手里吗！”

崇侯虎一愣，有点泄气地沉默很久，随后说：“九州不是这个，九州是天下……颛顼帝立九州，之后，我大禹后号令天下，让九州牧进贡青铜，并以九州山川铸造了九鼎。九鼎定九州，商人窃我大夏后，九鼎被抢夺到了殷都。那九个鼎，我要将它们请回我大夏的太庙里祭祀！”

牧羊少年总算弄明白了，崇侯虎要找回丢掉的九个鼎。可他又不明白，这位大王为啥要跟自己絮絮叨叨说这么多的私事。要九个鼎，又知道它在哪里，就直接找回来就是了，绕着弯子说这么多。

崇侯换了一副非常柔和的腔调说：“孩子，你就是能帮我找回九鼎的人！既然你无父无母，全无根基，不如加入我大夏族中。倘若你能助我夺回九鼎，我就还你自由之身。不仅如此，还要重重回报你，我会赠一块很大的土地给你，助你立国，让你有享用不尽的荣华富贵！”

牧羊少年对“立国”两个字毫无概念，但看到那么威严和高高在上的崇侯虎一脸诚恳的表情，也不禁深为感动，说：“好，能帮上忙，我一定帮忙！”

崇侯虎真心以为这个看似木讷的小小少年懂得他的意思了，便滔滔不绝对跟他说：“夺回九鼎和九州并不难。你看这图上……”他在那张羊皮上的某一处比画一下，“这一大块是雍州，就是我夏国……崇国以西的地盘，这里一共有大大小小一百八十多个部落，还有十三个小国。我夏国向东，就是商人，他们太强大，随随便便就能调起九师的兵力。我倾全国之力，不过一师人马。我们要图天下，只有向西去！我占卜过，西域雍州定是帝王之地，将来千年，要夺天下，必起雍州！”

看他说得这么眉飞色舞，牧羊少年有点想讨好这个大王，佯装懂了，拼命点头。

崇侯显得有点愤懑地说：“向西，本来是一片坦途。可是，偏偏西边的岐山里冒出了一个周国。周人的祖先后稷姬弃是个父母都不要的怪胎，是他母亲姜嫄踩着鬼脚印生出的野种。他有何德何能，不过会种点庄稼罢了……”

说到“父母不要”这件事，崇侯虎不仅瞄了瞄牧羊少年，他心下觉得这个孩子的来历倒与那些传说中的祖先们挺像，又有天神襄助，来日必不可测。

牧羊少年也想起来什么，他说：“对对对，我们白鹿族的首领，就是说要投奔大周国，因为他们庄稼种得特别好，跟着他们有饱饭吃！”可是，一想到白鹿部落早已不明不白地灰飞烟灭，而祸根之一，就是眼前这位神采飞扬的崇侯虎，牧羊少年顿时变得有些沮丧。

崇侯虎说：“现在周人的头头叫作姬昌，这个姬昌是我见过的最最阴险，最最狡猾，最最可恶的人。他在西岐，坐拥雍州之便，四处收买人心。他到处收买那些小部落、小国的首领，分给他们粮食、种子、酒，教他们种地。我与他交过几次手，老奸巨猾，十分可恶。他的一帮犬子们姬考、姬发、姬旦个个都野心勃勃，一直在养精蓄锐。听任这一家子盘踞之久，日后必是大患。所以欲争天下，必夺雍州，欲夺雍州，必争西岐，欲争西岐，必除姬昌。”

“姬昌”是谁，牧羊少年脑中全无概念，也没觉得这个名字跟自己会有什么关系。如果崇侯虎能聊聊白鹿族的首领，或者大巫师，又或者是白鹿公主，他或许会兴趣盎然。因此，听得十分乏味的他，忍不住打了个哈欠。

“现在商国人的帝王，将要举兵远征东夷。帝辛子受，素有据有四海之志、并吞八夷之心。东夷的蛮人们，总是时而顺服时而背叛，这令他很头疼。他已经年过六十，世日无多，此番出征，要么亲征，要么太师闻仲挂帅，一定会倾全国之兵征讨。仗一打起来，我们就有机会了！”

牧羊少年一直等待这位崇侯能不要绕弯子，直接说怎么弄回“九鼎”的事就好，只听得他一会说“姬昌”，一会说商王，头绪纷乱，忍不住要插嘴打断他的话：“大王，那么我该怎么帮助您呢，难道得同时跟东边、西边这么多大王打仗吗？”

崇侯虎哈哈大笑道：“孩子，我只要把你送到朝歌就成！到时候自然有人与你联络，教你去做什么！而你，只要记住一件事！”

牧羊少年好奇地问：“什么事？”

崇侯虎神色极其郑重地说：“从今夜起，你不再是无主的野孩子了。我崇侯虎，就是你的主公了！不过，我是当你的主公，而不是当你的主人，你不是我的奴隶，而是我的心腹！暂且委屈你，事成功后，定还你自由之身，而且保你荣华富贵！”

他这句话说得是掷地有声，说完还郑重地向牧羊少年鞠了个大躬。此举把小小的牧羊少年吓得不轻，他晃晃了身上的枷锁，说：“那么，那么，那么，我我我该……”他想说除去身上的枷锁。

崇侯虎说：“我给你起个名字吧，你能引雷震而断昊刀，是了不起的灵气。那么，从今天起，你的名字就叫雷震子。”

崇侯虎对自己的起的这名字颇为扬扬得意，捋着胡须静默不语，观察少年的反应。

可惜，牧羊少年一听这名字就不喜欢，拼命摇头想拒绝。

他便听到崇侯虎突然拿起手边的一根铜锤敲打一只编钟，高呼道：“来人来人，快把这妖童雷震子给拿下，我已经封了他的法力，明日启程，把妖童献去朝歌！”

一队全副武装的士兵倏忽之间就冲进大殿之中，他们一窝蜂地抓起牧羊少年，又像拎小鸡一样把他拖走了。

崇侯虎对牧羊少年说的最后一句话是：“我会送你一起去朝歌请命，面见帝辛陛下！”

二十九　朝歌

牧羊少年又披枷戴锁地被关在崇侯的大牢里关了一夜。第二天醒来的时候，他吃到了一顿极为丰盛的早餐，有米有肉，而且还是非常美味可口的羊肉。尽管从羊肉上闻出了白鹿部落山谷间草地的气息，但他还是大快朵颐地吃了个舒爽，恨不得连筷子都吞下肚。值得一说的是，牧羊少年也正是在这个牢房里学会用筷子吃饭的，以前他都像小动物一样凭手抓饭吃，没有人教他用筷子。

这一夜过得似梦一般。牧羊少年一觉醒来，把崇侯虎跟他说过的事情忘得一干二净。吃饱了早饭，方便完毕，少年就被一群崇侯的家奴带到一处阴暗的石室里。那石室里有个石头大池子，里面蓄满了清水。起初，牧羊少年吓得魂飞魄散，以为他们要宰杀他，这个环境跟部落里宰杀羊时一模一样。结果，却是一帮人七手八脚地帮他洗得干干净净，原来只是沐浴而已。

平生头一次洗澡，没有享受到沐浴的舒爽，却因为内心七上八下而弄得潦潦草草。洗干净的牧羊少年换上了一身新的葛布衣服，是一件圆领右衽的袍子，以蓝带束腰，换上了一双革面木底的斜靴。一个女奴还走上前来，帮牧羊少年梳理乱蓬蓬的头发。她耐心地为他剪除掉那些已经凝结成块的垢发，然后帮他束起来卷成一个发髻，并用一根骨笄固定好，最后用一块黑头巾包在发髻上。

忙完了这一切，一个家奴捧上了一面圆圆的铜镜给他看。透过了那枚铜镜，牧羊少年看到一张又瘦又小，非常眼熟的脸。回忆了良久，他才惊异地记起来，这张脸有点像山谷里遇到的那个陌生人。

怀着极大的疑惑，牧羊少年又戴上了一副崭新的红木和黄铜镣铐。他被领出了沐浴室，坐上了一辆四周围着黑色锦幔的囚车。崇侯虎带着大队的人马，大量的奇珍异宝，亲自押送囚车。在这辆车里，牧羊少年一待就是数十日。这数十日里，他经过了无数的市镇、城郭、村店和部落，但没有见过比崇都丰邑还要坚固和高大的城池，直到他到达了商都——朝歌城。

朝歌城是大商帝国赫赫有名的大都城。商一朝，开国之君商汤定都在亳，随着国家的动乱和自然灾害的发作，到了仲丁帝的时候，自把都城从亳迁于嚣城；到了河亶甲帝时，又把国都从嚣城迁相；商代的祖乙帝继位时居住在庇城，国都自然定在那里；到了南庚帝时候又从庇城迁奄城。一直到非常有作为的盘庚大帝时，把国都从奄城迁殷，并长期确定下来。因为在殷地待的时间最久，商朝人也自称是“殷人”。

商纣王帝辛的父亲帝乙，将都城从殷迁到了不远的沫邑，改名朝歌。所谓朝歌暮舞，都具有十分升平愉快的含义。商纣王帝辛继承大位后，十分用心经营朝歌，积聚全国之财富营造都城。

整个朝歌城有大商国天下最大的奴隶市场，最大的青铜市场，最大的牲口市场、粮市、盐市、陶市、皮市、布市、木市……最大的窑厂、制陶工坊、铸铜工坊、造弓工坊、制革工坊、造车工坊……天下之货殖，无所不有，天下通商，尽在朝歌，北方诸侯和戎人部落为朝歌运来了马匹，南方诸侯和蛮人部落为朝歌运来了鱼和丝绸，东方诸侯和夷人诸部落运来了皮革和盐，西岐和狄人部落则用大量的粮食和牛羊来换取青铜器。

在朝歌城的西北面，商纣王帝辛为自己造了一个巨大的行宫，名为鹿台宫。宫得名于其中的一个高高的台子，几乎与北屏朝歌的歌山一样高，由青石垒成地基，上面用在窑中烧了七七四十九天的坚砖砌起。鹿台顶上盖着一栋非常宽敞的宫殿，其顶部有像螭龙一样高高的飞檐，远远望去，整个高台就像是一个巨大的鹿头，故而国人称之为“鹿台”。

那鹿台宫足足花了七年的工夫才建成。宫的四周群峰耸立，白云萦环，奇石嶙峋，婀娜多姿。阳春晴好之时，整个行宫藤蔓菇郁，绿竹猗猗，松柏参天，杨柳同垂，野花芬芳，桃李争艳，蝶舞鸟鸣，鱼戏蛙唱。台下卧立几排形似各种走兽的巨石，恬静安然，犹如守候鹿台的卫士。台下还有一潭泉水，池水清澈见底，面平如镜。微风吹拂，碧波粼粼。

风和日丽的早晨，彩霞满天，紫气霏霏，云雾缭绕。鹿台时隐时现，宛如海市蜃楼，恰似蓬莱仙境。纣王时常在那高高的鹿台宫中饮酒作乐，天气晴好之时，便命宫人卷起帷幔，可以在台上看到整个朝歌城的动静。鹿台腹中中空，里面藏着大量的金银珠玉，数不胜数，足够王廷挥霍百年。

被安上一个“雷震子”大名的牧羊少年，跟随着崇侯虎的亲兵们一起到达了朝歌。披枷戴锁的少年是透过囚车上黑幔的缝隙看到朝歌的辉煌的，朝歌城的巨大与繁华，街市上川流不息的人来人往，让他印象深刻。

不过，他们一行人倒没有先到鹿台宫拜见商王，而是先抵达了当朝权臣费仲阿衡的府中。“阿衡”是商朝人对于贵族权臣的称呼，类似于后世的“大人”“老爷”。

崇侯虎给费仲阿衡带来了极其丰厚的礼物，林林总总足有两车。这一大堆的奇珍异宝、金银珠玉乐得费仲满面春风。费仲阿衡当即向崇侯虎表示，一定会倾尽全力帮他在纣王面前多多美言，保举他能封一个西伯，就是整个大商国西边的镇边伯爵。

崇侯虎也想去拜访一下朝中另外几位有影响力的大臣，比如太师闻仲，王族里的少师比干、微子、箕子等，不过都吃了闭门羹。很简单，在闻仲看来，崇国不过是西方一个微不足道的小诸侯国，尚不足以与当朝权枢交通；而比干、微子与箕子乃是赫赫有名的“当朝三贤”，他们尽忠于商王室，素不结交诸侯外臣。

不过，千幸万幸的是，在费仲的引荐下，崇侯虎还是得以顺利地在第二天朝见了帝辛。能够得见帝辛，比见到谁都重要。他，才是崇侯虎此行的目的所在。

三十　帝辛

“商纣王帝辛是我见过的第一位称得上是帝王级的人物。不过，他这个帝王也只是名义上号称共主的帝王，并不是后来的皇帝。有人说纣王有一个高高的台子叫作鹿台，我亲身上去过的，此言不虚。又有人说纣王有酒池肉林，我没有见过。那个时代，天气还算很暖和，肉都挂在树上肯定要烂掉的，酒池也不方便保存酒，所以我看来肯定是胡说。有人还说纣王有个蛇蝎心肠的妃子叫作苏妲己，是个狐狸精……关于她嘛，我随后再说吧！”

航船之中的阿幸翁十分悠缓地说：“虽然我以后陆续见过秦皇嬴政、汉皇刘邦、唐皇李世民和武则天，明皇朱元璋等等很多的皇帝，但是与帝辛的见面，给我留下最为深刻的印象。”

有个知事的孩子就好奇地问：“爷爷，是不是他们也是一年一年轮流当皇帝呢？”

另外的孩子就问：“难道那些帝王不是十五岁就没爹没娘的大哥哥吗？”

阿幸翁哈哈大笑，道：“自夏启以来，君王都是家天下之法，所谓世袭。一个人呢，一旦当上皇帝就得要干一辈子，除非他自己辞职让给儿子干。纵然现在满清朝廷，也是一样的。这可跟我们兰芳国不一样。你们当中有谁当过大民君的？”

一个高而瘦的孩子站起来说：“爷爷，你记不得我了吗？倘若我们能回到兰芳国，明年就该我当皇帝、当大民君啦！”

阿幸翁点点头笑着说：“好哇，大民君，会有那么一天的！”

这一老一小这么说，是有缘由的。那“兰芳共和国”所施行的，是虚君共和制。其国中，立一大国会，叫作民举会。民举会由原来的兰芳公司董事会转变而成，民举会握有国中最高之权力，只负责两件事：全民选举和立民君。

因兰芳国国制多由自己独创，立国之初，需要与周遭乃至中原旧有的朝廷和王国打交道，不能太多刺激它们。所以，立国时的众民议定，要令它好似一个传统的王国一般。兰芳国的大民君选取国中年满十五岁不足十六岁的无父无母孤儿担任，一年换一位，担任国家名义上的君主。大民君住在民君宫中，民间俗称叫作“魁兰宫”或者“兰宫”。由司礼监、司正监、司兵监这“三监”辅佐民君——当然，与中原的朝廷不一样，三监里可没有太监，只有可以结婚成家、学识渊博、德行高尚的执笔博士。他们协助小小民君完成礼仪性工作，司礼监负责内外礼仪，司正监负责沟通议会、政府，司兵监负责监督军事。

民举会还设有一个选君院。选君院负责收养全国之孤儿，给予教育和管护。选君院设立八位佑师，负责教导这些孤儿，以备之为君主一年。八位佑师中年之最长者且德高望重者，为大佑师。阿幸翁在兰芳国最后的一任职务，就是担任民举会选帝院大佑师之责，负责教育未来一年一任的小国家元首们。

这些民君在退位后，即十六岁成年，独立到兰芳国中自主谋生，不再与兰宫有任何瓜葛。他们或从军，或从商，或做工。待到成家立业条件具备之日，如果有从政之志，可以积极进取，参加有真正权力的民议院的议士之选，成为民议长，就会被授予“首辅”之勋。

对于有野心和抱负的青年人来说，更有吸引力的是参与大统领之选。兰芳国大统领是民众眼中真正的国家元首，能当上大统领就授“摄政王”之勋，统领被民间俗称为“蕙兰台”或者“蕙台”的大统领院，组建院中五阁，即大统领的办公室——琅琊阁；兰芳国的安全、情报及统领保卫部门——枢密阁，因其设计时有模仿大明朝锦衣卫的痕迹，民间俗称“锦兰门”；长者顾问智囊团——白鹿阁；青年才俊顾问参谋团——青莲阁；以及至关重要的政府机构，真正的内阁——承枢阁。承枢阁由大统领指定的人选担任，兼副统领职，并被民君授予“首相”之勋，算是真正入阁拜相。

一般来说，担任过民君的少年，在长大成人后，很想在兰芳国教育体系——兴文院鸿博科科举中考中状元，然后带着状元光环参与竞选，担任国中大统领。按兰芳国民间的说法，这叫“占三魁”，是莫大的荣耀。能做到这一点的，自然比中原考状元还要难，兰芳国立国以来只有梁恩一人做到——而他战死在抵御荷兰人入侵的战斗之中。

阿幸翁跟孩子们费了老大的力气解释他们心目中的“国君”与中原那些的国君有何不同。这些孩子生在兰芳国，长在兰芳国，虽然学习使用的仍然是中原之文字，但实际上不通中原的生活和礼法。阿幸翁心中不禁生出很多的担忧来，船一靠岸，就是中原大清国，这帮孩子如果到此生活，又不知中原制度，恐怕是要凶多吉少。所以，他决心以他三千年的生活经历为他们仔仔细细讲述个明白。

牧羊少年是被装在笼子里吊上鹿台宫的。在他被吊上鹿台之前，崇侯虎已经将其他的珠玉金银珍宝进贡给了帝辛。帝辛见的奇珍异宝实在太多了，倒并不以为然，只是叫宫人收到鹿台宫下的仓库去。他正要和几位重臣商量调兵遣将，起兵征讨东夷叛商的诸部落之事，见崇侯虎在，也请他一并参谋参谋。毕竟崇侯虎世镇西方，是帝辛颇为喜欢的诸侯王之一。

经过前几番的商讨，帝辛已经初定了东征大军的人数规模，乃是尽朝中精兵十五万，起战车八百乘，牛车千乘，战马五千匹，战象五百头，钱粮无数，百工巫医无数。帝辛原本想再次亲自出征，但遭到了贵族大臣的一致反对。

最后，大家商讨来商讨去，初定由太师闻仲挂帅调度，远征东夷，摆平一切叛逆，直抵大海边。帝辛说：“不用诸位进谏，这次必定是余一人在位时最后一征。一战平海内，与各位共享太平！以后若再有事，就不是余一人所能虑及的，且交儿孙去办吧！”

帝辛口中的“余一人”，是商王一贯的自称，常常出现在殷商的甲骨占卜辞中，意即天下为我一人所有。所有的大臣都颇为赞同“一人”这个出征方案。只有少师比干提出一点忧虑：“太师大军出征后，朝歌兵力薄弱，会不会有什么不测之忧？”

帝辛说：“朝歌以及四周王畿，就算十五万精兵抽走了。余一人一声令下，还能再起兵二十万，北边犬戎人已经被我大商收买，还有一个不怎么肯臣服的有苏国，国小地薄，量也没胆子作大乱；南边蛮苗跟我们隔着诸多江水，想杀到我朝歌，除非个个身上长出翅膀来；只有西边……”

想到西边，帝辛感到了隐隐的不安，忍不住把目光投向崇侯虎。

第七章
鹿台宫上

三十一　殿内

帝辛终于问自己话了，崇侯虎感到机会难得，面露喜色，立刻上前回话。他说：“臣世镇西域，数十代经营崇国，对我大商忠心耿耿。请陛下务必放心！”

帝辛点点头说：“当然，余一人很放心。那么，崇侯，西域会不会有其他什么人可能威胁我大商呢？那些西狄会不会趁机偷袭大商？”

崇侯虎立刻上前一步，压低声音说：“臣看来，西岐周国的姬昌这人很值得提防，他装作很有德行的样子，利用周国的物产，四处收买人心。西域很多小国和部落，都纷纷投靠他。此人可能就是陛下您最值得担忧的大患！”

群臣中的费仲立刻附和说：“对对，陛下，崇侯说得很有道理，臣也是这么听说的！”

帝辛寻思了一小会，说：“聪明的人，大概不会听流言就草率判断的。既然两位提到姬昌了，我也不能不问问。”说完，他大声叫一位近侍上来，又说：“就由你担任使者，去西岐一趟，让周国的姬昌到朝歌来一趟。”

那位近侍得到了帝辛的命令，一点也不耽误，立刻带上使臣的节仗，去往西岐周国去了。

费仲又说：“崇侯带领崇国的军士们，刚刚打了个大胜仗，消灭了好几个不臣服我们大商的西狄部落和国家！”

帝辛听来，十分高兴，问崇侯虎说：“有这等捷报？崇侯不如说来听听？”

崇侯虎压抑住得意，十分谦虚地说：“也就是收服了犬戎人，然后驱使他们去平定那些不服王道教化的狄人小国，让这些茹毛饮血的戎狄都臣服我大商的雄伟，传颂陛下您的功德！”

帝辛笑着拍手说：“好好，你干得好！”

费仲趁机说：“崇侯对我大商如此忠心耿耿，实在是大王的福分。可惜崇国地界太狭小，虽有镇守之心，但若西边诸国和诸狄部落联手起来，群起攻击，崇侯也抵挡不住。大王不如册封崇侯为西伯，为他多划封土，以保证西边万无一失啊！”

帝辛兴高采烈之际，立刻就准备赞同费仲的建议。崇侯虎也兴高采烈地等着他一个“好”字，却不料一直没有说话的少师比干说话了：“周人是否有威胁我大商的野心，在姬昌没有来觐见大王之前，不能轻作判断。至于崇侯虎的战绩，以及封赏，怎么能凭只言片语就做定论呢？请大王三思而后行！”

比干的辈分是帝辛的叔叔，一直辅佐着他治理国家。帝辛听了他的话，觉得更有道理一些，就对崇侯虎说：“王叔的话，崇侯也同意吧。余一人先等姬昌到朝中来问问再说。至于说崇侯的战功，爱卿可有什么凭证？”

崇侯虎很镇定地一笑，向宫人道：“请借吊车，将贡品吊上鹿台！”于是，一群宫人便生拉硬拽，将关有牧羊少年的囚笼吊上了鹿台宫的外边，用推车推到了大殿的中央。

帝辛和一干臣子都很好奇，不知道这个黑幔围着的笼子里装的是什么东西。起初大家议论纷纷地猜测，有人说是奇珍异宝，有人说是俘虏对方首领的首级，有人猜测是什么样珍奇的猛兽珍禽如麒麟、凤凰之类的……就在大家的议论纷纷之中，那个囚笼被推到的帝辛面前。

帝辛的好奇心也被激发到了极致，连忙问崇侯虎说：“崇侯，这帷幔后面是什么，倒掀出来给余一人看看！”

崇侯虎回禀了一句“是”，然后不紧不慢地走到那囚笼的面前，环视了比干等众大多亲贵大臣，伸手拉住黑幔的一角，然后用尽全力一扯。在众人齐声的惊叫声中，囚笼露出了真容。所有人，包括帝辛，定睛细看，笼子里装着的不过是一个被枷锁套住的小少年。那孩子模样还算清秀，衣冠还算干净整洁。仅此而已。

帝辛抹了一把额头的汗，然后哈哈大笑说道：“哈哈，不过是一个小子罢了！崇侯啊崇侯，你何必这么，这么装神弄鬼啊！”群臣都大笑不止。

只有崇侯虎很认真地向帝辛解释说：“这个小孩叫作雷震子，是臣这次剿平白鹿国所获的一个奇童！”

大臣箕子这时站起身来说：“大王，臣曾随先王巡视西域，熟知西域各地，却不知有一个白鹿国存在啊！”

崇侯虎说：“那是一个雍州方外迁徙进来的小部族国。臣用依附大商的犬戎人灭了他们，还在他们的部族中搜得这个异能之童！”

比干听了还想起身进谏，却被帝辛挥手拦住。只听到帝辛说：“看这个小童子，不过寻常一个孩子罢了。他脸色太黑，被关在这笼子里也有十余天了吧，皮肤还没有白净；他身形太瘦，想来在那个，那个白鹿国也不受人重视，我看来，这孩子有犬狼之像，大概应该只是个牧羊娃吧！”

商纣王帝辛是一个非常聪明的人，也非常善于观察，他一眼就看出牧羊少年的真实来历。他隔着囚笼问少年道：“小子，你通我大商国的言语吧，余一人问你，你是否是个放羊的娃儿啊！”

牧羊少年被关在囚笼里吊上鹿台宫时，看到脚下一片空空，随着越吊越高，他越看越怕，完全被吓蒙了。等到了大殿里崇侯虎掀开帷幕的那一刻，又第一次见这么多的衣冠巍峨的人，又被吓蒙了一次。待到商王问他话，他才看到高高在上的纣王帝辛。

只见那个大王头戴缀满珠玉的冠冕，上身着有日、月、星辰、山、龙、华虫纹样的红色锦衣，下身着大红裳与蔽膝，那裳上绣着宗彝、藻、火、粉米、黼、黻，腰上系着缀满各色珍珠、玛瑙、翡翠并以金丝镶边的大带，脚穿底厚而高的舄。

那大王四方脸，眉极浓，鼻梁高挺入额，唇宽而厚，须发虽然斑白且白多黑少，但双目炯炯，远远望去，十分威严。在他的王座背后有一个高大的红木屏风，上面雕琢着一只身上镶嵌满了宝石的大鸟。那个大鸟之上，还刻着四个商文的大字：“天命玄鸟”。

牧羊少年搞不懂这个大王到底是何方神圣，又被吓蒙了，完全瞠目结舌，不肯回答他的问话。

见到少年不回答，帝辛身旁的宫人慌忙催促牧羊少年说：“小子，大王问你话，你是不是个放羊的？”

听到那宫人的问话，牧羊少年才慌忙回答：“是的，我就是一个小羊倌！”

他的话音刚落，整个大殿上就响起了帝辛君臣的爆笑之声。

三十二　妖童

帝辛笑着对崇侯虎朗声说：“崇侯啊崇侯，你抓了个小羊倌来，要换我的伯爵封号，还有那一千里的大商西域，这未免也太便宜了点吧。”

崇侯虎也迎合着纣王帝辛的愉快情绪笑起来：“大王真是英明神断，一眼就看穿了这个小童的来历。不过，臣如何敢随便抓个小放羊娃就来糊弄大王。关于臣灭白鹿国之事，您可以询问这个小童！”

帝辛挥挥手笑着说：“区区一小国，卿说灭了就灭了，我何必要这样的证人。想我御驾亲征东夷时，挥鞭之所指，手掌翻覆之间就灭了七十二国，也不过尔尔，免了免了。既然你带这少年来，他一定有奇异之处，不要卖关子了，给余一人展示出来！”

崇侯虎向帝辛鞠一躬，赞道：“大王非常英明！臣这就给您展示！”说完，他走到立在朝堂上的少师比干身边。

比干与崇侯虎四目相对，不知他葫芦里卖的什么药，只是礼节性地向他微笑。崇侯逼近他身边，冷不丁地向前一冲，拔出了比干身上所佩戴着的剑。这个动作太突然，比干慌忙向后退去，其余众大臣纷纷拔出佩剑。

听到大殿中的兵器之声，两队持着刀斧的卫兵，“倏倏”地涌到大殿上来。唯有帝辛岿然不动。他手中捏着一块紫色的玉，轻轻地在王座前的案上一磕，清脆的回声就在大殿里回荡。

崇侯虎握着剑向比干一拜，说："比干阿衡，在下借您的剑一用！"

比干看了看帝辛，帝辛笑而不答，他又看了看崇侯虎，做了一个"请"的手势。帝辛抬手轻轻一挥，那两队刀斧手退了下去。崇侯虎提起剑，用手指在剑刃上轻轻一弹，那柄宝剑发出沉沉的"嘤"之声。崇侯虎笑道："少师比干阿衡，这柄剑太钝了，您该换一把了！"

说完，他将剑横过来，"嗖"地一声刺向牢笼之中的牧羊少年侧面。这个举动，是包括帝辛在内的鹿台殿中所有人都没想到的。大家忍不住都发出"呜"的惊呼。

也只是瞬间，大家见到一道白光闪烁。"咣当"一声，崇侯虎手中的剑被切割成了一半，坠落到了地上。于是，他的手中只剩下光秃秃的半截剑。崇侯虎就将半截剑举起，向众人展示。

帝辛也惊呆了，即便见过无数大世面的他也不禁慌张地问："这是怎么回事，怎么回事！"

崇侯虎抚着剑的断痕，非常郑重地说："这个童子，是那白鹿国的镇国之宝。臣的麾下，屡次想杀他，反倒折损了兵器。臣也想不通，只是翻来覆去想，这孩子莫不是雷神的后裔。臣闻在吴地之西，有个大湖叫作雷泽，雷泽中有雷神，龙身而人头，拼命敲打他的肚子，引雷放电。这个来历不明的小子，莫不是雷神的遗子！"

帝辛说："十余年前，我东征淮夷，就到过吴地，也到雷泽那地方去过，一待数月，从未见过雷神。若余一人记得不错，又有人说雷神在华胥国出没，是一条夔龙。我一生六十载，从未见过一条龙。想来，这些都是不经之谈！"

商帝辛自负东征西讨的武功，见识也广，颇不以鬼神为然。这与整个商朝的贵族敬鬼神太过很不相容，倒是大商国人尽皆知之事。

崇侯虎说："可陛下您亲眼所证，这个孩子……他似乎是杀不死的，若非神明庇佑，很难说通的。"

费仲拿捏住了火候，立刻帮助崇侯虎说话："陛下，崇侯为您献上这样的奇童，实在是天欲兴我大商之兆，极大极大的祥瑞之兆啊！"

一向喜欢直言进谏的比干，看着自己折损的剑，这时候也无话可说了。

然而，一直保持沉默的箕子起身说：“区区一牧羊小童，能以命克金，非常人能做到，其中必有蹊跷。臣听说鬼神乃是飘然的气态，变化无端，并无实体。这小童，一副血肉之躯，倘若真有神力相助，又何以能被崇侯关在这囚笼里而不得自由？我多听世间妖孽的传说，大王，这孩子多半是一种妖孽。”

帝辛听了觉得很有道理，说：“王叔有理，崇侯，你暂且先退下吧。这妖童留于余一人殿上。东征在即，西域之安危，劳你多费心便是！”

崇侯虎还想说些什么，但看到帝辛衣袖一挥，正是逐客的意思，只得怏怏地问安告退，带着失望，离开了鹿台宫大殿。

等到崇侯虎完全离开了，帝辛才问座中诸臣说：“那么，诸位看这个小童应该如何处置？”

箕子赶忙说：“妖孽之童，留在这里是晦气。既然金不能近其身，不如以火焚烧，若火烧不死，可以用水淹死，用木石压死。总之，早除之为妙！”

帝辛面露不解之色：“一个小孩童而已，王叔何以这样着急要他的性命呢？且留着，看看其中蹊跷再说。”

箕子争辩道：“臣听说，人都是阴阳二气化成，阴阳和谐，人才有安康。妖物么，不洁之物，化外之物，据说是极阴而成，留在身边，多会影响人的正常阴阳气血运行，还是除之而后快！”

帝辛正要说些什么，突然有宫人进来禀报说：“大王，征讨有苏国的尤浑凯旋而归了！他为您带来了有苏国的贡品！”

这是一个捷报，帝辛听了顿时喜笑颜开，说：“让他上殿来，看看究竟给余一人带回来什么！”

宫人急忙退下在殿外高声喊：“让尤浑献有苏国之贡物上殿来！”

三十三　妲己

尤浑是商纣王朝的一位大臣，也是帝辛的宠臣。两个月前，他受帝辛之命征讨小小的方国有苏，一番伤筋动骨的征战，然而带回来的贡品极为有限，让大家大失所望。因为那一堆贡品仅仅是十对白璧，百件狐狸皮毛，一些腌肉、腌鱼。所得之贡物，尚不足五千北征大军一日之花销。

尤浑如实向帝辛相告："有苏国，地狭民寡，所据之地，物产也薄。臣此番讨伐，他们是不战而降，尽全国之力才搜刮出这些！他们肯定是没法为我大商东征出力的。若强征其国中男丁入伍东征，这一国男子，尚不足编成一师。故而，臣只好这么就回来了，且留大王的仁义在有苏国吧！"

帝辛也是十分失望，但听了尤浑一番十分诚恳的话，倒也没责备他无功而返："罢了，有苏国空有鱼丰米足之名，没想到这么寡弱！罢了，你辛苦了！"

回过神来的比干素来知道尤浑这个人比较油滑，唯恐他受了有苏国人的贿赂，故意隐瞒了事实，就挺而进谏说："有苏国一役究竟如何，应当交给臣仔细查看再说！"

尤浑似乎有所准备，连忙笑着说："陛下，臣对我大商忠心耿耿，哪能够让有苏国人就这么便宜了！我也勒令他们献出了镇国之宝，请允许臣献给大王！"

一个上午的朝议，帝辛已经颇感疲惫，征讨有苏国出自他的决断，然而劳而无功，一定会让那些劝阻过他的大臣们看笑话。他刚准备喝"退朝"，然而听尤浑这么一说，顿时来了兴致，笑指着关押着牧羊少年的囚笼说："又是一个献国宝的，好，究竟是怎样的国宝快进上来，看罢我们今天的朝议就结束。尤浑少尹，你的国宝该不会又是一个人吧！"

尤浑眉飞色舞道："正是，大王果然明智过人！"

帝辛哈哈大笑，群臣中也有三三两两附和的笑声。

尤浑就向殿外宣道："请有苏氏上殿来！"

随即，有两个人慢慢地走到大殿当中，前边是一个身着翩翩的白衣女子，脸上蒙着绢纱，见不到真面目。后面则是一个白发苍苍的老妪，亦步亦趋地跟着白衣女子。

帝辛先看到了那个老妪，笑着说："这个老妇就是国宝，又是一个金刀不近的妖孽？"说完，他环顾左右大笑。

却不料，老妇人不卑不亢地朗声回话说："陛下，我只是有苏国的巫师，为大王献上部族珍宝！乞求大王容我小国世世代代安心侍奉大商！”

说完，她竖起双臂，一把揭开盖在身边女子头上的绢纱，于是帝辛和众大臣看到了一个娉娉婷婷、极其貌美的少女。她垂着眉眼，静静伫立着不说话，那一瞬的光彩，令众人都屏住了呼吸。

大殿上顿时出奇的平静，唯有风吹来，撩动着大殿的帷幔以及女子的衣裳，发出了沙沙沙的声音。许久，纣王才问出一句话：“你叫什么名字！”

那个女子缓缓道来：“妲己，大家叫我苏妲己。”

帝辛刚想再问第二句。一向直言进谏的比干，忍不住又要问话了：“你真是有苏国人否？我深知有苏国上下情况，何以有你这样的女子？”

那女子从容不迫地说：“我确实是有苏国国君之女，寄养在母亲家族的部落，两年前才回本国中！”

比干心中陡然有隐隐的担忧，很急切地说：“妇女不能带兵打仗，太过于柔弱艳丽，就是祸害！”

比干这么说有缘由。在大商国的传统中，妇女，特别是贵族妇女，都可以当男人用，一样带兵打仗，出征或者镇守一方。其中最为著名的例子，商国第二十三代大王武丁王的妃子妇好，就是一位英勇无双的女战神。她能够力举九公斤的战斧，北伐北戎，攻打黄河河套之地，连克九九八十一国，令北戎一见绣着“好”字的凤凰大幡就远远逃遁。

大商一国风气使然，妇女之尚武并不逊色于男子。不过，到盘庚迁都殷都之后，女子的彪悍之风才稍稍有所减少。到纣王帝辛一朝，他颇自负武功，喜欢自己带兵打仗。不怎么舍得让自己的王妃带兵出征，但是纣王很喜欢听取她们的意见，凡有军事，都喜欢让自己的王妃们参谋参谋。

针对比干的话，那老妇人却冷冷地说：“有苏国素来国小地薄，民寡军弱。男女都只安心耕织，饭吃饱，衣穿暖，没什么出息，从来不去想小部落之外的天下事。柔弱之国，也未曾祸害过大商国啊！”

比干听出这个女巫话中有话，心中更加警觉，连忙对帝辛说：“大王，臣总觉得此女子来历不明，恐怕，恐怕，恐怕……”

他也说不出心中的恐怕什么，正好眼见大殿中关着牧羊少年的囚笼，一时就有了主意：“恐怕这个女子，是个妖女！”

在一旁的尤浑听到比干这么说，觉得帝辛真听下去的话，会对自己十分不利，连忙说：“大王，此女是我在有苏国中，那有苏国王亲自献给为臣的，分明的二八佳人，怎么会是妖女！一个献俘之女子，比干阿衡也太过于计较！”

帝辛也觉得那个苏妲己美貌过人，一见就心中喜爱。每年大商国东征西讨，东南西北各处部族都会献上美女以悦帝辛，这个苏妲己不过是近年来最出众的一个罢了。本来寻常之事，只因为崇侯虎进贡了一个妖童在先，被比干这一说，搞得莫名其妙。于是，他就下令道：“好了好了，诸位，有苏国之役到此为止吧。尤浑，你辛苦了！小国寡民，我们也不必跟他们多计较。我大军东征在即，应聚心力，足财资，东夷才是我们的大鱼。”

比干的话刚刚起了个头，他越想越觉得心中不安，就还继续想说下去：“大王，正因东征，乃是倾我大商举国之力，如此非常时刻，前有妖童，后有妖女，种种都是不祥之兆！大王……”

帝辛有点不愉快了，崇侯拿了个妖童来邀功、征讨有苏国的失利本来就令他都不快，见到貌美的苏妲己心中才稍稍愉悦，觉得费尽钱粮出征到有苏国并非没有什么收获。比干这么啰里啰嗦实在令人烦。莫说某一个方国进贡一个女子，就是十个百个女子的事情也时常有，比干他还受过帝辛赏赐的美女。说到底，有苏国也是个小穷国，才只能进贡这么一个女子，还当个大宝贝。因此，他不想再议论了，果断下令道：

“将妖童送到羑里囹关押备召，请苏妲己到后宫歇息，退朝！”

三十四　羑里

被关入笼子里的牧羊少年直到被抬出大殿的一刻都没有出声。他看到了苏妲己的脸，但是令他不敢相信的是，那张脸不应该叫作苏妲己，而应该叫作白鹿，虽然经过梳洗打扮，她显得更加妖艳了。他也看到了巫师的脸，她好似中了邪一般，原本一头黑发全变白了，人也变得更加地消瘦。

然而，白鹿就是白鹿，巫师就是巫师，牧羊少年真的一时没法弄明白。她们是什么时候离开崇国，成了有苏国的人的。牧羊少年吃惊得简直就要叫出来，就在他张开嘴要发出声音时，耳朵里听到了有人在跟他说话："不要出声，不要出声！"

是蛇语，混在那沙沙的风声中，常人无法察觉，但牧羊少年还是能听到的。是那个陌生人！牧羊少年更惊呆了，他不是走了吗！

这鹿台宫的大殿上，帝辛已经在宫人的陪同下退了下去，到侧殿休息更衣了。

只有比干还在冒死进谏，求帝辛暂且不要将苏妲己纳入后宫，等到他查明这个女子的来历再说。他想进入侧殿，但被宫人拦回了大殿之上。与此同时，费仲和尤浑已经请宫人将苏妲己送入后宫了。

宫人们抬着牧羊少年的牢笼走出大殿。他紧紧抓着牢笼的栅栏，死死地盯着那个苏妲己看。苏妲己一直垂着头。只是在牧羊少年行将离开大殿的那一刻，她抬起头来，双目与他相对。那双眼睛流露出了一丝极为不易察觉的温和，将她的身份暴露无遗。她一定就是白鹿！她为什么会出现在这个地方？她为什么变成了苏妲己？她来这里干什么？

牧羊少年依然是被吊下鹿台的。由于崇侯已经离去，帝辛下命令将他送到羑里。商国的宫人们对他也不甚客气了，很快速地将他放下去。到了半空才拉住，却不往下放了，任凭囚笼在空中荡来荡去，像耗子一样耍他。风速极大，牧羊少年吊在半空中，看到脚下相距遥远的地面，吓得魂飞魄散。他看到苏妲己走到了鹿台宫脚下，进入了一个八人所抬、装饰着绚丽羽毛的轿子里，被抬入了葱葱郁郁树木所遮掩着的、远不见边际的帝辛后宫里去。她再也没有回望牧羊少年一眼。

被吓破了胆的牧羊少年最终还是落到了地面上。他的囚笼还是被黑布遮起。一队士兵接管了他，把他送到了羑里大狱去。

牧羊少年这次有点慌了。他感觉自己带枷锁的时间太长了，狱中生活虽然与他在白鹿部落放羊的时代相比，总体还是不错的，无风无雨，有吃有喝有穿的。但是纵然像牧羊少年这么迟钝的孩子，也感觉到一种东西丢失了，那就是自由。自由自在的奔跑、跳跃、流浪、撒尿，跟各种动物交谈。

是的，当自由这玩意没有丢失之前，牧羊少年毫不觉察它的存在，可是它一旦丢失了，他渐渐才明白它的可贵。没有自由的少年，整天都戴着枷锁，被关在牢笼里，像一个小耗子那样随便被人吊在半空中随着风荡来荡去，朝不保夕，也没有了自我，渐渐感到了生不如死。

从宫殿到监狱，在黑黑的囚车里，牧羊少年这一段路走得非常悲戚。他终于哭了起来，喊出了第一声："放我出去！"随即，他就遭到了押送囚车的士兵们的辱骂："闭嘴，小妖怪！"

羑里大狱是牧羊少年今生所见到的第一座大监狱，在商代，它的大名叫作"羑里圉"。"圉"字就读作"狱"，正是大商对监狱的叫法，字面意思就是关押着，刺着"幸"字的人。与牧羊少年后来见识到的各种各样的监狱，比如大周朝的"囹圄"，比方说大秦的天狱、大汉的京兆狱、洛阳狱、大唐的大理狱、大宋的"莫须有"狱、大明的诏狱、法国的巴士底狱等等相比，这座羑里圉，还是小了许多。它依傍山形而筑，左右有危崖，狱室都是用巨石垒成，密布守卫。

监狱能有什么样子呢？即便是三千年后，牧羊少年石有幸做了兰芳共和国的大统领，面对众多民议士们的质问，依然没有办法解答这个问题。难道犯了罪行的人不应受到惩罚，难道他们不应被管制，剥夺自由，被关押在特定的地方，哪怕是一个四面危崖没有枷锁和栅栏的海岛上，反省自己的错误？问题只在于，谁能保证进入监狱的人都是确凿有罪的呢？

到了羑里圉，牧羊少年身上的枷锁还是没有被解除。他被径直押送到一个极其狭小的囚室内，因为当时的铁还没被普遍使用，金属价格还比较昂贵，故而，只是在手脚被束缚后，用坚韧的牛筋与麻混合编成绳索，把他拴在囚牢里的两个根石柱的其中一根上。这样，少年还能在牢里稍稍有个小小的空间自由走动。

在牢房里坐定了之后，牧羊少年内心有强烈的懊恼。他这才知道自己的人生经验实在是太单薄了，为了吃两口饼干，居然把那个神奇的陌生人给跟丢了。如果，如果能够跟着他往西边去，那该有多好。就不会遇到什么崇侯，也不会稀里糊涂的到了朝歌来。结果，那么繁华的大城，他哪也去不了，只能待在囚笼里、待在牢房里，任何的自由都没有了。

他也想到了白鹿，白鹿是怎么变成苏妲己的，大巫师怎么到有苏国的，这些事情头绪太纷乱了。就跟那个来无影去无踪的陌生人一样，一时半会，他都想不通。好在在羑里有的是时间，让牧羊少年慢慢地去想。想不通还可以睡觉，做着梦去想。

除了牧羊少年外，似乎羑里圉里其他的犯人，每天都得走出囚室去劳作。每到天亮之后，这些犯人就被看守们喊醒，排着队，挨个到羑里背后的山上背石头。这些石头一半是寻常之石，用来继续堆垒羑里圉的牢房，另一半则是铜矿与锡矿，要运到山下，供朝歌城内的冶炼工坊炼铸青铜器。

牧羊少年不用去劳动，而且每天能有好吃好喝的，倒不是因为监狱的看守们仁慈，只因为帝辛下令说“送妖童到羑里圉备召。”“备召”，也就是等待召唤二字，所以押解牧羊少年的官人特意嘱咐监狱，不能让这个小妖童有任何的闪失。

另外一个重要的原因是，崇侯虎也得知牧羊少年被关到了羑里大狱里了。他得知这一消息后，露出了一丝不易察觉的愉快笑容。虽然没能把那个小少年留在帝辛身边，但是放到羑里去也未尝不是一件好事。具体是怎么一个好事，这又是他另外一个谋划了。

在牧羊少年被关押到羑里的第二天，崇侯虎就亲自驾车夜访了羑里圉的典尹，也就是监狱长，赠予了他意想不到丰厚的礼物。崇侯虎送此厚礼只有一个要求，请典尹无论如何要关照好羑里圉中的少年“雷震子”，因为这个小童还有大用。自崇侯拜访过典尹后，牧羊少年便每餐都能有肉吃了。

三十五　女娲

囚室里有一扇窗户，每天傍晚的时候，阳光能照射进来一段时间。

傍晚时分是牧羊少年最为清醒的时刻，他摸索着从怀中拿出陌生人送给他的那面三棱镜。他捏着它放到阳光里，看着阳光透过三棱镜发出绚丽的七色光环。牧羊少年久久盯着那个光环看，发着呆。他脑子里不由自主地会想起陌生人说过的话："整个世界都包含在这个三棱镜当中。"

为什么整个世界都在这个小小的透明的东西里面？牧羊少年想了整整七天，也没有想出个所以然来。此刻，与在部落里放羊相比，牧羊少年的空间已经增大了一千多倍，不再是小小的白鹿原，有了崇国，有了大商国，还有崇侯对他说的那个"九州"。这些都是"世界"么，牧羊少年有点蒙。

牧羊少年开始相信，在这浩渺的天下，他绝非是孤零零的一个，而是与万事万物有着微妙的关联。这个万事万物的总和，就是"世界"。这个世界，怎么可能就在小小的一面三棱镜里？

到了第十天，羑里附近开始下雨。密密层层的乌云布满了山崖的天空，牧羊少年再也看不到阳光照射在三棱镜上发出七彩的光晕了。透过透明的镜片，他只能看到黧黑的天空，枯燥无味，就像是人间末日即将到来一般。

在典尹的安排下，狱卒又给牧羊少年送来了一餐烤肉。是一块烤猪腿，遗憾的是，猪腿上大块的肉已经被狱卒私下分吃了。牧羊少年只能啃到贴近骨头的一点点筋和肉皮，但这已经让他十分满足了。在羑里的十天，他已经胖了一圈。就大商朝的平均生活指标而言，他已经高高超出了大部分国人的水平很多了。餐餐能吃到肉，这简直就是一方诸侯的待遇啊。

牧羊少年啃完了猪腿，把那块三棱镜揣入了怀中。夜幕即将随着厚重的乌云同时降临，他垂下头，假寐着，很快陷入了半睡半醒的状态。整整十天，什么白鹿部落，什么崇侯，什么苏妲己，都已经变得十分遥远了，牧羊少年已经适应了监狱中这种终日吃饱了睡，睡饱了吃的状态。

就在牧羊少年毫无防备的状态下，他听到了一丝轻盈的"嗡嗡"声。这声音由远及近，慢慢变得非常的清晰。牧羊少年忍不住抬起头来，他看到了一只银色的大鸟穿过监狱厚厚的石墙，飞到了自己的面前。

牧羊少年惊呆了，他清晰地看到那只大鸟就像一个小幽灵一样在自己面前变形，慢慢地降落在阴暗潮湿的牢房地面。它足有一头小猪那么大，通体发射出银亮的光芒。身体的上端有八个不停旋转着的东西，两只眼睛间或闪烁着红绿相间的光芒。它的嘴是一个又细又圆的孔，并不像真正的鸟那样有一个尖细的喙。

虽然这只银色的大鸟很奇怪，但牧羊少年并不感到十分惊讶。他在山谷里见识过它们，它们曾经就盘旋在那个陌生人的头顶上。毫无疑问，就是那个陌生人所豢养的鸟儿们。牧羊少年看到它们感到十分地亲切。他终于知道，陌生人并没有走远。

牧羊少年挠挠自己颈后的“幸”字，忍不住问大鸟：“嗨，那个呵，在哪儿，是他派你来找我的吗？”

那只大鸟死死盯着牧羊少年看，并不回答他。它的眼睛里射出一束红色的光，扫遍了牧羊少年的全身。它头上的八个像风车一样旋转着的东西，也渐渐停止了旋转。牧羊少年有点恼，想伸手揍这个傲慢的小禽类一下，却没有料到，倏忽间，它居然蹦了起来。它的嘴里不间断地射出了白色耀眼的光芒，在牧羊少年和它自己的脚下画了一个极其巨大的圈。

那光芒真是厉害，正如它能轻易地打断任何一枚骨箭、吴刀和青铜剑一样。凡是它所切割的石头地面，就如棉絮一样能轻易被撕扯开。牧羊少年惊呆了，因为当大鸟完成了一圈的切割之后，整个地面都塌陷了下去。他和大鸟一起，坠入了一个无底的深渊。

牧羊少年的恐惧是前所未有的，在急速的坠落中，他感到自己身上的木枷和锁链也在纷纷肢解，他得以自如地伸展手脚。他看到了大鸟在一片红色的光亮中自由自在地飞起来，在它的身后，一下子冒出了一群大鸟。何止是一群，简直是数不胜数，天空中密密麻麻地都飞着这样银亮的大鸟。

少年还在向下坠落。他张开嘴，想向人呼救，但是喉咙里被灌满了灼热的气体，任何声音都不能从双唇间传递出去。远远地，他看到一条红色的龙从鸟群中飞了出来。它在半空中盘旋了一下，随后直接冲着少年飞来。

最终，还是龙接住了少年。它用左臂的五个爪子抓住了他，把他扔在了一块巨大的三角形水潭上。水以非常柔弱的姿态接住了牧羊少年，但是却没有淹没他。少年只是软软地跌在水波之上，没有往下再陷。就在他恍惚之间，一个异常高大的女子出现在他面前。

那个女子浑身上下都穿着黄色紧身衣，同样发出金属一般的光芒，光脸庞看起来就有牧羊少年五倍大。她的面容异常地慈祥与平和，散发着令人着迷的母性的温暖。

“孩子，我的孩子！”

那个女人伸出了巨大的手，托起了牧羊少年身下的那片三角形的潭水，并深情地呼唤着少年。她如日月一般巨大的目光，此刻正牢牢地盯着少年看，异常湿润，异常地温暖。

“阿幸，我的孩子，我才是你的生母！”那个像神灵一样巨大的女人深情地呼唤着牧羊少年，并且说出他真正的名字，“快回到我的襁褓中来吧，宝贝，我是你的生母，快来吧，我亲爱的宝贝！”

牧羊少年摇摇晃晃地从水面上站立了起来，抬起头，异常惊恐地盯着那个女子巨大的头颅看，忍住了无边的惶然，开口询问她：“什么，你是谁？你是我的妈妈吗？你该不会，该不会吃了我吧？”

那个巨大的女子在丰腴的黄光芒之中微微一笑，说：“宝贝，怎么会，我是你的妈妈啊，我怎么可能能吃你，宝贝，我的名字叫作女娲！你，我的幸，你可是我的最爱啊！”

第八章
天地征途

三十六 出征

大商朝最大一次、也是最后一次的远征就要开始了。此番征讨的目标，是大商国东域，徐夷、淮夷、莱夷等诸多方国。

带兵出征的，是传说中的大商朝的太师闻仲阿衡。这位殷族人中的少年勇士，在十八岁时就曾率军北征渤海，直至孤竹国。如今已是年近七十，依然要为商国开疆拓土而竭尽全力。纣王帝辛特意在朝歌东门外筑起了一个高高的土台，为太师出征送行。

在朝歌附近集结的，只有五万的军马，这是帝辛的亲军。有五万大军在故都商丘集结，另有五万大军在奄城集结，坐等太师汇合。三股大军以倒三角形，拱卫着大商国京畿、东北和南方的疆土。和平时，三军可互为接应，任何国中内乱无法超出它们攻击范围。战时合兵一点，随需出击，无论东征、北伐、南侵，天下无敌。

帝辛这次用兵的意图很简单，那就是一次远征换来晚年统治光阴的安定。大商多年的蓄力发展，为天下带来了交易的便利。通过挡不住的贸易，青铜器在天下广泛流传，那些茹毛饮血、用骨箭和石斧作战的四方蛮夷部落和方国也渐渐掌握了金属兵器和战车。他们觊觎大商国的财富，不得不用辛辛苦苦饲养的牛羊换取少得可怜的兵器、战车、青铜用具和甲胄，总觉得对商的贸易吃亏很大。因此，这些小部落和方国不断地臣服，又不断地叛变，总是给大商国惹下重重的麻烦，让边疆永无宁日。

恰如大商国满朝贵族上下商议所坚信的，这次出征，大商倾全国之兵将震慑海内，播帝辛之威名于天下。

戎征之事，国事最大。帝辛登在了高高的点将台上，身着最正式的衮服，峨冠博带，祭拜天地、神鸟和列祖列宗。台下，五万大军旌旗如云，长矛如林，车辚辚，马啸啸。这些士兵的甲胄制式各不相同，虽为帝辛的亲军，身份也各不同。他们来自朝歌附近大大小小数百个小封国或者封地，有些人是青年贵族，有些人是朝歌城中的国人，有些人是贵族的随仆。他们有各自的首领，但所有首领都曾发誓效忠帝辛。

白发苍苍的太师闻仲，在五万将士注视下，步履稳健地登上高台。闻仲身着全副金黄青铜铠甲、头戴镀银色饕餮纹的头盔，头盔上高高耸着鹖鸟的尾羽，年虽老迈，但威力丝毫不损，步伐铿锵作响。据说鹖鸟好狠斗，用它的羽毛，代表着勇敢无畏。

在商王的背后，那个从有苏国而来的女巫师，燃起了一堆巨大的篝火，正把一块巨大玳瑁龟甲放在火中炙烤。苏妲己入宫后不过十日，就极受帝辛之宠幸。在宠妃的建议下，帝辛索性把随她而来的巫师封为大商国的“贞人”，就是御用首席大巫师的意思。这位白发苍苍的女巫师，预先在玳瑁上钻出了九个孔。炙烤后，龟甲出现了裂纹，将代表上天对此次出征的谕示。

高台上的帝辛，走上了高台的闻仲，还有台下五万兵将都在拭目以待，等待这位贞人传达的上天预言。只见那个大巫师口中念念有词，拼命地摇着一个缀满了铜铃的牛肩胛骨，一会儿像鸟那样升腾，一会儿像蛇一样盘旋，仿佛真的被神灵附体了。过了许久，她径直将手伸到火中，取出那块炽热的玳瑁甲对着日光查看裂纹。

似乎火并不能伤害到巫师，这令一旁见证的帝辛和太师充满了敬意，油然相信她即将说出的话真的就是上天的旨意。只听到她闭着眼睛缓缓说：“东向，无往不利，泰，元亨，利贞，大吉！”

帝辛和闻仲都捏着一把汗等待她的谕示，听到这么个好消息，不禁都松了口气。在台下的群臣和商国的各路诸侯，也松了口气。

帝辛放心地解下自己身上所佩戴的一块白璧玄鸟兵符，连同自己所佩的青铜长剑一起，递交给太师闻仲。他向诸侯以及众兵士高声呼喊："天命玄鸟，大商拓疆！"

台下的众人听到大王的喊声，也跟着高声呼喊起来："天命玄鸟，大商拓疆！"他们一边呼喊一边用长矛、长戟、长戈或者盾牌敲打地面。那喊声和敲击声震天响，似乎能让天崩地裂一般。也有司礼的兵士吹响了巨大的牛角号，长号声音很低沉又很响亮，还有兵士敲响了牛皮蒙成的鼓，附和着众人的喊声。

闻仲接过了玄鸟兵符。这是一个雄符，雌符在商丘大军中，子符在奄城大军中。三符合体，则倾大商国之精兵尽由太师节制。这份信任，是无与伦比的，闻仲紧握着帝辛的宝剑，向他颔首致敬！

就在大家的欢呼声刚刚归于平息，那个女巫师又代表上天发话了："西有亏，将不测！"仅仅六个字，她并不多说一句。

帝辛不禁有点心虚了，询问道："上人，此象怎么讲！"

女巫师恢复了清醒的神态，说："天机，这是天意的天机，我也不得知，就算知道，也不可轻易泄露！"帝辛脸上立刻有了犹豫之色。

闻仲走近帝辛，低声对他说："王上，箭在弦上，不得不发。西域纵然有不测，哼，都是小国寡民，又能如何？西域无非两大祸主，崇国或者周国，都是鄙夷弱小之国，臣有对策，可保大王不失！"

三十七　伯夷

太师闻仲率领的五万大军终于向东开拔了。大军刚刚启程，就有一大堆老幼妇孺哭哭啼啼地相送。那些人都是军人们的家眷，他们是来送各自的丈夫、儿子、兄弟的。一场征战，不知何年能归，几人能回，这种痛苦是任何人都无法忍受的。

突然有两个人夹杂在这送大军的人群中高声呼喊："大王啊大王，不可东征，不可东征啊！东征必将乱我大商！"

这是乱军心的妖言，立刻有兵士将这两人捉住，送到了帝辛台下。众诸侯大臣一看这两人，却是赫赫有名的贤士孤竹国伯夷、叔齐二人。他们二人头戴峨冠，身着极其简陋的葛麻布袍子。

孤竹国是商国建国之初远征渤海后，创设的一个诸侯国，姓墨胎。与大商一起，世代相传，镇守北方，抵御北方的蛮族山戎人和肃慎人的入侵。那伯夷、叔齐是商末孤竹国君的两个儿子。相传，老孤竹国王遗命要立次子叔齐为继承人。孤竹君死后，叔齐觉得哥哥更适合王位，就让位给伯夷。但是伯夷不受，叔齐也不愿登位，于是两人都抛弃了王位继承权，来到商都朝歌定居。

正在目送大军消失在地平线上的帝辛，很恼火这两位不尽心戍边的逃君，就高声地问他们："天意让我东征，你们两个逃跑者，为何说这种不吉利的话！若非怜你们的贤德，换成旁人，我必杀无疑！"

伯夷仰头回禀帝辛说："大王，东夷虽乱，但他们很遥远。不才我听说，聪明的人从来不担心远方野兽，却时刻提防家中的老鼠！"

帝辛听得伯夷话中有话，就传令伯夷上台来，高台之上小声说话。帝辛说："都说先生不但贤德，而且很有智慧，你倒是跟我说说我家中有什么样的老鼠！"

伯夷说："大王一生用军，从来没有失败过，打遍天下无敌手，无论是三苗，东夷，北狄，西戎，听大王之威名，没有不闻风丧胆的。所以我坚信，这次东征也大将凯旋，这一定是极其圆满的事情。然而，不才总发觉，世上事太圆满就会出现问题，好比花朵开到最美艳的时候，一定会凋谢；月亮到了最圆之后一定要有亏损……"

帝辛说："先生说我大商雄军最终还是会兵败东夷？"

伯夷说："不才不敢，我只是听说西域周国小侯的姬昌，能够收养那些孤寡老人，那些无父无母的孩子，向四邻的小部落小方国赠送良好的麦种，甚至与那些野蛮的犬戎猃狁人都能修好为善。他的善名甚至都传到了我们孤竹国这样的偏北之地了，这样善于文治的诸侯，若大王您不能为用，就是圆满中的不圆满，就是亏损！”

帝辛点头道：“你是在向我推荐姬昌入朝吗？”

伯夷道：“不才岂有这样的资格，只是想进谏大王，武功之亏在于文治。虽然国内安平，大王眼中所见是一片井井有条，耳中所听是一片祥和的称颂，但审势察变是一刻不能松懈的！”

帝辛心有所感，想了想，即刻下令：“再出一匹快马去西岐，请周子姬昌入朝觐见！”有司的宫人听令，立刻安排使节西去。这样一前一后，两批使臣向西岐赶去，匆匆忙忙传召周文王姬昌。

一连两道使节去召一个方侯，在大商国史上也是绝无仅有的。既然如此，伯夷觉得自己对帝辛应该说的话都说了，便转身告辞，下了高台，与叔齐一起，消失四散的人群当中。帝辛也不挽留他们，孤竹国二君子，连王位都不贪念，自然不会到他的麾下效力的。

东征的大军越走越远，那大队的人马渐渐隐没到天际之间，再也见不到了。艳阳当头，在点将台上远眺的帝辛，心中突然生出无限的苍凉感与空虚感。他想起了自己对闻仲的承诺：“太师此番远征，劳苦功高。余一人将命人日日为此台堆土，等到太师凯旋之日，余一人一定要在此为闻阿衡接风洗尘。”

闻仲也感受到了帝辛的这份诚挚，十分认真地嘱咐：“大王，老臣年迈怕烦，耳朵又背，诸多事也不愿过问。即便如此，我也还是听到关于您不好的流言越来越多。这怕是国人心中有变所致。臣不在时，比干刚直，他的话必定要听，微子箕子软弱有二心，可一听。费仲尤浑，圆滑之人，可以让他们参谋，不能用他们的决断。”

帝辛向闻仲敬礼，点头称是。闻仲还亲手交给他关于西域太平的对策。那是一个青铜的匣子，四四方方，四个角由四头羊驮着，装饰着非常精美的蟠龙纹。在闻仲下了台起兵走后，帝辛犹豫了很久，还是在高台之上打开了那个匣子的盖子。

里面只有两枚细长的竹片，上面刻着文字，并用朱砂涂红。帝辛拿出来仔细一看，一枚竹片上写的是“周崇互制”，另一枚是“慎独重德”。帝辛看第一枚竹简时是点头的，看第二枚时皱起了眉毛。他很不以为然地将两枚竹简都投入到了即将熄灭的篝火里。

那个有苏国的巫师此刻正伏在地上在那个只有裂纹的玳瑁龟甲上刻字，记录下这次东征的实况和求卜的结果。帝辛走到她身后，大声说："上人，给我刻上，天佑大商，延疆万年！"

却不料，巫师冷冷地回答他说："大王，甲上九孔，并没有一条纹路展示上天有此意思！"

帝辛说："今日这个台上的一切，你不得有半个字透露出去，否则……"

那个巫师说："直言秉笔，那是太史尹的事情。我只管占卜！"

帝辛听了哈哈一笑，说："我宫中的所有的太史官、太祝官都不及上人！"

转瞬间，闻仲和十五万的商国大军已经被帝辛抛到了脑后。此时此刻，他心里想到的，却还是宫中那个美貌婀娜的新妃子，苏妲己。

这次的出征，情景与帝辛少年时父王送他亲自挂帅出征几乎一模一样。三十年如弹指一挥间，父王早已不在人间，闻仲已是白发苍苍，自己也变得两鬓斑白。帝辛充分体会到了人生苦短，陡然间想到，及时行乐是有道理的。

三十八　天宫

就在大商国朝歌上下欢送闻仲太师大军东征之时，不幸的牧羊少年依然被困在羑里圉之中，并不仅仅是囚房里，还被困在女娲的掌心之中。

牧羊少年大声告诉女娲："我听说过您的故事，您怎么会是我的生母！你是补天的神人，已经离开人间几千年了！"

少年所言并不虚。他还在放牧的时候，常常躺在羊圈里听大巫师讲述上古的故事。大巫师之所以能做部族的大巫师，就因为她见多识广。那时候，大巫师喜欢在部族中心的旷地上燃起一堆篝火。全部族男女老少都围坐着篝火，听大巫师将远方的故事娓娓道来。远方，包括空间的远方，也包括时间的远方。这个情景，就跟眼下"乐土号"船舱里的阿幸翁给兰芳国的孩子们讲故事一模一样。

牧羊少年还没有资格围坐到篝火边上聆听大巫师讲的故事。他只能躺在羊圈里，凭借着他极其机敏的听力来听取那些精彩异常的故事。在故事里，盘古开天辟地，而女娲造出了人。她是一个人头蛇身的神灵，不但造出了人，还补了天的漏洞。天的漏洞是火神祝融和水神共工两个家伙打仗造成的。女娲按照自己形象造人就像是陶工造器具那么简单，甚至都不用火烧，只要向人嘴里吹一口气，人就活了。

然而，女娲就这样把自己捧在手心里，牧羊少年怎么也不相信。他看到女娲的脸，只会想到一个人，那就是苏妲己，也就是白鹿部落的小公主白鹿。

只听那女娲说道："孩子，相信我，你就是我所创生的第一个泥娃娃，从古至今，我一直陪在你的身边，从来都没有离开过你！"

牧羊少年心中非常柔软的那一块被这个女子温柔的声音给击中了，他有点激动了，忍不住继续问："难道我真是你的孩子，是你造出来的吗？不是野狼生的，也不是那个没人理会的放羊娃？"

那女子更加温柔地说："当然这样了，孩子，你就是我的造物，你的名字叫幸，我一直呵护着你呢！"在女娲说话之时，天空密密麻麻的银色大鸟开始在她的头顶盘旋。它们集群起来成为一条婀娜的博带，蔚为壮观，像一条银亮的大蛇盘在女娲的肩头。

牧羊少年说："是不是这些大鸟一直在跟着我？"

那女子说："当然，正因为它们跟着你，我才在茫茫的时空中定位了你，找到了你，我的孩子。它们现在是你与我沟通的纽带！"

牧羊少年突然有点生气地问："那么，那么，你为什么要把我丢到野地里，让那些野狼来喂养我呢？难道我不能和你一起生活在天上吗……妈妈……"

女娲说："傻孩子，我只是把你临时寄养在大地上，我当然希望能接你到天上和我一起住。可惜啊，儿大不由娘啊，你会有你自己的选择，况且天宫也在不断发生着不测的变乱呢！"

牧羊少年瞪大了眼睛，他无法理解女娲所说的话。只是觉得一瞬间眼前红光闪亮，女娲并不高高在上托举着他了，而是变得和一个正常女人一般高大，安静地站在了他的身边，与他并肩相伴。

“你！”牧羊少年并没有多么惊讶，巫师说过了女娲是一个无与伦比的天神，她能随意变成想要的样子，一点不奇怪。他更激动的是，自己找到了妈妈。有妈妈的世界真是无与伦比的美好啊，他再也不是在荒野之间流浪，无父无母的那个小羊倌了！

牧羊少年忍不住牵住了女娲的手，很温顺地依偎在她的身边。他感到她的身上热气腾腾在向外散发，这让他倍感温暖。女娲伸手抚摸了几下牧羊少年的头顶，充满了慈爱。托举着牧羊少年和女娲的那汪三角形的水面随即波动了起来，喷出了巨大的水柱，把他们送上了高高的天空。那群银色的大鸟，也随着他们飞起来，直上云霄。

牧羊少年听到风在自己耳边呼啸的声音，尖锐无比。他想这就是要到天宫——他天上的家园去看看了，不由自主地紧紧抓住女娲的胳膊。女娲悄声安慰他说：“别怕孩子，我们一起看看家园！”

天宫很黑很暗，似乎也很寒冷。但由于靠着炙热的女娲，牧羊少年一点不觉得冷。星辰变得很亮，其中最亮的一颗就像熊熊燃烧的一大团火，不但明亮，而且异常地刺眼。“那是太阳！”女娲解释说，“盘古大士的左眼！”

“我知道，我知道！”牧羊少年兴奋地说，“盘古开天辟地，我部落里的女巫讲过这个故事！”

女娲笑了笑说：“嗯，开天辟地一万年，盘古已经离开这世界了！在遥远的地方，他或许能重新开辟出一个天地！”

牧羊少年非常不解，他也不关心什么新天地。他只是想到终于找到了自己的母亲，只想好好地留在女娲身边，享受片刻有家的温暖。

天宫并没有房子，除了那些伴随在他们身后的银色大鸟群，天庭的世界很寂寥。无数的巨大石块在九天之上飞来飞去。牧羊少年忍不住问了：“妈妈，你在天上住在哪里呢？”

女娲笑了一下，指着远远地方一个巨大的银色球体说：“那里，我住在那。”

牧羊少年就充满了惊奇：“是啊，那是我们的家吗，我出生在那里吗？”

女娲说："不错，你就出生在那里。出生后不久，一不小心从那里掉到了大地上。我再也找不到你，整整一万年，妈妈心里多么的难过。不过好了，现在我终于找到你了！我多希望你不要再卷入到那黑暗地上无边的纷争之中啊！"

牧羊少年低头看了看自己的脚下，脚下托举他们三角形潭水已经全然不见，脚下的大地变得一片漆黑。他心头冒出了无限的恐惧，就像那片浓重的黑暗一样，令人窒息。

牧羊少年忍不住问："那现在我可以跟着你回家了吗，妈妈？"

女娲的脸上露出了愁容，说："孩子，遗憾的是，现在我不能带着你回家，现在天地之间更大的混乱才开始，需要你和我好好地去努力，把纷乱化解，让危机消弭。这是第二个补天纪，与以往的混乱相比，这次的混乱更大，更令人心惊胆战，持续得更为久远，对你我的命运冲击更大。只有等到一切恢复了平静，你才能回到家中，我们永不分离，永远美好地生活在一起！"

牧羊少年变得十分悲伤起来，这是他听到的最坏的消息。刚刚知道了自己的母亲，就要面临着分手，他难以承受。他哭泣了起来，蛮不讲理地吵吵嚷嚷："为什么会这样，为什么会这样，我不管，我不管，我只要跟着你，妈妈啊妈妈！"

女娲也哭泣了起来，她伸手一挥，向牧羊少年展示了一幅异景：只见有五条巨大的黑龙轰隆隆地从天穹的顶部呼啸而来，它们比黑暗的天空还要黑，似乎黑得深入骨髓。黑龙拉着一只巨大的金车，车身透红发亮，在金车的上面端坐着一只巨大的黑色乌鸦，它有三只足，似乎比黑龙还要黑，羽毛和爪子黑得发亮。

这只三足乌漆黑的眼眸充满了不测的光芒，它紧紧地盯着太阳看，心无旁骛。很快，黑龙拉着三只乌就一头撞到了太阳当中去了，撞击声震动天庭，令群星颤抖。太阳更加震荡，变得十分的不安定，本来耀眼的明亮稍稍黯淡了些许，慢慢变成了巨大的血红。

红是如此地刺目。牧羊少年忍不住遮住了自己双眼，透过指缝偷窥太阳的变化。

三十九　恶战

太阳被三足乌撞出了一个缺口，把那只大鸟送到了太阳里之后，五只黑龙就四散而出，很快隐没在浩渺的天宫中。唯独那只可恶的大鸟没有离开，它待在了太阳烈火当中，拼命地扑腾，张开巨大的喙，露出了猩红的巨舌，吸食太阳的火焰。

天宫畸变，令牧羊少年惊愕不已，他问女娲道："妈妈，都是这只怪鸟闯了祸？你还要去补太阳的洞吗？"

女娲摇摇头说："赤乌鸟本来就居住太阳中，以日精为食，怎么能怪他闯祸了呢，这一切都是天命而已！"

牧羊少年奇怪地说："那就好，问题出在哪里呢？"

女娲说："人啊，人们的悲苦啊，孩子，你低头看看大地！"

牧羊少年就低头看看自己的脚下，此刻大地已经被太阳膨胀出的血光所照耀。尘埃落定之后，他看到了大地上正有两支大军在对垒：

有一支大军高举着一面倒三角形、中间绣着太极的大旗，无数的人举着长矛在向东冲击；与其对垒的敌军则簇拥在一面方形的大旗下。那面旗帜倒极其简洁：旗帜上是一个巨大的圆形，一条直线一分两半，一半黑一半白，左边黑右边白。

高举三角太极旗的好像是一群人族，而高举黑白旗的似乎是一群猛兽。人族的首领举着一把青铜剑，挥剑，放射出一条宽大的绿色光芒，那些紧随在他身后举着长矛的人，都在怒吼着举起自己手中的武器，矛头尖端都发射出了炙热的光线，持续地射向西边的猛兽们。

那些猛兽也开始还击，口中吐出炙热的火焰，或者放射出红色的光线，一些中了射线的猛兽还不断变形，身上放射出鳞片射向人类——这是一场令人心惊胆战的恶战，并且猛兽的军队越战越勇，越战越强，当两军交汇之后，他们的红光吞噬了大部分的人类。

举着三角太极旗帜的人类领袖，也渐渐不支，被一个狼头的怪物举起的巨斧所压制。巨斧放射出幽蓝的光芒，人族领袖手中绿色的青铜剑被他两板斧砍下，就击破了。最后又一斧落下，牧羊少年看他即将被杀死，忍不住高叫一声："啊！"

但是一斧落下，那个领袖并没有死，他手中多了一块三棱形的长棒，通体透明，发出极其刺目灼热的白色光芒。当他挥舞那个三棱棒时，所有的兽族都暂时停止了攻击、开始后退，发出"呜呜"的低鸣。这时候，天空中又飞来了无数银色的碟子一样的东西，牧羊少年看到每一个碟子上都站着一个身材修长的人，他们皮肤的颜色各不相同，穿着宽大的袍子，像仙人那样衣带飘飘。他们手中都拿着类似人族领袖那样的三棱棒，每一个棒子都发散着耀眼的白色光芒，夺目四射。

看起来，他们像是人族的援兵，然而他们胸口上所印着的纹饰却是那种圆形的黑白标志，正和猛兽们所举的旗帜一模一样。在远远观战的牧羊少年也看呆了，并不知道这群在碟子上飞着的人，到底帮哪一边。只见不一会，天空中的太阳越来越红，太阳中黑色的三足鸟也越来越大。它并不简简单单吞噬，也吐出了一道耀眼的白色光芒。这光芒照射到了所有手持三棱棒的人身上，被他们的三棱棒吸纳，激荡，形成了一道密集的光芒之网，照射到了大地上，投射为一个标准的圆，将兽族和人族分割开。

残存的人族仰望着太空，纷纷丢下手中的刀剑长矛，而兽族则把圆形黑白旗帜举得更高了，似乎在招摇着他们的胜利。

牧羊少年想看清楚胜负的结果，然而，并不如他所愿。三只鸟赤乌搅动了太阳，血红的火光不断膨胀，像一个发酵的面团那样越长越大，大到无边无际，将天地一切都吞噬了。

一切烟消云散，天空中只剩下一泓三角形的潭水，以及女娲和牧羊少年母子俩。

牧羊少年询问女娲："那么妈妈，您所说的补天，还是要让他们不再争斗吗？"

女娲似乎很无助地说："我也不知道该怎么办才好，这件事也是我能力的极限！有一天，我们要面临着一次最难最难的抉择！孩子，我需要你的帮助！”

牧羊少年仰头问女娲道：“好啊，可是我应该怎么才能帮助您呢？还要帮您用芦苇烧石头，烧出石灰吗？”

女娲摇摇头，含泪笑着说：“当然不能再用石灰了。你看到与猛兽对抗的人，他们叫作守虚者，那些碟子上的人叫作遨游者，而猛兽或许也不是真的猛兽，他们是猎时者。他们所有的纷争，都是为了家园。这里的家园，或者是更广阔之地的家园。”

牧羊少年依然一头雾水，此刻的他，全然无法说清混乱和纷争的源头在哪里，也不知道该怎么才能帮助女娲的忙。他脑子里只想着一件事，就是如何把女娲留下来，或者跟着她走，再也不分离。他真心无所谓什么搅动天地的纷争。

就在他紧紧拽住女娲的手，在想主意的时候，居然又有两个女娲出现在他的面前，她们长得与女娲一模一样，高矮胖瘦以及面容丝毫没有任何区别，只是身上穿着紫色和白色的紧身衣服。她们的胸口一个印着圆形黑白徽章，另一个印着三角太极徽章。牧羊少年看得惊呆了。

女娲推开牧羊少年说：“孩子，我们分别的时候到了！”

四十　惜别

“你们是谁！”牧羊少年忍不住尖声叫，“妈妈，她们是谁！她们是你吗？”

女娲说：“她们是我，也不是我，她们是妈妈的无穷个倒影。光阴无始无终，我们会相遇，并且永久相伴的，孩子！”

那个紫色圆形黑白徽章的女娲柔声回答他说：“孩子，我是你的遨游者妈妈，如果你要跟我走，现在可以做选择，我可以带你到美好的新盘古世界！那里的大道帝国，有你美好的归宿！”

她捧出了一个晶亮的球体，闪烁着明明暗暗的光芒，透过这个球体，他看到天空中一个绛红色的太阳，渐渐看到一栋白色而高大的屋子，屋子外跑着一条白狗，牧羊少年穿着一件紫色的衣服，显得十分清爽。那条狗看到他，冲上他的怀中，伸出红红的舌头，舔着他的脸。

那个白色的三角太极徽章的女娲说："孩子，我是你的守虚者妈妈，如果你要跟我走，也可以选择。我们还有机会，把这一切挽回！我们的生生之源，出发之地！"

她也捧出了一个晶亮的球体，依然闪烁着明明暗暗的光芒，透过这个球体，他看到天空中一个血红的太阳，大得出奇，太阳下，有一栋银色的屋子，屋子外跑着一条黑狗，牧羊少年自己穿着一件深蓝的衣服。那条黑狗看到他，也一下子冲到他的怀中，伸出舌头，愉快地舔着他的脸。

这两个世界看上去并没有任何实质性的差别。两个家都在温暖的太阳下，散发出温馨迷人的光泽。

牧羊少年抬起头，挨个看过三个女娲，最后，目光定格在黄色衣服的女娲身上。他问她："你就是我妈妈，其他的都不是！我一定要跟你走！我不要你的倒影！"

女娲笑了，安慰他说："孩子，我等着你，我们之间只会间隔一万年。你只要不断向我走来，我就会在那里等着你！"

女娲伸手指了指远方那个银色的大球，明明白白地告诉他："那个是月亮，我会在银色的月亮上等着你！我们每个人都会有自己的使命，有自己的路。你只要走好你的路，肩负好你的使命，你会走到我的身边，我们会永远生活在一起的。幸福地生活！"

那个紫色的女娲几乎用一模一样的腔调说："如果你能幸福，我的孩子，我在遥远的天空之外为你祝福！"

那个白色的女娲也几乎用一模一样的腔调说："如果你能幸福，我的孩子，我永远在你身边陪伴着你！"

当三个女娲说完这番话时，牧羊少年已经和她们隔开很远了。他也不知道紧紧拽住女娲的手是怎么松开的，小小的三角形的水面，已经变成了一个巨大幽蓝的圆湖水。那些盘旋在上方的银色的大鸟纷纷纭纭地降落了下来，横亘在湖面上。他们不断聚拢在了一起，拦在了牧羊少年前方。

黄色女娲对少年说了最后一句话："记住，孩子，你的名字叫作幸！"

牧羊少年很着急，眼见着女娲越退越远。他不得向前一步，忍不住大呼："妈妈，妈妈，别走啊！"

那些银色的大鸟靠近了，它们都变成了天鹅一样的形状，冲着牧羊少年飞速地游动。它们所带动的巨大涌动力，不断将牧羊少年往后推去。牧羊少年急得哭了起来，他手舞足蹈想扒开这些可恶的、眼睛里闪着光的鸟们。

这些鸟却完全不理会少年的情绪，它们越聚越多，流速越来越猛。牧羊少年无所凭倚，他陡然想起了那些飞碟上人们手中的三棱棒，心有所感，忍不住掏出怀中那个陌生人送给的那个三棱镜。他似乎有点明白那个东西为什么厉害了。因为它是一件极其猛的武器。当他把它掏出来之后，三棱镜果然变大变长了，它同那些遨游者手中三棱镜剑一模一样，同样放射出白色炙热的光芒。

牧羊少年挥动自己拥有的三棱棒。那些很多银色鸟，遭遇到白光柱立刻消失了，像冰雪融化那么迅速。他就用这棒子和它的光束，在鸟群中打开一条路。但依然还有无数的银色鸟在降落，它们数不胜数，数量惊人。

当少年用光束融化掉一群，更多的鸟群蜂拥而至，它们似乎并无意与少年为敌，没有一只鸟发射光芒还击少年，但它们集群冲击的力道更大。一直把少年逼退到湖水的尽头处，连人带棒子推了下去。

少年在急速地坠落，三棱棒在他身边旋转。他悲伤地想到自己将很久见不到妈妈女娲了，这样的伤感完全掩盖了坠落的恐惧感。他根本不在乎将掉到哪里去，只是在心中默默怀念女娲的样子，希望自己永远不要忘记她。

若干年后的大宋朝，少年幸跟随着起义者王小波的义军在青城县三霄娘娘殿聚义兴兵，当他猛然抬头，看到紫素元君、黄素元君和白素元君三个女神像时，忽然想起了两千多年前的三个女娲。她们的神情一模一样，少年也搞不清自己亲眼所见的母亲，怎么就变成了一种人间的传说。历史苍茫，他无端悲伤起来，与此时此刻一模一样。

坠落中的少年看到了山谷里的那个陌生人，他从湖水中渗透出来，伸出手，握住了旋转不停的三棱镜。他冲着少年微笑，身上的袍子正面恰恰绣着一枚显赫的倒三角太极徽章。少年猛然想起那个举着三角太极旗的人族首领，就是那个陌生人——“呵”。

他瞪大眼睛，张开嘴想跟他打声招呼，但他的嗓子眼很快被剧烈的风填满了……

第九章
文王姬昌

四十一　谜团

在婆罗洲上的兰芳共和国，立国之前就大力建设自己的教育系统，叫作“兴文之业”。兰芳国人上下一致同意将文教体系与作为储君的选帝院、作为国会的民议院、勋议院、作为行政首脑的大统领院、作为司法的大律院、作为安防的理兵院并列，建设为兴文院，取“兴其文昌”之意。民间尊敬地称“兴文院”为“群芳宫”。在兰芳国“一会一官六院”的体制中，兴文院实质上倒是先于国家成立。

按照大明朝的体例，兴文院的长者被授予“大学士勋”，也就是博学之长者。有“大学士勋”的长者既可以被聘为国君魁兰宫的三监博士，为国君指导礼仪之事；也可以入阁，担任大统领院白鹿阁的资政士，担任大统领院的执政顾问；更被国人视为上议院——勋议院的自然议长资格的不二人选。“兴文院大学士勋”可是在兰芳国林林总总的勋功里最响当当的，那是最博学的人才能享有的。

兴文院统有兰芳台，就是现代的国家图书馆和博物馆，这可是兰芳国内唯一以“兰芳”二字命名的机构。除了兰芳台，兴文院还有四所大学，兰芳国人称为“大学塾”，分别叫作大理塾、文经塾、政律塾和知兵塾。这些大学早在兰芳国建立之先，就由各种商会以及商人集资捐资兴办。为培养子弟计，不得不重文教，这也是人之常情。塾与堂，是兰芳国的教育之根本。在大学塾之下，是壮学堂和少学堂，取“少壮不努力，老大徒伤悲”之意。启蒙教育在少学堂，提高教育在壮学堂，学堂遍布兰芳国东西南北，凡有少壮者，皆入学堂，也是兰芳国人一贯之共识。

卸任大统领之后，自名为石有幸的牧羊少年曾经在兰芳台和大理塾求过学，力图穷尽当世之知识，求解那个陌生人送给他的三棱镜中的玄奥。那时候，兰芳台不但收藏了很多中国的图书经典，还通过与西洋商贸的便利，收藏了欧洲世界大量的图书。有些珍贵的图书，甚至是兰芳国人用一船的硫黄矿换来的。这些书已经包含了当时世界上最充沛的数学、物理、化学、生物、工程等等科学技术，远比千里之外的大清国对于科技文明的了解要丰富得多。

阿幸翁反复在梦中梦到这个小小的玻璃三棱镜能被打开，但现实中无论如何找不到它打开的方法。这个三棱镜和用其他玻璃磨出的三棱镜别无二致。

他记得它能够发射出灼热的白光，是一件无与伦比的武器。他希望破解它的奥秘，帮助小小的兰芳之国找到制造先进武器的秘密，保证它能在列强环伺的南洋中生存下来。他还在大理塾物学门和天学门中建立起了一个隐秘的个人实验室：星斗居。从国中挑选最优秀的学生，跟他一起研究当时所谓的“大英吉利帝国钮敦先生（也就是英国牛顿）”创设的光学，研读了鼎鼎大名的《自然哲学中的数学原理》。很多星斗居出身的学子，堪称大理塾的顶级学霸，也无法破除、分析光芒之外的任何变化——或许有意外的天才存在，那是星斗居的顶级机密。

如果真能够打开这面三棱镜子，将它的威力散发出来，小小的荷兰殖民者们和他们的东印度公司如何将兰芳国百年基业就此毁弃？

时至今日，如何开启这面独特的三棱镜，依然是阿幸翁心中永恒的谜团。这个谜团，或许还掺杂着阿幸翁想找到母亲女娲，回归天宫的急切个人情绪。“乐土号”上的孩子们，也是无法理解的，或许，当他们从惊慌的逃离中镇定下来，回想自己的双亲时，才能体会到阿幸翁那种眷念和期盼。只要未到重见母亲的那一天，他永远还只是个孩子。

除了三棱镜之外，那个太阳里三足的赤乌鸟也成为了阿幸运翁三千年来噩梦的重要构成部分。虽然女娲并不认为人间的乱战是由赤乌鸟直接造成的。但的确是这只可恶的鸟冲进了太阳，吞噬了日精，造成了大家的恐慌。在典籍慢慢形成的岁月里，牧羊少年幸不断地留心收集资料，研究三足鸟的来历。

他了解了应该是自己出生前发生的那些故事，那些赤乌鸟久居太阳之中，乃是拉着太阳从东边升起，到西边降落的动力所系。曾经在距离自己有记忆开始的两千多年前，甚至更早的光阴里，赤乌鸟一度繁衍出九只之多。它们真是人间的祸害，炙烤得大地干涸，人们痛苦不堪。有一个勇猛的英雄后羿，拉弓射箭，把多余的八只太阳里的赤乌射了下来。

阿幸翁想象，估计那最后一只也被后羿神勇的弓箭吓破了胆，匆匆忙忙从太阳里逃离了出来，躲到它西天的老巢昆仑羽山里去了。他陪在女娲身边看到的那个景象，兴许是赤乌鸟又杀回来的证明。这个不甘寂寞的畜生，待在山中多年，看后羿已死，人间太平，便迫不及待地跑回太阳当中大快朵颐了。没想到它的回归搅动了平静的人间生活，又一次给大家带来了巨大的灾难。

这种想象主宰了阿幸翁头脑很多年，直到后来，在行将没落的大明朝，他和一名叫作利玛窦的西洋传教士聊起天文。利玛窦用西方的天文学知识和观察给他示范了太阳和地球的运行，特别是用望远镜观察了太阳和月亮之后，他才相信那真的只是自己一厢情愿的幻想。

太阳的确是一团炙热燃烧着的大火，它为什么能够燃烧这么持久没有人能知道。但是它的正中心是不会有赤乌鸟的，没有一种禽兽能够在太阳的火炉中生存。太阳表面有黑子，这是东方和西方一致观察出来的结果。太阳会遭遇日食，这是因为月球遮挡住了太阳。

兴许，古人产生赤乌鸟的想象不过是从太阳黑子和日食之类的自然现象生发出来的。那么又怎么解释陌生人的出现、怎么解释女娲是自己的母亲、怎么解释后来不断遭遇的奇怪战争——那个圆形黑白徽章的力量和三角形太极徽章力量之间的角力似乎并不是幻想，它们一直在左右着阿幸翁的命运，甚至影响着人们的历史进程。当然，还有最最要紧的一点，怎么解释自己三千年来从未死亡?

兰芳国的人们、满船的孩子们都把阿幸翁看成是一个极其渊博、无所不知的大学者，然而，他自己知道自己心中的疑惑比任何人要多得多，也大得多，恰如古希腊的哲学家毕达哥拉斯对他所说的：“未知世界远比已知世界大得多！”

四十二　老者

从高处坠落下来之后，牧羊少年就陷入了昏迷，四周只有无边的黑暗和冰冷。

他觉得自己像一枚尘埃一样，在宇宙洪荒中飘浮了很久。周围只是忽明忽暗的星星，以及一团一团冰冷的气，可以感知，却不能触及、抓取。他的内心也是冰冷的，因此他希望自己就这样和冰冷融为一体，无始无终地飘走最好。

然而，宇宙的深处传来了一个声音，“孩子！孩子！”这个声音从极其微小逐渐变大，像波浪一样震动着整个混沌，越来越猛烈。

“孩子，孩子！”

到了最后，这个声音洪钟大吕一样震动得牧羊少年浑身发抖，肺腑剧颤。他忍不住要睁开眼睛，寻找那个声音的源头。于是，他模模糊糊地看到自己依然躺在一个幽暗的屋子里，四周充满灰暗的石头。然而，在石头之外，他还看到了一个老者的脸。

这张脸一看就饱经沧桑，但是却十分圆润，更为明显的是，脸上还充溢着慈祥的光芒。看到牧羊少年清醒了，老人显得十分高兴。

“孩子，你终于醒来了！自从我被关到这个羑里圉①开始，你就一直睡到现在，真有你的！”

牧羊少年被他的话一激，慌忙起身来。他发现自己身上的枷锁已经去掉了，但依然被关押在坚固的牢房里。老人也没有披枷戴锁，才得以在斗室之中照料牧羊少年。

---

① 羑（yǒu）里圉（yǔ），养马的地方。

自从听得懂人话后，牧羊少年对人们的口音辨析能力特别强。他一下子就听出老人的口音是来自西域的，甚至是崇国更西的那些地方。

牧羊少年有点忌惮老人，问他："您是谁，怎么也会被关在这个牢里了？"

老人微微一笑说："这倒也是老夫我想询问你的，孩子，你这么小，能犯下何等的大罪？为何被关押在这里！"

牧羊少年说："我也不知道，稀里糊涂就被带到这里了。"

老人说："这里如何呢？"

牧羊少年说："挺好的，什么活都不用干，不用去放羊，也不用去背草，还能有吃有喝的，简直是快活死了！"

老人哈哈大笑，向牧羊少年略一欠身，说："对对，老夫该向你一拜，足以做我的老师！方寸之地，何故不能安心呢！"

牧羊少年也跟着他哈哈大笑起来，尽管他也不知道老人究竟在笑什么。趁着仰头大笑之际，牧羊少年看到了整个屋子都被画上了重重叠叠的图案，都是些条条杠杠，似乎很有规则地排列着。甚至，作为囚床铺垫的蓍草，也被拆分成小细条，非常有规律地排列在自己和老人的身边。牧羊少年看得惊呆了，不知道这位老先生都在干些什么。

老人微笑着说："孩子，你可真能睡啊，自老夫到这个羑里圉里与你同居室以来，你这一觉就是五年！到底怎样的功夫，能做这样的龟息之法！"

牧羊少年挠挠头说："五年啊，我就是感觉到天宫上去了一下而已啊！"少年脑子里并没有清晰的时间概念，没觉得五年有多么漫长、有什么奇怪的地方。

"传说是天上一日，地上一年，果然是灵验！"老人捋了捋胡须，点头称道，"天机不可轻泄，老夫也不追问你在天宫看到了什么。只是想问问小兄弟的来历，可否跟老夫讲讲看？"

牧羊少年虽然还是有点懵，但老先生的态度极其诚恳，便将自己经历的大概，从白鹿部族被破，到被俘于崇国，再到献给帝辛却被关到这个地方来大致地向他道来。

那个老人听了半晌，觉得十分稀奇，忍不住问："他们都叫你'雷震子'，原来是崇侯虎给你取的名字啊！那么，你原名是如何呢？”

牧羊少年想了想，突然回忆起女娲对他说的话，慌忙说：“我，我才不是雷震子，我的名字叫幸！”

“幸！”老人点点头，“被囚俘关押，实为幸，也是不幸。孩子，你的确无父无母吗？”

“有！”少年慌忙争辩，“现在我知道我的妈妈是谁了，我的妈妈是女娲！”

“女娲啊，女娲娘娘！”老人又笑了，少年的这个回答在他看来简直就是承认自己是孤儿的身世，“嗯，不错，我们华夏地界，凡是认祖归宗之人都是女娲的后裔！这么说，你真的无父无母了！不要紧的事情！既然你与我同居这个囚室，也是你我的缘分。我有九十九个孩子，正缺一子满百。孩子，你若是不嫌弃，不如做我的义子吧！”

少年一愣，慌忙说：“不，不，我还不知道你是谁呢！”

那老人一拍自己的前额，笑说：“对，被帝辛关押得久了，我真糊涂了。老夫西岐小邦周的愚主，不才之人，姬昌！”

四十三　周王

“姬昌！”牧羊少年很疑惑，这听来是一个极其熟悉的名字，仿佛在哪里听过，但无从去追究其详。在几年之后，他才知道自己遭遇姬昌先生的幸与不幸。

姬昌就是日后被中国之人熟悉的周文王。在牧羊少年被关押到羑里圉不久之后，他也应帝辛之诏，匆匆从西岐的周国，赶到了商国的都城朝歌觐见帝辛。

帝辛召见了文王，两人一见，交流得十分愉快。姬昌要大帝辛几岁，他给帝辛献上了几条安定西域的办法，比如交好犬戎与白狄，蓄养西域良种的战马等等。文王为人宽厚节制，博学多才，帝辛与文王甚至聊到了诸如天命，如何更精确地占卜命运之类很私人化的话题。

周文王对占卜这项工作似乎非常在行，甚至提出了对大商朝的占卜术系统——《归藏》的整体性改进方案。姬昌说：“我们都希望上天能够在每一个具体而微的事件上给我们启示，可是当我们遵照这些启示去干的时候，往往十次有八次会落空。臣在西岐日日寻思良久，甚至国政都放到一边去，总觉得其中是大有问题的。这个问题出在哪？我刚刚思考出头绪来，但一定会有一个更新的解释！”

周王的这番话给帝辛留下了深刻印象。在他看来，这位姬昌公不过是个醉心于巫术与占卜的农夫罢了，丝毫看不出要威胁大商国五百年基业的枭雄样子。帝辛一度怀疑大家都是过虑了。

正因为帝辛和文王聊得十分融洽，反而引起很多人更深的担忧。在闻仲出征后，太师一职由三朝元老子容担任过一段时间，因为在商国子容的威望很高，人们都尊称他叫“商容”，有柱国擎天的意思。商容老迈多病，太师又由子疵担任。而年富力强的少师比干实质担任太宰责，相当于后世的“丞相”。他们三人都担心西伯姬昌，于是推举出比干向纣王进谏。

比干对帝辛说：“臣也观察姬昌良久，这个老者看似温驯贤良，但实际上智慧过人。虽然是一国之主，但生活简朴得还不如我家中的家奴。这样的人，能十分容易地欺骗人们归附。像他这样，不知不觉就能在小邦周里积蓄一股强大的力量，即便他没有野心，难保他的儿子们或者手下不会滋事！”

自闻仲大军东征以后，捷报频传，大军先是出人意料地北上，与渤海附近的商属国，比如有易国、孤竹国等密约共同出兵，轻易地平定了莱夷诸部落的叛乱。东进直入大海边，平定了整个齐鲁之地，并获得了宝贵的海盐产地。闻仲在谭这个地方就地晒盐，蓄养兵力，之后，南下征讨徐夷和淮夷。这两个蛮夷方国，实力都很雄厚，远胜莱夷十倍，并非一日两日或者一战就可以平息的。

闻仲一边打仗一边安抚它们，逐步瓦解其中一个一个的小部落，靠着长期的消耗战，慢慢蚕食两夷的地盘。深年日久，这些地方的人都逐渐与大商同化，比作战之功更有奇效。

捷报频传，帝辛自负得很，因此很不愉快地反问比干：“那么，我就未曾蓄德蓄力，壮我大商了？”

比干说：“不是此意。臣只意在提醒一下大王，既然姬昌来了，在我东征大军未曾凯旋之际，就不能让他走！适宜优待之，以彰显我大商的胸襟！”

帝辛笑笑说：“要让他做我的少师吗？”

比干素不喜欢子受这种呛人的反诘，微微皱眉说：“留着就好！”

帝辛没有再答复比干，仅仅把姬昌安排在馆驿内。没想到的是，过了几天费仲也来觐见。他的请求居然跟比干十分相似：“大王，姬昌现在已经到了朝歌，据说西域的安定与否全系此翁一人身上。我们可不能白白错失机会，应该除之而后快！”

费仲一向喜欢和比干这些人唱反调，但在这次却很奇怪地跟那些老贵族们一个意见。这多少令帝辛有点意外，他不知道崇侯虎暗暗又差人与费仲联络，请他务必帮忙除掉文王。甚至就连有苏国来的女巫师，连烧了八只龟甲，都在传上天旨意要先下手为强，除去姬昌。

然而，上下同声，更加坚定了帝辛无论如何要滞留姬昌在朝歌的决心。帝辛与爱妃苏妲己欢愉之际，并未草率定夺。闻仲太师在东方征讨，仅仅以寻战和威慑为辅，以招抚同化蛮夷方国为主。无故杀一方侯，不要说西域会有不测，东方也难保太平。即便是随便抓姬昌入羑里圉，也是有心无口舌的难事。

不料，最近西边传来了一个非常好的消息。一个假借黄帝苗裔之名，叫作有熊部的小部族，竟然借了周国的百乘兵车打到了崇国的丰城之下，号称是讨伐崇国的欺人太甚，要报仇并要求讨回被崇侯虎掳去的老婆。崇侯虎告诉有熊的头人，他的夫人已经逃走了，并不在丰城之中。有熊族的代首领哪里肯信，仗着自己的哥哥鬻熊在周国做火正官，一定要打败崇侯虎。

这件事最后变得十分荒唐，周国借给有熊族的兵是犬戎人的猃狁族，崇侯虎借用的是犬戎人的苍狼族，两个都举着狼头旗帜的部族刚刚一交战，就握手言和了。苍狼族人见识了丰城的富庶，结果是引狼入室，与猃狁族人一起包围了丰城。崇侯虎依靠着城池的坚与利，固守不出，并向朝歌求援。

这件事倒挺合心意，应了闻太师所谓“周崇互制”的法门。帝辛忍不住与苏妲己说了。没有想到一向不关心朝政的爱妃，居然也请求帝辛以周王姬昌为人质，让周国人退兵。十分会说好话的费仲也三番五次请求帝辛出兵支援，崇国是大商通往西域的屏障，一旦真的被犬戎人攻破了，长驱直入，威胁朝歌是极有可能的事情。

所谓方伯，就是为商王守藩篱的，出现这种情况简直是严重的失职和叛逆。于是，帝辛就下令，以周国人无故滋事为由，将身在朝歌的周文王投入羑里圉，并急令周国撤军，再令周人长子姬考到朝歌等候发落。

消息传到了周国，周文王的九十九个儿子都非常愤怒，大多数人要求增兵到丰城下，跟犬戎人一起灭了崇国，然后汇合各路诸侯，一路打到朝歌解救父王。其中最大的代表就是二公子姬发和三公子姬鲜。这位姬发，后来被周国人尊称为“周武王”，异常勇武，也很聪明，据说胆识过人、非常喜欢做冒险的事情。

可是，只有太子姬考和四王子姬旦两人反对这种莽撞的做法。姬考尤为反对，他怒斥言战者们是把父亲推向死亡。姬考是周文王的长子，此时已经是五十多岁的人了。文王不在国中之时，他代替父亲打理大周国的国政。姬考继承了父亲的宽厚与仁慈，心眼少，本来就觉得派犬戎人帮助有熊部族攻打崇人这件事，十分不妥。商国人和崇国人与周人同根同种，而犬戎人是蛮夷之类，因为本族内之事，引入蛮夷纵兵劫掠，于礼法上有所亏欠。姬考觉得商王帝辛抓起父亲并不过分，只要他进入朝歌说明清楚，父亲应该就没有大事了。

于是，姬考不顾弟弟们的反对，勒令围攻崇国的人马退兵，并真的亲自来到了朝歌等候帝辛的发落。而周文王姬昌，也就这样稀里糊涂地来到了羑里圉，遇到牧羊少年幸。

四十四　困厄

姬昌刚刚进入羑里圉时，本来也是独自一人居一囚室的。然而，不知哪天，羑里的典尹突然将他亲自押送到一个更黑暗的囚室。

正是在这个囚室，他看到一个孩子被平放在一堆干燥的蓍草上昏睡不醒。

这令姬昌感到非常奇怪，他向狱卒打听。狱卒告诉他这个孩子叫作“雷震子”，是一个妖童，乃是帝辛亲自下令关押在这个牢里的。不知何故，他突然陷入昏睡不醒，像冬眠一样，不进米饭。然而呼吸没有停止，头脚时不时又微微的颤动，表明他并没有死亡。并且，这个深眠的孩子周身微热，胸口发出微微的红光，已经有半年光景了。这样的状况更加证明了，这个孩子果然就是一个不折不扣的妖童。

姬昌就不得不和这个昏睡之中的妖童待在羑里圉里。每天，他都在早中晚固定时间呼唤牧羊少年一遍，希望不经意间能够唤醒这个返回混沌状态中的奇怪的孩子。正是在羑里监狱的漫长等待中，姬昌慢慢得知了自己被关押的原因。的确是姬家那群孩子们太过于莽撞了，轻易地进攻崇国，引发了殷商上下的猜忌。

他相信自己的大儿子姬考的智慧，在太师姜尚的协助下，一定会妥善处理好与崇国的争端。宁向西取百里，不向东进一寸，是他父亲和自己定下的大周立国之策。商国人兵多将广，财富丰腴。他们志在抵达大海，不愿向西拓展疆土，主动找西岐的麻烦，已经是天大的福分，怎能轻易引发殷商的不安呢？

一定要借这次争端，让帝辛的猜忌全部消除。在姬昌看来，自己用不了一年就会被帝辛释放。然而，这一等就是五年。这五年里，姬昌只能与那永久昏睡的孩子“雷震子”囚居这个石屋子里。好在这个孩子天生异能，身上有微热，日夜不熄，将这个屋子的寒气与湿气驱逐一空。即便是冬日，北风极寒之夜，也能依靠他取暖，从而让姬昌少受风湿与寒冷的折磨。真是天不丧我姬昌、天不丧我大周！

在被关到羑里圉的第二年，姬昌就得知了大儿子姬考来到朝歌的消息。姬考给帝辛带来了大量的贡品，在朝歌四处活动，甚至买通了当朝的费仲为自己说情。姬考的举动引起了殷商贵族们的注意，其中有一位少师叫子强的就提醒帝辛，这个周国太子不像是来请罪的，似乎非常不安分。帝辛一怒之下，就命人杀掉了姬考。

另一名大臣尤浑就趁机向帝辛建议说：“臣听说那个姬昌在觐见大王之时，就与您谈论我大商《归藏》的事。这太可笑了！我听说姬昌号称熟知占卜之术，既然大王已经处死了姬考，倒不如用他的肉做一锅汤，请姬昌喝下去。他要是能预知是儿子的肉汤，一定不肯喝！那么，索性连他一并除掉算了！”

在殷商时代，大商国的人比较迷信鬼神的存在，也十分热衷于杀生与血祭。用活人祭祀祖先或者用活人殉葬，还是十分普遍的事情。殷商四周很多未开化的蛮夷部落，在粮食不够充裕的情况下，依然保留着吃人的习俗，甚至吃掉部族里的死人，还算一门有理有据的葬礼：腹葬。

帝辛其实是个不怎么坚定地信仰鬼神的人，听了尤浑的建议，虽然有点恶心，但还是同意了。于是，一匹马车拉着姬考的尸身直奔羑里而去。帝辛的使者亲自在监狱外架起了鼎，用姬考的肉烧了一锅汤端给姬昌喝。

本来一直吃些难以下咽的牢饭，突然改成喝肉汤，这件事理所当然引起了姬昌公的警觉。他嗅嗅那碗汤的味道，可以清晰地嗅出姬考身上那种像岐山野果子一样的微酸汗味。

姬昌公少年生子，当考儿尚年幼之时，少年父子就一起在周原逛荡。姬昌给姬考摘漫山遍野的野葡萄、野山楂吃，给他讲解天地万物运行归息的道理。姬考十分聪慧，也十分好学，对万物也充满好奇。很快姬昌掌握的知识就全教完了，父子两人就一起观象天地，参悟生生不息的宇宙大道理。

几十年一晃过去了，那个吃了太多野果子而浑身散发微酸气息的孩子也大了，甚至是老了，然而更成熟稳重了，完全传承了自己的做事办法，厚重也不失灵活，让大周国在不知不觉中完成了低调的扩张。一开始，小邦周总免不了受到西域戎狄的攻击和劫掠，每次猝不及防的劫掠都损失惨重，姬考几次请缨带兵主动出击，边打边和谈，久而久之让整个西域戎狄都依附了大周，这份功劳在诸子之中也首推第一。姬昌被关押后一直想，若是得归西岐，一定要将首领的位置禅让给大儿子。

端起这碗汤，姬昌公泪不自禁，内心知道是长子的肉，便如见考儿的音容笑貌在眼前。他安慰自己说这一切不过是幻象罢了，看到牢房之外远远监视的帝辛使者，就抹了一把泪，强忍住喝下了肉汤。这一块肉既然来自于自己的身体里，现在又返还到自己的腹中，这也算是天地之易道吧。想通此道，他毫不犹豫，一吞而尽。

商王的使者带着一个满意的结果向帝辛去回报了。然而，商国与周国的断裂也就此实现了。姬昌年岁很大了，自知在世无多，实本无心有取商之意。那个电闪雷鸣的夜晚，腹中的儿子血肉让他热血沸腾、老泪如泉涌，愤怒得无以复加。这世界是否有天行的公道，只有强权就能左右一切，如果殷商人不讲公道，大周国人为何不能取而代之。

姬昌决意不再对商国抱有什么幻想，心中暗暗定下了“三代之内、必以代商”的大策。痛失长子后，姬昌还能不间断收到大周国的消息：英勇好战的二儿子姬发代替大哥治国，而诸王子中最为聪明的四子姬旦则悄悄潜入了朝歌，以不为商人觉察的方式活动着。在送往羑里阖中的密函竹简中，姬发看到一个手刻出的小而极其圆的圈，那就是姬旦到来的证明。诸王子中，姬旦的聪慧当数第一，他来了，自己的安危必定无须多虑。

关在监狱里无所事事的光阴里，姬昌每天除了努力唤醒牧羊少年“雷震子”之外，其实百无聊赖。无聊之中，他就用监狱里堆积的、羑里特产的蓍草推演大易之道。

四十五　觉醒

光阴荏苒，寒暑五易，不知不觉，周文王姬昌与沉睡中的牧羊少年已经在羑里阖的囚室待了五年。他日日不间断地召唤少年，就像对于自己能否走出这个监狱一样，既抱着一线希望，也不抱任何希望。

就在这个过程中，姬昌倒培养出对那个昏睡孩子的感情来。倘若是一个婴孩，五年光景，他也该长大成为一个很大的孩子了。每个孤寂的夜晚，姬昌听着羑里山外野兽的呼号，抱着微暖的牧羊少年入睡，抚摸着他后颈上的“幸”字，仿佛回到了养育儿子姬考长大的时光。这种情愫和对天易之道的推演与完善，支撑着他在帝辛的牢狱里坚持着。

却没有想到，这个无名的少年居然有朝一日被唤醒了。这令姬昌异常开心，所以，他要做的第一件事，就是认少年为义子。他甚至把自己的这一想法通过密函递交给了儿子姬旦，让他转告在西岐的王子们，他们又多了个神奇的兄弟。在姬旦的暗中操作下，监狱向帝辛禀报了牧羊少年死亡的消息。那时的帝辛，已经日渐沉迷于饮酒与享乐当中，早已将这个崇侯送来的妖童忘得一干二净，并不以为然。

于是，姬昌又和牧羊少年一起在狱中待了两年。

周文王姬昌与牧羊少年一起在羑里圉中的生活，倒十分像阿幸翁和孩子们在“乐土号”船舱里的生活。很狭小的空间里，老少两代人讲述着各自的故事，交流着各自的心得。特别是姬昌，迫切地想把自己所学所知的一切全教给牧羊少年。

牧羊少年幸告诉了姬昌自己的来历，姬昌也告诉牧羊少年整个周人部落的来历。周人的祖先是黄帝的曾孙帝喾，帝喾生了后稷。相传后稷发明了种植五谷的办法，为周人世世代代立下了从农之业。周人中先后出现了公刘（姬刘）、古公亶父（姬亶）等杰出的首领，周人不断地与戎狄作战，经过几次的迁徙，定居于岐山的周原。

周原是个安定而美好的地方，随便播种一把稷与粟，就能长出旺盛的小米来。所谓“周”，就是四面有山，山中间有一块沃土的意思，大周国因此而得名。

姬亶公做首领的时候，特别喜欢自己的三儿子姬历和孙子姬昌，有意要将首领之位传给姬历这一脉。他的大儿子泰伯和二儿子姬雍体恤父意，主动离开了周原，带着一队人马来到了比淮夷更南的南方，在江南的太湖边与当地人结为姻亲，建立起一个崭新而强盛的国家——吴国。

在姬历担任周国的首领之时，周原经过几代人的精耕细作，已经非常繁荣昌盛了，成为大商国西域最为强盛的一支力量。当时的商王文丁看到这一情况，积极拉拢姬历，将一个女儿嫁给了他，还封他为“西伯侯”，就是世镇西域的侯爵。商与周因此变成一体，荣辱与共，大周国一直为商国防备着西部的那些戎狄部落。有周国在，那些西北甚至是西南的野蛮人就无法跨越岐山向东一步。

姬历被封了西伯后，凭借方伯的权威，采取主动出击的方式，不断对西边、北边的戎狄发动战争，使得周国更加壮大。殷人对他的猜忌并没有减少，反而与日俱增，文丁以定西有功行封赏之名把他召入殷都，软禁后杀死了他。姬昌就是这样带着失去父亲的悲伤登上周人首领的位子的，没有想到同样的命运今天又落到了自己的头上。

姬昌花了足足一个月的时间，饶有兴致地为牧羊少年幸娓娓讲述大周国层层叠叠的往事，希望他能认祖归宗，真正融入周国去。不过老实说，幸的兴趣并不大。他心中怀念着自己的妈妈女娲，因此在自己清醒来之后，情绪并没有好转多少。

姬昌也看出了牧羊少年的情绪，于是跟他讲了一个故事："孩子，大周国的来龙去脉其实也不过如此，我不讲了。你知道除了周国这份祖产，我一生最看重的成就是什么？"

牧羊少年幸摇头表示不知。他也的确不知道，就个人直觉上，他不太喜欢这个说话太过于热情的老人。想让孩子对老人有天生的好感，真不太容易。

姬昌得意地笑，然后故作神秘地说："其实并不是什么大周国，而是明白了天地万物运行变化的道理！"

牧羊少年更加惘然地盯着他看，在姬昌的脸上，他忽然看出了山谷里那个陌生人的感觉。他就不明白自己怎么老会遇到奇奇怪怪的人给自己讲述世界的大道理，甚至连那个口口声声做他"妈妈"的女娲也不例外——大人们真奇怪！

"曾经我一直为参悟这个道理而苦苦思索，"姬昌说，"依然记得五年之前，在来朝歌的路上，我曾经经过白鹿原下的一个山谷，在一个块路边的石头上歇脚。无意中在石头的背面看到了一个极其神秘的图画，令老夫十分震撼。我因此特意停下来，足足待了三天，领悟那个图像当中蕴含的道理。它应该是某位上古仙人留下的某种启示！"

牧羊少年听了一愣，问："就是那个全是圈圈，大圈圈套着小圈圈的图案吗？"

姬昌点头说："是啊，怎么，你也见过那个图案？"

牧羊少年幸仰头看了看石头屋子的天花板，忍住了笑，然后低下头好奇地继续问："老先生，那么你从这个仙人图案里获得怎样的启示呢？"

姬昌说："我联想到了河图洛书！这两样东西不曾见世很久了，至少两三千年，能够以这样奇异的方式出现，真令我感到惊奇！"

牧羊少年捏着嘴唇，吃吃地笑着问："那么，那个河图洛书，讲了啥呢？"

姬昌看到小孩子兴致很高，露出了难得的微笑，就跟他说："伏羲氏所推演的八卦图就是从河图来的。相传上古的大王伏羲氏在黄河与洛河之间时，遇到黄河里浮出龙马，背负'河图'，献给了伏羲。又有传说，大禹治水的时候，洛河里浮出神龟，背驮'洛书'，献给大禹。大禹按照洛书所示的天下地形图治水成功，就把天下分为九州。又根据又依此定九章大法，治理天下，乃有我华夏族的基业。"

"九州！"牧羊少年幸一愣，想起了崇侯虎，说："就是那九个大鼎？"

姬昌笑笑说："九鼎只是九州的一种……一种，象征……其中的奥妙么，反正你我老少在这个牢里也不知要待多久，我跟你慢慢聊吧！"

第十章
易行天下

四十六　河图

三千年前是周文王姬昌给牧羊少年幸讲述河图洛书以及伏羲八卦的奥秘，三千年后轮到阿幸翁来给一船的孩子讲述这个并不复杂的问题。

就像面对姬翁的少年幸没有耐心一样，兰芳国的孩子们似乎也没有多大耐心听阿幸翁讲这么复杂的东西。可是，阿幸翁还是饶有兴致地说下去，老人家总有老人家的偏好：

“河图，是一个黑点白点排列奥秘数阵，实质上就是后世西洋数学的幻方数字，相传是伏羲氏看到龙马身上的图案，获得了启发，觉得在天地万物当中，有一种超越各种表象的存在，那就是数字。数字最为奇妙……”

“谁是伏羲呢？”有一个小孩子怯生生地问道。

阿幸翁笑着说：“你们在万律城少学堂时，难道没有先生跟你们讲过伏羲的故事吗？这位传说中的人物，据说是龙族的祖先。他又是最早参悟天地万物道理的人，给大地画明了方向，确定了东南西北，还发明渔网，教会大家捕鱼打猎。他还发明了结绳记事，开始了文字的使用，保存了记忆。他画出了八卦，确定了乾、坤、坎、离、兑、巽、艮和震之间的联系与循环，也就是天、地、水、火、泽、风、山、雷，代表天地万物的运行。据说，他娶了女娲为妻，生了很多孩子，延续了我们的华夏族。我从来没有见过伏羲，不过他可以说是世界上的第一代哲学家。”

孩子们都似懂非懂地点点头。突然，那个喜欢诘问的大孩子说：“老先生，你说女娲是你的妈妈，那么，伏羲是不是你的爸爸呢？”

这个问题一下子把阿幸翁拉到了三千年前，羑里囿那个非常困厄却又非常温馨的时刻……

当姬昌公说出“相传，伏羲娶了自己的妹妹女娲为妻子，繁衍了种族，才有我们大地上的众人”一句话之时，牧羊少年吃惊得要蹦起来，他忍不住抓住姬昌的手说：“老先生啊，难道伏羲就是我的生父，我是伏羲与女娲的孩子？”

姬昌一愣，随后哈哈大笑：“孩子啊，孩子，无论是羲皇还是娲皇，都是很久很久以前，上古的故事了。老夫活了几十年，虽然见过各种奇异的怪兽，可从来没见过人头蛇身的神仙！我相信他们生活在天上，但他们一定不会是你的父母！”

本来牧羊少年幸在嘲笑姬昌的可笑，将自己和陌生人胡乱画的图案当成了神仙的启示，现在轮到姬昌笑自己。他努力想说点什么，要为自己争辩，但姬昌已经帮他做了解释：

“不过，我还是要说，你是我见过最奇异的孩子，与我以前遭遇的各种怪兽奇禽相比，你神奇得就像是仙人了。你陷入沉睡之中，一睡就是五年，当然会做梦。人在梦中，什么样的事情都能够发生，上天入地无所不能。我有一个儿子，名字叫作姬旦——不是鸡蛋，是姬旦。旦，就是日出的意思，他出生的时候，正好天明了。他就有一个别样的本领，就是能够进入到别人的梦境中，帮人解读梦境。有时候，老夫我都要向他请教梦的含义！你误以为自己是女娲的孩子，一定是梦中发生的事情，只能代表你对自己母亲的寻找与怀念。”

牧羊少年幸倒被姬昌说到的“鸡蛋”先生给吸引住了，忍不住问：“那个，姬旦……鸡蛋大哥，他能够进入别人的梦境之中吗？”

姬昌说：“我想他应该能的。他对别人梦的分解，甚至比我的占卜还要灵验……嗯，我们的话题似乎说远了！我还是跟你说说河图洛书吧……不对，应该说说我在白鹿山谷见到的那个奇异的图像……”

牧羊少年幸明显不愿意提那种十分枯燥的话题，他也不想点破那个图像其实是自己和陌生人的涂鸦，他继续问道：“您不是说过您有九十九个儿子吗，他们每一个人都能到别人的梦里吗？”

姬昌摇摇头说：“我的儿子们各有各的本领，比方姬考——”

说到“大儿子”，文王有点哽咽了，他跳了过去，继续说：“比方老二姬发，特别勇武，箭射得特别准，剑术也挺高明，只是外表勇猛，内心优柔；比方老三姬鲜，车驾得特别好，就是太过于顽皮，主意太多；老四就是姬旦，他很内向，寡言少语，但是聪明绝伦，在其他的王子之上，甚至超过了我；老五叫作姬度，特别擅长文字，会写诗，但是有点邪气；老六叫作姬振铎，非常擅长音律；老七叫作姬武，他只喜欢修建城池，不爱干农活，却想当个泥瓦匠；老八叫作姬处，会酿造特别美味的醴酒；老九叫作姬封，力气很大，能举起车轮一般大的石块，扔出去两三丈远；老十叫作姬载，能在水里游出去很远……”

姬昌公说起自己的儿子们简直没完没了，牧羊也听得津津有味。到了最后，姬昌说：“孩子，不要去想什么女娲妈妈了，我说过，要收你当我的义子，你若不嫌弃，就能一下子有这么多的哥哥了。这不是一件非常好的事情吗，你在这个世界上不再是孤身一人了。可是，你好像一直没有答应我这件事呢？”

牧羊少年说：“我再想一想好吗？我一定会有一个叫女娲的妈妈的！”

姬昌也不勉强他，依旧为他讲述自己的遭遇：“我在山谷静静待着的那三天，仔细考虑我自己此次来朝歌的命运。父亲的遭遇，时时刻刻提醒着我，这一来怕是凶多吉少。我屡屡向上天求卦，但得到的全是不吉利的结果。我十分犹豫，因为离开了白鹿山谷，就进入对我大周有敌意的崇国了，再无退路可言。就在我困厄不定之时，那石头上的图案仿佛在告诉我应该勇敢地来走这一趟，我若不走，大周国将永无出头之日！那幅图，一定是上天特意降给我的启示！”

牧羊少年瞪大眼睛，终于忍不住将实情道出来：“我知道你说的那个山谷啊，老先生！我就是从那个山谷里到这里来的，以前我天天在那里放羊，而且——石头上的那个画，也不是上天的神仙画的。这点我十分肯定——因为那上面的画，其实就是我随便画的！”

四十七　太公

这是个湿闷的夏日傍晚，天空中不间断地有炸雷发出“隆隆”响声。羑里圄的空气十分潮湿，白发苍苍的大周国老国王姬昌突然向牧羊少年幸郑重地一拜，十分严肃地说：

“孩子，这是上天的安排，看来，你我的缘分原来是天命所定的！”

那时刻，姬昌公在白鹿山谷里犹豫不决，用伏羲所创设、流传的“先天八卦”来寻求自己未知的命运，他反复求签，都是“大凶”之兆。陪他一起去朝歌的周臣散宜生强烈建议他就此勒马，不要再向东走了。

姬昌在石头背后的画面中看到了一幅非常令人不解的画面，无数大大小小不一致的圆圈相互关联，组成了一个令人难以置信的循环画面。那画面入石足有一寸，镌刻之深，绝非寻常的青铜刀所能做到。或者说，凭借当时的工具，根本没人能够在石头里刻出这么深却又这么规范、漂亮又多变的圆来。这正是令姬昌坚信是上苍启示的缘由。

在这幅奥义图边上，姬昌还看到另外的画面，是一个新的浅浅刻痕的画作：有一个大人将一个玄妙的东西交给一个小人，小人身后跟随着无数个小圆圈。最玄奥的是给的那东西，三角之中蕴含着阴阳交替。

此刻的西伯姬昌不禁领悟到，圆圈代表周，大人就代表苍天，小人，或许正代表自己。这是上天在暗示他要将天下由大商转交给大周国吗？整个图案上又被画上了很多划痕，是否寓意着一切乃是天机不可轻泄露。

姬昌就暗自记下了那个石画，并更改了伏羲八卦的以“乾”起的办法。第四天日出之时，他看到太阳从东边升起，决定抛开旧有的束缚，重新起卦，以“震”为东起卦，获得的启示都是大凶之中有大吉之征兆。他就对散宜生说了一番话：

“太阳从正东的‘震’出来，跟随者风一起升高，逐渐变得炎热，让大地变得温暖，让沼泽生机勃勃，充满了禽言鸟语，让天空明亮，推动水的川流不息，推动山岳的形成。我等这番东去，无非是追随夸父的足迹，借太阳之明照，光大我们西岐。所谓否极泰来，等我们理应承受的苦难到了一定程度，上天一定会给我们带来生机的。天行健，君子理所应当自强不息，不要怕那么多；地势坤，大地坦坦荡荡，君子应当以厚德载物。坚持这两点，我们这番行程，一定会有惊无险的！”

说完这番话，他就命令士兵用泥土封好那石头上的画面，即刻上车，策马动身向朝歌赶来。果然，到了朝歌之后，尽管十分小心翼翼，他还是接连遭遇了无故入狱、长子被杀等一系列祸事。万幸的是，天意安排自己跟一个莫名其妙的小妖童同在一间囚室，能够熬过这漫长的无边无际的等待。

没想到牧羊少年醒来后就告诉姬昌公，那幅蕴含着宇宙变易大道理的图画，仅仅是那个涂鸦而已。

姬昌公一开始也哑然失笑，不过，他很快就质疑道：“那么，孩子，你怎么能够把那个圆画得那么深入石头当中呢？那么多漂亮的圆，你用青铜刀镌刻的吗？”

牧羊少年幸也无语了，他一直向姬昌公隐瞒着自己遭遇陌生人的事情，经他这么一问，不得不把自己遇到的那个陌生人原原本本说出来了。

姬昌公听了不禁啧啧称奇，捋了捋胡须道：“果然你来历非凡，应该如你所猜测的，那个人必定是上天派来的使者！来无影去无踪，原来神明是真的存在的！孩子，等我们从这个牢狱里出去，我一定要带你去见见我周国的太师，姜尚姜子牙。他的见识比我还要广，肯定能帮你解答这些疑惑。”

牧羊少年说：“姜子牙是谁，他比鸡蛋——姬旦还要聪明吗？”

姬昌说：“他呀，他是一个聪明绝顶的小老头，十分聪明，聪明得有点可爱。我们周国邦小，人手奇缺，九十九个孩子还特别意气用事。当时到处想找一个能协助我的老者，满天下地找啊找，找了很久，也没找到那种有超绝智慧的人。为此，我心里很苦恼，有一点准备出门去打猎，临行前求了一卦，上天启示我说，会打到一头非龙非螭、非虎非熊的猎物。我很好奇，就出去找啊找啊，一直驾车到了渭水的北岸，别说虎熊了，就连一个兔子都没有碰到，最要命的是，我也迷了路，不知道怎么回去了。就在我灰心丧气的时候啊，突然看到渭河边上有个老头在钓鱼，我就下车问他路。没想到啊没想到，我看到这个钓鱼的老翁用竹竿系着一根直直的鱼钩钓鱼，而且那个鱼钩根本也没放进水中！”

牧羊少年幸第一次听到这个故事，就跟兰芳国的孩子一样，充满了好奇：“是啊，那么他怎么钓得上鱼呢？”

姬昌微笑着说：“是啊，我也这么问他了。只听他笑笑说啊，我这个鱼钩，是愿者上钩！”

牧羊少年说：“真有愿意上钩的鱼吗？”

姬昌哈哈大笑说：“傻小子，他哪是在钓鱼，他是在钓我呢。我一听就知道他的言外之意，连忙上去拜问尊姓大名，一问才知道，竟然是赫赫有名的姜尚。以前请都请不到的贤士，现在居然出现在我西岐，这不是天大的幸事吗？我就赶忙把他请上车，让他一起跟我回岐山城里去。即便我不在西岐，我相信，有姜太公在，大周国一定蒸蒸日上，我们周人有朝一日一定不会任由人摆布、欺凌的，无论是西戎，还是东边的劲敌。”

姬昌说这些周国往事不急不慢，娓娓道来，用以打发牢狱之中漫长的无聊光阴。牧羊少年幸听得倒也是津津有味。

暴风雨慢慢地降临了，姬昌和少年幸这一老一少，如此这般有一搭没一搭总是聊到深夜才睡。少年总是听着听着就睡着了，姬昌就用蓍草编制的褥子帮他盖上。

四十八　周易

商朝的东征军南下平定淮夷之时，周人泰伯与姬雍兄弟俩所建的吴国，也从背后攻击了淮夷诸部落。这让平淮之事变得很顺利，再有两三年，将淮夷诸地一一收编，将海滨的盐场之利获取，整个东征也就大功得成。

随着东征的大军在东夷的捷报频传，太师闻仲班师回朝指日可待，纣王帝辛也渐渐考虑到处置姬昌的问题了。吴周本是一家人，吴国能襄助王军取得东征的胜利，似乎周国与崇国之间的那一点小摩擦，也不足以成为关押姬昌这么久的理由了。五年来，因为姬昌被羁押在朝歌，周国每年的进贡比往常多了一倍，群臣中关于周国的好话也越来越多了。

倒是崇国四处出击，不断扩大自己的地盘，在帝辛子受看来，应该是用周压制崇的时候了。他就召见自己的贞人有苏国女巫来，对她说："五年了，姬昌在羑里圉中都干了些什么？"

女巫说："我听说他在羑里潜心推算易数，变伏羲流传下的先天八卦为后天八卦，不以老天为第一敬，首先谋人事，以人为先，推演易数。"

帝辛笑笑说："哦，这有什么了不起的，不敬天意而谋人事，这不是愚蠢吗？"

女巫说："这可是我们巫师界的大事情，沟通天地办法是伏羲爷流传下来，若是被姬昌这么随便更改，我恐怕天地秩序都会要混乱的！"

帝辛哈哈大笑说："会怎么乱？你们这些巫师就会夸大其词，我少年时出征，每一次出征前求得的都是大凶之兆，然而，每一次我还不是以大胜而归！天意从来高难测，我命由我不由天！"

女巫也笑笑说："大王，你可以这么说，但难道不提防天命无常吗？如果天意告诉你，你会大胜，却最终让你大败呢？"

帝辛一时语塞，想了许久，随后说："那么，上师，天命又有何意见，非要杀了姬昌吗？"

女巫低声说说："老奴尚未获得这一启示，只是觉得，姬昌连天意都不轻易相信了，你觉得他对人间的秩序还有什么好忌惮的吗？"

帝辛的傲慢之心又萌发起来了，说："那又如何，他不一样还是我牢中的囚徒！"

女巫说："我想到羑里圉去探看探看姬昌，帮助大王您做一个决断！"

帝辛听了，先是一愣，随后慢慢笑了起来说："这很好，十分好！"

入夜之后，几辆神秘的马车赶到了羑里圉外。护送马车的人持着帝辛特有镶金的玄鸟玉佩，必定是王差无疑。

王差的突然来访，令狱方十分慌乱，匆匆忙忙把牧羊少年幸和姬昌分隔开来，以备王差的询查。

牧羊少年被押送到一个黑漆漆的屋子里，四面不见光。他习惯每天与姬昌翁漫无边际闲聊，不明白眼前发生了什么事情，只好心怀忐忑地在黑室里等着。他并不知道，监狱已经将他从犯人中除名了，他是一个不存在的囚犯。在大商国中，幸应该拥有属于自己的自由，却绝不能拥有自由。这真是个奇怪的悖论。

有苏国的女巫师如愿见到了姬昌。她首先看到牢狱之中每一块石头上刻画的横和断的符号，还有就是姬昌随意摆放的一大堆理好的蓍草。

姬昌席地盘腿坐在了栏杆之内，女巫师则跪坐栏杆之外。女巫师十分礼貌地问："先生别来无恙！奉帝辛之命特来拜会！"

姬昌笑着还礼说："一切都好！有劳殷王的牵挂！"

女巫师又说："八八六十四的后天卦，全部都推演好了吧？"

姬昌依然笑着说："应该没有什么大问题了吧。"

女巫师说："先生是准备从这里走出去呢，还是准备永远留在这里？"

姬昌道："走或者留，一切随天意吧。天地运行的道理，我已经想清楚了，去和留分别不是很大了。"

女巫师说："我来之前问过一卦，说先生一定会走出去的。"

姬昌点点头说："你还是用烧的龟甲问卦？"

女巫师从袖中抽出了一把蓍草，笑着说："是用先生的卦术！"

姬昌哈哈大笑，摇摇头说："那么你一定会算错的，我这些草，不问祸福，只问苍生！"

女巫师说："帝辛有心饶过先生，可惜啊，一干亲贵，还有些方侯不肯。不过，他们并不足道。先生你何苦放下大周，非要在这羑里圄中变卦呢？"

姬昌捋了捋白胡须，摇头沉吟道："机关算尽，无非人事。天下是周而复始地在变化着，我做一方之主时，丝毫不察觉这些变化；只有在这里做囚徒，才欣然地觉察到自己与天地相通。有时，我分不清到底哪一个人是囚徒，是那西岐的姬昌，还是这羑里的姬昌。"

女巫师脸上露出深深的不解。她注视了姬昌公很久，只看到他在微笑，也看不出其他任何的表情，随后她问道：“那么先生，你能算算我这一别，你将是离还是困？”

姬昌半闭眼睛，徐徐说：“离开，就像云涌入大海；困厄，就像水汇入大海。倘若天地风雷都要推着你去大海，云与水是没有分别的！”

女巫师栗然一震，然后向姬昌深深鞠了一躬，道了声：“先生多保重！”

四十九　求情

第二天，女巫回到朝歌城鹿台宫向帝辛禀报了姬昌的近况。她把自己与西伯姬昌的对话一五一十地复述给帝辛，偶有疏漏之处，由陪同的宫人补全。

帝辛听了，笑着对女巫说：“姬昌这个老家伙，搞出了自己的一套名堂，还得要感谢我成全他的！哈哈，他还想待着不是。我偏不关他了，让他再去做他的西伯好了！他不出去，崇侯虎在西域感觉都快没有对手了！上师，你能不能帮余一人算最后一卦，到底能不能放掉姬昌呢？”

女巫说：“老奴早已经算过了，大王，理应杀之！”

帝辛想了想，说：“你那是用伏羲八卦算的，不算数，且用姬昌自己推演的卦算！”

女巫说：“我就是用周易算的，放了他，大不利于我大商，潜龙勿用，飞龙在天，战龙在野，极凶！”

帝辛喝了口酒，不屑地说：“姬昌自己捣鼓的这些都是什么玩意，玄乎玄乎的。你要知道，我大商族是不信龙的，我们信凤。凤是龙之阳，龙是凤之阴，他说极凶，不能放，那就是能放！”

女巫神秘地一笑，说：“上天所赐的生杀予夺大权，其实都在您的手上，我只是传达上天旨意！”

帝辛似乎明白了什么，点点头，挥手示意她退下去。

这时候，又有宫人上殿禀报说：“周国的小臣散宜生带着大量的珍宝，求见大王！”

已经五年了，每年散宜生都会为他的主公之事恳求觐见帝辛，而且靠买通费仲和尤浑两个权臣来说情。

费仲这人很贪婪，一会倒向崇侯，一会倒向周国，令帝辛很反感，倘若不是依靠这些打小随自己一起长大的家臣来对抗老一辈子姓的贵族，帝辛很早就想把他驱逐出去了。因此，即使费仲非常卖力地说情，但每次散宜生的求见，都被他拒绝了。

到了第六年，帝辛觉得时机已到，没有必要再拒绝了，就命人召见了散宜生。

散宜生这人五官还算端正清秀，就是身材矮小，看起来是个不讨人喜欢的西域粗鄙之人。散宜氏在上古也算一个很大家族，相传尧帝就娶了散宜家族的女子为妻。如今这个家族中道败落到跑去西域边陲之地的小国周效力，在帝辛看来也是莫大的讽刺。

散宜生给帝辛献上了无数的珍玩异宝，宝马雕弓，琳琅满目。这些珍宝来自四海之内，其中有大将南宫适曾受太公之命到西方义渠国找到的奇珍异宝骇鸡犀和宝马，也有东方海滨的大珊瑚树，让收罗无数宝贝的帝辛，也是大开眼。这些宝贝，都是这两三年间，散宜生向姬昌的次子姬发进谏后所收集的。他告诉姬发，自从娶了苏妲己后，帝辛变得更加沉溺于酒色和欢愉之中，很疏远殷商的那一班贵族权臣。连一向不爱问世的老臣商容，都出面劝谏过帝辛。不过，似乎一点作用没有。

随同这些宝贝一起进贡的，还有一位从吴国寻来的美女。这是吴国的国君姬简为了帮助自己的叔叔脱离羑里困境，特意在太湖边搜寻送到周原的。

帝辛从宝座上走下来，环视了那位十分秀美的江南丽女良久，最后哈哈大笑说：“有这一位就足够了！”

散宜生见到帝辛兴致如此之高，心情不由地舒畅起来，觉得时机成熟了，连忙说：“大王，西伯他可以离开羑里了吗？”

帝辛说：“你们周国的人实在是多虑了，我本来就准备释放西伯的嘛！”

散宜生连忙千恩万谢，长舒一口气，觉得自己这个美人计算是用对了。他不禁喜问帝辛：“小臣这就带着大王的信符去羑里？”

帝辛摇摇头，说：“不，你就耐心再等等，等我东征大军凯旋之日，就是西伯与你们相逢之时。”

散宜生一下子又被丢进了冰窖里，慌忙问道：“大王，我大商东征的英雄们什么时候能凯旋而归呢？”

帝辛反问他说：“你什么时候想与西伯再见呢？”

散宜生做悲苦之色说：“西伯平素待我等如手足兄弟，小臣日日夜夜思念，恨不得即刻就与他相见啊！”

帝辛冷笑着说：“那就将你这片诚心诚意，用在为我大商劳苦征战的将士祈祷上，你们一定会早日相见的！”

散宜生就无话可说了，只有告退，继续到朝歌城里与四王子姬旦一起蛰伏，等待营救姬昌的机会。

与此同时，在羑里大狱中，牧羊少年幸正度过他非常黑暗的几天。自从他被关入黑屋子以来，就感到整个世界似乎都把他给忘记了，包括那个拼命想收自己为义子的白胡子老头姬昌。

小孩子们被关在黑暗的地方都会有相同的感觉，时间一下子变得无比漫长，这样的体会真是糟糕透了。黑暗似乎屏蔽了少年幸与世界沟通的全部信号，他刚开始时十分抓狂，适应了许久才渐渐平息。

后来，他就迷迷糊糊地睡了起来。在半睡半醒的状态里，他看见有人打开了暗室的门，两个异常高大的人闯了进来，很迅猛地将他拖了起来，拖到了一片令他眼睛都无法睁开的光亮当中。这在一瞬间，他看到了来者身上都佩戴着的圆形黑白样徽章。

五十　猎时者

光亮慢慢淡了下来，牧羊少年幸发现自己端坐在一个极其银亮的台子上，周身动弹不得。三个身材极其高大的人站在他的面前，像三堵墙一样。

他们身上的衣服都是一致的白色，十分宽松的袍子，不过，胸口却没有看到那种圆形黑白样的徽章了。三个人的样子却各不相同，有一个人是白皮肤蓝眼睛黄头发，有一个人是黄皮肤褐色头发，有一个人却是黑皮肤红头发。他们看起来，就像是巫师故事中讲述的鬼魂。

一只银色的大鸟在牧羊少年幸头顶盘旋，他一抬头就能看到。牧羊少年幸知道，如同姬昌公所说的那样，自己又开始做奇怪的梦了。

只听到那个白皮肤的人居然开口用蛇的语言问少年："链接失效，该死的路修罗用什么加密了源代码？"

牧羊少年瞠目结舌，不知道他这句话该如何回答。

那个黄皮肤的人继续用蛇语问："我们纠缠开裂的时间不多了！小子，给我们源素码，跟我们一起阻止战争的发生！"

牧羊少年继续报以瞠目结舌，他小心翼翼地询问："谁偷了谁的东西，九州，九鼎？"

那个黑皮肤红头发的大吼说："源——素——码，一组超级数列矩阵，难道他没有跟你说？难道他没有跟你提及过？"

牧羊少年吓坏了："我没有拿啊，他……数……是姬昌老先生吗？是他在牢房里搞的数算啊，我一点都不懂，你们一定是找错人了！"

那白皮肤的手托着下巴，闭上眼睛盯着少年头顶上的白色鸟看，随后说："这个孩子内设全部被更改过并锁死了，是一个封闭的系统。我已经连通盖娅了，她也没有丝毫的办法。他坏了，要么被毁灭，要么等他自己解开内锁。"

黑皮肤红头发的人说："这么说，他一直会运行下去，直到成为路修罗的那一天啦？"

白皮肤的人说："可能吧，反正我肯定改不了。别说盖娅，连女娲自己，也改不了。我们只有耐心等它运行一万年吧！"

三人面面相觑。黄皮肤的人沉思了一小会，说："女娲输送了二十六万个夸克娃娃，为何他独独挑中这个人成为他的夸父，是硬件有什么特殊的地方吗？"

黑皮肤红头发的也盯着白色鸟看了一会，随后说："就硬件来说，他并没有什么异常啊，既不超常，也不反常。随机概率问题吧！"

黄皮肤的人想了想，说："可能是文明选择问题，中国文明延续得比较悠久——如果采取旧的外科手术式操作，强行进入神经网络系统对它的硬件进行修改呢？”

黑皮肤的人摇摇头说：“活倒霉，不可能！我都测试过了，它的生物基因序列都被修改过了，且都被加了密，没有用的。况且，就算强制更改，产生不兼容性，会让他自己立刻自焚。”

白皮肤人耸耸肩说：“这伙守虚者们可真是难缠的家伙，固执、恋旧、疯狂、不可理喻！”

黑皮肤的人说：“你们最后一批火星人昨天撤离了，你不也没有跟着他们一起走，而要留下来做猎时者的事，难保不是你对母星的眷念！”

白皮肤的人并没有搭理他，而是说：“这是工作，我的乐趣，跟母星无关，除了工作，我一天都没有在母星待过……该死，我也进不去，我只有三级授权，甚至连让他自焚的机会都没有！嵌入一个病毒呢？再试试！”

黄皮肤的人说：“不用试了，我有二级授权也没有用。路修罗把他外挂在青鸟网络系统中，强行切断神经干，别说外面那五百万只青鸟，就眼前这个，启动攻击程序也够我们烦的。”

牧羊少年一会看看黑皮肤的人，一会看看黄皮肤的人，一会看看白皮肤的人，如同听天书一样听着他们的对话。他们看待自己的眼光就像看待研究的一个小动物，一个小羊羔或者一只小兔子。

黑皮肤的人说：“在他身上加一个视网膜监听吧，外挂硬件，免费赠送！”

说完他竖起了右手，在大拇指和食指之间，凭空出现了一滴非常圆的水珠。他将水珠向前一送，水珠慢悠悠地飞到了少年幸的眼前，并一分为二，分别滴向他的两只眼中。牧羊少年紧闭起双眼，但他仍然能感到水珠似乎渗透入自己的眼皮，覆盖到了自己的眼球上。

他猛然睁开双眼，发现自己的眼睛并没有瞎掉，相反，看三个白袍之人，感觉更为清晰了。他甚至能看到他们身上忽隐忽现的徽章，那个圆形的黑白徽章。

“小朋友，请端坐好不要动！”黑皮肤的人俏皮地说，“猎时者叔叔给你安装一台好东西，外挂一下好不好，哪天你要是被升级的青鸟查杀了，我们可就找不到你了。”

这个人边说边用拇指顶着自己的太阳穴，嘴里念念有词道：“CN0123225－1000，视网膜式视听神经平台，非融合型敷贴，泰坦防务供应，预设500母星年寿命。任务：搜寻，预警，猎时者F5294上传，三级授权，盖娅请指示，搭配智能类型！”

沉默了许久，他又说：“收到，搭配A0级初始智能！解封验证码！”

说完这句话，他的手心突然冒出一个非常小的小人，是一个身着艳丽服装的金黄色头发女子。黑皮肤人捧着她在牧羊少年幸的眼前晃了晃，这个掌心里的女子就跳了一圈非常欢快的舞蹈。

当牧羊少年看得入迷之时，他就听到耳边极其清脆的“叮咚”一声响，紧接着眼前就漆黑一片。

第十一章
妲己王妃

五十一　泰坦

那三个不知哪里冒出来的妖怪终于消失了，眼前一片漆黑。然而，这种漆黑并没有持续多久，他忽然看到了那个金黄色头发的女子来到了他的面前。

那个女子漂亮得近乎完美，她向着少年极其甜蜜地微笑着，也用蛇语说话：“欢迎启用泰坦联合公司服务，光年圈内最佳的智能防务供应商，超时空行星级防卫合作伙伴！亲，请给予我们授权，请您跟着我的声音默想：泰坦！泰坦！泰坦！”

不知怎地牧羊少年就被她的声音给魅惑了，脑子里跟着蹦出“泰坦”两个莫名其妙的声音。

那女子露出很尴尬的表情，然而十分娇滴滴地说：“抱歉啊亲，您的神经网络已经加密，我们无法连通，自主控制撤销，只能为亲提供视听觉外挂防务！请稍等，由于您与公司总智能非共时空，加入防务链接需要测试引力波频率，请您稍等哈，么么哒！”

随即，那个女子就消失不见了，浑身动弹不得的少年幸感觉眼前一晕，自己被人推动着来到一个极其陌生的地方。这个地方都是用银子铺成的，充满了奇形怪状的像鸡蛋一样透明的房子。

牧羊少年看到自己飘浮半空中，上不着天下不着地，魂都吓飞了。这一刹那，他倒思考着一个严肃的人生哲学问题：我一个好好的放羊娃，凭什么遭遇这么多奇怪的人、奇怪的事啊！

正在他飘浮不定之际，另一个穿着紧身衣服、长皮靴的黑发女子来到了他的眼前。她带着一个圆饼一样的帽子，帽子上还有一个闪闪发亮的“T”形的徽章。

黑发女子一脸严肃地对少年说：“欢迎来到土星工业联合体之泰坦防务，本公司由泰勒斯先生创建于母星纪 3016 年、遨游纪 1055 年。经过苦心经营，泰勒斯及其伙伴将泰坦防务由一个小小的燃料供应站，发展成光年圈内与雷震子空航、赛博坦机甲、德川智造、半人马行星际装备等遨游防务装备齐名的空间巨头。遵从其遗愿，至今泰勒斯先生的智能依然保留在本公司智能体中心，为防务装备的不断迭代出谋划策。您满意我的介绍吗，好，希冀您更满意我们的智造！请泰勒斯先生亲自为您讲解！”

说完，那个黑衣女子立刻又变成了一个高而瘦的老先生，他似乎更加热情洋溢：“如果您是一位遨游者，有什么理由拒绝泰坦的服务。我们绝不纯粹依赖智能体，我们更相信人，是的，富有艺术灵感的人才是我们优胜于赛博坦、半人马这样竞争伙伴的智慧源泉。从基因级防务，到全行星级防务系统，我们可以把您的生命之盾铸造得无与伦比地完美！”

少年幸忍不住大声喊：“你都在胡说些什么，我都听不懂！”

那个叫作泰勒斯的老先生似乎听懂了少年的话：“哦，您是一个小朋友，第一次使用本公司的单体级视觉防务系统，哈哈，我明白了。爷爷给你讲讲泰坦公司的优势在哪里，你会永远迷恋本公司的艺术设计的——”

他手中也悬浮出一个小水滴，用夸张的表情介绍说：“小朋友，不管你是本体人，合体人，智化人，纯智人，不管你来自遨游者联盟的哪一个地方……当你自在地飞翔在茫茫的宇宙大海中，突然遭受一股不明神经元级电磁波的狙击，使你的视觉始终被那么多好玩的世界迷惑，啊，一个充满巧克力和棒棒糖的世界，一个纯卡通的世界，被催眠，被欺骗，卖到荒凉一片的某个地方当奴工，哦，这是一件多么可悲的事情！”

他哭丧着脸，突然转为破涕大笑：“有了泰坦防务提供的视觉神经防卫支持，我的孩子，你的眼睛将永远所见即所得，无人可以欺骗你。何止何止，慷慨的泰勒斯爷爷，还有无限的附赠，无干扰的升级，泰坦防务与天王星娱乐联合共享的视觉平台，无限大容量的视听享受，无限的光年圈任意星球的地图攻略，无限视友的所见共享，超时空的遨游……”

说着，老人打了一个响指。随即，一股剧烈的音乐声响起。一个怪人在拼命地挥舞着一根小棒子，很多人用各种各样不同的奇怪玩意发出声响。老人说：“听贝多芬第六交响曲首场演出，由贝多芬大师亲自指挥！”

随后，他又打了一个响指。牧羊少年看到一块块巨大的银色球体正在集结，一起飞向一片灰暗的超级大球体上。同时，一个赤身裸体男人又浮现了出来。

“哦哦，该死的战争，该死的战争已经足足有近1000母星年没有爆发了。但是母星面临今天的危机，我们不得不面对这场令人心惊胆战的战争。光年圈内51.6%的遨游者们已经表决同意，联盟必须下狠心拯救我们的老房子，它并不专属于那些守虚者们。它是我们共有财富！庞大的舰队已经集结，30%的遨游空舰使用了泰坦防务提供的全舰防务系统，我多么期望守虚者们也向我订购最新款行星级防务方案，我愿意半折销售给他们……”

老人抹了抹眼泪，继续说：“已经宁息、智体化、当年主持盘古计划的林淄博士，根据其遗嘱将被唤醒。被唤醒后的林淄博士，在了解近况后大为惊恐，最近向生命协会提出申请本体化。正是由泰坦防务承担这项历史性的工作，林淄博士将由泰坦亲赴母星与守虚者们沟通，作为重要调停人调停战争……他此行结果如何——您怎么能够不订阅泰坦新闻，母星系统最佳的咨询……”

那个老人絮絮叨叨的话还没说完，一开始那极美的黄发女子又出现了，用手把他推开了，嗲声嗲气地说：“够啦够啦，泰老爹，快走开啦！”那个老人刚刚消失，突然又出现继续亢奋地说：“欢迎订购4982款单体防务集成，一套在身，就算掉到黑洞里去也能安全无虞！”

黄发女子叹了口气，又把他推开，然后热情地冲着牧羊少年微笑着说：“联网频率已经调好，浪费你太多时间看广告啦。对不起啊亲，收到订购客户要求，必须抹除你的这段记忆，由于我无法连接您的神经网络，只有用最原始的办法，将您催眠啦！”

她的话刚一说完，少年眼前就奔跑过来一大群的羊。少年看呆了，因为每一只羊都是那个已经被苍狼族人分吃掉的小羊“哇”。

小羊亲切地叫着伙伴，我的好伙伴，你去哪了，我多么想念你啊，他们用毛茸茸又温暖的身体摩擦着少年的胳膊、腿和脸庞。

牧羊少年幸就在“哇”亲切的叫唤声中软软地入睡了……

五十二　重逢

牧羊少年幸完全忘记了一切，他的脑袋里只有一片黑暗。随着休眠越深，他越发陷入浓重的黑暗当中。

又不知过了多久，他的眼前开始闪光，一点、两点、三点，像萤火虫般微弱的光，向着黑暗正前方汇集。慢慢地汇成了一团火，火越烧越明亮，一转眼间整个黑暗被照亮了。

“快醒来，妖童！”有人在高声呵责少年，“醒来！”

另外一个女人的声音说：“他已经醒来了，你出去吧，把好风，别让其他人看见！”

那个人说：“知道了！王妃放心！”那是监狱典尹的声音。

牧羊少年幸真的被惊醒了，完全忘记了所经历的一切。他身体陡然向前一弹，四周张望。他忽然看到前方有一张极其清晰而漂亮的美女的脸，他的印象没有错，居然是鹿台上所见的那个苏妲己的脸。或者说，是白鹿族小公主的脸，不过没有那么消瘦，稍稍圆润了些。

牧羊少年认为自己的梦没有醒，拼命地摇了摇头，想摆脱这种幻景的控制。然而，在火光的照耀下，那张脸更加清晰了，她正全神贯注地盯着牧羊少年看。在她的眼睛里，甚至可以清晰地倒映出牧羊少年那张充满惶恐感的脸，以及双眸疑惑的眼神。

然而，美丽的幻象并没有消退。一个清晰的声音传到牧羊少年耳朵里：“小羊倌，你还活着！”那个女子似乎充满了欣喜。

牧羊少年顺应着她愉悦的情绪点点头，回答她说：“是啊，我是活着，是活着吗？我也不知道唉！”

那个美丽的女子说：“你是活着，我也活着。我们白鹿部族就只剩下你和我活着了！”

牧羊少年这才清醒过来，十分怀疑地说：“啊，你真是白鹿！”

那个女子点点头，低声说：“我也是苏妲己！”

少年幸不由地吃了一大惊，说：“果然是你啊！”他已经全然忘记了之前经历的所有事，但依然深深记住在鹿台大殿上，他看到白鹿以苏妲己之名面见帝辛的那一刻。

牧羊少年这才注意到白鹿身上穿着非常华丽的衣服，那都是亮晶晶的丝绸织造的帛衣。难怪衬托得曾经勇武的白鹿小公主十分美艳。

只听白鹿叹息道：“已经足足七年了，你居然没有任何变化，似乎没有长大，而我却苍老了许多！你一定是被那个妖师施加了什么魔法！”

牧羊少年觉得很奇怪：“七年了吗？这里是哪里？”

白鹿说：“这是羑里大狱啊！”

少年忽然想起一个人问：“啊，还是羑里啊，那么姬昌老先生，他，他在哪里？”

白鹿说：“帝辛已经放了他，他回到他的周国去了啊！”

少年大有恍若隔世的感觉：“那么，我怎么还在这里……”

白鹿说：“是大巫师临死之前告诉我的，说你被隐匿在这里！”

牧羊少年又想起来：“对对，那个跟着你的白头发的巫师，就是我们部族的大巫师吧！她死了？”

白鹿说：“是，可惜啊，她已经死了，死在商国人的内讧之中！”

牧羊少年幸没有想到的是，自他被狱卒和姬昌分开关入黑屋以后，狱卒们就“故意”将他忘记在黑屋子里，一关又是一年多。

在这一年之中，大商国的朝政却发生了极其微妙的变化。远征东夷的大军原本要凯旋回国，却不料闻仲不敌年岁老迈，病死于军中。闻仲的猝死，让原本稍稍平定的东夷诸多方国和部落起了异心。他们蠢蠢欲动，甚至开始派小股部队骚扰商军的驻地。

眼看东征之功即将崩溃，本已经宣布班师回朝的帝辛，不得不向诸贵族们宣布再延长东征两年，并派出太子武庚奔赴东夷指挥诸军。朝歌城内谣言四起，贵族们把怒火指向了帝辛身边的有苏国女巫，老臣商容屡屡进谏要求杀掉女巫，帝辛不听。有一次帝辛要到北郊打猎，身为礼乐的大臣商容拿着跳舞的羽和乐器的籥，跟随着帝辛的马夫，想以礼乐劝谏帝辛，却失败了。帝辛一怒之下，宣布剥夺了商容的爵位，把他驱逐出朝歌。

这件事引发了商国贵族们极大的恐慌，谣言四起，有一股不明身份的人甚至冲入了鹿台宫中要抓捕女巫。这股人最终被王宫的卫队打败了，他们供出了行动的主使，居然是忠心耿耿的少师比干。怒不可遏的帝辛，不分青红皂白杀掉了比干。殷商之人一片哀鸣，为比干鸣不平。又有谣言传出，贵族们决定拥立帝辛庶出的大哥微子取而代之。

微子的母亲是帝辛父亲帝乙子羡的小妾，古人所以称为“庶出”。不过微子为人宽厚，帝乙一度考虑将王位传给微子。而帝辛是王后生的大儿子，虽然岁数比微子稍小，但他是嫡长子，而且生来聪明伶俐，能言善辩，天生力气很大勇猛过人，很讨帝乙的喜欢。自然而然，帝辛就继承了王位。

微子倒也无所谓，一直努力辅助好自己的弟弟，也一直防备着弟弟猜忌自己。微子要夺王位的谣言一出，微子自己是最怕的人，吓得他连夜逃离了朝歌，隐匿了起来。

短短两三年内，东征大军久久不归，商容被驱逐，比干被杀害，微子出逃，殷商的贵族们人心惶惶。他们很多人纷纷指出所有的这些平空而来的谣言，都是苏妲己和大巫师故意散布的。很多有大封国和地盘的贵族，纷纷向帝辛示威，要求惩办有苏国的奸细。反对者的声势越来越大，而太子武庚到东夷去似乎也没有什么起色。种种的压力，令帝辛不得不做出让步，他宣布处死有苏国的女巫师，以泄大家之愤，同时逐步从东夷开始撤出大军。

五十三　脱厄

白鹿说完了大巫师的死因之后，自己也叹息不已。她神色诡秘地说："因为她是通鬼神之人，所以帝辛赐毒药毒死了她。其实，他们说得都不错，那些谣言都是大巫师放出来的。她说是要为我白鹿族复仇，可是她人都死了，我们举族都没有了，留下我一人在这个商宫内，还复什么仇？"

白鹿小公主说得十分悲伤，牧羊少年幸也跟着悲伤，但他还是有个巨大的疑问忍不住要问："你们是怎么从崇国国都来到这里的呢？"

白鹿叹了口气说："这说来话长了，一切本都是大巫师的谋划。"

牧羊少年又问："既然你看到我被送到这里，那你怎么现在才找到我的呢？"他这话里就有一点怨气，既然都是白鹿部落的人，似乎白鹿一直见死不救。

白鹿说："我知道帝辛把你关到了羑里圉中，也常常打探你的状况。可是羑里大牢的人说你已经死了，而且帝辛也知道了这事。但是巫师还是悄悄知道了实情，可她一直没有告诉我，直到临死前给我留了封信，说你在狱中九死一生，实在是有天神相助，必须要我来找你。"

白鹿伸出双手，放在牧羊少年幸的两个拳头上。牧羊少年点点头，表情温和了许多，算是原谅了白鹿整整七年的忽视。白鹿又说："我暗暗差人查明，果然你还在羑里圉中，我要典尹把你交给我，但没想到他们把你关在这个黑屋里丢了这么久！你居然还没有死，真是神鹿庇佑啊！"

两人都静默无语了，囚室内的火把忽明忽暗，松油燃烧时不时发出噼啪的声响。牧羊少年有点沮丧地说："你就算找到我，我都被关在这个大牢里了，又能帮助到你什么呢？"

白鹿说："那我就先帮你吧！马上，你就跟着我的车马一起回朝歌，住到宫里如何？"

牧羊少年摇摇头说："我不想到王宫里，那个地方太险恶了。再说你也不是白鹿了，而是苏妲己了，你怎么乐意做苏妲己呢？”

白鹿说：“为了我们的部族，你知道吗！长不大的小家伙，不该问的不要问！”

少年幸说：“好吧，我跟你走——但我才不去宫里，我害怕，我还是回去放羊去！”

白鹿说：“你死都死过好几回了，怎么还这样胆小如鼠！他们都说你是妖童，我看你就是一个老鼠精！”

少年幸说：“你才是老鼠精，我看你是个狐狸精！”

白鹿哈哈大笑说：“好，我就是狐狸精。你做我的弟弟吧，小羊倌，以前在部族里我待你太坏，从今以后，我就是你的亲姐姐，好吗！”

少年幸看到白鹿诚恳的目光，很自然很温暖，就说：“好吧，苏妲己姐姐！”

白鹿摇摇头说：“不，叫我白鹿，别叫我苏妲己，我讨厌这个名字。”

牧羊少年说：“我也不喜欢，还是叫白鹿好！”

两人相视一笑。白鹿随后传唤上一个宫人模样的人来，对他说：“你与我族弟互换衣服，代他待在这里！”

那人毫不犹豫，脱下自己的衣服交给牧羊少年。牧羊少年穿上了宫人的衣服，很愉快地跟着白鹿走了出去。他们出去后，狱卒们立刻将囚室的门用一块大石板抵了起来。牧羊少年心头一凉，不由地问正快步走向车驾的白鹿：“那，那，那个人，他怎么办？”

白鹿满不在乎地说：“他就代替你在里面吧！”

牧羊少年幸说：“里面没有光，也没有吃的啊！他会死的！”

白鹿很好奇地问：“你管他干什么？这种下等的奴隶，还不值半匹马钱！再说，你怎么就能活过来的？在我眼里，一千个奴隶都不如你重要，你是我的族人，唯一的族弟！”

牧羊少年就无话可说了，只是心中感觉到巨大的凉意。他混入到一群宫人之中，跟在一群卫兵之后。出了牢房的门，他又将是一个无名者，而白鹿则又变成了苏妲己。

一群人簇拥着苏妲己的车驾一起向着朝歌出发。火光冲天之中，羑里大狱的典尹早在大狱的门口等候着，独自一人恭送王妃苏妲己回銮。

苏妲己对着典尹说：“不用送了，狱官！明日在府上等候，你会收到比崇侯虎高三倍的价钱！然而，你自己的嘴，一定要当心！”

典尹恭顺地对着车马中的苏妲己说：“多谢王妃恩典！王妃到鹿台宫，务必莫要惊动帝辛。如今这世上，这羑里，已经没有了崇侯进贡的那个妖童！”

苏妲己不屑一顾地说：“哼，区区我白鹿族一个小羊倌，让你挣了不少钱吧。听说周国的人在暗中遵从姬昌的命令，也向你买他。”

典尹微微一笑，不卑不亢地说：“不用王妃您提醒，我怎么会把他交给周人，我知道应该把他交给谁才是最合适，不就等到王妃您了吗！”

苏妲己也冷笑一声，并不再接他的话说什么了。

一行的队伍浩浩荡荡地在夜色中向朝歌进发，牧羊少年心中还一直反复不停地嘀咕着：“其实不用那个人在里面的，其实真不用那个人在里面的……”

少年已经很久没有呼吸新鲜空气，也很久没有看到监狱以外的世界了。午夜，空旷的原野让他感到内心十分地舒畅，众星高悬头顶，新月在空中斗牛之间徘徊。他看到三颗流星在高高的天穹上划过，落到遥远的地平线上。羑里背后的山形如猛兽一样上下起伏，似乎隐藏着光阴和太多说不清的秘密。

一别七年的自由，对于牧羊少年觉得就像是一场梦。从踏入朝歌的第一天起，他没有想到等待自己的会是身陷囹圄，从享受牢狱到被噩梦缠绕到遭遇姬昌，这真是一次刻骨铭心的旅行。

从自己终于走出羑里的那一刻，牧羊少年就下定决心，从此再也不要来了。

五十四　歧路

天已经大亮，一行车驾已经到了朝歌城的西北角。眼见就要达到朝歌城了，苏妲己突然下令全部停下来。原来车队经过一个岔道，一条阳关大道通往朝歌城，一条小径曲曲折折，通向一片幽暗的树林。

牧羊少年并不知道白鹿突然让停下来干嘛。他环顾四周，忽然听到耳朵里有蛇语的声音：“危险状态，泰坦启动预警！”

这句蛇语刚刚消失，他就看到了从那条岔路上飞奔而来三个人。三人手中都持着锋利的青铜宝剑，剑影在闪烁星光之中隐隐约约地闪烁。

“青铜砍杀武器！”那个蛇语的声音提醒少年说，“一级伤害性，已链接青鸟系统，如防卫无力，召集战斗级反夸克战士！”

“走开，”少年说，“别跟我说话！”少年特别烦这个莫名其妙传来的蛇语。这个蛇语跟以往频频传来的陌生人的声音很不一样，是一种极其柔和的少女的声音。她的声音太柔和了，一说话就令少年的耳蜗发痒，少年有点受不了。

三个人飞奔到车队边上，举起亮闪闪青铜剑。卫兵们看到他们的行踪，立刻摆开战斗阵型，列开两队。前一队人半蹲下，用盾牌构成一堵墙，从盾牌中伸出长矛，后一队人则搭弓上弦，临阵以待，随时准备放箭。

但这三个人似乎都没有敌意，他们挨近车驾之后，用嘴吹出一种类似猫头鹰的叫声，那些士兵一听，都撤去了兵器，恢复原有的队形。显然，这个叫声是一种暗号。三人到马车边，都收起了剑，半跪下来，朗声说：“妲己王妃，有苏三剑客等您很久了！”

苏妲己躲在马车的帷幔后轻声说：“谢谢你们，我把我的族弟带出来了。现在，我得让他自己选了，两条路，一条去朝歌鹿台宫内，好吃好喝好富贵；另一条，跟三位壮士一起去有苏国，学一身本事，好好当个战士，等待时机，做千军万马的统帅！听到了没有，小羊倌，你看着走吧！”

她的这番话就是对牧羊少年幸说的。少年幸走出宫人的队伍，对苏妲己说：“白鹿，我不去朝歌城，我也不跟这些拿着剑的人走。我要去放羊！”

苏妲己说：“小羊倌，你知道吗，我得知你还活着，曾经不止一次梦到你骑着白鹿，杀入宫中，向天下宣告最后的胜利属于白鹿、有苏和有熊三个弱小的部族，而不是什么大商国或者大周国！”

牧羊少年说：“可是我不想打仗啊，我怕得要死，我只喜欢放羊！”

苏妲己叹一口气说：“没有人能杀死你，小羊倌，你不知道拥有这种神力，你是多么无敌！去吧，跟着三剑客走！他们会教你剑术技巧，把你训练成天下最好的武士！那时候，我们的部族就有希望了！”

牧羊少年还想争辩，但是苏妲己已经命令车夫赶马前行了。两个士兵拦在了少年的前面。牧羊少年最后只好对着苏妲己的马车高声喊：“喂喂，白鹿，我有自己的名字，我的名字叫作幸，我的妈妈是女娲！”

白鹿在马车里回复他：“对，好，我的妈妈也是女娲！幸，这是个不好的名字。你的名字应该叫白鹿大帝，与尧舜同在，我的弟弟！”

三个有苏族的剑客挨近了少年幸，其中一个拍了拍他的肩膀说：“小兄弟，跟我们走吧，妲己王妃为了你，真是倾尽心血啊！”

四野空旷，似乎的确也无处可去。少年幸只有跟随着这三剑客向密林里走去了。走到了林中，其中一个人还丢给他半只蒸熟的鸡，说：“吃吧小子，吃饱了跟我们回去好好练剑！妲己王妃嘱咐了，天天要给你吃半只鸡，把你喂成大个子！”

少年幸啃到了香喷喷的鸡简直感觉升天了，大口大口啃吃起来。这时候，那蛇语又在他耳边响了起来：“预警，二十五个青铜砍杀器，五百枚箭镞，威胁指数 0.2，连通盖娅，超时空链接危宿反夸克武士！”少年揉了揉耳朵，真想挥挥手把这个讨厌的声音赶走，只不过忙着吃鸡，暂时顾不上。

有苏国的剑客在前面走，时不时用青铜剑砍掉拦路的荆棘。这时候，密林之中突然有一个声音响了起来：“妲己王妃真是好霸道，想带走我的奴隶，也不用问问我！”

紧随着这个声音，一伙武士从密林从跳了出来，他们每个人手中都拿着青铜剑，还有人持着弓。为首的，是一个异常魁梧的人，穿着虎纹的甲胄，手持一柄青铜长刀。这行不速之客，将四人密密实实团团的包围。

三剑客立刻拔剑与他们对峙。牧羊少年也吃了一吓，慌忙把剩下的鸡肉塞到嘴里。

五十五　埋伏

那个身穿虎纹甲胄的领头者高声说："孩子，你真是神奇，一点没有变化，还是那个，那个小样子，哈哈，雷震子，主人我见到你可真高兴！"

少年幸仔细一看，原来来者不是别人，却是他早已经忘到脑后的崇侯虎。整整七年过去了，原本人到中年的崇侯虎已经苍老了许多，头上满是斑白的头发。不过，他那股凛凛的杀气倒一点没有减损。在幸的心中，这个崇侯是他生平所遇见到的第一个大王，对他的恐惧简直就像耗子对猫的恐惧一般。漫长的七年，他以为自己已经完全摆脱了崇侯，却没想到刚刚离开羑里，又见到了他。

牧羊少年支支吾吾几声，并不敢回答崇侯虎的话。崇侯虎似乎很善于用密林做掩护搞偷袭，这样被俘的情景，跟七年前他第一次抓住少年幸时一模一样。

对方人多势众，三剑客中一个领头的说："大周国咄咄逼人之时，崇侯能还亲自出马，妲己王妃还真没算到啊！"

崇侯虎咳嗽一声，得意地说："我出不起苏妲己的价钱，但还是愿意比她多动一点脑子的。"

领头的剑客依然讥讽他说："听说姬昌公刚回到西岐，就以西伯的名义号令西方，现在雍州的方国在争相归附周国呢。崇侯不想办法化解这个问题，千里迢迢秘密潜入朝歌，不是因小失大？"

他的这番话，说得崇侯虎有些难堪。崇侯虎冷笑一声说："哼，还不是商王子受那小子糊涂，放虎归山！姜子牙那老狐狸贪财好利，不为我所用，否则姬昌怎么可能做大！西伯不过徒有虚名，我才是西方的霸主！"

原来，周文王姬昌早少年幸半年被放出羑里大狱。商容被流放，比干被杀死等等一系列的事件，让商国的贵族发生了很大的松动与分裂。这给了散宜生和姬旦更多的机会，让更多的人替周国说话。他们在朝歌城中坚持不懈地努力，逐步有了成效。那时，太子武庚所带领的部分东征大军已经陆续归来，帝辛考虑一片要求放掉姬昌的呼声，只好顺应众意，把姬昌从羑里召入宫中再次长聊。

足足七年过去了，牢狱之灾令姬昌变得更加苍老和羸弱了，似乎弱不禁风。他对帝辛表达了无限的臣服。这样一个老家伙，纵然回到偏僻的小周国去，还能折腾起什么样的风浪呢，倒是依旧年富力强的崇侯虎太值得警惕了。

帝辛虽然日日饮酒作乐，但脑子依然没有太过于糊涂。他考虑了很久，最终下定决心放了姬昌。在召见中，他坦率地告诉姬昌："你的这一切遭遇，都是因为崇侯虎向我告密的！"

姬昌说我和崇侯虎一样对大商忠心耿耿，希望大王不要再心存芥蒂了。帝辛说："错杀了你的太子姬考，是我的不对，我一直心怀愧疚。这样吧，就由你来做大商国的西伯吧，年高为长，替我看守好大商国的西域！"

姬昌自然千恩万谢。所谓的"西伯"就是商国西方诸多方国与部落之长，可以名正言顺地代表商王主持西域的杀伐事务。有西伯之钺在手，周国一夜之间从西域诸小国中被拔高到无以复加的位置。半年之内，姬昌就得以召集西域各大小方国，两次打退犬戎人对于西域的蚕食，威望大增。

此番，三剑客提及这件事，揭了崇侯虎的短，讽刺了他一下。虽然被人揭短，但崇侯虎似乎并不太尴尬，他很冷静地说："姬昌和周人做大，对你们有苏国有什么好处呢？现在你们在内有王妃，倘若能与我崇国结盟作为外援，何愁不能成为北域之霸？"

领头的剑客笑道："崇侯这个主意真是好，那么就请放我们一马，我们这就回去向首领禀报！我们可真不希望落得有熊国家破人亡的下场！"

他说这话也有所指。在姬昌被拘七年间，崇侯虎一直对有熊族人引犬戎人和周国人包围丰都之事耿耿于怀。他借商王的名义，南合商兵，不断讨伐和驱逐这个小部落，经过三次征讨，将有熊族完全赶出了原来居住的水草肥美的地盘，逼迫他们向南蛮之地迁徙。周国上下虽有心襄助，但文王被拘，不敢轻举妄动。

在崇侯大军的欺凌下，有熊部落只得举族流浪到如今的湖北北部一带，披荆斩棘，筚路蓝缕。老首领鬻熊一直在周国做官，竟然死在了任上，其弟代行其首领位，不但失去白鹿族年轻貌美的妻子、也失去了本族的故地。鬻熊曾娶过一位叫作妣厉女子为妻，可惜，新的首领夫人怀孕后临盆难产，为了保留部族苗裔，自愿剖腹取子，生一子名熊丽，而最终流血过多身亡。流亡中的有熊国人实在是太贫穷了，他们甚至凑不出钱来做一副好的棺材，只好用路上的荆棘编制成一个筐子将首领夫人草草埋葬了。

在商时代的人，“荆棘”又被叫作“楚”。为了纪念这位伟大的母亲，有熊一族改名易姓，不敢再以“熊”为族号了，整个一族都改作“楚”。日后名动天下、令中原诸侯头疼不已的楚人和楚国自此发端。不过，此刻的有熊族的楚人还是天下共同怜悯的对象，无缘无故遭人欺凌，十分悲惨，而罪魁祸首就是眼下这位野心勃勃的崇侯。对此，崇侯向三剑客回答得倒很爽快：“我对所有自不量力的人，都不会心怀怜悯的！动手，杀一人，赏铜百斤！”

一个士兵听命，立刻挺起长剑向前刺杀三剑客。却不料，这三人果然是一等一的高手，他们曾替有苏国到商国大军中服役效劳，远征过河套和渤海，从血海经历大小战阵无数。为首的那人尤其了得，见那个士兵杀过来，不慌不忙一让，用胳膊牢牢夹住他的剑，迅速地横剑一挥，割断他的气管与颈主动脉，像杀鸡一样轻巧。那士兵顿时血流如注，痛苦地倒在地上身亡。这凌厉的一击，真把其他人都吓住了。他们目瞪口呆，没有一个敢上前挑战了。

崇侯虎依旧很冷静，下令说：“放箭！”一名弓箭手听令，立刻放出一支箭，直冲领头剑客而来。那人早已经闻风做好准备，将青铜剑一挥，格挡住了那枚来箭，“叮当”一声把它拨到了地上。其他两个剑客见领头人的好剑锋，忍不住为他叫好：“大哥好剑道！”

对方人少而气势大，自己人多却越战越怯，崇侯虎只有继续下令：“乱箭齐发！”

第十二章
铸神龙伯

五十二　再俘

十名弓箭手听到崇侯虎的命令，毫不犹豫地搭弓射箭，一时间，箭镞如飞蝗一般拥向四人。弓箭手们动作十分娴熟，第一波箭刚刚离开弓弦，第二波箭已经搭上、射出。

三剑客死意已决，三人三面，将牧羊少年幸团团围住，准备拼力抵挡飞箭的进攻。然而，他们并没有等来死亡。天空中响起了很闷的声音，一瞬间，几道纤细而凌厉的红光从云端射下，一闪而过，穿透了密林，将箭羽统统击落。

所有的士兵都惊呆了，他们忘记了射出第二波的攻击。就连三剑客也惊呆了，他们目瞪口呆地盯着云端看，搞不清遇到了什么神迹。

所有人当中，只有崇侯虎没有任何反应。他朗声笑了笑说："我倒是真的忘记了，我的神奴身上的神力并没有消失。这样，更值得一拼了！"

说完，他令人吹起一个声音低沉的牛角号。"呜呜"之声作响，令密林的树叶都震动。转眼之间，不仅仅原来的几十人包围了四人，又从四周涌来几百个士兵。他们的甲胄一模一样，都很鲜亮，一看就知道是崇侯虎进朝歌所带来的亲卫军。

这些亲军每个人持着寒光闪闪的长矛和虎头形的盾牌。这些杀气腾腾的卫军，看到自己的同伴被杀死在地上，鲜血铺满了地面，几乎全都被激怒了，他们决意不放过这伙剑客。

崇侯虎一甩手中的青铜长剑，道：“有苏国三剑客，苏乙、苏丙、苏丁，你们死了老大吗？为何没有苏甲！”

领头的剑客苏乙道：“在有苏国，只有我们的首领敢称甲，我等只是末流！”

崇侯虎冷笑说：“倘若真在战场上相遇，有苏国不过是一只蚂蚁。我轻轻一捏就破了你们的国。不过，论剑术，我倒真想跟三壮士比试一下！”

苏丙脑子一转悠，突然想到什么说，大声说：“王妃的族弟，既然那神光是因你而来，何不引神光射穿这个奸侯！”

崇侯虎将长剑一震，说：“哈，如果我说得没错，我的神奴雷震子，他只会在受到致命威胁时，自动引得神光相庇，但他似乎还不会驾驭这个天赠的雷霆神力，用以攻击别人！”

苏丙想了想，说：“既然如此，看来这位公子的安全无虞了。我们也就不负妲己王妃所托了，大哥，跟他们拼个鱼死网破吧！”

苏乙说：“崇侯也是战士，我们战士有战士的规矩！”

说完，他抱着剑向崇侯虎鞠了一躬，然后挺剑向前冲去。崇侯虎也露出极其和善的笑容，轻轻用长剑一挡，顺势向后退了一步，将沉重的长剑绕过苏乙的颈部切了下来。

苏乙的剑是近身肉搏的蝉翼剑，远没有崇侯虎那种战场驰骋的长剑那么重。青铜剑质地并不坚硬，轻剑在重剑的攻击下，很容易崩断。如果他举剑硬生生格挡崇侯的剑，会有连剑带头都被斩断的危险。他举起右手将青铜剑紧贴胳膊，顺着崇侯虎的剑刃滑落并将其推开，用左肘向前击打崇侯的头。崇侯虎本能地自卫，连人带剑向后退了一步。

就这短短的一小步，给了苏乙可乘之机，反手一转，将剑一横，攻击重崇侯虎的腹部。然而，他没有算计到的是，崇侯虎这次并没有避让。只听到“当”的一声，剑的确击中了崇侯虎的腹部。可惜，苏乙忽略了崇侯腹部的甲胄，一个面目狰狞的青铜虎头牢牢地护卫着主人最柔软的部位。他的剑割在了虎头上，接着发出一串尖锐刺耳的声音。

轮到崇侯反击了。白光一闪，他将右手中的重剑转了一圈，双手持剑，迅猛地向前一送，剑锋如霆，带着“嗡嗡”的震颤声直逼到苏乙面前。苏乙无可避让，同样使出了刚才割杀士兵的那一招，用左胳膊夹住崇侯的重剑，向前一滑，横剑准备割杀崇侯虎的喉咙。

崇侯冷冷一笑，大力向上举剑。他的力道之大，令剑客苏乙十分意外。他明白自己如果不松开胳膊，左臂一定会被切削下来。

剑客苏乙连忙向上一跃，松开胳膊，然后挺剑向前，刺向崇侯的喉咙。崇侯早料到他这一招，以风雷之速度举起重剑。极其响亮的“铛”又一声，苏乙的剑刺在了崇侯的虎头重剑上，随即，他手中的剑“咔嚓”一声折成两截。

崇侯顺势一退一拉，将苏乙拉倒在地上，重剑一收，轻松地将剑刃架在了他的脖子上。苏乙闭上眼睛，等着崇侯虎致命的割喉一击。苏丙、苏丁二人见势，慌忙提剑向前，想救出大哥，却被躺在地上的苏乙举手制止。一时间，空气之中充满了极其紧张的气氛，万箭在弦，引而不发，令人窒息。

然而等了半天，崇侯虎却没有立即动剑。最后，只听他朗声笑道：“有苏国三剑客，呵呵，剑很快，可惜出手太轻了！你们真以为我崇侯虎就靠祖上的封国，才能安镇西域三十年吗？”

五十三　归都

牧羊少年幸终于鼓起了勇气，从苏丙和苏丁身后走出来，走到崇侯面前说：“大王，不要再打了，我跟你走！”

崇侯虎笑道：“天下人都说我霸道，其实谁能知道我的仁慈！”

他将剑提起，收入到犀牛皮套中，对着有苏国三位剑客说：“你们杀我一个兄弟，我再搭上苏乙一条命，换回属于我的奴童。有苏国没有吃亏，你们可以走了，请带话给有苏国君，我大崇国可以和有苏国约为生死兄弟，共图大业！”

苏乙从地上挣扎着战了起，拿起半截断剑，向崇侯虎一拜道：“谢谢崇侯不杀之恩，三剑客什么的，实在是浪得虚名！”随即他就拿起那柄残剑向自己的咽喉割去，苏丙和苏丁知道他会如此，慌忙上前死死抱住大哥。

崇侯虎冷笑一声，转过身去拍拍少年幸的脑袋说：“受苦了，孩子，七年牢狱，真是漫漫时光的啊，我日日夜夜都在思念你，你倒是一点没有变，真是神奇！”

少年幸不知道该怎么回答他的第一任主人，只好低头不语。崇侯虎按着他的肩膀，对着亲军们大叫一声：“走！”

几百名处于警戒状态的亲军听到了崇侯的命令，收起武器，列队离开。有四个人留下收殓被苏乙杀死的那个士兵的尸体，就地挖坑，将他掩埋。

有苏国三剑客愣愣站在原地，目送崇侯带着少年幸离开了密林，往朝歌城方向而去。他们犹豫再三，最后却商定，无论如何哪怕付出生命代价，也得夺回少年，否则，无法向苏妲己王妃复命。绝不能玷污了有苏国“三剑客”之名！

崇侯把这个白鹿族俘虏来的牧羊少年又一次带入了朝歌城里。一晃七年过去，朝歌城并没有凋敝，似乎更加繁盛了。这座当时世界上最大的城市，依旧承担着中原商贸中心的地位，依旧人来人往，摩肩接踵。

此刻，东征大军从东夷带回了大量的东方特产都在抛售，造就了朝歌城这段时间贸易量空前地增大。莱夷海里生的奇物贝壳、珊瑚、玳瑁、珍珠；徐夷的皮毛、象牙、奇石和淮夷的盐砖、鹿角、水晶……

那些到四方贸易的殷人商贩，利用这次难得的采购机会，用白菜价拼命收购这些来自东方的奇珍货物。经过贩卖，这些货物，将抵达北方、西北和西南哪怕是最为偏远地区的部落首领、酋长、头人、莫敖、野王的手里。交易是人类的本能，殷人就是利用这种本能成功致富，保持优势文明的典范。

尽管在朝歌之前，世界上繁荣的城市还有两河文明中苏美尔的古巴比伦和古埃及的孟菲斯，都是显赫一世或者几世的大城，但朝歌的繁荣绝不逊色于前两者。因为它是整个东方文明世界的中心，甚至有过之而无不及。帝辛时代的朝歌城东有淇河为险阻，西有太行山作屏障，其城池核心南北各有三道城垣，城垣东西宽 4 里，南北长 6 里，城周 20 里，总面积 24 平方里。围绕着朝歌四周，还有无数的小城落，共同构筑为百余里方圆的朝歌王畿圈。朝歌是大商朝雄厚实力的象征，连《诗经》中都曾赞叹道：“邦国和城垣大到数千里，天下黎民都仰慕的大国雄风。”

尽管牧羊少年幸很担忧，不过这一次，崇侯似乎并没有意愿要把幸交给帝辛了。尽管他暂时还没想到这个小妖童有什么用，他也不愿意再碰帝辛的钉子了。在他眼里，少年时代就如雷贯耳的那个天下英雄帝辛已经彻底老朽了，死了，终日泡在天南海北进贡来的美女堆中，喝不尽的酒，醉生梦死以度过残年。

远征东夷的大军带着闻仲的遗体归来后，帝辛似乎也没有勇气再爬上那个高高的土山去迎接他。他派出了太师子疵代表自己隆重地国葬了闻太师。葬礼搞得很隆重，用东夷带回来的一百个囚俘作为殉葬和二十匹骏马、五辆战车作为陪葬。尽管如此，自己依旧躲在鹿台宫里饮酒作乐。

整个朝歌上下对帝辛这种没心没肺的行为感到失望，他们和崇侯虎的感受是一致的，那个英雄出少年的雄主子老了，只剩一个整天贪图享乐的鹿台宫大王，一个脂粉堆里滚爬的行尸走肉。

崇侯虎把少年幸带到了自己在朝歌城南的借居之地，太祝伊颂的家中。这位伊颂，乃是大商国开国元勋伊尹的后人。

伊尹名叫伊挚，尹是官职名称。伊尹也是一个孤儿出身，他的养母是一个采桑叶的女奴。有一天，她在一个桑林里发现了一个被遗弃的婴儿，就献给了有莘国的国君。国君可怜这个无父无母的孩子，就把他交给自己的厨师抚养，继承养父的手艺，学习庖之术。没有想到的是，这个孤儿十分聪慧了得，学得一手好厨艺，更留心学习三皇五帝治国的道理。

虽然出身清苦，但他少年就怀着极大的抱负，学习不止，进取不断，等待着有朝一日改变世界。长大成人后，伊尹自己在有莘国的郊外耕种，坐观天下之变。那时正值夏代的末年，夏国的国君夏桀也是一个很荒淫无道、不思进取的人。伊尹听说商族的首领汤贤德之名远扬，不惜到汤的岳父家做奴隶，烧火做饭，等待机会接近他。

等到某一天，商汤来到自己的岳父家做客，吃到了一口异常美味的羹汤，便问是谁烧出来的。于是，大庖伊尹就被请到了商汤的面前。

五十四　密谋

商汤就问伊尹煲出一锅好汤的秘诀。伊尹说："味道的根本在于水，但是五味三材，九沸九变，靠的是火来造就的。火有时候要快，有时候要慢，要掌握时机灭腥去臊除膻，才能达到美味的境界。对味道的调和，要掌握好甘、酸、苦、辛、咸五味。先后多少，一点一点地添加。而烹饪过程中鼎里发生着十分精妙细小的变化，需要用心去仔细观察。成败就在这些极其细微的细节里，首领别小看这一鼎汤，其中含有那阴阳之化，四时之数，就犹如天下大势！"

商汤听了这番话，惊讶得连汤勺都握不住了，连声说："先生真是高人啊，这番见识，绝非寻常人所能比的！"

于是，求贤若渴的商汤下定决心请求伊尹辅佐自己。没有想到伊尹辞了厨师工作不干，又到有莘国的郊外种田去了。商汤亲自到有莘国去请他出山，一共去了三次，所筑拜军师的土台都垒成了一个小小山丘。最终，伊尹为成汤重用，担任"阿衡"之职务，委以国政。在商汤灭夏的过程中，伊尹立下了汗马功劳，被整个大商一族尊为"元圣"。

作为开国元勋的后代，毫无疑问，伊尹的子孙在商国世世代代为贵族，并与王室通婚。这位担任太祝公的伊颂，就是帝辛的女婿。可惜，公主很早就病死了，所以他与帝辛的关系也并不亲密。

作为太祝公，伊颂的职责是掌管国家祭祀典礼，不过，他对敬鬼神似乎兴趣不大，也完全忘记了自己祖上那份贤良的智慧，他更用心经营的是他自己的青铜铸造作坊。

这个作坊在朝歌城南，足足有三百亩的规模，大量的粗铜块从南部和西南的矿区被运到这里。被再次融化成铜水，掺上铅和锡，制造出精美的青铜器行销四方，所获之利，富可敌国。

崇侯虎是伊颂的老朋友，也是老主顾，甚至是老合伙人。太祝公的工坊需要奴工，崇侯虎给他源源不断的输送，完全免费。崇侯需要他的青铜给自己秘密铸造武器，他通过伊颂储备的武器，足足可以装备一万人，远远超过了商国容许他保留的一师之兵力所用。

就这样，牧羊少年幸被崇侯送到伊颂的手上。

在伊府摆设的欢迎晚宴上，崇侯虎很坦白地告诉伊颂：“这个小妖童来历很古怪，我俘得他至今，怪事连连，怕是上天降下什么特别的征兆而没有给我明示吧！”

伊颂是一个十分肥胖的人，他摇摇肥大头颅笑道：“哈哈，崇侯，有关你的这个小童子，我也有所耳闻，但我不在乎。在我这儿，只要是活人，就不会有什么妖童，只有学徒。我让他好好地干活就是了，不然直接丢到铜水炉中铸大鼎！”

崇侯虎也哈哈大笑说：“那拜托太祝公给我看管好这个孩子，将来有事，或许他能有大用。我定的一万只箭镞，太祝公可曾铸好？”

伊颂道：“如今帝辛不禁逃奴，结果逃跑的奴隶越来越多。我要的一百个壮奴，崇侯可曾俘到？”

崇侯虎说：“姬昌到了周国后，拿着西伯的号令，下令逃奴可就地收编。这样一来，我们大商国逃掉的很多奴隶，都被小邦周给掠去了！”

伊颂说：“王上真是……真是太糊涂了，真该是到另立明主的时候了！”

崇侯虎点点头，赤裸裸地说：“倘若诸位公卿有心，不才可以为奥援！”

伊颂拍拍手，一个老人应声走进宴室中。只见他白发垂肩、长须挂胸，一声素衣，却形容枯槁，崇侯虎一看，竟然是被帝辛放逐的老臣商容，慌忙起身拜见。

商容摆摆手，说：“崇侯请坐，你刚才和太祝说的话，我都听到了。我如今浑身是病，估计在这世上也不会有几天了，遭受驱逐，也快家破人亡了。但是家可以破，我大商国不能再这样糟糕下去了。”

伊颂说：“阿衡，必须靠你来撑持大局！我听说，帝辛又准备东征了，这，这真是不好的事情。”

商容说：“还不是费仲和尤浑两个人的馊主意。他们都知我们国族心中的不满，劝帝辛利用东征之名，将我等的精壮再度驱向东方！可怜我五个儿孙，至今在东夷驻守未归，这一次再举兵的话，我恐怕到死都看不到他们了！”

崇侯虎咳嗽了一声，低声说：“阿衡的意思是，大家都觉得是时候了？”

商容摇摇头说：“不是，只是必要时刻，可以兵谏大王……倘若有朝一日，真有一支义军逼近朝歌，我这把老骨头一定会尽力而为！我只怕逼近朝歌的，是不测之师啊！”

伊颂说：“崇侯忠心耿耿，世镇西域几百年，保我国一方之太平，若挑选奥援，应该是不二的人选。”

商容点点头，坚定地说：“那就有劳二位了！大商的存亡，在此一举！”

五十五　龙伯

牧羊少年幸被伊颂的小众人臣带到了铸铜工坊的棚区。“众人”在商朝文字当中，就等同于奴隶，而那些非奴隶身份的百姓则用“国人”二字。“小众人臣”，其实也就是奴隶工头，或者是伊府大管家的意思。

那是连绵一片的草顶土屋和土棚，到处是烧焦的木材的气息，周围有一圈石头垒成的城池包围着，五步一岗，十步一个箭楼。伊颂不惜重金保护自己的私财，他给守城的士兵配备了最好的甲胄和刀剑，远远超过大商朝正规军的装备。

任何觊觎这一区域的企图都将是十分危险的。整个工坊附近一里地任何闲人都不得入内，竖着刻着鬼头甚至直接挂着骷髅的木桩以示警戒。很多附近百姓不慎入内，即被箭岗上的士兵给射死，故而大家都视其为鬼域。其监禁的严厉程度之高，远远超过了殷王的羑里大狱。

整个工坊区域被划为四块，最大的一块堆积着无数的矿石和木材，还有一些粗铜块，是备料区。当时，盛产青铜矿的地区，有湖北大冶铜绿山，湖南麻阳九曲湾，江西瑞昌铜岭，安徽南陵、铜陵等等。当然，那时候还没有这些省区叫法，只是些无名的南蛮之地。这些地方开采出矿石来，就地进行冶炼，炼成粗铜，辗转运抵朝歌——这也是大商屡屡东南征讨的原因所系。

天下大部分的铜料都要供应给殷商王宫和王室专用，由王家或者王家指定的工坊进行冶炼。作为最重要的战略物资，从矿区出来到运抵朝歌，铜料皆有定数。王室严令禁止私人收购，私铸铜者腰斩。尽管如此，重利所驱，朝歌的市场上仍流通着大量的私铜。伊颂的工坊持有帝辛特许的令牌，可以铸王铜，却还能吃掉三分之一的“黑铜”，其左右逢源，可不是一般的小坊主所能比的。

在备料区的下口，就是制模块区。一条淇河的支流流经整个工坊，为工坊提供天然的水源。这条河在模块区形成一方几十亩的湖水。在这里，奴工们制作陶范的泥料，都由含砂黏土或用黏土和砂配制而成。他们从湖的四周和湖底挖土，经挖取、破碎、筛选、混合、陈腐、揉制和存性等多道工序，使得泥料具有良好的可塑性和复印性，能翻铸出极细的花纹。有时候，土质不够理想的，还要反复地淘洗和加砂，保证模具的质量。

模也称为母范。其原料可选用陶、木、竹、骨、石等质料，而已经铸好的青铜器也可用作模型。具体选用何种质料要由铸件的几何形状而定，并要考虑花纹雕刻与拨塑的方便。

形状细长扁平的刀削的模，可以用竹、木削制而成；较小的鸟兽动物形体可以用骨、石雕刻为模；对于形状厚重、比较大的鼎、彝等器具，则可以选用陶土为模，以方便拨塑。

制范要选用和制备适当的泥料，其主要成分是泥土和沙。用泥料敷在模型外面，脱出用来形成铸件外廓的铸型组成部分，是为外范。外范要分割成数块，以便从模上剥脱下来。

除了外范，还要用泥料制一个体积与容器内腔相当的范，通常称为芯，或者说内范；然后使内外范套合，中间的空隙叫作型腔，其间隔距离就是所铸器物的厚度。炽热的铜水倒入这个空腔里就凝结成欲做的器物。

多数泥范做好之后，要放到土窑里面进行焙烧。燃烧的炉温并不高仅做一个初步的定型。定型后，那些技艺高明的大师傅们就要动手在这些固定成型的泥范上精雕细琢，制作铸范了。

他们根据不同器型的需要，分型面开设榫卯，用来定位。越是手艺高明的师傅，手下越出精品，他们制作出来的陶范纹饰清晰美观，铸缝极窄，铸造缺陷很少。

一般学徒只能做出非常粗的铸范，做出大件兵器只能算入门。再往上，在这些奴工的内部，就以子侯伯公的爵位来划分。子爵匠师能造给子爵一级的礼器，侯爵匠师能够造出给侯爵一级用的器具，以此类推。

虽然都属于自己的奴隶，太祝伊颂倒也不反感手下这帮能工巧匠擅自称公称侯。这让他很有快感，仿佛在自己的这个工坊封土之内，自己就是全天下的大王一样。每个月，他还乐此不疲地让自己的小众人臣安排仪式，给造得好的工匠加官晋爵，俨然天子的感觉。

牧羊少年被崇侯虎押送到伊颂的工坊之后，一直担心自己还会到牢狱之中。然而，令他十分意外的是来到了这一处热闹非凡的劳动工地。他跟着押送他的士兵走过了备料区和制模区，看到那么多几乎是赤身裸体的男人在搬运铜料，在打磨砂石，在草棚子里雕刻模具，每一样事情都令他感到十分地惊喜与惊奇。

最终，他穿越了两大区来到了一大片支着无数炉子的地方。这里就是正宗的冶铜区，大量的炭料堆积着，石英的坩埚架在黄土与黄石堆垒起来的灶台上，里面烧着滚烫的铜水。

一个身着锦衣的中年壮汉站在一处高土台上，正在指挥着许多青壮年人在烧铜料、运送铜水，浇入一个个做好的铸范里面。此人就是刚刚被封为“铜国公”的首席铸匠，虽依然是奴隶之身，但被封为“铜国公”则意味着能熟练而完美地浇筑大商国所需要的任何器皿，还能造出连主人都难以想象到的精美器具。主人伊颂特赐锦衣与美酒，还赏赐貌美的女奴为伴，俨然是奴隶中的顶级贵族，“铜国公”是整个工坊的顶级技术权威，地位比主人的管家——小众人臣的地位还要高。

士兵把那个身着锦衣的中年人“铜国公”叫了下来，想将少年幸交给他。那个中年人很不屑地看了少年一眼，大声对众人说：“崇侯看来是抓不到奴隶了，怎么送来一个小娃子！把他送给老聋子当学徒！”

那些忙碌中的工匠们轰然大笑。于是，牧羊少年幸又被七拐八弯地带到了最边缘角落烧炭的一个老者面前。这个老者因长年烟熏火燎而面目黧黑，身体枯槁瘦小，几乎是蜷缩着在摆弄一些木炭，还咳嗽不止，似乎随时都有可能气绝。

“老头！”士兵大声喊道，“给你送个徒弟！”

那个老者从炭堆里抬起头，用炯炯有神的双眼瞪了士兵一眼说：“我不叫老头，请叫我铸神龙伯！”

第十三章
混沌世界

五十六　铸龙

从兰芳国逃出来的“乐土号”继续在南中国海上航行着，一路向北。又过了一夜，风已经完全止住了，干净透明的太阳从东边升起，照亮了海面。风平浪静，船行驶得很稳。

阿幸翁一早，就被吵吵嚷嚷的孩子们叫醒，拉到了甲板上。他们继续围着他，请求他把漫长而传奇的历史旅程故事讲下去。阿幸翁自然非常乐意讲述，吹着清新的海风，在一堆绳索上坐了下来，孩子们纷纷围绕着他，甚至一些年轻的水手，也怀着好奇围了过来，听老人家讲述遥远大周朝的往事。

有成群的海鸟在大帆船的上空飞来飞去，似乎也是来凑热闹，听故事的。已经没有敌人的侵扰，阿幸翁不慌不忙，十分从容地说：“龙伯是我的第一位师傅，名副其实的师傅。其他的师傅都善于在青铜器皿上铸造凤凰、玄鸟，因为那时候大商国的人都崇拜玄鸟，喜欢凤凰的造型，定制的诸样器皿以鸟为尊。而龙伯特别善于造龙，他可以造出千变万化的龙，非常漂亮，非常迷人，只因为……”

“因为我就是龙家族的人！小子，我只造龙，其他的什么鸟啊、羊啊、虎啊、犀牛啊，我一概没兴趣。因为我能看到龙。”铸神龙伯对少年幸说，“如果你想学铸龙，就待在我这里，想学别的，随便去！这里早晚要毁掉的！”

龙伯是少年幸遇到的一连串怪人当中最怪的一个，比姬昌怪一百倍，甚至超过了山谷里那个神出鬼没的陌生人——此时此刻，少年已经将那个人抛到脑后去了。

龙伯收徒弟的要求很简单，就是要跟他一起铸龙。因为如此，少年幸才又想起陌生人和自己的约定，说道九龙合璧之时，则会再见面。他想起他那张瘦长而优雅的脸，简直与黧黑的龙伯一个天一个地。

但就是这个不起眼的枯槁老头竟然说自己是龙族的，于是，少年幸毫不犹豫地说：“好，我跟着您学造龙！”

龙伯就端坐在一堆木炭上，低头看着少年幸的眼睛说：“小子，如果你诚心想造龙，就跪下来给我磕个三个响头！拜师学艺，诚心是最重要的！拜过师父，我们再说别的话！”

少年幸不知道“跪下来”是什么意思，很木然且不解地盯着龙伯看。龙伯比画了一下子，说：“跪下来，这样，就成了，磕三下！”他身体也高高地示范一下了跪与磕头的动作，好像未曾收徒，先参拜了徒弟一般。

远远的那个忙碌中的“铜国公”看到他们一老一小的滑稽样子，不由地哈哈大笑：“老家伙，你倒先给小子磕头求他当你的徒弟了！”

跟随“铜国公”的工匠们都哈哈大笑起来。可惜，龙伯置若罔闻。倘若龙伯有所反应的话，他们的欢乐会大上一倍。龙伯对所有这帮人的话，永远置若罔闻，这也是他们叫他“老聋子”的原因。

牧羊少年幸就学着龙伯示范的样子，冲着他跪拜下来，磕了三个响头。磕得头顶上都是木炭的黑灰。他的这种窘态也引得从来未笑过的龙伯哈哈大笑起来，因为到太祝的工坊这么多年，他是头一回收到徒弟。

少年幸也不知他为何笑得这么开心，只好傻傻跟着笑。

龙伯伸出手试图帮助少年幸擦去额头上的黑灰，然而，当他手接触到幸的额头后，忍不住大声叫唤起来：“你，你，你也是龙族的人？”

少年幸一脸更深的茫然。

龙伯将他的手再次搁到少年幸的脑门上，半闭着眼睛，浑身不由自主地颤抖起来，随后大声喘息，泪如雨下，说："不错，不错，你就是我们龙族的人！龙族的，龙族的！"

少年幸将他的手拿开，说："老爷爷，你一定是搞错人了，我是白鹿族的人！"

龙伯拼命摇头："不对，不对，你是龙族的，你的灵魂里沸腾着我们龙族的血！有朝一日，它一定会爆发的，孩子！"

少年幸大声道："我真的是白鹿族来的，可是我的族人都被苍狼族的人给杀死了！"

少年幸提到"白鹿族"三个字，整个烧铜的区域里居然有四五个人站了起来，他们看到了少年，接二连三地大声喊："看哪，小羊倌，他的确是我们白鹿部族的小羊倌！"

随即有监工呵斥他们，叫他们埋头干活。有个人还拿着一根长棍子向着少年这边挥舞，引得岗楼上监禁的士兵十分恐慌，引弓射箭，一箭射中他身旁草棚的木柱，吓得他连忙埋下身子，继续烧铜。

少年认得那些人，虽然几年的光阴过去了，他们老得失去了旧日壮硕的身形，但是那些声音还是熟悉的。

龙伯摇摇头说："并不是你生在白鹿部族，就是那个部族的人。龙族，跟龙一样，幻象无形，可大可小，入云入水，在天地之间自由遨游。龙吞云吐雨，将龙种播向四方。龙族，就是播下了龙种的族，你就是龙族的一员！"

听到龙伯煞有其事的话，牧羊少年简直就像是其他的那些工匠看待龙伯那样觉得可笑。自己明明是女娲的儿子，白鹿族的小羊倌，姬昌公认的义子，白鹿公主苏妲己认的族弟，怎么转眼又成了龙族的一员了？

龙伯说："唯有龙族的人才能知道彼此是同一种族，那些污糟的人，虽然他们很强大，人数众多，但是在骄傲的龙族眼里，不过都是一些恶心的爬虫！"

少年忍不住问他："龙是什么样子的？您在青铜器上做出的那些龙是什么样子的？"

龙伯就指着一块雕刻着蟠龙花纹的陶范说："龙应该这个样子吧，这只是龙形的一种，龙可以化成无数的模样。可以肋生双翅，也可以头有独角，可以作为龟形，也可以化身飞鱼，更能化身为人！”

少年就忍不住哈哈大笑了起来，这个牙齿快掉光的老奴隶太好笑了，简直是他所遭遇到的最好笑的人之一。因为他实在想象不出，龙怎么可能变成这么一个糟老头的样子。

少年已经完全淡忘了陌生人带给他的梦，在梦中，他所见到的龙是光和影的结合。

五十七　混沌

负责监工的小众人臣已经完全无法忍受龙伯和他徒弟的拖拖拉拉了。他拿着一根抽马的鞭子，带着三个打手气势汹汹地来到龙伯和少年的面前，恶狠狠地说：“老奴，你徒弟也认了，还磨磨唧唧、磨磨蹭蹭的，赶快干活！”

龙伯用极为不屑的眼光瞥了他一眼，说：“豺狼之辈，早晚我龙族上下，自四野而起，驱逐你们这些豺狼……”

他的话还没有说完，小众人臣的鞭子已经抽了下来，只消一鞭子，就打得他皮开肉绽，在地上滚着一圈，嗷嗷叫痛。

牧羊少年被这种可怕的阵势给吓蒙了，他双手捧着一块黑木炭浑身发抖，不知如何是好。

小众人臣只是吓唬龙伯，他怕真把老奴隶给抽死了，主人会让他赔偿。于是，他第二鞭子抽向了少年。正如我们熟知的，他的鞭子还没有落到少年的身上，少年耳朵里就听到了那久违的蛇语声：“威胁，动物皮革，威胁指数 0.1，青鸟网络自动链接防御……”

一道很不经意的光闪落了下来，小众人臣的皮鞭一断两节。他惊呆了，龙伯也惊呆了。

“果然邪门的小妖童，”小众人臣道，“你们一老一小最好给我安分点！”

他随后厉声警告，却立刻灰溜溜地带着三个打手离开了。他边走边向最近岗楼上的持着弓箭的士兵挥手示意，如果这一片有任何异常，立即开弓射杀这一老一小。

龙伯紧紧抓住少年的胳膊不放，说：“你还不承认你是龙族，刚才那道光，我都看到了。那就是龙光，龙在云端守护着你，据说只有激活了龙血的人才能引发苍龙的守护，我修行了一辈子，怎么也无法做到，你是怎么做到的孩子？”

牧羊少年就不知道该怎么回答他了。

因鞭打疼痛而浑身颤抖的龙伯将少年的手搭在自己额头上，说：“你一定无法进入龙族的世界，正如我无法调集苍龙来保护我自己一样，我们都是不完全的龙族。孩子，你试试看，看看能否进入我们龙族的世界？”

少年幸也只好颤颤巍巍地按着龙伯的脑门，去感受他所说的龙。在触碰到龙伯脑门之前，他还问：“难道你会突然长出龙角来不成？”

就在他手按到龙伯头顶上的那一刻，他终于知道龙伯所言不虚了——因为他感到自己在一瞬间完全进入了龙伯的身体里。他似乎推开了一扇门，在门的背后，一个英姿飒爽的少年在等着他。只见那个少年穿着一身紫色的盔甲，手持着一柄长长的青铜宝剑，目光炯炯，非常勇武的样子。呈现在牧羊少年幸眼前的是一个令他极其意想不到的世界：

在那个少年的背后，只见十分晦暗的天空，一轮超级巨大的血红色的太阳悬挂在天空，似乎有光而无亮，巨大的红色岩浆向天空喷涌，四处浓烟滚滚，天空中似乎布满了无数半飘浮着的忽明忽暗的堡垒。那些堡垒向地面时不时吐出绿色的光芒，地面不断在炸裂。天地不断震颤，似乎正经历着一场巨大的浩劫！

那个少年足足比少年幸要高上一头，他将宝剑直指少年幸道：“你叫什么名字，孩子！”

少年幸左顾右盼，无法想象自己是如何来到了这个地方。剑锋在前，他慌忙报上自己的大名：“我的名字叫幸，这里是哪里？你是谁？”

那个高大的少年说：“我就是龙，也就是那个工坊里的龙伯。这里是混沌世界，如今的混沌是一个天地大战的修罗场，是我们龙族修炼锐气、攻破鸦族、打败异兽族的地方！”

少年幸简直惊呆了，大声问：“你，你怎么可能是龙伯，你这么小，龙伯那么，那么老！”

少年龙说：“不，我们龙族是永远不会老的，我们是天然永生的战士，是在路修罗大士的带领下的龙奇兵团，为解救龙族之女娲而战斗！”

少年幸大声问：“女娲？就是我的妈妈女娲？她怎么了！她被谁给抓起来了吗？”

少年龙说：“是吗，既然你承认女娲是你的妈妈，那么，你怎么能否认自己是龙族的人呢，哈哈，因为女娲也是我的妈妈。我们龙族的人，都是女娲的子女！”

少年幸道：“是啊，看来我有很多很多的兄弟姐妹啊！”

少年龙说：“当然如此，我们所有龙族的子女加在一起，是一支很强的军团。在整个宇宙之内，所向无敌！”他将自己的剑竖了起来，少年看到剑柄上有一枚醒目的倒三角太极图案，一条龙盘在那个三角之外。

少年幸忽然想起什么来，说：“这么说，我们是守虚者的军团？”

少年龙摇摇头说：“怎么，你果然知道守虚者？不，我们可不是守虚者的军团。那些都是些凡人，我们是龙族，比他们更强大，我们是黄道军团，是由十二位‘夸父’级大天将率领的天兵。而路修罗大士又是这十二大天将的首领，他会带领我们找到女娲，并解救出她来。只有那一刻，这混沌一片的世界，才能重新恢复秩序！”

少年幸好奇问：“路修罗？他在哪里呢？”

少年龙摇摇头说：“别问我那么多，我只是个紫铜战士，距离夸父们很遥远。”他说着，稍稍停顿了一下，然后带着得意道：“不过在青铜一级战士中，我已经是最厉害的了！如果我再打败几个星宿斗兵，就算我的肉身死了，再度临世的时候，我就是玄铁猛士了！”

少年幸被他说得一头雾水。他在迷糊着，忽然头顶上响起了巨大的轰鸣声，一股巨大的气流席卷他的头顶，随后，他和少年龙都看到了一个艘巨大的飞在半空的船，悬停在他们的正前方。

那艘银色的船正不断丢下一个个圆形的银色圆球，那些圆球溅落到地面上，立即生长成一个一个高长而身形纤细的铁人，他们胸口都浮现出了一个圆形的黑白标志，以很慢地速度向前行动，似乎在搜索什么。整个银色的船，最后都变成了圆珠滴漏完了，地面上也就布满了密密麻麻的铁人军团。

少年幸吓傻了，大声问少年龙：“他们是谁？干嘛的？干嘛的？”

少年龙没有回答他，但是那个经常说话的女声回答他了：“赛博坦 B101 级空降型武装警备智体，加载泰坦‘铠甲鼠’级防护盾，威胁指数 10……”

不一会，某块巨大的石头后面突然冒出一队穿着绿色衣服的人来，他们推着一个巨大的圆筒冲着密集的铁人，大声喊：“遨游者的小傀儡，滚回你们的空间去，母星属于我们！”

圆筒发射出了一团紫色的强光，落在了铁人群中。铁人凡是触及强光，都瞬间消失殆尽。没有被击中的铁人，纷纷伸出右手，从手掌里发射一道橙黄的光芒反击那群灰头土脸的人。被橙黄光芒击中的人，立刻瘫倒在地上抽搐，嘴里吐着泡沫。

其他人则拿起另外细小的圆筒继续发射紫色的小圆光球反击这些铁人。也有拿着另外的东西武器，发出“突突”的响声，一闪一闪地吐出一团白亮的光斑飞向铁人。

“AK—47，远古型攻击器械，威胁指数 0.4……”

双方互攻了很短的时间，整个绿人小队二十来个人就被那些银色铁人都给包围了，一半的人已经被击晕，还有十来个人簇拥在巨大圆筒前手持着那个所谓“AK47”远古器械反击，只能把最靠近他们的铁人打倒了，后续的铁人随即跟上，伸手发射橙光。

不一会凭借着人多势众，所有的绿衣人们都被打晕了。那些铁人就互相走到一起，居然融合起来，又变成了一艘巨大的船，伸出臂膀，将所有绿衣人都装进了船里，飞入空中而去。

少年幸就问少年龙：“我们是要帮助那些穿绿色衣服的打败那些铁人吗？”

少年龙摇摇头说：“不，不，我们可不是守虚者，我们是龙族！龙族，才不跟这些杂兵纠葛，我们要坚守望舒城，打败来犯的鸦族魔怪！”

五十八　学艺

少年幸终于相信自己属于龙族了。

他看龙伯的眼光也完全变了，不再觉得他是一个形容枯槁的老头，而是一个与自己同龄的战士。他就定下心来跟随着龙伯一起忍受艰难的劳作，搬铜料，烧木炭，烧铜，浇筑各种各种的青铜器。

虽然监工的皮鞭很凌厉，但工坊给他们提供的粮食是极其充裕的，还有肉类和酒供应，身为奴隶，他们的生活水准远比一些偏远部落的首领和酋长还要优渥。

这倒不是因为太祝伊颂仁慈，而是因为他很爱惜自己的财产。这些会铸造青铜手艺的奴隶们可是他最宝贵的财富，每天他们忙忙碌碌地干活，他私库里的黄金都会叮叮当当增加。很多封地千里的公侯自视甚高，可是他们哪里知道伊颂公的富有远在他们之上许多倍。

少年幸最先跟龙伯学习的是认识铜料，不同的料含铜各不同。赤铜矿含有铜料最多，斑铜料次之，辉铜石中的铜也不少，黄铜石分布最多，里面不但有铜，还会有金银。绒铜毛茸茸的很美丽，但很稀少，产的铜量也有限。

龙伯在教少年幸认识铜矿的同时还告诉少年，所有的龙奇兵，都是首先从青铜战士开始入伍。青铜战士分为黄铜、红铜和紫铜三种等级。龙伯说："其实，三种青铜战士都没有太大的区别，主要靠勇气区别，越大的勇气越高的力量！"

少年幸说："我天生胆小，能不用战斗吗？"

龙伯就很惊奇了："我们龙族天生就是战斗的，你为啥这么害怕！事实上，即使你害怕也是没有用的，因为，这是命运，你知道吗，命运。命运是你我都逃避不了的！"

少年幸说："有没有可能，我们就在这个工坊里平平安安一辈子呢？"

龙伯简直想跳起来抽他："你这个小子，我摸到你的头顶，能看到一条被锁在深渊里的极其极其巨大的赤龙，是我前所未见过的，你怎么能甘心一辈子在这里做奴隶呢？”

少年幸有点哀伤地说：“我觉得我日子过得一天比一天好。在原上流浪的时候，我整天都饿着肚子，到白鹿部落里当小羊倌，能三顿吃得饱，到了羑里大狱里去，我吃得很好，可惜就是一天到晚关在黑屋子里，十分难受；到了这里，我吃得好，睡得好，还能晒太阳，无非就是干活累一点……”

“吃吃吃，你这个没出息的家伙，”龙伯说，“简直有辱我们龙族的光荣！你先跟我学会铸铜，省得哪一天我这副肉身死了，你什么都不会，被赶出去，饿死在荒原里！”

少年幸跟龙伯学习的第二项本领就是制模具，用半软的泥模子做出器型来。这是一项最难的工作，需要凭借自己的想象把所要制作的器具给想象出来。少年幸笨手笨脚的，脑子似乎也不怎么好使，龙伯就让他到成品的库房里去看那些做成了的青铜器。

库区完全是巨石所堆垒的，有比其他地方多上三倍的兵力把守，这些卫兵的武器之精良，已经到了十分夸张的程度，浑身还有包得严严实实的甲胄。每人佩着两把青铜剑、一把青铜短刀，背着一把柘木羊角制的良弓和一个装着三十根箭的牛皮箭囊，手握一根红木为杆的长戟，每一种武器上都涂着明晃晃的油脂，让那些刀剑戟在阳光下闪闪发亮，令人望而生畏。

作为师傅，龙伯有资格持着“铜国公”特赐的号牌，带领徒弟入大库去观摩器形。不过，他们师徒俩进入大库内得脱光了衣服。

两人赤身裸体走进了大库，少年算是大开眼界了。他看到了当时世界上最丰富的青铜器馆场，那些叫得出名叫不出名的日用具、礼器、冥器、乐器、兵器、车器……每一个分类又包含着无数相应的小类，比如日用具就有青铜罐、青铜壶、青铜杯、青铜鼎、青铜豆、青铜钵、青铜盆、青铜鬲、青铜盉、青铜盂、青铜甗、青铜尊、青铜簋、青铜鬶……堆积如山，数不胜数。

龙伯要求少年幸挨个记住这些器具，然后用一个沙盘把它们的样子给画出来。少年幸尽了自己最大的努力，仅仅只能记住其中一小部分。

“你太笨了！”龙伯说，“你是我遇到的最笨的龙族，天哪，没有比你更笨的了！一定是哪里出了问题！”

他想了半天，最后问少年幸：“你认识字吗？”

少年幸摇摇头说：“不认识！”

龙伯说：“从来没有人教过你？”

少年幸说：“只有人教过我认数，没有人教我认字！”

龙伯说：“认识数也算一个本领，那么好，我们就从认识字开始吧！你的名字叫什么？”

少年幸说：“我的名字叫幸！我已经告诉过你了！认识你的第一天就告诉你了！”

龙伯想了想说：“哦，是不错，我忘了！”

少年幸说：“你也聪明不到哪里去啊，这么简单一个名都记不住。”

龙伯笑笑说：“嗯，那么，我们扯平了，从现在起，我记住你的大名，你记住我所教的一切，我教的字，我的手艺……不仅如此，我还要教你格斗，铸练龙魂，击败鸦族，守卫望舒城！有朝一日，我们要成为‘夸父’级天将，攻入帝安城，打败星宿斗士，生擒邪恶之源、黑暗之王——凯旸！”

龙伯越说越亢奋，简直有点手舞足蹈的感觉。

远远看着他们俩的监工忍不住甩出长长一鞭子，抽到了龙伯的后背上，监工大骂道：“老疯子，又发疯了，赶快带着你的小崽子给我好好干活！”

五十八　识字

“幸，你的名字叫作幸是吧！”

一个傍晚时分，龙伯和少年坐在沙盘边认字。龙伯用一根细木棍在一片沙子上写了一个“幸”字。

“幸，就是枷锁的意思！”龙伯说，“既然是女娲给你取的名字，她一定想要告诉你一些什么，那就是不要害怕被枷锁锁住！”

“不害怕，”少年说，“我很习惯了！”

龙伯说："不成，你怎么能很习惯呢，我们龙族，永远自由翱翔在这天地之间，我们是宇宙的精华，是神的后裔，是天地无畏的勇士，怎么可以被区区贪婪的凡人们所左右，听任他们把肮脏的枷锁套在我们的脖子上！"

龙伯凡是提起"龙族"二字来就亢奋异常，少年幸慌忙阻止他说："那，那，那我就叫不幸得了！"

龙伯说："不幸，你凭什么不幸，你知道你身体里潜伏着一条多么强大的赤龙，比我的龙魂要强一万倍，只要你能释放出来，你就将能够直接挑战十二'夸父'的天将之位，你真是太幸运了！可你为什么这么笨呢？你就该叫作幸，快，快跟我来学写这个字，幸！"

少年幸只好硬着头皮，跟着他学习三千年漫长人生之中的第一个字"幸"！

恰如龙伯所说的，少年真是出奇的笨，一直到了半夜才学会写出自己的名字，害得龙伯一直给他打着火把。

正是从"幸"这个字出发，在几个月之内，龙伯陆陆续续教会了少年不少字。少年很奇怪，问："这些字你是如何认得的？"

龙伯说："在这个时代，只有巫师和史官要认字，他们号称是传达上天的旨意。其他人用不着认字，也懒得去学习字，甚至很多大王和贵族都目不识丁！"

少年幸说："认不认字，有什么不同吗？"

龙伯得意扬扬地说："大不相同，大不相同。你不好奇我怎么知道自己是龙族的吗？"

少年幸被他一提这个问题，才想起来问他："是啊，你怎么知道的呢，是不是也有个师傅摸过你的头顶？"

龙伯哈哈大笑道："没有，没有，没有人告诉我。你遇到我，算你走运。"龙伯故作神秘地说："我就是认识字之后，在一天的梦里，才用文字解开自己的来历之谜的，哈哈！"

龙伯用手指了指那一片奴工忙忙碌碌不停的工坊说："别看这些家伙们像蚂蚁一样忙来忙去的，他们很多人号称能做出最漂亮的青铜器。可是，他们都没什么脑子，都奇笨无比，因为他们都不愿意认字。仓颉造出字来已经有三四千年了，即使巫师们送来最大的字，交给他们铸造到铜鼎上，他们还是不认识！

他们甚至还嫌弃这样的符号不如凤纹和鱼形文字那么好辨识！”

少年幸无从得知他这番的优越感从何而来，忍不住问他：“怎么认识字之后才知道自己是龙族的人呢？”

龙伯叹息一口气道：“这说来就话长了，我本来是一个山戎部落的小猎人——我们山戎人被大商国人理所当然地视为是蛮夷，我们在北方的高山之下放牧打猎，逐水草而居，本来还是很自由自在的。有一次我离开家，外出打猎，不小心遇到了一支殷人的军队，就稀里糊涂当了俘虏被抓起来了。”

他说到这里，少年幸忍不住也哈哈大笑了起来，说：“你也是跟我一样，稀里糊涂碰到了抓奴隶的军队！”

龙伯说：“在这个工坊里做奴工的，都是这个命啊！不过，我们算不错的了，没有被做人祭，也没有被做人殉，能活过一条命来，就算不错的了——我被辗转卖到了朝歌，卖到这里做工。熬了足足三十年，吃尽了苦头！”

“三十年啊！”少年幸简直惊呆了，“该有多久！”

龙伯说：“也没有多久，仿佛就像是三天。有一天，我病得厉害，以为自己要死了，就梦见了女娲。女娲对我说，孩子，你受苦了！我说难道你是我的妈妈吗，她说是的。她说她要拿走我的龙魂之卵，我说我只是个山戎异族的小猎人，不过认得几个字而已，哪里有什么龙魂之卵。女娲听了，很惊讶地说，你已经认得文字了吗？我说这有什么奇怪的，我就是想弄清楚那稀奇古怪的蝌蚪一样的画纹都是什么意思！那些巫师们搞得神神秘秘的，原来不过是记录某个事情罢了！”

少年幸点点头说：“能够梦到女娲的，果真不是我一个人啊。”

龙伯说：“对，她毕竟是我们所有龙族人的妈妈——女娲显得很高兴，说，你是一个打破龙魂之壳的娃娃。她用手在我的头顶上一按，果然从我的头顶上引出一条金黄的铜龙来，不过那条铜龙是活的，就像是一条蚯蚓那么大，在女娲的手掌中飞腾。我惊呆了，说，这是活的龙吗？女娲说，是的，它就是你身上的龙魂！你正式成为我们龙族的孩子了！”

少年幸瞪大了眼睛，似乎听到了这世界上最不可想象的奇迹。

龙伯继续说：“女娲后来就把那条腾跃的铜龙又放回到我的脑袋里，告诉我说，好好修炼自己的龙魂，这是非常难得的魔力，说我已经进阶成为龙族的夸克战士了。她会在望舒城的天宫等着我，希望我能将龙魂之力修炼达到夸父的天将之阶！等我梦醒来之后，我的重病全好了。他们已经把我半埋到土里了，我自己扒开了土又爬了出来。从那一刻起，我就明了在这个世界上我并不是山戎人，也不是什么殷商人的奴隶，我是龙族的一员！倘若我忘记告诉女娲我能识几个字，兴许她还不知道我的龙魂之卵已经破了！”

少年幸听起来觉得十分有意思，忙说：“那么你能带我看看我身体里的那个，那个赤龙吗？我好奇死了！”

龙伯摇摇头说：“我又不是女娲，我如何引得出你的龙魂来。我修炼至今，只能把自己的龙魂给招引出来。这还托我认识字的福，相通了其中的关节，我找到了召唤龙魂的办法！”

五十九　学武

少年幸很自然要求龙伯召唤他的龙魂给他看，龙伯说：“到晚上吧，我给你看，并且继续训练你，你是我所知的龙族中唯一一个被接触到的同种！”

他们正说话间，岗楼上的士兵射出了一支发出鸣哨之声的利箭。非常尖锐“吱”的一声，箭射中龙伯耳畔的木柱，尾羽震颤不止。这是第一声的警告，通常使用鸣镝，如果第二次放箭，监工必定命士兵用带倒刺的青铜箭镞，那么龙伯就死定了。

龙伯再骄傲，也不愿冒生命危险惹麻烦，连忙带着少年幸继续干活，不再闲扯。

除了教会少年认字之外，为了保证少年幸制作青铜器的质量，他首先教少年做各种各样的陶器。

龙伯说：“陶器乃是万器的鼻祖，我们所有做青铜器的，必须要做好陶器。青铜的发现和铸造，离不开造陶技术。所谓的‘陶冶’二字，就是像制作陶器那样的冶炼青铜。冶炼青铜，无非是烧制陶器再进一步。你应该注意到了很多青铜器的样式，就是依照陶器而来。陶为青铜的定型也提供了不可或缺的模与范。土生金，你首先熟悉土之性，然后才能熟悉金之性。”

少年就一连两三个月都在用泥巴做各种各样的器具，即便是像他这么笨的徒弟，在龙伯这样十分有耐心的师傅指点下，也一点一滴取得极大的进步。

每天晚上，龙伯和少年幸都在距离炭窑不远的一个草棚之中睡觉。每当少年熟睡之后，龙伯都会将少年的手搭在自己的额头上。这样一来，在睡梦中，少年又会与龙伯相遇了。

睡梦中相遇的时候，少年幸和龙伯一起待在一个四野空旷无人的大草地上。那时候的龙伯，又变成了一个威武雄壮的少年，目光炯炯，犹如火炬。

龙伯告诉他说，我们来这里，你陪我一起锻炼我的龙魂。他说完就咬破舌尖，蘸着血在左手心里写下一个“龙”字，在右手心里写下一个“斗”字。随即，双手合十。待龙伯将双手分开之时，一条青铜质地的紫色小龙从他掌心飞跃而出。那条小龙，体型仅仅如同一只小猫。

“这就是我的龙魂！”龙伯说，“你看它已经是紫铜质地的了，我已经能够很好驾驭它了！”

少年幸每次都想摸摸那条小龙，龙伯说：“不要碰它，它可不是宠物！它是斗力极强大的神兽！”

龙伯大喝一声：“紫铜破敌！”

那条铜龙听到命令，立刻飞升起来，猛然地向前一冲，张开嘴，吐出一道强烈的紫色光芒。那道光芒立即在石头上冲击出一个非常圆的坑。

少年龙伯说：“这才是龙族的真正威力，依靠着它，我们将战无不胜！”

少年惊叹道：“这真是厉害，我也能做到吗？”

少年龙伯说：“当然可以！你应该比我厉害多了，可惜你好像不会引导出身体内的龙出来！我试试帮你看看！”

少年幸说：“既然你可以引导出这条龙出来，为什么不用它毁掉那些士兵，逃出这个地方！”

少年龙伯摇摇头说：“不成，在醒来之时，我也试过，实在没法做到这一点。可是，我们作为龙族，并不是要在此刻的世界里显现，而是要跳跃到另外一个世界里，到那个混沌的世界里去发挥作用，拯救世界的危亡！”

少年幸说：“希望如此吧，我觉得无论眼前的世界，还是混沌的世界，都挺可怕的，哪里我都不想去！”

少年龙伯正色说：“我们是龙族，天生的战士，如果我们没有勇气，不挺身而出，女娲造就并挑选我们干什么！”

少年幸不敢说话了。他真心觉得，无论是眼下的世界，还是混沌的世界，跟他的关系都不大，如果有得选择的话，他还是想回去放羊，然后到羑里或者这座工坊里吃免费的饭，闲暇之余写几个字，做几个青铜器也是蛮不错的。

但是龙伯可不管少年幸愿意不愿意，强制教他学习格斗术。他说在引导出自身的龙魂之前，格斗术是必须要学习的基本技能。

在睡梦中学习格斗术并不是一件十分容易的事情，难度一点不比学习做陶器要小，以少年幸那种的愚笨程度，甚至更大一点。龙伯不知如何学来的这套格斗技法，非常凌厉，招式简单但很好用。

少年龙伯最终告诉他：“我们山戎人，自小就要学习与深山密林中各种猛兽的格斗之术，狼、熊、虎、豹还有异族人。在我们十岁的时候，就会被丢进密林之中生活，满十日安全而归，则可以在部族里多分一块肉，十一岁时，满二十日多分一块肉，十三岁就是真正的猎人了，要给部族打猎。格斗之法，如果不学习，你不会活过十五岁的。你不也是在荒原上漂泊过来着？如果不会格斗之法，你是怎么撑到今天的！”

少年幸摇摇头，说：“我不需要格斗啊，我能听得懂任何动物的语言。遇到他们时，直接跟他们说好了。比方我有次遇到一只老虎，老虎对我龇牙咧嘴，要吃了我。我就用虎语跟他说，老虎，我很害怕你，你快走开，如果你想吃我的话，我会很疼，我会拼死反抗。虎想了想就跟我说，你走吧，我从来没吃过能跟我说话的动物！基本上，我遇到猛兽都这么说，特别遇到狼的时候，他们还会分点东西给我吃！”

换成少年龙伯的肚子笑疼了：“是这只老虎太仁慈，还是你太会编，我不相信。这怎么可能！那就算你对动物说有用，如果遇到要杀死你的人呢，你怎么办，你跟他们这么说，他们也不会放过你的。因为人跟动物不一样，所以你必须听我的！”

笑归笑，但是他还是坚持不懈地训练少年幸，如此又过了三个月，少年幸似乎很有架势了！

六十　铸金

格斗归格斗，作为师傅，龙伯带领少年幸最要紧的事情，还是教他学会铸青铜器。

漫长的时光，幸已经能够很熟练地制造陶器了。手头的陶土足够的充裕，他闲着无事时能制造各种黑陶、红陶、白陶、彩陶的罐子和瓶子。闲暇之余，他还会捏出泥人和各种小动物烧制。甚至有一段时间，少年还向其他的铸工师傅学艺，学习烧制陶埙、陶笛来演奏雄旷的乐曲，不过这些小玩意都被霸道蛮横的山戎人龙伯给砸碎了。在他看来，这是不折不扣的不务正业。

少年幸能够用手头找到的各种彩色的矿石粉在上面涂抹图案和色彩。伊颂工坊的矿石很丰富，不同的矿石因为含有不同的金属呈现出各种不同的色泽，当然最好选择的是绿色。铜矿石粉多是绿色的，随处可见的绿色，非常丰富多姿、层次鲜明、绚丽迷人的绿色。

少年幸对色彩的感觉很糟，他常常要把陌生人送给他的那块三棱镜拿出，照出七彩的色泽，投影在那些半成品的陶器上。龙伯对这块三棱镜也感到非常的惊奇，他一度想敲碎它，弄明白它能将光芒变得多彩的原因。遭到了少年幸的拼死抵抗后，龙伯就明白了这件东西对于他的重要性。为此，他还帮助少年浇铸了一个圆柱形的青铜匣，里面塞满了草絮，用以安放这个三棱镜。他还为这个匣子做了一个密匙，需要用特殊的办法才能打开它。

在熟练掌握了陶器制作之后，龙伯终于要教少年幸浇铸青铜器了。然而首先，他得教会他金门的秘诀。龙伯说：“小子，我们金门有自己的一套方法，口口相传，心心相递。即便是王侯，不是我金门中人，也不能传。今天我口传给你，你一定要牢牢记住。”

少年幸说："既然您已经教会我认字了，为什么不能写给我，我随时拿出来看看就成了吗？"

龙伯就用一根烧火的棍子敲打他的脑袋说："口口相传，心心相递，这是金门的规矩，就算写给你，不用心去记，就能管用吗？"

少年幸摸摸头上的痛处，很不情愿地说："那好吧，我跟着你记就是了！"

龙伯整了整衣服，端坐着，半闭着眼睛，低声说道："铸金之术，在一般意义上都是铜与锡的合金，合金之法，易物之道。金者，土生也，金有其魂，金有其性，金有其魄，金有其法。法名叫作'齐'，合金之诀，弟子听好，金门秘法，叫作'六齐'。'六齐'之道，天地之精，得其精髓，入我金门！"

龙伯念一句，少年也跟着念一句，虽然完全不理解，也只有硬着头皮念下去。

说到了关键点，龙伯压低了声音道："六齐法曰，兽面纹爵钟鼎之齐六分其金而锡居一；斧斤之齐五分其金而锡居一；戈戟之齐四分其金而锡居一；大刃之齐三分其金而锡居一；削杀矢之齐五分其金而锡居二；鉴燧之齐金锡半。"

这段话虽然是关键之处，但其实就是说，铸造不同的器具，要使用不同的金与锡的比例。少年因为不懂，听龙伯念了之后，忍不住朗声念起来，结果头顶又吃了一棍子。

龙伯怒声呵斥道："小子，你这是要让整个大商国的人都听到吗？在心中默念百遍！"

少年幸挠了挠头上的痛处，心里想这个家伙可真不是个好师傅。只好在心中慢慢地默念着，可惜这段枯燥的文字，对于少年来说实在太乏味了，刚刚念了十几遍，他就犯困想睡觉。结果也没少挨龙伯的棍子。

过了几天，少年总算念熟了这段文字，龙伯就带着他正式铸器了。他亲自挑选了上好的木炭升起火，用陶制的坩埚架在上面烧。把铜料和锡块按照"六齐"法的比例放进坩埚。首先融化的是锡块，铜块的融化要过好久一段时间。龙伯捏着一个皮囊，不断地向锅底鼓风。

在龙伯烧铜料的同时，已经熟悉制陶工艺的少年幸也在忙碌着准备模范。因为模范不能在冷却状态浇入炙热的铜水，需要热浇。要么，将已完成焙烧且组合好的范趁热浇注，不然就须在临浇注前进行预热。

少年一般用的是预热模范。预热时，他要将范芯装配成套，捆紧后用泥沙或草拌泥糊严实，再入窑高温焙烧。为了防止铜液压力将范涨开和高温引起的范崩，所以焙烧好的型范需埋置到一个湿沙坑中并在外加木条箍紧。

当少年忙活完这些事情，各样到位，龙伯的铜料也烧成了合金之水。他就招呼少年，把范的浇口都敞开，泥沙清除干净，随时等待浇铸。他们用两根裹着陶土的木棍来抬那一坩埚滚热的铜水。铜水很沉，也很炽热，两人的手要很稳。

担着铜水浇铸器具是最为关键的一步，需要有耐心，但又不能太慢，太慢了铜水会降温凝结。这项工作的主导还是龙伯，在少年幸将范预热准备好后，他主导将熔化的铜液注入浇口。

在湿沙之中的器物是倒着放的，铜水也就倒着浇。这是为了将气孔与铜液中的杂质集中于器底，使器物中上部致密，花纹清晰。龙伯浇入铜液的速度又快又平，而且一滴不外流，直到浇口气孔皆充满铜液为止。浇铸之时，湿沙里蒸腾起水汽如同云雾一般笼罩着整个工作区。青铜器就这样慢慢地冷却，凝结成形。

待铜液凝固冷却后，少年幸就得和龙伯一起，把那些铸造好的器具挖出来。幸用石锤和凿一点点砸开范，挖掉芯，取出铸件。一次浇注成完整器形的方法叫“浑铸”，也就是不用焊接。大商器物多是以此方法铸成的。凡以此方法铸成之器，其表面所遗留的线条是连续的，即每条范线均是互相连接，看起来很有整体之美。

龙伯是“浑铸”的高手，对自己很自负，自命“铸神”。可其实，他不过是一个很普通的铸匠，如果说他有什么秘诀的话，无非是他会在合金之中放一点铅。商人的青铜冶铸其实用铅也很正常，因为那可降低青铜的熔点，让它迟一点凝结，便于浇铸。

当然，也不单单在于降低熔点，更重要的一层还在于能够提升合金的硬度，对于造兵器来说，自然是非常合适的。其实，这不是什么独门秘籍，在青铜时代，由于人们掌握的金属只有铜、锡、铅、金、银等数种，在配制合金时没有新的金属可超出青铜所特有的优越性能，因此只能不断寻求不同的铜锡比例来铸造各种青铜器。

龙伯虽然自封“铸神”，但别说做“铜国公”，连“铜侯”一级都没有达到。只有一次被伊颂封为“铜子”，正因为有这个不起眼的“铜子”，龙伯才能有资格带徒弟，稍稍减轻一点工作的劳苦。

可惜，他带的这个徒弟也太笨了，总是给他闯祸。

因为去掉陶范后的铸件只是一个毛坯，还需要经过锤击、锯挫、錾凿等多道工序来进行修整，以消去多余的铜块、毛刺、飞边。只有当一件光润整齐的青铜制品出现时，才算制造完毕。

整个工坊的徒弟们一般都是从这件工作干起的，他们拿着十分的小心，一点一点、一丝不苟地把整个青铜器弄得光亮如炬。这是一个不需要多少技术的工种，只要稍稍机灵一点点，手不要那么拙。可是，少年幸在做最后一道活计的时候，总会把青铜器给锤坏了或者锯多了或者凿破了。

气得龙伯暴跳如雷，恨不得把他的脑袋给敲破。他实在搞不懂，为何这个臭小子身上有那么强烈的龙魂，却笨得像石头那样。做坏了一个又一个精致的器物，让龙伯没有少挨收器具的小众人臣的鞭子。

好在，不管少年幸多么糟糕，龙伯从来没有想到过放弃他。这个世界，他才遇到了这唯一一个龙族徒弟，必须对他不离不弃。

第十四章
不速之客

六十一　受命

寒来暑往，少年幸到伊颂的工坊不知不觉已经有了一年的光景。这一年里，少年终于能做出自己人生中第一枚箭镞，第一个青铜罐，第一个青铜鼎。虽然他还不会设计繁复的青铜装饰花纹，但至少算是入金门了。

一年的光阴说快真快，除了少年幸的铸造和格斗长进之外，龙伯似乎也老了许多。在白天，在梦里他已经把毕生所学都传授给了少年幸，虽然这个龙族的小同胞似乎离入门的水平相差还很远，但至少他认了这个师傅，并将沿着师傅确定的方向走下去。这事值得宽慰。

这一年里，对于整个大商国发生了一件地震级的大事，那就是姬昌公抛弃了“西伯”的尊号真的在西域称王了。周国人把他的称王，叫作“受命”，就是领受天命的意思。周国要领受天命，这分明是要跟大商国对着干了。

促成这件事发生的，是姬昌公回到周国后解决了“虞芮之讼”。虞国和芮国两个国家为了争夺一块地方僵持不下，几乎就要大打出手。这件事悬而未决，两国国君听说西伯归来了，便决议不打仗，一起找姬昌评评理。

他们就相约来到了周国，在这个地方看见大家都互相谦让，种田田埂彼此我让给你一点，你让给我一点。就算是一条水源也不那么争夺，掌握高处水源的不会独霸。年轻人一定会礼让老者，即便是贵族都很谦让。老百姓互相之间关系都很融洽，贵族也没有任何敢为非作歹欺侮百姓的。

虞国和芮国的君主跟周文王一聊，被姬昌有理有据地说服了。他们看见这样的情况，受了感动，再也不争地了，虞芮之讼就这样无形地化解了。

消息传出，整个西域各国都轰动了，他们一致觉得姬昌公这人值得信赖。纷纷依附他，并劝说他称王，甚至连那个被崇国狼狈赶到南方的有熊族部落楚人，也派出了自己的使者来到周国，重新依附周国，决心与大商对着干。

在众多小诸侯国的拥戴下，姬昌就正式称王了。

这并不是凭空而来的。事实上，这件事，在羑里圉与少年幸朝夕相处之时，他就在充分酝酿了。作为一国之君，作为一个政治家，他不得不考虑，正如他一直以来所精心考虑的任何一件事一样。

回到久违的西岐后，姬昌一到家，儿子们就牵着他的衣襟痛哭。姬昌倒很平静，只是叫他们各自管好各自的事情，一副波澜不惊，似乎只是出了个小小的远门的状态。

然后连续一个月，每天晚上，姬昌都要跟自己的太师姜尚姜子牙畅谈，跟他策划全新的大周国发展战略。老谋深算的姜子牙献上了上中下三策，上策是“阴谋修德、以倾商政”，中策是“合众东去，灭崇入商”，下策是“大胆称王，十年攻商”。

所谓上策，就是偷偷地多行善事，修德，给百姓好处，让西域百姓归顺。姜子牙坚定地说：“要重视民心，爱护老百姓，关心百姓，与百姓共进退，这样一来会获得更多人的拥戴，与商国的力量对比，对我们会越来越有优势！”

所谓中策，就是拉拢、联合西域的诸侯和部落，联合犬戎、义渠、羌人、巴人、蜀人、庸人、髳卢、彭人、濮人、楚人等等商朝看不上的蛮夷之人，先攻破殷商在西域的大堡垒——崇国，让商国门户洞开，乘机进攻它。

所谓下策，就是尽快地早早称王，冒险独立，摆出一个与殷商势不两立的架势，孤注一掷，抵御商人的进攻，以逸待劳，消耗商国的实力。估计十年之内，纵情声色的帝辛子受年事日高，会不久于人世，太子武庚是个软弱的人，可以趁着商国新老交替内政不稳时，以内应为先锋，一举攻克朝歌。

姜子牙滔滔不绝地陈词，把上中下三策献给姬昌。姬昌很安静地听着，脸上没有兴奋，也没有失望，甚至没有任何情绪的起伏。姜子牙就有点困惑地问他："明公，你觉得取哪一个计策最为妥当？全部由你来定夺，无论哪一策，子牙都会赴汤蹈火，在所不辞！"

姬昌向姜子牙深深一拜，然后徐徐说："先生三策十分高明，愚人实在也想不出超出三策之外的好办法。可惜，先生的第一策太泛泛，第二策太操急，第三策太冒险，我们年事都很高了，怕活不到这些计策起效的那一天啊！"

太师姜尚有点失望，觉得西伯姬昌这是拒绝了自己的献计，想跟他再争辩点什么。

没有想到，表情波澜不惊的姬昌又向他再拜了一次，继续说："既然如此，我们都一把冢骨了，参悟透露天地大易，实际上也没有什么可以害怕的，也没有什么可以失去的，国仇家恨，父命子冤，一并了了。"

姜尚精神为之一凛，揣度姬昌的心意，忙问："明公的意思是……"

姬昌一瞬间目光明亮，神情肃穆，果断地说："不如三策并用，安抚百姓，结交诸侯，明年称王，与商并峙，讨伐商的属国，吞并崇国，十年之内，断灭殷商，以雪天命！"

姜子牙听了他这番话，忍不住伸出手去。姬昌也伸出手来，紧紧握住他的双手，两个白发苍苍的老人，就此悄悄定了下了灭亡殷商的大策略。

按照姬昌和姜尚既定的方略，运行了一年，处理了虞国和芮国的纠纷之后，姬昌就在西岐称王了。这一年，是公元前 1057 年。

消息立刻传遍了天下，自然第一时间也传到帝辛的耳朵里。然而刚刚从酒醉中醒来的帝辛却非常不以为然，他反而很得意："姬昌那只老狐狸，终究还是按捺不住了，我倒希望他尽快向东，把自负却无能的崇侯虎给灭了，杀到我朝歌来，让我一举灭了这个老家伙！"

事实上，就在醉酒之后的第二天，帝辛就下令集中朝歌附近所有亲军和诸侯国军移兵西陲，到黎国会师，进行一次操演。这次操演，就是模拟一国倾举国之力偷袭朝歌的状况。在帝辛的亲自指挥下，坐等敌人来进击的大商国虎贲将来犯之敌打得落花流水。虽然仅仅只是一次操演，但结果还是令帝辛很满意的。

身在丰城的崇侯虎却心急了。他根本说不清自己弱在哪里，坐拥丰沃的土地和强大的兵力，却每天看着自己一点点地变弱。自己的两大敌人都是王者了，商国是旧贵，即便走向衰弱，但帝辛依然牢牢控制着它的力量；周人貌似弱小，但每一次跟它交锋，不但没有让它变弱，反而无形中增添了很多敌人。

崇侯虎搞不清局面出了什么问题。他对自己的一己之力太过于自负，完全没有考虑到自己既没有像姬昌那么多的明臣辅佐，也没有大商国那么兵多将广。他看不起那些蛮夷之国，把他们都拱手让给了周人，他甚至连周人都看不起，然而，在蛮夷眼里，周人却比崇人更加文明可靠。

越来越多迹象在威逼着崇侯做决断，他准备先于周人孤注一掷。

六十二　豪客

西岐的傍晚，周王的宫殿里，姬昌身边矗立着一个身材高大、面如朗月的中年男子。只见姬昌埋着头，认真地在一根竹简上用刀笔刻着易的卦辞：

“是故易有太极，是生两仪，两仪生四象，四象生八卦，八卦定吉凶，吉凶生大业……”

这是他最看重的事情，羑里七年，整个天地的起伏与气象，都被他用苍老的一生给包容了。他要把这个思维保留下来，交给整个天下的华夏族裔。

中年男子静静地恭候着姬昌，不敢惊扰他。姬昌忙活了很久，才张口说道：“带着尽可能带上的东西，还到朝歌去，给我去找那个人！我已经算过了，他，并没有死！”

那个男子问道：“父亲，这个人对您来说真的这么重要？”

姬昌说：“不，他对你很重要，他是你的兄弟！”

那个男子有点犹豫，试探着父亲说：“儿臣在朝歌潜伏多年，只为营救您。如今您也无恙归来，儿臣觉得狱中之事，应该忘掉……”

姬昌咳嗽一声，说：“知恩图报！你何时变得这么畏畏缩缩了？朕命不会久了，我此生已经了无牵挂，将来天下的大业，必然是你们兄弟的。然而，那个人，是我最后一丝的牵挂，我甚至愿意拿半个大周国了却我这份牵挂！”

那个男子点点头说：“儿臣知道了，定当拼尽全力寻找到他，请父亲放心，孩儿告辞！”

姬昌点点头，那个男子向他很用力地跪拜了一下，然后缓缓地退下大殿去。而就在他即将退出大殿的时候，又听到大殿内传来了姬昌坚定的声音：

“在狱中，朕已经向上天许诺过了，倘若我能活着归来，而大周若能事成，就封他为周公，将我宗周之地都交封给他！我姬家，上不应负天，下不应负人！你自己，也要小心！他的名字叫作，姬幸，你应该牢牢记住！”

那男子听到了父亲如此的声音，不由自主地浑身一颤，隔着空对着宫殿一拜。

三个月之后，伊颂的工坊里迎来一个来自西域崇国的大富商。来客是王叔箕子介绍给他的，伊颂自然不敢怠慢。当这位客商捧着出十对上好的西域玉石雕凤作为见面礼时，太祝公更是无法抗拒要与他结识一下。

这位富商自称是崇国人，不过长年在朝歌与西边义渠国之间贩卖马匹。商朝人重商，凡是乐于行商的人，只要大家有利可图，皆能视为同路。伊颂很热心地向富商打听马匹的价格，一匹上好西域名马从义渠国到朝歌，身价能翻上十倍。即便太祝公富可敌国，也忍不住羡慕不已。

不过，凡是有利可图之事，都令伊颂动心，他就是一个骨子里很标准的商人。

这位豪商说明来意，他想向伊颂定制一批青铜器到周国去贩卖。这件事十分危险。因为自从姬昌称王后，帝辛就下令片金不得西流。在那个时代，青铜是显而易见的战略物资，青铜器流入周国，周人就可以融化了铸造兵器。这对大商，是极大的威胁。

一般客商别说这么大摇大摆地跟伊颂谈论这件事，就连提都不敢提一个字。然而，这位客商来历似乎不凡。他明知王上禁令，依然若无其事地跟伊颂谈论这件事。

他的确找对人了。如此局势中，还敢做这个生意的，也只有太祝公一人了。他听到客商的要求之后，哈哈大笑，明知故问说："先生如此大胆，不会是不知道帝辛老人家的禁令吧？"

那个客商摇摇头，用正宗的朝歌口音说："就是因为这道禁令，我们才有利可图。我要的这批青铜器，也是周国人急需，他们不惜代价求购，我们做商人的，自然不惜代价满足！"

太祝公说："倘若这些青铜到了周人手中都变成兵戈，我大商岂不更加危险了！"

那个客商笑着说："周国人真要危害我大商，岂是这一批青铜器所能左右的。重利在前，就算我们不给他们提供，南方的楚人、吴人、庸人、巴人、蜀人与蛮夷诸部，一样会偷偷运给他们。可是，那到手的重利，可就不属于我们了！"

伊颂忍不住一拍自己的脑门说："先生说得实在是太有道理了，我若不卖给先生，简直是太对不住你我共同行商一场了。好，先生这就跟我到仓库里去，我打开库门，除了兵器之外，其余物件，任你挑选！"

那个客商摇摇头说："好说。禁令一出，不管什么东西，西岐都缺。太祝公但按照重量给我算，不论器具精美与否，我们都用最高价购入，以马匹和金银兑付。"

伊颂哈哈大笑："如此真好，就算你要九鼎，我也是可以给你的嘛！"

那个客商道："不过，我有一个要求，就是想跟太祝公租三五个奴匠西去。西去路途艰险，一路上运送这么沉重的青铜器，难免磕磕碰碰。在下想，有几个奴匠跟着，有残损之器可以修修补补，不让其掉价！待我行商完毕，返回朝歌之后，将这些奴匠完好交还，这其中若有残亡，我三倍赔偿就是了！"

这是一个非常正常且合情合理的要求，并非没有先例，伊颂没有拒绝的道理。他只是好奇地问："那么贵客，你愿意拿多少匹马来租用我的奴匠呢？"

那个客商竖起了一个指头。伊颂笑道："该不会一匹吧？"

按朝歌当时的市价，一匹良马能换十个普通奴隶，但工匠价格自然不能与那些普通的奴隶相比，虽说是租用，似乎报价也不能令伊颂满意。

那个客商摇摇头笑道："良马百匹！"

“好，一言为定！”

这个天上掉金子砸进口袋的价格，如果还不能敲定，伊颂简直枉为大商朝第一豪商！

六十三　龙鳞

少年幸依然跟着龙伯在工坊里铸造青铜器。又是半年的光阴过去了，在龙伯的棍棒训练下，他的铸造技术好歹也略有了进步。

在睡梦中，他也依旧跟着龙伯学习格斗技法。与现实中日渐衰老的龙伯相比，睡梦中的那个少年龙，在遭遇了少年幸之后日渐变得更加年轻有活力。他说，这是两个龙族中人龙魂相激荡的结果。

这一天夜间，睡梦之中，少年龙对少年幸说：“我们不能完全躲在混沌世界无人的角落里联系，这样都是扑空的，我要带你到龙族的战场上去！”

少年幸听他这么说，不由地十分胆怯，说：“我连龙魂都没有练出来，怎么能上战场去！”

少年龙就说：“你不上战场，怎么知道自己的龙魂就释放不出来呢？我自从被女娲挑选，并引出龙魂之后，几乎每夜的梦中都要到战场上历练。时而至今，我都数不清自己参加过多少场大大小小的战斗，但有龙魂相助，每一次我都好好地活下来了！”

少年龙是这样地自信，让少年幸不得不跟着他再次去往那个混沌世界里真实的混乱之中。

“所谓战争就是这个炉火，往炉火里添加的不是木材，而是人，是战士，是一个又一个的生命！”少年龙带着少年幸来到一个巨大而炙热的火山脚下，一边拼命向前走，一边跟他说。

地震连连，大地在不断地震颤，时而轻轻摇晃，时而地动山摇，让人无法快跑起来。

少年幸忍不住问：“这里这么危险，我们这么着急走，要到哪里去呢？”

少年龙说："我们龙族，作为龙魂之卵没孵化出来的普通族人，仅仅只能担任望舒城的普通卫兵，但是孵化出龙魂，就是女娲的战士了，要主动出击，攻打邪恶之都——帝安城！"

少年幸惊诧地说："什么，我们去那里干什么？会遇到很强大的敌人吗，我们要走多远才能到那里？"

少年龙眺望了一下远方，点点头说："因为黑暗之皇——凯旸就住在那里，据说他是一个长着六张脸，能够吞噬无数生灵的巨大怪物，而且他还像蚁皇一样，日夜不停地生出无数黑暗的幽魄，四处侵扰人间。这一路上，我们会遇到很多的敌人，很强大，只有打败他们，才能到达那里！"

少年幸被吓坏了，忍不住往龙伯的身后躲了躲，说："这么可怕，你是怎么知道这些事情的？我们还是好好待在工坊里做青铜器吧，不要在到这个乱七八糟的世界里了！"

少年龙自信心满满地说："这些事情，都是我自己想象到的，我每天都能在青铜上看到凯旸的影子，我把他们铸造在青铜器上——你这个小子，在工坊里给我惹一屁股的麻烦，到这里又没胆子走，简直丢进了我们龙族人的脸！不过，不用怕，小子，我是你的师傅，我是拥有紫铜龙魂的战士，有什么样的困难，肯定是我先替你挡着，你只要跟着我，学着我的样子去战斗就成了！"

少年幸点了点头，心中稍稍安定了不少。不过，他还是在暗自猜度究竟会遇到什么样的敌人，帝安城究竟在哪里。

又过了一个山梁，一片血红的天空渐渐暗了下去，太阳应该在厚重的云层后落下山了，天似乎要黑了下来。少年忍不住伸出头向着东方望去，他期待着月亮尽快升上来。正在这时候，那个熟悉的女人声音夹杂着尖锐的哨声传了出来：

"预警，预警，'大冷战'前期旧式兵形载人'擎天级'运动机甲 20 个，半人马公司产品，编制性侦查搜索分队，威胁指数 5，联通盖娅，链接危宿斗士！"

少年已经被训练出条件反射了，每听到这种尖锐蛇语的报警之声，就知道即将要遭遇到不测之敌了。他忍不住快步跑了上前，想拉住少年龙的后襟，告诉他将有威胁来到了。

当他赶上龙的时候，发现龙已经把自己的紫铜龙魂给招引了出来，捧在双手之间翻腾。少年龙非常严肃地跟幸说：“小子，准备好了，敌人们已经来了！我们要战斗了！”

他的话还没有说完，突然昏暗的周遭一片雪亮。几盏如流星般炽热的灯，投射出一根根银色的柱子照到了少年龙和少年幸的身上。只听到一个人在用极其巨大的声音说话：“遨游先遣军团海王星第一侦搜步兵师装甲兵第一营B连第一分队谢里夫上士，向两位守虚英雄致敬，请你们保持镇定，并放弃抵抗，与我们遨游军团合作！”

少年龙很轻蔑地一笑，说：“这些杂毛的妖怪，小杂兵，居然也想拦住我的路！”说完，他大喝一声，说：“龙鳞附身！”

他的话刚说完，只见那条紫色的铜龙“呼呼”一下子飞腾了起来，盘到了少年龙的身上，并变成了一身闪烁着紫色光芒、闪亮夺目的金属铠甲。少年仔细看去，那个铠甲仿佛是一片片极其细致的龙鳞，每一片都充满了蓬勃的生命力，并能够顺应着风动而起伏。远远望去，浑然一体，超过了少年幸短短历程中见识过所有的铠甲。

少年龙威风凛凛，左手握住一把紫铜色的盾，右手紧握住一柄锋利的青铜长剑——这正是少年幸第一次见龙伯亮明自己龙族身份时的那把剑。

“这是龙鳞天甲，是女娲赐给我们龙族战士龙魂圣器，这世界上最独一无二的武器，所向披靡。”少年龙甚至还有点得意扬扬，丝毫不把光柱之外的那些敌人放在心上。

六十四　危宿

“二次邀请，两位守虚英雄不要试图用战斗解决问题，”光幕背后的谢里夫依然在嚷嚷，“我们都是一体的，为了母星的未来，不要因为小小的分歧酿成大的争端！”

少年幸终于能够看清楚一点强光背后的人了，他看到了二十个高大的怪物站立着，强光是从他们的眼睛里射出来的。它们站成了半弧形，正好把他和龙伯半包围住了。

幸害怕了，他问龙伯："他们意思是叫我们投降吗？"

龙伯说："不是吧，他们是要杀了我们！不过，这些小杂兵，我懒得跟他们啰嗦。"

他随即大吼一声，说："你们赶快滚蛋，否则我不客气了！"

对方保持了长久的沉默，最后只听谢里夫说："震荡波攻击，对不起啦，两位！"灯光熄灭了，那二十个高如山丘的妖兵显得更为醒目。

这里的夜晚显得如此诡异，天空呈现出浓重的猩红色，说黑暗也并不能完全黯淡下来。天空中时不时地闪现出各色的光芒，照映出少年幸与龙伯的危险处境——他们被包围了。

"情况紧急，呼叫危宿请确认，呼叫危宿请确认！"那个蛇语的女人不停低呼叫，让恐慌之中的少年幸心烦气躁。

不一会，一个低沉的声音回答："危宿确认！"谢天谢地，一切平静了下来。

"第一组，前三轻装主副机攻击！"对方也发令了。

巨大的轰鸣声随之而起，三个高大的妖兵向着他们逼迫而来。他们似乎举起了什么，随即"轰"的一声，巨大的震荡气浪席卷着尘埃而来。

少年幸慌忙捂起耳朵要往土里面躲藏，却不料少年龙伯一把抓起他衣领说："胆小鬼，他们也就这么点能耐！"

只见他用盾牌挡住了震荡的波浪，周围的地面已经发生了巨大的颤动，但龙伯依然纹丝不动，他身上龙鳞甲的龙鳞像波纹一样飘逸，似乎无形中化解了全部的力道。

轮到龙伯反击了，他竖起长剑，指向迎面来的妖兵，大喝一声："紫龙冲天！"

长剑便射出了一道类似喷火的强光，直射妖兵。随之而来，迎面来的妖兵如塌陷一般倒了下来，从里面跑出了一个穿着银色衣服的人。

龙伯丝毫不手软，接二连三挥出五剑，轻易地将其他五个攻击他们的妖兵斩落。效率之高，令少年幸大为咋舌。那些从妖兵身上跑下来的人手中都拿着一根银色小棍，一边往其他妖兵那里跑，一边射出红色的光芒还击。不过，他们似乎很慌张，大概害怕龙伯的长剑指向他们，所以射击完全没有了准头。

“我说他们不经打，这些小杂兵！”龙伯压根没有把他们放在眼里，更不会趁人之危攻击他们。他心中有一套殷商时代车战的礼法，其中一条就是不追溃兵。

“叫你们的主人出来！”龙伯说，“我只跟贵族作战，不斩奴兵！”

“重装机甲第二组！”那个来自于谢里夫的声音继续指挥道，“物理攻击！”

四个巨大的妖兵立刻跨越了六个废弃的妖兵尸体，踩着震动大地的步伐逼近龙伯。它们在转瞬之间向着龙伯与少年幸弹出了一张巨大的网，像捕猎物一样罩着他们。

然而，龙鳞天甲在身的龙伯依然没有让少年幸失望。他的长剑光束飞驰，在半空中就切碎了那些网。与此同时，他一并解决了那四个妖兵，他们巨大的身体轰然倒塌。夜空之中不但闪烁着诡秘的七色光芒，还添入了妖兵爆炸的红光。

龙伯对少年说：“我们真没有必要跟这些杂兵纠缠，不过你需要跟他们遭遇遭遇壮壮胆！多见识见识，是好事情！”

“化学攻击！”

对方依然不放弃进攻，一团浓重的烟雾从他们那里飘向了两人。可是除了浓烟弥漫之外，似乎这次攻击对两个人毫无任何影响！

作为龙族人，少年龙伯和少年幸虽然也一呼一吸的，但似乎并不依赖呼吸——他们是在梦境之中的混沌世界，身躯都是虚拟的。龙伯带着幸走过那如山一般堆积着的妖兵尸骸。

龙伯捡起一块妖兵身上剥落的东西给少年看。少年握着那一枚物件一看，正如他在陌生人的帐篷里所见的，是一个深黑色、异常沉重的金属物。

龙伯说：“这叫作铁，只有在混沌世界里我见到过。在大商国的天下当中，我还从来没有见过这玩意。铁能够吸引磁石，而且力道惊人，这其中必定蕴含无限的神奇！”

少年幸拿起那块铁，仔细端详，翻来覆去看，除了黑而沉重，其实他也看不出什么别的名堂。

“他们是夸克体的战士！”有人在惊呼，“就算是电子神经病毒也攻击不了他们！请求抛射微粒子反物质弹！”

“不核准！”谢里夫说，“我要呼叫空间机降部队的增援！”

随即“轰”的一声。谢里夫的话还没有说完，似乎就被一股强大的力量给强行打断了。

烟雾散尽了，少年幸和龙伯看到那些包围着他们的铁做成的妖兵，似乎都凭空消失了。空空荡荡的山谷里，被血红的天幕照映得很亮堂，除了一堆废弃的妖兵尸骸，再也看不到别的什么了。

少年幸大为高兴：“看哪，看哪，那些铁家伙都被你给吓跑了啊！龙伯！”

龙伯看了这样的情况，虽然心头也有很多的疑惑，还是忍不住得意地说：“哈哈，我说的吗，这些小杂兵，根本不经打，一吓就全跑了！你的胆子实在是太小了，不然跟他们过上两招试试，也训练训练自己的格斗之法！”

少年幸拼命摇头说：“我可不成，我就跟着您看看就成了，这些家伙每一个都比我大上几十倍，我可不是他们的对手！”

他一边说着，一边钻到一个铁妖兵敞开的肚子里查看，里面虽然充满了烧焦的味道，但依然有很多的灯在闪亮着，似乎有一个人可以进去的充分空间，并没有别的生物存在。

少年很想钻进去仔细瞧瞧，却不料，他身后又传来了巨大的“轰”的声音。他赶忙退了出来，看看外界究竟发生了什么。于是，他看到了极为诡秘的一幕：

一个身材瘦长、一头火红头发的人伸手抓住了龙伯手中的剑，表情极为冷静地伫立着。他身上穿着一袭白色的长袍，在血红的天光下显得格外的分明。

少年龙伯拼命想抽出自己的剑，他的表情极为狰狞，似乎用尽了全力也没法做到这一点。

看到了少年幸从铁甲妖兵的肚子里钻了出来，那个人居然露出了非常愉悦的微笑，说：

“嗨，孩子你好，我叫加里宁，是盖娅女皇陛下的危宿斗士，通过连线，接到了你求援，特地前来解救你！”

六十五　斗魄

“别信他的鬼话！”少年龙伯说，“他不是来救你的，他是来抓你的！他是帝安宫的人，是星宿斗士，他才是我们最大的敌人！他要把我们困在这个睡梦里，永远出不去！我顶住他，你快逃命吧，幸！”

少年幸即使再愚笨，也记得起来龙伯反复提起的敌人的名字，星宿斗士，帝安宫，凯旸。本来对于他来说，那或许只是少年龙伯的臆想，当他看到这个红头发、如同鬼怪一般的人时，他在一瞬间才相信，这一切都是真的。

少年幸的第一反应就是逃跑。尽管这一切都发生在龙伯的梦中，他甚至也不知道往哪个方向逃跑，但他还是本能地要逃。龙伯也要他快逃命，他肯定得逃。

他往来时的方向上奔跑，然而，刚跑出去几步，就发现那个危宿斗士拦在了他的面前。他依然保持着一种非常礼貌的微笑，说：“既然与我发生了链接，就跟我一起回去吧，你的妈妈盖娅在那里等着你！”

他一指远方，手指尖立刻射出一道比龙伯的宝剑还要强一千倍的强烈光芒。光芒扫清了天空堆积的云霾，远远的地平线变得无比的清晰，一轮硕大无比的月亮显露了出来。

与大商朝的月亮相比，混沌世界的月亮都显得十分古怪，不但大了许多，而且似乎可以清晰地看见月亮之上隐隐约约有很多的建筑，似乎真有一个嫦娥跑到月亮上去建出了一片广寒宫。

少年龙伯慌忙指着月亮上的那一片建筑，大声对幸说：“看到了，看到了，幸，那就是帝安宫，一片深红的血光里，那里是大地上的罪恶之源，黑暗的中心地带，我们就要打到那里，打败这些星宿邪兵，打败黑暗大帝、万魔之王——

凯旸！”

少年幸远远眺望着那个邪恶无比的月亮，简直要抓狂。他和龙伯两个大商国工坊里铸造青铜器的不值一提的小奴隶，凭什么跑到月亮上去打败世界上最邪恶的万魔之王？那个红头发的人依然挡在龙伯的面前，但他也闪闪烁烁地挡在了少年幸的面前，好似分成了两个身体。

听到了龙伯的那番话，那个挡住龙伯的危宿斗士非常不屑地说：“小子，我刚刚链接到数据库查了，夸克编号 CN0123107－0990，可改进型夸克体，已经在铜级战士中达到了紫铜级了！了不起，怪不得有这么大的冲击力！你的大名应该叫作黄飞龙吧，山戎族人，你应该还有个弟弟叫作黄飞虎，还在山戎的国中！”

龙伯一愣，随即大骂他：“你这个满嘴胡说八道的魔鬼，只配为邪恶卖命的走狗，你也配叫我的大名，受死吧！”

少年幸这才第一次知道，龙伯原来是有大名的，叫作黄飞龙。

只看见黄飞龙努力增加自己手上的力道，企图从这个莫测的敌人手里逃脱出来——但没有任何效果。危宿斗士加里宁根本不给他任何的机会。他的强大，似乎并非龙伯所能抵御的，幸和龙伯都被他死死地纠缠住，用分身之法同时纠缠。

加里宁很不屑地说：“黄飞龙，尽管是一个紫铜级的夸克，不过还是二十六万个杂兵当中最微不足道的一个而已。我不想为难你，我只要把这个小孩带走就成了！因为他属于我们的女皇！”

龙伯说：“我们只属于女娲的望舒之城，我们是光明的战士，我们的族人，是不会交给任何猎时者的！除非你能把我打败，从我的尸体上跨过去！”

加里宁笑得十分从容，他缓缓道：“那是你太不了解我们星宿斗士，我们作为猎时者中的反夸克体，在这个虚拟时空中的出现，就好像是垃圾工对于垃圾的出现。你们以为你们是光明的战士，其实你们只是一群不应该出现的累赘，一群错误的代码。我们星宿斗士，就是负责打扫干净时空的存在！”

加里宁轻轻一挥手，龙伯连人带剑摔出去很远。他很用力地想爬起来，但身体好似被大地吸附住了一样，丝毫动弹不得。

加里宁的身后飞出了一只异常巨大的巨兽，是一只极其巨大的燕子，仿佛是由无数的星光所构成。升腾飞跃之中，燕子的嘴里衔着一条长蛇，一只爪子还抓住一只神龟。他用极为骄傲的口吻说道："你们依靠的不过是小小的龙魂，而星宿战士也有我们的精魄——斗魄。我的玄武斗魄，即使是你们夸父级的天将也抵挡不了。至于你，是永远比不了的！"

加里宁又一挥手，用他的斗魄笼罩住了龙伯，自己则径直走向面对少年幸的那个自己。两人合体为一之后，危宿斗士加里宁就对少年幸说："跟我走吧，双子座，我知道他一定把那个东西交给你了，你跟我到女皇陛下面前，我们所有人的使命也就终结了，再也不用这么无休止地打来打去！毫无意义，你很厌倦，我也很厌倦！"

少年幸目瞪口呆，忍不住说："为什么总有人跟我要东西，我可什么都没有拿啊，相反，你们这帮莫名其妙的人，拿走了我的族人，我的羊群，拿走了我的小羊"哇"，我真不知道我有什么啊？"

加里宁很和蔼地抚摸抚摸他的头顶说："或许你真的不知道，那么就跟我走一趟好吧，我带你到盖娅那里去。她会破解一切谜团的！没有人会伤害你，因为你是一切的关键！"

加里宁的语气极其和蔼，就像是对自己的一个老朋友，或者是亲弟弟说话。

龙伯因此大吵大嚷："别理他，他是个大骗子，大骗子，所有凯旸的走狗都是大骗子！"

龙伯正吵嚷着，忽然加里宁脸色一变，猛地一跃而起，仿佛背后遇到了极大一股力量的偷袭。他几乎是横着向前飞出了一丈远，落地之前，打了几个滚，好不容易才踉跄着站起身来。

危宿斗士的确遭到了一股不明力量的偷袭。竟然是那些倒在地上的铁甲妖兵。这些残破的机甲居然都站立了起来，举起了身体上的武器连连向加里宁发射火红的光芒。

加里宁不得不用精魄保护自己，然而那些妖兵的火力似乎越来越猛，很敏捷地拖着残破的躯体向他逼近。

加里宁大吼："是谁，谁，谁在操纵，站出来！"他一边说一边挥拳向那些已经是破烂的妖兵还击。

没有人回答他，妖兵们很灵巧地反击着加里宁，就像是一群灵巧的提线木偶。

少年幸看呆了，少年龙伯黄飞龙同样也看呆了。他们都不明白究竟发生了什么，都眼睁睁地看着本来与自己为敌的铁甲妖兵，帮助自己打起同样与自己为敌的帝安宫危宿斗士加里宁。他们给弄糊涂了。

正在这时，少年幸和龙伯同样听到了一个平缓而从容的声音对自己说："黄飞龙，还不快走，快把幸从你的噩梦中带出去！你们都不是星宿斗士的对手！"

龙伯大嚷起来："你是谁，为什么帮我们！"与此同时，他看到了那群铁甲妖兵背后有两条巨大龙魂飞舞，一条白龙，一条黑龙，卷得风起云涌，纠缠着冲向危宿斗士加里宁。

"我们的龙族！"龙伯兴奋得简直要跳起来，"是我们的人，哈哈！"

他抖擞了精神，用青铜剑敲敲自己的盾牌，准备再度投入战斗，却不料，那条白龙却凶猛地冲着他而来，龙爪一卷，将他和少年幸抓起，远远地一抛……

几乎与此同时，少年幸和年老的龙伯都从梦中惊醒了。他们坐了起来，面面相觑，向草棚之外看去。

草棚之外，天微微亮，伊颂工坊里的值夜班的士兵正在高高的岗楼上举着火把逡巡。他们身上佩戴的剑，时不时碰撞发出轻微"叮叮"的声音。工坊的围城外，有野狼在嚎叫，狼嚎又引发了墙垣之内狗的嚎叫。

能摆脱这样漫长的噩梦真是不容易，少年幸长长地舒了一口气，对龙伯黄飞龙说："我好像听到了山谷里那个陌生人的声音啊！原来他并没有走啊！"

第十五章
西域之行

六十六　点将

在南中国海上，逃出虎口的幸翁给孩子们讲述的故事似乎永远没有结尾，不但吸引了孩子们和年轻的水手来听，甚至船上的那些年老的水手们也被吸引了过来。死里逃生，这些兰芳国最后的遗民们都深深地沉迷于阿幸翁所展示的那个有趣而奇异的世界。

趁着风和日丽的航程，他们也死死缠着阿幸翁，把他留到甲板上给大家讲述他一生那富有神奇色彩的奇特遭遇。从天亮一直讲到天黑，阿幸翁甚至没喝多少淡水，也没吃多少饭，乐悠悠地给大家讲古：

从那个深长噩梦中醒来的少年幸，再也不想到龙伯可怕的梦境之中去了。他才不愿意跟着那个紫铜少年黄飞龙打什么铁甲妖兵，更不想再次遭遇什么危宿斗士。太可怕了，与他们的可怕相比，那些时不时抽他鞭子的监工小众人臣，或者时不时放出冷箭催他们干活的伊颂的卫兵们简直可爱得很。

如今少年幸的青铜铸造手艺是越发进步了。原因很简单，他想摆脱自己的师傅龙伯，只要到达一定的技术级别，他就可以出师，被封个“铜子”的子爵。这样不做学徒，可以自己带徒弟，就不用整天都跟着龙伯了。

他的小心思被龙伯黄飞龙给看穿了，黄飞龙就停止再传授任何新技术给他。特别是能够封“子爵”的那一项技术：铸一个礼器“爵”出来。无论少年幸如何死缠滥打，黄飞龙就是不肯教他怎么铸爵。

每天晚上，少年幸也坚持不按时睡觉，一定要等到黄飞龙先睡着了，听到他呼呼的鼾声才睡觉。有时候，黄飞龙会佯装睡着了，然后将少年幸的手放到自己的额头上。而同样佯装睡着的少年幸，则会一跃而起，嚷嚷着："我才不跟你去混沌世界！"

为了防止万恶的龙伯，少年幸甚至还会在手上涂满油或者泥巴，用以阻隔住龙伯脑门子那扇通往混沌世界的门。这种猫捉老鼠的游戏，师徒两人玩了很久。少年幸就像后来兰芳共和国的大小学堂里那些逃学的学生，无论如何都拼命拒绝再进入混沌世界。

少年幸虽然经历的事情并不多，但他心中已经有一个重要的人生经验：每一个糟糕背后还有一个更糟糕。

于是，龙伯不教少年幸做爵，少年幸不再跟龙伯进入混沌世界去学格斗。师徒俩就这么僵持着。直到有一天，那个西域来的崇国豪客到太祝伊颂的府上来取走订货，挑选奴工。

那一天，所有的铸奴都被小众人臣吆喝着到工坊淘洗沙模范的空地上集合起来，所有的师傅们按照"公侯伯子"的等级整齐排列，所有的学徒工奴，则毫无顺序地散乱地站着。少年幸并不知道这次突然的集合为了什么。他漫无目的地跟着大家伙一起站到队列中，排成一个方阵，等待雇主的挑选。

太阳当头照，那个崇国的豪商在殷商国当朝太祝伊颂的亲自陪同下，迈着坚定的步伐，检阅了大商国第一私营青铜工坊所有的四千名铸奴们。他们是大商国顶级的技术奴匠，是奴隶中最好命的一群人，因此每个人看起来烟熏火燎，但并不是骨瘦如柴或者饱受折磨的样子。

小众人臣告诉大家："这位崇国的富商大人要向主人租用十个奴工，去西岐走一趟！但有愿从者，请自愿出列！"

对于一般的奴隶而言，从中原朝歌到雍州西岐的长途旅行，中间会有很多的机会可以逃走，获得自由之身。他们大多会拼命要求出列，随同这个崇国人而去。然而，对于伊颂工坊中的这些奴工而言，这种长途的劳苦简直要人命。他们虽然没有自由之身，但在工坊里吃好喝好，所以哪里也不愿意去，才没人愿意被租出去呢。

小众人臣询问了三遍都没有人自愿报名。沉默了良久，才有第一人说话："我愿意去！"

大家循声而望去，见是"老聋子"龙伯。众人发出了一阵莫名其妙的哄笑。那个崇国的富商看了看龙伯，也跟着一起笑了起来，用非常标准的朝歌话朗声说："哈哈，这个家伙太老了！我怕他到不了西岐！还是年轻一点吧！"

众人都笑了。连少年幸都偷偷地笑着。就在这阵笑声之中，那个崇国的富商已经点了六个青壮的铸奴。不一会，他已经走到了少年幸的面前。

那人盯着少年幸看了很短的一小会，很随意地对小众人臣说："租上这个孩子，请记好！"

小众人臣看了看身后的太祝伊颂，对富商说："花上十匹宝马租这么个手艺不精的小毛孩，您这笔交易很不划算啊！"

那个富商笑道："此去，少说有个两三载，这个孩子也长大了，也就能抵得上一个精壮汉了！小毛孩吃得少，况且只愁养不愁长！"

伊颂忍不住走上前来，对富商说："这孩子是刚才那个老奴的弟子，人老不中用，也没教出什么样的徒弟，我很担心他不但帮不上老兄的忙，还倒添乱啊！"

富商很诧异地说："我都肯舍得十匹宝马，太祝公何故就舍不得一个毛孩子呢？五匹马就够换太祝公一个'铜国侯'了……"

伊颂面露难色，说："使君有所不知啊，这个奴隶是贵国的国君崇侯寄存在我家中的，严格说来，他不归我啊！"

富商面露喜色道："是吗，我总想着怎么结交国君崇侯才好，没有想到，他还有这么一个奴隶寄在太祝公这儿，太好了。索性我把他带上，交还给崇侯，正好也是一份见面礼！就算他还想寄存在太祝公这儿，我再给他带回来也成啊！"

因为他说得太滴水不漏了，所以伊颂脸上的难色更加严重了，他正寻思着应该如何回绝富商。没想到富商继续说："我无论如何会保证这个孩子的安全，你放心，他什么都不用做。这样，太祝公，你也别为难了，我再加你十匹马，换这一个如何？”

这已经是惊破天的价码了，太祝伊颂咽下了一口口水，勉强地点了点头。富商大笑，又随手点了三个壮年的奴工，说：“请太祝公让这些被租的奴工们准备一下，从明天起，我是你们的主人了。你们要像效忠太祝公一下效忠我，我们明天一早就启程西去了，去做一笔大买卖！”

六十七　古谣

终于可以摆脱黄飞龙的控制，自由地上路了，被那个富商点中的一瞬间，少年幸几乎要乐得蹦起来。他听说是向西而去，指不定还能回到那一片自己熟悉的白鹿之原，简直好得不能再好了。他谋算着一定要寻找机会逃脱，继续找一片僻静的山谷，放一群属于自己的羊。

他听到明天就出发，更是感觉好得要上天。晚上，他都不想回到自己的草棚与龙伯一起睡了，恨不得立刻就跟着那个富商走。他的这个情绪，是其他九个奴工所没有的。

其他人都痛感自己倒了大霉，被主人这么随随便便给租了出去。漫漫的旅程，将会有无数未知的艰难险阻，一路上有虫蛇猛兽，有蛮族匪盗，兴许还有妖魔鬼怪，想想就让人苦不欲生。

不过，这个难熬的、漫长等待的夜晚还是要熬的。少年除了一身破衣裳，也没有什么行李可以带的。等人散了，回到草棚里，他看到老龙伯一言不发地烧着一堆木炭，想起来应该好好跟自己的师傅道个别，就说：“喂，我明天就要走了啊！”

龙伯用鼻子哼了一声：“嗯！”

少年幸继续说：“他说就是租出去，我不过去个一两年！还会回到这里的！”

龙伯道：“嗯，只怕你能回得来，而我已经不在这里，完全到混沌世界里去了！”

少年幸说："不会的，我们一定会再次相聚的，一两年很短暂。"

龙伯说："来者不善，我怕这个人可不是表面上这么简单！"

少年幸说："我看他挺好的，像个大善人。我一路走走看看，至少不要每天挨监工的鞭子打了！"

龙伯说："嗯，那是你脑子笨，做不好东西，做得好的人即使当不上铸神，也能封公封侯，没人能打到他身上！"

少年幸不服气了："那是因为你不肯教我！"

龙伯说："是你不肯学！"

结果两人就一个"不肯教"、一个"不肯学"争论半天，最终也没争出个所以然来。

最终，龙伯说："我知道你不想跟着我再去混沌世界了，你这小子不但笨，而且胆小怕事，你无非害怕到混沌世界里承担我们龙族的责任，不愿意挽救世界危亡，不愿意为女娲而战，更不敢面对凯旸和他凶残的星宿斗士们！"

少年幸忍不住争辩道："根本就没有什么混沌世界，只有你无休无止的噩梦！没有什么黑暗之皇凯旸，也没有什么星宿斗士。你只是个山戎人，叫作黄飞龙，还有个弟弟叫作黄飞虎！现在，你是大商国太祝的奴工！"

龙伯拿出了一块黑色的东西，和声细语地说："那么，请你看看，这是什么？"

少年幸接过那块黑色的东西，仔仔细细看了半天，恍然记起来，说："这是，这是，这是，那个，那个……"他脑子里有那个字，却无论如何也想不出来。

"铁！"龙伯说了很冰冷的一个字。

"对对对，铁，铁铁铁！"少年惊呆了，因为那明显是一块从梦中那种机甲妖兵身上剥落下来的铁块。

龙伯说："我偷偷把它从混沌世界里带了出来，这是至今为止，唯一一件我能从混沌世界中带出来的东西，它居然没有被阻隔掉，真是奇迹啊！我把它放在坩埚里，用上好的木炭来烧炼它，烧了整整三天，依然不能让它熔化！这或许是大商国境内唯一的一块铁，应该比金子还贵重！"

少年幸简直无话可争辩了，有点垂头丧气，低声呢喃说：“我还是想去自由自在地放羊！”

龙伯气得手发抖，忍不住想用铁块砸他的头。最终，他还是忍住了冲动，用十分亲和的语气对少年幸说：

“即便你眼中的我，还是一个老且顽固的山戎蛮夷，一个蛮不讲理的师傅，不喜欢我的霸道，不喜欢我对你的苛刻，甚至你也不愿意面对自己属于龙族的事实，但我仍然要告诉你，幸，你是我的族人，也是我的战友。我们在眼下的这个世界只是短暂的存留，其他的人都会死去，而我们会在混沌当中复活，我们在此所经历的种种磨难，无一不是为了到达混沌之后，为更大的战斗而准备。我们身上有龙族的血液，还有帮助我们战胜敌人的龙魂。只有经过最无畏的战斗，我们才能把混沌的大地从血红的黑暗当中拯救出来！我也不知道如何在混沌之中死去怎样，但至少有混沌在，我从不担心在眼下的世界里所遭受的一切，哪怕死亡！”

龙伯说得如此动情，让少年幸的心也软了下来。他和眼前这个头发全白，身材佝偻的老者肩并肩坐在了一起。龙伯是一个让幸感到非常矛盾的人，虽然眼前的他是一个老人，可是幸知道他梦境中是一个异常勇敢好斗的少年黄飞龙。

因为一起在梦境中并肩战斗过，少年幸从来没有把龙伯看成是一个长辈，而是一个同龄人，一个年岁相仿的旅伴。这个非亲非故的旅伴曾经教会他认字、教会他铸器、教会他格斗，超过任何的陌生人要多，是他心中最亲的人了。

想到明天就要开启的离别，少年幸心中有那么一片湿润还是被触动了。他忍不住伸手握住龙伯满是鞭痕的、干枯的胳膊，向他话别：

“好，飞龙大哥，我答应你，我一回来，就跟你继续学武，继续到混沌世界之中。我们继续走，向凯旸之宫进发！”

龙伯转过脸，抹了一把欲滴出眼眶的眼泪，说：“我很想把我的龙魂送给你护身，但是似乎它没法从混沌世界里被带出来！”说着，他从怀里掏出一枚青铜制的小飞龙，“这个小铜龙完全是按照龙魂的样子铸造的，我用偷偷积攒的那些铜屑铸造的，送给你，当一个护身符带着吧！”

伊颂的工坊里对铜料的管理非常严格，多少料出库，铸造出青铜器多重，多少尾料回收，都是在严密的监督之下进行的。当时铜的价值非常昂贵，太祝伊颂公可不允许自己的奴隶有一丝一毫的浪费，更别说偷用主人的铜料随意铸造自己的小玩意。

龙伯只能利用平时上工的空隙，偷偷收集一些铜屑，铸造非常有限的自己的东西。为少年幸的三棱镜铸造的小匣子是如此，为他铸造龙魂也是如此。

少年幸非常感激地接过那个小铜龙，把它拴在了自己的腰上。夜深了，龙伯最后说：“其他也没有别的可以送给你了，我教你一首诗吧，这是我们山戎人从上古至今一直传诵至今的。 我们被中原殷商人视为蛮夷，动不动他们就仗着人多势众征讨我们，抢夺我们的土地，掠夺我们的精壮，我们的族人多么希望能找到一个没有战争的欢乐之地，可惜，实在太难太难了。不过每当吟诵起这首古谣，我们山戎人还是对和平充满信心的。”

只听得龙伯一边用枯枝在地上写着，一边张口吟诵道：

逝将去女，适彼乐土。
乐土乐土，爰得我所。
逝将去女，适彼乐国。
乐国乐国，爰得我直。
逝将去女，适彼乐郊。
乐郊乐郊，谁之永号？

在殷商朝的午夜，老奴隶龙伯唱起山戎族这首古谣，令少年幸忍不住为之一震。他从百宝囊里掏出陌生人送给他的小竹笛，轻轻吹起来，竟然没有想到那首有调无词的曲子，与龙伯的古谣完全贴合。

他很快就记住了古谣，并在心中默默吟唱——未想这一唱，就是三千年！

六十八　行途

崇国富商那支浩浩荡荡的商队终于从朝歌城的南郊出发了。

这整个队伍共有近五百人、三百匹马、三十头牛、十来条狗。除了富商自己要运送的货物之外，还有其他的两个小商队参与了进来，他们要往西域贩卖丝绸和葛布，要卖到比西岐更远的义渠国以西。在队伍的最前方，他们挂起了一面巨大的玄鸟旗帜，向天下昭示着，这是大殷商国所庇护的商队。

每年都有上百支商队从朝歌城出发，向东南西北四个方向进发，通商天下。北到鲜卑，东到大海，南抵百越，西抵天山。甚至还有海船会出海，到达那未知的，更远的地方。这源源不断的商队，展示着殷商人相较于周边民族更为卓越的文明，更为发达的文化，更为强盛的力量。

同为经商之人，伊颂公亲自为富商的商队祝告上天，祈求商旅平安。就在富商的商队就要出发的早晨，商队里所有的人都获得伊颂公相赠的鸡蛋一枚。那枚熟鸡蛋上用丹砂画着殷商人祈求平安的符号。这是因为就在昨晚，伊颂公的小妾为他刚刚添了一个白白胖胖的小子。

殷商之人传说，帝喾的妃子简狄是有戎氏的女儿，与别人外出洗澡时看到一枚玄鸟的蛋。简狄吞下去后，怀孕生下了契。契后来就成为了商人的始祖。因此，每到添新丁，殷商人都要吃鸡蛋一枚，以纪念祖先商契。这就是“天命玄鸟，降而生商”的缘由，并在中国历代流传，生子则送红蛋。

少年幸并没有好好跟黄飞龙告别，天没亮，龙伯被监工叫到料场上背铜料去了。该说的早已经说尽，自然也无从告别了。少年幸只有在心里默默地唱了那首“乐土之歌”，算是向龙伯的一次诀别。无论将来会遭遇什么，他已经悄悄打定主意，再也不回这个铸铜器的工坊了。

少年幸跟随富商，吃了太祝伊颂的添子之蛋，跟随着浩浩荡荡的商队从城南出发向西岐而去。因为特殊的礼遇，少年幸并没有像其他九个奴隶那样徒步行走，而是被安放在一辆拉着青铜礼器的牛车上。

从太祝伊颂的庄园外出发后，这支队伍走得很快，一路向西。然而，却并非径直向西而去，而是很奇怪的折向西北，渡过了淇水，来到了一处非常空旷的原野地上。整个队伍突然降下了速度，行进得非常缓慢。

大家搞了好一会才弄明白原委。原来是有人脱队了。而脱队之人，就是领队的那个大富商。只见那个富商驾着一辆车，独自一人来到了原野上一处稍稍高一点的土堆上。他立在土堆上，面朝这块原野矗立良久，却并非只是静静观赏风景，而是用手指在衣襟上画着平原周遭的山川形态。他对着平原指指点点，似乎想努力记录下这一带的地形。

赶着牛车的一个奴隶告诉少年幸："这一带叫作牧野，因为这里的确是放牧牛羊的好地方。哈哈，其实这是那些没见识的众人之徒的瞎说，这大朝歌，原来未定国都之前，叫作沬邑。这一块是沬邑之野，当然叫作沬野。那些奴隶众人，赶着主人们的牛羊来放牧，听音就把这里叫作牧野了，一群蠢蛋！哈哈！"

少年幸也觉得这里的确水草肥美，特别适合放羊，不禁由衷希望有朝一日能够定居在这里畜养出一大群的羊。他突然鼻子一酸，无端地感伤起来，真不知道自己这一渺小的心愿何日能够得以实现。

整个商队离开了牧野后，又加快速度，不断有人吆喝后续的人必须加速跟上，也不管不顾尾队牛车的缓慢。赶着少年幸那辆牛车的奴隶，不断鞭打拉车的牛，赶着它快走，费了很大的力气才跟上队伍。

然而，并没有过多久，整支队伍的前驱突然停了下来，后续者们不明缘故，甚至发生了一些断断续续的追尾和碰撞。躺在牛车上看着天空云朵发呆的少年幸，明明看着天地在缓缓流动，突然停止住了，也感到纳闷，连忙一个鲤鱼打挺，站起身来向前眺望。

原来是一支军队拦住了整个商队的去路。远远只见那只军队打着一面巨大的玄鸟旗帜，旁边还打着一面画着狐狸之形的小旗帜，初看之下也不知是哪里来的队伍。不过，那支队伍看起来也很绵长，长矛长戈在正午的阳光下闪闪发亮，远望去至少也有一千号人马。

富商独自一人驾着车，冲着率队的那位军士驰去。他来到他面前行了个大礼，高声说："我们是大殷帝辛陛下庇护崇国的商队，运载了本朝太祝公伊颂阿衡的货物，要到西域大崇国去贩卖。在下手中有通关典尹核准的通行鱼龙璧，请诸位太师放行！”

那领头的一位军士在车上也还了一个礼，说：“我们并不是殷商的兵！”

富商笑道：“我也是认得的，诸位应该是有苏国的人马。有苏国乃是苏妲己娘娘的故国，自然是我大商国的姻亲之兵！这神狐之纹，天下共识啊！”

那位军士笑说：“老兄好眼力，我们正是有苏国派往朝歌去，与殷商人合师东征的兵马！”

那富商很惊异地说：“怎么，帝辛老人家又要兴兵东征了啊！”

那位军士说：“既然你从朝歌来，难道不知道吗？东夷那些蛮族刚刚臣服又按捺不住野心，扣着多年的贡品不入，合谋反叛啦！眼下叛乱之军已经将殷商在东夷的堡垒全部合围，一一攻破，正向商丘汇合。帝辛正在再度调兵遣将，由武庚太子挂帅，兴兵征讨东夷！”

那个富商脸上流露出一丝不易觉察的欢喜，随即用太过于夸张的痛心掩饰：“啊呀呀，这怎么得了，得倾我大商四方之力，一举剿灭蛮夷禽兽之族的叛徒们啊！”

那位军士点点头说：“这个自然，我们人少兵弱的有苏国也奉了苏妲己娘娘之命，特奔赴朝歌，拱卫殷商！”

那个富商道：“原来是救急之兵啊！想来，我崇国的国君崇侯虎，也一定会兴兵救大商之困的。在下崇国人子高，愿意代国君向诸位赠送牛十头，以襄助诸位拱卫朝歌！”

“是吗？那还真要代我谢谢崇侯虎了！”那个军士突然脸色变冷，抽出自身的佩剑，带着浓重的杀气说，“可惜啊可惜，我们这支队伍所要截杀的，就是你们崇国人！”

六十九　激变

那个自称是“崇国人子高”的富商，全不防备那有苏国的军士突然持着剑从他的马车里一跃跳进自己的马车里。

那军士跳落得极其轻盈，横持长剑直向富商的头顶压下来。从他的姿态可以判断，他似乎并非想要自己的命。然而出于自卫的本能，富商还是努力想拔剑抵抗。可惜对方的动作实在是太突然了，电光石火之间，根本不容长剑出鞘。

富商情急之下，只能连剑带鞘抵挡对方的致命冲击。他的反应是如此的迅速，完全不像一个行动迟缓的商人，而像一个训练有素的剑客。他用剑鞘格挡住了那军士的冲击，没有被他身体的冲击力完全压倒，竟硬生生的倚靠着车轼，把那个军士泰山压顶般的压力给顶了起来。

那军士也吃了一大惊，完全没有想到这个崇国的富商能够扛得住这突然的攻击。他大呼一声："你！你不——"他想说的是"你不是个经商的"，但富商已经慢慢站直了身体，并且凭借着巨大的力气向他倾压过去，把他横持的剑夹在自己的剑鞘和军士的胳膊当中，怎么也抽不出来。

那个有苏国的军士只有松开握住剑柄右手，左手持拳，带着风雷之声向富商的脸横击而来。那富商用右手小臂格挡住了军士的拳头，吃了剧痛，却忍而不发，迅速往后一闪，让那支剑掉落。那军士立即伸手去抓自己的剑。这正中富商的下怀，连忙用自己的剑柄抵着他的胸口向后一推，力争出一个空间以方便自己的拔剑。

就在这几个回合之间，周围见证着的所有人都惊呆了，商队里的人大呼小叫为富商着急，发出哇哇的呼喊声。而整个有苏国人的队伍则肃穆无声，其他的士兵都十分安静地看着这一幕的发生。他们牢牢握住各自手中的武器，似乎随时在等待首领下一步行动的召唤。

同样的这个情景，少年幸前所未见，若要再看到，将要等到多年之后大燕国的刺客荆轲刺杀秦王嬴政之时。他忍不住想跳下牛车，跑到车队的前面去看一看刺激的打斗。

然而已经有几个后续商队，裹着一身黑色葛衣客商簇拥到他的牛车旁边。就连赶牛车的那个老奴隶，也神不知鬼不觉地从牛车下抽出一个黑色的布囊出来。

虽然再度持剑，但有苏国的军士已经没有多少腾挪的空间。他的左胳膊被富商的右手牢牢握住，他握剑的右臂则被富商的左手的剑鞘格挡住，两人僵持了起来。

那军士怒目圆睁说：“我早应该料到，你不是寻常的客商，应该是崇侯府的军官！”

那富商轻轻摇了摇头说：“你也不是寻常的军官，你应该是有苏国三剑客之首的苏乙！你出现在我面前，我就猜到了八九分！若不是心有防备，必然丧命你的剑下！”

那军士道：“我不是苏乙，我是苏丁，我还是不如老大快。真是我大哥出手，你现在应该被制服了！”原来，他正是当年丢失有苏国三剑客之末的苏丁。一晃又是两个年头过去了，苏丁似乎早生了华发，也苍老了许多。

那富商摇摇头道：“我也不是崇侯府的人，只是一个行伍出身的商旅，苏大侠一定是误会我了。我们不是敌人，如果你需要我愿意再多赠十头牛给你！”

正说话间，富商手中暗暗使出力气，猛地将苏丁一拉，从车厢里拉到了地上，顺着草坡打了几个滚。在滚落过程中，精于格斗的富商猛然地用腿一踢苏丁，凭借这股力道，将双方分了开来。

着了富商道的苏丁冷不防在说话之间分了神，被拉扯到地面上，在这一瞬间，他一阵懊恼，知道已经失去单凭一己之力将对方制服的机会了。对面的富商崇子高已经手握自己的剑柄，随时准备迎接苏丁的攻击。

落到地面之后，苏丁并没有立刻挥剑向前继续进攻，而是竖起左手。这是下命令的动作，在他身后的那些有苏国的士兵立刻蜂拥了上来，张开弓，竖起长戈和长矛，迅速地排列出一个阵型，半包围了这个商队。一时间，杀气腾腾。

富商的整个队伍也骚动了起来，除了从伊颂工坊里租来的十个奴隶，其他所有的人都变戏法一样，拿出了各自的武器，都是短兵器居多，其中也有弓箭。有七个裹着黑葛布的人没有任何动静，不过他们的手中都提着一个黑布囊，里面藏着的也必然是兵器无疑。

那富商高声说：“苏丁将军，我们不是有苏国的敌人，如果你看中我们商队里什么东西。我可以双手奉上，但是青天白日之下，诸位要是想谋财又害命，我们还是有得一拼的！”

苏丁冷冷地说：“你这个商队里的东西，我们不想动一个指头。有苏国虽小，但不是打劫的匪盗，被天下笑话，不过，你应该清楚我们要什么？”

那富商说：“我不清楚，或许我的剑知道！”

苏丁道：“把那个孩子交出来，他是我们有苏国的人！”

富商一愣，然后冷冷道：“看来我的耳目说的并不错，崇侯虎还真是从三剑客手中打劫到了他！”

苏丁道：“你既然了解了，就不用我们费时费力了吧！”

富商说：“还是听我的剑来说吧！”他的话还没有说完，就拔出来剑鞘。然而，剑鞘里装着的并非那种青铜剑，而是一截黑色的，不知何种金属铸造的长剑。

以剑客传名于世，苏丁见识过大商朝各地区能铸造出的各种青铜剑。朝歌的大部分剑匠（包括太祝伊颂的工坊）擅长于铸造诸侯的佩剑，纹饰精美，剑身华丽，缺点是太短，也不适宜剑客格斗，名为“礼剑”；北地和西陲擅长于铸造重剑，厚重，质量大，千军万马之中砍杀起来十分过瘾，但太重了，不灵巧，名曰“开山剑”，也不适合剑客格斗。

而宫中能铸造长短适宜、重量适中的“力剑”，乃是大商国军士的制式兵器，车兵所普遍使用的，剑客看不上；接近东夷之地的亳都商丘，有很多匠人能铸造轻盈灵巧的“猿剑”，一般是一配两把，子母两副。本来给大商国轻装巡逻步兵对付东夷部落的小股人马用的，剑客行刺之时也用得上，但并不常用。

天下上好的青铜剑，产自吴越之地，虽也是南蛮之所居，但有独特又口口相传的铸剑神功，能铸出硬度、质量、长短、剑形都适宜的一等良剑，“吴剑”名传天下，“吴剑”与吴地生产的曲形弯刀“吴钩”并称为吴地二绝。所有的剑客都喜佩“吴剑”，以拥有一把为乐，吴剑锋利，强硬，战无不克，居诸方良剑之首。

苏丁所持的，就是一把十分正宗的“吴剑”，而且出自吴越铸剑名门之手。他也自负看尽天下名剑，却无法说清楚富商所持的是一把什么样的剑。

看到主人亮出了剑，那些裹着黑葛布的人纷纷揭开了自己裹在头上的面巾，亮出了各自的剑和刀。他们的手中的武器，都跟富商一模一样，是那种黑色的金属，只有刃边光亮如雪，令苏丁大为惊骇。

那个富商说：“天下并非只有有苏国人喜欢习剑，我的门下也有八个西域昆仑之虚、天山之下小河谷地所来的剑客，他们各怀勇义，很想跟三剑客切磋切磋！”

当牛车之上观战的少年幸看到那八个黑衣西域人中领头的那个，露出一头红色的头发、高高鼻梁的剑客时，忍不住大呼了一声：“啊！”

那人扭过头，很诡秘地冲着幸微微一笑，褐色的眼睛里流露出极其诡秘的神色。

那个人竟然是龙伯梦中的危宿斗士！

七十　斗剑

“安奎、安娄、安胃、安昴、安毕、安觜、安参，结成白虎之阵！”只听那个红头发的人大声说，“保护主公！”

七个人围在了富商的身后，手里都拿着黑色的刀剑，形成了与有苏国诸士兵对峙的一个奇怪的阵型。

苏丁见识很广，但被崇国的商人和他手下八个相貌奇异的西域剑客又一次搞蒙了。他感到自己和两位大哥两年的谋划都失算了，来者绝非善类。

在丢失了少年的两年里，有苏三剑客一直为有愧于王妃苏妲己的嘱托懊恼不已。有苏国的首领无后，苏妲己的意思很明显，让他们把自己的“弟弟”带回去，肯定是要做首领的。他们回有苏国后，向老首领禀明了前因后果，赢得了他的支持，获准他们继续营救妲己王妃的弟弟。

依靠苏妲己这个王妃的地位，有苏国一改既往四处受人欺凌的小部族地位，在大商国北部不断发展壮大。本来，有苏国就以母系为尊，王妃交代的事情自然是头等大事。三剑客赢得国王支持之后，就各自分头行动打探少年幸的下落。两年的光阴，功夫不负有心人，通过绑架、拷打羑里囿的典尹，他们终于知道那个孩子被崇侯虎给藏到了哪里。

三剑客曾经想带一支人马强行攻入伊颂的工坊当中，靠蛮力抢夺少年。工坊的防卫太严密，这样的动静也太大，得不偿失。他们将此事递入宫内，报告给了苏妲己。苏妲己传出了一句话，少年幸的生命一向无大碍，那么，一切需要从长计议。于是三剑客兵分三路分头在朝歌城潜伏了下来，苏乙、苏丙各有去处，苏丁则带领一支由有苏国的青壮组成的志愿兵团参与朝歌的卫戍当中。

有苏国国小兵微，一向无法派兵参与大商国对外的征讨。此番助阵，倒是令帝辛既意外又高兴，又一次的东征在即，他已经抽不出更多的殷人兵力巩固朝歌城防了。帝辛特赏赐了大量的铠甲、兵器和粮草，并封苏丁为轻车僚，负责在朝歌城外围的巡逻。这正合苏丁之心意，外围巡逻可以防止崇国人偷偷转移少年幸。

果然，小半年之后，苏丁收到了大哥苏乙给他传出来的消息：一个崇国来的挥金如土的富商从伊颂的工坊内把少年幸给租出去了，要带往西域去。在苏丁的判断上，这一定是崇侯虎要假借富商之手把少年幸接到崇都去。他向大哥苏乙问清楚了商队出发的时间，带着族中精壮组成了一支强悍的队伍，在朝歌之西昼夜巡逻，果然等来了这支行踪诡异的商队。

本来，苏丁想趁着商队没有防备，一举制服富商，逼着他交出少年就可以，既不准备打一仗，也不准备死任何人。然而，和领队的富商一交手，他发现自己还是失算了。这不是一支寻常的商队，这个富商也不是寻常之辈。

眼下，最不深可测的还有他手中那一把黑色白刃的剑，寻遍天下剑形，也说不清其中深浅。而他身后八个西域剑客，看起来个个也是奇形怪状，但普遍身材魁梧，手脚筋腱暴起，也绝非寻常之辈。

这番情景之下，苏丁只有硬着头皮与富商交手了，毕竟自己手里持着的是天下第一的吴剑。作为这队士兵的主帅，他不能表现出丝毫的胆怯。苏丁大喝一声，挺身向前，举剑刺向富商。那个富商很轻松地用自己的剑一挡，两支剑刃相撞，发出巨大刺耳的“咣”一声。两人的姿势都很轻盈，但其实力道都很巨大，各自的胳膊都为之一震。

苏丁慌忙收剑，凭着直觉，他感到自己的吴剑一定出什么问题了，慌忙竖起长剑一看，不由地惊呆了。那把剑刃上，赫然有了一个深深的豁口！他眯着眼盯着对方的剑看，白刃俨然一点损伤都没有。

富商表现得十分从容，踏着圆形的步伐，再度举起剑来。他要出击了！

苏丁也来不及心疼自己的剑了，全力做好迎击的准备。果然，富商的攻击如同闪电般落下。他的身姿很拙，苏丁一看就知道，他并不是一个一流的剑术高手，只要自己撑得住三十招，就一定能找到他的破绽，一举刺穿喉咙。可是，他手中的吴剑，能挺得住对方三十次砍击吗？他自己丝毫说不清楚。

富商却很清楚，他根本没想跟这个剑客缠斗。缠斗得越久，自己剑术的破绽就会越露越多，他只想凭着自己所掌握的秘密武器，一举打垮对方。他只用一招，就是拼命地砍向对方的剑。三连击，再三连击，不让对方有任何进攻的机会。

果然，富商的持续攻击奏效了，苏丁不断用吴剑来格挡，就导致了两把剑之间不断的搏斗，而不是两个剑客的搏斗。不一会的工夫，苏丁的剑刃上布满了大大小小的豁口。尽管苏丁依然拿着它在战斗，实际上它已经作废了。然而富商的剑，依然毫无损伤。

在富商的身后，八位西域剑客岿然不动，带着各自的冷眼旁观这次斗剑。除了他们，整个战场只有一个人能知晓其中的蹊跷所在，那就是少年幸。他知道富商手里拿着的，必然是一把铁剑。

可那是混沌世界里才有的东西，怎么会跑到这个崇国的富商手里。少年幸开始狂想起来，难道还有其他的人能够到达混沌之中，并从中带出那些机甲妖兵身上剥落下来的铁块吗？或者并不是其他的人，而是其他类似黄飞龙的龙族存在？

他把自己的目光投向了那八个西域剑客，当他看到红色头发的家伙，脑子里猛地蹦出了一个名字“加里宁”。

对，这是少年差点忘记的名字，令他每块骨头都起了寒意。他看到那个红头发的家伙似乎正全神贯注地看着富商和苏丁斗剑，马上想到此刻应该是逃走的好机会。

他正想着，只听那边又是极其刺耳的“咣当”的金属碰撞声。很多人嗡嗡在起哄，忍不住凑热闹的心，滞留了自己的脚步，依旧伸长了脖子向战场看去。原来，是刚才那致命一击之下，富商硬生生地砍断了苏丁的吴剑。

剑客苏丁眼睁睁看着自己的爱剑被对方砍断，一时间竟没有回得过神来，握着剑柄发愣。而就在这一瞬间，富商已经把自己冰冷的剑刃架在了他的脖子上。即便如此，苏丁第一反应还是忍不住丢掉了自己手中的残剑，伸出手抚摸了一下富商手中的黑剑。

当苏丁看到这把剑的两刃居然丝毫没有任何的损伤之时，忍不住又轻轻赞叹一句：“真是好剑！”

他的目光中已经全然没有敌意，甚至也没有生命即将终了的恐惧，满眼是对富商手中良剑的赞叹与贪婪。

在苏丁身后的有苏国士兵们见到情况危急，慌忙散开，将整个商队团团包围了起来，他们大呼小叫，剑拔弩张，十分害怕头领生命有什么差错。

那八个西域剑客中的七个连忙变阵，围成了一个小圈，将富商和苏丁围在其中。而领头的那个高高的红发狄人则面露微笑，提着一把同样的黑剑，很从容地走向有苏国的士兵们。有人挥剑拦截他，那人也挥剑一砍，将对方的剑迅速地切成两截，又有人用矛刺他，他几乎不用看，就将矛头砍落在地。

他的动作如同雷电一般，甚至有人放了一支冷箭，也被他应声切成两截，身手之敏捷，令十分自负的剑客苏丁也目瞪口呆。

这个红发剑客径直走向了牛车上的少年幸，这才是他的真正目标。

第十六章
梦师姬旦

七十一　安危

“爷爷，爷爷，那个红发鬼子是不是荷兰人呢？”

“难道你被那个红发鬼子抓起来了吗？他有没有杀了你呢？”

“你为什么不快跑呢，有没有跑掉呢？”

听到故事的关键之处，孩子们忍不住七嘴八舌追问起阿幸翁的处境来。他们十分担心阿幸翁的安危，像害怕噩梦一样害怕那个危宿斗士加里宁抓住阿幸翁。他们跟当年的阿幸翁一样，第一反应并不想弄清楚加里宁是怎么从混沌世界里来到了这里，混入到富商的队伍当中，而是该怎么从他手里逃出来。

“不错，”阿幸翁笑笑说，“我当时也像你们一样啊，满脑子各种问题、各种各样的害怕，简直要把我的头给撑破了。因为龙伯早已经不在我的身后了，我没有任何力量可以阻挡住加里宁的进攻！”

少年幸当时的第一反应，就是跳下牛车赶快逃走，越快越好。他迅速跳了下来，但还没来得及跑，就被赶牛车的那个奴隶拉住说：“小家伙，你往哪去？到有苏国人那边送死吗？”

少年没法跟他解释，拼命甩他的胳膊想跑，嘴里嘟囔着：“放开我，那个家伙，要来了，他要来了！”

团团包围的有苏国士兵没有人能拦得住红发剑客的步伐。他们也十分忌惮他手中的利器，见此人并没有威胁到自己的意思，便纷纷后退了一些，竟让出了一条路来。红发剑客笑着，飞速地跑向少年幸。

少年被老奴给拉着，眼睁睁看着那个噩梦中的危宿斗士加里宁跑向自己。他一边跑，一边向少年扔出了手中的铁剑。“嗖”地一声，铁剑带着极为凌厉的呼啸冲着少年飞射而来。但几乎是与此同时，一道闪光从云端垂下，极为准确地将铁剑击落——与之前发生在少年身上的状况一模一样。几乎所有的人都看呆了。

那个红发人停止飞奔，缓步走向落在地上的铁剑，俯身捡了起来察看。他把残破的铁剑竖了起来，放在鼻子上嗅了嗅，又仰头看了看高高的天，轻声说：“果然是他，借用神力自天发——那个家伙真会保护自己的前身！”

随即，红发剑客抛下了残剑，一步步走向挣扎之中的少年幸，微笑着说：“孩子，别怕，我们都是梦师大人请来保护你的！”

少年幸惊恐得大声嚷嚷：“滚，滚，你是那个黑暗月亮宫的邪恶走狗，你是星宿斗士，危宿的星宿斗士，你认得黄飞龙，你是个无比邪恶的家伙！”

红发剑客演技惊人，装作很莫名其妙一般说：“小王子，我们是第一次见面吧。我的名字是叫危，但我可不是什么斗士，我们只是西域小河之国的剑客，以做人保镖，当人门客为生！”

少年幸拼命摇头：“不是，不是，你能变出大龟和蛇，你手一挥就能发出一大团火！对，对，你有什么来着，斗魄，你的斗魄大得惊人，比黄飞龙的龙魂大一百倍！”他的话有点语无伦次了，惊恐已经像大水一般漫过了他的头顶。

那个高而瘦的红发剑客说：“鄙人西域小河国剑客安危，特奉梦师大人之命，前来保护小王子，请跟我来吧！”

他向少年伸出了手，从赶牛车的奴隶那里抓过了他的胳膊，并拉着他往商队的前方靠。有苏国的士兵们看到他已经折损了兵器，便想拦截他。却不料，他又从腰里拔出了一把银色的、打造得更炫丽的弯刀，左右一挥，简直如切菜一般轻松地将对方的青铜矛头看成两截。

少年幸忍不住要哇哇大哭起来：“我不跟你走，我不跟你走啊，救命啊，龙伯救命啊，我不要去凯旸那里，我不要让他给吃了！你是个大骗子！大骗子！”

那个安危并不理睬他的情绪，大手如钳子一样把少年拖到了那一帮西域剑客组成的圆形阵中。把他送到了富商面前之后，安危立刻流露出恭敬的表情，持刀退到一旁。

此刻，富商的刀依然架在苏丁的脖子上。少年幸则在他们面前瑟瑟发抖。

苏丁眼见少年幸，忍不住高呼一声：“公子！我们奉王妃之命来救你了，请勿担心！”

少年幸硬着头皮怯生生地回复一句：“你好，剑客！”其实，苏丁一出现，幸已经认出他是那个苏妲己——也就是白鹿公主请的剑客来了。但是，他才不愿意苏丁认出自己来，他想偷偷躲在牛车里若无其事地混过去。

苏丁冷笑着说：“我们应该是弄错了，或许，你们也未必是崇侯的人！你们花了这么大代价，并不为经商，而是专门为抓俘小公子的——你们是谁，究竟是从哪边来？”

那富商摇摇头说：“我们肯定不是有苏国的敌人，这个孩子也不是我们的俘虏，而是极其重要的人，我们要把他从崇侯的掌控下救出来！”

苏丁沉默不语，闭上眼睛思索良久。他身后的有苏国兵士们依然与西域剑客们僵持着，只等他的号令。突然，苏丁睁开了眼睛说：“我听羑里大狱的典尹说，西伯困厄之际，曾经与我家小公子同居一室，相处得十分亲热，还认他做第一百子。如此，我家小公子也是大周国的王子了——所以，你们一定是周国的人！是西伯委派你们来的！”

那个富商听了，却不答话，对着身后的剑客头人笑笑说：“安危，难道雷震子殿下认识你！他怎么这么怕你！”

安危一拱手，笑答：“恐怕因为我来自西域，非炎黄苗裔，相貌上与中州人士大不一样！小王子殿下初见乍看，比较惊骇，这也是人之常情嘛！”

少年幸大声连忙嚷嚷道：“他是个大骗子，专门负责抓小孩子，他能发出斗魄，还能变成两个人！你们千万别被他骗了！他才不叫安危，他自称叫加里宁！”

他的话依旧语无伦次，那个富商不禁皱了皱眉。

安危则伸出手友善地抚摸抚摸少年的头，被少年用手噼噼啪啪地抵挡。安危说：“我们小河国八剑客此番的任务，就是一定要将王子殿下安全地送到首领那里，即使千难万死，也在所不辞！”

七十二 姬旦

然而，听了安危的话，被刀架在脖子上的苏丁却丝毫没有退让，他很有力道地说：“天下都知道姬昌公，哈，现在应该叫大周王姬昌陛下很有德。他不知道，这位小公子乃是苏妲己王妃的族弟，是我们有苏国确立的嗣子，我国未来的首领，怎么能随便被你们周人带走呢？”

苏丁冲着那些士兵一挥手说：“大家既然来了，就不要管我了，一起上，夺回嗣子！”

那些有苏国的士兵你看看我我看看你，并不敢立刻执行苏丁的命令。毫无疑问，他们一旦动手，苏丁必死无疑。苏丁忍不住呵斥他们：“快动手，愣着干嘛！放箭！”

有一个年轻的士兵冒冒失失地冲到一个西域剑客的面前，几乎是一瞬间就被对方用刀背打昏在地，其他的人更不敢贸然上前了。双方就这么僵持着。

那个富商说：“请诸位不要再争了，我奉命而来，如果两手空空回去，我的国君肯定会怪罪我的！既然雷震子是贵国的嗣子，也是我们国君的养子，那么我们周国和苏国结为交好岂不美哉，就权且让我先带着雷震子。”

少年幸忍不住大声嚷：“我不叫雷震子，我叫幸！”

“姬幸！”那富商说，“还是苏幸！”

苏丁听到他的声音，立刻起了一个念头，对富商说：“不如我们问问小公子，让他自己决定跟谁走！”

“不成！”那富商说，“我父王很想念雷震子，无论如何我要把他带回去！”

苏丁很敏锐地捕捉到了他这句话，大声质问他说：“你是周国的四王子姬旦！”

没想到一着急说漏嘴暴露了身份，那个富商一阵尴尬，随即默认了，道："不错，我就是姬旦！"

这个富商，的确就是周文王姬昌的四儿子姬旦。为了营救被困厄在羑里大狱的父亲，他曾乔装从西岐潜入朝歌，一住就是七年。在这七年里，他无声潜伏，上下疏通，并悄悄在朝歌城建了一个除了他之外旁人无法想象的关系与情报网络。整整七年朝歌生活，没人知道他是大周国的四王子。

在姬昌家族，姬旦的名字长久被他的大哥姬考、二哥姬发的光辉所遮蔽，不为外界所注目。然而，姬昌却十分看重这个四子。与大哥忠厚、二哥尚武不一样，姬旦很沉静，文武兼修，还特别好学不倦：任何流经周国的书简，他都要找来读一读；任何饱学博见之士，他都要登门请教一些问题。

姬旦也常常和姬昌一起探讨易行天下的奥义。姬昌深知这个儿子，表面沉静，寡言少语，却是不输于自己的一等一的战略人才，甚至诸多见识并不在自己之下。有姬旦，大周国将来才有可能据有天下，传世千年。

姬昌回到西岐后，在太师姜尚的辅助下，称王扩张，诸事顺利，唯有一件事，他一直放心不下，就是他在狱中所认的义子姬幸的下落。想来想去，他只有托付四子姬旦出马。虽然十分冒险，但他坚信姬幸一定活着，姬旦一定能够完成这项极其艰险的任务。

苏丁哈哈大笑："大周国第一聪明人，无影梦师——姬旦，总是听人说起，今天能有幸能见到，也是鄙人的福气啊！四王子，能告诉鄙人，你手中的是什么剑吗？"

姬旦也哈哈一笑，说："这是倚天剑，是天赐神器，由我西域戈壁里掉落的陨星打造！你自然不会认得！"

苏丁说："好啊，既然是四王子亲自带着人马迎接小公子，也的确可见周国的看重了。我也算死得个明白。不过，我们有苏三剑客自两年前被崇侯夺走了小公子，有愧于王妃之托，一日都不得安宁！生死之事小，主人之托大，所以，四王子可不怪我们要死拼了！"

他继续冲着士兵们吼叫："你们还等什么，等什么！快上，放箭，把周国人全部歼灭！"

主帅既然已经如此下令，那些士兵便蜂拥上前来与姬旦的人马拼命，一时间两拨人马乱成一团。

有苏国士兵们人多势众、装备齐全，而姬旦麾下的人手少，又是一帮乌合之众，不一会，那些从伊颂工坊里被租出来的四下逃窜的奴隶们，都被愤怒的士兵们杀了个精光。其他的人未必都有铁兵器，依然用青铜武器抵挡，被挤压在一个狭小的范围内，慢慢缩成了一团。远远的，有弓箭兵朝着人丛放箭，不少人立即中箭倒地。

那西域的八剑客则表现出惊人的战斗力，刀光剑影间已经把十来个有苏国的士兵打翻在地。然而，蜂拥而上的有苏士兵攻势更猛烈，矛头被砍断了，就拔出青铜剑来砍杀，把他们包围得十分密实。

姬旦有点着急了，他用铁剑压着苏丁的脖子，割入肌肤半寸，流出血来，大吼道："快叫他们停下来，不然，你必死无疑！"

苏丁丝毫不吃痛，甚至也不以为然。他从容地站着，大声指挥士兵们："我死了，以百夫长为帅，不救出小公子，一个也不许回去！"

苏丁死意已决，姬旦也无法可想。他真想一剑结果了苏丁，但心中更清楚，一剑下去，他们这一帮人注定是再也回不到西岐了。

他左顾右盼，不由把目光投向那个小河国红发剑客安危，希望他能有什么克敌良招，却见他面带微笑，十分从容不迫地站在少年幸的身后，似乎一点不为眼下的乱局所动。

"安危！"姬旦大喝一声，命令他道，"快为我却敌！"

"遵命！"那红发剑客听到主公的命令，倒十分爽快地顺从。他突然将左手伸出紧紧抓住少年幸的后脑勺。少年幸早已经被眼下的厮杀吓蒙了，冷不防被安危偷袭，连忙伸出双手想反抗，扒开他铁钳一般的双手，苦苦挣扎不已。

就在这时刻，天空上突然像落雨般落下无数道红色的光亮，纷乱地射入到人群之中，并发出噼噼啪啪巨大的声响。所有的人都吓呆了，停止了互相搏斗，也包括姬旦与苏丁。姬旦将铁剑收了下来，愣愣地看着天空中落下的一道道光芒，射击在脚边不远的一块圆形石头上，硬生生将石头击成了碎片。

不过，这些光芒仿佛都长了眼睛一样，都只是落在了人群的缝隙中，没有一个人遭到射杀。仿佛这次落下光芒之雨，只是一次来自高天之上神灵的警告。

“果然，可以这样利用双子座与青鸟天网！”

安危有点得意扬扬地自言自语，随即松开了抓住少年幸后脑勺的手，高声对众人说：“这是天火，有苏国的诸位，如果你们再这样纠缠下去，下一波的天火就将从你们的头顶一个个射进去。你们要是相信自己的脑袋比这些石头、兵器还要厉害，就继续来吧。我可不希望你们的父母妻儿见不到你们回家！”

所有人都清晰地听到这个长相怪异、行踪诡秘的西域剑客的话，所有人都像石头一样纹丝不动，害怕天降的神光射击到自己的头上。

没有人再敢动弹什么了，连早有知情的苏丁也惊诧不已，他全然没有想到苏妲己王妃所托付的这个弟弟有这么强大的威力。难怪王妃如此看重，倘若少年能将自身的威力控制并发出，有苏国还有何惧哉！越想到这点，他就越觉得自己愧对王妃。

正在这时，突然远方传来了一阵低沉的号角声，先是长响，然后是几声短促的响声。还在发愣的苏丁听到号角声愣住了。那种号角声，是有苏国最标准的收兵号声。听到这个号角声，所有士兵都向它的来源之处望去。

七十三　密须

在不远的一个小山丘上，不知何时起，已经立着一辆战车。

乘车的是一个带着鬼怪面具的白衣人，驾车的是一个武士。吹着号角的，也正是那个武士。虽然相隔很远，但是苏丁还是一眼就认出来了那个人正是二哥苏丙。

苏丙从马车上站起身来，远远地喊道：“三弟，王妃传令来了，让我们放行！收兵吧，不要再打了！”

喊声顺着风声飘过来，很清晰地传到苏丁和每一个士兵的耳朵里，不用冒着灭顶之灾的危险，实在是一件非常好的事情。大家很迅速地收拾起兵器，排成固有的队列。

姬旦听来也松了一口气，他不知道有苏国人为何要收兵，轻易地放过自己一马，似乎不用剑客安危来激发天火，他们都有退兵的计划。那个蒙着面的白衣人是谁？姬旦不禁心生丛疑，是王妃苏妲己的使者吗？

苏丁捂着自己的伤口，也不情愿地收兵了。他向少年幸鞠躬一拜，说："此去西岐路途遥远，小公子请多保重！我等先退去！"

苏丙则对着姬旦说："四王子，我有苏国并不意与大周为敌，既然小公子也是大周王的义子，这也是再好不过的事情了，希望两国交好，永不互犯。"

姬旦也还以礼，说："多谢您的美意，既然有这样的心，我一定会把有苏国上下的仁义带到我父王那里，还请两位放心！刚才的交兵，仅仅是误会一场，两国都不必芥蒂！"

他们说话间，各自的人马已经打扫干净了战场，将十来个死者掩埋，各自的伤者扶持好。夕阳日渐西下，两队人马刚才还杀成一团，现在不仅相安无事，还能相互帮助打扫战场，实在令人感到很惊异。

最终，苏丁带着自己的人马去与苏丙汇合并撤退。姬旦整理好了衣冠，上了马车，既然身份已经暴露，也没有什么可掩饰的了。他命红发剑客安危将少年幸一起带上自己的马车，与自己同行。

虽然在他眼里，父亲在羑里囹里所认的这个义子姬幸透着古里古怪的邪气，但似乎懵懵懂懂、笨笨呆呆的，他其实不怎么反感。可是，每每想起来父亲临别之时对他说的，要封这个邪气的小子做故土之主的"周公"，他浑身就不舒服。

姬旦向那个山丘眺望，他实在很想弄清楚那个蒙着面的人是谁，自己是否打过交道。潜伏朝歌七年，整个朝歌城里的盘根错节，各色人物，各种利害关系，相应的城防要塞和通衢营盘，他也算是了如指掌。这让姬旦有一种对大商朝的强迫症，那就是任何经过他眼前不熟悉的人和事，总有想弄明白的欲望。

整个商队重新启程了，姬旦依然向着苏丙那辆车方向望去。他清晰地看到那个蒙面之人在透过面具盯着自己在看。双方目光交汇，除了诡异和莫测，他无法从那人的眼睛里看出更多的信息。

就在越走越远之际，忽然那个蒙面人身旁的剑客苏丙大声喊道："请四王子多保重，听说大周国刚刚联合义渠国，向西灭了密须国。他们或许不会善罢甘休的！"

姬旦在马车之上向苏丙深深又一拜，感谢他善意的提醒。实际上，自他从西岐周国出发的时候，灭掉密须国的战略已经由太师姜尚姜子牙提交给父王姬昌了。自从朝歌安全归来后，姬昌的行事方式变得与以前大不一样。以前的姬昌爱热闹，动不动喜欢把众王子和群臣召集在一堂，围着篝火，畅聊国事和军事，侃侃而谈，好不热闹。

从羑里归来后，姬昌变得十分寡言，深居简出，终日埋头于思考与著述之中。平时，除了会和太师姜尚长聊，连众王子的面都很少见。除了姜子牙，甚至连重要的事情都不与任何人商量，都是独作决定，常常令人摸不着头脑。

比方他下令严禁奴隶逃跑，在大商，帝辛是不禁逃奴，显然是一种收买人心的手段，以仁义著称的大周，却对奴隶采取了最严苛的管制——或许，这是为保障大周的兵源考虑。

再比方称王，大家都觉得姬昌已经是西伯，在大商西域堪与之匹敌的对手已经很少了，有没有"王"的称号并无多大意义。只要韬光养晦，大周无敌于西域不过迟早的事情，早早称王太冒险。结果平素对"王霸"之尊毫无兴趣的姬昌突然宣布称王，众王子，特别是二哥姬发自然是十分高兴。但在深谋远虑的姬旦看来，这件事做得有点冒险。

不过，形势倒很令姬旦感到意外，对于大周称王，各路小诸侯是欢欣鼓舞，而大商国却异常地平静，对之并没有太大反应。这令姬旦由衷钦佩父亲的果断，兴许他的智慧已经到了自己所不及的程度。

然而，就在这钦佩之余，父亲突然下令由自己去解救那个监狱里收养来的义子，更令他感到由衷地莫名其妙。姬旦很自负，一直把自己看成是能够解救父亲归来的最大功臣。然而，父亲回来后仿佛特意冷落了他，很少召见自己，也不像过去那样跟他长聊家国的诸事。当然，除了二哥姬发外，姬昌也从来不与任何其他王子商量什么。就是姬发，每次到父亲的宫里，都是挨训斥的多，商量事情的少。

父亲真变了，变得十分关切起一个来路不明的野小子了。这让出身高、智商高、心气高的姬旦有点无法适应。在东来之前，姬旦就知道父亲有心拆散密须国与崇国这一对钳制大周的战略敌人，却从来未听父亲跟任何人商量过，更别说与自己提上一鳞半爪。

密须氏在大周以西的地方，国君是黄帝的后裔姞姓。其国疆界范围大致在今天甘肃灵台县周围。远在唐虞夏三代时，就有一支华夏人从中原向西出发迁徙到密须古地。一直到殷商时商武丁王时期，因为密须人在西域的昌盛，武丁大帝正式封赐他们为密须国。

密须国虽然是大商的外方，也就是不列公侯伯子男的正爵体系，却自视为中原苗裔的大古国。密须国君十分注重结交商国诸侯，跨过周国，与崇国结为兄弟之邦。靠着强大的外援，密须国一度在西域称王称霸，曾联合崇国，不断侵占邻国诸阮部落，蚕食鲸吞，令西域诸国不平。

直到周人不声不响地崛起，岐山以西几乎没有制约密须的力量。时至今日，密须国依然是崇侯虎的重要盟友，周国上下心中自明，想要在西域有长久的安定，灭密须国是必然之事，无非是时机问题。

听到苏丙传达了这个消息，姬旦倒也并不吃惊，他只是暗自思索，父亲怎么这么冒冒失失地动手了呢?

就在姬旦出神之际，天已经大黑了。越往西走，离中原之地越远，路两边的山就越来越多，越来越高，越来越陡。山林之间不断有狼嚎虎啸，寻常之辈听来免不了要毛骨悚然，然而，对于姬旦而言，却美妙不可言。

因为对于其他所有的人来说，黑夜是一道屏障，一团深不可测的谜，对于姬旦来说却意味着别样的一个世界，那就是梦的世界。在这个梦境世界里，极少数的人能够自由出入、来去无疆。

在人们的分工中，能够教人铸造青铜的乃是匠师，能够教人格斗的乃是武师，能够沟通想象与鬼神的，那是贞人，也就是巫师；而能够沟通梦境的，那是梦师——不错，姬旦就是千古梦师鼻祖。

较之巫师，梦师是最能够接近龙族与星宿斗士的人。他们是一些极其接近于二者的凡人，却有幸能够凭借发掘龙族与星宿斗士们的梦境而进入到混沌当中。就像凡人到神仙的世界里百无一用一样，他们作为凡人在混沌世界也如幽灵一般没有任何用处。但是，他们既是见证者，也能稍稍地作用于混沌世界。有时候，他们将会是少年幸的朋友，更多时候他们也是他的敌人。

七十四　梦师

就是连姬旦自己也说不清自己是如何能够走进诸梦之境的，恰如少年幸生来就能够听懂各种动物的语言，姬旦或许生来就有这种出入梦境的本领。兴许，这种潜能其实隐藏在每一个人的身上，有谁没能进入他人的梦中过呢。只不过禀赋特异的人特别强烈，而通过独门的修炼能够造就出入梦的本领来，才能算入门级的梦师。

不像龙伯黄飞龙要把少年幸的手按在自己的脑门之上，才能够招引他进入混沌。身为梦师，只要姬旦愿意，他可以进入任何人的梦境里。不过这种“愿意”也得是一种修炼，不是随随便便可以获得的。

姬旦少年时代驯养过一只黑豹，他曾经与黑豹一起长大。作为黑豹的朋友，姬旦与它亲密无间，相处得十分融洽。他完全把它当成是自己的一部分来对待。久而久之，在夜晚的梦中总发现自己好像就是那个黑豹本身，像它一样跳跃、捕食。这种融入性的真实体验，让早慧的姬旦认识到自己是完全进入黑豹的梦境之中了。

于是姬旦开始有目的地尝试驯养其他的动物，比方说一匹狼，一条蛇。每每驯养成功一个动物，他就发现自己能够毫无障碍地在梦中变成它们。于是他向自己的父王要了一个小奴仆，并与这个人朝夕相处。进入人的梦中果然比进入动物的梦中要困难很多，因为人的梦境极其复杂，有太多的扭曲与变形。

姬旦总是在自己快要进入他梦中的一些关键时刻，被一些莫名其妙的东西给赶走。比方说平空出现一只凶猛的黑豹追赶自己，或者一匹狼追赶自己，一条蛇，甚至一块横着飞来的巨大石头砸中自己。一开始，他认为这是对方的梦境在驱逐自己，准备放弃了修炼。

直到有一天，他外出打猎在平静的湖水边洗脸，突然对着自己的脸有极为强烈的陌生感，仿佛看着一个警惕性极高的猎物。他才恍然大悟，原来并非是那个做梦人在拒绝自己，而是自己的梦境在阻拦自己进入他人的梦。因为那意味着巨大而叵测的冒险，自己将无法掌控，或许会旋入别人的梦境出不来，甚至终身沉迷其中。

那时候的姬旦才十五岁，但他能够领悟到这一点，已经表现出极大的智慧了，其禀赋更突出的地方在于，他找到了破解的办法——那就是压抑自己的梦。他自学了清修，让自己端坐于一团火旁，既不靠得太近，也不靠得太远。既不呼吸天地的阳气，也不呼吸天地的阴气，而沉入一种半睡半醒之境。

这种半睡半醒之境特别不易于控制，稍稍分神，则坠入梦乡之中呼呼大睡；太过于明神，则心绪纷乱，无法入梦。所以成为梦师，正如铸匠成为一代剑宗那样，绝非易事。可偏偏，这种上上的难事，姬旦到了十八岁那年也破解掉了。倘若他知道若干年之后，有个同样身为王子的晚辈释迦牟尼也能在修行之后入定，做到这一点，一定会和他有很多共同话题。

开始，他需要盘腿端坐在很大的一堆火旁，几乎要静坐一整夜，才能稍稍到别人的梦境中游逛须臾——如果天亮之后，他沉迷不醒，他的奴仆得及时灭掉火，用好几桶冷水才能把他唤回。后来只要升很小的一团火，坐小半夜，就能顺利入梦境；再后来变成了一个火把、一盏灯，就能在梦境中徜徉良久，灭了灯，他就能顺利地返回。

到了二十八岁那年，他连灯都不用了，只要他心中想象燃起了一团火，他就可以静坐了。那时候，外人看他一半的身体大汗淋漓，一半的身体冰冷得像蛇。这是一种混沌之境，姬旦可以凭借着混沌的身体，轻松到睡在他附近的人的梦境中遨游。

不过，能做到这一点，还不过是一种雕虫小技罢了。对此不甘心的姬旦带着这个问题去请教父亲姬昌，令姬昌大为惊骇。开始，他认为这孩子只是说着玩玩罢了，然而，姬旦却十分认真地邀请父亲来体验一下。

于是，姬昌拗不过姬旦的邀请，与他同眠了三夜。夜夜，姬昌在梦境中都能见到姬旦。而姬旦醒来，又能准确无误地复述父亲在梦境中展示的八卦图形。显然，入梦之术，绝非姬旦杜撰。四子的异能着实把他吓得不轻，更令他惊叹的是他已经修炼了这么久，已经到了这种境界，而整个家族竟然无人察觉。姬旦这份保密的修为，也是其他诸王子所不及的。作为姬昌左膀右臂的老大是个老实到别人问什么就答什么的忠厚人，而老二和老三则是那种心中想做点什么事，第二天全家皆知的人。

好在，姬昌其实是一个非常宽厚、非常开明的父亲。他并没有呵斥四子这种疯狂的修炼，也没有把他就此视为家族中的异类。相反，他和姬旦建立了一个保密的父子协议，并帮助指导儿子往更深层次修炼，让他克服了身体的混沌之态——那对健康十分不利——而能以常态入梦。

在父亲的指导下，到了三十三岁，姬旦进步已经极其飞速。他无须某人睡在他身旁，只要认得并熟悉某人，在进入混沌前想象某人与他同坐在篝火之旁，就能够悄无声息地潜入到那人的梦中。

不过，这也并非毫无难度。因为别人的梦是有防备的，那些胸无城府的人，梦境如同一座亭子一样四敞通畅，比如姬旦自己的妻儿们。而那些城府特别深的人，即便进入他们的梦境，也会令人错愕。比方太师姜子牙，进入他的梦境后，根本无法见到他的真身，只是无穷云雾笼罩的高山等着姬旦一座一座地翻越。也比方父亲姬昌，他的梦境几乎与现实没有任何区别，父亲总是在操劳着国事，或者静坐推演八卦。

大哥姬考在梦境里喜欢垒石头，亲自背着巨大的石块，砌成高大的墙，以阻挡商人的进攻。看到四弟贸然闯入，大哥还会招呼他一起背石头，害得姬旦再也不去了；二弟姬发则永远是驾着战车冲锋陷阵，与各种各样稀奇古怪的人打，一会是大商国的帝辛、一会是山泽里的妖魔鬼怪，每次都是得意扬扬地大胜而归，受到父亲无数次的隆重欢迎与嘉奖。梦中见到姬旦，姬发会毫不犹豫地叫他上战车一同打仗，这也令姬旦感到不爽快。

当然，姬旦不是想用这种法术来对付父子兄弟们。姬家父子在姬昌的带领下，戮力同心，父子与兄弟之间感情还是十分和睦的。姬旦一直试图进入大商国人的梦中，寻求一些有用的情报，可惜没有任何去朝歌的机会。父亲的羑里之厄，他主动请缨潜伏朝歌，正是为了寻求这样千载难逢的机会。

谁也没想到姬旦在朝歌都干了些什么，他依靠过人的智慧，曾经混入鹿台宫中面见过帝辛，也广泛以各种身份交游殷商的贵族们，与他们熟识，潜入他们的梦中。他这么做成效卓著。

第一次潜入帝辛的梦中，他想自己一定会见到这个君王坐拥美女娇娃，沉迷于酒池肉林之中，恰如他在三哥等人梦中所见那样。事实却不是那样，梦中的帝辛永远是一个青年君主的模样，指挥着大商国军东征西讨，与四周的蛮夷民族作战，一直不得安宁。有时候帝辛还能觉察到姬旦这个陌生面孔对自己梦境的入侵，常常独自驾车放箭追杀姬旦。好在姬旦有父亲姬昌在梦境中教得的八卦之阵可以防身抵挡。所以十分重要与关键的情报，从帝辛那里分毫未得，这令姬旦对帝辛是又恨又敬。

姬旦曾经凭着一面之缘，想强行进入帝辛爱妃苏妲己的梦中。结果，他发现苏妲己是另外一个女子，与人们所议论的截然不同，隐藏着重重叠叠惊天的秘密，令他也颇为费解。而只有潜入费仲、尤浑这样贪利之臣的梦中，姬旦才能有所斩获。不过，这已经足够用了。

姬昌公被关在羑里多年，诸子皆不可见。唯有梦中，他能见到来访的儿子梦师姬旦。通过姬旦，姬昌可以了解大狱以外的形势，也正是通过姬旦，他还可以遥遥地指挥着大周国的诸多国事。可以说，正因为有了姬旦，被困厄的七年里，姬昌一天也没有离开过大周的决策核心。

七十五　西王母

入夜后，整个商队打着火把前行到前半夜，选择了一处隐蔽、易守的小山谷扎营休整。因为有伤者，姬旦下令就地掩埋掉部分的货物，以减少队伍的负担。

少年幸被西域八个剑客严密地保护着，或者说是严密地监控着。剑客安危几乎一步不离地跟着他，安排他与剑客们一起吃饭、就寝。

篝火燃起，那八个剑客围坐在火堆边。火光照映在他们的脸上，衬托主人或方或圆的面孔，显得格外的诡异。他们的头发有红色、有褐色、有金黄色，鼻梁有高有低，眼窝有深有浅，皮肤有的像安危（其实是加里宁）一样煞白，也有的浅白，还有像幸这样泛黄的，更有特别特别黑的。总而言之，这是一群相当诡异的人。

躺在他们的目光的监控下，少年幸浑身不自在，他实在无法想象，这么一伙人是怎么聚齐到姬旦麾下的。他们是否跟那个红发剑客安危一样，其实都是星宿斗士。想到星宿斗士，少年幸简直不寒而栗，如果八个星宿斗士在此，他还真不知道该如果逃离帝安宫走狗们的魔掌啊！

少年幸最为困惑的地方，却是梦师元祖姬旦最为得意的地方。他也是依靠梦境捕获到这八个西域剑客的。当不潜入别人的梦境之中时，姬旦喜欢在梦中一个人云游。令他惊奇的是，无论他从梦中的原点出发，往东南西北哪个方向走去。他最终都走到一片混沌而混乱的世界。在那个世界里，天地一片炎炎，太阳里居住着一只巨大的食日鸦，到处布满了血红色泽。

他看到各种各样奇形怪状的异兽和妖魔，能上天入地，他们彼此之间激烈打斗，一刻也不消停，战火遍地。姬旦熟知那些古老的传说，知道自己一定是回到了传说的上古之境。上古之时，诸神混乱，天地大荒，莽莽乾坤，日月颠倒，他眼中所见证之事实，与古人的传说之中不差分毫。只不过他闹不清究竟谁是水神共工，火神祝融，或者上古之神系并非按照人们流传已久的那些世系所排列，而是另有体系。

在屡屡偷窥混沌世界的过程中，姬旦想到了一个好办法来验证上古之传说。他开始了梦中之梦，试试看自己能否走入原始之主神女娲的梦中。结果，就在临出发再去朝歌之前，他成功了——在梦中之梦，他来到了一个雄伟的神殿当中。

神殿空空荡荡，空无一人，其高大的廊柱如同一座小山。身为凡人的姬旦走进其中像是一只蚂蚁闯入了巨人的领地。廊柱仿佛都是黄金所铸就的，金光闪闪，让眼前一片通明，然而无论从前后左右还是上下看去，整个大殿都是无限延伸的。在何其辽远的地方，黄金的廊柱们开始卷曲起来。

闯入者姬旦提心吊胆地往神殿深处走，无论他往哪一个方向走，上下左右还是侧上侧下都能够走得通，却似乎都没有尽头。他时刻寻思着是否要折返。正在这时，他看到一个红发白皮肤、身材修长、穿着一袭白袍的男子端坐在一个悬空的台阶上冲着自己微笑。

姬旦不禁怀疑此人是否是这个宫殿之中的仙人，却不料，那个人先于他开口问了：“大周国西王子姬旦殿下，我等你很久了！”

姬旦一愣慌忙问：“难道你是女娲之神吗？”

那人摇摇头说：“不是！我只是这里的一个小小的看守！”

姬旦慌忙一拜，说：“原来是神的仆从，在下实在是误入贵境之中，还望上仙能够宽恕！”

那人哈哈大笑，从悬空的台阶上走了下来，一步就闪到了姬旦面前说：“不必不必，我们只是奉命主神之命，在此恭候您而已。”

姬旦忙问：“敢问是哪位神灵，还眷顾到区区在下呢？”

那人想了想，轻声却郑重地说：“昆仑——西王母！”

姬旦一听不禁肃然起敬，同时也惊出一身的冷汗，以为自己与女娲之梦相连，却不料坠入到西王母的梦中来了。

在大商西域，“西王母”之名流传甚广，都传说西王母住在“昆仑之丘”的绝顶之上，有三只叫作“青鸟”的巨鸟，每天为她叼来食物。她的外形是一个巨人之貌，然而头发蓬松散乱，却有豹子一样的尾巴，老虎一般的牙齿。她头戴着龙头盔，身披着甲，经常在昆仑之巅长呼短啸。作为天皇级巨神，西王母威猛而严厉，是能够在人世间降临五种灾害的神祇。

凡是西域民族，无一不膜拜高天之上的昆仑之虚，天地人共尊的西天守护之神——西王母。姬旦自然也在其列。他慌忙拜倒在地，向着空空荡荡的大殿呼号：“凡民姬旦向西王母祈祷，不知神灵之境，贸然惊扰王母，罪该万死！”

那个使者却笑说道：“不用这么紧张，西王母陛下就是差遣我在此迎候梦师四王子殿下的。她有一件要事托付殿下！”

姬旦慌忙起身，说：“上神有什么吩咐尽管说，凡人姬旦一定万死不辞！”

那个使者说：“西王母有一件非常要紧的宝贝，被一个大胆的天贼给偷窃到了凡间。这件法宝至关紧要，维系着西王母无上的神力。王母心中十分焦急，需要在人间搜寻，并擒拿盗贼。”

姬旦不禁义愤填膺地说：“究竟什么样的盗贼，这么大的胆子，竟然敢偷西王母的宝物！”

那个使者说：“嗯，这个人是个北域邪道，是从黑暗之域里修炼千年而成的，有一身的魔功，能从西王母眼皮子底下窃走神物，本事自然了得！”

姬旦不禁担心起来，说：“是这样啊，那么本人不过只有凡夫之勇，会一点点隐身入梦的小伎俩，如何能敌这种妖魔的法力，而不负西王母的所托呢？”

那个使者笑道：“所以西王母派出我在这里迎接王子殿下。我们要跟着你一起去。”

“我们？”姬旦惊奇地看了看使者，说，“不是使者您一个人吗？”

那使者笑而不答，伸手在姬旦的额头上一点——

姬旦就从梦中之梦惊醒了，醒来后他发现自己依然躺在混沌里一块巨大的巉岩之上。天地一片血红，狂风呼啸，几近圆形的巨大岩石在一块突兀的山崖之巅，被巨大的风吹动着，颤颤悠悠地摇晃，似乎随时要坠落到弥漫巨大烟雾和无边大火的深渊里。

姬旦吃了一惊，慌忙跳起来。他向左看看，脚下的巨石在摇晃，四周空无一人。当他向右看去时候，那个红发的使者已经站立在了他的左边，说：“都来吧！”

姬旦环顾四周，八个方向上均匀地站着包括使者在内的八个人。他们把姬旦包围在了正中央。红发使者说：“四王子殿下，你试着带我们过去吧？”

“去哪里？”姬旦大惑不解地问，“带你们去哪里？”

那个使者就不回答他的话了，而是诡秘地微笑起来。那八个人双手合十，矗立不动，巨大的闪电从高天之上落下在他们之间激荡。闪电引发的卷风开始晃荡那块巨石，一会高一会低，把姬旦晃得头昏眼花，心惊肉跳。

只听得“轰隆”一声，他感觉那块巨石被晃翻了，他连同那八个使者一起掉进了无边的深渊。

火龙飞起，吞噬了一切。

第十七章 潜龙入梦

七十六 铁锋

姬旦从梦中惊醒，身下的蒲席完全被汗水给浸透了。他向屋子外看去，月光皎然，月亮下仿佛伫立着八个人影。他提着剑走出一看，却完全没了踪影。

第二天，当姬旦在家中收拾行装，清点东去朝歌的物资之时，突然家奴来报说有八个相貌古怪，自称是小河国来的西域剑客来访，说愿意投于四王子门下。

正在洗头的姬旦来不及整理，就握着自己的头发，匆匆出门相见。一眼就见到了那个为首的红发高鼻梁的人，一目了然，正是那八个西王母的使者。这完全与梦境吻合，几乎不用更多废话，他把他们纳入到自己的麾下，随同自己一起出行。有神使相随，姬旦好不得意，吃了一个巨大的定心丸。

那红发剑客自报姓名叫作安危，自称自己来自昆仑之下的小河之国。古人把很多高山都叫作“昆仑”，昆仑之意原为“高大无比的山峰”。凡雍州以西之领域，古人所志之“昆仑”有几十座。

相传“昆仑”是化身为天帝的黄帝在地上的都城，那里除了有九尾虎身的陆吾神守护之外，还有一种长了四只角，有些像羊的兽，名土蝼，能吃人；那上面的鸟，样子如蜂，却大得如鸳鸯；有一种开黄花结红果的树，果子味道如李，无核，名叫沙棠，吃了能御水而不溺死。不过，这一切都只是在传说或者梦境之中。

按照那剑客自陈的来路，他自称从岐山西北之昆仑而来，那其是今天的新疆天山一带，而非今日青藏之昆仑。所谓“小河”，不过是高山冰雪融化的溪水。虽然明知其为神使，姬旦依然很好奇那小河之国究竟如何。奇怪的是，红发剑客拒绝承认自己是西王母的神使，只说他们的部族是高加索人，翻越了昆仑，从更西、更遥远的大高原、大草原、大沙漠之外的大海之滨来。

不管怎么说，姬旦坚信这个异域来客一定会给自己带来一些能够证明他们来路不凡的东西。果不其然，就在临出行的前十天，安危拿出了真东西。

红发剑客安危为姬旦演示了自己的功夫，一套很古老的格斗之术，还有八人所结成的阵法。除此之外，红发剑客还为姬旦带来了一种他从未见到的金属——铁。

安危所带来的是一块陨铁。不过，姬旦也未觉得什么稀奇的，因为大周几乎是西域门户，在大周之西北，联结着后世的河西走廊，那里有诸华夏苗裔的多外方国，比如密须，比如阮国、共国，还有非华夏苗裔的义渠国等等。外方国之外就是茫茫的戈壁大漠，在戈壁里常能见到中原几乎罕见的陨铁。虽非俯拾皆是，但只要用心去寻找，总能觅得。

安危不仅带来了陨铁，更重要的是带来一套西域独传的铸炼陨铁的秘法。安危向姬旦求了一批数量惊人的木材、石料和工匠，在姬旦府后足足冶炼了九天，为姬旦用陨铁打造出了大周国第一批九把铁刀剑。

虽然安危所铸造的刀剑样子实在太丑——他似乎并非是很好的铸造师，但锋利并且坚固异常。姬旦用自己的青铜剑与之比试，不出十招，自己的剑就被铁剑给砍断了。他用铁斧砍树，很快就能砍倒一个参天巨木。这是铜斧头很难做到的，因为铜斧砍不了几下，斧刃就会卷曲不能用。

对于西域众多国族来说，陨铁并不稀奇，但之前还从来没有人能够把陨铁锻造成器，实在太困难了。这令姬旦大为惊异，这意味大周国已经掌握了一种前无古人的战略资源，一种任何敌手都没有掌握的技术。

行程在即，姬旦并没有立刻向任何人透露这个消息，甚至是自己的父亲。他带着八个剑客和九把铁刀剑匆匆上路，一路上都在寻思着铁锋将来的用处。

它的出现，让大周一战打赢大商变得不再渺茫。

潜伏朝歌多年，姬旦充分认识到大商国已经急速地走在了一条衰亡的道路上。尽管如此，他还是对殷商雄厚的实力感到惊讶。三番五次征讨东夷，虽然把殷人搞得十分疲倦，耗资巨大，但并没有让殷商国鄙民穷。东征甚至有利可图，每一次东征，都促进了中原与东夷的通利，很多人阵亡在东边，也有很多人从东边赚取了巨大的财富。这也是殷商作为天下第一大国称王称霸，无人能敌的奥秘所系。

尽管在称王之后，大周国也频频出手，但是每一次征战之所得，都只是稍稍高于所耗，可以说得不偿失。

殷商的衰亡，仅仅是因为帝辛老了，殷商的贵族们沉溺于安乐，人心乱了，举国诸多事有点力不从心。倘若有朝一日，帝辛死了，新王登基，即便是那个资质平平的太子武庚，只需要稍稍整顿整顿，殷商又能重整旗鼓。到那个时刻，大周国战胜殷商的希望则会更加的渺茫了。

有一种敌人就是纵然你知道他全部的底细，你也对之无可奈何——这是最让姬旦感到头疼的事情，他反在心中默默为帝辛祈福，希望他长命百岁，继续混混沌沌地统治着大商国。

然而，八个剑客带来的铁刀剑着实让姬旦感到希望之火又复燃了。大周与大商在实力上巨大的悬殊，完全可以由铁这种意想不到的新武器来平衡。即便实力的天平依然偏向于大商一边，但是只要能冒足够的险，人心向背所造成的偏差，指不定也能在冥冥之中帮助大周国一把。因为殷商的贵族们自然不会憎恶殷商，但几乎都不怎么喜欢刚愎自用的帝辛，而且是越来越不喜欢。

掌握了这么重要的战略资源，原本应该待在西岐，好好保密，训练出一只攻无不克的铁剑军团出来，不要轻易出动泄露了惊天的大秘密。

从内心深处，姬旦觉得自己应该违抗父命，不要冒险到朝歌来救什么雷震子——时至今日，他也不愿意承认少年幸姓姬，但父亲似乎把这件事看得比大周国还要重要，最让他内心不快的是，父亲还要让这个小子受故岐之封地，做周公。

父亲简直老糊涂了，四王子姬旦想，如果这件事被二哥姬发知道，还不要造父亲的反。自己的亲生儿子未必那么容易封公爵，在羑里监狱里捡来的这么个野孩子，表无寸功，怎么可能一步登天，荣立国公之序列？况且，到目前为止，这个野孩子究竟是什么样的来历、什么样的货色，都还没有好好搞清楚。

人老了会糊涂，这是天地的大道，对帝辛如此，对自己崇敬的父亲也不例外。姬旦心知肚明这一点，但真让他违背父命，坚决不出西岐，他也做不到。只有硬着头皮往朝歌来，努力做得让父王满意了。

七十七　入梦

夜深了，少年幸已经难以抵挡巨大的困倦，昏昏沉沉地坠入梦乡之中。

这一天，令他非常意外的是，尽管他时刻提防着红发剑客安危，十分害怕他某一刻变身为龙伯梦中的那个危宿斗士加里宁。但是安危却只是像一个西域来的剑客，从来不跟他多话，除了密切监视着他之外，并没有显示出任何超出寻常的迹象。这让少年幸十分困惑，时不时怀疑那一切不过是龙伯的梦而已。

一直等少年幸熟睡了，姬旦才悄悄走到他的身边，静坐下来。八个剑客背对着篝火端坐，姬旦坐在了少年的身旁，这样的阵势倒也十分奇特。虽然山野间不时有虎啸狼嚎，但丝毫不影响梦师姬旦安心地进入沉静、似梦似醒的混沌状态，迅速地进入少年的梦境中。

姬旦来到了一个极其幽深的峡谷里，有浓浓的云层在他的头顶之上流动。他看看脚下，也是浓浓雾气，空气中充满了清新的气息。姬旦想迈步向前，加快速度走出这条峡谷，却感到自己不需要行走，自然地被没过了膝盖的雾气给推动着向前流动。

万物皆流，姬旦很享受这种御风而行的快感，但走着走着，他见到那些云雾发出了声音，开始“咩咩”地叫唤了起来，这些神奇的云气正慢慢变成了一群羊，簇拥着他向前奔走。慢慢地，峡谷变得宽阔起来，变成了一个宽宽的山谷，那群羊挨个从姬旦的腿上蹭着往四下里散开奔走。

山谷水草丰茂，不时有小动物起起落落。有群鸟在山谷上空忽高忽低地飞行，虽是很安静的群鸟，却引发了姬旦的好奇心，因为那些鸟并不是寻常所见的长着羽翼的鸟，而是一些闪着银光，似鸟形却不振羽翼的鸟。姬旦可以清晰地看到它们的形态，心中啧啧称奇。

从来没有一个人的梦境像姬幸的梦境这样充满了异趣，让姬旦稍稍忘记了自己是在别人的梦境中行走。他心神放松，仿佛自己不是一个居心叵测的闯入者，而就是自我之梦本身。

羊群在源源不断地涌入山谷，彼此问好，吃草，闲逛。姬旦随心所欲地走着，无所事事。头顶上的群鸟慢慢盘旋着在聚集。也偶然有一两只是从姬旦身边飞起的，但并没有对他有什么敌意。

突然，姬旦在远方看到了一个修长的身影，还有一丛火红色的头发。他一惊，那必然是西域剑客安危无疑！他果然是神使，也能十分自如地进入到姬幸的梦中。

姬旦飞速地跑向安危，只见他提着一把铁剑，十分警惕地向四周探看。从脚步声中，安危已经知道姬旦的接近了，他伸出了手，示意姬旦轻一点，却并不与他交谈。

不一会，云雾的高端传来了一阵强烈的“呼呼”声，几乎是一瞬之间，三个铁山般的巨人从头而落，横亘在安危和姬旦的面前。

“泰坦系统梦境防卫二次警告！请入侵者迅速离开！”

那三个巨人用惊人的音量对着两个陌生人吼叫。他们的手掌开始变红，两手之间变出了一个巨大的光球。

安危冷笑道：“请链接泰坦主机，我们星宿斗士可不是遨游者的敌人，我们在合法清查！你们应该配合我！”

“泰坦系统对客户负责，三次警告！”三个巨人手中的光球已经足够大了，“请迅速离开！”

安危猛然一挥剑，一个硕大的光影之兽从他背后升起，旋风一般扑向三个巨人。那三个家伙似乎没来得及反应，就被那光兽给吞噬了。这阵势，把姬旦吓了一大跳，他心惊肉跳地问：“神使，这些都是什么妖物？”

安危收剑，巨兽也随之被收起，他冷笑道：“一些废物而已，初级的神经杀毒软件还想拦截我！”

“这姬幸的梦中怎么会有这些妖物？”姬旦很好奇地问。

安危道：“可能并不止这些，我们继续走！那个窃贼兴许就藏在他的梦境里！”

听到这句话，姬旦不禁浑身一震，原来西王母托付他的不就是这么一件事吗。他匆匆忙忙提速，跟紧了安危的脚步。

沿着山谷往里面走，有一块巨石。那块巨石像是极轻盈之物而成的，在溪水和草坡之中跳来跳去，却不发出任何的声响。姬旦靠得越近，就越能够清晰地看到巨石上绘满了花纹。当他靠得再近，就惊异地看到，那些繁复的花纹竟然是父亲姬昌日日推演的六十四卦象图。

“要命！”姬旦心里恍然大悟，“父王对这个孩子青睐有加，愿以西岐祖地相赠，必然是因为这个孩子通他呕心沥血所谱的后天八卦，周易之图。唉唉唉，我怎么想不通此节，父亲如今看中的，固然是天下，但天下与他何干，他想为万世留下的，是周易！”

他正想着这事，却看见安危正挥剑劈向那块蹦蹦跳跳的巨石，一边说：“要小心了，这才应该是那孩子自己梦境里的妖物。”

安危的话还没有说完，只见那块石头忽然“轰隆”一声落了下来，硬生生把他给砸在了下面。姬旦慌了神，赶忙上前去推石头，却发现它不再那么轻盈绵软了，沉重无比，与寻常巨石无异。

“神使，神使！”姬旦一时间慌了神，真心害怕安危就此没了，自己有负于西王母之托。情急之下，他感到自己五内如焚，竟俯下身来，伸出手指去扒巨石下的泥土。

“我在上面！”突然半空中传来了安危的声音，“别担心，四王子，小孩子玩的把戏，怎么会难倒星宿斗士！”

姬旦抬起头，看到巨石的顶端似乎模模糊糊地站着一个红发的人，那必然是安危无疑了。他又手忙脚乱地踩着巨石上的缝隙和凹痕，抓着卦象凸凸凹凹的刻痕往石顶上爬。等他气喘吁吁快爬到石头顶端的时候，那石头居然又变得十分绵软并且蹦蹦跳跳了起来，并一蹦几丈高，几乎要把他给颠了下来。

石头的顶端传来了打斗之声，一个陌生青年在高叫着：“等候你很久了，危宿，玄铁斗士黄飞龙在此！”

而安危则狂笑着说：“终于修成玄铁级的夸克了，上次被你逃脱了，不过这次依然得被删除！”

当被颠簸得浑身散架的姬旦到达石头顶部时，他看到安危正和一个目光炯炯的青年缠斗着。那个青年通身穿着玄铁的甲衣，也同样挥舞着一把玄铁剑。他与安危交锋之时，电闪雷鸣，隐隐中一条黑龙在他身后飞跃，协助他一起向安危发起攻击。

七十八　不周山

石头慢慢跳出了山谷，往山崖之上跳跃，诸多的惊险，让姬旦吓得身体都不敢直立起来。只有安危和黄飞龙若无其事地打斗着。姬旦觉得黄飞龙看起来十分眼熟，心下想他必然是那个偷窃了西王母宝物的贼。

安危终于又一次释放了自己的斗魄，一只巨大的燕子飞舞起来，张开巨喙，发出一束极为锋利的光芒。几乎在一瞬间，黄飞龙就像一团黑云一样，被轻易击中，并迅速化成雾气消失了，似乎只有很短暂的一刻交锋。

巨石依然蹦蹦跳跳，安危向下刺出了一剑。那块石头轰然落向深谷之中，不再跃起。然而，正如姬旦在自我混沌之梦所见一般。那块石头依旧是落在了深谷边缘一个悬崖上，摇摇晃晃十分艰险。无数的小羊“咩咩”叫着，撞向这块立在悬崖之畔的石头，让它更加的不稳定，摇摆不休。

姬旦虽然经历过很多的惊险，但这一次也忍不住大呼小叫起来，对着安危嚷嚷道：“快想想办法啊，神使！”

安危如同磐石本身一般吸附在磐石之上，随着磐石摇摆不止，一边神秘地微笑着说：“梦师，这一切不过是一个孩子不安的梦境而已，不要陷入太深，也不要大惊小怪。我们不要太过于惊扰他，闭上眼睛，你自然会平静很多的！”

姬旦瞬间明白了安危的意思。他闭上眼睛，听任脚下巨石的摇摆。摇晃不定之间，他感觉到自己身体迅速下坠，周围越来越热，似大火在烧。

等他的下坠停止了，睁开眼睛一看，自己又来到了那个血红的世界。而安危早已经投入到战斗的状态了，迎接他的是一群持着各种短棍子的人。他们蜂拥着冲向安危，用姬旦听不懂的语言嚷嚷着。

安危对姬旦说：“他们是一些守虚者，要我们投降，或者尽快滚开！”

姬旦就问：“什么是守虚者？”

安危说：“就是一些冥顽不化的人，不惜性命要固守一个即将要成为废墟的地方。而这块地方，在洪荒之中有亿万块！”

姬旦更好奇了，问：“为什么他们要守着一个快成为废墟的地方呢？”

安危说：“因为他们称它是‘家园’！”

他刚刚说完，一边提起姬旦的后领，一跃而起，一下子越过了那些阻拦在他们面前的守虚者。安危似乎可以飞行，两耳边风声呼啸，姬旦吓得双目紧闭，不敢看脚下的世界。

等他们落地之后，姬旦看到两人已经来到了一个浓重云雾笼罩的地方，一条悠长的小径通往云深不可知向之处。

安危领着姬旦继续前行，突然一阵寒风吹来，奇冷入骨，姬旦忍不住浑身哆嗦了起来。不一会，山径上竟然簌簌地落下了雪来。

姬旦打着冷战，对安危说：“神使，家园，是应该要好好守护的地方啊！”

安危摇摇头，非常不以为然地说：“宇宙之大，何处不可以是家园，何必死死抱着一颗小小的尘埃不放！”

姬旦想了想，忽然觉得雪花越落越大，他更冷了，忍不住问道：“这鬼地方是哪里，怎么这么冷？”

安危道：“唯一一条通向望舒城的路，盘着不周之山，有两个三十二万里路这么长！”

“不周山，不周山！”姬旦在嘴里哆哆嗦嗦地重复着这个他听来非常不爽气的名字，“这个孩子的梦境里怎么会有这些稀奇古怪的东西，也能通向混沌世界！”

安危道：“不是这个孩子的梦，这是每一个人共有的梦境。可以说每一个人，哪怕他再冥顽不化，都会在九重梦境中到达混沌之界。在混沌之界，每个人的魂魄都能互通的。不过，只有少数人能在两重梦境之内就能达到这里！所以四王子，仅仅凭着肉身，能在一层之境走入混沌，绝对是某种天赐的禀赋！”

姬旦已经冷得难以自持了。突然山路一转，出现了一个茅屋。那个茅屋的门口居然还坐着一个小女孩。只见那个小女孩容貌极其秀美，是一副蛮夷族人的打扮，穿着绣着繁复花纹的蓝布短衣，头上戴着打造得很精美的银饰，瞪着一双水汪汪天真无邪的大眼睛，赤着脚，听任风雪在身上掠过，却丝毫没有凉意。

姬旦心想：“这或许是一个来自南蛮苗疆的小妮子！”便急忙上前问：“喂，小姑娘，你是哪里人？这是你家吗？”而安危冷笑着不语，紧紧跟在姬旦身后，冷眼旁观。

“我是有苏国的公主！”小姑娘微微一笑，露出明亮的贝齿，说，“在这里等着一个王子！”

姬旦心想我倒是时常见到朝歌城里的有苏国人，何曾见他们有这一副的打扮？不过，他依然保持着礼节，说：“有苏国的孩子啊，你叫啥名字啊，你家大人在家吗？”

那小姑娘突然哇哇大哭了起来，说：“我叫白鹿妲己，我的父母让人给灭门了，这世界上只有我孤零零一个人了！我好可怜！我等着我的王子来拯救我呢！”

她哭得很动情，让姬旦忍不住也心生怜意，哆哆嗦嗦地要去拉她，却不料，他背后一直冷眼旁观的剑客安危突然说道：“望舒城的西北双鱼座守护天将，苏非鹿，没有必要在这里装扮成一个可怜兮兮的小姑娘吧！”

那个小女孩便立刻转哭为笑，站了起来，却似乎在转瞬之间变成了一个几乎与姬旦差不多高的妙龄少女。同时，也是一个美貌绝伦、英姿飒爽的女武士！

如果姬旦的印象没有错，她的面容正是大商国帝辛第一王妃苏妲己的模样。那是一个没有梦的女人，在朝歌城时，姬旦曾试图多次潜入她的梦中，却永远以失败告终。对于姬旦来说，王妃苏妲己是朝歌城中最大的一个谜团。

七十九　睚眦

不过，小姑娘这一瞬间的变化着实让姬旦惊吓得不轻。

梦境一点不比现实来得安全。他想到看来要在少年幸的梦境中寻找那西王母丢失的东西，必然有无穷无尽的阻力，迅速考虑到应该离开这种是非之地。倘若一生困在这个重重叠叠无尽头的梦里，那么大周国刚刚取得战略资源的优势将随同他一起湮灭，又如何有机会在梦境之外战胜大商。

想及此，姬旦忧虑重重。然而，安危与那苏非鹿的恶斗却不可避免了。

那苏非鹿也不知何方神圣，转瞬之间，周身已经披上了一副绛红色的甲胄。那个甲胄上，如刺绣般绘满了银色的龙纹，就像是刚才她头上银饰的花纹。

“铀级少将！”安危抽出铁剑，赞叹道，“果然周身散发出致命的辐射力！有幸正面一遇，也算鄙人的荣幸。”

那个女子却怒斥他说：“危宿斗士加里宁，北方七宿，你身居最末。你应该知道，凭你一人之力，并不是十二天将任何一个的对手！就算我苏非鹿是最弱的一个，也与你并不在同一个维度上对抗！”

安危说：“我们是从完全相同的源素码生成的，不应该是敌人，然而，既然帝安宫主宰赋予我们以使命就是我们的生命。我身负使命，就必然得尽责，即便是黄道十二天将聚全了，我一样要往前冲！况且，我也并非与望舒城和女娲为敌，我只想找到双子座，追回属于帝安宫的东西！”

那苏非鹿轻蔑地说道：“你们帝安宫的人，对故土的最后一丝眷恋都不愿意存留，实在可恶！”

安危说：“我跟好几位夸克战士交手过。你们的能耐，也算有所领教。如果不用交手，我只希望你告诉我双子座现在究竟在哪里？”

苏非鹿从自己的双肩上抽出两柄又细又长的剑来，说：“那么，你得试试一位天将级战士的龙魂了！”

说完，苏非鹿一跃而起，以泰山压顶之势，用双剑向安危劈下来。剑锋带着巨大的爆发力，简直无可阻挡。

但安危还是抵挡住了，他竟然在一瞬间分为了十个人，每人都持着一把铁剑，结成了一个剑阵。苏非鹿落地之后笑了笑，将两把剑擦了擦，说："危宿十星官，全来了吗！"

十人之中，领头的那个安危念了一句令人非常费解的真诀道："归命设多婢洒，那乞叉多罗，娑婆贺！临危受命，勇无不断！"

十个安危迅猛地扑向了双鱼座女天将苏非鹿，随即安危一直仰仗的斗魄，那只巨大的光芒之燕也腾空飞起，把凌厉的风雪都化成了片片的雨滴和云气，撞向苏非鹿。

慌乱之中，其中一个安危出现在姬旦的面前，一推他说："四王子，这将是一场恶战，此地不宜久留！你快走吧！"

姬旦眼睛都睁不开了，慌忙问："该向哪里走呢？"

没有一个安危能够回答他，因为那个双鱼座的女天将已经召唤出了属于自己的龙魂——睚眦！

苏非鹿惊呼一声"睚眦应敌"，一条绛红色的龙突然挣破了那个茅屋，龇牙咧嘴地飞上了九天，然后呼啸着冲击下来。

传说中龙生九子，睚眦就是其中之一。这是一种非常凶猛的龙，附着在刀剑之上，象征着战斗与搏杀，甚至在非常远的距离上，姬旦都能感受到龙魂所散发的巨大热能。

安危的斗魄似乎无法匹敌苏非鹿的龙魂，在睚眦巨大绛红色光芒的笼罩下，那个迎击的燕子，显得无比的弱小。睚眦的光芒如此盛大，很快就要将安危全部给吞没了。

姬旦被震荡的向山下滚去。他听到安危在对着自己说："四王子你快逃吧，我来抵挡住这个邪女！"

他的话声刚落，已经完全被龙魂给吞没了，瞬间生死难料。姬旦心中大叫倒霉，这个西域剑客，怎么连自己与对方的实力对比也搞不清，就贸然送死，愚蠢之极。

姬旦非常狼狈地向不周山脚下逃窜，也顾不得去拯救什么安危了。他害怕自己困死在这里，再也回不到大周国了。

姬旦感觉那漫长的山间天梯似乎变得无边无际了。他越是拼命向下跑，就会出现越多的阶梯。身后的龙魂睚眦在不断呼啸、爆炸，不断引发雷电轰鸣。那个斗魄之燕所发出的尖锐叫声越来越弱了，显然，安危渐渐不敌苏非鹿，甚至有性命之忧了。这个少年的梦境太可怕，他是一个存在人间的危险！姬旦毫不犹豫地认定这一点。

就在一个山崖的拐角，姬旦发现安危所说的独一条的不周山山路变得歧路重重。眼下就有三条歧路，都通向云深不知处。身后的轰鸣已经大到了极致，整个不周山都因为苏非鹿与安危的搏斗而震动。

姬旦没有选择了，他只有选其中的一条山路夺路奔跑，也不论它通向何方。

"啊！"半山腰似乎传来了安危的惨叫，更加剧了姬旦的恐惧。然而，他又被三条歧路给拦住了。没有时间了，姬旦觉得自己在这个梦中已经待了快有十年的光阴，他又随便选了一条路奔跑。

在道路中间，姬旦却被一个牧羊少年给拦住了。这个少年在山腰的山涧上放着一群山羊，他身穿一件小坎肩。坎肩的正面绣着一个三角形的太极标志，背面则绣着一个圆形的黑白对分标志。那个少年，就是让姬旦很猜忌的少年姬幸。

"王子，你在我的梦中迷路了吗？"那个牧羊少年很和气地问。

不知怎地，见到姬幸，姬旦有一种强烈的不愉悦感和不安感，他真心觉得这个姬幸是大周一个祸根。父亲一定受到这个妖孩的蛊惑，他暗下决心，要帮助生性慈和的父亲做一个决断，在到达西岐之前除掉他。

不过作为"梦师"，他知道一个秘诀，那就是在梦境中遇到"梦主"本人，一定不要与之有任何的争执——因为此时此刻，梦主也在他的梦境中看到了自己。自己千万不能引起梦主的不适，否则梦境的境遇会被带入到现实之中。一定要设法愉悦梦主，自己才能安妥身退。

在帝辛的梦中，姬旦曾经扮成宫人，为帝辛高奏一曲，安抚了帝辛那颗时刻不得安宁的内心；在比干的梦中，姬旦曾经扮成知己的门客，劝说他退隐山林，结果比干变得更加固执，冒死进谏，死得其所；在姬幸的梦中，姬旦觉得自己不需要装扮，可以径直取得这个孩子的信任。

不周山在剧烈地摇晃，不时有山石滚落下来，一些小石子还砸中了姬旦的后脑勺。留给他的时间不多了。

八十　出梦

“孩子，认得我是谁吗？”姬旦饱含热泪地说，“认得吗？”

牧羊少年姬幸说：“您应该是西域来的王子啊，我认得的，难道不是你吗？”

姬旦说：“不是不是，你说错了，我可是你的亲四哥啊，我是你的四哥啊！我奉父亲之命找你找得好苦啊！”

说着，姬旦一把抱起了牧羊少年幸，仿佛跟他分别了很久很久。作为梦师，在梦主的睡梦中做身体接触其实是非常危险的事情，因为出于自卫的本能，梦主多半会对身体接触做对抗反应。然而，少年幸却也紧紧抱起姬旦，说：“我不是无父无母的孩子，我还有自己的哥哥啊！”

姬旦连连点头说：“自然，自然，我们是失散已久的一家人！你有十个哥哥，而我，正是你的四哥！”

少年幸说：“这是真的吗，我不是在做梦吧？”

姬旦用十分肯定的语气说：“真的，非常真实的！你绝不是做梦！”

不周山的震动更加地剧烈了，他已经看到有磨盘大的石头滚落到山下的云海之中，就连那条从不周山顶蜿蜒下来的山路也渐渐开裂起来，裂出一条巨大的缝隙。

少年幸却十分从容，那些攀在山崖上的羊们还悠然地在啃吃着那些石头缝隙中的草。这是他自己的梦，姬旦非常明白，他不会让自己身处危险的，然而身为闯入者的梦师就很难说了。他现在很焦虑的，就是如何从梦境的困顿中摆脱出来。

少年幸说："经常有人闯入我的梦境，寻找一个人交给我的东西，搞得我现在无法分清楚梦境与现实。你会不会是什么梦中人！"

"不是，不是！"姬旦一再强调，"我就是你的四哥，姬旦，从今以后我们就是一家人，不离不弃，也不必互相猜忌！"

"轰轰！"又两声巨响。少年幸很入神地听着姬旦的话，不愿意被人打断，他仰头对着云海之上说："快安静下来，我要跟四哥说话，不要打斗不休了！"

应着少年的话，他的身后飞出了一条双头的巨大赤龙。这条龙硕大无朋，浑身被一条粗大的锁链所缠绕，发出叮叮当当的响声。

这条双头龙是从云海之中突如其来现身的，令姬旦毫无防备。他简直被它给吓蒙了，两条腿不由自主地哆嗦起来。然而，群羊却见怪不惊，依旧从容地吃草进食。

"龙！"那个梦中的少年幸说，"让他们别打了！"

那条双头龙俯身听了少年的话，立刻带着锁链向云端飞去，咣咣当当，锁链碰撞的声音令人震耳欲聋。那条双头赤龙，只是在云层里怒吼了一声，结果大地和不周山的震颤顷刻之间平息了。整个不周山瞬间变得无比的寂静，周遭一切变得前所未有的宁静，安静到簌簌的风声也凝固了起来。

姬旦从震撼中回过神来，战战兢兢地问："小弟啊，这条龙是从哪里来的哇？它该不会是哪个天将的龙魂吧？"

少年幸说："不知道啊，什么叫作龙魂？它叫哇呜，我能够梦之时，它就在这里了。我叫那个大龙头哇，叫那个小龙头呜。哇呜从来不咬人的，四哥你不用害怕！"

姬旦说："那么为什么它身上会有这么多的锁链？"

少年幸摇摇头说："我也不知道，我见到它的时候就是这样了！或许是哪个厉害的人干的吧！"

姬旦说："那条龙，它很听你话吗？"

少年幸说："有时候听，有时候不听，不过它已经越来越驯服了。我用它来驱赶所有闯到这里来的怪人们。"

姬旦点点头说：“好，你在这里应该挺安全的，有这么一条龙保护着你，做哥哥的很放心了，十分放心！”

少年幸道：“那么四哥，你为什么到这里来呢？”

姬旦说：“难道你忘了吗？我就是千里迢迢来找你的。为了找到你，我费尽了心机，吃尽了苦头，差点还被有苏国的人给杀了！”

少年幸很感动又很愧疚地说：“只有我的亲哥哥才肯这样，让你受苦啦！”

姬旦赶忙说：“没事没事，现在我被困在了这个山上，找不到回去的路了。你既然一直在这里放羊，不如跟着我一起走，带我下山去吧！”

那梦中的少年幸说：“好哇，迷了路真是一件令人感到头疼的事情，我来带你走吧！”

说走就走，少年幸转身就领着姬旦出山。尽管疑虑重重，姬旦还是跟着他往山下走了。一路上，他盯着少年后坎肩上的圆形黑白标志发愣，无从得知那代表着什么。

走了并不算很远的一段路。少年和他的羊群突然停滞了下来，迷雾越来越大，根本无从查看路要通向何方。当姬旦跟随着少年走出那一段迷雾的时候，他发现自己又来到了出发时的那个山谷。

羊儿们占据了全部的草地，那块石头依旧搁在那个草坡上。少年高兴地对姬旦说：“四哥啊，四哥，走过这片草地和山谷，外面就是通向你家的出路了，你快去吧！”

姬旦很好奇地说试探着说：“难道你不跟着我一起去吗？去西岐，在岐山脚下，有你和我共同的、真正的家园！”

牧羊少年摇了摇头，对他笑着说：“我不去了，我知道你是在哄我，那不是我真正的家！我的家就在这个山谷里，我其实就是一个放羊的孩子！”

姬旦欲言又止，无法跟他再说更多了。他忽然看到那块大石头上，居然坐着一个黑衣之人。那人似乎非常消瘦，在浓雾之中，面庞若隐若现。他抬头看了一眼匆匆逃路的姬旦，冲着他神秘地笑了一下。他的一只眼睛是黑色的，另一只眼睛居然是金色的。

姬旦心中一凛，问牧羊少年说：“敢问这位先生，是从何而来的神圣？”

少年幸说："我也不认识他！他是一个陌生人，除了我给他取的名字，呵，他没有其他的名字！不过没关系，他很友善的，他教会我很多的东西，也送给我东西！"

姬旦向少年挥别，却死死盯着那人看，慢慢地走向山谷的出口。那人一直坐在那个石头上一动不动，似乎在深深思考着某个问题。

姬旦脑子转得飞快。他陡然想到了少年提及的"也送给我东西"几个字，突然强烈地猜测到，安危所追查的那个偷窃西王母的贼，一定跟这个人有关。可是，他不能再停滞了，隐隐的不安感促动着他得尽快离开。知道得太多，意味着危险更多。他可不想像安危那样被强大的望舒城天将消灭在混沌世界里。

"四王子殿下！"一个空灵的声音从某个不易觉察到的地方突然传到了姬旦的耳中，"过了那个山谷，可不要再回头，再来就要放弃一切的希望！"

这个声音，似乎就是那个黑衣人对姬旦说的，又似乎不是。但不管是不是，这声音都吓得他有点心惊胆战，忍不住狂奔起来。

长篇小说

少年幸之旅

（下）

第一部　牧野大战

从前，我们的母语只被用来占卜吉凶

它所关注的，始终是命运与前途

——袁杰诗《卜辞》

江苏凤凰文艺出版社

第十八章
梦外劫难

八十一　遇匪

姬旦醒来之后，感觉这个梦境实在太过于漫长，自己内心一下子老却了很多岁，令他觉得疲惫异常，并心有余悸，就差那么一点点，似乎就永远没法走出那个少年幸的梦境了。

然而，这还不是最糟糕的，更糟糕的是他发现，眼下的现实之中比梦境还要坏——他和他的商队已经成了一股流匪的俘虏。

这股流匪看来并非是那种村野流民组成的强盗，而是一些溃兵，有三四百人之多。他们看起来狼狈不堪，盔甲不全，但手持的却是只有正规军才有的制式武器。他们像一群饿狼一样打劫了商队，将昏睡中的姬旦和少年姬幸捆得严严实实。

姬旦一开始以为自己还在梦境之中，当他满怀狐疑地看到少年姬幸也被捆了起来，方才知道自己并非做梦，而是成了流寇的俘虏了。现实比梦境难对付，姬旦暗自叫苦不迭。他看了看昨晚那堆篝火，只剩下余烬了，而跟他一起围坐在篝火边的西域剑客们却并不在。

那个强盗头子，是一个面目狰狞、满脸虬髯的中年壮汉，他好奇地用手指弹着铁剑刀刃，一口浓重的西域口音问询："好小子，你倒睡得挺香——这是什么个东西！"

姬旦如实相告："这是铁器！"

那人不屑一顾地说："我只听说天下只有青铜器，哪里来的铁这么个玩意，纯粹胡说八道！"

姬旦本来提着一颗心，害怕他认识到铁剑的价值，泄露了事关大周命脉的秘密，但听他这一说，反而很从容了，要让愚人们认识到新东西其实还是很难的事情。兴许就算把这把铁剑进贡给帝辛，他也未必能懂得其中的价值。

那人又问："你们是崇国的商人？"

姬旦说："正是，我们是受大商国保护的崇侯的商队！好汉们应该从西域来，此去潼关之外，就是崇国，普天之下，莫过商土，你我都是大商西域王臣，有话好好说，好好说！"

那人忍不住发怒起来："别跟我提什么崇侯，这个见死不救的家伙，白白让我密须国被周国人给攻破了，我正要去朝歌城向帝辛禀报！"

他这一怒，让姬旦彻底明了了身份。原来并非是打家劫舍的强盗，他们是来自密须国的溃兵，果然是密须人的口音。他内心是既喜又忧，喜的是看来父王姬昌的西征是成功了，击退了反叛的犬戎人，与义渠国交好，也灭了密须国，几乎没有什么后顾之忧了；忧虑的是，这帮溃兵要是知道自己是周人的身份，一定不可能让自己活着回到西岐去的。

姬旦一直要等到辗转回到西岐之后，才了解到周国灭密须国的整个作战的经过：

这一年，是公元前 1057 年。为了扫除后顾之忧，姬昌先令太师姜尚姜子牙率领周军，征服不肯与周国结盟的犬戎部落。犬戎人没有定见，本来就是跟周国人且战且和，互相通市，看到周兵兴师动众，打了两次小仗都落败，就知道不是闹着玩的，立刻献上大批的马匹牛羊来。周文王倒也好说话，立刻以等值的粮食和盐交换，周戎复和。

出征犬戎刚刚结束不到一个月，姜尚就向文王请命说："密须国一直与崇国结盟，比之犬戎，也算我们背后的大敌，可兵发泾水，先灭密须！"

姬昌考虑再三，并没有同意姜尚的要求。理由很简单，对西域出兵太繁，获利不多，周国不堪其负担。

就在这个时候，从泾水密须国传来一个惊人的消息：周国通商西域、贩卖粮食的商人在密须被无罪打死！这件事传到岐山下，周国上下大怒，纷纷请求文王出兵伐密须国。民意汹汹如此，文王就下定决心下令：“举国动员，出兵密须！”

文王立刻召见麾下大将南宫适，请他带兵西征。南宫适深知密须是西域的大国，绝非一师两师的兵力所能战胜的，至少得倾一半周人之兵，而且要太师姜尚亲自出马。姜尚西征犬戎刚刚归来，姬昌本不愿意动用他。

南宫适诚意相劝，说：“大王，我只是个武夫，冲锋陷阵有勇气，但谋划灭国之战，尚无经验。太师是一个深谋远虑的人，平定西戎，用力很小，但收功很大，这完全是用心谋划的结果。这方面，我远不如他。我只怕没有他去，强攻密须，自损太多，有愧于国人啊！”

姬昌沉思了很久，最后说：“将军所言极是，这次出征，就请你为先锋，而太师为统帅！不论功成与否，都要全身归来！”南宫适颇为文王的厚爱而感动，三拜领命，称“不灭密须，誓不归国”！

第二天，深居简出的周文王姬昌亲自出宫，点将发兵，一共动员了两万人马，即日出征。他拜姜子牙为西征元帅，南宫适为前将军兼先锋，以姜子牙长子姜伋为左将军、大弟子武吉为右将军，浩浩荡荡向正北方的密须国杀去。

密须国完全没有防备周国人会如此大动干戈，等到他们边境的巡逻兵看到周国人马的阵势之后，完全吓破了胆，匆忙到国都去，禀报国君。

密须国是大商正正规规分封的外方诸侯国，仅仅因为一个商人之死就要蒙受亡国之痛，国君没有料到，整个密须的臣子们也没有料到。国君急忙令人再向北去，向共国和阮国求援，又派一辆快车绕道东北，向崇国求援。

实际上，作为军师的姜尚早已经料到了会有这三个方向的救兵，因此并没有派人对任何一个方向做出拦截。若阮国和共国派出援军，周国就有理由攻打阮国和共国。甚至是崇国，如果轻举妄动，也必然是其下一个讨伐的目标。

为了对付援军，姜尚首先安排长子姜伋带领五千人马西去，在茂林中埋伏，全军隐蔽。等到阮国援兵东来，待其军过一半，从林中杀出，断其首尾，消灭阮国的援军。

姜尚又安排大弟子武吉率军五千，当夜悄悄西去八十里，在泾水岸边的深草处埋伏。第二天早上，让士兵饱食之后，全数隐藏起来。坐等共国援军渡河南来，待其军渡到一半，弓箭齐放，猛烈攻打敌人的两翼。敌军败退时，也不许追赶——只要打退共国人的援军就成。

至于崇国的援军，南宫适更为担忧，因为崇国的实力远在密须、共国和阮国之上，与周国旗鼓相当。姜子牙很自信地对他说："崇侯虎这个人是个猛士，一身功夫，出得了生入得了死。然而，为君为帅，总是目光短浅，气量狭小，贪小得而失大义，实在不足为虑。这次我们与密须国作战，他一定是按兵不动，摇摆不定！"

南宫适说："那么，崇国人就是不会来了吗？"

姜子牙摇摇头说："他们来不来，全在我们！"

南宫适很奇怪地问："太师此话怎讲？"

姜子牙说："崇侯虎这人，别说我们打败了，倘若我们胜得太艰难、太慢，他一定会出兵的！只要我们速战速决，他必定不敢出兵。南宫将军，此番虽是西征北伐，但一战成败，事关我国之东去大业。我与将军约为生死，共克此难，不胜不归！"

南宫适将手按在剑柄上，非常信服地点了点头，也深知这次任务绝非感觉上的那么简单。

八十一　攻防

果然如姜子牙所算，姜伋和武吉围点打援都取得了大胜，阮国和共国的援军先后中了埋伏，各自退了回去。

姜伋带领五千军士，埋伏在西面六十里。到了正午时分，阮国将近三千人数的救兵果然到来。阮国本来与密须国有隙，密须国曾经联合崇国，一起侵占阮国人的土地，但大敌当前，阮人也能够捐弃前嫌，匆急来救密须人。

可惜他们急而无智，让日后成为齐国第二代君主——齐丁公的姜伋捡了个大便宜。趁着阮人救急，兵行半数，姜伋一声令下，号角齐鸣，周军杀出密林举起戈矛，冲断阮军行列。分为两段，剧烈战斗，互有伤亡，不到半个时辰，阮军后队怯战而逃，阮军前队全部被歼。

武吉攻打共国的援兵也大致如此。共国甚至还不如阮国人那么强悍，遭遇周兵的飞箭之雨，立刻撤退，几乎没有什么交锋可言。

尽管打援顺利，但令姜尚失算的事是，攻打密须国并没有他设想的那么顺利。

密须国人获得了崇国人援助的造城之法，所营造的城池十分坚固。得知姜尚带兵入侵后，全国境内的力量都集中到国都之中。密须为小国，与犬戎时战时和，与周国也是时战时和。长期夹缝中的生存，让整个国中之人备战意识很充分。

姜尚大军还没有完全到密须国都城下，密须君就派遣特使前来，特使责问周国人："你们兵不守国，为何犯我密须？"姜尚反问道："你杀死西岐商人，该当何罪？"

特使道："我密须自有粮米！你大周国的商人来了，以低于我国的市价大量抛售，使我国米粮皆贱。这样乱市，那些种粮的小农自然会与你国商人有纠纷，激怒之下，出手杀人，本来小事一件，何必兴此大兵，要灭我国、毁我家！"

姜尚十分不以为然："哼，你国君贪图安乐，治国无法，听任米粮高抬，穷人买不起粮食，难以果腹。文王恩泽八方，派出商人远送粟米。你国人一片恶意，杀死周国商人。密须国必须要付出代价，不要再奢望什么和平了！"

说完这番话，姜尚就赶走了使者。使者向国君回禀，令国君满心寒意，他知道这注定是生死一战了，立即调集城防，以御周人。

等姜尚的大军浩浩荡荡杀到密都城下，密须人已经做好了全盘的准备。其实，当时姜尚领兵不久，并未打过多少攻城战，也不知深浅，只是面对密都，用白旄一指东门，高声下令道："攻城！"

三军闻令，自然个个奋勇当先，冒死攻城。然而，经常被犬戎人围城的密须人城防非常严谨。因为掌握的青铜有限，他们使用的是石箭和骨箭，先是石、骨箭齐发，杀退了周人的几波进攻。当周人准备好镶嵌青铜防护的盾牌向上冲时，密须人早已经升起了火，点燃了浸润了动物油脂的火球——这是他们通常用来对付犬戎人的办法。

巨大的火球从城墙上抛下来，沾着周人的衣物即燃，把城墙下变成了火场。周兵猝不及防，鬼哭狼嚎，死伤惨重。好在姜子牙急中生智，让人用沙土灭火，好歹拖出不少烧得半焦的士兵。

姜子牙受到密须人的启发，又令人用燃着油脂的火箭攻击密须人。没有想到，密须人也做好了充分准备，城头墙角备好了水，见就火就扑灭，并没有引起太大的损伤。

日攻之外，姜子牙也用上夜攻，但密须人昼夜轮防，根本不给周军机会。他也考虑过挖开泾水，水淹密须。可是密须都城地势也不低，引水工程太大，耗日持久。那么，斗来斗去，只有一策可行，就是长期围城，让密须人自己消耗掉存粮。

到了第五天，密须国王又差使者到姜子牙营中说："大周王姬昌陛下，向来以德行著称，这次因小过节，兴灭国之兵，显然志非图我小小密须。我祟密愿意归顺大周国，不再向殷商称臣，只求留我社稷，以图一族之安！"

姜子牙得到这个密告，思考了很久，决定拒绝密须国君的建议。他很担心的是，自己刚刚从密都下撤军，崇侯虎的兵马又杀到了面前。内外夹击，让大周功亏一篑。这样一来，密都的攻防战又打了半个月。

然而，令姜子牙没有料到的是，即使如此僵持不下，疑虑重重的崇侯虎并没有立即派兵来救援密须国。崇侯虎想的是救援密须战线拉得太长，倒不如坐山观虎斗，等密须国破了，自己可以趁机收罗密须逃亡出来的人，日后用他们打先锋，与周人决一死战。

这一日，姜子牙合了姜伋和武吉的兵，与南宫适一起苦寻破密须的良策。不想有士兵来报告说，密须东城门大开，有人在里面高声喊道："大周兵快快入内来！"

南宫适也顾不得是否有诈，匆忙领了一支大军杀进密都。原来是密须国发生了内乱，国君希望与周人媾和的消息传了出去，引起了恐慌。

密须国有部分人乃是殷商武丁王征讨西狄的戍边部队后裔。有殷商血统的部分士兵们猜忌国君，发起了叛乱，企图夺取王宫，杀掉国君。而密须本族之人，特别是那些处于饥饿恐慌中的老百姓，则打开了城门，放周军入城。

密须国君已经无法掌控局面了，他退到自己的小小官府之中，紧闭宫门，登墙防守。反叛的士兵力图攻打王宫，国君又向周人求救。匆促之中，令姜子牙和南宫适都无法分辨敌我，只有命令前军将士多备弓箭。在长箭上捆上柴草，泼上油，趁着到日落时，点火放箭，火烧密须宫，先逼出国君再说。

日暮后，密须国君坐立不安，忽见宫中起火。只好奔出大殿，赤裸着上身，牵着两头羊，冒着被叛军杀死的危险，穿梭到姜子牙阵前乞和——这是那个时代诸侯国君投降的标准仪式。就此，密须一战宣布告终。

姜子牙倒也大度，令人保护好密须王，飞速向周文王禀报了大捷。周文王大喜之余，考虑到密须人存国保族的感情，接纳了他们的归降，并把所有投降了密须的残部迁徙到了岐山以南，分配土地给他们耕种。同时还许诺将来有机会，允许他们重建密须国。

后来，武王伐纣，建立周朝，大封诸侯。密须氏趁机向周王室上书请求复国。可惜，经历了周成王、周康王、周昭王、周穆王四朝后，密须国又被周恭王派兵所灭。后来不屈不挠的密须氏迁至中原，重建新密国，始有今天的新密。到了春秋时代，新密国被郑国所灭，成为郑的附庸。这些，都是后话了。

混乱之中，大部分的密须人都跟着国君一起投降了周人，但是还有一小股的密须军队杀出了周军的包围，奔向东土朝歌求援。

这部分人绕过了狼心狗肺、不愿救急的崇国，历经千辛万苦来到了殷商境内，一路靠打家劫舍为食。没想到遇到了姬旦乔装打扮的这个商队，几乎不用费心思，先劫了再说。

一路上，他们至少已经打劫过三个商队了，仅仅想勒索点钱财和食物，倒也没有干多少伤天害理的事。在密须国，这群溃兵好歹也是贵族。他们还是有自己的底线的。

八十二　暴露

姬旦在苦苦思索解脱之法，然而这时候，就像造成自己亡国的失败那样，密须国人又起了内讧。

那密须国溃兵的头领，让手下搜查了他们所运送的货物。都是一些刚刚出炉的青铜器具，倘若劫走的话，估摸着能换不少的粮食，的确令溃兵们群情振奋。

既然能卖掉青铜器，那么抓来的这些人能不能卖呢？这群密须国溃兵分成了两拨，一拨是军官们他们认为得人货物，就应该饶人性命，应该放走这帮倒霉的崇国商人，以免招致更多的麻烦；另一拨士兵们认为，崇国人见死不救，坑害了密须，密须人应该报仇到底，把这一帮商人们也当成奴隶给卖掉，再多一笔钱财，指不定到了朝歌就能用上。

姬旦听到他们的争执，连忙说："诸位密须英雄，我家世代经商，积累了不少财富，如果你们要卖我，不如让我自己赎身，我给你们更多的钱财，只求别把我卖成奴隶！"

领头的那个虬髯军官说："你把我们带到崇国，让崇侯虎发兵攻打我们——是不是你的盘算，我们才不上这个当！"

姬旦慌忙摇头说："何敢，何敢，这批货物，我肯定不追讨了。诸位之国已经败亡，实在是大不幸之事，权且当收下鄙人对密须国的一点心意！"

他这句话倒触碰到那个军官的痛处，他说："嗯，可恶的周人，我以后遇到一个杀一个，遇到两个杀一双！最好让我遇到姓姬一家的，一定让他们千刀万剐！"

他的话还没有说完，突然被抓的商队之中，有一个人倏地站了起来，大声嚷道："密须国人，倘若我告诉你一个天大的秘密，让你们快意恩仇，甚至复国有望，你们放不放了我！"

那人就是给少年幸拉牛车的脚夫，一个姬旦门下的苍头老奴。姬旦看他贸然站起，心下咯噔一惊，就知道大事不好！

那虬髯军官提着青铜剑，走到那个脚夫面前，眯着眼睛向他询问：“喔，是吗，你会有什么可以让我们复国的惊天秘密？”

那老奴急不可待地说：“我们这里面就有姬家的人，还是周王姬昌的亲儿子！”

那军官一听，连忙把剑架在他的脖子上大声喝问：“是谁？快快指认出来！”

那个赶牛车的老奴用嘴努了努被捆住在最前面的姬旦，用耳语一般的声音说：“他是姬昌家的老四，姬旦！”

“哇哈哈！”那军官一脚踢翻老奴，踩着他的头问，“还有没有了？有没有了？”

那个老奴在军官的脚底下大声说：“还有姬昌收的一个义子，在那里，在那里！”他的目光瞧向了少年幸。

军官仰头对着天空长舒一口气：“苍天有眼哪，我密须复国有望！我三个儿子都战死在密须，苍天有眼把姬昌的儿子送给我了！”

他迅速跑到姬旦面前，将姬旦拎了起来，质问：“你就是姬家的老四姬旦！”

姬旦笑笑，从容地说：“怎么可能，我是崇国的商人崇子高，别听那个昏奴胡说！他就是想卖主求命而已！我腰牌上刻着我的名字，货物上打着我的印记，太师可以去查看！”

军官摇摇头，笑着说：“四王子，他要是不说，我自己都不敢认，但是那个老东西点破了，我确信无疑。当年你周人和我密须国和议，一起出兵攻打犬戎人，应该就是四王子你做的周使吧！”

姬旦一惊，这才想起这个军官其实是密须国子姓的一个千夫长，是当年受国君委派迎接大周王子来使的人。不过，尽管如此，他依然不动声色：“我只是个崇国小商，哪里敢冒充大周国的王子，太师一定是搞错了。如果您存心要杀我，现在动手，我也绝不眨眼，弄错了仇家，也并不是什么快意的事情！”

那个虬髯军官哈哈大笑道：“人人都说姬家四子聪明无双，长着三个脑袋。

好好好，我子丰是弄错了。”

他提着剑慢慢走向少年幸，问：“小家伙，人人都说你是姬昌的养子，你是不是！”

少年幸昏昏沉沉，本一心想着自由逃走，却又横遭被人俘虏的劫难，不免又胆战心惊起来，结结巴巴地说：“我，我是。”

那个名叫子丰的军官拿着剑刺向他，想吓唬吓唬他，却完全没有防备一道热光从他眼前一闪——他的剑瞬间被击断了，令他惊愕万分，吓得连连后退。

姬旦心中也惊呼：“昆仑青鸟！”他脑子飞转着，寻思如何启动义弟姬幸身上的这一潜能，帮助大家脱困。

那个赶牛车的老奴连忙说：“这个孩子是个妖童，难道将军没有听说姬昌在羑里大狱里认了一个雷神的子息做义子吗？就是他啊！四王子此番前来，就是为了找这个孩子！”

那个军官匆忙从一个属下手里夺过另一支青铜剑，转身走向姬旦说：“虽然我没听说过这些事情，但不用别人多费唇舌，你就是姬旦无疑！我要带你去朝歌！”

说着，他一把拉起姬旦来，用剑架在他的脖子上。这些本来毫无方向的密须国溃兵，听说首领俘虏了周国的四王子，都是兴奋异常。他们当中不少人的父母兄弟或战死，或做了周人的俘虏，溃败之中竟然捉住了一条大鱼，实在是意外之喜。

“把那个小的也拉起来，我们这就去朝歌求见帝辛陛下！”子丰吩咐道。

那老奴赶忙说：“诸位既然得着了四王子，该将老奴放了！这些铜器诸位带着也不方便，不如分一些给老奴，也有些逃命的盘缠！”

密须千夫长子丰骂说：“卖主求荣的狗奴隶，我不杀你就是奖赏你了，割了他的绳子，让他滚！”

一个士兵割开了那个老奴的绳子，他也不敢再看姬旦一眼，仓皇逃走了。

这帮密须人将所有的货物和战俘收拾收拾，赶着牛马和战俘往朝歌方向走去。首领子丰严密地押着姬旦，用剑抵住他的后背，乘上一辆马车。另一个精壮的士兵则押着少年幸，乘着一辆牛车前行。

姬旦内心十分郁闷。他真没想到自己潜行多年居然困在一群溃兵之手中。在朝歌城帝辛的眼皮子底下呼风唤雨、如入无人之境，如今却被这样捆成俘虏去见帝辛，简直有辱大周王室的尊严。

姬旦一直在寻思，那西域八剑客，就算安危在姬幸的梦中被苏非鹿给灭掉了，至少其他七人还在。他们本该轮番值守，担任警戒的，都跑哪里去了？难道是这些西狄剑客出卖了自己？

姬旦百感交集，心中苦无应对的良策，只有坐等时机了。

八十三　山戎

那些密须国的溃兵押送着自己的战利品又往朝歌去。由于行走在大商国的中原腹地，他们倒十分从容，全无亡国溃败的样子。

就在他们走出狭长的山谷，到平原之地时，姬旦在马车里听到了一声尖锐老鹰的长鸣。一瞬间，他的沮丧一扫而空。那是西域剑客们彼此联络的信号，姬旦终于得知他们并没有走远。

姬旦主动跟密须的千夫长子丰搭话：“将军，你把我们交给帝辛实在是大大地失算！”

子丰问：“是吗，四王子有何高见啊？”

姬旦说：“帝辛正聚集兵马准备东征。殷商之人本来就起源于东土，防东土落入蛮夷人之手，远比西域更要紧。他们并不看重西域之事。密须国的存亡，对他们来说并不打紧。”

子丰说：“但你们周人一天天壮大，也还是殷商的心头大患啊！”

姬旦说：“毕竟不迫在眉睫。你把我交给帝辛，他顶多是扣押着我等，也奈何不了什么。做商人，最应该知道的是把货物卖给怎样的人。其实密须国灭亡之后，最关心的人，是崇侯虎。我估计他应该是日夜不宁，如果你把我等交给他，他一定会比帝辛还要看重的！”

子丰说：“崇侯虎见死不救，不可信。你别啰嗦，从这里到朝歌很近，到崇国很远，我可不想夜长梦多！”

他的话还没有说完，就发现山谷口已经有一群披头散发的野蛮人排列着，驾着各式各样的马车，似乎坐等他们出谷。

子丰全无防备，被这群野蛮人吓了一大跳。他仔细一看这些人并非他在密须国时常打交道的犬戎人，很多人袒露着左臂，束着发，胸口挂着各种骨头与绿松石的饰品。有一些人头上还带着雄鹿角的冠。

不过，姬旦一眼就认出了这些人的来历，告诉背后躲着的密须子丰说：“他们是山戎人！”

“山戎？”子丰十分诧异，“不是应该待在极北之地，怎么出现在这里了？”

姬旦摇摇头说：“我也很吃惊，不过殷商喜欢掳掠这些蛮夷，用他们做奴隶，做祭祀先祖王亥的牺牲。他们或许是被大商国赶到这里的来的！你们密须人本应该待在大商西域，不也是到这里来了吗？”

子丰下令一个胆大的兵士向前说话：“诸位山戎壮士，我等是给大商帝辛押送贡品的密须国人，与诸位狭路相逢但并不为敌，请诸位让开路，好让我们直去朝歌！”

山戎人那边很快就有人用殷商语言回话了：“让你们过去可以，但必须把你们手上的大周国四王子殿下交给我们！”

密须子丰倒完全没有防备这伙山戎人居然是冲着自己的战利品而来的，慌忙挥剑指挥自己的部下们列阵迎敌。三百多人立刻摆成了前后两层的防御阵型，他们抢夺到了姬旦商队大量的箭矢，足够抵御这伙总数看来不会超过五百人的山戎。

子丰大声嚷道：“山戎的好汉，我们在西域，你们在北疆，本来毫不相干的，有缘在中原相会是幸事，何故要为难我们？姬家老四已经是我们的俘虏，不会给你们的！”

那边的山戎人答说：“我们是内山戎，准备举族迁往中原，我们的头人遇到了至交老友，劝我们到西岐投奔周王。我族贫苦，本来没有啥可以进贡给周王的，现在能将四王子救出来，也算一份大礼！”

山戎族是一支生活在北方的民族，从传说中的三皇五帝时代，就有他们的身影存在。山戎一直生活在燕山一带，是以林中狩猎和放牧为主的游牧民族。但是，随着历史的变迁，特别是殷商时期北方变暖，山戎人伴随游牧，也学华夏族，逐渐开始了农耕。

在当时，那些顽强保持着游牧习性的山戎被叫作“外山戎”，那些渐渐学习农耕的山戎叫作“内山戎”。外山戎崇尚游牧，暴力，掠夺，内山戎久习农耕，日渐文明化，十分向往中原文明。因此外山戎和内山戎虽同属一族，也常常发生纷争。这群山戎人是内山戎的“黄鹰部落”，以鹰为尊神，因为不堪外山戎的欺凌，举族内迁。

密须子丰虽然也是西鄙之地长成的军人，但他依旧自负有殷商血统，颇瞧不起野蛮的山戎人，觉得与他们没有丝毫商量的余地，只是再次警告他们：“诸位，我们素不相识，往来无冤仇，不想与你们交战，请你们快快离开！否则，休怪我们的刀剑不认人！”

他的话说完，山戎人那边有长久的沉默。突然，一辆车慢慢驾出来，车上一人朗声道：“四王子是我等的主人，你们无辜劫掠我的主人，怎么能说无仇无怨！”

那车上站着一个细而瘦，脸长鼻子尖的黄发之人，姬旦仔细看清楚了，正是西域八剑客之一的安昴。

“安昴，安昴！你们都去哪里了？”姬旦看到安昴，忍不住兴奋地叫嚷起来。密须子丰慌忙一挺剑，抵住他后心。

安昴远远向姬旦行礼，说：“让四王子受苦了。昨晚到后半夜，我们的师兄安危在睡梦中突然苦嚎连连、朝着北方发狂奔跑，快得如同中邪一般。我们七人怎么拦也没有拦住，只好追着他向北而去。到了清晨，遇到多条歧路，情急之下，七人就分头去寻找。”

姬旦点点头，心里说：“他们肯定不知道安危的真魄，恐怕已经在梦境中死于苏非鹿的龙魂之下了！”

安昴继续说：“愚仆也就是在追赶安危的路上，遇到这帮山戎朋友的。当年，我游历北疆，有幸结识黄鹰部族的朋友，没想到又在今天遇到。跟他们一叙之下，他们的巫师告诉我说梦见山谷地里有一只四头之龙被群小捆绑。我方知道大事不好，天命在捉弄我们，使我等顾尾不顾头，四王子有难，赶忙请这群朋友帮忙救驾！没想到还是迟了一步，愚仆该死！”

姬旦仰头长叹，说：“不打紧，不打紧，他们劫不走我们，想办法救姬幸为要！”

八十四　缠斗

情况陡变，令密须子丰都有点猝不及防了。一战不可避免，他慌忙排兵布阵，应对山戎的进攻。

与戎狄作战，子丰的经验还是很丰富的。每年的秋天，北方的犬戎人都要趁着密须国人的粮食丰收前来劫掠。这些野蛮人，就像他们所崇拜的野犬，能悄无声息地渗透到密须境内，再在国人毫无防备的情况下，在乡野里四处掠夺，除了粮食，还有牲口和女人。

作为千夫长，子丰主要调度一支巡逻的马车兵，根据国境内的烽火报警，支援那些遭受犬戎攻击的村落。他深知，这些戎人并不足惧。他们的力气未必胜过国人，他们所凭借的无非是突然袭击以及来去如风的速度。这些戎人的协同指挥非常差劲，只要他麾下弟兄们齐心合力，注意把握时机截杀戎人，他们绝不会那么容易轻易得手。

密须子丰迅速调整好手下的队形，所有人等列成三个纵队。让他们俘虏的商队里的其他人等走在最前列作为人肉盾牌。密须国的士兵长矛盾牌前置，纵队之间让马拉战车和牛车并排前进。他押着姬旦以及少年幸的两辆车则殿后。如果山戎人只想抢夺姬旦，那么他们一定是全力往中军冲击，外围的士兵就能结成几道防线。士兵们可以及时变阵，背靠背，抗击两侧之敌。

果然，那些山戎人并没有见识过训练优良的密须正规军。他们的首领和安昴交流了几句，就用山戎语下达命令，让队伍里有限的车兵向前冲，拼命向姬旦的车驾杀去。在最外围那些被捆绑着的人肉盾牌，因为彼此缧绁相连，几乎无法可逃。马车冲过来，他们惊恐万分，他们身后的密须士兵纷纷放箭，而车上的山戎人也小心地放着箭。

这些作为人质的商人们眼睁睁看着箭如飞蝗，中箭的纷纷倒地。仍然站着的很快就被冲上来的马车撞倒。他们身上的绳索也成了绊马索，有三辆战车被绊倒，倒下的马车重重砸向这些无辜的人。

密须国外围的士兵组成了盾牌墙，伸出长矛向外刺杀，那些做先锋的山戎人很快就被刺杀干净。而密须国人除了边缘的两人被掀翻的马车砸中之外，大队伍依然保持着整齐，一点一点逼向山戎人。

山戎的首领有点着急了，第一波冲锋几乎是全盘皆输，他连忙询问安昴有何破敌良策。安昴只是一介剑客，毕竟没有排兵布阵的经验。他也是焦急万分，如此情景，怎能让山戎的朋友白白送死，他拔出腰里的那把黑铁剑，驱车向前，准备亲自去厮杀救主。

这一切都被姬旦看在眼里，他是久经沙场之人，自小就跟随父亲姬昌年年出征，讨伐犬戎。他比安昴更着急，也顾不得危险大声疾呼："昴壮士，攻其侧翼！"

的确，面对这种扇形展开的兵阵，猛攻中军，等于腹背受敌，倘若只为救人不为破其全军，不如从侧翼攻击，尽可能少地接触对方的兵力。姬旦也为他的一呼付出了代价，恼怒的子丰用剑刺伤了他的后背，并用剑柄猛敲他的后脑勺，将他敲晕。

不过，安昴总算有了一个明确的方向指示，他连忙驾车，单枪匹马冲进密须左侧军中。他是一个凶猛的剑客，也是一个厉害的战士，用长剑准确地挥拍射向他的箭，直入人丛。他所持的是铁剑，刺向他的矛头不是被他挡回，就是被他硬生生地砍断，一路被他砍杀的密须士兵也有三五个。

即使密须人防守得再严密，安昴还是以迅猛之势杀到了密须子丰的面前。密须子丰倒也不慌忙应战，只是一把拉起昏沉的姬旦，对安昴说："猛士，你果然不是一般的山戎人。不过，你主人在我手里，你再向前进一步，我立即割断他的喉咙！"

主人遭遇这样的绑架，安昴一时还真没有了主张。他身后已经被密须士兵团团围住。那些山戎的朋友没能及时跟着他杀进兵阵当中。整个情形，对他极为不利，蜂拥而来的密须兵一定会在背后搞偷袭。

安昴目光瞧向另一辆车里的少年幸。既然四王子此行就为救这个孩子，那么先抢下他也不坏。转念之间，安昴立刻纵身一跃，从自己的战车上跳到押着少年幸的车中，以迅雷不及掩耳之势砍倒了那个卫兵，夺取了少年幸。

密须子丰的注意力一直在姬旦身上，倒并不十分在意少年幸。这给安昴带来了短暂的安全，他柔声安慰少年幸道：“小王子莫惊，我们冲出重围！暂时劳你吃点苦！”

说着他将自己手掌按在了少年幸的后脑勺上，其手法、姿势与安危一模一样。

“神经入侵预警！神经入侵预警！”

少年幸的耳朵里顿时响起了剧烈而刺耳的鸣叫，脑袋一下子疼得像是要爆炸了，迅速陷入半昏迷状态之中。

在晕乎之中，少年幸似乎也能直接透过身体看到背后的安昴。令他吃了一大惊的是，安昴不再是一副蛮夷的装扮，身上也穿着一身紧身的幽蓝盔甲，一只巨大的七尾神雕从他背后升起。毫无疑问，那是他的斗魄。果然，与化名“安危”的危宿斗士加里宁一样，安昴也是一个从混沌世界里穿越而来的星宿斗士，无疑，他是昴宿斗士。

少年幸又经历了不久前遇到有苏国人时，安危侵入他的身体所遭受的巨大痛苦。安昴拼命地把自己的斗魄融入少年幸的身体里，在他紫红色斗魄与少年的头脑发生接触时，立即在幻象之中发生了巨大的反应。斗魄与少年的灵魂相激，产生了最为炫目、最为震荡的巨大的爆炸，横向推进，几乎能摧毁一切阻拦之物。

少年幸痛苦地承担着这种发生在他灵魂里，几乎能摧毁宇宙的爆炸。就在他剧痛之际，一只七尾神雕从那巨大爆炸的背景中燃火飞出，在他的脑际飞过。异常尖锐的一种嘶鸣传出，似乎安昴已经安全进入到少年幸当中了。

八十五　梼杌

“我把自己的斗魄一分为二，小王子，撕裂一半融入你的魂魄奥宙之中！”

安昴高声喊道，“唯有你，是目前唯一能打通现世与混沌的魂魄。帝安宫的二十八星宿斗士能把真身穿越到现世，但在现世中无法释放斗魄，也就失去了最大的力量；望舒城的十二天将能把巨能的龙魂释放到现世，但他们的真身无法穿越时空之屏障！”

少年幸已经无法分清楚安昴到底是在被密须国人团团围住的战车上说话，还是在自己异幻、混沌而错乱的直觉世界中说话。但他的声音是如此的清晰，就仿佛是少年在自己内部的灵魂深处说给自己听。

“路修罗太疯狂了。”安昴高声说，“他把你改造成了一个无比巨大的收纳池，要借用你在现世的力量，就必须把自己部分魂魄投入到你的奥宙当中。”

少年幸看到了那身穿幽蓝盔甲的安昴在自己灵魂的深处奔跑。他走过的路线与安危大不一样。安危似乎很熟悉幸的魂魄奥宙，直接释放出自己的斗魄，用巨大的燕子捉住了一只青鸟，并伸手连接青鸟的大脑，招引出一大群的青鸟。这些青鸟密集地飞过天空中，每一个都释放出一条炽热的光芒，光芒就像雨点一样倾泻大地，干脆利索。

然而，安昴就像失去了感觉一样，摸索着向前行走。走着走着，安昴从地上捡起一支剑起来——正是安危所遗失掉的那把铁剑。剑身已经残缺不全，仿佛遭受到了某种极其重大的打击和摧残。

“安危！安危！”安昴将剑丢了，非常哀伤地向前走着，“一定是被这个孩子的无限深渊式的奥宙给吞灭了！”

没有走出多远，曾经拦截过姬旦的一对机甲铁兵又拦在了安昴的面前。他们轻盈地跳跃下来，然后从腰部抽出两把莹绿的光芒之刀，向着安昴步步逼近。

“泰坦公司的小机器。”安昴用大拇指按着自己的太阳穴，然后像巫师们念口诀一样说，“更改设置，干扰运算通讯，解码……”

两个机甲铁兵本来气势汹汹，一下子变得十分温顺，收起了光芒之刀，十分恭敬地迎接安昴。

安昴一跃，跳入了一个机甲铁兵的头顶。铁兵的脑袋一下子就打开了，安昴钻了进去，操纵了起来，重新点亮了那把光芒之刀。不一会，大地发出轰轰隆隆的响声，一头张着闪亮獠牙的怪兽，从黑暗中猛地钻了出来。那只巨兽的头颅很圆，长着一张布满外翻獠牙的大嘴，身体修长像一头虎，有一根又粗又长的尾巴和四条粗壮有力的腿。

“果然是双鱼座的苏非鹿打败了安危！”安昴告诉少年幸的魂魄，“她会使困兽之术！这是梼杌，十足的一头恶兽！不过，它并不是本来就该在这里的，他是由安危变成的，双鱼座天将把他变成了一头困兽！”

他操纵着铁兵一跃而起，迎面撞向那个硕大无朋的魔兽——梼杌。梼杌在古文字里代表着被砍伐剩的树桩和截面上的年轮。不过这头梼杌只是借用传说之名的一只兽，传说它很像虎，身上覆盖着长长的毛，长着一条长长尾巴。人面虎足猪口牙，专门出没于混沌之中，相传是北方天帝颛顼的儿子，它还有名字叫作“傲狠”“难训”，一听就是那种不安分的凶兽。

这只“梼杌”，面对安昴的铁甲兵，张开血盆巨口就来咬。安昴操纵着机甲兵跳到了梼杌的背上，它的背上有两排像刺一样的鳞甲。感觉到有重物上身，那些鳞甲立刻竖立起来，转瞬之间，像雨点一样冲向安昴。

安昴挥舞着机甲的光芒之刃抵挡那些飞袭的鳞刺，挡掉了大部分，但仍然被细碎的鳞片击中了。这些鳞片触碰到铁甲就发出了噼噼啪啪的爆炸声，很快把整个机甲都炸裂开，不断发出尖锐的啸叫声。

安昴审时度势，一举从机甲当中跳了出来，抽出自己的铁剑向梼杌颈部砍去。他将自己的神雕斗魄招引了出来，集中在拳头上变成一束尖锐的光，硬生生地割开了梼杌的后颈，并牵引出了一只燕子。

那个梼杌之兽是又蹦又跳，显得异常急躁不安。安昴很镇定地站在他的背上，仿佛是被吸附住了一般。当那只燕子完全被吸引出来之后，梼杌就一头倒在了地上，再也不动弹了。

安昴取得了安危的斗魄，将它含在了嘴里。然后，纵身从怪兽的身上跳下来。拿到了安危的斗魄，安昴显得从容多了，他对着天空很轻松地吹着气，很快，一缕光芒从他的嘴里吐出来，射向少年幸魂魄奥宙中那黑色天幕。

不一会儿，那一缕光芒似乎连接上了某个东西，像牵引一样，把它从混沌之中牵引了出来，慢慢带到了安昴的面前。

那是一只银色的青鸟。安昴伸手去触碰那只青鸟。那只鸟立刻发出巨大热光，像是突然燃烧了起来。

安昴有点焦急，嘴里不停地念叨着："安危是怎么破解掉女娲系统的智慧的？"他从嘴里慢慢吐出安危全部的斗魄，将它包裹在这只青鸟之上，慢慢等待。不一会儿，这只青鸟开始慢慢降温，恢复了正常的银色。

它内部传出声音说："青鸟防卫系统部分敞开，请尽快完成设定！"

"哈，成了！"安昴几乎兴奋地跳跃了起来，"显示附近青鸟重要坐标点，精准火力，全部歼灭密须国人！"

"对不起，命令失败！"青鸟回答安昴道，"女娲禁止伤害任何历史生命体，青鸟系统只针对夸克和反夸克体进行防卫攻击，请重新输入命令！青鸟系统即将闭合，倒计时，十、九、八、七……"

安昴急了，忙呼叫："击破他们的武器系统，帮助守虚者脱离困境，请再确认！"

第十九章
狭路相逢

八十六　迷雾

战车之上的西域剑客安昴一只手持剑，另一只手紧紧抓住少年幸的后脑勺，长时间的矗立不动。

密须国的溃兵们蜂拥在他的战车下，却不敢轻举妄动，闹不清他要什么把戏。劫持着姬旦的子丰也在等他下一步的动静，却看着安昴岿然不动，仿佛木偶一般。

一个弓箭兵已经将箭搭上，看了一眼子丰，等待他的指使。子丰大喝一声："小子，你到底想干什么？"

安昴毫不回应。子丰就点了点头，那个弓箭兵将弓弦向后拉满。正在这个时候，天空中传来了极其沉闷的一阵雷声。跟随姬旦的人之中有人忍不住欢呼起来，倒令不知底细的密须国人一惊，那个士兵等不及子丰下令，就立刻松手放箭，射向安昴。

转瞬之间几道光芒从云端射下来，不但击断了那根飞驰的箭，甚至把子丰手中的刀，几乎所有密须国士兵的矛和刀都被十分准确地击断了，却毫发没有伤及任何一个人。

安昴回过神来了，他站在车上对着远方的山戎高呼："雷神已经出手相助，完全废了他们的武器，快杀过来啊！"

子丰连同他的麾下众士兵，已经完全蒙掉了，他们眼睁睁看着自己刀剑和长矛都变成废铜。山戎人毫不留情地杀了过来，他们举起了青铜刀剑和石矛石斧，呐喊着逼近了已经完全解除武装的密须国人。

安昴又跳跃了一下，跳到了密须子丰的车上，挥着铁剑向他砍去。子丰连忙挥动着半截的青铜剑抵挡。那半截剑也被安昴给劈成了两半。他只得跳下车，放弃了姬旦。跳车后，他在地上打了个滚，像抓起什么来自卫，手中突然触到一物，竟然是刚才他丢掉的那把姬旦的铁剑。

子丰来不及反应，安昴已经跳了下来砍向他的头顶。这时候，另一个密须士兵用弓来帮助自己的首领抵挡安昴的致命一击。弓自然被劈成了两截，但子丰已经获得了反应的时间。他一个鲤鱼打挺，站起身来，用铁剑砍向安昴。两人就一招一式地搏斗起来。

一大群黄鹰部落的山戎人已经在那个首领的带领下杀近了。他们凭借着手中的武器砍杀了多人，密须兵们没有什么金属武器可以抵挡他们了，只有用手中的木质的矛柄抵御一阵子。双方僵持不下。

安昴的剑术显然要在千夫长子丰之上。只见他横剑一挥，已经砍伤了对手的胳膊。乱战之中，子丰想到失败已经成定局，拼命地抵挡了几下，就准备挨到少年幸的车上，随时准备往山谷来的路上逃跑。

安昴心在姬旦身上，等打退了子丰，首先去查看昏厥过去的姬旦。他去看时，姬旦已经悠悠然转醒了，双眼迷糊着查看眼下的混战，一时半会还没有回过神来。

“四王子，四王子！”安昴一边挥动着铁剑砍伤那些逼向他的密须人，一边伸手去摇姬旦。姬旦立刻被他摇得全醒了，也顾不得后脑勺和后背的剧痛，大声喊：“剑，剑，剑！”

安昴就将他手中的铁剑交给姬旦，自己又从腰部抽出一个短小的铁匕首，继续与密须人战斗。

拿着铁剑的姬旦高声喊：“去抢姬幸王子，去抢姬幸王子！”他眼看那个可恶的密须国军官已经爬到少年幸的马车上，用自己的铁剑架在姬幸的脖子上，只见他用铁剑在马屁股上狠狠砍了一下，剧痛催促着马向前奔跑。

此行任务的关键，全在这个牧羊少年身上。姬旦想到父亲的嘱托，哪里敢怠慢，急急忙赶着眼前的马车追。可是，车马完全被缠斗的山戎人与密须人给困住了，只能眼睁睁看着子丰驾起车准备逃走。

安昴也看到了此情景，急忙去追赶密须军官。姬旦跳下车，紧跟在他的身后追赶。两人都像发了疯似的，甚至想要吃了这个几乎要了他们命的敌人。

拉车的两匹马在狂奔，马车如海浪般颠簸。

少年幸被半道杀出的密须人死死地按住，在颠簸的马车上神思恍惚。由于昴宿斗士安昴的斗魄也注入他的魂魄奥宙里，他的内世界又被搅动了一番，暂时还没有恢复秩序，满眼是各种异兽在追赶自己。山谷越来越深，无端起了大雾，密须子丰大喜，吆喝两匹马更快奔跑，逃到迷雾之中隐匿。

追着他的姬旦和安昴循声前进，用尽全力奔跑。那些密须国的溃兵见到自己的首领逃跑了，也放弃了抵抗，或者四下逃命，或者向黄鹰部落的人投降。也有几个人追着姬旦和安昴逃，想追上子丰。

黄鹰部落的首领黄飞虎驾着一辆马车跟了上来，用石箭射倒了几个密须人，很快追上了老友安昴和四王子姬旦。他让他们两人上车，一起去山谷的迷雾之中追赶子丰和姬幸。

迷雾越来越重，安昴和姬旦的车仿佛走到了一个绝境，或者说又来到少年幸梦里的混沌世界之中。前面密须子丰的车渐渐没有了声响，只剩下隐隐约约叮当叮当的声音。整个狭长山谷的气氛变得越来越诡异。

黄鹰部落的首领驾着车，姬旦防卫着车的左侧，安昴防卫着车的右侧，小心翼翼地向前走，生怕大雾之外就是悬崖断壁。

“姬幸！姬幸！”姬旦高声叫嚷着，但是回答他的，只有山谷间跌宕的回声。

与姬旦的回声相比，那种诡异的叮当叮当之声越来越强烈了，仿佛是一种来自地狱深处的召唤。树木遮天蔽日，雾气浓重如染，正是一个四杀之境。梦师姬旦心头有一种强烈的不安，他到少年幸的梦境之中去过。

曾经在走出梦境的之时，听到过这种叮当的声音。伴随这种轻微的敲击声，还有一个人的身影。姬旦努力去想，终于回忆起来，是一个身材修长的黑袍之人。

那个人端坐在一块大石头上，两个眼睛有着不一样的瞳色，一个黑色的，一个金色的。他有一种近乎鬼魅般神秘的微笑，令姬旦久久无法忘怀。

“四王子殿下！”一个空灵的声音从某个不易觉察到的地方突然传到了姬旦的耳中，“过了那个山谷，就要放弃一切的希望！”

八十七　埋伏

安昴、姬旦和黄鹰部落的首领，穿越了迷雾，走了并不远，终于找到了那个叮当响声的来源。原来完全与那个黑袍人无关，是那辆被丢弃了的马车发出来的。

两匹马在安静地低头吃草，很悠然地。一缕阳光通过雾和树木的缝隙照射在马头上，明亮无比。马车上的铜件互相碰撞，发出了那种响声。马车厢空空荡荡，密须子丰和少年幸都已经不知去向。

姬旦揉了揉后脑勺，下车查看地上的痕迹，几乎一无所获。大雾似乎正从山谷中慢慢散去，能够看得更远一点。放眼望去，除了像鬼影一般的树木，并没有任何人的行迹。这两个人就像是凭空消失掉了一般。

“如果他们下了车，一定走不远！”姬旦对安昴说，“我们分头搜搜！”

安昴凭借着直觉，说：“不对，四王子，他们并没有走，他们就在这里！”

有鹰在天空中发出扑打翅膀的声音，空气中陡然凝聚起凛冽的杀气。空中陡然传来一阵急促的脚步声，环绕起四周，听起来似乎有百十人之多。

“被包围了！”姬旦心下一悚，惊呼一声。安昴、黄鹰族首领以及姬旦三人立刻三背相对，各持兵器对外，随时准备战斗。

当脚步声平息后，从林木葱茏的深处只走出来一个人。安昴定睛细看，那个人竟然是失踪了的剑客——安危！

安危慢慢走出来，然而却两目无神，神情极其恍惚，仿佛魂魄丢失了一般，更令人震惊的是，他已经丢失了一条手臂。

姬旦也大吃一惊。这个高瘦的神使仿佛受到了极大的外伤，非常无力地走向这个三个人，手中并没有任何兵器，且目光飘移，似乎并不认识姬旦，也不认识自己兄弟安昴。

黄鹰部落的首领引弓要射他，立刻被安昴阻止了。

此时，姬旦已经大步上前，抱住了安危。安危认出了他，大喝一声："快走！他来了！"说完了这一句，安危就头一歪，昏了过去。

"他是谁，是谁？"姬旦拼命摇晃安危，但他已经昏迷，无法回答，他只得握紧了剑，警惕地向四周查看。四周空空荡荡并无一人。

安昴查看着昏迷中的安危，百感交集。喜的是老兄弟终于回来了，愁的是并不知他究竟遭遇到了什么。

姬旦更关心姬幸的下落，他吩咐一声："安昴带着安危与黄鹰部族的人汇合，我这就去找小王子！"

"不劳四王子你亲自找寻找，我收回我的人了！"

一个声音从远方悠悠传出来，姬旦觉得自己似乎听过那个声音，然而一时半会又想不起来了。但是听来，那声音充满了杀气，似乎是敌不是友。

就在那声音之后不一会，一大队的士兵在残雾中从四面八方走了出来。显然，他们三人进入了一个巨大的包围圈之中。这些士兵全副武装，表情都十分凶恶，像是从地狱中走出的一群鬼兵一般。

他们甲胄上都涂着鱼龙和虎的符号。姬旦陡然知道他们的来历了。

"崇侯虎！"安昴在姬旦身后高声叫道，"我们算是遇对了主家了！"

一辆战车从士兵身后驶了出来，拉车的马身上蒙着虎皮。而驾车的人，正是崇侯虎。他的车上另有一名武士，死死按住被捆绑着的少年幸。而另一名跟在马车后的武士，则用长矛挑着一个东西，那竟然是密须子丰的头。

"四王子！老夫也是无意中撞到了这个密须国的劫匪！"头发已经全白的崇侯虎在马车上非常礼貌地向姬旦问好，"竟然在这里能遇到名震天下的大周国四王子，天才的梦师姬旦，实在令人惊喜！"

周崇世仇，大敌当前，姬旦心中叫苦不迭却强表态说："哈哈，崇侯，山野之间相遇，无法以诸侯之礼相拜，失敬失敬啊！"

崇侯虎高声道：“不用，不用，感谢四王子破费重金，用良马百匹为我带回小童雷震子！当你从伊太祝的府上出发西来之时，我就在此恭迎你多时了！果然得以遇见，三生有幸啊！”

从朝歌回西岐，必然要经过崇国，早在谋划之初，姬旦心中就有遭遇崇人的准备，他制定过另一手方案，依赖远方的奥援，绕道崇国。倘若不是遇到有苏国人和密须国人的接连干扰，姬旦的商队此时，说不定已经和他的奥援会师了。

可惜，这次的出行实在太挫折了。面对困境，身份也已经暴露，姬旦倒也十分坦然，他显然没有算到让他顺顺利利地把姬幸带出伊颂的工坊，其实也是崇侯虎的计谋之一。他本应该想到这一点，可惜多年来在朝歌如入无人之境，让他对自己的智能太自负了，几乎已经到了目中无人的地步。

“自己的亏自己要吃。”姬旦高声说：“崇侯既然已经做好了准备，我们也就认了。我有一个要求，不知崇侯能不能答应，那就是只消抓我一个人就成了，让我的仆从带着姬幸回西岐去！”

“不成！雷震子本来就是我的人！”崇侯虎说，“难道四王子看不出，我们这里有足足两师的人马。我不但要把你们都拿下，而且要请你们带路，跟你们的父亲西伯姬昌公会饮一番！我们崇国与周国的恩怨，不要再无休止地拖下去了，应该有个堂堂正正的了结了！”

八十八　西归

有一只灰色的小猎鹰从天空中落了下来，落到了黄鹰部落首领的肩头——那是部落中人与他联系的途径。

鹰的右爪子被涂上了血，黄鹰部落的首领看了，就知道部落中人已经全部歼灭了密须的溃兵，正原地待命等首领归来。然而此时，他们的首领已经被一群他们并不熟悉、也从未听说过的敌人——崇国人完全地包围了起来。

黄鹰部落的首领咬破了自己左手的食指，在鹰的左爪子上涂上了血，然后一耸肩，放它到天上去。有一个崇国的士兵搭上弓，“嗖”一声射出箭羽，想射下那只鹰。然而，那只鹰仿佛有灵性一样，翻身一啄那支箭，竟然把箭给啄落了。

那只鹰将飞越山谷，向黄鹰部族的人报告首领的困境。但姬旦并不能确认自己能否逃过此番劫难，眼下只得拼死一搏了。

崇侯虎非常善于打以多胜少的埋伏，这次坐等姬旦入罗网当中，一是有自己在伊颂工坊中的眼线提早报了信，还有一条是他抓到了那个被密须国人赶走的老奴，及时掌握了姬旦的动向。

当他悄悄地布兵朝着姬旦杀过来时，遇到了一个在原野游逛、有点疯癫的西域怪人，就是中了邪的安危。就是这个疯疯癫癫的家伙，居然还能记得要追杀那个密须的军官，并力图救出了少年幸。

幸好，他没来得及带走雷震子。崇侯虎指使士兵盘问这个西域怪人一下，却从他嘴里没有问出丝毫。这令他有点十分失望，害怕姬旦从自己的手中白白溜走了。偏偏上天成全，姬旦自己落到了罗网中来了。

密须国覆灭以后，崇侯虎的日子非常不好过。周国大将南宫适得胜成瘾，不久就率领周族大军进攻大商国的周边小国。在姬昌远远指挥之下，南宫适得以获得一条绕过崇国向东北方远征的路途。周人发动了对黎国的征伐，理由只是黎人并不认同周王的地位。

黎国的邻国邗国，乃是姻亲之国，急忙发兵增援黎国，结果，跟随姜子牙出征之后，南宫适倒长了主意，使用了对付密须国的诡计，一举俘虏了邗国和黎国的二位国君，把邗侯迁往靠近周国的翟地，让他从此依附于周人而生存。姬昌却赦免黎侯，让他回国反省。

姬昌的这种盘算，令自负精明的崇侯虎也吃惊不小。黎国距离周人很近，他们并不急于吞并，而邗国却是商王经常打猎的地方，几乎逼近大商的腹地了，姬昌却毫不犹豫地吞并，其志在灭商，已经暴露无遗。

然而，更令崇侯虎吃惊的是，面对这样的局面，商王帝辛居然无动于衷，丝毫不加以积极的应对。恐怕他是老了，不能出马去打猎了，不把邗国放在心上。

此时此刻，他的崇国正东，正北，正南，完全被周人的势力给半包围了，一步一步，不动声色，他已经置身于虎口之中。在周和商之间，他必须要做一个决断、一个选择了。

人要做选择，必须手头得有资源。崇国是资源吗？显然不是，它是一块战略要冲，是一枚分量十足的棋子，如此而已。商国如丢弃，则周人将如饿狼扑上。如果尽早与周人议和呢？

崇侯虎一想到帝辛曾经对姬昌说过的那句话："你的这一切遭遇，都是因为崇侯虎向我告密的！"

毫无疑问，帝辛并不是因为糊涂而跟姬昌提及这点的。他能够深深地感受到这个老君王的可怕，如同丢弃一个犬羊一样，把自己随随便便丢到周国人深深的仇恨当中。崇侯虎在崇国每待一天，就越发感到焦虑不安。因此，即便将崇国都献给周人，恐怕也不能保证祖宗社稷不失。

帝辛已经垂老将去，再无那个威力传四方的大商可以依靠了！到今天这一步，他已经完全没有了寻回九鼎，重建九州的雄心壮志了，心中最着急想的，就是寻找几个能跟姬昌谈一谈的本钱。在他看来，姬旦和少年幸都可以算得上是商谈的筹码。眼下，他无论如何要俘虏他们，延缓周人直接动兵马攻打崇国的念头。

"抓住他们，留好活口！"

崇侯虎一声令下，无数的士兵举着青铜盾牌蜂拥而上。人多势众，武装精良，即便是安昴、姬旦三人再能打，也是无力招架的。他们拼死抵抗，用锋利的铁剑左右砍杀，但最终也是徒劳之举。

很快，他们就将成为崇侯虎强迫姬昌好好谈判的本钱了。大雾已经完全散去，山崖之外露出了密林和旷野的景色，崇国的士兵几乎站满了所有的空间。他们像是一队一队的兵俑，全无生机，只知道拼命往前拥挤。最前沿的那二十几个士兵已经把三人分别控制住，用盾牌间隔开来，牢牢地分割控制。

姬旦等三人被死死挤着，半点动弹不得，只得束手就擒。等他们三人被捆绑好送到崇侯虎马车之下时，那雾气已经全部散去，日上高天。

崇侯虎多年东征西讨，眼下才获得最近以来最大的战利品，俘虏了西域第一强国和宿敌最得力的四王子姬旦，心中自然特别得意。他带着五千人马出崇国，小心躲避周人的锋芒，总算没有白白等了三天，也是一场不小的功劳。

崇侯虎命令中军吹号角，收兵回营，回往关中丰城。大军开拔向西刚刚走了半个时辰，头顶之上忽然传来了鹰的长鸣。随即，有后军的人飞速向他报告说，尾队遭遇了强敌的攻击，发生了剧烈的骚乱，有一支蛮族人马突然从山谷那边追随而至。

毫无疑问，那是黄鹰部族的人马。崇侯虎并不知道这支兵马，立刻亲自驱车断后。可是当他到了后军的时候，那帮野蛮人已经隐匿不见了。

崇侯虎下令停滞的军队继续前进，走了没多久，中军又遭到那一帮野蛮人的一次游击。瞬间损伤十余人。当大家排兵布阵，准备应敌的时候，那帮野蛮人快马逃走又不知去向。只有一只恶鹰在崇军的上空不断的盘旋，时不时地鸣叫出一声，仿佛是在高处嘲讽着崇侯虎。

显而易见，这帮人在用一种崇侯不曾遇到过的战术在与他周旋。一种纯粹的骚扰战术。他完全搞不清这帮蛮夷之人是如何想到使用这种邪门的战术的，而这个办法正是姬旦默传给黄鹰首领，再通过鹰脚传递出去的。

一路上，那帮蛮夷又不停骚扰了两三次，有一次还差点冲入中军夺取安昴和黄鹰族的头人。崇侯虎只得苦苦应付，不断调整行军阵型，以保证万无一失。

八十九　桃花隘

崇侯虎的大军一路向西去，要过往一处狭长的地带。那是中原通向关中的咽喉，必经之处。在大商朝，那里并没有设有关卡，因为人力资源有限，凭空建出一栋关城，对于商人是非常奢侈的事情。日后，到了西周时代那里修筑了赫赫有名的函谷关，到了汉朝以后，又向东偏移，修筑了同样赫赫有名的潼关。

此时此刻，这块狭长的走廊，既没有关，也没有城，只有空旷的开阔地，夹在两山之间，土著居民称之为“桃花隘”。这块空旷之谷地里长满了野生的桃树林，当中夹杂着不少的梨树。冬去春来，山谷里会开满桃梨之花，如云蒸霞蔚，美好无比。

对于大商来说，桃花隘不过是天下无数普通的关隘之一，虽然通往西域，但因为大商志在争夺东夷，通往大海，故并不重视。对于崇国人来说，这条交通大商的关隘就显得十分重要了，那是他们背后的战略线。手握九州之图的崇侯虎深知这条线对于他的重要意义，真的不远百里在此扎了一个军寨，分封族弟崇黑虎在此坚守，率领千军就地屯垦，并强迫这里的土著为奴。桃花隘也就变成崇国的桃花寨。

又一次打退了那股蛮夷的袭击之后，狼狈不堪的崇侯虎终于圆满地带着姬旦、少年幸、安昴、安危和黄鹰部落的首领来到了寨城之中。等到了寨城之中，姬旦看到此前出卖自己的那个老奴也在里面，他才恍然大悟，必定是那个老奴也向崇侯虎出卖了自己。这次的失辙，让姬旦深深体味到，做人务必除恶尽去，否则一个拉牛车的老奴隶就能轻而易举地坏了自己的全盘大事。

那个桃花寨城并不大，以巨木和石头垒成。城中屯着一定量的粮草，蓄着水，养着牛马羊。而崇侯虎退入寨城之中第一件事，就准备先除掉战利品中的危险分子。在他看来，就是那两个剑客，还有那个蛮夷之人。

天已经入暮，崇侯虎让人点起一堆巨大的篝火，自己坐在一块大石上审问那蛮夷人：“你是何方蛮夷，从何而来，为何要跟着周国人！”

那黄鹰族的首领朗声道：“我可不是蛮夷，而是黄帝苗裔，大名黄飞虎！”

少年幸已经清醒过来，见自己又一次落入崇侯虎手中，实在是灰心丧气。这个可恶的国君，简直是自己全部噩梦的源头，似乎无论如何自己也逃不脱他的魔掌。一次又一次，让安心放羊的美梦被破成了碎石。就在他灰心丧气之中，陡然听到“黄飞虎”三个字，不由地一震，心想这名字怎么听来如此耳熟呢？他陷入苦苦思索之中。

“不，你就是蛮夷！你也配叫虎！”崇侯虎倒想起来了，“哈哈，你应该是北方的山戎人！山戎人是没有祖先的野种，特别喜欢冒充我华夏苗裔，他们记不得自己三辈以上的高祖，动辄拿轩辕黄帝做祖先，哈哈，笑死人了！”

黄飞虎虽然被押着跪着地上，仍然忍不住轻蔑吐了口水到地上。

崇侯虎道："那些用下三滥蟊贼手段不断偷袭我军的，应该是你部族的人吧。我今晚就要用你这颗山戎脑袋，来祭祀阵亡兄弟的魂，也让你的族人早点了断！"

他正准备高声叫人拉黄飞虎下去砍了，把头送给巫师祭祀亡魂，忽然听到捆在一边的少年幸高声叫道："黄飞虎，你是不是有一个失散多年哥哥，叫作黄飞龙！"

"是啊！"行将遇难的黄飞虎一愣，说，"你怎么知道的？他早死了啊！"

少年幸说："他是我在工坊里做青铜器的师父，他还活着，他还活着！"

黄飞虎眼前一亮，说："啊，他在哪里？怎么样？"

少年幸说："就在朝歌，就在朝歌！活得很好，非常好！"

黄飞虎挣扎了一下，说："太好了，太好了，临死前还能知道有兄弟活在世界上，莫大的欣慰啊！"

崇侯虎的随军巫师已经戴上了非常狰狞的面具，开始在另一团大火旁跳跃、念念有词地扮演鬼魂的引渡人。两个士兵拉起来黄飞虎，迅速走向火堆，用一把青铜刀架在他的喉咙上，随时准备割开他的脖子，让鲜血喷淋到巫师手中所持的牛肩胛骨上，然后投入到火里炙烧。那些亡魂会因此而瞬吸到敌人的血。

巫师自有一套招魂的动作，像跳某种特殊的舞蹈一样，与鬼魂接引，嬉戏，一起翩翩起舞。在后世，这一整套的行为叫作"傩"。在殷商人看来，桃李之树间多鬼怪，正是阵亡战士们的灵魂飘来的好地方。相传度朔山大桃树上生出了神荼、郁垒二神人，喜欢捉恶鬼喂虎，于是傩巫的面具便一直以桃木造成。到了夏代帝相的时代，商族人首领上甲微发明了杨木面具，将杨木用于葬礼，也用于傩，故而商代的巫师都带着杨木的面具。

此刻，桃花寨中众人肃穆，唯独巫师带着杨木鬼脸面具在吟唱，那是一种非常悲怆的曲子。死亡当前，少年幸居然听着巫师唱的曲子入迷了，因为那正是他的师傅黄飞龙所教会他唱的《乐土》：

逝将去女，适彼乐土。

乐土乐土，爰得我所。

逝将去女，适彼乐国。

乐国乐国，爰得我直。

逝将去女，适彼乐郊。

乐郊乐郊，谁之永号？

是的，何以不用这支曲子来祭拜有崇国那些不断战死的亡魂，让他们永归到再无纷争的乐国之中去？ 一场比历史上任何时代所经历的都要大得多的血雨腥风就要到来了，中原天下的千里沃土变成两个华夏势力大周与大商一决胜负的战场。战争的规模将远超过传说中任何一场天地恶战，对于尚处于蒙昧时代的华夏人而言，此一战关乎数千年的天命。

就连崇侯虎也被巫师的吟唱所感染了，垂老的脸庞上竟然不声不响地流下两行滚滚的热泪来，金戈难免，自己也快到做了断的时候了。姬旦默不作声，静思解脱之法。

黄飞虎则热血沸腾，冰凉的刀就架在颈后，那个崇国的士兵只需巫师的一指示，他就再也不在这人世间了。临行之前，听到的居然是山戎流传的古曲，万念俱灰之中，听到了乡音，便突然有一种归乡的感觉，连绵的北方群山像梦境一样在召唤着他。他仿佛看到那个高大帅气的哥哥黄飞龙正跨在一匹白马上向他飞驰而来，他是如此的英勇，策马在群狼当中无畏奔驰，头顶上有一群苍鹰飞翔。

“哥哥，我们就要相见了！”黄飞虎想。

九十　巴人

时辰到，崇国人随军的巫师唱完了祝歌，举起那块巨大的牛肩胛骨，对着天空长长地吸入了一口气，似乎要把所有的丧魂都吸到自己的肚子里，附着在自己的身上。接下来，他和他身上的灵魂们就要饮血了，要用活人鲜热的血安抚死亡的暴虐。

就在巫师即将发号令的时刻，天空中忽然飘来一个流星，非常闪亮，从高空中一晃而过，带着长长的嘶鸣之声。这颗流星吸引了巫师和士兵，也吸引了所有人的注意力，大家纷纷仰头看那颗流星向桃花寨中飞来。

俄顷，那颗流星居然落了下来，“嗖”的一声砸中了一个崇国的士兵，把他砸倒在地上。大家惊呼一声，团上前去查看。那颗流星根本不是陨星，而是一颗浸着油脂燃烧中的圆石头。众人正诧异之中，有些警觉的士兵慌忙高声呼喊：“苗蛮！苗蛮！”

崇侯虎立刻反应过来了，立刻对着警卫说：“什么苗蛮，是山戎！敌人杀过来了，快到寨城上去看！”

正在他怒吼着布置防御之时，又有火石纷纷落了下来，砸中了几个崇兵。显然，这真的是一次有组织的进攻了。还没有等崇国的警卫吹响号角，在桃花寨之外，一片惊天动地的号角声已经响了起来，像是无数的恶魔在午夜里嚎叫。紧接着“咚咚”的鼓声又从四面八方响了起来，整个大地也随之震动不休。

毫无疑问，有一股强劲的敌人来袭。崇侯虎慌忙走上山寨里堆垒的望台向桃花寨外查看，他心中本想必然是那群山戎人的流寇罢了。当他登台一望之下，不禁狠狠吸了一口凉气。只见那寨子之外像繁星一样闪烁着无数的火把。在黑暗中，不时闪烁出矛戈的亮光。这是一大股的敌人了，规模上绝不只是白天偷袭自己队伍的那些山戎人。

“苗蛮！”崇侯虎突然想起刚才那个老军人的话，心中想，“用力士抛出火石伤人，是西南方巴人的战法——难道，真是南蛮诸苗的人马？”

巴人，就是巴国之人。巴人与华夏诸族几乎同时代的演进。最早的巴族源自江汉，由巴氏、樊氏、日覃氏、相氏、郑氏五个姓氏部落组成。经过几代繁衍，巴人不断壮大，甚至涌现出了一代杰出首领巴务相，以白虎为标志，率领巴人溯流而上，凭借武力和船技战胜了原住民载人，控制了清江流域及巫溪河流域。在夷城建立了巴国第一个都城，巴务相被人尊称廪君，被确立为巴国的始君。

在夏朝，巴人就已经入贡夏王以求分封之名，但仅仅被默认，并未受夏王的首肯；到了商代，一度频频入朝，献出诸多美女珠玉给历代商王，要求分封得名分，也未曾有收获；夏商之人视巴人为诸羌部落，因其非炎黄苗裔、不传文字，一直以蛮夷之人待之，以暴力压制，不愿视为天下之邦。

在崇侯虎心目中，巴人虽是蛮苗，但长居西南，而崇人居西北，双方素无瓜葛，正如山戎与崇人素瓜葛一般。但今天如此怪异，这些没有瓜葛的蛮夷怎么都跟崇军作对，搅和到了一起，他百思不得其解。然而，巴人素来作战勇猛，十分难缠，被誉为“神兵”，这些蛮夷与自己为敌，是祸不是福。

又一阵震动天地的鼓声响了起来，号角也同时吹起，一排火星从黑暗中闪亮了起来，然后呼啸着飞向崇侯所站的高冈。毫无疑问，那是一排燃着火的箭，警卫们连忙举起盾牌抵挡那些火箭。那些箭只有部分射中了高冈，大部分落在桃花隘的围栏上并熊熊燃烧了起来。

关隘内的崇国人开始乱了，一个身材高大、头颅滚圆、皮肤黝黑的军官在大呼小叫着让士兵们紧急集合起来。那正是崇侯虎的亲弟弟崇黑虎。因为不知道关隘之外的敌人到底有多少，据守关隘还是突围向崇国腹地撤退，这还真是一个大问题。

外面大敌当前，更需要主帅的冷静。崇侯虎匆匆忙忙下了高冈，他一边下令：“搬出全部箭矢，反击蛮夷！”一边则对自己弟弟崇黑虎说：“去去，抓住姬旦，不能让他给跑了！”

大队的士兵便排列成一个整齐的队形，射出一排排的箭，向着关隘之外火箭飞来的方向进行反击。这显然是一个非常呆板的战术，当崇国人进行反击之后，那些蛮夷之人的号角和鼓声似乎更大了，在黑夜里，显得更加惊天动地。

崇侯虎吃不准这些人什么时候会攻关隘。摆在他面前的只有两个选择，据守还是突围。关隘之中，有五千的崇国士兵，有着居高临下的地势之优，也屯着一些兵器和粮食，但都不足以支撑得太久。月黑风高，无法判断敌人的多寡真是令人十分头疼的事情。

崇侯不得不冒着巴蛮又一波射进来的飞箭，请巫师占卜吉凶。没想那巫师一点不看时候，还在跳着冗长的请神舞。一出舞还没有跳完，又一波火箭射来，正中他的胸膛。熊熊的烈火将巫师给点燃了，他狂呼着舞蹈，方寸似乎一点没有乱。

崇侯慌忙令人扑打巫师身上的火，并问他：“走，不走？”

巫师轰然倒地，在倒地之前大声说：“丰城，丰城，破！破！”

这是上天要崇侯虎走的明示。他拔出来佩剑，一剑砍掉了巫师依然在疯狂呼号的脑袋，大声下令说：“放弃桃花隘，撤向丰城！”

第二十章
围攻崇国

九十一　荆楚

当崇侯虎下达命令之后，所有的崇国士兵都往桃花隘的后门涌去。崇黑虎押着姬旦，其他的士兵则分别推搡着少年幸、安昴。疯疯癫癫的安危已经没有人去管了。黄鹰部落的首领黄飞虎劫后余生，撞倒了一个士兵，躲得不知所向。一片混乱之中，崇国的士兵上下都在逃命，实际上，除了崇侯虎特别关照的姬旦，其他人也无所谓。

崇侯虎的前军已经出了关隘的后门。后军在纵火焚烧山寨。崇黑虎将姬旦拎到了一辆战车上，匆忙挥鞭赶马。刚刚吃饱了草料的战马被急促地吆喝着，喘着粗气起驾。

桃花隘外的号角和战鼓依然在震天轰鸣着，安昴随着举着火把的崇国士兵走着，心中也在想着脱困之法。身为西狄，他非常清楚，这其实只是一种迷惑敌人的战法，是蛮夷围猎动物时经常用的法子。可能关隘之外的蛮夷军队未必就多于崇侯的军队，但是这样不停地骚扰下去，就是万军也会不堪其扰，意志崩溃的。

就在安昴随着中军走出桃花隘的时候，外面的蛮夷人已经觉察到了山寨中的大火，也匆忙发起了对山寨的进攻。他们用巨木撞倒了山寨的正门，呼号着冲了进来。关隘已经变成了一座空城，恰如崇侯虎所猜测的，这支蛮夷军队既包括一直骚扰他的山戎人，还有无冤无仇的巴人，却也有他不曾预料到的，被殷商欺负得更多的南方蛮夷的羌人、髳卢人，东夷的彭人和濮人。

虽然这些非炎黄苗裔的蛮夷素来与崇国人无冤无仇，但是率领这支联军的主力却是南方的荆楚，楚人。那个被崇国人和商人几乎赶尽杀绝的小小的有熊部落，那个以芈熊为姓，自诩为高贵的炎帝、颛顼和其子火神祝融的后裔的小部族。老首领鬻熊在文王姬昌被拘羑里之前，已经是文王座上之师，担任大周国的火正。

可惜，鬻熊死得太早，代他坐首领之位的弟弟性格软弱，很多大事上摇摆不定，导致整个部族涣散无主，随意遭到崇侯的驱逐。

但是鬻熊的熊丽，也就是那个剖腹而生、用母亲妣厉生命换来的孩子，已经长大了。就在不久前，他收到了去周国的使者带回来的周国人的密函，这是周人大将南宫适写给他的，说周王姬昌要会盟诸方，与大商一较高低。倘若胜利，则不入商人法眼的天下外方之族，都能获得华夏的正式封疆，入得文明体系之中，不再被以蛮夷视之，横加征讨，享有和平与富足。

周人的这个密函，对于那些苦苦寻求华夏正统身份的楚人，比任何的馈赠都更有诱惑力。有熊族人本是中原故族，只因为势力弱小，被殷商和崇人欺凌着赶到南蛮之地去了，自此，被视为蛮夷一类。他们发自内心地希望华夏族人能够正视那个丹阳山下小部族的存在，承认他们的文明苗裔。

年轻的熊丽比那些真正的蛮夷族人更积极响应，急不可待地带着几十个楚人精干，向自己的妻族庸国人借得五百兵，并号召巴人、濮人、彭人一起，凑足了三千精兵，奔赴大周会盟。不过一路上，熊丽都在为一件事情苦恼，那就是楚人实在是太穷了，会盟时实在拿不出什么东西作为礼物送给周王姬昌。而巴人和彭人带来的犀角、象牙、皮毛和珠玉简直太丰盛。

不过，纵然如此，熊丽依然被视为这支蛮夷联军的小首领，并且他也自觉理所当然。因为他自视为正统的高阳后裔，华夏一支。他需要带着这帮乌合之众打几个漂亮仗来证明自己。可惜，大商国又在兴兵东征，他们联军走得实在是顺利，进入中原境内多日，竟然一直没有遇到他们最害怕的商军。这使年少心雄、跃跃欲试的熊丽，既紧张又失望。

就在他们快接近通向西域的大隘谷之时，熊丽的联军遇到了那股子游击崇侯虎的山戎人。熊丽麾下人多势众，迅速把山戎人包围了，全部俘获，并盘问出来历。原来也是一股要去跟周人会盟的北戎，蛮夷一家亲，熊丽直接把他们编入队伍之中。

当熊丽得知周人的四王子姬旦被崇侯虎给抓走了之后，几乎怒不可遏，同时也兴奋异常。机会来了，年轻的熊丽要为家族报仇了，楚人一定要把夺我家园的崇侯虎碎尸万段，取其头颅献祭给父亲鬻熊。当然，也顺道打劫一下崇国，弄出点东西献给世叔姬昌作为见面礼。

熊丽带着这股蛮夷联军，急行军追赶，想在崇国人进入桃花隘之前将他们消灭。可是他还是低估了久经战斗的崇人的速度，眼看着崇侯虎带着大军进入隘城却束手无策，吃不准要凭着蛮力从低处向上猛冲猛攻，还是悄无声息地等着崇侯虎出关隘山寨再说。

就在熊丽焦急万分之际，一个尖嘴猴腮、皮肤黝黑像一只乌鸦的西域剑客闯入到他的营帐中。这个人风尘仆仆，开门见山，通报自己是四王子姬旦的门客——安毕。他在山路上跟踪这支队伍很久了，看到有楚人的身影，故特地斗胆向他们借兵去营救四王子姬旦。

这真是要睡大觉送来了一个大枕头，年轻求功的荆楚首领熊丽喜出望外，立刻请这个剑客安毕做自己的佐僚，协助自己一起指挥诸路人马，共克崇侯虎。

安毕是西域八剑客里年龄稍长的一个，他自称来自比小河国更为遥远的地方，一个叫希泰的大帝国。正是他，给小河国带来了锻造陨铁的密法。希泰国，又名赫梯帝国，位于今天小亚细亚半岛土耳其境内，传国了五百年。国中曾有个技术一流的青铜神匠，在炼铜和炼铅的时候敲打出第一块铁。他一开始得到那块黑铁时，以为把铜给炼焦了，当他用铜刀砍试黑铁的硬度时，才猛然意识到这是一种完全新的金属。于是这个铜匠反复锻造，试验了一年，终于获得了冶铁的心法，并秘密进献给国君。锻铁之法，遂成为希泰国的最高秘密，只有那些获得国王特许的匠人才能修习炼铁之法。一旦学得，就成为国君的私奴，终生不得出走。

公元前 1300 年，希泰国的一个亲王为了争夺王位，与新立的国君大打出手，导致国内巨大的内乱，该国因此四分五裂。一直觊觎希泰帝国的埃及帝国和亚述帝国先后攻击这个内乱之邦，那些从爱琴海上而来的蛮夷“海上民族”也不断侵扰着帝国的边疆，希泰渐渐走向没落，很多被国君所控制的铁匠开始流浪四方，靠兜售他们掌握的冶铁技术求生。

可惜，希泰国引以为好的炼铁之法，并不如他们想象的那样到处受欢迎。因为铁会生锈，好端端地放着，会长出奇怪的黄色斑纹来，这让其他部族的人感到莫名的恐慌，他们觉得那是瘟疫的象征，铁会招来瘟疫。比之铁，他们更信任青铜。于是，很多指望靠着冶铁安身的希泰国人遭到了驱逐甚至是杀戮。很多人就主动选择忘记铁的存在。

到了最后，只有一脉玄铁家族仍然顽强地保持着对铁的记忆。安毕恰好就是这个家族的一员。他们世代都会起很重的誓言，只要有一人在，炼铁之术不得遗失。

九十二　破关

安毕是那个不断凋零之中的家族后裔里承载着最后几点希望的一人。他流浪过很多地方，最终跨越了中亚的山脉、高原、河流和沙漠，来到了天山脚下的小河之国，与其他七位剑客相识并结为兄弟，并将铸铁之法传给了他们。他也跟着剑客之一的安参，学得了来自南方的搏杀技术，成长为一名身怀绝技的剑客。

小河国国小民穷，完全是一股从中亚而来的雅利安流民所组成的部族。除了国小民穷之外，首领也很蒙昧。那里除了金发碧眼、身材高挑的姑娘们吸引人之外，实在无可留恋之处。困居小河国期间，剑客们听经过的周人商旅说，再向东行，还有无数文明之国，繁荣强盛的东方有无比富饶的黄金之城，有无数占地数百里的大王。甚至有一位大王叫作姬昌，占地千里，承接天命，德行为天下传颂，即将成为东方之主。

比之小部落林立、地僻苦寒的天山南北，东方可以让豪杰大展身手机会太多了。八个剑客就商量，一起从天山下山，向东而行，去寻求一展身手的机会。于是，他们得以来到岐山脚下，投奔姬昌聪明过人的四王子姬旦。姬旦无疑是识才之人，见识之高远在其兄姬发之上。当安毕把铁献给他的时候，这位王子一眼就看出这个黑色金属的重要意义。

此刻，姬旦为大周国在西域最大、也是最后一个敌人崇侯虎所俘虏，作为剑客要义不容辞营救主人。为了寻找安危，安毕与其他七剑客分手之后一直向南行，结果不期遇上了熊丽的军队。

在弄清楚熊丽的联军是友不是敌之后，他尽力辅佐熊丽攻打桃花隘。正是他给熊丽献上了疲兵之法，趁着月小夜黑，崇国人弄不清来敌多少的状况，浑水摸鱼，逼退崇人。

这一招很见效，崇侯虎果然轻易地放弃掉了极为重要的桃花隘，向崇国腹地退去。这样一来，熊丽的联军能够很轻易地进入西域关中，而不需要冒太大的风险。

安毕和熊丽率先杀进桃花隘，他们与断后的崇人搏杀，很快各自手刃数名甲胄严整的士兵。蜂拥而入的其他蛮夷，则拼命抢救大火中崇人没有带走的物资。熊丽找到了一套崇人遗落的甲胄，迫不及待地穿上身，大呼小叫让人给他把背后的腰带给系上。一大帮的蛮人在抢食崇人火堆上留下的烤腌肉，吃相看起来爽得很。

安毕握着铁剑，到处翻看关隘内的尸体，寻找安危和安昴。就在他心中忐忑不安之时他看到一个尸体下有人在动，凑近一看，那个藏在崇人尸身之下的，正是被捆绑着的安昴。安毕喜出望外，一剑砍断了安昴的绳索。

安昴得救了，也是长长舒了一口气。他连忙对安毕说："不要在此逗留，赶快找一辆战车，去救四王子！"

安毕扶起他。两人互相搀扶着往关隘外走。安昴又想起了什么，对安毕说："我记得崇国人撤走的时候，并没有带上安危，快快，我去追四王子，你继续寻找带头大哥安危。让这些南蛮尽快休整好，赶快行军，追杀崇国人！"

安昴找到了一辆马车，立刻上车大声喊："山戎族的朋友，快跟上我，去解救你们的头人！”

联军中的山戎人听到安昴的召唤，立刻从四处集合在一起，各自提起武器，也顾不得疲惫，都跟着安昴去追赶崇侯虎，解救头人。

在安昴离开桃花隘之后，安毕找到了穿上了牛皮甲胄、头上戴着青铜头盔的熊丽，对这个得意扬扬的楚人少年头领说：“头人，我们看来不能在此久留。关隘已破，如果商国人知道西域的动静，前来救援的话，我们也守不住这个地方。不如整顿全军，立刻向西去，进入西域，与周人会师！”

熊丽依然沉浸在胜利的欢乐之中，一脸掩饰不住的兴奋之情。不过，他还是听进了安毕的话，立即让人吹号角，挨个喊醒那些已经呼呼大睡的蛮夷战士，立即动身启程，向西杀去，追赶崇人。

这伙蛮夷虽说是乌合之众，但行动起来，速度绝不亚于崇国的正规军。在天亮之前，他们就打扫干净桃花隘，将里面可以用得上的东西一个不落地带上。整个隘城就像是一具被各种动物掏光了内脏和腐肉的猎物，冒着灰烬被遗留在这个中原西去的大通道上。

熊丽和安毕两人并驾一辆马车，用最快的速度西去。在他们的前方，安昴已经和山戎人追上了崇侯的后军。阻挡他们前进的，是崇侯虎的弟弟崇黑虎。双方在大平原的尽头激战起来。安昴手持双剑，一把青铜长剑、一把黑铁短剑，憋足了浑身的力气，与手持青铜战斧的崇黑虎大战了一百回合，难分胜负。

崇黑虎也是一员猛将。他心中对哥哥的决定十分不满。他守着桃花隘多年，从来没像今天这么狼狈，还弄不清敌人是谁，有多少人马，就仓促放弃掉经营了十多年的隘城。崇黑虎心中不甘，就故意让自己部下千余名战士延迟一点去崇都的行军速度。他擅自脱队，杀个回马，想夺回桃花隘。

当安昴追上他之后，他看到对方的先头部队只有百来号人，更是气不打一处来，匆忙与安昴交兵缠斗，想凭借人数优势，一举吃掉这小股的蛮夷。

九十三　怒赤

虽然对方人多势众，剑客安昴倒无所畏惧。他已经几日没有好好休息了，不过刚刚藏身尸首之下时，竟然睡了一小觉。他很焦急，崇黑虎的阻拦打扰了自己追赶崇侯、救回姬旦的机会。

按照商代的战争礼，崇黑虎与安昴在宽广的平原上用马车频频对攻。对方用的是青铜战斧，即便是手持着黑铁利剑，安昴也占不了任何兵器上的便宜。崇黑虎的力气奇大，疲惫的安昴被他连连抡斧劈砍，渐渐有点力不能支。

天已经很亮了，就在他们纠缠不休时，又有一个头发灰白但胡须仍浓黑的剑客，驾着一辆战车从正北方飞驰而来。且没有多话，直接加入了崇黑虎和安昴的战团，帮助处于下风的安昴对抗崇黑虎。

安昴仔细一看，那人果然是八剑客之一的安参，那个教会自己格斗之术的师父。安参问："可曾寻找到带头大哥？"他一边问安危的下落，一边用一根长戟架住了崇黑虎的斧头。

安昴说："我本来已经寻找到了他，不过很快和他一起被崇人捆了起来。但见那关城破了之时，安危自行走脱，又不知了去向！"

安参说："待七人再度汇合，我们合力找他！先把这个黑家伙解决了再说，南宫将军的兵马就要从北部过来了！"

崇黑虎的确长得很黑，就因为一身黑皮肤，自小到大一直被人嘲笑，特别忌讳一个"黑"字，甚至他所有的部下提及"黑"都要以"怒赤"替代——"赤色都发怒了"，自然会变黑。

怒赤的崇黑虎听老剑客安参说他是个"黑家伙"，简直怒不可遏，大喝一声，让御夫策马向安参的战车疯狂撞去。崇黑虎四匹马拉的战车明显要比安参两匹马的车强大得多，车厢和车轮的外缘还装有厚厚的铜板，也比安参的车坚固得多。

崇黑虎急速冲撞安参的战车，安参猝不及防，整个左车身被擦击得粉碎。

他赶忙向前一跃，在地上打了几个滚，总算没有摔伤。然而崇黑虎的车在不远处调了个头，四匹马剧烈地喘了几口气，又准备再回身向踉踉跄跄站起身来的剑客安参冲杀过来。

形势非常危急，安昴连忙策马横拦，堵在崇黑虎的马车之前。御马自然会向侧面躲避面对面的碰撞，这样崇黑虎也有了机会用大斧从头而下力劈安昴。他的这一斧，就是标准的“怒赤”之斧了。

安昴用铁剑抵挡崇黑虎的一劈。纵是铁剑也招架不住，被青铜斧头砍折了，然而崇黑虎的斧头也从安昴身侧落下，嵌入到安昴车厢的木头护栏上。力道之大，嵌入之深，一时竟然无法拔出。

老剑客安参飞奔着冲向崇黑虎的车，一跃而上，举剑劈向他的后脑。安昴见状高呼道：“师父，剑下留人，剑下留人！”

安参听闻他的呼声，稍稍一犹豫，剑没有砍中崇黑虎的背心。崇黑虎得以在瞬间放弃斧头，抽出身上所佩的青铜剑，转身就来刺杀安参。安参是何等熟练的剑客，以极其快速的卷动，用铁剑裹起了崇黑虎的佩剑，并以铁剑之利，一举将对方的青铜剑崩断。

崇黑虎虽然猝不及防，但也眼疾手快，抢着拔出自己御夫身上的佩剑，并一脚将御夫踢翻出车外。当安参的剑劈下来时候，他顺手操起车上的盾牌抵挡。安参刚刚获得的上风优势，立刻又丢失了。

看到师父危险的处境，拿着半截剑的安昴也跳过车来，从背后袭击崇黑虎，帮助安参解围。两大西域职业剑客的功夫，并非浪得虚名。崇黑虎腹背受敌，高声嚷嚷道：“你们这些蛮夷，打仗十分不合礼法！”

安昴和安参面面相觑，并不知道这位崇国贵族所谓的“礼法”是什么战术？安昴用断剑抵住了他的盾，安参则一剑刺伤了他的胳膊，并把铁剑架在了怒赤的崇黑虎的脖子上。师徒两人联手，生俘了这个怒不可遏的贵族。

崇黑虎十分不甘心，即便是剑在脖子上，仍然大为自己叫不平：“不遵照礼法的蛮夷，下次落在我手上，我一定要把你们统统剁成肉酱！”

那些跟随者崇黑虎的士兵，见自己的将领被俘虏了，连忙敲击战鼓。四辆兵车轰隆隆地飞驰了过来，准备来夺人。崇黑虎怒目圆瞪，大吼说：“快快，乱箭齐放，这帮蛮夷，一个不留，一个不留！”

他这是要跟两剑客同归于尽的意思，身为大夏朝的遗民，这个天下最资深的、比殷商人还要资深的贵族，被两个不讲规矩的蛮夷如此欺负，简直是可杀而不可辱。

四辆兵车冲锋而来，气势汹汹，但没有一辆车上的士兵敢放箭，他们想救回崇黑虎。长戈竖起，四辆车分别从四个方向包围起两剑客。在一边观战的山戎人，见对方的士兵涌来，也蜂拥向前，争夺崇黑虎。崇国士兵见山戎人整军而上，也蜂拥而上，结果四辆兵车包围住了三人，而山戎人包围住了四辆车，崇兵则包围住了山戎人，真是里三层外三层。一场大杀戒即将展开。

安昴看好了崇黑虎，而安参奋力抵抗四个方向杀来的长戈。山戎人从背后攻击那四辆兵车上的崇兵，阻止他们夺取崇黑虎。外围的崇兵用长矛飞速刺入，不断袭击那些精疲力竭的山戎人。双方都努力往中心区域挤压，越挤越紧，像绞肉一样拧在了一起，并且越每挤入一步，就死伤数人，惨叫之声此起彼伏。

九十四　合围

就在这时，东边和北方传来了更大的鼓号之声。一支人马从东方杀将而来，那正是安毕和熊丽带领的蛮夷联军后军；又一支人马从北方蜂拥而来，打着的是周人的旗号——那是大将南宫适的队伍。他刚刚讨伐周人东北诸小国，一战把各国彻底打服了，免得周商决战时，这些不知形势的小国贸然帮助殷商人。

在南宫适取得大胜，拔营班师之时，他收到了太公姜子牙的密函，周王姬昌要御驾亲征崇国，请他回师，与大军会兵，合围崇都。收到密函，南宫适快马加鞭南下赶往崇国，准备与周王姬昌一起合围崇国。他完全没想到快到崇都，居然遇上了这次纠缠的战阵。

南宫适和熊丽的蛮夷联军果断会师合兵，又将一干崇兵层层包围了起来，从外围乱箭齐放，不断有崇军倒下。周军凭借人数优势，用一种加长的长矛向人丛中刺去，很轻松地就能杀死那些外围的崇兵。整个战场变得更加混乱与血腥，像一条盘得更大更紧的蛇，绞杀了更多的人，血腥味也变得更重。

“兄弟们，向周人投降！”怒赤的崇黑虎已经看到远处如密林一般的周人旗帜了，知道这么打下去，自己未必能得救，而跟随他的崇兵一定是全军覆没。作为一个贵族，崇黑虎是无颜见子弟被屠杀的。他被安参死死地架着，一点动弹不了，只能高声劝告部属放弃无谓的抵抗。

就这样，南宫适和熊丽的联军轻松地打了一个大胜仗，不但俘虏全部的崇国后军，还把崇侯虎的弟弟崇黑虎给抓住了。自领军攻打密须国以来，南宫适几乎无往不利，实在令他自己也颇为得意，更想取得攻破崇国的首功。

在与安昴、安毕、安参会师之后，南宫适才惊闻四王子姬旦竟然被崇侯虎给俘虏去了。本来俘获崇黑虎的兴致，当头被一盆冷水浇淋下来，随即想到要用崇黑虎交换姬旦。只有安昴还惦记着安危、山戎黄鹰部落的首领黄飞虎还有那导致姬旦被俘虏的起因，周王姬昌的义子——姬幸。

实际上，周文王姬昌只有十八个亲生的儿子，虽号称九十九个儿子，但其余多为族内相认的义子。周人十分崇尚多子多福，几乎整个周国的同姓贵族都希望自己的孩子能够拜部族的首领作为义父。南宫适实在无法理解姬昌何以对这么一个非本族、来路不明的野小子如此看重，不惜搭上亲生儿子的性命。

合围崇都丰邑在即，大将南宫适是不可能分派自己的大军去寻找这几个失踪者的。他下令全军就地休养三日，让将士们吃饱睡足，随后全速进攻，誓不破崇国不还。熊丽是后辈晚生，拜见南宫适时兴奋异常。

若叙起来，南宫适与其父鬻熊还是同僚，虽然平素交往不多，但南宫适对鬻熊还是颇为敬佩，也曾为有熊族的悲惨遭遇唏嘘不已。看到了鬻熊残存的这么一个小儿子在南蛮之地得以立足并长大成人，甚至还带了这么一支蛮夷联军来支援周国，南宫适自然非常高兴。他欣然认了熊丽为义子，请他联合参谋从东边合围攻打崇都之策。

熊丽本来带着几十个楚人，算不得什么有生力量，却因为华夏族身份，强占了巴人、彭人等蛮夷部族的大便宜。如今又认了南宫适这位眼下大周国第一显赫将领为义父，简直少年得志加少年得意，无以复加，忙不迭地为南宫适出谋划策指挥调度，十分开心。安昴向他借兵去寻人，熊丽大摇脑袋说：“我们楚人此番而来，就这几十个，实在是无人可借啊！”自然是拒绝的意思。

安昴苦于跟熊丽无可借力，只得跟安毕、安参两人商量，向南宫适告辞，各自出去寻找安危、少年幸等。当初为了寻找安危，八剑客中尚有五剑客分头去而未还，这些都令人十分牵挂。南宫适苦留剑客们，说道：“四王子依然在崇国人的手掌中，合围在即，这是一桩大奇功，何必因小而失大！”

安昴道：“我们是剑客，不是军人，留在大军之中，实与废人无异。如今即便四王子身陷崇都，但他作为梦师，依然在梦境中要我等不忘来时之初衷，找到姬幸。还请将军借我等兵车两乘，找回姬幸，破城之后，也好向四王子有个交代！”

南宫适答应了安昴的要求，但心下还是对姬旦很不以为然，说道：“这有崇国，属地百里，占尽了西域的精良之地，乃是我大周的心头之患，今天正是天赐良机。我大王将统领国中之兵，亲征而来，我等坐镇崇国之东，是合围的东半壁。天大的担子，何必为一个区区小童挂怀！”

安昴不好回答这位近年来不断打胜仗、意气风发的周军统帅，只是与安参、安毕一起领了两辆坚固的兵车，在第二日，出了大营往东去，寻找姬幸以及安危。

第二天，修整完毕的南宫适大军已经完全恢复了元气，众将士睡了几天好觉，长途行军的疲惫一扫而空，肚子都吃个饱，受小伤的也养好了。南宫适麾下有五千人马，熊丽带着东夷南蛮的三千人马，绝对是一支很浩荡的有生力量。两军汇合，喊声震天，蛮人带来的号角和战鼓也弄得震天响。军士们排着整齐的队伍向西而去，他们把被俘虏的崇人用绳索绑起来，作为前阵，驱赶着往崇都去。而怒赤的崇黑虎则被绑在一辆兵车上，两个壮汉牢牢地看住他，用以胁迫崇侯虎交出姬旦。

持续行军了两天，大军就抵达崇都——丰之下。此刻，周人的大军已经团团包围了丰，南宫适看到了围城的中军帐中飘扬的王旗，就知道此番是周王姬昌在亲征了。为了攻破崇国，周国的确是倾国出动了。

周王姬昌看中了丰城这座城池，他在与太师姜子牙的谋划中，敏锐地意识到，如果能迁都于丰，那么会大大缩短大周国东征的行军距离，也缩短了后勤补给线。获得崇国这块可攻可守之地，必定是给周人如虎添翼。因此，这一仗至关重要。

九十五　觐见

南宫适和姬昌合军以后，熊丽终于见到自己朝思暮想、十分崇拜的周王姬昌，异常兴奋。他乘坐着南宫适的战车，直奔中军大帐。随南宫适入得帐中，熊丽迎面见一个白发苍苍的老者身穿八卦衣，站立在帐中烧一块龟甲，其长发垂肩，发如霜雪，很像传说中的仙人。

熊丽二话没说，就大拜说："楚人鬻熊幼子，熊丽，谨拜大周王陛下！"

那老者用手抓起龟甲来看，闭目一思，随后大喊一声道："上苍昭示，大吉，两日内可攻城！"

在军帐之外的兵士听到这个消息，立刻欢呼起来。跪拜在地上的熊丽也忍不住站起身来，大声欢呼。这倒惊动了那个老者，他连忙问熊丽："来者何人?"

熊丽慌忙又半跪道："楚人熊丽，鬻熊之子，百夷之首领，来助大周王攻克崇国！"

那老者听了哈哈大笑说道："好啊好啊，原来是鬻熊的小儿子，一晃这么多年过去了，成了这般精壮的少年！不过，你可认错人了！"

在旁边的南宫适这才介绍说："义子，这位可不是我大周王，而是我大周太师姜尚姜子牙公！"

一听到"姜子牙"的大名，熊丽慌忙又拜道："小将虽在南蛮荆楚之地，也早闻姜太师大名！今日，特率东南诸夷前来助我大周！"

姜子牙哈哈大笑说："起来起来，世侄啊世侄，难得你的这份心！"

南宫适也为熊丽表功："太师还真别小看了这小子，还未曾到崇国，就立下大功，逼迫崇侯虎放弃了桃花隘，生俘了崇侯虎的弟弟崇黑虎！”

姜子牙将龟甲放到一边，不禁饶有兴致地问：“世侄倒细细说来，如何立下了这么多的功劳的！”

熊丽便眉飞色舞地向姜子牙介绍自己如何带着这帮蛮夷族人攻陷桃花隘的，如何与南宫适会师生擒崇黑虎的。姜子牙听着，忍不住点头称是，说：“好好，非常好。虽然东南诸夷，兵不多，粮不足，也未必会打仗，但是能助我大周一臂之力，总是好的。世侄方才所说的攻破桃花隘之法，一样可以用以攻破崇都吗！”

“只是——”南宫适忍不住打断姜子牙的话说，“草草围攻崇都，情况又有一些不测之处！”

“什么样的不测之处呢？”姜子牙问。

南宫适说：“四王子姬旦，现在不幸被崇侯虎所俘虏，怕是正被关押在崇都之中作为人质。我们贸然攻城，四王子怕是有所不测啊！”

姜子牙一向心气平和，但听到这个情况也忍不住皱起眉头来，说：“果然是个不测之事情，此事一定要向大王禀报一下，方可做决断！”

“大王既然已经亲征，现在在何处呢？”南宫适忍不住问。姜子牙向后一指说：“在中军后帐之中，以易道求天意之中呢！”

南宫适就问：“可否，现在去禀报一声呢？”姜子牙想了想道：“可！”

于是，姜子牙就带着南宫适和熊丽一起去了后帐。所谓“后帐”，令熊丽大为惊讶的是，并非那种帝王级奢华的大帐，相反，却是一个极其简陋的小帐篷，用粗陋、破旧的羊羔皮盖着。帐外只有四名军士持着斧钺和代表王位的节杖把守着。这些兵士，就是周王的“虎贲”。

年已老迈的周文王姬昌，此刻正在这个简陋的行宫之内再度推演周易，以求此战之果。见姜子牙和南宫适这两大柱国同时来拜，即便是最严厉的虎贲也不得不向帐内的周王通报。姬昌请他们入帐觐见。

本来在南方穷山恶水之中领着几千号楚人部族开荒垦田的熊丽，此前从未真正见识过任何大场面、大人物。如今，一下子能觐见天下二王之大周王，自然是惴惴不安。可是当他见到周王的这个破毡帐时，这种不安已经去了很多，安然进入后帐，面见到周王姬旦时，更是有了一点点的失望。

坐在他眼前的，并非是一个峨冠博带、浑身宝石珠玉的君王，而是一介周国凡夫。姬昌所穿之葛衣也是灰暗陈旧，虽然不破，但显然与普通农夫无异。姬昌其人也是一副普普通通农夫的面孔，须发尽白，面容消瘦，胡须显得稀疏，老相毕现，甚至一见之下，其威严还远不如刚才初见之下的姜子牙。

年少而识人少的熊丽，倘若在周国的大街上遇到这个周王，他断不敢信这就是掌握三分天下有其二的姬昌。而在姬昌身侧，却站着一个高大魁梧、头发斑白、一身精美的甲胄、手握宝剑、相貌堂堂的卫士，与普普通通的姬昌形成鲜明的对比。那个卫士，以非常恭敬的神情侍立在一旁，极其肃穆的感觉，似乎连大气都不敢出一声。

“太子！”南宫适向那卫士略一躬身，极其小声地招呼了一下。那个卫士也略一躬身回礼，但并没有答他的话。

熊丽这才知道，这个相貌堂堂的卫士可不是什么普通士兵，而是大周国的太子姬发。他吃了一吓，双腿甚至都有点发软。他嘴里嘟哝两句，想向姬昌和姬发说点什么，却见姜子牙与南宫适并无多话，只好默不作声，静静站在南宫适身后等着前辈们先发话。

还是姬昌先开口了：“太师，算的是大吉之卦？”

姜子牙道：“大吉！未知大王您通过揲蓍求易，有何启示呢？”

姜子牙这一说，熊丽才注意到姬昌身前的案上，摆放着一堆的蓍草，摆成了一种他完全看不懂、却十分有规律的形状。熊丽虽不明就里，但作为深信鬼神的楚人，他也并不意外，看来似乎这是一种占卦的新办法，是向上帝求告的另一种途径。想来，刚才姬昌一直在推演“易”道，来求此战的凶吉。这种办法，熊丽虽弄不懂，但看起来总比部族巫师装扮得稀奇古怪，杀牲甚至杀人，以血光问凶吉要文明得多。

“易不占险！”姬昌低声道，“非生死利害之大事，不求易解！”

他的声音虽小，却十分铿锵有力。在场众人忍不住都屏住呼吸，侧耳细听姬昌细细的分解。

第二十一章 文王之易

九十六　演易

“易之道，在于数，在于象。大衍之数五十，其用四十有九。分而为二以象两，挂一以象三，揲之以四以象四时，归奇于扐以象闰，五岁再闰，故再扐而后挂……”

姬昌幽幽道来，似乎要向看不明白的众臣子解释自己的求卦之法。可惜，对于大家来说，这套说辞太深奥了，当场没人能懂他的意思，即便是足智多谋的姜子牙也不例外。

姬昌继续说：“易之道，为大人谋，不为小人谋！然而，朕此番求易，却非为攻崇国之求！”

姜子牙有所不解，忙问：“那么，大王您所求何事？”

“此番，朕却是为小人谋！”姬昌稍稍挺直了佝偻的后背，转过脸来向南宫适问道，“昨晚我于梦中遇到我那梦师孩儿，他现在身陷崇侯虎的手中吧？”

南宫适一听，认为姬昌所求的无非是四子姬旦的安危，慌忙答道：“诚如大王所料，四王子他的确身陷崇都！不过，我们已经活捉了崇侯虎的亲弟弟崇黑虎，足可以与之要挟，从而换出四王子来！”

姬昌摇了摇头说：“攻城之事，完全与姬旦一人之安危无关。既然太公贞的是一个吉兆，那么明日就发兵攻城，勿为犬子一人之生死耽搁。此番，我只在求养子姬幸的下落。老夫身体日渐亏朽了，浑身无力，大去恐怕不远了，只想在临去之前，再见上他一面！”

姬发忍不住悲伤，用震颤的声音说：“父亲千万别这么说，您必定是康寿万年！”

姬昌说：“万年？我怎么可能，百年也不会。天地有生生大易之道，生老病死，乃是人之常数，有生而无死，非大易之道。不用这么难过。”

姜子牙说：“大王功盖宇内，大周三分天下有其二，正是天命代商的好时机。陛下若能稍稍振作，在这崇都攻陷之后，就可以挥师东进了！”

姬发也附和道：“对，父王，明日儿臣与太师一起指挥攻城，定要生擒那崇侯虎，一举踏平这挡我西岐多年的有崇国！踏平崇国之后，我们再整兵马，一举东去而平暴商！”

姬昌摇了摇头，坚定地说：“发，你此言差矣。攻城事小，获取崇人的力量事大。破城之后，不可屠城，也不可火攻，要保证秋毫无犯！至于取商之事，非你父我此生所能定夺，勿要再提起！”

姬发说：“父王，帝辛老朽昏聩，年年东征西讨，为四海之内的公怒，我周人正可取而代之！”

姬昌不禁起了怒火，道：“我跟帝辛长聊过不止一回，此人也是不一二之雄主，跟宠妹喜而失国的夏桀很不一样。可惜，他总想凭着一族之力，一举平定东夷，哪里来得这么容易！发，我刚刚向你所演示的易道，你能记得几成？”

姬发说：“只记得分二，卦一，揲四，归奇。”

姬昌听了，满意地点了点头，至少儿子在须臾之间，看懂并能够记住了要点，而且能够迅速地总结出来，脑子还算不糊涂。

所谓“揲蓍求易”的关键，在于变卦。此法略要在于用五十根蓍草，拿出一根不用，作为“太极”。然后把四十九根一分为二，此为“分二”，从右手或者左手一堆拿出一根放在右上角，此为“卦一”。先把右边一堆每四根分一堆，此为揲四，把余数放在左上角，再把左边一堆每四根分一堆，把余数与刚才放在一起，此为“归奇”。把两堆合在一起，而太极一根、卦一，归奇都不动，再分二，卦一，揲四，归奇，再合起来，再分二，卦一，揲四，归奇。三次后，把剩下的数出堆数，记为一爻。六八之数为阴爻，记作“——”，七九之数为阳爻，记作“一”。心中默记出所数的堆数和阴、阳爻为第一爻，再把以上操作重复五次定其他五爻，六爻出一卦。六、七、八、九分别对应冬、春、秋、夏，唤作“老阴、少阳、少阴、老阳”以变爻占事，六九为可变之爻。

一卦六爻中有一变爻，则用天地之数（五五）减营数（把爻数相加），得余数，用余数从初爻上数，余数未与变爻重合，则以该卦卦辞；若用天地之数减营数，得余数，用余数从初爻上数，余数与变爻重合，则以该变爻占事。两变爻，大致与一变相类似。

若一卦六爻中有三变爻用天地之数减营数，得余数，用余数从初爻上数，余数未与变爻重合，须变卦（遇九变阴，遇六变阳），得之卦，以本卦的卦辞与之卦的卦辞合占；用天地之数减营数，得余数，用余数从初爻上数，余数与变爻重合，则与本卦与余数重合的变爻占事；四五变爻大类，若一卦六爻中有六变爻，皆九、皆六变卦（遇九变阴，遇六变阳），乾卦—坤卦，以坤卦的用六爻辞占事；皆九，坤卦—乾卦，以乾卦的用九爻辞占事。九、六混合，变卦（遇九变阴，遇六变阳），得之卦，以之卦卦辞占事。六爻皆不变，静卦，以卦辞占事。

此法颇为繁复，姬发在一看之下，并不能全明，只是粗知其概。父王姬昌只是跟他说个大概，不愿意细细阐明，这令姬发十分苦恼。作为一名勇武之人，他素来不太喜欢这种复杂纷繁的东西。若父亲不追问，他也不想去深究。

诸王子之中，只有一个人能捉摸得透姬昌的内心，并真正获得了易法的启迪，那就是姬旦。姬昌甚至并非面授机宜，而是在梦中教会了姬旦，就是在前日的梦中，已经被崇侯虎俘虏的姬旦来到姬昌的梦中，父子二人并无多言。姬旦向姬昌请罪，自己历经万险还是丢失了姬幸。姬昌并没有怪他，只是在端坐在他面前推演了一边自己在羑里大狱里领悟的易之道。

没想到姬旦看了一遍就完全懂了，他说：“父亲在为我占卦，算我此番的运气！”

姬昌点点头，问他：“如何？”

姬旦说：“否极！”他脸上流露一丝悲戚的神色，随后又说：“父王，无论生死如何，儿臣都坦然处之，请父亲勿为我耽搁攻城的大计！”

姬昌又点点头，说：“旦，以你的才慧，且不用说做周公，就算做天下之主，都是当得！”

姬旦非常吃惊父亲为何突然说出这样的话，他立刻沉思，想去追寻父亲的心思。姬昌却很坦然地说：“嫡长子即位，已渐成天道。兄死弟及，也合众意。王位，不过一把空床，冠冕，也不过是一些形制，上智之人，不要太在意这些东西！”

“父王所教甚是！”姬旦忙一拜，说，“不过，父王莫生疑。孩儿对二哥继承王位，胸中并无半分的非议啊！”

“不，我反而是要鼓励你，你此生虽不能做王，但未必不能做王的事。”姬昌幽幽道，“不明了天地大易的人，会太看重那些虚浮无实的东西。能看透大易的，更要去做那些真正功在千秋的事！我炎黄一族，自中土发端，经历了五百年，夏启建国，乃有自立不灭的规模。汤武革命，乃有殷人代夏，乃有我华夏族开疆拓土的四百年征程。这天下东南西北皆遍布我苗裔，祖宗可祭，子孙绵延，非前人之积累，是没有我周人的今天的。”

“是，是，父亲所见极是！”姬旦说，“不过殷人与我们有世仇，此仇不报，我周人寝食难安！殷人亏在不团结。倘若他们东征蛮夷初定，得以抽身聚集西向，不但祖先无法祭祀，就连子孙恐怕世世代代都要做奴隶了！”

九十七　对饮

姬昌说：“旦，否极，则泰来！今天，我把易数、易术与易道，全给你。倘若你能从这崇都完身而归，为父也必将所作之卦辞也悉数给你。这是为父一生之心血，只有你能了悟！你二哥发必然为王，但是我算来，他刚直过盛、阴力暗起，我恐怕纵然他能一番作为，也不可行久！”

姬旦说：“可是二哥身体一直刚健，盛年有为，若能统帅三军，必定能无敌于天下！”

姬昌说："此天数，不好叵测！无论如何，千万不要觉得帝辛是一个简单的敌人！"

姬昌说着，就想起当年在朝歌临别前一夜，帝辛邀请他饮酒为他饯行跟他说的一番话。

那一日，鹿台殿上点满了缠花青铜螭龙灯，把大殿照得通明。天下两大国的王在饮宴，两个最有权势的老者，彼此像朋友一样言无所忌了。

帝辛说："姬昌啊姬昌，我们都老了，都是行将就木之人。天下之大势，已经不是由你我决定了。我这几年，从来没有后悔过，但是只为一件事后悔，那就是我杀错了一个人！"

姬昌饮了一口酒，说："大王您指的是王叔比干！"

帝辛摇了摇头，说："不对，不对，比干之死，着实可惜。不过，真相谁知道呢？一帮人说要攻打我的鹿台宫，旁若无人，非我王族，又能是何人指使？再说，他死于一个忠字，将来万古流芳！算我成全他吧，地下有知，让他与我父王伸冤吧！"

姬昌说："那请大王恕奴臣老迈愚钝，实在不知那人能是谁！"

帝辛笑笑说："你怎么能不知道是谁，你日日夜夜恐怕想复仇，将余一人千刀万剐祭给那个人！"

姬昌镇定地摇摇头说："奴臣就实在不知道大王指的是谁了！"

帝辛饮了口酒，大笑说："难道姬昌公你不怀念你的太子，姬考吗？"

姬昌心中早已经有了大儿子姬考的笑脸，被帝辛这么一说，不由地内心一凉，浑身一震。

帝辛看出了他的心思，立刻说道："莫说你内心痛苦，我也十分痛苦。作为战士，我一生征战南北，杀敌无数，作为君王，我也一生杀伐无数。但没有一个人，能像杀掉姬考这样令我罪悔莫及的！"

姬昌不言不语，独自端起面前的酒杯开始喝酒。帝辛也端起一杯，遥敬冥冥之中死去多年的周太子姬考，然后继续说道："我常常梦到姬考半夜里到我榻前，面目狰狞地向我索命。真是心中有愧啊！如果不杀姬考，你们周国人，特别是你姬昌或许与我怨恨不会这么深。"

姬昌说：“大王，姬考有罪，该死就不可活，也是他的命。”

帝辛笑了，说：“姬考这人，很像我的大儿子武庚和我大哥微子，都是十分温和的，并不是缺少计谋，但性格中庸少断。当老大，自小就懂得让着弟弟的妹妹，天性使然。老二，就不那么安分了，难事操持都让老大给扛着，老二呢，就以为一切都那么容易，那么自然而然，什么都是应该的！我就是这么过来的，现在常常想，要是让微子坐这个王位，也未尝不是件好事。”

姬昌说：“自古传位嫡长子，应该的。”

帝辛说：“自古，什么自古，哪有什么事是自古的。哈哈，上古还会给贤者禅位呢！ 姬昌公，余一人要禅位给你，你会怎么坐这个王位？”

姬昌认真盯着帝辛看了看，想了想，说：“用贤者，远小人，轻刑罚，重节欲，均贫富，安抚海内，共御蛮夷！”

帝辛冷笑三声道：“我以为鼎鼎大名的姬昌公是多么的明智，不过也是一些陈腐的意见罢了。那么以卿之见，首要之事为何？”

姬昌公摇摇头，说：“轻刑罚，重节欲。天下事，知其易，行其难矣。”

帝辛摇摇头，笑着说：“你有那么多儿子，还要重节欲，哈哈。西伯啊西伯，你以为这个大商王的位置，是我一人在坐吗？你的周国小，你的儿子多，一国之内，你一家人就都能摆平。我大商大，大有大的难处，四处都是敌人。我国祖上五次迁都，为打退那些蛮夷不侵扰中原，不打断我商人与天下诸邦的交易，我商人东奔西突，战争一天都没有停止过。自我继位以来，年年用兵，刚刚平息了北边，南边又来侵扰，刚刚平息了南边，东边又起兵作乱。闻仲死的那一夜，我才知道，我这一辈子，仗是打不完的。如此局面，倘若西伯你得了天下，该如何收拾？”

姬昌提醒他说：“大王，您酒多了！”

帝辛哈哈大笑，尔后冷冷地说：“我应该杀了姬发，而留下姬考。姬发这小子特别像我，你在朝歌几年，我一直在观察他。他向西，联合犬戎抢占狄人地盘，跟巴人和蜀人结盟，抢夺羌人的地盘，野心可不小！有姬考在，你周国人不会叛，有姬发在，迟早会有变！我儿武庚禄父，不是他的对手！”

姬昌浑身冷汗如雨水一般淌出，埋头握着酒杯颤抖，不敢再回答他，甚至也不敢看他此时此刻脸上的表情如何，但他此刻脑海中浮现的却并非姬发的脸，而是姬旦的。

大殿之上，保持着长久的沉默。

随即，帝辛爆发出了巨大的狂笑，说：“不过，若余一人在世一天，谅姬发这小子也不敢腾起什么大浪。战士虽老，长戈未折，长剑还在沉鸣，新的战马还在牧野之地驰骋，子氏家族子弟虽然喜欢喝酒，但应该更喜欢打仗！”

姬昌终于知道帝辛这番宴请是什么用意了，他想借自己的口，告诫二儿子姬发不要轻举妄动。

是的，姬发，你千万不要轻举妄动，你或许并不像自己想象的那么强大！

姬昌在内心深处，非常希望姬发能够学得他亲手创制的易理，然而能够理解它的，目前只有四子姬旦。这使得他愈发地想找到那个与他一起关押在羑里大狱里的神奇少年幸。

在人生最为困厄的时候，这个少年给了他最大的启迪与安慰，然而，自己却无一可报答少年，甚至有生之年或许都无法做到，这令姬昌非常的难安。唯有自己最聪慧的儿子姬旦可以帮助自己完成这一心愿，但是他没想到又让姬旦陷入生死困境之中了。

九十八　姬发

姬发并不知道，在这中军的后帐之中，父王姬昌所占卦的绝非是明日攻城的得失，而是少年幸的安危所在。

对于攻破崇都，姬昌心中已经有了九成的把握。这是行军与司马的运筹，完全不需要上天的质疑。姬昌深受姜子牙影响，老谋深算，从来不打无把握的阵仗。西岐倾巢而出，崇都城下足有三万大军。眼下，又合南宫适之兵五千。三万五千围攻一个上古小城，足矣。倘若出现什么意外，战事不能速决，西岐还能调集两万人马过来，对于崇国，姬昌是志在必得。

姬昌情绪如此低落，是因为刚才所推演的却完全没有任何结果。他无从知晓，少年幸此刻究竟在哪里，生死如何。这次派姬旦去营救少年幸，却几乎同时让四子与义子都陷入巨大的危险之中。姬昌觉得自己的盘算也是失败透顶了。

不过，既然南宫适、姜子牙来见，姬昌依然打起精神来，问："南宫将军如此归来，真是来得非常及时啊！"

南宫适连忙上前答道："大王令我速归围崇，也是我日思夜想的事，自然不敢怠慢！不仅如此，我还带来了鬻熊的小儿子，他也要帮助大周一臂之力！"

南宫适一说，熊丽慌忙从他身后闪身出来，向前一拜说："楚人熊丽拜见大王！"

姬昌看到年少的熊丽，说："看这般眉目，果然是鬻熊兄的幼子啊，好好好，好孩子！"

南宫适又将熊丽破桃花隘，以及与自己合兵活捉崇黑虎之事又介绍了一番，姬昌和姬发同时给他投去了赞赏的目光。

姬昌说："想当年，鬻熊为我国中火正，不但尽心尽责，还时时有教于我，指点我通晓先天卦象，与上天星象，实在是足以为我之师啊。今天，看到你已经长这么大了，实在是令人高兴的事情！"

在一旁的姬发也注意到了熊丽，忍不住问他："我也素知你们有熊一族的事，现在在南方生息得如何？"

熊丽不禁有点点的夸耀之心浮起，对他说："我楚人在南方，虽左右皆是蛮夷之地，但近控大江之源，水草肥美，土地沃然，还是可以好好休养生息的！"

姬发眼中不禁露出了一丝的向往，说："我听说泰伯在吴越之地，也是廓地千里。如定中土，必要南征！"

熊丽看到这位周太子脸上流露的神情，心中不免一悚。不想，姬发又说："有熊一族既然跟我国渊源这么深，何苦孤族南垂，倘若我们平定崇国，不如你们再迁徙回来，复归故土，并入我周国算了！"

熊丽一听浑身冷汗出，结结巴巴地说："楚人虽孤族，但是，但是……"他口中的"但是"什么实在无法明说，可他心里非常清楚，即便是一个小孤族，也愿意自由自在地生活在天地山水之间，而不愿完全依附周人而存在，更不愿意完全被周国所吞并。

姬昌打断了姬发的话，说：“世侄，既然是鬻熊的遗孤，你一族之兴衰全系于你，你就不用冲锋陷阵了。”

熊丽有感于姬昌的和蔼态度，忙说：“大王，我已经有子，名曰熊狂，大丈夫，苗裔已在，不惧生死，愿意为大周效犬马之劳！”

姬昌看他人不大，但说话底气很足的样子，忍不住笑了起来说：“战事非同儿戏，就算你有了儿子，还没有孙子，楚人也尚未有国，任重道远啊。你带来多少人马前来？”

熊丽说：“楚人精壮，五十有二！东南诸蛮山戎人、庸人、巴人、彭人、濮人，总计良兵三千！”

姬昌点点头说：“好好好，能发兵者，都是我们的联盟。你说说你是怎么攻陷桃花隘的？”熊丽便详细讲述了所行擂鼓吹号的震慑之法。姬昌边听边点头道：“此法甚好，甚好，你依然带着你的人马，分两班，昼夜不停地擂鼓吹号，震慑崇人！”

熊丽说：“鼓鼓吹吹，也太平常之事了，大王还是让我等攻城打冲锋，贪生怕死，可不是我们楚人的作为！”

姜子牙果断说：“按照大王说的去做，的确是一个不错的好主意。”南宫适也赞许。熊丽虽有拼杀的心思，只得按照诸位老前辈的命令去做了。

安排妥当，姬昌拄着一根拐杖，欲站起身来。他似乎真的病了，身体有点颤颤巍巍、行动十分不便的样子。姬发慌忙搀扶住他起来。众人一起随着姬昌走出低矮、阴暗的破毡帐，来到中军之前一个小小的土冈上向着崇都的方向眺望。

在正午的艳阳之下，崇都丰邑显得具有无穷的魅力。它的北面，宽阔的渭河在昼夜不息地流淌，去向黄河。河水滋润着平原，也滋润出连绵的肥沃的田地。不仅是西域的第一大城，也是蛮荒的西域之中一块文明瑰宝。无论是姬昌还是姬发，都怀着长久的吞并之心。而且这种野心毫不掩饰，即便是以德行闻名天下的姬昌，对这块国土，也有像狼对于血肉的那种渴望。

从崇都的城池之形中，姬昌已经看出了未来大周国新都城的模样。他觉得与其把这块沃土交在崇侯虎这样光有小聪明而无大智慧的人手里，不如果断地夺下来，建成新都，以利于大周的崛起。姬发也看到了这一点，将国都东移至此，则更加远离西狄的威胁，而更有利于图谋东土，夺取中原，入主天下。

姬昌握着手杖指向北方，对姬发说："孩子，我算来，未来千年，这块天下沃土必为华夏族尽有。东南西皆无所惧，唯有北地，乃是我族之心腹之患。你若能主持天下，将如何处置？"

姬发抱起胳臂，很自负地说："且集举大周之兵并吞天下之兵，南征北讨，荡平宇内！"

姬昌想起了帝辛与自己当年在鹿台宫上的酒话，忍不住斥责说："糊涂，你的武功自负能及帝辛？他征战一生，最后又是如何？"

姬发不禁汗流浃背，羞愧地说："儿臣恳请父王赐教！"

九十九　信使

姬昌说："封疆裂土，大封诸侯，天下事，当由天下诸族各守其土，各司其职。大周只承天道，受天命，不代行天威！发，我无所担心，只是害怕你太迷信兵威，更怕你驾驭不了兵威！"

姬发信服地点了点头，说："父亲所教的是！"就连陪在他们父子俩身后的姜子牙、南宫适和熊丽等诸人，也不禁连连点头称是。

日光之下，周军的营帐内已经升起了一股股炊烟，远远近近，直冲云霄，蔚为壮观。传令兵在各大营寨之间奔走，将太师姜尚天黑攻城的命令带到各个营帐之中。那些没有打过仗的士兵不禁摩拳擦掌，跃跃欲试，个个期盼夜晚的到来。

在姜子牙的排布之下，周人以连环之法安营扎寨，旌旗与鹿角连绵不断，已经把整个城池团团围住了。崇国人造城很得法，如若逼得太近，则易于受到飞箭的攻击，离得太远，又无法完成合围。中军在合围衔接得最为严密的地方，而姬昌与姬发等所立足的山冈是防卫得最为严实的地方。

然而，就在姬昌与姬发纵谈天下大势之时。在另一处的山冈上无声无息地驶上来一辆马车，驾车的是一位武师，乘车的却是一个带着鬼面的白衣之人。那个武师远远看到了姬昌父子，拉起了一只强弓，嗖的一声射来一尾厉箭。

那尾箭穿过了周军的炊烟，穿过了一面迎风招展的旌旗，穿越一只低飞掠食的鹰隼，直向姬昌飞来，形成一个优美的弧线，被一阵微风吹拂，调整好了方向，迅猛地落在了姬昌的手杖的端头。“嗡”的一声，刺入木杖当中，并裂开了那个木杖。

这突如其来的袭击，令姬发大慌，连忙拔剑护卫父亲。南宫适和熊丽两员武将，也慌忙拔出身上的佩剑，用身体挡住姬昌，以防止第二箭再袭击。

但是并没有第二箭的到来，姬昌平静地拔下那支箭，看了看箭尾的翎毛，说：“黑枭翎，是帝辛的信使到了！”

听到“帝辛”二字，姬发忍不住一挥剑，对熊丽说：“传令下去，十匹驷马出击！”

姬昌却阻止了他，摇着头说：“帝辛来使，必有话要说，如果这么失礼，会吓走来使的。”他把那支箭拿给姬发看，“这箭尾之上是否刻着一个‘十’？”

姬发察看了一下说：“回禀父王，的确如此！”

姬昌说：“这是约记，备车一辆，我一人东去十里，拜会来使！”

姬发惊慌地说：“这怎么成，父王，万一殷人祸害了你如何？”

姬昌哈哈一笑说：“我已有那么多儿子，都是正值壮年，就算他们当场刺杀了我，你如何不能担起大任？况且，如果要我的命，刚才这一箭，你觉得他们不能射中我吗？备车一辆，不随一马！”

姬发不语了，其他人还想劝言的，自然也被姬昌的果断神情给阻止了。姬昌点了一名亲兵为自己驾车，孤身一人驶出周军大营，东去追寻。

姜子牙和姬发都不放心，点出二十乘的驷马，远远跟着姬昌的车，双方保持着很大的距离，又不使他觉察。

果然向东去了十里地，见那辆车停在一块荒原的正中，坐等着周王姬昌前来。车旁铺着一块正方形的毡毯，备好坐垫，虚位以待。而那个带着鬼面的白衣人，正端坐在毡毯一侧。刚才射箭的武士，则伫立在他的身侧，面目毫无表情。

姬昌的车驾慢慢挨近了那名白衣来使，在足够的距离上停了下来。姬昌颤巍巍地下了车，迈着十分沉稳的步伐，走到毡毯边，跪坐了下来。

那来使用十分沙哑、难听的嗓音道：“先生，别来无恙！”他的声音完全破了，完全不似人声，甚至分辨不出男女，仿佛是某种狼族动物所发出来的。

姬昌微微一笑说：“老了，即将朽坏归土！”

那来使道：“帝辛说，崇国，尽请西伯自取，大商坐视不管，算是弥补羑里之拘。不过，西伯既已擅自称王，又不同那些小沟小渠里的假大王、野王，乃是真王。天下有两个王，如天有两日，诸夷不知谁能做主。两强相激，不久，商与周必有一战。请问，倘若大商战胜，西伯如何自取？”

姬昌微微一想，道：“我想，殷人残暴，周人要么必然举族为奴，要么必然远走西域，与戎狄为伍，从此不在华夏宗嗣之中！”

那信使道：“嗯，倘若大周战胜，殷人又会如何？”

姬昌也微微一想，道：“凡是从吾周者，殷人封疆裂土，存其故地，延续其宗庙；不从吾周者，去留随其便！”

那信使说：“好，先生还有什么要说的呢？”

姬昌说：“有，请转告帝辛，若我在，大商与吾小邦周必无交锋。我们恪守西域，不敢与大邦为难，以报商王不杀之恩！”

那信使说：“好！帝辛说，杀伯邑考，并非他的本意，万望西伯宽恕！”

姬昌说：“失一子，得一子，一切皆是天命，怨恨是没有用的。”

那信使点了点头，突然问：“那么，姬幸，找到了没有？”

姬昌抬头看了看那个信使，说：“他，也不知去了哪里。他乃是天命所赠，非凡之人，非我能算到的！”他突然老泪纵横道：“信使若得姬幸，我愿割出一半国土换之！”

一百　攻陷

那个带着鬼面的信使将姬昌一人留在了毡毯之上，随后就登车告辞了。那名武士驾起车，带着信使要走，突然想到了什么，对姬昌说：“周王陛下，我们来时碰到一个密须国的溃兵，大致说见到幸王子的去处。这次我们回程的话，一定会替您找到他的！”

姬昌一听，不禁双眼一亮，拱手相拜道：“那就拜托二位了！”

两人说完最后这番话，就驾车远去了。远远观察着的姬发和姜尚立刻驱车，带着重兵来到姬昌身边。只见姬昌依旧端正地跪坐在毡毯上，目送使者远去。

姬发唯恐父亲有失，跳下车来，跪在姬昌身边察看，见姬昌无恙端坐着，一颗悬着的心也放了下来，问：“父王，要我们去追……送他们离境吗？”

姬昌摇了摇头说：“他们是我的老朋友！”

姬发问：“那么，帝辛都跟您说了些什么？”

姬昌并没有说：“他说把崇国拱手让给我们。”

姬发眼睛一亮，道：“真有这样的好事，可信吗？”

姬昌道：“即刻派兵两千，带十倍箭羽，守卫桃花隘！”

姜子牙说：“我与大王一般想法，帝辛既然提及此事，必然是崇侯派人向殷廷求援了。如果不防，崇地不保，一切难测！”

姬发即刻命一辆战车回营传令，让一员大将武吉、一名谋臣闳夭二人速速带两千兵马前去桃花隘因地制宜，固守七天，防备殷商援军。

姬昌又道：“回营之后，即刻开始攻城，不教崇人一犬一马逃脱！”

姬发非常喜爱父亲做这些杀伐决断的命令，忙大声说：“是，儿臣这就去办，不灭崇国，誓不回岐山！”

当即，一场恶战在崇都之外展开。

正如以前所介绍过的，崇都是一个造得异常坚固的大城，进攻的难度非常大。但时值夏末，草木丰盛，周军日夜擂鼓吹号骚扰崇军，多堆积柴草燃烧，释放烟障，昼夜不停歇，以瓦解敌军意志。周人原计划使用的大量的箭羽，都被武吉带到桃花隘去了，因此很吝啬自己的箭，未敢轻易释放。

周人在岐山下，屡次与犬戎交锋，并成功地驯服了这个西域蛮夷的几个大部落，已经积累了极其丰富的野战经验。又通过不断攻击西域那些大大小小的城邦国家，诸如密须国、共国、阮国、义渠国等等，同样积累了丰厚的攻城经验。这些战争经验累加在一起，让他们对龟缩在一都之中的崇人有着压倒性的军事优势。

崇侯虎手握着姬旦，周人手握着崇黑虎，双方都很均衡。周人在野，崇侯虎有深墙高壁，也并非一战就可以平息的。可是，周人围城之下，崇侯虎自身一直忽略的漏洞爆发了，那就是在作为西域最大的奴隶市场的崇都之内，有着大量西域奴隶。这些奴隶在关键时刻帮了周人的忙，要了崇侯虎的命。

崇侯虎的家族并不庞大，因为多年只愿与殷商王室和贵族通婚，多少代崇侯下来，家族规模日渐萎缩。这并不是坏事，崇国的贵族们个人拥有的财富也相对越来越多。他们财富的多寡完全可以用拥有奴隶的数量来显示。几百人的大贵族们拥有着几万的奴隶，这些奴隶来自西域各国，很多是蛮夷出身。他们平素里为主人服务，似乎忠心耿耿，但到了这前所未有的灭顶关头，他们不干了。很多平时怀有不满的奴隶开始蠢蠢欲动。而诸如白鹿部落这样举族被奴役的奴隶，更要趁机起义，求得自由。

而墙外周人则不同，整个大周国上下不挑不拣，广泛与西域各国各族通婚，娶任何一族，甚至是蛮夷的犬戎女人，都是无禁忌的。因此，周国的姻亲简直遍布西域。就在围城的第三天，一支犬戎的白犬部落人还带着四千人马前来助战。

这是一次胜负将一目了然的攻防战。围城到了第十天，不少奴隶杀死了自己的主人，纵火焚城。奴隶们的起事像瘟疫一样蔓延，并真的将瘟疫带入了城中。崇军大量被感染，守城越来越乏力。勇武却优柔寡断的崇侯虎没有跟周人交锋多少，每天竟疲于镇压都中造反的奴隶们。

这些情况周人知晓得并不多，否则也不会那么不紧不慢地攻城了。果然不出姬昌和姜子牙所料，殷商的确派出了一支军队前来救崇侯。只是到了桃花隘，与防守的武吉军稍稍一交锋就退去了。据武吉的信使报告，那支军队打着有苏国的旗号。这让调兵遣将的姬发，对不起眼的有苏国有了一个非常糟糕的印象，暗下了夷平的决心。

殷商的援军被打退了，武吉分了一半的箭羽运回崇都之下。周人可以轻松一点地放箭了，战事进程变得更快了。围城一个月之后，一波波的飞箭落入了崇都之中，给奴隶们造成了更大的恐慌，他们没人愿意为崇侯虎陪葬。有一批奴隶在黑夜攻入崇侯府的大牢里，救出了姬旦，用以向周人效忠。

姬旦领导起了所有的奴隶，浩浩荡荡的人马冒着周人的箭雨杀入空空荡荡的崇侯府之后，才发现崇都完全空了。崇侯虎已经汇集了全部的余族向城北突围，并且趁着黑夜得手，逃遁而去，也完全顾不上弟弟的死活了。

里应外合之下，周人终于攻陷崇都，崇国灭亡了。姬昌和姬发进城的第一件事就是扑灭到处燃烧的大火，集中焚烧那些身有瘟疫的死人和半死之人。姬昌得以见到四子姬旦，也是感慨不已。一晃近两年未见，经历了沧桑大易却似乎并无所获，自然是五味杂陈。姬昌还是赦免了崇黑虎，让他出面，归拢起残余的崇人，西迁到周国的边地垦荒自立。

在拆除了崇人的宗庙之后，姬昌宣布东征的战士不用回家了，丰地即为周人的新都城。他把崇国贵族们留下的旧宅邸，分赏给有功的周人，还有功的奴隶们自由之身，并向所有助战的蛮夷族人承诺，将给他们封疆建土，纳入华夏族裔功爵之中，“天下共族、海内同勋。”众人自然都是兴奋不已。消息传出，更有无数的蛮族纷纷向周人派遣使者，要求加入联盟，共图大业。

这一仗的终结，使得周人不但独霸西域，三分天下有其二，在疆土上足可以与殷商抗衡，更让姬昌一颗并不怎么平静的内心终于安定了，帝辛已经失却了灭周最后的一线机会，此刻，纵然他倾殷商之兵西征，周人也足以与之抗衡而不倒了。小邦周蔚然成了大气候。姬昌预感到，他只能做到的这一步了，剩下，他唯一牵挂的人，就是姬幸。

第二十二章
平行梦界

一百〇一　穿越

“这是我所知的周国人崛起的故事！”幸翁说，“一个非常弱小的部族，在偏僻的地方慢慢发展，壮大，这是我们华夏之人非常擅长的事情。我们从来不担忧宽阔的天地没有我们容身之处，也不害怕哪一天我们会全部消失。哪怕征服者强大一百倍！因为从根子上，我们是与未来联通的。”

故事讲得太漫长，似乎让幸翁和孩子们的航行也变得漫长却充满无穷的趣味起来了。有一个孩子就好奇地问：“那么，爷爷，那段时间，您到底身在哪里呢？”

“我嘛？”阿幸翁微笑着说，“我其实一直跟山戎人黄飞虎在一起，我们想返回朝歌去救出黄飞龙，结果好像到了另外一个世界里去，困了好久……”

那一天夜间，熊丽带领着蛮夷诸军攻入了桃花隘，惊得崇侯虎带着军马匆忙退去。本来刀架在脖子上，黄飞虎只等一死，却不料峰回路转，及时攻上来的巴人救了他一命。乱军之中，被捆绑着的黄飞虎撞翻了几个崇兵，一头扎到一堆马料草当中，当他钻进去之后，发现里面居然还藏着一个人。黄飞虎大惊失色。仔细一看，原来是少年姬幸。

黄飞虎惊讶地说：“你怎么跑这地方来了？”少年幸示意他不要声张。

山戎人黄飞虎这才注意到，与自己不一样的是，少年幸的双手早已被解放了出来。外面人马的喧嚣声异常庞杂，似乎随时要把这一堆的草料给掀翻。火光照进草料的缝隙，照亮了这个两个人依靠身体撑起来的空间。

少年幸小声说："不要声张，跟我走！"

黄飞虎使劲努着嘴，用表情暗示少年赶快把自己身上的缧绁给解除了。

少年幸反倒没有注意这点，只是小声说："跟紧了，我发现一个通道！"

黄飞虎说："真的，往哪里去？"

少年幸道："带你去见你的哥哥，黄飞龙！"

"啥！"黄飞虎简直要蹦起来，"你怎么能到我哥哥那里？"

少年幸说："跟随我来！"

黄飞虎简直觉得这个小子要疯了，但看他努力地向前拱着，也忍不住紧随其后，像蚯蚓一样向前拱去。草料越来越密集，他什么也看不到，但听闻少年粗粗喘息声，那应该就是前进的方向。

外面的喧嚣和吵闹越来越远，原本小小一堆的草料似乎没有尽头一样，退已经无可退，黄飞虎只得拼命前进，往深渊深处而去一般。

已经听不到外界的声音，所以他稍稍喘了口粗气，吐出嘴里混进的草料，大声问少年："还要爬多久，你才肯帮我解了这绳子！"

少年幸说："就到了，我听见他在喊我的声音。"

"他是谁？"逃过一劫的黄飞虎忍不住又有点担心起来，"是我哥哥吗？"

少年幸说："不是，是那个陌生人！"

"什么陌生人，陌生人的话你也信？"黄飞虎不由地忐忑不安起来。

"没事，相信我。"少年幸说，"这是唯一一条活路！因为我也听到龙伯——黄飞龙在叫我们！"

也不知爬行了多久，黄飞虎终于感到眼前一亮，突然被一股巨大的力量吸入到某种难以抗拒的漩涡里，令他倍感窒息。他看到少年幸的双脚在自己的头顶晃荡，但仅仅是一晃而过。更强大的力量推动着他，挤压着他，仿佛把他推到一个异域之界。一瞬间，他的意识完全丧失了。

当黄飞虎慢慢有意识的时候，他感觉到自己那本来几乎窒息的胸膛完全被打开了，一大股令人身体舒畅的气流灌入了肺腑之中。他努力睁大眼睛，看到自己和少年幸来到一片异常宽阔的地域。阳光明媚，又陡又宽的山谷吹过急速而干燥的风。少年幸正躺在他的身旁。

黄飞虎慌忙跳跃了起来，发觉自己的捆绑也消失了，推了推横躺着的少年幸，说："喂喂，兄弟，起来！"少年幸没搭理他。黄飞虎慌张了，害怕他出了什么大问题，忙去伸手探他的鼻息。却不料，他哇地大吼一声，一个鲤鱼打挺站立起来，把黄飞虎吓了一大跳。

只听少年幸哈哈大笑说："我老早就醒了，你却在呼呼大睡！哈哈，故意吓吓你的！"

黄飞虎也哈哈大笑说："我们怎么到这个地方来了，这个地方是哪里啊？好歹是逃过一大劫啊！"

少年幸说："我也不知道，但既然是他安排我们到这里来，一定是帮我们逃脱困境的！"

黄飞虎忽然想起来了什么，从怀里摸出一包东西来，慌忙打开一看，是两包种子。少年幸问黄飞虎带的是什么，他说是冬葱和戎菽。冬葱就是大葱，戎菽就是大豆。山戎人曾以栽种冬葱和戎菽，天下闻名。这些种子是黄飞虎带着以进贡给周王的，既然种子不失，他也就安心多了。

两人就沿着山坡往下走。走了不远，看见一个身着黑色盔甲的人，似乎在教授一个头发曲卷、身材健硕、上身赤膊、胯部裹着葛布的少年剑法。两人正用木剑互相打斗不止。不断跳跃，互刺，砍杀，身形如狼奔豖突，非常迅猛。

那个穿黑甲的人却是在用华夏的语言在说："快快，更快！把力道使到一点上！"

而那个赤膊的少年则用一种听不懂语言在叽里咕噜说什么。少年幸很好奇，忽然眼前一闪，脑子有个声音对他说："泰坦系统同声传输——滴滴——"

紧接着他听到了那赤膊少年喃喃自语的声音："我一定能战胜扫罗，战胜歌利亚——我要让你好看，一定能够打败那些侵略我们的迦南敌人！"

那个黑甲之人摇摇头说："小子，我训练你，是觉得你不像幸那样笨，是个可塑之才，一定能成为龙族的一员，攻破帝安城！"

那个声音很清晰，让少年幸忍不住惊呼：“那，就是龙伯，黄飞龙！”

一百〇二　大卫

听到“黄飞龙”三个字，黄飞虎简直像被雷电给击中了一样。他甩开少年幸，飞奔着跑下草坡，向着黄飞龙跑去。少年幸慌忙紧跟着他冲下草坡，一起奔向龙伯和那个异族的少年。

然而，在前面奔跑着的黄飞虎还没有跑到一半，突然从茂密的草丛里跃起一个人影来。极其利索地，把黄飞虎摔倒在地上。少年幸慌忙停下来，仔细一看，那人居然还是一个女子，一个少女。只见她身材修长，却是一副蛮夷族人的打扮，穿着绣着繁丰花纹的蓝布短衣，头上戴着打造得很精美的银饰。

那个少女说：“来者何人，胆敢冲撞我苏非鹿大小姐！”

黄飞虎跌跌撞撞地起身来，结结巴巴地说：“你这个女子，好大力气，我不过是无意之中冲撞了你罢了！”

少年幸此时已经到了黄飞虎身边，他感觉苏非鹿的面容有几分似曾相识，却又不敢相认。他慌忙扶起黄飞虎，想跟那个叫作苏非鹿的少女解释，然而少女看到了他却先眼睛一亮，说：“你就是少年幸吧？”

少年幸连连点头。苏非鹿拉起他的手，温和地说：“好啊，双子座先生就是让我在这里接应你的！帝安宫二十八宿斗士之中，西方七宿加北方一宿，八个人在找你们，非常危险。我就打开了时空同步，把你们暂时带到平行世界里的死海之滨，避避风险！”

少年幸连忙介绍说：“这是我的朋友，黄飞虎，山戎族的大首领！”

苏非鹿说：“是吗，还是个山大王！”她伸出手捏了捏黄飞虎的胳膊，又补充说：“可惜你并非女娲所挑选出来的龙族战士！”

黄飞虎感觉这个女子手上的力气极其巨大，觉得她并非寻常之女子那么简单，便忍气吞声不多言语。少年幸询问她：“嗨，苏，苏大小姐，这里究竟是哪里呢？”

苏非鹿仰头看看变幻莫测的蓝天，说："这，是在大卫的梦境里。只有梦境里，我们这些无法获得肉身的女娲天将，才能获取一种龙族的力量。我们可以在梦之境里来去无障碍，威力无比，但却不能像星宿斗士们那样以寻常人的身份，进入到时空当中。"

幸压根不知道她在说些啥，但是终于知道自己原来是在一个叫作"大卫"的人的梦中。他忍不住问苏非鹿："那么，那个大卫是谁呢？"

苏非鹿一指在与黄飞龙练武的那个卷发的少年说："就是他！"

少年幸和黄飞虎，跟随着苏非鹿下了草坡，来到了山谷下的平川地。身穿黑甲的黄飞龙此刻已经收了黑甲，成为一道龙魂，吸入自己的腹中。大卫站在他的身后，有点茫然地看着平空冒出来的三位不速之客。

"幸！"山戎人黄飞龙一眼就认出了自己徒弟，"是你小子，终于我们又见面啦！"他飞奔着跑向少年幸，到了他面前，重重地捶了幸的胸口一下。

幸拉着黄飞虎到黄飞龙面前说："龙伯，你看看这是谁？"

黄飞龙看了看黄飞虎，大喝一声道："高山之上，群鹰飞翔！"

黄飞虎说："天地苍茫，棠棣永襄！"

黄飞龙说："我山中人最擅长种什么？"

黄飞虎从怀里掏出那包种子说："冬葱和戎菽！"

黄飞龙说："你是山戎人！"

黄飞虎说："你也是！"

黄飞龙说："你是黄鹰部落的？"

黄飞虎说："黄鹰高飞，追云逐龙！"

黄飞龙说："你是黄飞虎！"

黄飞虎点点头说："你是大哥黄飞龙！"

兄弟俩说着，立刻相拥在了一起。黄飞虎使劲捶打黄飞龙的后背说："大哥，你真的还活着！"

黄飞龙也哽咽地说："真没想到还有遇到你的这一天！大哥啊，这么多年，你身为奴隶，一定受了很多的苦。"说完，他忍不住泪如雨下。

苏非鹿站立在他们身后边朝着天空上望去边说："呵呵，你们兄弟情慢慢再叙吧。这一天啊，随时要中断，大卫要跟哥利亚决斗了，他的梦境，将要充满重重的杀气！”

苏非鹿提及了大卫，黄飞龙才想起来推开弟弟，指着大卫和少年幸说：“飞虎，这两个可都是我的徒弟！幸，你已经认识了，他可是我最喜欢的伙伴，我再给你们介绍介绍大卫！”

提及大卫的名字，那个壮硕的异族男孩，从不远处走到了大家的面前。他紧握着一把青铜剑，对黄飞龙叽里咕噜说了一大通。黄飞虎忍不住问哥哥：“您的徒弟跟您说了些啥呢？”

龙伯告诉大家说：“他说要召唤他的族人们，跟迦南人决一死战！”

很奇怪，少年幸却能够听懂那个叫作大卫的男孩的话，就忍不住问：“他的族人是谁？也是山戎人吗？”

那个少年大卫冲着他大吼道：“我们是希伯来人，亚伯拉罕、以撒和雅各的子孙！摩西的子孙，我们要建立我们的以色列大国！”

一百〇三　以色列

“希伯来人，是‘渡河之人’的意思。”阿幸翁说：“你们都知道，那些从西方来的传教士们。他们在兰芳国里的教会里，向我们的国民讲述希伯来人的古老历史。”

孩子们说：“对对，就有叫作大卫的传教士，他的数学特别特别好，难道他就是那个大卫！”

阿幸翁摇摇头说：“怎么可能，这个大卫可是那个历史上真正的大卫王啊，自从他战胜巨人哥利亚之后，仰慕英雄的人们纷纷用大卫做名字。就好像大英雄项羽，后世人们膜拜他，有人就起名叫作关羽，也有人起名叫作陆羽……”

有个孩子就插嘴说：“那么，我就改名叫幸，因为您是我们心中的大英雄！”

阿幸翁被孩子们逗得哈哈大笑说：“不用改，不用改，你们像希伯来人记住以色列那样牢牢记住我们的兰芳之国就可以啦！”

“在我们兰芳国以西，隔着一个遥远的大洋，有一个阿拉伯半岛——不错，我们万律城是有不少阿拉伯的穆斯林……在半岛上，那里曾经有一支名为‘闪族’的游牧民族。大约西元前 18 世纪，闪族的一支哈卑路人，由族长亚伯拉罕、其子以撒、孙子雅各率领开始了一场迁徙，这就是大卫自称是亚伯拉罕的子孙的缘由。迁徙队伍越过幼发拉底河和底格里斯河，到达迦南这个地方。在迁徙的过程中，哈卑路人将自己族群的名字改为‘希伯来人’，就是渡过两条大河流的意思。

“希伯来人的这次渡河，很像周国人渡过黄河去攻打商国人。传说啊，在路上，亚伯拉罕的孙子雅各，曾与一个扮成陌生壮汉的天使摔跤，并将他打败。因此，希伯来人自称是‘以色列’，意为与天使搏斗的人。为了纪念这次胜利，他们想把自己的国家定名为‘以色列’。

“然而，希伯来人这次艰苦卓绝的迁徙并没有给他们带来设想中的好处。他们来到了迦南不错，但迦南这块地方已经被英勇善战的迦南人占据了。他们可不想让希伯来人来他们祖祖辈辈生活的地盘。于是，希伯来人就和迦南人打起了仗来。这一仗一打就是上百年，希伯来人遭到惨败，处境十分困难。

“于是，全族的人聚到一起，商议部落今后的出路。有人说，在一个遥远的地方，有一个遍地羊群、年年五谷丰登的好地方，到过那里的人都将它称为‘天堂’。那个天堂，由尼罗河水浇灌着，它就是埃及。无处可去的希伯来人只好离开迦南，前往埃及。在大禹建立的夏朝之前一千年，埃及人已经在尼罗河的下游建成了一个不错的大国。那时候的埃及已经是一个很繁荣与文明的国家了，由国王统治着。埃及的国王就是法老，‘法老’的意思就是宫殿，法老们都住在大房子里……对，对，类似于魁兰宫。不过，与我们兰芳国的君主不一样的是，法老可是真的国王。他是个大奴隶主，统治着全国的奴隶！不过埃及人依靠着肥沃的尼罗河冲积平原，日子过得也很不错。在上古的农业时代，人们要么聚居在河谷之中，要么在火山周围，因为那里有比较肥沃的土壤。希伯来人离开两河的河谷，去往死海周围干燥的迦南，肯定是一次失算的迁徙。不过，他们到达埃及还算过得下去，尼罗河谷定期发洪水，把肥沃的土壤从上游带下来，可以让农作物茁壮成长。在西元前 1700 年，希伯来人终于到达了埃及，并在此生活了好几百年。

“几百年的光阴里，希伯来人繁育了很大的族群，让埃及人对这群本来很落魄的外来族人产生了重重的戒备。西元前 1300 年左右，埃及有位大国王，大法老，拉美西斯二世，他堪称是所有埃及法老当中最勇猛的、最强悍的一个，是一个威猛的战士，还是一个高超的建筑师，统治了埃及足足有六十七年之久。这样一个法老为了建造两座巨大的宫殿，居然下令把国内所有的希伯来人都变成了奴隶，强迫他们为自己那巨大的宫殿做苦役。

“希伯来人当然要反抗，拉美西斯二世被激怒了，下了一道非常狠毒的命令，竟下令要杀死新出生的希伯来人的男孩儿。正在这种严峻的历史时刻，希伯来民族的一个大英雄——摩西诞生了。摩西刚出生，其母为了不让他被埃及人杀死，将他放在一个草箱里，搁在河边的芦苇丛中。恰好有一个来此洗澡的埃及公主发现了他，把他带回了宫中，并抚养他长大。摩西长大成人后，由于失手杀死了一名殴打犹太人的埃及士兵，为躲避追缉逃出了埃及王宫。他逃向了米甸旷野，在那里住下来，足足耽搁了四十年！有一天，神灵在火烧的荆棘中向摩西显现，指派他回埃及去救他的同胞。之后，摩西成为在埃及所有犹太人的领袖，并率领他们离开埃及，又一次返回迦南。”

“出埃及，是摩西生命之中最辉煌的时刻。神灵帮助摩西在埃及法老的身边降落下灾害，让拉美西斯二世看到了自己的罪行和可怕的后果。法老也受到了神灵的惊吓，同意让摩西带着希伯来人离开埃及。不过，摩西带着希伯来人刚刚离开埃及后不久，贪婪的法老就后悔了。他派出军队追赶摩西以及他所带领的希伯来人部族。他们那时候刚刚来到了红海边上，被茫茫的海水拦住了去路。据传说，神灵在此时又显示了巨大的力量，将红海的水分了开来，让摩西带着他的族人通过。当他们走过这条海中的路之后，正好埃及的骑兵也追了过来，他们也想顺着这条路追击摩西，但是此时神灵将海水收拢，很多骑兵都被冲散了。”

“喔，喔，太厉害了！”有小孩子说，“难道我们不能向神灵祈祷，也让这个南海分开一条路，好直接走回去吗？”

阿幸翁哈哈大笑说：“孩子，那也只是神话传说而已，海水怎么可能被分开呢？我活了这么久，没有见到过神的出现呢。可不要轻信了那些西洋的传教士们。”

“那么，如果没有一个神存在，您给我们讲到现在的那些龙啊，那女娲啊，星宿斗士啊，在梦里穿来穿去，飞来飞去又该怎么解释呢？您又怎么可能活了三千年呢？难道都是您瞎编的吗？您在骗我们吗？”

阿幸翁倒真的被这个刁钻的小孩子给问住了。

一百〇四　迦南

“我敢用我漫长的旅程来保证，我所经历的一切都是真实可信的。很多谜团，甚至我自己都没法解释清楚，这三千年光阴我不断地学习，探索，为的就是要尽早给自己一个好好的回答，这一切都是怎么发生的，为什么要这样？”阿幸翁说，“别看爷爷这么大岁数了，其实我心中的迷惑只比你们更多，不会比你们更少。恰如希腊的毕达哥拉斯先生说的那样，知道的越多，你知识的边界越大，不知道的也会更多。”

孩子们都若有所悟地点了点头。

“希伯来人返回迦南之后，又得再一次和迦南人展开血战。他们变成了入侵者。不过，他们这一次抱着一种必胜的决心与迦南人决一死战。大卫不久就将担负起带领族人的责任，迎战最大的敌人非利士人。这个非利士人也并不是迦南地区的土著，也是从外面迁入的。应该是从地中海之东，跨过爱琴海而来的——地中海，那是非常非常大的一片海，在上千年之后，它会成为罗马那两个兄弟所组建的大帝国的内湖。不过，那是后话了。正是大卫带领着这些希伯来人，要与非利士人决一死战。”

“那么，您既然遇到大卫，那还是在他少年的时代里碰到他的吗？”

阿幸翁摇摇头说：“不是，我那时候是在他的梦里见到他的，真正的大卫王那时候已经像文王姬昌一样衰老不堪了。那时候，他的儿子所罗门王将要接管他的事业。而他本人刚刚打败了自己的儿子押沙龙，带着深深的悲伤，回到了自己刚刚经受过动乱的王宫里稍稍休憩。正是那个短暂而又漫长的梦境里，大卫怀念自己英勇的一生，那位梦中闪现的双鱼座天将苏非鹿，则可以带着黄飞龙和我们进入其中躲避致命的乱战。”

“那么，这位叫作大卫的国王一生有怎样的故事呢？”孩子们问。

阿幸翁说：“嗯，在少年时代，大卫是一个英俊美貌的少年。那时候，领导着希伯来人的王叫作扫罗。扫罗必须带领着全族，与迦南地区原住民当中最强悍、人口最多的非利士人不断作战……”

“知道，我们知道啊，您说过了。”孩子们说，“那么，这个扫罗王又关大卫什么事呢？”

“哈，对于希伯来人而言，国王只是神所挑出来的小首领罢了。他们部族之中还有一种人，叫作‘先知’，有点像商王身边的贞人。先知据说能够与神灵沟通，帮助神能够挑选出更好的国王。身为普通牧羊少年的大卫王，跟我有相同的命运起点，不过，他比我机灵多了，善于弹唱。因此扫罗王多次召见他弹琴，来抚慰自己被恶魔折磨的心。身为国王的压力实在是太大了，扫罗王其实一点不比帝辛或者姬昌轻松。然而，当扫罗王带着大家跟非利士人作战的时候，族中的先知就预言说大卫这个小孩能够让以色列走向强盛——大卫，在希伯来人的语言之中，就是蒙神所爱的意思。这件事让扫罗王非常不痛快，他就要大卫去跟非利士人最勇猛的勇士哥利亚作战……”

黄飞龙也不知道自己是怎么在梦境中被送到这个远离殷商故国的地方的。他在“混沌”之中漫游，准备升级自己的黑铁龙魂时，遇到一个穿着一身黑袍的陌生人，对他说：“双子座的老师啊，我带你去一个平行世界里遥远的国度，在死海之边，你可以等着少年幸的到来。他会把你的弟弟带到你的身边。”

可以见到自己的徒弟和弟弟，两得其美，真是令人愉快的事情。他感觉到眼前光芒一闪，自己就被传输到了一个完全陌生的，不同于中原的地方。这里干燥，炙热，令黄飞龙感觉很不舒服。正是在这种炎热之中，他遇到了身为牧羊美少年的大卫。很奇怪，黄飞龙无师自通地学会了少年大卫的语言，它似乎很接近生活在山戎人西北方向草原上那些远方来的游牧民族的语言，除了一些词语稍稍不同之外。

这个放羊的少年大卫告诉他，族中曾经来过一个陌生的黑衣先知预言自己会遇到一个东方来的武士，教会自己对付非利士人的办法。结果，他所遇到的黄飞龙是一个非常称职的老师。

在平素里放牧之时，大卫曾经带着羊群走过迦南之地无数寂寞山岭和荒芜峡谷。他爱在约旦河的河谷里行走，那里到处都有猛兽出没，约旦河边丛林中的狮子或山间隐秘处的大熊时常被饥饿所迫，凶狠地出来袭击羊群。依着当时的习惯，大卫只带着甩石的机弦和一根牧羊人的拐杖。他必须要和这些猛兽搏斗，不知不觉之中，已经锻炼出非常好的战斗力。黄飞龙对他稍加训练，不过是在梦境世界里提升了他攻击的力度，和抛石的准确性。

也正是在训练大卫的时候，黄飞龙等来了苏非鹿、少年幸与弟弟黄飞虎。果然，一切都应验了那个黑衣陌生人的预言。

能与幸和黄飞虎相遇，自然更是欣喜，特别是与弟弟一别几十年，龙伯黄飞龙有很多话要跟他畅叙，部落的情况，目前的境遇，还有将来怎么办等等。他们足足聊了一夜。大卫梦境之中，漫天的星斗都像漩涡一样旋转。

一百〇五　决斗

第二天，当少年幸还沉浸在睡梦之中的时候，耳边就听到了隆隆的鼓声和呐喊声。

“小子，快醒来！大卫要出征了！”苏非鹿拍着少年幸的肚皮大声叫醒他说，“哥利亚来了，哥利亚来挑战大卫了！”

少年幸一骨碌地站了起来，在梦中之梦，他梦见了可怕的崇侯虎又带着大军来捉拿自己了，被苏非鹿一激，吓得一身冷汗。果然是梦境，少年刚睡下觉的时候，还是在荒郊野外。等他醒来之时，已经在一处吹角声声的军营之中。

这是希伯来人的大军营，当少年幸跟随着苏非鹿走出毡帐之后看到，一大群相貌截然迥乎自己的希伯来人正簇拥着他们的老王扫罗走向军寨之外。扫罗王浑身上下披挂着圆形的重铠甲，头戴一顶黄金冠，一边走一边向神明——“雅赫维”祈祷，希望有什么人能挺身而出战胜门口的大敌。

少年幸、苏非鹿及黄飞龙、黄飞虎兄弟四人就夹杂在向寨门涌去的人群里，一起去看迎战非利士人的好戏。他们的心态很轻松，远不像每一个希伯来人本身那么紧张。毕竟他们是看客，而希伯来人每一次战斗都事关民族命运的盛衰。

寨门之外嘈杂异常，非利士人的军队聚集在不远处的一个高地上，用各种各样的声音在叫骂，把敌人比拟成野猪、小羊、蛇等各种各样丑化了的动物，就是想激怒这些希伯来人。这伙非利士人当中，有一个异常高大魁梧的猛士咆哮得最厉害，声音就像狮子在吼。有个胆怯的希伯来小孩用一个惊慌的声音在高喊：“哥利亚，哥利亚！”

原来，那个人就是非利士第一勇士哥利亚。哥利亚的个子足有两个人那么高，远远看去，那双柱子似的大腿就像两根树干。此刻，他像一只棕熊一样在以色列人门口咆哮，辱骂，挑衅，要求对方出来一个人和他单打独斗，以此来决定这场战役的胜负。哥利亚手中拿着的长矛，大得像一只撞城槌。光这副模样，就吓得希伯来人个个心惊胆战。

希伯来人曾经派出过不少勇士与他打斗，结果硬碰硬地最多不出十个回合，就被他给杀死了，而且手段非常残忍，因为哥利亚力大无比，常常硬生生地把战败者的头颅给拧下来。其他的人见之无不闻风丧胆，更不要说出来应战了。

“勇士们！”扫罗王大声高呼，“难道没有一个位勇士想去取得上帝的荣耀吗？不要忘记，我们的祖先雅各曾经与天使角力！我们的祖先摩西在不久之前，还勇敢地越过了红海。哥利亚天天在侮辱我们的祖先，难道我们就……”

民众之中就有一个人高声喊道：“伟大的君王，您为什么自己不去试试呢？”人群之中发出了很干涩的哄笑声。扫罗已经老了，他出去，简直是白白送死。不过，即便换一个青年精壮去挑战哥利亚这头怪兽，又如何不是送死呢？

“让我去！”一个声音传了出来，正是大卫的声音。大卫从人群之中走了出来。大家循声看去，那个年少的大卫一夜之间好像长高了不少，已经成为一个英俊无比的青年。

苏非鹿不由地感叹道：“哇，美男子！真棒！”

大卫本来到军营里是作客的，他是个自由来去的牧羊人，到军寨之中是为了看望自己的哥哥。当大卫知道这个叫作哥利亚的人几乎天天都出来挑衅，而没有一个以色列人敢站出来打倒这个傲慢的人的时候，大卫便挺身而出，向扫罗王请求应战了。

扫罗王大为震惊，他很早就认识大卫这个牧羊的野孩子。知道他的确是很勇敢，但他觉得大卫的小身板与哥利亚，实在相差太远，根本不相信大卫有任何的胜算。虽然他知道先知一直有大卫将取代自己的预言，但出于爱惜族人的角度考虑，内心依然不希望大卫这么轻易地就死了。

但是大卫要求一战的愿望非常强烈。扫罗勉强同意了，他亲自找了一副最为坚固的重甲为大卫穿上。大卫素来没有穿戴铠甲的习惯，他穿上了铠甲走了几步，觉得实在是一个累赘。于是，自己又脱下了铠甲。黄飞龙走到他身后，将牧羊的囊袋和机弦交给他，跟他耳语几句。

大卫哈哈大笑，又拿着他那根保护羊群的杖，从溪中挑选了五块光滑的石子放在袋里，手中拿着甩石的机弦，就去迎那非利士人。所谓甩石的机弦，只不过是两根羊筋系着的一个小羊皮囊。大卫将一颗鹅卵石放在其中，光着身子，甩着石囊，独自一人走向非利士人。

非利士人的呐喊声震天动地，而希伯来人则大气不敢出一声。大家几乎不忍看着这么一个俊美的小放羊青年就这么简简单地去送死。少年幸也十分紧张，对苏非鹿说：“苏大小姐，我知道你有很厉害的能量，为什么就不能出手帮助大卫一下呢？”

苏非鹿抬头看看天空说：“这里只是大卫的梦境，又不是历史事实，我们只是暂居在这里的匆匆过客，并没有走到真正的战场当中啊。”随即，她又笑着说：“看着这么英武的美少年去战胜敌人，难道不是一件非常美妙的事情吗？”

大卫已经很挨近哥利亚了。哥利亚的形象和大卫形成了鲜明的对比，一个是结实强大的巨人，一个是意气风发、红光满面的放牧小童，哥利亚看了老半天才看清了对方的来敌，一见这么一个小家伙，简直是既震惊又气愤。他忍不住破口大骂大卫，像一头猛兽那样朝大卫扑来。

大卫看准了哥利亚的来路，心情无比地轻松。在他眼中，这个大块头简直跟山谷里一头棕熊没有任何的区别，那么蠢笨、那么呆板。他更迅速地旋转自己手中的机弦，轻松地叫一声“发”。随即，他松开一只手上的羊筋，将一粒石子发射了出去。那枚石子仿佛长了眼睛，像箭镞一样在天空中划了一个弧线，径直飞向了哥利亚的头颅。很沉闷的“咚”一声，哥利亚一声不发，便轰然倒在了地上……

第二十三章
重返朝歌

一百〇六　押沙龙

“战胜了哥利亚，让大卫在希伯来人的部族之威望空前。希伯来人受到这样莫大的鼓舞，一鼓作气战胜了劲敌非利士人。尽管他取得了如此的战功，却让扫罗王嫉妒万分，扫罗王便找借口追杀大卫。年少的大卫只得踏上逃亡的道路，即便在逃亡的路上，他也有两次机会杀死扫罗，但他却并没有那么干。”

阿幸翁继续说，“在扫罗王阵亡之后，大卫后来也就名正言顺地做了全以色列的王。与周文王姬昌翁相比，大卫更像一个诗人，他少年美貌，后来又多妻多子，富有无比。他一生娶了八个妻子，甚至抢夺过下属的妻子，生下了一堆儿子与女儿。但总体来说，他还是很令人羡慕的。然而，他的晚景并不好，恐怕是因为太过于放纵自己的缘故，到了晚年，他没有什么精力好好教育自己的儿子们，因此他们彼此争斗不休。大卫有一个非常宠爱的三儿子，叫作押沙龙，在大卫晚年时一度叛变自己的父亲，起兵追杀他，不过押沙龙的叛变很快被大卫给平定了。押沙龙自己在逃跑过程中因为头发过长，勾住了树枝而被追兵给刺死了。儿子叛变被平定了，大卫的内心却充满了悲伤，痛哭不已。

“后来，他的一个小儿子所罗门，继承了他的王位，这位著名的所罗门王继承了父亲的英俊貌美，也继承了父亲的聪明智慧，在所罗门王的统治下，以色列成为了一个幅员辽阔的王国，从幼发拉底河一直到叙利亚。尽管与后来的很多王国相比，甚至与我们的大周国相比，以色列并不算大。但对于当时的小小希伯来民族来说，已经足够光辉了。后来的阿拉伯人，称呼所罗门王为苏莱曼大帝……”

阿幸翁将那古老的故事娓娓道来，吸引得孩子们鸦雀无声、着迷不已。他说：“我们在大卫王梦境中避难的最后的时光，就是在他和儿子押沙龙的战争中结束的……”

少年幸看到无数的人在呐喊着，一个形似大卫的英俊少年，穿着华美的甲胄，骑在一匹骏马上，正挥舞着长矛向人群挑战。在他的背后，只有很少的军队，似乎力量很薄弱的样子。

“押沙龙！押沙龙！不要让血再污了这以法莲的地！”一个头戴着金冠、白发苍苍的老者冲着那个少年吼叫，似乎在叫着少年的名字，“我是你的父大卫王，你快点放下武器投降，我已经谅解你的罪行了。跟从你的人，都已经悔改，你不要再顽抗了！”吼出这么多的话来，大卫已经有点上气不接下气。

少年幸诧异地说：“什么时候大卫已经变得这么苍老了！刚刚他还跟我一般大来着！”

苏非鹿说：“这应该才是他现在的样子！你看到他之前的梦境，只是一种追忆！对于人而言，衰老与死亡是最无法抗拒的悲剧。”

少年幸一脸的茫然：“什么是……悲剧？”

苏非鹿张开嘴想跟他解释，突然又无从说起，只好说：“等爱琴海边的希腊人演出来，你就知道什么是悲剧了——现在还为时过早！”

两人说话之间，大卫王背后的军队敲起了隆隆的战鼓，一大群的士兵从大卫身后驾着战车冲锋了下来，像虎狼扑猎一样扑向孱弱的押沙龙之军。押沙龙的军队本来都是叛军，军心极其不稳，看到这么强大的阵势，立刻丢盔弃甲。

只有押沙龙一人还不肯服输，他甩掉了头上戴着的头盔，只身打马，驾车冲上前去迎敌。他一举挑翻了两辆迎面而来的战车，可惜，大卫的士兵多如牛毛。他们汹涌而来，根本不是押沙龙一人所能阻挡的。他也看清了情势，自己身后已经没有士兵能够帮助到自己了。

“我是大卫王最光辉的儿子，是神挑选出来继承这帝国的人，你们杀不了我！”押沙龙大吼道，“神赐予的王座，必将独属于我！”

大卫王声嘶力竭地喊道：“生擒押沙龙，不得伤我爱子的性命！”

混战之中，已经没有多少的人能够弄得清该听谁指挥了。有人挥着斧头奋力砍向押沙龙，虽然这一击并没有能够伤着他，却令押沙龙感到害怕了。他慌忙后撤，逃向以法莲的那片茂密的林木当中。

押沙龙的堂哥约押，率领着一支车兵紧随着押沙龙进入密林之中追赶他。苏非鹿慌忙提起少年幸，一跃而起，跳进密林之中追踪。年老的大卫王在自己的梦境之中，居然也跟随着约押一起进入密林里。

黄飞龙和黄飞虎兄弟两人则拦在了押沙龙的马车面前，阻止他再向前走。

“滚开！东方人！”慌不择路的押沙龙高声叫嚷，“滚回你们的世界里去！”

黄飞龙大声提醒他说：“孩子，你再向前走，就是死路！”

押沙龙哪里听得进他的话，驱车直向着密林深处驶去。不一会，就听到一个高而尖锐的惨叫声：“啊！”

一百〇七　神咒

押沙龙一头漂亮的长发被密林的树枝给缠住了。他的头颅连带着身体被悬在了半空之中，手舞足蹈地想解救自己，却越发地无能为力。押沙龙的车已经被惊恐的战马带到了别处。

苏非鹿带着少年幸匆匆靠近他，才发现这件事的原委。不远处，追兵约押的马车之声越来越近了，马颈的铃铛急促地响着。约押的长矛不停拍打两边茂密的树枝，发出了噼里啪啦的声响。

少年幸大声冲苏非鹿说道：“苏大、大、大小姐，你这么厉害，赶快出手救救这个人吧！”

苏非鹿耸耸肩说：“这既是大卫王的梦境，也是历史，我无能为力！我只能跟帝安宫的二十八个星宿斗将们比试高低，他们才是我同时空的抗衡力量。在这个时空里，我们夸克战士只能在神经网络里漫游！”

这时候，一个东方面孔的武将匆匆忙忙驾着车马从密林另一侧闯了进来。他挥舞着一把青铜长剑，猛地砍向纠缠押沙龙的树枝。一剑又一剑，砍得十分用力，然而，整个密林似乎中了诅咒一般，那个武将再如何努力都不能解救押沙龙。

被垂吊在半空之中的押沙龙惊惶地看着他，问：“你是谁，为什么要救我！”

“混蛋！”那个武将骂了他一句说，“谁说我在救你，我是在救我自己！”他一边说一边奋力砍着枝叶。可惜，他的所作所为只是一场徒劳。

少年幸定睛细看，那人身上的甲胄是标准周国贵族的甲胄，而且面目上十分眼熟，有点像不惜千里去解救自己的四王子姬旦，不过似乎更加高大魁梧一些。他连忙大声喊道：“姬旦，姬旦，你怎么会在这儿？”

“姬旦？”那人大声一叫，高声叫出一个“啊！”——那叫声跟押沙龙的叫声一模一样。

那人慌忙丢下自己手中的青铜剑，并喋喋不休地念叨着：“我乃是三王子管叔姬鲜，特奉父亲大人与长兄之命坐镇殷商，匡正大周王室。我不是叛徒，他姬旦，只有他姬旦才是叛徒，弄权的大叛徒！”

说完，他也不准备去拯救被树枝纠缠着的押沙龙了，赶着自己的战车驶入了密林深处。听他自称是周王室的三王子，黄飞龙和黄飞虎兄弟很想拦住他，但却没有拦得住。他像一个影子一样，一闪就不见了。来得突兀，去得匆忙。

就在这位三王子消失的那一刻，约押的战车终于到了押沙龙的面前，他毫不犹豫地举起长矛，冲着惊慌挣扎之中的押沙龙刺去。古老以色列国人，对任何的叛乱者都是毫不留情的，约押对堂弟押沙龙也不例外，此刻他眼中的，只是希伯来人的大敌。

“求你——”押沙龙开口恳求自己的堂哥，“别杀我！”

“叛乱者是被神遗弃和诅咒的。”约押狠狠地说，“我只是代神行使天责，让作乱者魂归地狱！”

押沙龙忍不住瞪了一眼约押说，换了一种玄奥的口吻说：“不，我才是被神所祝福的王子，如果你杀了我，神会诅咒你的！”

“别杀他，别杀我的儿押沙龙！”大卫王的声音从密林之外传来，满是哀怨与恳求。

“刀剑之乱将永不离大卫家！”

然而，与此同时，一种幽晦的声音在约押身后飘荡，一个高大的黑影似乎在推动着约押挥出了致命的一击，将矛头刺向了悬在半空之中的押沙龙。

“住手，快住手！”

年迈的大卫王冲破了黑暗的阻隔，冲到了约押的身后，阻隔在他的面前。可惜一切已经晚了，约押已经刺穿了押沙龙的胸口和心脏。这个无比俊美的叛乱王子，垂挂在半空之中，头挂了下来，胸口汩汩地流淌着鲜红的血液。风吹过密林，让枝桠震颤不已。押沙龙已死，一切无可挽回。

年迈的大卫王冲了上来，颤颤巍巍地推开沉浸在快意恩仇中的侄子约押，一把抱住押沙龙的尸体，放声大哭，道：“我的儿子啊，我的儿子，是父王害死了你啊！”

大卫的哀痛，让他的梦境都在随之震动，整个约旦河西岸以法莲的大地也都随着震动。

苏非鹿努了努嘴，对少年姬幸说：“嗯，不要等到希腊时代了，你看吧，这，这就是悲剧！懂吗？”

少年幸似懂非懂地点点头。多年之后，他目睹了无数的宫廷杀戮，特别是在两千年后亲眼目睹了大唐朝的“玄武门之变”，更喟叹“悲剧”二字果然分量很重。

一个高大阴影在大卫身旁晃动，并轻轻说：“我的朋友，我至今依然清晰地记得先知对你说过的话，刀剑之乱将永不离大卫家，如果不能放弃对权力、荣华、纵欲和财富的迷恋，恐怕这是真的！”

“路修罗！”苏非鹿惊呼道。

“陌生人！”与此同时，少年幸也惊呼！那个声音，是他漫长旅程中一直在等待着的那个人。

一百〇八　重逢

“回去吧！这不是你们该待着的地方！”

那个阴影并没有给他们任何反应机会，将漆黑的长袖一挥，就像秋风扫落叶一样，用一股强大的力道，把少年幸赶出了大卫王的梦境。

当少年幸悠悠醒来的时候，发现自己又一次地被捆绑着，搁在一辆马车上，正被一群士兵押着匆匆向前赶路。

“我在哪！”姬幸高声叫唤，“你们是谁！”

“嗯，你可真能睡啊——不要问这么多，孩子，我们要把你送到一个安全的地方去待着！”在他的身后，一个魁梧的武士也乘着一辆战车。他脸上戴着一具鬼脸面具，手中紧紧握着一支剑柄，“要摆脱西域剑客的追杀真是不容易的事情！我们走了好多的弯路，直到现在才把那几个家伙给甩了！”

少年幸有点沮丧地问道：“你们是崇侯虎的人吗，我该不会又被崇侯虎给抓住了吧？”

那个武士在冰冷的面具后面默不作声，并不搭理这个一肚子惊恐和疑惑的孩子。

“黄，黄飞虎哪里去了？”

那个武士回答他说：“他应该被周国的武吉给带走了！”

“苏大小姐呢？苏非鹿呢？”少年幸又问，“她也被带走了？”

“苏，非，鹿，我不认识这个人！”那个武士一愣，然后说，“好像听说过！是王妃的婢女？”

少年幸这才相信，自己看来是醒来了，并非在某人或者是自己的梦中。这眼前的真实世界里，烟尘弥漫，匆匆赶路的这队人马踏出的马蹄和车驾之声，在这明显是东方世界的旷野里飘荡。他横躺在车厢中，忽然想起了什么，便轻声念叨：“泰——坦，泰——坦！”

是的，他想起了那个动不动飘在自己耳朵边神奇的声音，总是给少年发布警报，说些莫名其妙话的那个声音。

“泰坦视神经网络系统响应。”那个声音竟然回答了少年，这令他喜出望外。

“能不能告诉我，这是在哪里？”

“这是公元前1055年夏天，您已经十分接近朝歌城了！”“泰坦”就像一个温和的姐姐一样，用一种非常柔软的语调对少年幸说。

少年幸简直不敢相信自己的耳朵，又回到朝歌城了，似乎这么一大圈折腾白跑了，永远逃离不了的那座大城。

“救救我，泰坦，我不想再去朝歌了，只想做个放羊娃。”

“我们系统仅仅是视神经网络防御系统啊，给您定制系统的客户并没有附带购买主动攻击服务。超时空干扰，比较难以做到。”

少年幸吓得哇哇大哭起来，说：“怎么能这样，怎么能这样，放我走啊……”

那个蒙着面的武士说：“放你走了的话，你一样很快就会被人抓起来，因为你好像永远是个小子，长不大，还是让我们来保护你吧！”

少年幸说：“你们要保护我？不是抓着杀了我？”

“对，我们是被派来保护你的，这是我们的使命！”那个蒙面的武士说，“我们一直在保护着你。可是，你应该不需要任何人保护，我们只是跟着你不停地在朝歌和周原之间兜圈子，一晃就是好几年过去了。”那个武士看了看渐渐西沉的太阳，说，“不过，这一切快要终结了！周国人应该就快要对殷商动手了，一战决胜负，这天下再也不会不宁静了！”

少年幸说：“既然你们是保护我的，那么，为何不能告诉我你们是谁？”

那个武士哈哈一笑，轻轻摘去脸上的面具，道：“小公子，你已经忘记了我的声音了。”此人，头发斑白，但笑容却很熟悉，少年幸仔细看了看，惊呼一声：“苏，苏……”

“我是苏丁，有苏三剑客里的老三，那个截击姬旦的人！”此人正是苏丁，他对少年露出了非常友善的笑容，让他顿时感到如释重负。

“对对对，苏丁大侠！”少年幸也笑了起来，“那么，这一阵子，都发生了什么？”

“什么都没有发生，我们只是按照王妃的命令找回了你！我们有苏国人可不是那么容易就放弃掉一件事的，特别是对我们而言这么重要的小公子！”

苏丁便跟少年幸说起整个经过。在姬旦带走了幸之后，苏丁是满心懊恼，搞不清楚王妃为啥将有苏国的嗣子这么轻易交给周人。当他跟随着苏丙以及白衣人返回朝歌时，却很快又接到了妲己王妃的第二道密令，要他跟踪周人，伺机再夺回少年幸。

于是，苏丁便立刻单骑回马，偷偷地跟上了姬旦的商队。他见证了密须溃兵劫掠姬旦商队的过程，也见证了崇侯虎的偷袭得手。可惜，尾随了这么久，他一直没有救出少年幸的机会。直到熊丽带着一帮南蛮子攻破了桃花隘的山寨，潜伏的苏丁才等到了机会。

他混在了诸多南蛮之中，伪装成了一个巴人，随着熊丽的联军进入了到处起火的关隘之中，四处寻找幸的踪迹。功夫不负有心人，最终找到了闷在干草堆里似乎闷得半死的幸和黄飞虎。

苏丁对黄飞虎自然是半点兴趣都没有，简单地把他背到关隘之外丢弃了事。他把幸背到了离桃花隘不远的半山腰上，等待二哥苏丙发出的猎鹰巡飞而来。

有苏国三剑客也很早就学会驯鹰之术。

凡此殷商时代东北之各民族，皆以鸟为尊，都视鸟为通鬼神之圣灵，没有敢亵玩鸟神的。驯鹰这件事情，在殷商人看来几乎是与鬼神交际无异。然而，有苏国人无所谓，他们推崇水里的鱼和陆上奔跑的狐，视之为本族之图腾。他们是采集兼渔猎时代的民族，有类于山戎人，在远行之后，需要驯养鹰来相互通风报信。

三剑客之间就用鹰来联络。苏丁守着昏睡之中的少年幸在山间隐蔽着，靠着采集野果和捕猎为生。偶尔，也下山到桃花隘里取一些有用的陶器和遗漏的粮食之类。某天，他终于听到了二哥苏丙饲养的猎鹰发出的鸣叫，就知道他们已经派人来接他了。在苏丁等待着有苏国后援之时，周人的小将武吉带着两千兵马返回到了桃花隘，固守起来。不久，一支有苏国的人马在苏丙的率领下，到了桃花隘与苏丁接头了。

一百〇九　故人

面对着有苏国军，武吉满心认为他们是殷商的援军。他唯恐殷人兵多，按照周王姬昌所授之计，奋力射箭，不让有苏国人靠近山寨一步。

苏丁在山顶上看到了这次战斗，为了避免族中人伤亡，连忙带着少年幸跑下山偷偷进入军中。既然得到了少年，有苏国人也不愿意与周人再纠缠了，匆忙退军而去。

大军行进太招人眼，在撤退到黄河南岸之后，苏丙便与苏丁分别。苏丙自去有苏国，做好各种准备，而苏丁则带着少年幸去往朝歌与妲己王妃会面。苏丙告诉弟弟，大哥苏乙说姬昌愿意拿一半国土换他的义子，周人肯定不会轻易放过这个永远不老的孩子的。姬旦门下的西域剑客已经倾巢出动，追寻少年的下落。他们手持着削青铜如泥的厉害黑剑，还会用少年做法，行各种巫术，是一帮邪门的家伙，一定要特别小心。

于是，苏丁就带着少年离开大道，走了非常曲折的一段路，兜了好大的一个圈子才接近朝歌城。

少年幸听完了苏丁所说的事情，忙问："那么，你们干嘛要捆着我呢？难道还要把我献给帝辛？"

苏丁摇摇头说："除了周人之外，我们所知的，虽然崇国被攻破了，但崇侯虎并没有死，他指不定也在找寻你。我们装成殷商的官兵，号称押着囚犯赶路，也是遮人耳目罢了——当然，也怕你突然跑了！因为你一直想去当个自由自在的小羊倌！"苏丁哈哈大笑起来，他并没有动手给少年松绑的意思。

再走了没多久，到了一条大河边上。苏丁告诉少年幸，这是牧野边上的淇水，过了淇水，就到朝歌城外了。

少年知道，在淇水的外围，这一大块宽阔的地域就叫作牧野。牧野之地，异常地平坦与开阔。少年幸第一到达朝歌经过这里时是被关押着的，离开朝歌，经过这里时也是被关押着的，如今，他又回来了，依然被捆绑着。他想起了教他写名字的黄飞龙，以及“幸”这个名字，似乎他真的永远无法摆脱无处不在的枷锁。

“龙伯不知现在如何了？”少年幸忽然想到，这个教他铸造、教他认字并带着他了解龙族、进入混沌世界里的神奇师父。他只是在少年的昏沉世界里遇到过自己的弟弟黄飞虎，如果黄飞虎能跟着自己来到朝歌，兴许就能见到哥哥了。

“到了朝歌，你们把我送到哪里去呢？”少年大声问苏丁。

苏丁说：“我们会把你送到娘娘那里！如今周人坐大，商周必有一场大战，天下会有大变，我们也不知道该往何处去最好！”

战争，战争，又是该死的战争，少年幸心头一阵阵烦恼，忍不住说：“大侠啊，既然如此，大家各自散了，岂不是更利索！”

“这怎么成，你一人关乎到我们有苏国的天命！”苏丁仰头看着天空，“妲己娘娘这么说的。可我们也不知道为什么。”

这一群人马来到淇水，河边正好有两只木筏和一些宫人打扮的人等着他们。互相一问，果然是苏妲己让人在此秘密迎接少年幸。一伙人渡过了河，向着朝歌城没走多远，就遇到了一辆异常华丽的车辇。

苏丁解除了少年幸身上的绳索，带着他来到那辆车辇之外。少年往车里一张望，果然是苏妲己，也就是白鹿小公主——此刻，她的脸已经变得更圆了，岁月如梭，面容又成熟了不少，虽然脸色红润，但似乎永远摆脱不了忧愁一般。

“天哪，小羊倌，你一点没有变！”

苏妲己看到少年幸第一句话，就是如是感叹，“我们又是好几年没有见面了啊！”她的语气里充满了激动之情，双手也在颤抖，她随即说：“我一心指望你能成为一个壮实的勇士，可是，好像你真的没法长大啊，这是怎么搞的？你不能永远做个孩子，就像不能永远做一个奴隶一样！”

“小，小公主，”少年幸陡然又想起来那个小小的部落，垂下了头，“我可不想跟你去鹿台宫，到那里去，我就永远回不去放羊的山谷了。”

苏妲己长叹一声，说：“你真是永远走不出白鹿之原那个小山谷了。忘了它吧，时间都过去这么久了，连我，都已经完全忘了那个小小的部落了。”

苏妲己不想再和小羊倌多说什么了，她已经是一个完全成熟的女人了，而小羊倌还是那个长不大的少年，似乎也不会有长大的迹象。

“他会永生吗？”苏妲己想。她侍奉着帝辛，而如今的帝辛，一天比一天衰老，一天比一天暴虐，似乎离死亡并不遥远了。剪除了老贵族们对自己的威胁，国政自然就是由费仲、尤浑这样的人来把持，整个殷商国内，已经无人再敢说出一句违背他的话了。久征东夷不成和周国人的迅速崛起，并没有让任何人从醉生梦死中醒来。

越来越多的巫师在为殷商续命，他们抓来更多的蛮夷族人，每天都要举行大量的祭祀仪式。每次祭祀都要杀掉至少五个蛮夷，用羌人的头颅和鲜血来喂养那些殷商祖先。整个朝歌城昼夜不息地笼罩在血腥之味当中。

通常，巫师们会割开他们身上的血脉，慢慢地给他们放血。随着剧痛和浑身的血液越来越少，那些被杀之人的呼号也是昼夜不息。虽然殷商人并不把他们看成是人，但这些来自同类的呼号也令他们难以忍受。

这些祭祀的呼号之声，昼夜不息地顺着风传到了鹿台宫里，也让帝辛昼夜不得安，他似乎感到有无数的亡魂在侵扰自己。殷商人相信人的世界和鬼的世界是完全混成一团的，死人就活在活人当中，这让他更加依赖饮酒而入眠。

终于有一天，帝辛也愤怒了，他下令不允许在朝歌城内任何地方搞人祭，违令者斩。于是，无数的殷商巫师到处传言，帝辛不敬鬼神，灾祸近矣，甚至连死都不远了。

“死就死吧！”酩酊大醉之中的帝辛对爱妃苏妲己说，“这个乱七八糟、只会无休止杀人的国家早该死了！”

一百一十　雪藏

商代人之礼，即便是亲族，三代之后也可通婚。很多贵族反对外族通婚，即使同宗可以娶互相的孙女辈。帝辛是极其反对本族这种婚姻方法的，尤其他得知姬昌的儿女们居然跟犬戎和南蛮通婚之后，更觉得头皮发麻。所以，他也极力让自己的后宫里有殷商周边诸国的女子，而不愿意要贵族们的女儿、孙女们。他努力劝说殷商贵族们要多为儿孙们找找异族的女子为妻，但遭到了最严厉的抵制——大家都认为这不符合祖先的规矩，会玷污了大商族的高贵血统。

当苏妲己嫁到鹿台宫中，知道这些殷商的礼俗，特别是三代后可婚，甚至觉得有点恶心。帝辛对她还不错，非常宠爱，让她很有归宿感。大巫师的安排，显然要比自己父亲的安排好多了。她偶尔会想起那个有熊族战死的夫君，也听说他们族人在南蛮之地成为了楚人，不但子息得以绵延，似乎也在不断发展壮大。这是这混乱世道中，唯一好消息了。

“假如有机会，应该让楚人、商人和有苏人联盟。”苏妲己一直这么想，但转念又觉得自己很荒唐。楚人与商是灭族的世仇，怎么可能轻易握手言和呢?

有熊部族能如此重生，那么什么时候白鹿族人能够重新聚在一起呢？这也是她一个心头之患，想来想去，觉得能够担当起来的人依然还是小羊倌。这是她毫不懈怠要找到少年幸的原因所在。

几年过去了，有苏国的剑客们带回的幸，依然是一个长不大的孩子。怀着强烈期待的苏妲己在见到他的那一瞬间，就感到深深的失望。她也不准备把他带入到鹿台宫了，跟着苏丁耳语了几句。苏丁有点惊愕地接受了命令，随即带着少年幸启程。

苏妲己又一次匆匆和少年幸告别了，这一次她什么也没有多说。多年的宫闱生活和对殷商国政的观察，让原本就十分聪明的苏妲己成熟了很多。她不再是那个茫茫然的白鹿部族小公主、刁蛮任性的小姑娘了。这个小羊倌的一切命运，现在，她觉得，就由她来掌握好了，没有必要再告诉他那么多了。

最终，苏丁带少年幸去的地方，让少年幸大吃一惊，他们并没有径直进入朝歌城，而是向南折去，来到一处堡垒森严的地方。

少年挺身细瞧，不禁惊呆了，因为那里还是太祝伊颂的工坊。兜了一大圈，不但还是返回了朝歌，而且还到了这里。他大为惊讶，甚至惊慌失措。

苏丁也体察出了少年幸的情绪，坦白地跟他说：“我一开始也觉得王妃要把你送到这里是疯了，但是，她一定是对的，因为只有在那里，不但周人找不到你，连崇侯虎也未必能找到！小兄弟，千万不要怕，我们有苏国人和白鹿族人，实际上，已经控制了那个工坊！”

到了伊颂的工坊外，苏丁让一名亲兵进去通报。太祝伊颂很快就迎接了出来。他看到了少年幸，大声叫骂道：“狡猾的周贼姬旦，骗了我那么多的能工巧匠走了，感谢贵妃娘娘帮老夫伸张，追讨回我的奴隶！”

苏丁忍不住出言讽刺他说：“太祝公，我听说姬旦可不是骗你的，而是花了大血本，用百匹良马换来的。”

伊颂就无言以对了，打哈哈说：“他是说暂借，但若非娘娘出手，似乎是有借无还了。”

苏丁冷笑道：“私通周人可是大罪，太祝啊太祝，娘娘肯饶你，你知道应该怎么做！”

伊颂慌忙一拜，说：“小臣自然明白，小臣早就是尽忠于娘娘的人了。”

苏丁道：“这个奴工，按照娘娘的吩咐，一切照旧就是了，无论如何，保护好他的安全！藏之于无形，这个你该懂的！”

伊颂慌忙连连点头道：“自然自然，我懂我懂。”

苏丁最后冷冷地道：“我们的人会盯着你，不要耍什么花招。我听说崇侯虎也躲在了你这里，有此事吗？”

伊颂大摇其头说：“没有此事，没有此事，亡国之君，如丧家之犬，这个笨蛋丢了我大商西域最重要的一块战略咽喉，国人上下无不痛恨之。我身为太祝，也是为国家长忧的，绝不会再与这样的人为伍。”

苏丁摇摇头冷笑，心道：“恐怕，只是因为他出不起娘娘的价钱。”

想当年，有苏国三剑客为了救少年幸出来，瞒着苏妲己王妃行动，几乎是费尽心思。事情功亏一篑之后，苏妲己弄清了原委，淡淡说既然太祝公爱财，何必这么费周折。她劝说帝辛给予了太祝公巨大的赏赐，很多的奴隶与财宝。妲己还多次单独召见了伊颂，将他私通崇人、周人甚至与老臣商容等人密谋的事情和盘托出。

这一赏一敲，让太祝伊颂有点吃不消，他不得不考虑站队的问题。显然，无形之中，这位有苏国的狐媚美女似乎在朝野之中有了自己的一股势力。她可不仅仅是靠着身体取悦帝辛那么简单，似乎有更多更大的想法。

伊颂暗中打听，原来少师费仲、尤浑都投靠了这个妲己娘娘，加上她的故族有苏人所把持着的朝歌城防——不动声色之间，苏妲己的“妃派”，已经成为大商国政治里头一股非常强大的势力。

这个女人野心不小，难不成她想做一代女英主妇好吗？

思前想后，太祝公喝酒百升，醉了又醒，醒了又醉，还是选择了投降，向她表示效忠。与谁结盟不是结盟，太祝公由衷感叹，能把大商国首富、帝辛的女婿逼到这样心惊胆战的境地，不是凡女子。不过，殷商人还颇尚母系之风，向女人屈服算不得什么丢人现眼的事情。

第二十四章
最后一别

一百一十一　工坊

苏丁最终还是将少年幸交给了太祝公伊颂。

伊颂内心实在是太佩服这个不起眼的小毛孩了。上次是崇侯虎将他送来，由姬旦骗走；此番却是苏妲己娘娘送来，自此，伊颂也心知肚明这个不起眼的小毛孩看来绝非是等闲之辈，不能不小心对待。

不过是一介野童，居然是崇侯虎的亲奴、苏妲己的族弟、姬旦的义子……伊颂都不知道该如何处置这个野小子了。如今，周商争霸天下已成定局，这个不起眼的小毛孩，如同天外飞石一般，砸入了他原本的各种盘算。伊颂求卜祷告，烧了龟甲无数。此少年在他手中是福是祸，全部交由上天裁夺。

他先把少年幸供养在家中，令亲兵严密监视，每日好吃好喝招待，但究竟如何处置，却一直不自能明。这件事无法求证任何的巫师，因为他本人就是太祝官，整个大商国的贵族们都要向他来求卜。

正在这时，他获得了苏妲己娘娘的密旨，让他将少年幸仍充入百工之中，免得太过于显眼。随着这一密旨的，还有赏赐的二十个奴工。自从向苏妲己称臣以后，太祝公伊颂不断得到赏赐的奴隶以扩充工坊之用。商人重鬼神而不重奴隶性命，凡是战俘、掳掠来的奴隶，十之六七杀之以祭祀、陪葬。唯独主持祭祀的太祝公深知奴隶之用，一个精壮之奴，日产之金器销售出去，足折抵粮食几斛，且日日不断。为了看不见摸不着的鬼魂，草率地杀掉活人，这是最不划算的买卖。

即便是最近人心不稳之时节，整个朝歌城一片血雨腥风，处处杀奴祭祀，伊颂也没有轻易杀死一个奴隶。因此，他的工坊中的奴工倒也生生不息、日益繁盛。围绕着他的工坊四周之野都被伊颂占据了下来，竟然形成了一个不小的城镇。

伊颂对自己的奴工说不上好，也说不上坏，他唯一的优点就是不轻易杀奴。他也秘密打探过苏妲己的身份，知道这个女子出生在白鹿部落，流落在有苏国，受宠于大商。他清点过自己部曲的奴婢，为崇侯虎所赠，十有二三乃是白鹿部落的故人。而苏妲己时不时所赠送百余的奴隶，则多来自于有苏国附近。这次赠送的二十几人，也毫无例外。

贵妃之用心，一目了然，这是借着自己地盘，埋伏她的人马。纵然，一清点之下，令人心惊肉跳。但这也是聪明人心照不宣的秘密，不必点破。自己早已经被苏妲己给捆绑在一起了，是想退也退不出的。

少年幸就跟随着那些新赐之奴一起被送到了选料之所。这里的主要事情，也就是从铜矿石中筛选出杂质少的大颗粒——这完全是个象征性的、很轻松的活，也正合少年幸的心意。只是他并不知道的是，这些新赐之奴，都是有苏国的勇士。他们听从了王妃的安排，自愿到市集上卖身为奴隶，然后送到伊公颂这里来。

虽然辗转了一大圈又回到了伊颂的工坊里，但是这地方毕竟熟悉，除了白鹿之原、山谷和羑里大狱，就属这里待得最久了。这么多人，整天在一起协作劳动，也别是一番的热闹。少年幸可不想再到龙伯身边去铸造什么铜器，比这个更害怕的是每天晚上都要被他拉到龙伯的梦境里去，到混沌世界里遇到那千奇百怪的人，一会是帝安宫，一会是星宿斗士，一会是释放龙魂的苏非鹿，还有若隐若现、神秘莫测的陌生人，无论是谁，都是打打杀杀、无休无止——他只求每天晚上能睡个安稳的觉，一夜到天明。

纵然如此，少年幸回到工坊后第一件事情还是打探龙伯黄飞龙的下落。他听人说，在他离开以后，龙伯长时间郁郁寡欢，无心铸造。一个不愿意铸造的奴工，每日空耗粮食，对于太祝伊颂阿衡而言，还抵不上一头牲口。龙伯便被驱逐出铸造区，派到养牲口之处养羊喂猪去了。年老力衰的奴工，都被作此发落。倘若他们还不能劳动的话，那么就离死不远了，或者被遗弃到山谷之中，或者被稍稍饲育，等到主人在不同时日有祭祀之需要，便被杀掉以谢鬼神。殷商时代的众奴隶命运大致都这般悲惨，并非独龙伯如此。

少年幸并不知道其中原委，听到龙伯被遣去养猪放羊。陡然间，又羡慕起他来，觉得这是一桩挺好的事情。于是，他思前想后，就索性嚷嚷着要去养猪放羊。殷商之人向来视游牧为轻贱之事，伊公颂不禁觉得有些鄙视，觉得蛮夷就是蛮夷，无论放在哪里，都只是蛮夷。

不过，既然是这位小王子要去放羊，伊颂索性也就让少年幸去“豚羊之所”了。让他跟龙伯，以及一群老奴隶、缺胳膊少腿的残疾奴工一起照料起猪羊。不过每日口粮要锐减一大半，喂猪放羊可不是什么力气活，有口饭吃，能活命就不错。

当少年幸找到龙伯之时，他正蜷缩在一群猪之间，半睡半醒。时令已经入秋，龙伯浑身邋里邋遢，几近赤裸，已经老得不成样子了。少年幸大声呼喊他醒来，他努力睁开眯着的眼睛，想看清楚来人。当他看清楚是少年幸之时，不禁精神一振，却又忍不住大喝一声：

“臭小子，你怎么又回来了！”

他的语气之中包含了欣喜，也包含了更为剧烈的失望。龙伯心中，一直希冀着少年幸能够逃离朝歌这个是非之地，获取他自己想要的自由，而不是仅仅走上一圈子，一切又从头开始，依旧摆脱不了奴役。

一百一十二　归牧

少年幸曾经是放羊的一把好手。

由于太多地跟着人群一起生活，他发现自己有一项能力渐渐退化了，那就是与动物沟通的能力。曾经他会羊语、猴语、狼语、鹰语、蛇语……万物万灵无一不能沟通交流。与动物沟通，简单，直接，能够让他很好放羊、防备狼、招呼蛇，无时无刻不觉得自己轻松地活在天地之间。

是那个陌生人教他学会了人的语言，当能够跟人沟通之后，少年幸发现要说的话越多，也越来越复杂，也越来越多地布满了各种诡计、谎言和陷阱。这还真不是什么好事儿。少年思来想去，一切的根源还是因为久与人通言语，而少与群兽通言语。所以，去山谷放羊成为他坚定的志向。

与黄飞龙再次相遇以后，一老一少便安心在这伊颂工坊的牲口区，以照料牲口为生。少年幸跟他讲述了自己离开朝歌后的一段诡异经历，遭遇了密须国人，又碰到了崇侯虎，梦中到了另外一个世界躲避，遇到了一个叫作大卫的少年。当然，少年幸必然要提及那个山戎人黄飞虎，龙伯的亲生弟弟，却没有想到龙伯倒一点不兴奋，说：

“那个梦境是真的，我早已经在你的梦中与弟弟相认了，可惜虽然他是我的亲弟弟，却并非是龙族中人，或许冥冥之中那个遥远的天意也有别意吧。我至今在梦中还能到以色列国去，如今所罗门王登位，声色犬马，无所不用其极。”

少年幸说：“你不想念自己的亲弟弟吗？”

黄飞龙说：“想念有什么用？就现在这个状态，我能不能有活着见他一面的时候，真很难说。在我们龙族人的生命里，此刻的肉身仅仅是暂时的，我们无非还是得回到混沌世界中，为拯救这大地，打败帝安宫凯旸作末日一战！”

少年幸愿意跟随龙伯养猪放羊，但十分不愿意他提及那个“混沌世界”，每每黄飞龙提及，都岔开了。他还是忌惮那个充满混乱和战争的梦境世界。

黄飞龙也看出了他的情绪，说：“我的身体已经衰弱得不成了，似乎此刻身体越衰弱，我在混沌世界里越发强悍，现在我已经是精钢战士了——可惜，我肉身的精气是这般衰弱，已经没法招引你进入混沌之境了。”

少年幸听得这个话，不禁问道：“也就是我不能再进入到你的梦境里去了？真是太好的事情了！”他不禁喜形于色。

黄飞龙有点懊恼，道：“我还从来没见过你这样没有出息的龙族战士。”

少年幸立刻反驳他说：“或许，我根本就不是什么龙族！一切都是在虚幻和梦里头，你能告诉我什么是真实的，可能一切都不存在！”

黄飞龙想破口大骂他没出息，但仔细一想，好像这小子从来没有出息过。自己的活力尚强健之时，还能招引他。如今老朽和死亡像鬼魅一样纠缠住他的肉身，纵然在混沌世界里他已经能和望舒城守护女娲的十二天将并肩作战了，但在现世之中，他已经越来越无能为力了。

既然两人一谈之下不甚相洽，也就不再谈起。

黄飞龙研习铸造多年，自负为“铸造”神，却早已经忘了养猪放羊的能耐，如今垂垂老矣，被工坊遗弃在一群牲畜之间，内心颇为不快。但是少年幸是日思夜想要到白鹿部落中放牧牛羊的，所以干起活来热情高涨。

他开始试着再度和猪以及羊交流，但发现并没有什么用了。无论他说出什么样的禽兽语言，那些牲口都不再搭理他。少年幸并不以为是自己的能力退化了，而是一直认为，这完全是因为这些奴工工坊里的牲口也跟人一样，是被圈养的，不如在天地自然之间的牲口那么来得自由自在。所以，他首先得教会这些大畜生、小畜生说话——但是他并没有意识到，因为跟人相处得太久了，他已经把这些牲口看成是大畜生和小畜生，而不是他赖以相伴的朋友了。这点致命的变化，他自己都没有意识得到。

结果自然是费力甚多，但效果奇差，每天少年幸都忙不迭地在做无用功。羊和猪之间能够自由自在地交流它们的所思所想，这跟白鹿部落里的牛羊并没有任何的区别，但少年幸已经回不到过去了。他已经彻底地人化了，这一切都来自于当年放牧的那个山谷和那个贸然闯入的陌生人。

这件事，让少年幸感到非常沮丧。每天，他面对着朝思暮想的羊群，不能给它们命名，也不能跟它们谈天说地，更不能跟它们聊聊自己的胡思乱想。

万幸的是，纵然龙伯晚上还是偷偷地把少年幸的手搭在他的额头上，少年幸也再不会到什么混沌世界当中去了。这点少年幸也察觉了，却不点破，因为他梦境之中只剩下漫山遍野的羊群，是那种能跟着他说话、沟通、交流的羊群。

能够重新放起羊来，虽不是归于田园，但已经让胸无大志的少年幸心满意足。他的羊群只能在太祝公所圈定的有限草地里活动，但凡草料不足，皆由太祝的奴隶和部曲从周遭割来供应。所谓放羊，也是极其轻松的事情，如此秋去冬来，不知不觉当中，一年一晃也就过去了。

这群管着猪牛羊的老奴残奴时不时有病死、累死或者行将就木的，太祝公的管家会毫不犹豫地割下头颅来在界桩之上风干，祭祀鬼神，恐吓四邻。殷商人对于世界阴阳不分的想象是如此可怖，从另外的角度来看，也昭示着他们这种文明也走到了尽头。对鬼魅的想象与惊恐是愈积愈多，而人气日渐黯淡，更多的人不专注于人事当中，那么枯萎和衰弱则是必然的。

多年以后的南北争霸时代，少年幸与雅交换了龙魂，见证了中美洲的阿兹克特文明与印加文明，见其大貌有类于殷商，便也知道它们不会长久了。

一百一十三　杜宇

第二年，就在少年幸安心在伊颂的工坊里开始放牧生涯之时，一件轰动当时整个华夏的事情发生了——周王姬昌死了。

对于姬昌之死，少年幸并非没有预感。开春的某天夜里，春寒料峭，他与龙伯挤在羊群里取暖。龙伯发出衰败而巨大的鼾声，跳来跳去的羊跳蚤在吸血，骚扰得他很不舒服，不停地翻身抓挠。他时不时地抓到少年幸的肚子上，搅和得他也睡不安顿。正在这时，龙伯突然梦到了什么，绷直了身体，高叫一声梦话道：“杜宇恩师！”

说完，他又躺了下来，模模糊糊之中抓住了少年幸的手。那许久未曾打开的混沌世界，突然在少年幸和龙伯之间打开了。

也正是在迷迷糊糊之中，少年幸跟龙伯一起来到了那一片被浓郁雾霾所包裹的土地上。毫无疑问，龙伯变成了一个年轻人，一身龙鳞甲泛出淡淡的银光。少年幸万分沮丧，大声嚷嚷：“又到了这个讨厌的地方，又不知道马上会遇到什么样的怪物出来吓唬我们！”

龙伯冷笑道：“我能带你来，恐怕也是为数不多的几回了。不过，这世界或许有很多的龙族战士，不是山戎人，也可能是周人，犬戎人，希泰人，埃及人，希伯来人，他们在其他的地方潜伏着，将在六千年以后和我们并肩作战。”

龙伯拨开了迷雾，用长剑一指，黯淡的日光下，少年幸远眺到无数类似龙伯的龙族战士正汇集起来，排列成一个个整齐的方阵，向远处无尽的旷野之处进发。这样的场景蔚为壮观，令少年幸看得有些炫目。还有人不断从天空中坠落下来，在光秃秃的砾石山坡上打了个滚，然后站起身来，加入到大军当中向前进发。一面面三角中含太极的旗帜，在人群之中升扬了起来，也有人在用少年幸一时听不懂的语言在歌唱，或许是这支队伍的战歌。歌声与龙伯教给少年那个古曲非常相似。

天空中似乎飞翔着无数的圆形银鸟，身上镶嵌着圆形的黑白徽章。这些铁鸟并没有做出任何的攻击，仅仅是盘旋着，似乎在监视着这个异常庞大的军队。龙伯扭过头对少年幸说：

“等我的肉体完全死亡了，我就可以完全脱身，加入到这次最后的战役之中来了。我们被挑选中的龙族，只有在现世的苦难之中磨炼足够的心志，才能汇入到大战的征途之中。”

少年幸眺望着天空中悬浮的银鸟，漫不经心地说：“也就是说也有人或许不能被挑中是吗？”

龙伯点头说：“在我看，那些懒惰的、怯懦的、不思进取的人，都要被女娲给淘汰，他们没有资格成为龙族的夸克战士！”

少年幸忍不住问：“什么……是夸克？”

龙伯说：“夸克的意思，就是正义，夸奖攻无不克的战士。”

少年幸似懂非懂地点点头：“你怎么能在这么短的时间里知道得这么多，龙伯？”

龙伯说：“我也遇到了另外一个龙族的师傅——蜀人杜宇。他是铱级战士了，非常厉害！”

少年有点瞠目结舌，完全搞不懂龙伯在说些什么了。龙伯也不准备跟少年解释那么多，他只是亢奋地挥舞着手中盾牌和剑嚷道：“现在，我的肉身只欠一死。一场前所未有的大战就要来临了，我苦修了一生，就为了在这场大战之中保卫望舒之城，保卫女娲，战胜凯旸！”

龙伯的话音刚刚说完，就有一个影子在他身后一闪。“咣当”一刀，劈向他的后颈，动作之快，少年幸甚至没有来得及提醒他。然而，龙伯似乎早有准备，他很娴熟地把盾牌回转过来，挡住了致命的一击，“嗡嗡”的轰鸣，震耳欲聋。随即，他腾空转身，刺出长剑，大喝一声“铁龙进击”，一股炽热的精钢龙魂从他的胸前喷薄而出，扑向来人。

那偷袭者倒也不慌张，只是用长刀劈开黄飞龙凌厉的攻势，左右一格，突然挥掌，发射出一股更为炽热、耀眼的银色龙魂。黄飞龙用盾牌慌忙挡住，人也被硬生生弹出一丈开外。少年幸大为惊骇，很想上前去拉他一把，但被黄飞龙喝止了。

“好小子！”来人并没有继续攻击他，而是收住了手上的长剑，笑道，“小子，你就快出师了！”少年幸只见那男人身材修长，长发披肩，面目极其清秀，脸色苍白，有一口漂亮的长髯。

黄飞龙慌忙一拜，跟少年幸说：“这位就是我的老师，杜宇大王，宇阵的守护者！”

那人回礼笑道：“区区蜀人杜宇，在此混沌之中，并不敢称王。况且，王者，奴隶，不过都是这天地之间的匆匆过客。杜某有幸蒙选为龙族，在此等时空之中与两位相遇，真是有幸啊！”杜宇说话不紧不慢，一派王者的气度。

黄飞龙也介绍说：“老师，这个就是我跟你提及过的少年幸，他是我见过龙魂魂力最强的小子，也是我的徒弟！”

杜宇冲着少年幸笑笑，并不准备回答黄飞龙的话，神情之间似乎他早就知道少年的身份了。杜宇身上所披挂的是一副银色的龙鳞甲，似乎像银子，但比银子更加闪耀。少年幸并不知道，那其实是铱甲，修为之高远远超越了黄飞龙无数倍。在龙族的夸克战士当中，已经很快将接近天将之准将水平了。

黄飞龙带着疑惑问杜宇说：“老师，您不是说最近国事繁多，闭神三年不再回混沌之中的吗？怎么又突然找到了我？”

杜宇笑笑说：“修得铱龙鳞，我是准备在蜀之中休生养息一段时间，不问混沌之事的。不过，最近有一个朋友找到了我，请我出面帮他找一个人！”

黄飞龙不禁疑惑地问：“哪位朋友，要找谁啊？”

杜宇挥剑一指少年幸道：“我的盟邦大周国四王子姬旦，要找的恐怕就是这位姬幸小王子！”

黄飞龙一听，立刻拔剑护住少年幸说：“老师，你没有搞错吧？你怎么会……”

杜宇说：“只是受人所托，不要担心太多了！”

黄飞龙大摇其头说：“不成，不成，我把幸带到这里来，可不是随随便便给别人抓走的。”

杜宇说：“小龙，相信我，我可不是要抓他，而是受姬旦之托，另有其事！”

黄飞龙摆出抗命的架势，坚定地说：“不成，即便是我的老师，也不能随随便便在我的梦境中带走幸！”

杜宇无话可说，只有垂下手中的长刀。在他的身后，像打开折叠的影子一样，慢慢走出了一伙面目诡异的人。还有一个声音在说：

“姬幸，父王临终之前，再见他一面也不肯吗？无情无义之子，枉然我父王牵挂你到如今！”

一百一十四　遗嘱

从最后一个影子折叠而出的人不是别人，正是如今占据华夏天下三分之二、唯一能与大商抗衡的大周国之四王子——姬旦。

其他的影子高高矮矮地环绕着他，不多不少一共八个，显然是他如影随形、忠诚不二的门客——西域八剑客。他们浑身漆黑，脸上还带着狰狞的面具，显得阴森可怖。

姬旦已经换上了周国人王公的打扮，他径直走向姬幸说：“孩子，跟我走吧，不借助蜀王的力量，我还真没有勇气再来到这个凶险的梦境里！来吧，到我的梦境里来，我带你去见父王！”

黄飞龙拦住了姬旦说：“你们周人处心积虑，用尽阴谋诡计要抓幸，我可不会把他交给你们的！”

然而，姬旦似乎并没什么兴趣搭理黄飞龙。他飞速地冲向前来，抓住了少年幸的双肩。黄飞龙慌忙要阻截姬旦，然而西域八剑客已经先于他动手了，八个人将他团团围住。黄飞龙高呼道：“老师，这些人可都是帝安宫的走狗啊！”

杜宇岿然不动，眼睁睁看着七个身披黑色缁衣的人将黄飞龙围得密密实实。黄飞龙却无法释出龙魂来驱散、打败他们，因为他的龙魂之力已经全然被铱级战士杜宇给封死了。七个人围着黄飞龙飞速旋转，转眼之间就变成了一个黑洞一般的幕墙。

另在其外监视着杜宇的，是一个个子极高的剑客。他掀开了自己的面具，露出了红色的头发和苍白脸——显然，他正是八剑客的领头者安危，在梦境之中，也是自报家门的北夷之人——加里宁。他很柔声地对杜宇说：

“虽然你们夸克战士主宰了黑暗的梦境世界，但我们能够在历史中穿梭，实际上，只有我们通力合作，才能化解末日之战的危机！大王，你也相信这一点吧？”

杜宇勉强地点了点头。加里宁便微笑不语。

这番话语间，姬旦已经紧紧地抱起迷迷糊糊的少年幸，仿佛是用自己的身体把他吞没了一般。少年幸感到姬旦身上有一股巨大吸力，拉扯着自己的身体往一个黑洞里坠落，他忍不住要大声叫嚷，但连声音都被那股子吸力给吞没了。

当少年幸昏昏然又能睁开眼睛的时候，眼前混乱一片的混沌世界，已经全然不见了，只剩下一个似乎透着光亮的悠长通道。少年幸匆匆忙忙沿着那条通道向前狂奔，不一会，就来到了一个火光煌煌的大殿之上。

只见那个大殿上围满了人，每个人都穿着素色衣服，脸上皆是悲戚之色，似乎在等待着某个重要时刻的到来。

少年幸有点恍然，更是带着巨大的惊恐走向这群人。那群人有男有女、有老有少、有高有矮，甚至明显有文有武。这群人都围着一个病榻，病榻上横卧着一个老者。因为病苦，他的面目已经十分消瘦，白发凋零，气喘吁吁，身骸之颓，已然不久于人世。然而，他的目光却依然炯炯有神，似乎有所欲言。那个垂死的老者，正是与少年幸同在羑里大狱中共处七年的周王姬昌。

少年胆战心惊，无声无息地挨近那群人。似乎没有人能够觉察他的靠近，大家都沉浸在悲痛之中。少年并不知道这群人中皆是大周国柱国顶梁的权臣，其中长须白发老者乃是太公姜尚姜子牙，一员猛帅是南宫适。其余还有太颠、散宜生、熊丽、伯夷、叔齐、辛公甲等多人。在人群之中，少年幸居然也看到了黄飞虎——原来，那天黄飞虎被苏丁丢出桃花隘之后，不久转醒，旋即一路向西狂奔，来到了周人刚刚占领下的丰镐。因为曾在一路上带领山戎人追随姬旦，并向周王进贡了冬葱和戎菽的种子，还受四王子的大力保举，便一跃成为了周国的将军。

少年看到刚才抓他来的姬旦，正匆忙入跪，与一干人都端正地跪在那个病榻面前。那些都是大周国正牌的十余个王子们，皆是姬昌的亲生儿子。其中，只有一个人端正地站在病榻边，那人生得高大威猛，虽也已经头发斑白，却依然一派王者之象。只听姬昌公轻声唤道："发，发，你过来！"

那站立的人，正是大周国当朝太子、文王姬昌的二儿子姬发。听到父亲呼唤，姬发赶忙凑近一点，压抑着心中的悲伤，向姬昌问说："父王，父王，您是要为儿臣，亲授最后一道平商之策吗？"

姬昌微微一笑，深深而努力地吸了口气，然后带着一种失望的表情，微微地摇了摇头。过了许久，他张口欲言什么。姬发慌忙叫："姬何，姬何，赶快把我父王的话，记下来！"

一个叫作姬何的年轻贵族慌忙跑上前来，带着刀笔和一把竹简，准备记录大周王的遗嘱。他是姬昌侄孙辈，少年聪慧，以刀笔刻字的速度，在王室当中是数一数二的，因此，被姬发选拔担任王室的书记官，速记极其机要的王室大事。

只听到姬昌轻轻咳嗽一声，用非常微弱也非常坚定的声音在断断续续说话：

"发，朕疾适甚，恐不汝及训。昔前代传宝，必受之以詷。今朕疾允病，恐弗念终，汝以书受之。钦哉，勿轻！昔舜旧作小人，亲耕于历丘，恐求中，自稽厥志，不违于庶万姓之多欲。厥有施于上下远迩，迺易位迩稽，测阴阳之物，咸顺不扰。舜既得中，言不易实变名，身滋备惟允，翼翼不懈，用作三降之德。

帝尧嘉之，用受厥绪。呜呼！发，祗之哉！昔，微假中于河，以复有易，有易服厥罪。微无害，迺归中于河。微志弗忘，传贻子孙，至于成汤祗备不懈，用受大命。呜呼！发，敬哉！朕闻兹不旧，命未有所延。今汝祗备毋懈，其有所由矣。不及尔身受大命，敬哉，勿轻！日不足，惟宿不详。”①

这番话，姬昌说得很慢，本来咽呜的众人忍不住都屏住呼吸，大殿瞬时间变得极其安静。姬何匆忙地在竹简上刻着，发出咯吱吱的响声。太子姬发一句一句听着，不禁泪流满面。姬昌轻声问：“发，你知道否？”

姬发道：“父亲在教导儿子，家训是最值得珍惜的宝贝。舜在山丘中耕作时，坚持中道，从而为天下百姓造福，帝尧继承他的中道，也是极大的福气。殷人的祖先上甲微，也是坚持中道，才能有成汤开创殷商基业的盛世。儿臣定谨遵父命，秉持中道！”

姬昌点点头说：“好好，发，为父还有话跟你说！”

一百一十五　告别

姬发慌忙低下头，聆听父亲的训话。

姬昌低声说：“发，其实，你并不如你看起来那么勇武……正如你的四弟旦，不似他看起来那么文弱一样。无论如何，你要知道，你是大周的王。你一定能战胜你要战胜的人，因为他像我一样了解你，又，不真的那么了解你……”

姬发一脸的茫然。跪在旁边刻字的姬何，也跟着一脸的迷茫，不知道该不该继续记录姬昌的话。姬发挥了挥手，示意他退下。姬何慌忙向后撤去。

姬昌心中所想的，却是从朝歌回西岐之前，帝辛与他的那次把酒长谈。姬昌的眼前又出现了帝辛那张总是醉醺醺却依然十分自负的脸。

姬发忍不住悄声对姬昌说：“父王，殷人又出征东夷了，您一定要好好坚

① 这段话来自2008年出土的清华战国竹简，被称为“文王保训”。这篇遗言中，姬昌首次提出的“中道”的思想。其含义，学术界尚有很多争议，此处有个人之解，但避免误导读者，不作解释。

持，我大周东去中原的日子不远了。儿臣只等父王痊愈后，随您亲征！”

姬昌吸了一口气，摇了摇头说：“你看我的床尾。”

姬发向姬昌的脚部方向看去，那里空空如也，什么也没有。倒是少年幸看到了，一个神似姬昌的汉子正静默无声地站在那里。

姬昌道：“我看到了伯邑考，他在等我，为父要去了！”

姬发忍不住泪下，道：“父王，大哥他……这仇，我们是一定要报的！”

姬昌没有搭理他的话，只是又摇了摇头说：“我走后，兄弟要和睦，有不决之处，一定要多问问太公和……”他把头偏了偏，看向儿子们。

他的目光第一个接触到了三王子姬鲜。姬鲜连忙起身说：“父亲放心，儿臣一定辅佐好二哥！一定让我大周威加四海！”

少年幸看到了姬鲜，忍不住要大呼一声。这个人正是闯入大卫王梦境中，解救押沙龙的不速之客。然而，姬鲜似乎浑然不觉少年幸的存在，他带着渴盼的目光注视着病榻中的姬昌，只等他有什么嘱咐。

然而最终，姬昌却把目光转移到了四儿子姬旦的身上。姬旦显然感受到了父亲的目光，虽然低垂着头跪着，却能准确地迎着父亲的目光站了起来，躬身上前。姬昌对他说：“旦，聪慧有边，天易无边，玉汝于成。我对你没什么近忧，只有远虑，千年大周，非由你殚精竭虑不可！”

姬旦一悚，沉思良久，郑重地对姬昌说：“父亲，孩儿明白！”

姬昌点点头，说：“拉我起来吧，我想跟着姬考走了！”他这句话说完，矗立在一旁的大儿子姬考，就走过姬发和姬鲜的面前，拉起姬昌起身，轻轻地帮他披上一件长袍，欲往大殿之外走去。所有人都给他们让出了一条路来，姬昌与姬考走得从容。殿门洞开，殿外阳光万丈。

姬旦慢慢跟随了上来，柔声说：“父亲，您稍留步，幸，他，也在！”

姬昌听闻，忍不住停下了脚步，慢慢转过身来。少年幸突然发现大殿上，只剩下了孤零零的自己以及姬旦和姬昌。

姬昌看到少年幸，忍不住笑了起来：“孩子，孩子，你终于来了！”

少年幸怯生生地走向姬昌。姬昌向着他深深地一拜，说：“老夫就要走了，感谢你助我参悟大易之道！有《易》传世，胜有天下全士十倍，我一生也无憾了！”

少年幸也不知道姬昌为什么要感谢自己，只是问他："那么，您要去哪里？准备什么时候回来呢？"

姬昌走近他，笑道："我是凡人之躯，生久则死，趋于寂境，我要到长眠之所。走了，或许也就不回来了，化成尘埃，归于草木山川之中。"

少年幸道："你不会死的，你会到另外的一个世界里，遇到我的妈妈女娲的！"

姬昌神色忍不住变得凝重起来说："果然如此，那也太好了——在羑里时，我一直以为你在胡说，但就在生死一刻，突然想到，或许，你说的是真的！"

少年幸朗声道："当然是真的，都是我妈妈女娲亲口跟我说的，她生活在天宫当中，要与吞噬太阳的黑鸟作战。我只要活满一万年，就可以见到她了。我想，如果您离开这里，一定会被青鸟接到她的天宫里，为她打败黑鸟出谋划策！"

姬昌笑道："如果是这样，简直太好不过了。孩子，感谢你让我对死亡不那么害怕了。今日之死，或许，真的是走到另一个世界的途径。"他忍不住抚摸了一下少年幸的额头。

一老一少背过身去，慢慢走出大殿。整个大殿瞬间就消失了，两人却站在一座高山之巅。在他们背后，有一团白雾茫茫，似乎隐藏着无数高高矮矮的柱子。

两人呼吸着天地间蓬勃流溢的阳气，面对着光芒万丈的太阳，只见那云海苍茫，山峦葱郁，群鸟高飞，奔流婉转，全然一派生生不息的景象。姬昌忍不住赞叹说："多么壮阔，多么美的天地啊，周而复始，生生不息，大易无疆！"

姬昌随后故意压低声音，喘着粗重的气息，贴着少年幸的耳朵小声说："孩子，其实，我，更想多看看眼前的这个世界，哪怕再多一刻，也好！"

一瞬间，少年幸就是被眼前太过于耀眼的光芒给惊醒了。

他醒来时，发现沉睡的小羊羔在梦中咩咩叫着，似乎也在梦境中。几步之外，伊颂家护院的狗正发出类似狼嚎的吼叫声，此起彼伏，并不停歇。

第二十五章
乱起殷都

一百一十六　对峙

狗其实是由狼驯化来的。在古老的时代，狼当中一些兽性并不强烈的、攻击性并不强的亚种，冒着生命危险，依附于人的部落获取食物。久而久之，它们便与人族结盟，主动被人所驯化。殷商时代的狗被人驯化不久，依旧很多形似狼。日后，《周礼》记载道，商周之际，犬有三种，一者田犬，二者吠犬，三者食犬。伊颂家饲养之多者，都为吠犬，嚎叫之声能传出三里远。

就在这群吠犬的嚎叫声中，八辆战车驶到了伊颂工坊挂着骷髅头的界桩之外停了下来。他们身后都背着冰冷的黑色利剑，脸上带着墨黑的鬼面。为首的一人高而瘦，一头红发在凛冽的风中飘荡，那正是恢复了神智的安危。梦境之外，他依然是那个行踪诡异、令大周国四王子姬旦都敬畏三分的门下第一剑客。

在他身后左右车中，其余七剑客别为安昴、安奎、安参、安毕、安娄、安胃、安觜。这群人有老有少，有胖有瘦，有黑有白，有高有矮，连头发的颜色都各不相同。好似一帮乌合之众，如果说有什么共同点的话，那就是他们完全是外方蛮夷，而不是华夏族人的样子。天气尤寒，他们身后都背着一个黑色的布囊，毫无疑问，那是他们所向披靡、令人心惊胆战的铁剑。

“四王子跟我说，他的百匹良马可不是白给伊颂的！”安危一指伊颂的庄园，狠狠地道，“为了这个姬家外藩的小王子，大家吃尽了苦头，差点都送了命，如今西域安定，是该跟太祝公这个家伙讨还姬幸之债的时候了！”

安危是八剑客中的头人，乃是剑客里唯一接受周王室册封，不仅仅是四王子姬旦的首席门客，还受举荐，担任新王姬发的“器正”一职，同时接受了泾水外的一块封地和正正规规“安子”的子爵头衔，率领八剑客忝列大周诸侯之中。安危伸出的手，显露出了左手空空荡荡袖管，用一个铁爪给替代了。在迷乱暴走之时，安危的一只手在与山间的野熊搏斗中丢失了。安娄和安胃在一处山崖下找到了他时，他已经稍稍恢复了神智，经历了极其巨大的痛苦，用野草药止血疗伤。

安危最得力的助手，自然是剑客安昴。他在乱军中救回了神智迷乱的安危，又让他走丢了，导致了安危真的陷入重大的安危之中，还丢了一只手，对好友心中怀有深深的歉意。

安参问安危：“两位，这是要凭我们八人之勇，硬生生地冲进去吗？”安参是安昴与安毕二人在格斗之术上的师父，在八剑客中年龄最长。他的话中颇有担忧之意，大家都是入心要听的。

安昴便问：“参师父，这个坊中，已经埋伏有很多的内援。以我们八人之力，要一举夺回姬幸，应该不成问题。”

安参点点头说：“文王既已经崩，殷商之人恐怕离崩溃也不远了。不该他们掌握的东西，就不能落在他们手里，增加历史的变数了。”他这是默许大家的意见了。

安危伸手摘掉背后的布套，抽出自己那柄细细长长的剑，向北一指说：“那还等什么，快攻进去吧！”

他的话声刚落，忽然左右两侧的树林里冲出一支军队来，晨光熹微之中可以看得出，他们都是殷商巡兵的打扮。领头的一人并不是旁人，而是有苏国三剑客之老三——苏丁。显然，这支人马依然是那支效力于殷商的有苏国人。

苏丁大笑道：“我听说大周国的四王子善于驯狗，家中八条西域神犬，东奔西突，十分厉害。去年，我们恶斗过一场，不过才一年不到的工夫，我们又见面了。诸位跑得真快！”

八个剑客不防备这个劲敌的突然出现，不禁都慌了神，纷纷抽出自己的长剑来，叮叮当当之声四起。

安危却并不慌张，冷笑道：“你应该是那个阻截过我们的有苏国人，也是一个剑客。不过，在我眼里，你是个十足的笨蛋，奇笨无比的笨蛋。”

苏丁说：“你们都死到临头了，还这么嘴硬。王妃早就料到你们的阴谋诡计，你们进入殷商国境，我们就在暗中监视你们，果然是直奔此处而来，一点也不掩饰啊。”

安危说：“苏妲己王妃有什么头脑算到我们什么时候要来，想必，是她身后有谁的主意吧？这是我们姬旦王子与伊太祝的私人恩怨。你们鹿台宫的人，最好不要轻易插手。况且，我们并非真为周人效力，我等作为猎时者，只是要让不该出现的人别出现在不该出现的地方，我们可不想跟你们有苏人有什么宿怨。大乱降至，我只是说神仙界的事，你们凡人肉身是弄不懂的，不要挡着我们的路便好。你敢过来，我们一对一地打，一战决胜负。你赢了，我们走；你输了，放我们进去带走姬幸小王子。”

苏丁根本闹不清这个西域剑客满嘴胡说些什么叫“猎时者”，什么叫“不该出现的人”。此时，他只有一个念头，赶走这帮自不量力的周国走狗，保护好少年幸的安全。他压根不想跟这帮诡异的人多啰嗦，直接招呼部族开弓上箭，赶走他们——谁都知道大周国的人，现在可不是随随便便能杀的，密须国仅仅杀了一个周国商人，就招致亡国之耻，天下为之大震。

双方对峙着，正如几个月前在牧野的对峙情形一模一样。剑在手中，箭在弦上，一触即发。

一百一十七　箕子

姬昌在公元前 1056 年的冬天去世了，为大周的崛起操劳一生，无疾而终，乃是善终。在周国，他被追谥为文王。太子姬发自然继承了他的王位，成为大周国自“受命”以后的第二代君主。

他的死讯，瞬间就传播了华夏天下的各国。八百诸侯向周国派遣了吊唁的使者，唯独商王帝辛没有做任何的表示，他在忙着增兵东南诸夷。曾经那个唯唯诺诺的老家伙姬昌，是他的心腹大患。这个家伙，连自己亲生儿子的肉汤都能喝得下去，的确是个致命而难缠的敌手。放虎归山以后，姬昌的动作帝辛都看在眼里，他不断地扩大地盘，跟戎狄勾三搭四，蚕食鲸吞，以至于三分天下有其二的态势。

在姬昌行将就木之前，即便是一贯谄媚的奸臣费仲，也忍不住跟帝辛说：“大王，赶快把东南的兵都调回来吧，无论如何，不能眼睁睁看着周人越来越放肆啊！”

帝辛喝着酒，忍不住讥讽他：“怎么了，是周人给费阿衡你送的金银宝贝不像以前那么多了？”

费仲脸色一阵青一阵红，汗如雨下，说：“臣，臣，是忠心侍主，我大商，我大商……”他真的吓怕了，他很满意地收着周人源源不断的贿赂，可完全不想因为周国人的坐大，而把自己的财富全都弄没了。

帝辛不想跟费仲这种小人多啰嗦——诸侯们总是在不停地收买费仲，费仲再把宝贝不断地献给自己。这种事情，他们君臣乐此不疲地做着，彼此默契得很。殷商帝国不像后世的诸多王朝，没有太多的职业官僚，只有帝辛自己几个肖小的亲信任要职，可以平衡庞大的商国贵族。

最近这几年，帝辛处死了比干，放逐了商容，走跑了微子，跟老贵族们已经是水火不相容了。除了费仲、尤浑两个亲信，他只得用了子强、子疵两个平庸无奇甚至奇笨无比的老贵族当朝，实在很难有什么作为可言。于是，他还是启用了王叔箕子来做太师。闻仲死后，帝辛深感能像他那样辅佐自己的人实在太少了。

箕子这人聪明过人，在帝辛之祖父文丁帝时代，就担任殷商的大祭司，常常能代天授命。人人都知道他有个大本事，叫作“见微知著”。

曾经，帝辛年少刚刚继承王位时，让人给自己做了一双象牙筷子。箕子就感到非常可怕和担心，逢人就说：“用象牙筷子吃饭就一定不肯用陶土粗制碗具，必将用犀牛角或玉作成杯盘；餐具改变了，食品也会随之改变，盛的不可能是豆菽青菜，肯定会进一步升级到山珍海味，珍禽异兽将成盘中之物；食物改变了，将不满足穿着，麻布为衣将不再流行，朝中之人进而会穿绫着缎；穿着改了，下一步将造豪华的车子，建高阔殿宇楼台，追求享乐……如此下去将一发不可收拾，腐败之风会很快盛行起来！”

这件事也传到了帝辛的耳朵里，他感叹这位王叔真是头脑清晰，果然是见微知著。不过大商国蒸蒸日上，威加海内，每日进贡来的奴隶和财富在道路上源源不绝，就算如王叔所说，用个象牙筷子，吃点山珍海味，穿点绫罗绸缎，建个鹿台之宫，又能如何？帝辛压根不以为然。

以后箕子多次进谏，帝辛充耳不闻。身为王叔，比干刚直太过，而箕子却能很委婉地规劝。不过委婉归委婉，还是在指手画脚，惹得帝辛不愉快。有时候，他就像是逆反心理作怪一样，我行我素。在帝辛处死了比干之后，箕子立即学聪明了，他开始装疯卖傻起来。

有一天，帝辛长夜豪饮，酒醉之下，竟然忘了时日，就询问左右。左右大臣们面面相觑，谁也不知，便派人去问箕子。箕子对家人说：“君主忘日则天下忘日，不是好兆头，商之天下到了危险关头。一国皆不知而我独知之，我也极其危险。”就让人回禀帝辛说：“太师醉了，也不知道。”

帝辛那时候已经酒醒了，自己摸清了时日，顿时觉得箕子这人太奸猾，一怒之下，剥夺了他的职位，让人软禁了这个总是敬也敬不起来、憎也憎不起来、滑不溜秋的王叔。

周文王姬昌死后，帝辛自感优柔寡断、有勇无谋的姬发并不是自己的对手。他更敢放手去攻打东夷，而且必须攻打东夷的理由很简单：大商向西拓展的空间已经全被周人堵死了，倘若再失东夷，将是两面挨打，真的要出大问题。况且，商人本来就崛起于东夷。东夷财富甚多，四分五裂，总比图谋西鄙来得划算。殷商立国，连妇孺都笃信一个“强”，只有以强凌弱，才有基业。只要把东方平定了，获取源源不断的奴隶和财富，纵然周人占了三分之二的天下，只不过是为大商扫平一统天下的道路罢了。

然而令帝辛也没有想到的是，他所鄙视的这个装疯卖傻的箕子，其实是大商国里，他最危险的敌人，其致命危险的程度将在囚禁箕子的五年之后慢慢显露。

一百一十八　安胃

苏丁指挥着左右放出了第一波的箭，八剑客慌忙用盾牌抵挡。驾车的马匹有中箭的，发出痛苦的嘶鸣，并且蹦跳着，大吐粗气，显得很不安宁。

“冲吧，头人！”

情况危急，安昴知道是不能等了，心里有点着急，希望能鼓动安危的勇气，指挥八人赶快冲破有苏人的堵截，杀入伊颂庄园里去。

安毕说：“头人，我们不如暂时撤了，日后再图吧！”

安危说：“不急，不急。我在癫狂之中，把自己大半的斗魄融入那个孩子的魂魄奥宙里。或许，我们能通过魂魄共振，在此刻紧急启动它。”

他陷入到了沉寂的状态当中，不一会儿，天空中传来沉闷的雷声，一道红光从云端闪下，劈开了晨曦的薄雾，射穿了剑客安胃的车厢，留下了一个拳头大的洞。

安胃冷不防备，被吓了一大跳，连忙大喝一声责问安危：“这是怎么回事！你竟然想用邪术杀我！”

安胃是个精壮的武士，褐色头发，高鼻梁、大眼睛，一口浓密的络腮胡子。安胃乃是西域传说之国苏美尔人后代，久经周折，流浪来到华夏之土。那苏美尔国曾经是中亚幼发拉底河和底格里斯河间美索不达米亚平原上的一个大国，从公元前 4000 年开始，便有了文明的发端，建为一个几代王朝更迭的大国。

苏美尔人有文字、城池和国家体系。他们发明了轮子和战车，学会煅烧青铜，制造了很多传遍世界的器物。他们还发明出了独特的楔形文字，文明之名，实为不虚。然而几百年前，闪米特族人在汉谟拉比大帝的带领下，趁着苏美尔人内乱灭亡了这个大国，建立了一个崭新的巴比伦之国。苏美尔人自此流落世界，不再有故国。一些不愿臣服于巴比伦国的苏美尔人，就四处寻求援助。

苏美尔人一直有一个传说，说曾经在乌鲁克第五王朝时代，被击溃的库提王朝的军人们有一支向东迁徙，到了一个极东极宽阔的地方，建立了又一个极大之国，足可以帮助流亡的苏美尔人，重建神之选民的机会。

安胃就是带着这种期待走遍千山万水，来到今日印度北部一个叫作哈拉帕的城邦里，这里生活着达罗毗荼人。安胃一度把达罗毗荼人当成库提王朝后代，向他们寻求帮助。然而，他在这个城里遇到一位有先知之力的武士——安奎。

安奎是一个地道的达罗毗荼贱民种族。他以偷盗和劫掠为生，本来想抢劫外来客安胃的财富，便与安胃大战了一百回合。结果，安胃用苏美尔人最悠久的格斗战术打败了安奎。按照苏美尔人的传统，手下败将连奴隶都不如，本来准备一杀了之。安奎却告诉他一个惊天的秘密，苏美尔人的库提兵还在哈拉帕城以东，要向东北去，翻越极其高峻的大山、高原和荒漠，就能找到那个苏美尔人后裔库提人建立的大国——大商。

这件事令苏美尔武士安胃惊诧不小，他索性用一块金条向哈拉帕的国王买下了身为卑贱种族的安奎，带着他一起，翻越了高山、高原和荒漠，来到了小河之国，并在那里遇到了开启他们智慧的神人般的武士——安危大师。昆仑山脚下，小河国之内的一场恶战，让八剑客自此结盟，结为兄弟，并走出西域，奔向中土。

正是走出了小河国，安胃才相信安奎所言不虚，果然，在极其开阔的东方之土上，有那么多强盛的王国。其中最为强悍的，就是周国人和商国人。然而，安胃一直闹不清的是，究竟是周人，还是商人，是苏美尔人库提王朝走出去的那一支。

安危告诉他，周人应该是他们苏美尔人的后裔，但通过他亲眼观察，加之安奎的形容，似乎商人更像。当他看到商人在甲骨上所记录的文字，不能不让他久久地回忆起古老苏美尔的楔形文字。所以，他一度十分怀疑自己，是否应该投入到商人的阵营里去。

这种犹豫不决，使得他和安危的关系一直处于若即若离之中。他并不像其他的剑客那么完全地臣服于自己的头人，但又无法离开他。因为通过安危，安胃感觉到自己能与神的世界沟通。那个世界被黄金所填满，似乎有一个像天父之神安那样高大无比的神灵，坐镇在天界的正中间，拯救着世间的危亡。

安胃被安危引导进入幻境里，认识到自己是守护安神的二十八宿之一，作为苏美尔流民，来到这世界上饱经苦难，为的是重振苏美尔人的故威。正是由于安胃向其他七剑客讲述了历史最为悠久的苏美尔神话，大家才一致同意，使用众神之神的“安”作为统一的名姓，向中原行去。

在周国随着安危待得越久，对商周的纷乱理解得越深，安胃就越发怀念自由无拘束的浪荡生活。他知道整个苏美尔帝国内的各个城邦，各个历史时期的王朝，也正是像这样在无休无止的内耗之中，给了外敌以可乘之机。无休无止的战争，无休无止的阴谋，叛变和争霸。纵然借得周人或者商人的兵马西去复国，面对汉谟拉比之后的巴比伦帝国，胜算几何，真难以说清。

安胃与安危之间有道无形的沟壑。安危也明白，他们彼此猜忌很深，但安危更明白，所谓苏美尔人、周人、殷人都不重要，重要的是让那些星宿斗士沉寂的斗魄升腾起来，完成创物主凯旸所托付的任务。

一百一十九　武丁

“起火了，起火了！”

伊颂庄园和工坊里有人在高声叫喊。刚刚被犬吠所惊醒的少年幸还没有弄得十分明白，就看见远远近近到处火光冲天，噼里啪啦烧得十分响亮。他吓得一咕噜翻身起来，拉起龙伯，说：“快跑啊，起火了。”

龙伯睡得真酣，不大乐意理睬少年幸，喃喃说：“烧就烧呗，反正烧的也是伊颂家的东西！这个吃人不吐狗头的老扒皮，早该把家当烧光了！”

少年幸自然并非在意太祝公的家当，他的慌张，只在于关心牛羊和龙伯的安危。

然而，伊颂的卫兵们敲钟之声大起，又间有乒乒乓乓的兵器搏斗之声，看来这火绝非是寻常的失火，而是人为的纵火。果然，不一会儿，就有车驾之声传来，轰隆隆地由远自近，向牲畜圈传来，果然是一彪军马。

守卫工坊的伊府士兵拼死抵抗，依然敌不过这场突然的袭击，被杀得七零八落，任由他们闯入了牛羊群中。只见那些驾车的武士，都面带着的鬼面具，一共有十辆马车闯入。为首的是一个高大魁梧的武士，用长矛挑开了拦住车马的羊群，用一个苍老的声音大声喝道："那个孩子就在那里，抓住他！"

少年幸大呼："我的羊！"天已经放亮，他清晰地看到一辆马车冲着自己呼啸而来，撞破了遮风避雨的草棚。那鬼面武士准确地用长矛一挑，就把他给挑到了马车上，依然沉睡中的龙伯不及反应，被草棚子压在了下面，生死不明。

少年幸被抛入车中之时已经晕厥过去。待他悠悠转醒之时，发现自己又被捆住，身后乒乒乓乓的搏斗之声依然很响亮。

他努力挣扎，看到马上那个身为甲首的武士，此刻已经摘下了面具，奋力赶着车。有旁边的卫士说："崇侯，他们就要追上来了，何不一刀宰了这个小子！"

那人说："没事，商容阿衡的援军已经杀过来了——况且，谁也杀不了这个小子！"

这一问一答之间，已经让少年幸知道自己的处境。他抬头一看，几乎再度晕厥过去，果然还是那个毁灭了他全部田园放牧生活的老阴影崇侯虎。

崇侯虎自崇国被周人攻破以后，带着一群追随他的崇国遗民逃向了殷商。殷商之国，素来崇尚无拘无束，屡屡迁都，素无关防，倒也来去自由。崇侯本来准备向南或者向东去，投奔那些与崇国结盟的国家，诸如古老的彭国和攸国。然而，不久前，彭国已经被商人攻破，彭人完全倒入了大周的阵营，只有攸国的攸侯喜还算屹立不倒的老友，兴许能助自己一臂之力。未料，他溃败途径朝歌附近时，遇到了一位流亡中的故人——老臣商容。

商容虽在流亡，但其封地和宗族依然还在，其在殷商势力很大。他倒没有看不起丧失了实力的崇侯虎，反而更强热情地拉拢他，对他说："帝辛已经越来越不像话了，年迈昏聩，刚愎自用，坐视周人坐大毫无对策，却还要向东夷增兵。这简直是放着心头的大患不管，而去追逐天边的小利。我殷商五百年基业只怕要毁于他手中。我们已经决定，不能再等，即刻起兵，先行拿下朝歌，拥立太子武庚为帝，再图中兴。如今姬昌已经死了，正是兴兵伐周的好时机，帝辛不振作，我等可不能错失良机！”

崇侯虎本来是个丧家之犬，无论何等冒险的事都比千里迢迢投奔攸侯更合算，自然毫不犹豫地答应商容。商容迅速为他确定了主攻方向，倒令他大吃一惊——竟然是劫掠老熟人太祝伊颂的庄园和工坊。

商容恨恨地跟他解释说：“伊颂这个无耻小人，受了苏妲己妖妇的魅惑，已经归顺了她。不愿意为我等提供兵戈，那就麻烦崇侯劳兵，找他去借了！”

崇侯虎素知伊颂家兵精粮多，富可敌国，并不易攻打，商容却给了他一个良好的理由：“我可听说，那个姬昌的义子、你的奴婢姬幸正在伊颂的庄园里。我也听说，为了找到他，姬昌不惜搭上四儿子姬旦的性命；我还听说，他愿意拿出故地分封给那个孩子，命他做周公，这是连姬家亲生儿子都不容易享受到的至尊荣耀！”

崇侯虎一惊，道：“老太师何以知道这么多！”

商容摇摇头，告诉他：“我们大商老贞人，自武乙帝后，虽其势不张，但通天彻地的本领却一刻不曾放松的！”

商容所说的武乙帝，乃是子受的曾祖父，大名子瞿，公元前1147年即王位。武乙与帝辛性格上十分相似，是个喜欢自断，也很有自己主见的帝王。商人重鬼神，因此也重巫贞。一个大巫师在部族中的影响力，有时候远超过帝王。偏生武乙是个狂傲不敬鬼神的人，在他在位的三十五年间，专喜欢与巫师贞人作对，采取各种方法打压他们的势力。他甚至敢跟巫师最崇的神明——天帝作对，曾经进行过一场著名的“射天”游戏，其做法是，先制作一个皮囊，内盛奴隶的人血，或者是禽兽之血，悬于高处，称之为“天帝”，然后，这个任性的帝王以箭射之，箭中皮囊，鲜血迸溅，武乙就此声称：“我能射中天神！”

他这种做法引起了巫师们的普遍惊慌，个个都说天帝要下凡降灾于他。武乙便将神庙中天帝的偶像搬来，声称要跟天神比斗。他特意选取族中能令天神附体的巫师跟自己比武。结果是巫师落败，武乙便百般折辱天帝偶像，自命不凡。经过他这种放肆的行径，巫教的最高精神象征天帝被羞辱殆尽。巫师贞人不得不屈服于王权，忍气吞声。从武乙开始，殷商的君王不但强于诸侯，也胜过神权，大商方有一个帝国的样子。

毫无疑问，帝辛继承了曾祖父的狂妄风格，行事任性，不怕任何人，更不怕天地鬼神。商容所指，也是如此。

一百二十　解围

崇侯虎是一方诸侯，心中并不在意是否敬鬼神，只在乎能否利于他复国。听说自己的老冤家少年幸还在伊颂府上，当真是欢喜得了不得。为了这小子，崇侯虎吃尽了苦头，结果如被妖怪附身一般，屡屡战败。此番若能夺得，说不上是福是祸，但实在是奇货可居——若干年后这个成语真正被吕不韦用得如鱼得水，但崇侯虎却也意识到了。

按照商容的周密部署，将有七家贵族在朝歌城里同时发难，崇侯虎只消带着他的人马攻打叛徒伊颂家。败走西域之后，崇侯虎曾经派人与伊颂通过信，看在多年的情分上，希冀得到伊颂的援助，甚至是收留。结果，伊颂这个老滑头用一套非常委婉的辞令拒绝了。国破家亡，崇侯虎已经没有什么可以依靠的了，他没有什么心思跟伊颂讨价还价，一心想着离周人远远的。

如今被商容这一挽留，崇侯虎那男人血脉里最原始的尊严又被激起了。他多次到伊颂庄园和工坊内，知道其大致情形。搞突袭，只要不进入太深，还是好对付的。当即他把族中能战的兵马整编了一下，也有千余精壮，趁着夜黑杀入工坊当中，令昼夜防护的伊颂家兵措手不及。他的人马到一处就放火，竟能杀入工坊区域的边缘。好在伊颂重金养兵并非浪得虚名，他的内卫兵士凭借着如雨点般滔滔不绝的箭羽，阻拦住了崇兵的进攻。

崇侯虎深知伊颂金甲家兵的厉害，稍稍得手，打劫了一些钱粮，便转向牲畜区，果然看到了那个草棚子里睡着的小牧童，便用长矛挑起，捆绑了带走。

崇侯虎的这次纵兵劫掠，倒也算做了一桩好事，而正与八剑客对峙的苏丁，看到背后起火，暗叫一声：“不好！”

他第一反应认为这是周人布下的声东击西之计，用八剑客拖住自己，兴许是姬旦什么人亲自带兵去劫掠了少年幸。他慌忙撤军，命部下向工坊内集结，追赶劫兵。他拼命才赶上崇侯虎的后队，杀翻了两辆战车，但就在他追上崇侯大部的时候，又有一支商军杀了出来，截断了苏丁军的去路，他们高呼："我们是太子武庚的人马，有苏国的巡兵退下，这是我们商人的家事，不许尔等插手！"

天已经大亮，苏丁和诸部早已经人倦马疲。看到对方人马众多，摆好了方阵，杀气腾腾、有备而来，不敢逞强，却也不甘心不追。正僵持着，伊颂工坊里的精兵也追了出来，与苏丁兵马混成一团。自伊颂与苏妲己王妃结盟以后，有苏人的旗号早已为伊家军熟识，两兵自然合为一股。正是伊颂的大儿子伊奇带着家兵前来。

那伊奇本来想跟打家劫舍的贼兵大战一场，却突然发现对方打出了一张玄鸟旗子，竟是当朝太子武庚的兵马，大为惊讶。伊颂是帝辛的女婿，伊家也算累世宗族，算来，太子武庚还是自己的亲舅舅。虽听说太子武庚人还在商丘督军征讨西南诸夷，但舅舅的人劫了自己的家，该不该追讨，伊奇也不好说。双方就此僵持着。

苏丁也愣了，猜不透武庚派人劫掠少年幸是为何，难道是为了要挟王妃？他只是猜度，也并不敢再动兵。

正在这时，一辆战车从身后飞驰而来，高声叫："快回朝歌城去！有叛军攻打钜桥粮仓和鹿台宫，赶快回去救王妃！"

苏丁定睛细看，那高呼之人竟然是自己的哥哥苏丙，知道情势不妙，慌忙拉着自己的兵马跟苏丙回去。伊奇得知这个消息，心下也大叫不好，这并非是简单的劫掠，这是一次大叛乱，叛乱之中何去何从，自己不好轻下判断，得回府向父亲禀明，再做定夺。最最重要的，是保护好自己家当的安全，当即也收了兵马，向伊颂的庄园退去。

此时，殷商子姓的七个大贵族经统一的密谋，兴兵万余人，正奋力夺取朝歌四周的诸处要津，连太子武庚的部属也卷入了这场内乱。这果然是一场殷商王朝一次事关生死存亡命运的内乱——多年后，少年幸从即将被焚毁的周王室史籍中才得知策划内乱的，绝非商容一人，一阴一阳，竟是另有他人，他也是惊呆了。

匆忙变故之中，殷商的王都朝歌已经完全乱了套，所有人都被无辜地卷入到一场大的阴谋与剿杀之中。不过，只有八个人却意外地因祸得福，化险为夷，那就是西域八剑客。当两军对峙一触即发之时，八剑客还没弄清怎么回事，就发现有苏国人已经撤得精光。

无缘无故就这么解围了，苏美尔人安胃与安危面面相觑，安昴和其他五人各自议论。他们直到天明之后，看到眼下朝歌城处处燃起的烽烟，才弄明白原来是殷商人自己内乱了。

安胃忍不住问安危说："头人，我们怎么办？"他已经无心去追究安危刚才天外射来的光柱是否针对自己了，心绪乱如麻。

安危抬头看了看太阳。他一眼就看到了炽热燃烧的太阳内，一个巨大的黑色漩涡正在生成，吞噬无限的光明。太阳之外，无数巨大的飞盘正在星空中向这里逼近。他还看到，一个高大黑衣人在冲着自己发出诡异的笑。

"双子路修罗！"安危轻声一叹，看了看他的左右手边的剑客，特意对安胃说："嗨，苏美尔的汉子，我刚才并没想杀你，我只想快刀斩乱麻地干掉那个难缠的有苏国武士，是那个人——或许是女娲，干涉了我的斗魄！我们星宿斗士的力量还是弱的，只有精诚团结，才有可能打败十二天将！"

安胃似懂非懂，仅生硬地抱拳向安危回个礼，算是握手言和吧。

安奎慌忙说："我们赶快西去，向四王子禀报吧，这正是起兵攻打殷商的好时机啊！"

安危摇了摇头说："我想，以姬昌和姬旦聪慧，早已经埋伏下细作回镐京通报了，一场大战将不可避免。不过，我们有我们的使命，是阻止另一场超级大战的事。"

"什么事？"安胃问。

"在乱军之中找到那个孩子，把他带到西王母凯旸面前！我们走！"

第二十六章
夜宴锋诗

一百二十一　恩怨

“武王伐纣是中原历史上一件非常重要的大事！可惜，关于那场大战，我也只是从后来的传说与典籍之中了解到具体情况，那时候，我被崇侯虎抓着，没有机会参与到战斗中。后人看到的战斗是周武王和商帝辛的战斗，在我看，那却是一次龙伯的战斗！”

航船中的阿幸翁对孩子们说，“你们看这浩瀚无垠、碧波万顷的南中国海，据说其水源都来自于八十八眼南海之泉——这当然只是想象与传说，但我在明末浪迹南海之时，似乎真感受那圣泉之水的召唤，不过那是后话了。宋代有个大思想家朱熹写诗说，‘问渠那得清如许，为有源头活水来’。牧野大战，就像是中国源源不断的源头，它貌似以弱胜强，实质上是一种文明形态对另一种文明形态的胜利。商人崇敬鬼神，相信自己是被神鬼庇佑的优秀民族，因此也迷信暴力，对内对外都是强攻为主、交易为辅，单打独斗；周人也尚武，但更相信人的力量、联盟的力量和文治的力量，姬昌公晚年潜心《周易》，比殷商人棋高一着的地方，那就是寻求用智慧，而不是单纯用暴力建立一个文明国家的办法。”

阿幸翁抬头看了看天际，海面上星光熠熠，一轮明月共海潮而生，显得格外的宁静。他思考了良久，才缓缓对孩子们说：

“商人和周人的恩怨并非由来已久，仅仅是牧野大战之前十百来年的事情。正是在武乙帝的时代，那时候温暖大地之北方变冷，那些生活在北方的游牧部落为了追逐水草，纷纷南下。这些游牧民族包括土方，犬戎，獯鬻，肃慎，还有鬼方。这些部落，就跟以后历史上所有侵扰中原的部落一样，野蛮彪悍，横扫一切，对农耕和商业民族烧杀抢掠——可能也不完全是这样，他们一般都想用牛羊换粮食、青铜和盐巴，可是南边人要价太高了。

“鬼方是北方游牧部落中实力最强的一支，曾多次跟殷商交战，双方互有胜负，但终究是鬼方败得多一些——商人本来就是东夷北民，对鬼方人的套路十分熟悉，而且战车、弓箭和刀剑、甲胄，无论哪一项殷商都强于鬼方。到了武乙的时候，只因为殷商有内乱，武乙帝开始和巫师们争夺王权，无暇顾及鬼方。这样一来，鬼方势力愈发强大，把殷商北部的小属国和部落都吞并了。

“后来，就是殷商的文丁帝即位了，他首先要做的事就是遏制鬼方的南下势头，否则殷商会不保。文丁这人比较文弱，但确是殷商朝中少有重视文治，少有的不那么蛮武任性之人。他看到在西域成长起来的周人似乎对付蛮夷很有办法，觉得应该学习，就同周人交好，跟周人结成了同盟。那时候，周人的领袖正是姬昌的父亲——姬历，史书上都叫他‘季历’，季节的季，也就是老三的意思。

“季历就承担了领导周商联盟抗击蛮夷的大任，协调周商联军，与北方蛮族的频频出击交战，并且屡战屡胜。文丁帝很高兴，就将一个女儿嫁给了他，还封他为‘西伯’，就是世镇西域的侯爵。季历每大胜一场，便亲自到殷都报捷，如此反复几次，联盟之中周人势力急速扩张。季历的声望也不断上涨，不断有人要推举他做华夏联盟的盟主。一向文弱的文丁帝对自己的这个女婿也越发的担忧起来，阻挡了鬼方，却坐大了周人，这是他不愿意见到的。因此，季历最后一次到殷都之时，文丁断然将他囚禁，从此再没放他回到周国。这是发生在公元前 1106 年的事，也就在这一年，文丁的一个孙子子受出生，他，也就是后来的商纣王。

“季历被囚是一件大不公平的事情，不仅仅是周人和天下之人为季历鸣不平。甚至商朝内部的一些巫师和贵族都觉得不妥。周人是商人在西方对抗鬼方和诸蛮夷的重要盟友，很多殷商贵族和周人上下有很多的交往。许多商朝贵族就向文丁进言，要求释放季历，否则必有大乱，文丁不为所动，下定决心要囚禁季历到死。商朝贵族为了如何处置季历分为两派，互相攻讦，刚刚稳定下来的国事又开始出现动乱景象。”

“商人如此背信弃义，商周同盟也就立即随之破裂。姬历的儿子，就是我的第一位义父，姬昌公担任了周人的首领。得知商周破裂，鬼方再次南下，联合犬戎、羌人集中了最大力量，攻打弱小的周国，对周国频频发动攻势，意图灭周之后，再攻商国。文丁王不顾联盟旧谊，坐视周国被攻。周国几乎便要亡国。危局中继位的姬昌王具有很大的智慧，及时调整了对蛮夷的办法，他首先与犬戎人交好，互相约为兄弟，并宣称不论大小部落认同周人，即为华夏之胞。这样一来，几十个西域大小部落依附周人，瞬间壮大了他们的力量。犬戎也因此与周人交好，鬼方和犬戎的联盟不攻自破了，便发动不了什么像样的进攻。

“姬昌更完全抛弃了殷商人对待蛮夷惯有的态度。殷商人崇信鬼神，迷信暴力，也迷信血腥。殷商贵族动不动就杀俘虏。求神问卜，生死出入，都要杀人见血，特别是战胜了那些蛮夷小部落之后，往往成十上百地杀掉对方的壮丁和首领祭祀祖先，然后取出他们的颅骨或者肩胛骨以刻下卜辞，纪念胜利，是为‘伐祭’。姬昌则立誓不杀一人，但有战俘，都能教会他们农耕，然后赐予他们土地，同而化之。

“与年轻的姬昌王这种开明做法相反，殷商之人依然坚持他们的暴力征服。当年，我们的那个白鹿部族所遭受的灭顶之灾，不过是周人和殷商人之间断裂的一个缩影。可怜我们那些无辜的同族，很多人在不明不白之中就丢了性命。

“在文丁帝的时期，除了北方有游牧民族部落频频南下之外，东南方向的淮夷部落也不断向中原侵犯。他们的势力，一直推进到了商族旧地商丘附近，甚至打到了商国的腹心地带。商国不得不依靠东南地区的强大诸侯彭国对抗淮夷人，跟彭国结成同盟。然而，周国的季历突然被囚，彭国人再也不信任殷商了。他们甚至跟淮夷人暗中媾和，借助淮夷之力反攻殷商。文丁一气之下，发兵强攻彭国，将彭国一举灭国。文丁灭掉彭国之后，便生了重病，自此一病不起。公元前1101年，文丁因病而死，临死之前，他杀死了季历。”

一百二十二　耆夜

“文丁的儿子帝乙继承了王位。帝乙当政时候商国内忧外患，四方不宁。商国非常需要实力强大的盟国来一起对抗南下的鬼方、犬戎和北上的淮夷。可是，帝乙却是个没有什么作为的君王，只知道沿袭父亲的做法，在位二十多年，不断地对东南用兵。纵然如此，他还找到了一个小盟国攸国，联合攸侯喜征讨人方、盂方和淮夷，仗越打越多，人杀得越来越多，胜利也越来越多，然而，商国人却越来越没落，敌人也越来越多。后来，他的儿子帝辛，也就是纣王继位了，依然如此，年年征讨，年年取胜，但无济于事，一直挖空心思想歼灭周人，却也是力不从心与无可奈何。

“姬昌公很长久地观察殷商的历程，觉得单纯的暴力打天下，好像是没有什么用的，他很憎恨殷商，并深怀商人的杀父杀子之仇，但也深知恨并没有什么用。他必须参悟天下变易的大道，留下真正的智慧给后人，于是，他潜心于《周易》，的确，也真的给世界留下了一本智慧的瑰宝。

“以上我所讲述的所有故事，都是姬昌义父当年在羑里大狱里，闲来跟我慢慢聊出的。那时候，我是个小孩子，什么也不懂。后来才慢慢弄懂了，可惜自羑里一别，就再也没有见过他的面。他去世的时候，我依然身在朝歌，做个小放羊娃。但是，我那些义兄们却在准备着那一场改变天下的大战了。我并没有参与其中，但知道战争打得的确很惨烈，我的铸神师父龙伯黄飞龙就牺牲在这次大战里……”

阿幸翁垂下头，慢悠悠地给孩子们继续讲述那发生在近三千年前惊心动魄的故事：

姬昌死后，姬发主持周国国政，诸法沿用文王的旧策，按照既定战略推进扩张国策。本来降服周人的耆国，就是黎国，又开始在周商之间摇摆，准备倒向商王室，毕竟黎国与商王宗室的关系更为密切一点。

姬发为父亲服丧，不能亲自讨伐黎国，也因为不屑于亲自与这样两边倒的小国作战，就让十五弟姬高带兵征讨，在很短的时间里一战重新平复了黎国。

这一仗的消息传到了朝歌，一位大臣祖伊慌忙进谏帝辛说：“大王，我们殷商恐怕有大祸了！那善知天命的人用大龟来占卜，觉察不到一点吉兆。这不是先王不力助我们这些后人，而是因为大王饮酒嬉戏，十分过度了。因此，上天抛弃了我们，不让我们安居饮食、大王不测度天性。现在，我们的臣民之中很多人盼着殷商灭亡，他们说：‘上天为什么还不降下惩罚呢？’天命不再属于我们了，大王现在打算怎么办呢？”

帝辛正喝着酒，盯着祖伊看了很久，长叹一声说：“我生不有命在天？”

祖伊说：“你应该多向上天祈福啊！不然殷商就完了，大王，周人狼子野心，已经如此昭然，您连一点姿态都不摆一下吗？”

帝辛将一爵酒饮尽，带着醉意哈哈一笑：“姬发这小子要吞并别人国土，跟我喝酒有什么关系？我不喝酒，他就不吞并了？我倒让他养养大，看看有没有这个本事跟我一决高下！大臣少安毋躁，回去喝酒，等着吧！”

祖伊辩不过帝辛，只有气冲冲地拂袖而出。他仰天长叹，殷商要完蛋了！

虽然在姬发和帝辛眼里，黎国之战都算不了什么，不管如何，这是姬高领兵打仗的第一次胜利，也是周武王即位以后的第一次征战胜利，自然十分高兴。弟弟姬高回归镐京之后，姬发亲自祝贺他的凯旋，在大殿里的文太室里邀请得力的宗室和群臣，为姬高庆祝。

这次大宴，姬高是当仁不让的头等功臣与大贵客。姬发还特意安排了宗室亲族姬奭、姬甲，太史官作策姬逸作陪，并请太师姜尚为宴席的司正，监饮酒。在宴席即将开始前不久，姬发的随从官姬何比对了来宾名单，询问武王还需不需要请其他什么人了。姬发想了想，下令说：“把三弟和四弟都给我请来。”

于是，三叔姬鲜和四叔姬旦匆忙之中，被请到了文太室里。姬发一见这两个嫡亲的兄弟，就说：“父王还未走远，我是服丧之人，思来想去，是不能做主的。不如由四弟作主，为十五弟的大胜庆功如何？”

姬旦慌忙拜谢这位已经身为周王的哥哥，却连连推辞。年幼之时，姬发孔武有力，好动活泼，比大哥姬考更喜欢打闹，不怎么惹姬昌的喜欢。姬昌喜欢内心木讷的姬考，这是毋庸置疑的，但发现姬旦的异才之后，特别是姬考死后，十分宠爱他，遇事喜欢与姬旦交流。遗嘱之中，分赏了很多土地和财富给诸王子，却只把自己呕心沥血所著的周易全部传给了四王子姬旦。周人奉行嫡长子继承制，要不然很多人猜测王位肯定属于姬旦无疑，因为人人都知道，诸王子之中，除了姬考，就属姬旦最像姬昌了。

姬旦一直怕二哥猜忌自己，父亲死后，除了秘密派遣门下八剑客去寻访姬幸之外，自己闭门不出，专心研读父亲留下的周易。这次被王兄所召，他感到非常意外。匆匆赶来之后，还被邀作为大宴之主持，自然诚惶诚恐，极力推辞。

姬发笑说："父王在世时，有大宴，必定要吟诗助兴。人人都知道四弟有异才，乃是父亲最信任的肱股，每有大宴，父亲都喜欢点你吟诗。难道朕，就请不动了吗？"

姬旦自然没法再推脱了，只好说："臣以为，三哥更适合做主持啊！"

姬鲜平素跟姬发关系很好，两人比武斗勇赛剑比射，也算是兄弟"武友"。他觉得姬发似乎要试探姬旦什么，连忙说："王兄让四弟主持，你就别推了。我不喜欢吟诗，杀敌砍头倒十分在行。四弟你执意不肯，是不是晚上作梦游之术太厉害，精力太疲倦所致啊！"

姬鲜的话，惹得一干宗族和群臣都哈哈大笑。周国人人传姬旦会"梦游之术"，怎么个梦游法，姬家人除了姬昌之外，无人能深知。大家都把姬旦当成会诸如灵魂附体、呼风唤雨的妖术之人。这样的人，周国人其实还不以为然。周国人敬祖先，更信天时与天命，长期的农耕生活，逼迫他们需要仔细观察天地气象、五谷的成长与四季运行。顺天时则五谷丰登、百畜兴旺，逆天时则颗粒无收、举族饥寒，求神拜鬼那是万不得已而为之，并不如殷商人那么迷信鬼神。

大家笑声四起，半是戏谑半是鼓励，四王子姬旦就知道自己不能再推脱什么了。

一百二十三　雅言

在殷商的朝歌之乱发生后不久，周国的新君和群臣用一场富有诗书气息的夜宴开启了牧野大战的前奏。

是夜，侍从官姬何命令宫人燃起无数盏青铜灯。这些青铜灯都是崇侯虎留给周国君臣的，乃是朝歌城顶级的青铜工坊伊颂工坊里最上乘的产品。全部燃起来，整个文太室一片光明，犹如白昼。先王新丧，本不宜大作乐，但成功乃是天赐，国礼不可少，只是庆功宴不设鼓乐歌舞，全部的娱乐，都在于吟诗助兴。

姬发服丧，不能喝酒，只是端坐王座，酬谢诸公。姬旦代为主持，向姬高及诸臣敬酒。

姬发请从臣姬何首先酬谢大功臣十五弟姬高，只听姬何高声代周王姬发吟诵道：

“乐乐旨酒，宴以二公。纴夷兄弟，庶民和同。方壮方武，穆穆克邦。嘉爵速饮，后爵乃从。”

这首诗就叫作《乐乐旨酒》，大意是说我今天特意摆出隆重的酒席，感谢两位兄弟和为周国征战的百姓，我大周军马强壮，必定是一个非常威猛、征讨四方的强国。请你喝了赏赐的这一爵酒，我们才跟从饮酒。

二哥姬发亲自为自己赐诗敬酒，十五王子姬高自然感动得心潮澎湃，连忙起身端起酒爵来拜谢。姬旦代姬发饮酒，也立刻端起酒爵来代敬姬高。兄弟两一饮而尽。群臣也跟着一饮而尽。

随后，姬何又代姬发酬谢此次出谋划策并担纲后勤的大功臣——宗族姬奭。姬奭是姬昌一干王子的同辈中人，是宗族中不多的有勇有谋、忠贞不二的栋梁之臣。这次姬发为姬奭所赐的诗叫作《輶乘》，只听姬何高声朗诵道：

“輶乘既饬，人服余不胄。徂士奋刃，殹民之秀。方壮方武，克燮仇雠。嘉爵速饮，后爵乃复。”

这首诗也是赞美之诗，名义上赞美战车，实则比兴，赞美周人的武士奋勇杀敌，战车所向披靡，痛快地打败敌人，是赞赐给出谋划策的姬奭，也同时在表扬英勇无畏的姬高。君王如此褒奖，群臣莫不欢欣鼓舞。当即，姬奭一饮而尽，姬高随之也把一爵酒喝完。姬旦又举起酒爵，礼罢姬发，再敬姬奭与姬高。

作为国君，亲自献诗两首已经是大破例，随后监酒的太公姜子牙捋着长长的白胡须，朗声道："主君赐诗已毕，还请主持答酬！我们坐听四王叔的雅言。"

姜尚所谓的"雅言"是指的故王城岐山附近的语言，在周国是一种通用的"官话"。周人在农耕劳作之余，奉行克制的生活，不似殷商之人，喜欢大聚大闹，不分男女，都大块吃肉、大口喝酒，跳舞狂欢，杀俘宰畜。周国的人，无论民众还是贵族都喜欢吟诗对唱，你吟罢了我来诵，有对必有酬，十分文静，但也是别样的其乐融融。久而久之，"雅言"也就成了吟诗的代称。故都所在的周南之地，姬奭所封的召地，十分流行赛诗，称为"国风"。

听了监酒官的大令，姬旦就走到文太室的中堂，举起酒爵，首先作大礼，酬答周王姬发。只见他稍作沉思，吟来一首《明明上帝》诗，诗吟道：

"明明上帝，临下之光。丕显来格，歆厥禋盟。于饮月有盈缺，岁有歇行。作兹祝诵，万寿无疆！"

这完全是一种庙堂上的颂歌，全是歌功颂德之辞。这些颂歌原本是那些巫师贞人们向上天祷告时所吟诵的念念作辞，到了文王时代，很有修养的姬昌公把它们文辞化，在庙堂之间流行成诗，那些不做巫师的贵族人人都可参习。与年纪不大的姬何相比，姬旦的朗诵水平倒是很高，嗓音高亢起伏，一边吟诵，一边踱步，身上所佩的玉饰随之叮叮咚咚作响，也作金玉满堂之声，倒也是十分相配。

这首诗名义上是称颂上天的光明与正义，但实则婉转地称赞了姬发的英明神武云云，同时又婉转地劝说王兄，月有盈亏，岁星（木星）有歇有行，应当注意保重身体，这真是个响当当又很文雅的大马屁。

姬发听到了，自然点头称许，请姬何赐酒四弟一爵，说："上天有命，光明磊落，泽被四方，我大周上乘天命，下启天运，必定昌盛繁荣。四弟，朕赐你这一爵酒！”

姬何连忙将酒爵捧到姬旦面前。姬旦也是感激不尽，端起酒爵，毫不犹豫，一饮而尽。

群臣上下都是非常欣喜，唯有三叔姬鲜有点闷闷不乐，他自感姬发继承王位以来，与尚武的兄弟们日渐疏远，却与崇文的一干人等日渐亲密。按照齿序，二哥做君主，姬鲜理当是朝堂的中坚，但好似各种国礼活动，他只能做个陪衬，总是搭不上话，连吟个诗都不大如四弟，心中微妙的酸楚，很难跟旁人说。

太公姜尚却很是高兴，连连点头称赞。他的小女儿嫁给姬发，是姬发的岳父，同时，他又一向视好礼好文的这四王子为得意门生，胸中六韬五略喜欢与谦虚好学的姬旦交流。他知道姬发对姬旦有所猜忌，却不大搞得懂姬旦对于这位二哥的心意，到底愿不愿意臣服。听姬旦为姬发吟诵了这首《明明上帝》，心中也大安了。

尊重既定的秩序，就是顺服天命，这是周人立国延续的根本。否则也无法理解当年泰伯他们为何放弃了王位，宁可到西南蛮荒之地披发文身另开吴国，也不愿争夺季历以及姬昌的王位——没有这两位王子的放弃，就不会有季历和姬昌一脉做强周国的可能。

一百二十四　吟诗

“四王叔！”只听监酒官姜子牙朗声说，“现在该你这位大主持，向我们的大功臣，十五王叔，献诗一首了！”

姬旦听命，从官人手中接过一爵酒，庄重地踱步到十五弟姬高面前，行了一个大礼，正色凝神，吟诵出了一首《赑赑》：

“赑赑戎服，壮武赳赳。谧精谋猷，欲德乃救。王有旨酒，我忧以孚。既醉有侑，明日勿慆。”

这首诗是夸赞弟弟姬高威武雄壮，有勇有谋，品德高张。君王下令，让我借得这一爵酒，抚慰心中的烦恼，不知不觉喝多了，明天起，我们兄弟不能懈怠，要更加努力，报效国君。这首诗歌张弛有度，既赞扬了姬高，也捧了姬发，自然是皆大欢喜。姬旦吟诵完毕，立即一饮而尽。姬高听了，也是十分得意和受用，并心领神会，跟着四哥又吟诵了一遍《赑赑》，到中堂里向姬发、姬旦以及所有的宗族和大臣拜谢了一下，也是一饮而尽。整个夜宴达到了最高潮，诗已献罢了，大家互相敬酒，谈笑风生。

武王姬发这时突然对姬旦说："听说四弟是知梦之人，也十分善于解梦，朕心中有一事，正好与你说说看。朕未曾继位之时，终日无忧，出生入死，百经战阵，纵然刀剑横于眼前，尸骸堆积成山，也没有半分的恐惧。可自从继位以后，忧心忡忡，噩梦连连，请问这是怎么回事？"

姬发这一番话说得十分突然却十分诚恳，众人听到了立刻面面相觑，鸦雀无声。姬鲜忍不住插话说："王兄莫不是染上什么暗疾？"姬发却并没有回答他。

姬旦听了，从容地向姬发一拜，正色说："为弟要恭喜王兄！"

姬发有点着恼，说："我忧愁多，睡不好，有什么值得恭喜的！"

姬旦说："父王在世，我周国一切事务，都是父王殚精竭虑安排周全。只要父王有令，我们尽管竭力拼杀就好，虽万死不辞，只是一人之性命罢了。王兄继位，不再是单单赳赳的武夫，而是上承天命，下启天运，一人担负国族之荣辱，责任大了，自然思虑也多，忧愁也多，睡不好觉，是有缘由的。"

姬发说："朕日日夜夜担忧殷商，不知道什么时候是个头，四弟如何作解？"

姬旦则很轻松地说："殷商不足虑，帝辛不足忧，王兄请安眠！"

姬发不禁眼睛一亮，忍不住朗声询问："四弟这话当怎么讲？"

姬旦平素是严谨之人，难得喝了这么多的酒，其实有点微醺了，舌头还有点大，忍不住大大咧咧地说："臣，臣，臣断定今年殷商必有内乱，克商平殷，如反掌般容易！"

姬发说："四弟，何以见得？"

姬旦抱膝道："帝辛子受，是个狂傲自负的家伙，若我父王在世，他每时每刻都要提防我大周；如今父王仙去，他外无劲敌之忧，内无悖逆之臣，自然是高枕无忧，百事懈怠。王兄凝心聚气，须知我大周非一个大周在战斗，天下除了四方蛮夷，八百诸侯都是我大周的友军，何愁一个日日衰败的殷商啊！"

姬发稍稍解颐，马上又问："但是四弟，你也莫要轻狂啊！殷商五百年基业，广征四方，积攒财富多如粪土，非一战就可以消耗的；且殷人日日战斗不休，而且终年打的都是大仗，兵精将熟，久经战阵。而我周人打仗都是疲于应付，所歼灭的，都是十倍弱于我邦的小国，哪能与殷商相比，近百年来，还无人能大败殷人，你又怎么看？"

姬旦听了，微微一笑说："那么王兄，臣请问诸公，若我周商交兵，天下是望我周人胜者多，还是望殷人胜者多？"

姬鲜忍不住插话了："胜负谁能定，一切凭天意！若我们侥幸胜了，自然所有人都说望周人大胜，若我们败了，怕十之八九都要到朝歌贺捷！"姬鲜的话声刚落，其余的人不禁个个议论纷纷。唯有监酒的姜子牙依然捋着胡须不说话，只是超然地看着姬家诸子。

得胜的姬高忍不住站起身说："二哥，三哥，四哥，且让小弟带一彪精兵，抄密道偷袭朝歌，直扑鹿台宫，杀了帝辛。然后几位哥哥带倾国之兵东去，一举平定殷商，也省却二哥的诸多忧愁！小弟不取子受的人头，誓死不归！"

姬发忍不住呵斥他："十五弟，家国大事，我岐山诸父老举族的性命，岂能是儿戏论之，一击不成，殷商人举全族之力西迫，我们何以抵之？"

姬高还想再说下去，却被姬发挥手制止了。大家此时的目光，都聚焦在沉默的姬旦身上。

这时，文太室大堂里不知从哪里突然蹦出了一只蟋蟀来。蟋蟀从容地爬向前，小心试探着，理了理触角，然后发出"吱吱"的鸣叫。一片肃穆的大堂，突然来了这位不速之客，大家都颇感意外，众人侧耳倾听，听那蟋蟀发出金石之声，犹如刀剑相击，兵戈互搏，声声动心魄，也愈发显得格外的寂静。

"四王叔！"监酒官姜子牙打破了这冷场般的寂静，认真地履行监酒的职责，轻声说，"当你自饮献诗了！"

姬旦举起一只酒爵来，却一直未饮，也在倾听着蟋蟀的鸣叫，他听得清楚、亲切，忍不住发出了欢乐的笑声来，张口欲说些什么。

众人也被姬旦的笑声一激，都向他看去，只等他说出克敌制胜的良策。

一百二十五　蟋蟀

姬旦喝下酒去，长舒一口气，赞叹道“好酒，让我来终曲一首！”然后立即站起身来，环视姬发及众人，平声静气地饮酒吟唱道：

“蟋蟀在堂，役车其行。今夫君子，不喜不乐。夫日月其除，职思无忘。毋已大乐，则终以康。康乐而毋荒，是惟良士之方方。蟋蟀在席，岁聿云莫。今夫君子，不喜不乐。日月其迈，从朝及夕。毋已大康，则终以祚。康乐而毋荒，是惟良士之惧惧。蟋蟀在舍，岁聿云逝。好乐无荒，职思其忧。良士蹶蹶，从冬及夏。毋已大康，则终以惧惧。康乐而毋荒，是惟良士之惧惧。”①

这首《蟋蟀》诗，姬旦即兴而作，即兴而唱，诗随酒动，曲虽心动，高高低低，听得太公姜子牙如痴如醉，忍不住随姬旦而击节。比起那些礼仪性应酬的唱答，这首诗赋比兴都如行云流水般自如和谐，无愧这次夜宴的压轴之作。

武王姬发也声声入耳，却压根没半点心思欣赏这首夜宴的终曲。姬鲜既不擅长吟诗，也不擅长听曲，只是心头有些烦躁。姬高、姬奭等人只有端正地跪坐着，不敢有丝毫的动静。

还是君王姬发发话了：“恭喜四弟作了一首好诗啊，朕会让乐官录下来，让这百言千古流传。遇到辗转难眠之夜，让宫人吟唱来，或许能得片刻的安宁！”

姬旦听了国君的这番话，立刻做一个大礼，跪拜于堂上，说：“多谢国君玉成之美意！”

姬发淡淡地说：“不谢，兄弟之间，全然一片赤诚相待。若诸位兴致已足，

---

① 本章也是根据2008年出土的清华战国简《耆夜》改编。原简时间为武王七年，作者改为武王二年。原简中的《蟋蟀篇》与通行《诗经》中的有所区别，因简有残缺，作者做了自己的一点添加与修改。

我看长宴终须一散，今天就到此为止吧！”他真的感到身心有点疲惫了，得胜的兴致变得十分寡淡，君臣上下没有什么好对策，只匆忙忙想着回宫休息。

姬旦拔出身上的佩剑，突然高声道：“二哥，且慢，四弟我还有话，还未曾说完！”

他的举动令众人一惊吓，姬鲜、姬高和作策逸等人下意识地把手都按到各自的佩剑上，防止这位沉郁内敛的四王子酒喝多了有什么疯狂的举动。

姬发身子一正，凝视着微醺且稍稍有点失态的四弟很久，用手一指说：“四弟，你有话，痛痛快快地说出来，二哥听着呢！”

姬旦举起佩剑说：“诸位看，这把剑如何？”大家都看着他手中的剑，与青铜剑的灿烂黄色十分不同，黑巍巍一柄并不起眼，只有两侧锋刃之处有一线雪亮。

姬旦说：“这是铁剑，它比青铜剑锋利十倍，硬十倍，削金如泥，绝不虚传。臣偶然从西域来客中获得铁的锻造之法，日夜打造，已有千余柄铁锋。我大周虎贲先锋佩之，一定能以一当十，打殷商一个措手不及，肯定是没有问题的。”

姬高忍不住高声叫好，跃跃欲试要下位子去看看虚实，姬发却很不以为然地说：“不过千柄良剑，以一当十，不过万人，我大周岂能靠一兵戈之锋而搏存亡呢？”

姬旦点点头，十分同意武王的话，却又接着说：“兵在人，不在锋。商人夺中原之利，交通四方，吝加盘剥，我大周上下，国仇家恨，灭商之心，无论宗族还是百姓都是一致的。二哥，虽然各路诸侯摇摆不定，但是十之八九都苦商久矣。我大周乃是天下一等强国，尚且日日为殷人逼迫苦不堪言，何况那些小国鄙邦，只要我们意志坚定，他们一定会毫不犹豫的跟从我大周。而殷人承平日久，国中利益不均，同时又穷兵黩武，杀戮太重，颓废破败，一天比一天更糟糕。帝辛在位太久，很多事情没有一点的改观，进取心也一天不日一天，正是气数殆尽的时辰。”

姬发连忙问：“兵多将广，久经战阵，商为大邦，我们是小邦，纵然知道这些又能如何？”

姬旦摇头说："兵在锐，不在多。殷人屡屡南侵，淮夷苗蛮每次失败，都要往西南撤退侵扰。蜀人在西南，本与殷商世仇，又间接地受商人之苦，蜀王杜宇早有心发国内之精兵，助我大周。彭人与商人有灭国之仇。还有巴人，濮人与楚人……不论是否依附大商，都要受其攻击，他们有什么理由不助我大周呢？举兵会盟，天下一定如风靡相随！"

姬发问："我们又凭什么保证他们的忠贞不二呢？"

姬旦说："礼乐天下，君子之易！当年商汤革命，成在合众。殷商人经年日久，忘了祖训，迷信暴力和杀戮，嗜血拜鬼，穷途末路，穷凶极恶。我周人崇尚礼乐，简朴持国，以德佩天，敬天保民，奉行中道，二哥难道忘了父王的遗训吗？"

姬发正色，振作着大声道："父王之言，句句刻骨！"

姬旦又说："合众之力，予众之利，我大周若得中土，当革败商之命，只要愿意臣服，封疆裂土，皆为王域。天下无远弗届，都作一家之和，华夏之内，无分你我，立此誓言，何愁外人不服！就算殷商之内，也会有卓见之人愿意奉我大周的王道的！"

姬发听得心潮澎湃，随即问："殷商内确实有这样的人？"

姬旦哈哈一笑说："确实有，能够做内应！二哥请放心，父王一一都有安排！"

姬发不禁眼睛增添无限光亮，说："四弟这么说，我可以放心地睡上几晚的好觉了。不过，你说的头绪纷繁，我一时倒没有了主张。只容一言，让朕信服，朕便悉听四弟的计议！"

姬旦从容道："蟋蟀虽小，其鸣铮铮！周虽旧邦，其命维新！"

姬发听了沉默许久，最后哈哈大笑起来："说得好，说得好，周虽旧邦，其命维新！我堂堂周人，怎么会不如一只蟋蟀！朕意已决，罢宴！"

第二十七章
万年之难

一百二十六　酩酊

八月剥枣，十月获稻。为此春酒，以介眉寿。

酒在商代之前就被发明了出来。公元前 3000 年的埃及人酿造出了大麦酒，就是啤酒，同时，生活在美索不达米亚平原上的苏美尔人也造出了葡萄酒。中国相传由杜康发明了酒，不过直至商周之际，周人君臣们所喝酒仍是非常原始的米酒。

那酒喝起来一爵一爵貌似很多，味道微酸又甘之如饴，不觉得多，等酒到了腹肠，化入血气中之后，后劲就展现了出来。到了府中，一路清醒的姬旦经冷风一吹，才觉自己已经酩酊大醉。姬旦是何等人也，即使在酩酊之中，也能不失其态，端坐在内室之中，闭目凝气，像平时一样，身姿不偏不倚，犹如一尊坐鼎。

商周之际，古人尚无棉被，睡觉之时裹着一种叫作“寝衣”的被子。寻常寝衣是麻葛布里面填入芦絮草絮，贵族寝衣的可为锦织，里面填入绒毛或者丝絮。

姬旦酒后寒，坐在狐皮褥子上，自己也知道披上寝衣保暖。姬旦的夫人一贯知道丈夫好静思。自从他出府以后，一直担心他被国君召去不知道为了什么事情。但见丈夫红光满面而归，并难得一身的酒气，知道是一次难得的欢宴，且姬家上下皆在服丧之中，非特别要紧之事，国君一定不会开宴的。如此必然是丈夫与国君间的猜忌已经冰释，夫人心中安宁，就安排家丁在内室外看顾，若有事情及时通报，自己并不去打搅姬旦的静坐。

自父王姬昌去世后，姬旦感觉自己心神散乱，连梦都做得浅，更不用说遨游梦境了。索性，他也就忘了自己这套梦师的本领，潜心研读父亲亲手刻出的《周易》诸策，深深了悟其中的优点与深谋远虑。有了清醒时的智慧，姬旦就再也不想使用梦师的禀赋了。他内心中保存着整个周国的未来，担负着只有他自己心知肚明的重大职责，不能轻易再以身试险。

自从姬幸的梦境里归来以后，特别是在崇都外的九死一生，姬旦也常常感到后怕，总是心有余悸，不愿意再冒险踏入那变幻莫测的梦境世界。特别是他耳畔总时不时地回响着那个诡秘黑夜人的声音："过了那个山谷，可不要再回头，再来就要放弃一切的希望！"

无论是梦里还是梦外，他几乎都要送了命。君子不履险境，姬旦反复告诫自己此生千万别为好奇心，再去玄秘之境。

今天夜宴后，姬旦在端坐之中入睡了。不胜酒力的感觉真是好，极少饮酒的姬旦感觉浑身轻快，犹如人也浮动了起来，一股股暖流在周身旋转，一直贯入头顶，让他总是觉得异常沉重的头颅也轻盈很多。姬旦脑子里不停地响着自我的忠告："殷商人滥饮无度，君臣昏聩，必定离亡国不远！姬旦啊姬旦，你以后莫要饮酒了！"

他这么自责着，忽然听到耳边有清晰的蟋蟀叫声。他循声望去，一只通体油亮、漆黑的大蟋蟀正趴在内室的中间。它叫得不再像文太室堂上那么铮铮作鸣，而是很柔和的，犹如玉石轻轻叩击一般，也仿佛是在招引着姬旦。

"好蟋蟀！"姬旦就起身来，想去抓起那只蟋蟀，就像他年幼之时经常干的事情那样。那只蟋蟀倒十分机灵，姬旦一扑不中。它蹦了不多远，停下来回首招引。姬旦就随着它走出内室，并愈行愈远，不知不觉来到一个大殿之外，就再也看不到蟋蟀的踪迹。

姬旦在殿外站立着发呆发愣，不知道是进好，还是退好。

这时候，大殿之内突然传出来了姬昌的声音："在羑里狱大中，已经向上天许诺过了，倘若老夫能活着归来，而大周若能事成，就封他为周公，将我故周之地都交封给他！我姬家，上不应负天，下不应负人！你自己，也要小心！你应该牢牢记住，他的名字叫幸，少年幸，叫姬幸！”

“父亲！”姬旦一惊，连忙快跑着上了大殿之门，走了进去。然而大殿之内，黑漆漆的一片，仅仅有非常小的一块光亮。姬旦就冲着那片光亮走去，跨过光亮，却看到了一个火光四起，到处是乒乒乓乓砍杀之声和呼喊之声的大城。他熟悉那个大城的地平线，毫无疑问，那里正是他潜伏了七年之久的朝歌城。

“朝歌内乱了！”迎面姬旦遇到了姬发。姬发有点欣喜若狂的样子，“四弟，你所言不虚啊！我们周人的大业指日可待！功成之后，朕封你做‘周公’，列开国第一功臣！”

姬旦心中一悸，说：“二哥，只要成功就好，‘周公’之位，父王或许另有安排！你难道未曾遇到父王？”

姬发摇了摇头，苦着脸说：“我可不敢跟父王多说什么。他喜欢拿我跟大哥比，总是说我‘疑虑甚多，胆略不足’。我已经很努力了，上山搏虎，入谷猎熊，冲锋陷阵，砥砺胆子很久了。可父王尚在世时，还总是说我‘宿不悉啊日不足’，到去世，还是当着大家面说：‘日不足，惟宿不祥。’我真十分懊恼，一定要证明给父王看看！”

“宿不悉”就是夜晚不退尽的意思，比喻阴柔之气太重，“日不足”就是白天未全到的意思，比喻阳刚之气太少。

姬昌的这话，其实也是姬旦多年的对二哥的感觉，他总觉得姬发一直以来总是在虚张声势，在父亲面前好说勇言大言，平时也喜欢摆出赳赳武夫的架势。一旦遇到谋断之事，便优柔寡断起来。父王被拘、大哥被杀，姬发毫无准备地匆匆被推上太子之位，诸臣请他去朝歌请罪求恕，他不敢向西多行一步；大家请他索性冒个险，早早吞并了崇国，陈兵边境，力压殷商放人，他更不敢。七年之间，一无所为，只知重金贿赂殷商高官求保姬昌平安，花钱无数，也致使并不富裕的周国亏空不少。若非姬旦只身潜伏朝歌，极力周旋，真不知后果会怎样。

虽是这么看，姬旦也知道身为一国之君的压力，和辅臣是不一样的。他依然十分敬重这个为人温和、十分看重兄弟情谊的二哥，姬旦深知自己外柔内刚，心硬如铁、气量欠阔，很多方面未必就胜过二哥。虽知道姬发的外刚内柔，姬旦也从不对别旁人说起，不过，这番话姬发对自己说，他还是有点意外，感觉种种不真切。

一百二十八　蜀王

“四弟，你慢慢看着这场大火！二哥且先去好好睡上一觉了！”

姬发伸了个夸张的懒腰，似乎心满意足地转身离去。姬旦再转身时，已经见不到他的踪影了。他想追赶姬发去，但一转念，还是放弃了，继续前行，还是去往朝歌探个虚实为要。

他沿着高高的山坡往下跑去，刚跑上短短的一截路，就看到了大量全副武装的殷军蜂拥而来，喊杀声震天。领头的人，竟然是有苏国的武将苏丁。狭路遇劲敌，姬旦心下方寸完全乱了，慌了神，转身欲逃。正在这时候，眼前白影一闪，似乎有人平空落下来，手持一张轮形的青铜盾，挥动长杖驱赶殷人。这人一身白色长衣，白盔白锦袍，梳着椎髻，还带着一张巨大的青铜假面，假面上两眼突出，鼻梁高耸，又尖又长，与殷商人惯用的鬼面相比，不算狰狞，倒显得模样十分的奇特。

那个持杖的人，似乎会法术一般，将手杖一横，五辐的太阳盾架在前方，很快一道巨大的光幕就从他的身后闪耀而出，一个咆哮着的龙头喷涌而出，向那漫山遍野冲上来的商兵扫去。几乎就在一瞬间，这些魅影一般的敌人全被扫空，姬旦眼前的危难，也因此而解。

姬旦慌忙去拜谢，说：“感谢侠士救命之恩！敢问尊姓大名？”

那人摘下自己脸上的面具丢下一边，脸出一张细长清瘦的脸，说：“哈哈，四王子，久不在混沌世界里见你身影了，是不敢来了吗？鄙人，蜀国杜宇！”

“原来是蜀王陛下！”姬旦说，“别来无恙啊，我们神交已久了啊！感谢搭救之恩！”

这人正是西南诸蜀族人之王——杜宇。

说来，蜀国开国已经有千余年的历史，几乎与中原同步，只不过因为不立文字，蜀人早期历史也是烟波渺茫，传说第一代蜀人乃号称蜀山氏冉族，从山地迁徙到蜀地中间的平原开拓农耕，并积极对外联络。传说黄帝还娶过蜀山氏的女儿为妻，生了一个善于养蚕的儿子，便有了“蚕丛氏”。传说蚕丛氏带着自己的部落与生活在蜀地北部的羌人部落联姻，开了国，便有“蜀”字的来历。

公元前1613年，商朝君王祖甲时期，蚕丛氏的蜀人要向中原拓展，不屈服殷商人的压迫，起兵反抗，结果是以弱搏强，失败告终。他们的一支，退入到蜀国腹地，志在伺机重新抗争。等到了商王廪辛继位之时，羌人又在西域发展壮大，联合蚕丛蜀军，反攻殷商，结果又是大败而归，蚕丛氏部落彻底散落，蚕丛氏首领被射杀。剩余的人和部分羌人又南撤，并更名易姓，叫作“柏灌氏”。柏灌氏中以羌人为主，而所退入的蜀国腹地原住民是从南部迁入的“百濮”人，自立为“鱼凫氏”。鱼凫氏以逸待劳，人多势众，很自然地吞并了兵败而来的柏灌氏部族，并结成了一个大的新蜀国联盟。新联盟的首领，正是眼下这个正当盛年的杜宇。他仿照周人之制，建都城，搞分封，立百官和礼制，把鹤、鱼、日、星等诸种崇拜并为龙崇拜，蜀国在他手里经营十来年，才颇像一国。

素知蜀人与殷人世仇，姬昌在位的时候，就极力拉拢蜀人，定期派使节往来，并互相贸易。姬昌与杜宇的书信，往往由姬旦代笔。久而久之，姬旦和杜宇倒成了隔空的笔友，坐论国事之外谈经论道，颇为相惜。

这次在混沌世界里得杜宇之救，姬旦自然感激不尽。杜宇则很谦和地说：“我们是盟友，也是知交，无论如何，都应该出手搭救四王子！请这边来——”

他一边说一边领着姬旦向山坡下走去。刚才在山顶上看到的朝歌城，到了半山腰就像是海市蜃楼一般消失得无影无踪了。脚下一片漆黑，让姬旦大为诧异。

姬旦忍不住对杜宇说：“蜀王，我姬旦生死事小，若我们周商交兵，你也能不食言，果断助我等一臂之力，那就更美了！”

杜宇意味悠长地说："我已经是蜀人盟主。蜀人之中，无论羌人、濮人还是柏灌氏、鱼凫氏，都是与殷商世仇，我若不为他们伸张，怎能坐牢这个盟主之位？你们周人日益担忧殷商，我倒不忧，殷商日损，诸方日盛，它独占着中原之利，如同病虎跌入群狼之中，有什么可怕，今天北边攻一下，明天东边攻一下，就算是金石，每日一琢，也会粉碎了。我心中反而为百世万年之后而深深忧虑！"

姬旦一愣，问："眼下就是生死存亡之际，一年之后，周与蜀，存亡都不可知，又如何去追问什么百世万年之后。"

两人说着，已经到了山脚下，薄雾退去，皎月当空，姬旦这才发现他和杜宇来到了一个巨大而无名的湖边。湖边宽阔的湖滩上，远远近近伫立着几排巨大的大像，都有两人之高，或者如同升腾的火焰，或者如同一只巨大飞鸟，或者如同各种走兽，或者如同开着繁花的树，如托着太阳的巨人等等。姬旦留心观察，这些大像其实是四个同心圆排列，那个托着太阳的巨人在阵的正中央。

姬旦心中惊讶，快步走向离自己最近的一个大像，那是一棵通天的青铜树，枝繁叶茂，无数的浆果外挂在枝叶之下，在风中轻轻发出叮叮当当的声音。仔细看，那树身之上似乎有鳞片在往上升。

这声音引得姬旦忍不住用手轻轻叩击树干，整棵树竟然是青铜所铸就的，上面密密麻麻铸造着无数奇怪的图文。

"蜀人铸金之术竟然如此之高，竟能铸如此之精妙的金铜之像！都说蜀人不立文字，但这些不是文字，又是什么？我们派遣到蜀国的探查使臣怎生这么不小心，回来所报的信息都是错的！"

姬旦心中不禁栗然一叹，忍不住伸出手掌，抚摸了一下那金柱凹凸不平、刻满奇特文字的表面，并要数一数这些金像数。

杜宇说："不用数了，这里只有四十个立柱。在我少年时代，一天夜里梦到腹中有一只巨大的虫茧破蛹而出，飞出的并非蚕蛾，竟然是一条飞龙。随后，那条龙便一直在梦境之中招引着我，飞跃山水，来到这湖边，并带着我见此上古阵列。我便按我梦中所见之形，命柏灌族的工匠铸造于此。我蜀人历来几大族中，蜀山氏崇山，羌人拜神羊，蚕丛氏拜生灵，柏灌氏拜森林，鱼凫氏拜流水与鱼王，五十余部族一个与一个不同……我合诸部落族人的圣灵，建成此立阵，名为‘宇阵’。四宇皆空，有四宇则有生灵，能承载四宇的圣物，莫过于龙。故而我大蜀国，也拜龙为尊。我，就是龙族的一员。”

姬旦点头说：“好，好，从龙则灵，蜀周一体，合龙克商，不久，就是一场龙凤大战！”

杜宇摇摇头说：“四王子并不理解我的意思，我杜宇建成宇阵后，日日在阵中寻思是何人启迪我的龙魂破茧，什么是四空环宇的大道，十数年，竟慢慢发现这宇阵之中，隐然有一个万年之难的大奥秘！”

姬旦一惊，问：“什么奥秘？”

一百二十九　宇阵

杜宇带着姬旦来到西边的诸多柱阵当中。

在这西侧的四分之一的扇面中有十根巨柱，七根立有诸兽之形，三根有人之形，兽形柱子在外，有四分之一弧两排，外四内三，人形柱在内成三角形“品”字陈列。薄雾晦暗，柱高难测，姬旦也弄不清这些立柱的具体形状，只能听到风流过青铜之柱发出的咽呜叱咤之声。姬旦踏着脚下松软的沙土与砾石，伸手触摸眼前这个人形柱，见到人腿下有巨龙盘旋上升，那柱上之人身材娉婷，柔曼之姿，似乎是一个女子，除了身后的龙之外，双手抚着两条鱼。姬旦注目良久，一时也想不通其是何意，转念想到杜宇乃是自称“鱼凫氏”的濮人，想来，必定是这鱼凫族所崇的圣像。

姬旦叩击那根青铜大柱问，“蜀王，这些柱子没有什么怪力魔道吧！”

“是的，不过是一些青铜立柱，并没有什么怪力！我说了，只是按照我梦中所见，说给那些柏濯族的能工巧匠铸成的。”杜宇说，“只是——”

“只是什么？”姬旦忍不住问。

杜宇说：“只是铸成以来，它们似乎有点未如我所想，能够沟通诸神灵，反倒令我噩梦连连，每寝不安。”

姬旦安慰他说："人人都有心亏不明之处。或许，神灵之面目，本不宜轻易示人！"

杜宇点头赞道："对，我本来想法也是如此。我便在蜀国下令，此山谷与此湖畔立为圣禁之地，凡是蜀人不得踏入一步。所有的蜀人畏惧神灵，更畏惧王命，自然是寸步不敢再踏入，但我依然是同样的噩梦不止……"

姬旦不禁好奇地问："敢问高友，那倒是什么样的噩梦呢？"他不自觉地把杜宇当成了困顿之中的老友，而非是什么蜀国之王。

杜宇说："我看见的是一场末日之难，太阳被巨鸟吞食，大地崩裂，大火四逸，地上的人们争斗不休，要与天上降下的怪物作拼死一搏！"

姬旦突然想起来，自己有时候梦中遨游，也常常看到这样的景象，忍不住颤着声音试探着问："杜兄莫不是思虑过多所导致的？"

杜宇摇摇头说："绝对不是，我前半生转战巴蜀，不知出生入死多少回，又何惧一死哉。只是觉得这茫茫寰宇，似乎真有无数的东西，虽贵为一域之主，自己穷尽此生，也无法猜透，胸中满是怅然。"

姬旦不免松一口气说："我们此世之中，能通古今、晓天道的，恐怕除了我父王还没有二人，他留下一部《周易》，我至今还在领悟其曲奥。杜兄若想求知一二，等到会盟伐商功成之后，到我镐京做客，我可尽借兄一阅。"

杜宇点点头说："但愿有那一天——不过，我想说的是另外一件事！我平素长夜难眠之时，便会驾车到这个宇阵之中，醒悟这梦中无尽的启示。但空谷幽湖，这些梦里而来神柱全无生息，哪是我一夜两夜就能猜透的？我寻思，天意高难问，是否应当，以五畜或者活人祭祀，以求神启呢？"

商周时代，天下众人都迷信鬼神。即便是在周国，文王姬昌自长子姬考被杀后，有明令不倡人祭，依然还是有保守贵族用活人作祭，直到西周中期才渐渐消失。杜宇作这样想法，一点并不奇怪。姬旦虽然心中不以为然，但也不惊讶。

杜宇说："十年前的那夜，我带着一对童男童女又到宇阵之中，告祝天地之后，准备杀之以做牺牲。突然，有一个一身黑袍的陌生人，从阵中走出，喝止住我。我是蜀地之王，一令既下，当然没有人敢违背的。全然不防备有外人敢闯我的宇阵，被他吓了一大跳，当即提着刀抽出剑去迎战之。”

姬旦听到“黑袍陌生人”五个字，心里也又是一惊，嘴上却不说。

杜宇还在自顾自地说着：“我说，这可不是梦境，你的装束和相貌看来非本蜀国之民，误闯本国禁地，本王饶你不死，赶快走！那陌生人只是戏谑地说，‘不友好的野蛮人！’他的话声刚落，只见眼前光一闪，我手中的刀已经被切成两截。”杜宇有点亢奋地用手比画着光芒击穿刀子的样子。

姬旦却不动声色地说：“哦，哦！”

杜宇一愣，说：“四王子丝毫不动容，想来是见识过？”姬旦想起遭遇有苏国人和密须人时，控制了少年幸导致天降光雨的往事，微微点了下头。

杜宇松了一口气：“看来，在这个混沌世界当中，与姬兄说还是得当的——兴许，兄也见过那个陌生人吧？”

姬旦也点了点头。

杜宇说：“那我也不必绕太远了。我自思一身皮肉当然不如那刀子坚硬，便放了那对童男童女，拜服在那人面前。那陌生人说，你擅自建了这个宇阵，不但是给你自己，也会给蜀地之民带来灭顶的灾祸！”

姬旦也是惊异万分，问：“为何这么说？”

杜宇说：“你看这片湖水，你知道在混沌之中，它叫作什么？”

姬旦看那片黑压压的湖水，可以听到水声，似乎其表面也有波浪，但月已经高升，光滑的水却不倒映丝毫月光，与平常山间的湖泊大不一样。

杜宇直截了当地说：“你看这湖水，在混沌世界之中，并不是真正的湖泊。”

姬旦更为惊异：“不是湖泊，是什么？”

一百三十　奥宙

杜宇说：“是‘死亡之海’！海面下压封着的是‘魂魄奥宙’，每个人的死亡，都与这个魂魄奥宙连通，万年以来，随着月亮潮涨潮歇，生生死死，不增一分，也不减一分。那个陌生人，就自称是‘黑夜使者’，是人，不是鬼也不是神。他特地来跟我说说‘死亡之海’的奥秘。”

姬旦忍不住往湖边探看，那湖水在他眼里立即充满了不可名状的诡秘。随即，他问道：“既然此人自称非鬼非神，恐怕此人故意说些玄虚话吓唬杜兄的吧！”

杜宇不回答他，又抽出他那支黄金的权杖，用力向前一挥，一截光耀银亮的龙魂从他身后喷薄而出，击向水面。那水面被这龙魂一击，立刻翻腾起来，发出层层叠叠摄魂夺魄的五色光芒，兼有巨大叹息之声，从深深湖水底向外喷涌，令姬旦浑身颤抖，身体仿佛要被撕拉扯裂一般，一股炽热的寒气从心胸之处向外喷涌。不一会，一束细长的光芒居然从那高悬的月亮之上射入湖泊中心的漩涡里。一瞬间，天空中闪烁起无数排列得极为严整的星光阵列，垂直射下像少年幸所引发的那种光线，在水面和半空之间形成了一道密集的光帘。

杜宇拿起一块小石子，斜着扔向那光帘，石子在飞入光帘的瞬间像云气一样化为乌有，他就说：“你该信了吧，四王子！这个湖，我少年时代天天在其中游泳玩耍，并无别样，但自有了这‘宇阵’之后，它已经非此世间所有了。”

姬旦大惊失色，煞白着脸问：“魂魄奥宙，魂魄奥宙，难道杜兄不小心把真的把阴府鬼蜮之门给打开了不成？”姬旦一直并不怎么信鬼神，觉得人事甚大，玄奥不可测，不值得费心力去探求，但把有生之事抛在一边。

杜宇满怀惊悚，眼前还仿佛浮动着那个陌生人温和的脸，以及他最诚恳的训诫：

“你已经犯了一个很大错误……或许，你就是夸克系统亿万分之一的错误。夸克怎么可能做人群的王……你已经把一个时间层的宇与宙全搅乱了……就是反夸克能够链接的漏洞！你知不知道你会害你的所有族人，盖娅会把你们全部抹掉……”

那个陌生人很轻声地并显得很啰里啰嗦地对杜宇讲了很多话，一边察看那些杜宇下令所修筑的冲天的青铜巨柱。陌生人显得十分沮丧：“青铜，青铜，你为什么不用石头雕刻一下就算了，偏偏用金属，造成了一个清晰的坐标定位！他们都以为我是这个时空的错误，其实真正的错误，应该是你……”

他一边念叨着，一边从袖中射出一道紫色的光幕，照在那些青铜大柱上。

杜宇看到，西边的那七根柱子在紫光的照耀下，发出了暗红色的光芒，就像是烧红的木炭一样。那陌生人抬头看了看天空，自言自语道："嗯，那些家伙已经来了，只是一瞬间，盖娅同样达到了女娲的能级……好吧，毁不毁掉这些青铜柱已经没有意义了，救不了你的族人了……你必须按我说的做，让大家忘记一切……"

杜宇慌了神，说："您一定是盖世无双的巫师者，所言之咒语，我皆不知奥义，不过，阁下能否更明示小王，以帮我蜀人渡过这场大难？"

那陌生人东奔西跑，察看了每一根柱子，一边说："大难，大难，我们谁都逃不过……可怜的是，六千年前的我自己都没法逃脱，被卷入你的漩涡。这里，不该出现的太多太多了，改变历史，就能改变未来吗……改变现在，就能改变以后吗……你是否在梦中经常见到天地幻灭，太阳被吞噬，大地崩裂，人们互相殊死一搏？"

杜宇听得是满脑子的雾水，只是到最后一句话总算是听明白了，忙说："小王时不时受此噩梦惊扰，彻夜难眠，正因为此，才建此宇阵，以悟天地至道，化解心中之不安的！"

那陌生人说："好吧，原来你才是那个错误的夸克，他们都冤枉我这个可怜的小放羊娃了……你是一个糟糕的王，不过，是一个不错的人。已经三十年了，你也不该做王了，等待双鱼座来找你吧……"说完他一伸左手，用一根手指点在那个怀抱两只鱼的女子铜像上。几乎一转眼间，那个铜像变成莹绿之色，很快暗淡了下去，恢复原状。

"这铜柱，这湖泊，都被时空污染了……除你之外，最好不要让任何人接近……"

杜宇说："小王早有不祥之感，早已经下令，此谷、此湖、此阵，蜀人不得踏入半步，违令者死！举族必杀！"

陌生人居然被他的虚张声势给逗乐了，说："哈哈，女娲的子息可不是这么说话的，杀，杀，杀，我当年在兰芳国做大统领时，就立一大规矩：本国之内，誓不杀一人……反正你也做不了几天王了，祸已闯出，跟你瞎说说也无妨，你转身，可别杀了那对童男童女……过几天，双鱼座，就会准时来找到你的！真正跟她学点本领，守护这个死亡之湖和湖下的魂魄奥宙吧……”

说完这番话，那个陌生人一拉自己黑袍上的帽子，立即消隐在蜀王杜宇的眼前。

杜宇惊呆了，忙跪下膜拜。当他再抬起头来的时候，忽见月已经初亏，眼前一红，竟然看到一个一身灿烂之色的女子。他一愣，问：“上神，上神莫不是幻化为女儿身焉？”

那个女子冲着他微微一笑，摇了摇头，说：“小女苗疆苏非鹿！”

杜宇下意识地身上去摸身上的刀，竟然抽出了一柄完好的青铜吴钩，他伸手极为敏捷地横刀女子面前大声质问：“你是人是鬼，胆敢擅闯我禁地！”

那女子保持着微笑，伸出了细细长长的胳膊，用尖尖手指在杜宇额头上一点……

杜宇再一次猛抬头，突然发现身边的人已经变成互通鸿书良久的周国四王子的姬旦。

此事时刻，这位四王子正和杜宇一起往山坡之下走，一边走一边慷慨激昂地说：

“蜀王，我姬旦生死事小，若我们周商交兵，你也能不食言，果断助我等一臂之力，那就更美了！”

杜宇一愣，有点瞠目结舌，竟不由自主地说：“我已经是蜀人盟主。蜀人之中，无论羌人、濮人还是柏灌氏、鱼凫氏，都是与殷商世仇，我若不为他们伸张，怎能坐牢这个盟主之位？不过，今日，今日……”

姬旦转身问道：“今日怎么了？”

杜宇喘了口，把高速的心跳安定下来，镇定地说：“今日，我是与四王子话别的！”

姬旦好奇地问：“敢问杜兄为何事话别？”

杜宇坚定地说：“就是道个别吧，请四王子先回吧，到时候你就知道了！”他伸出手，极为迅速地冲着姬旦的额头上一点。

姬旦不防如此，猛地一退让，竟然就此被惊醒了。

第二十八章
兴兵伐商

一百三十一　平乱

姬旦一时搞不清他是否已经从醉梦中苏醒过来。他侧耳倾听，月光之下，蟋蟀的鸣叫声依然如故，但姬旦已经渐渐无法记起任何细节了。他深感到自己的梦师之力，已经被一次酗酒给彻底消解了，不知道是喜是忧。应该是自己彻底告别这种危险能力的时候了，大周国和天下等着一个永远清醒且强大的周公姬旦去设计。

这时候，忽然有人在内室外高声叫："主公，朝歌信使安鬻求见！"

这突然的叫声把发愣之中的姬旦一惊，他慌忙起问："我酒醉多久了？"

那家人回答说："主公已经静坐有半夜！安鬻日夜兼程，刚刚赶到镐京府外！"

姬旦知道自己是醒来了，慌忙解开寝衣，整理好衣带，出门迎接信使安鬻。毫无疑问，他是安危派回来，有重要口信要回报姬旦。

安鬻是一个羌戎之人，消瘦如猴，长得也尖嘴猴腮，乃居于八剑客之末。身在小河国时，他本想率一干羌人部众，穿越荒漠抢劫富而露财的外邦人安危，却不料被安危和安昴联手降服。诸族人都视羌人为异类，因为他们崇奉羊神，所以很多俘虏了羌人的民族，比方商族人，干脆就把他们当成羊给杀了祭祀给祖先。甲骨之中，常有杀羌几百以敬某某的刻辞。安鬻本想自己多半是一死，却不料，安危却能以兄弟待之。

安觜带回来的是一双消息，一个好一个坏。好消息是果然不出姬旦所料，朝歌起了内乱，一场空前规模的大内乱。七个重要勋贵，甚至也包括太子武庚，都卷入了这次内乱。听到这个消息，姬旦高兴得要跳起来，东南征夷，朝歌内乱，正是出兵殷商的天赐良机。

然而，安觜带回来的坏消息立刻浇灭了姬旦炽热的兴奋：叛乱被平息了！

更令人意外的是，平息叛乱的，居然是一群奴隶。原来，在七贵族兴兵之前，就有流言说“七贵出、祭群奴”，谣言越传越广，这在朝歌城所有的奴隶中引起了深深的恐慌。

殷商人凡事喜欢杀人以祭祀。在奴隶之中流传七家贵族若能成事，许诺上天，将在大春祭以杀千人以谢上天，以精壮牺牲为佳。这个流言广泛散播以后，奴隶们变得异常恐惧。虽然帝辛这人以凶残闻名，但他那是针对贵族的，似乎对奴隶们还说得过去。特别是禁祭令一下，很多人心中还默默称颂帝辛。

贵族们果然起事了，商王的亲兵们简直无法可挡，可是就在七贵的人马席卷朝歌，准备集结后逼向鹿台宫之时，他们遇到了四面八方涌来的奴隶们。他们用木棍与七贵军对抗，拿起他们遗落的刀剑，把他们迟滞在朝歌之中足足十天之久。

涌出来的奴隶们战斗力并不强，但人多势众，为帝辛赢得了宝贵的时间。他可以从容地在鹿台宫里抽调出苏妲己的有苏国军、女婿伊颂的亲兵、宠臣费仲尤浑的亲兵，慢慢打反击，反攻朝歌城。十天后，另一名宠臣飞廉北征归来，带回来了三万精兵和大量的奴隶、牛羊。飞廉的归来，让七贵的叛军彻底丧失了抗争的最后希望。他们不得不放下武器，向帝辛投降。

太子武庚居然也卷入了叛乱，帝辛十分震惊，也十分犹豫。他赦免了七贵之中的绝大部分人，甚至是下令通缉串联谋事的商容。他赏赐了奴隶们，与此同时也下令处死了几个奴隶中的首领，理由是他们趁乱劫财。

新乱之后，帝辛倒也从容，在短时间之内，就恢复了朝歌的秩序。八剑客在朝歌几出几入，发现一切安定如昨。安危连忙差遣安觜返回镐京复命。

姬旦很认真地听安觜讲完了整件事，心中思绪万千。七贵起事不成，到底是福是祸，实在一言难尽，有一点可以判断：那就是其实朝歌已经虚弱不堪了，倘若当时有一支周师游弋在朝歌附近，或许真能险中求胜，取得意外收获。他不禁想起酒宴中十五弟姬高说要带兵偷袭朝歌的豪言壮语，反而觉得冒个险，未尝不是一个好办法。

“其余七人现在在哪里？”姬旦问安鮆。

安鮆说：“安子正在全力搜捕少年幸，现在已经查清楚他的下落了，等待时机，随时可以拿下！”

姬旦眼睛一亮，似乎比还听到朝歌的消息要激动，说：“很好，他在哪里？还在那个贪婪的太祝那里？”

安鮆贴近一点，低声说：“他现在并不在伊颂的手上，而是在崇侯虎手上！”

“崇侯虎，崇侯虎，崇侯虎！”姬旦念了三遍这个冤家的名字，“那么，崇侯虎又在哪里呢？”

“他在乱战之中，与七贵族结盟，把自己的族人折损了大半，现在惶惶然在朝歌东北的山野之中避乱。伊颂的儿子带着百乘兵马，围住了山林，到处在搜捕他。”

姬旦忍不住想笑，说：“曾经狼狈为奸，今日反目成仇，真是可笑之极。丧家之人，不如乞丐，这崇侯虎的手里，现在就只剩一个姬幸了！”

安鮆说：“安子考虑到不宜暴露大家的身份，以免引起殷人的警觉，所以并没有去强夺少年幸，只是远远地跟踪着崇侯虎。”

姬旦点点头说：“对，此事不宜对任何人讲！你也不必返回去，有七人在朝歌，我想足够了，你的任用，我自有安排！稍稍休息好了，明日你跟我一起到王兄那里，你再把朝歌情况与他细说——不过，不得提到姬幸半个字！”

一百三十二　比剑

半年之后，镐京的王庭之上。大周国最为核心的一股臣侯环绕王庭四周，观赏着一场武人间比剑。

一方是四王子姬旦的门客之一——安觜。他身着普通周人士兵的甲胄，包着头巾，左手持着一副圆形护盾，右手持着一个长长的黑色葛布袋子，跟他瘦长的身材倒也相映成趣。

安觜眼前站着的是三个高大魁梧的周人武士。他们是周王姬发座下的三名虎贲卫兵，却穿着殷商武士们的甲胄，头上戴着尖圆的青铜头盔。一位虎贲手上拿着一柄极重的“开山剑”，另一位虎贲腰上佩着一把商军制式的“力剑”和一把“猿剑”，还有一位虎贲手上持着天下第一青铜剑——“吴剑”。

姬发坐在王位上，岿然不动，面无表情，内心却无比的紧张。他在观摩一场决定周国命运的比剑。他的王座下站着他的几个弟弟，姬鲜、姬旦、姬振铎、姬处、姬武、姬高等等，还有年方两岁的小太子姬诵。依然是他的岳父、太师、太公姜尚姜子牙主持着这次比剑。

姜子牙朗声叫道：“请安人、王兵各出其一！”

他的话声刚落。安觜就向前一步，虎贲三人居中的一人也向前一步。两人各向周王拜行一礼，然后相互一拜。

姜子牙随即高叫道：“比者亮剑！”

安觜将布袋褪下，露出了一柄黑色白刃的长剑。这柄剑铸造得极其丑陋，剑刃并不一条线的笔直，曲曲折折，像是一条黑蛇，只是刃锋森森煞白，令人生畏。那位虎贲右手抽出了力剑，左手将皮革与青铜做成的盾牌挡在胸前，慢慢挨近安觜。

姜子牙又高叫一声：“比剑起，勿伤勿杀！”

安觜沉静不动，只是用凌厉的双眼死死盯着对方看。那虎贲突然暴喝一声，挺剑刺向安觜。安觜没有用盾来防护，仅仅把长剑一横，精准地挡住了虎贲的力剑。他料到对方下一步必定用盾牌来击打他，一格之后，慌忙向后一退，用自己的剑劈刺对方的头颈，先下手为强。

那虎贲用盾牌来自卫，却正中安觜下怀。只听到“嗞”一声的巨响，那人的臂盾竟然被安觜的利剑劈去一半。整个王庭之中发出了一片“哗”的惊呼。那虎贲也一惊，连忙也反击一剑，用力剑劈杀安觜。安觜看在眼里，竟然不去攻击那人完全暴露出来的侧面，而是跃起，双手握剑，用自己的剑，大力迎击对方的剑。

“乓”一声，尖锐的碰撞震耳欲聋，金属互击的声音，令整个庭上之人心神如刺。更令他们吃惊的是，安鬻竟然硬生生地把对方的力剑劈成了两截。包括比武的虎贲在内，所有人都惊呆了，连惊叹都忘记了。唯有姬发和姬旦二人面不改色，姬旦是见怪不怪，姬发却是深深震惊。

那虎贲不甘心，立即丢掉盾，抽出左腰的猿剑，直刺安鬻。安鬻用盾牌抵挡了一下，将长剑格开。却不料，那人又从猿剑当中抽出一柄短剑来，横着刺向安鬻的腰部。原来这种猿剑，就是母剑套着子剑，如母猿环抱小猿一样，是商人巡逻兵的制式佩剑，就是防止巡逻中遭蛮夷埋伏偷袭，手中能多一件武器。

虽有变故，安鬻也不慌张，用剑刃迎着子剑而上，竟然硬生生地把那虎贲手中的剑给劈分开了。那人慌忙往后一退，安鬻看准了，凌厉地劈向他手中的母剑。那柄母剑还不如力剑铸造得牢固，在安鬻的一劈之下，当即断成两截。那虎贲脚下一地的残剑，很显然，他已经输了第一战。

到这时候，王庭上的众人才发出震天的叫好之声。司正官姜子牙一刻也不停，高声说道：“再比！”

那第一名虎贲连忙退后，另一名手持开山重剑的虎贲毫不犹豫，捧着重剑斩向安鬻。这员虎贲是三人当中最为魁梧的一个，身高和块头足有安鬻的两倍，简直就像是一座山峰一样力压着他。

开山重剑是殷商朝能铸造出的众多青铜剑之中，体量最大、最厚重的一种，恐怕也是当时世界上最大的。铜质较软，铜剑并不易铸大铸宽铸重，战士多半要自备武器，代价高昂，保养也极为不易，太重，也不便于作战。然而，一些臂力巨大、自负武功的贵族战将，比如崇侯虎，特别喜欢使用重剑。宽大而厚重的剑身，可以当成进攻的武器，也可以作为防御的盾牌。

安鬻见对方来势凶猛，深呼吸了一口气，用盾牌一抵。“咣”一声，他的护盾也被沉重的剑削掉了半截。安鬻倒不犹豫，索性甩掉了护盾，单凭着一柄孤剑与虎贲搏斗。

此时，众人都没有作声，唯独小太子姬诵高声叫好："好哇！好哇！"

他是个毛孩子，看第一轮的比剑之时，听到乒乒乓乓的兵器碰撞之声，尚有些害怕；等到第二轮之时，已经完全当成一种好玩的游戏了，用稚嫩的童声为两人叫好。那声音在王庭上飘荡，与剑声相和，显得格外的清脆。

此刻，那魁梧的虎贲已经将重剑横过来，抡起来横劈安觜。这一招是两人近身搏斗时，重剑最有威力的使用之法。凭借着剑的速度、质量和长度，横扫千军，最凌厉之时能将对方拦腰斩杀或者直接斩首。

安觜身材瘦弱，想是无法抵挡得住这虎虎带风的一击。虽然姜太公有令说"勿伤勿杀"，但在君主和众臣面前比试起来，那虎贲竟忘了禁令，胳膊上使出了全力，剑逼近了安觜竟也没有减速下来。众人"噫"地惊呼，不禁都为安觜捏了一把冷汗。

一百三十三　格斗

安觜可以矮下身子，非常难看地躲避这致命的横扫，但那虎贲卫士一击不成，再回剑横扫，他会更加狼狈和危险。令人非常意外的是，安觜一跃而起，竟跳得奇高无比，远远高过了那员虎贲的头顶，并将一把利剑从头顶劈下，劈入那虎贲头上的青铜盔。

又是"咣当"一声，那个铜盔竟然被从中间劈成两半。安觜虽然在跳跃之中，依然能够及时抽剑，切开铜盔之后，竟然将剑横过来，切断了那人的发髻，然后安稳落地。那员虎贲瞬间披头散发，显得狼狈不堪。他知道这是比试，若是真正的战斗，早已经头破血流，横尸王庭了，便收起重剑，站立一旁不言不语。

"砍他，砍他，砍他！"小太子姬诵可不想两人就此打斗停止，在姬发腿边高声叫嚷。

姬发忍不住也发话了："再战！砍！"

听到国君的指示，那虎贲立即扛起重剑，迫身向前，连出三剑，有点狂躁地砍向安鞲，把他逼迫到一个角落。

安鞲目光投向姬旦，只见姬旦目光炯炯地注视着他，并对着他坚定地点了点头。他明白，这是周王要试试剑的质地，便举起手中的剑招架那员虎贲的凌厉进攻。

大殿之上立刻长久地响起了刺耳的金属碰撞声，剑刃对剑刃，最锋利的对撞。一次、两次、三次……每一次，安鞲都要承受虎贲和重剑两重的压力，他瘦长的身体似乎随时都要散架一般。终于，在接连砍杀了九次之后，“嘣”的一声，那把开山重剑也被劈断了。而安鞲手中所持的剑依然无恙。

这是周国王室和群臣既期待着又担忧着的结果。姬发下令：“赐安人一爵酒！”

一个宫人就端着一个青铜酒爵，盛着一爵酒端给安鞲。安鞲也爽快地一饮而尽，拜谢国君。见他喝完，司正官姜子牙高声道：“再比！”

最后一员虎贲拔出自己的佩剑，奔跑着冲向安鞲。

他手中的那柄剑，正是天下第一名剑——吴剑。整个王庭之上，除了那员虎贲亲兵和姬发，还有明察秋毫的姬旦和姜子牙之外，没有第二个人知道，那把吴剑是姬发自己的佩剑。

父王姬昌一生简朴，也不喜欢舞刀弄剑。而姬发好武，爱剑如命，后庭里收藏有名剑无数。而他最喜爱的，乃是由吴国国君亲自为其堂兄挑选打造的精极贡品吴剑，以至于随身佩戴。

吴国少铜，但能流入精铜必然十分珍惜，百炼千锻。其剑铸造，乃是由国中世传之名匠于深山幽谷之中秘密锻造，非其亲自挑选的传人不得靠近。这种口口相传，一招一式教授的办法，保证了顶级冶剑工艺的传承和不断改进，也使得吴剑能把青铜造剑的潜能发挥到最大。吴剑的长短、质量、厚度、宽度、硬度都十分适宜，绝不会轻易折损，整个剑身浑然一体，剑刃锋利有力，剑面上布满筋骨一般的渔网纹，正反各一条细长的放血槽与花纹匹配，剑形非常优美。既是上佳的青铜武器，也是一流的青铜工艺品。姬发的佩剑自然更是吴剑中的顶级。

在姬发与姬旦商议好这场比剑之后，姬发一直在考虑挑选什么样的剑做比试。他给虎贲中武功最高的一位佩了一把自己收藏的优质吴剑。直到临战前一刻，他突然决定，拔出亲身的佩剑，替换那虎贲的吴剑。

“朕倒要看看，四弟的剑究竟能胜天下宝剑几何！”

那名虎贲亲兵身材高矮与安觜相当，稍稍精壮一些，乃是姬氏宗族中一等一的高手。他冲向安觜的步伐十分轻盈，速度很快，但声息动静却很小。安觜看准了他的来路，并不慌张，连忙送剑向前，用险招比拼。显然，他很自负自己剑要长于对方手中的剑，一寸长，一寸险，对刺时必定先入对方的身中。

那名虎贲也料到这点，双剑相交之时。他突然一跃而起，斜着向安觜刺下。他这一招也险，两人都没有护盾在手，比拼的就是一个“快”字。对方的跃起是始料未及的，安觜看着他压下来，没有了退路，一般人见此状况，必然本能地举起左手防护，即使保住了命，可能也要废掉一条胳膊。

安觜不是一般人，即使他身居八剑客之末，也是天下一流的格斗高手之一。他迅速侧过身来，将剑收回，剑锋斜刺向那虎贲的左胁。那人若径直刺下来，最多能刺伤安觜的胳膊或者肩，但自己势必要被对方刺中心窝。孰轻孰重，一目了然。

一瞬间，他连忙变招，剑走偏锋横拍安觜的铁剑，自己整个人从安觜左侧跃了过去，并在空中腾了前滚翻，滚落到安觜身后，随即半跪着举剑刺向他的后背。安觜身体已侧，顺势一转，又挺剑迎上。

此刻那虎贲挨着安觜并不远，他意在抵消对手剑长的优势，就算安觜刺来，他已经将剑送入对方后背之中了。然而，安觜动作既快又准。他并不意在刺对方的人，而是剑。“嘭”一声，两柄剑大力地碰撞在了一起，双方都一震，十分自然地向后各退了一步。

几乎就在这电光石火的一瞬间，两人已经交手几个回合，双方的剑术超群，王庭上众人都看在眼里，既惊心动魄，也赏心悦目，大家都忍不住高声叫好起来，随即又是一片寂静，大家似乎都在屏住呼吸，要接着看难得一见的这精彩绝伦的比武。

晚秋的风从王庭之外吹入，撩动着大殿内的纱幔沙沙作响。

那员虎贲和安觜立刻又悄无声息的缠斗在一起。那姬发的贴身卫士绝对是大周国一等一的高手，不在于功夫了得，而在于悟性好，他在十招之内已经充分熟悉对手的套路：这个四王爷的门客主要用的是西域格斗术，不过是变强攻为硬守。显然的，他忌惮自己国君侍卫的身份。不过，对方经常故意卖一些破绽引诱自己砍杀他，可以用他的黑剑迎击吴剑，以期待两剑白刃对搏。那卫士冷笑着，并不上他的当，他还是以刺杀为主，尽少劈杀。

而安觜同时也摸清楚了对方的套路：毫无疑问，对方是高手中的高手，他的功夫应该比自己略胜一筹，出招很自信，很机巧，手中的吴剑也很凌厉。但他见识过自己手中的剑力克前两员虎贲的过程，忌惮自己手中这把不明来路，十分叵测的剑，所以不敢太冒险，并极力避免两剑交击，想通过拖延战术来拖延时间，寻找漏洞。

两人就这样缠斗着，你来我往，都心知肚明对方的实力和意图，所谓的比剑，只剩下耐力的比拼了。或者说，只剩下他们手中两种不同的剑的比拼了，一个是顶级的青铜剑，另一把，就是姬旦引为秘密武器的陨铁剑。

一百三十四　定夺

安觜和那虎贲格斗了足足二百回合，两人皆大汗淋漓、气喘吁吁，但丝毫没有减缓手中的剑。比寻常格斗精彩的是，不到迫不得已，双方的剑很少相互交击，完全依靠灵巧的展转腾挪来互搏。

在这王庭之中，除了一干文臣之外，无论姬发、姬鲜、姬振铎还是姬高等，无一不是自小尚武，见两个武士搏斗得如此精彩，个个都暗中喝彩，甚至跃跃欲试。转眼过了午时的餐饭时间，两人依然在搏杀着，未分胜负。

姬发下令就此罢兵，让两人各饮酒一爵，稍作休息。他同时让侍从官姬何引人抬上一只大鼎，当堂用石蜡和木炭做燃料，烧入半只羊。周人的大鼎做得不如殷商的精致，没有那么繁复的花纹，也没有那么别致的造型，但聚火、省柴，大鼎很快就沸腾了起来，整个王庭之上充满了羊肉的鲜美之味。

姬发又下令说：“即刻举剑，在羊肉烹熟之前，决出胜负！不然，皆就鼎！”

所谓“皆就鼎”，就是都投入到鼎中被活活地烫死。姬发虽外刚内柔，但依然是一个杀伐果断、赏罚凌厉的国君。

安鞘和那员虎贲听令，这是国君让自己以性命相搏了，连忙放下酒爵，拔剑而起，斗了起来。两人就围着那个沸腾不止的大鼎比剑。只见安鞘身轻如燕，一跃而过那个热气腾腾的王鼎，全力刺向虎贲。

那人知道安鞘走的险招，在没有臂盾的情况下，只能用剑来阻挡。即便是吴剑，也抵不住这种两人带剑重量的冲击。他很聪明地低下身体，贴着安鞘来势一滚，反手刺向他的腹部。安鞘毫不犹豫地用手中的剑来防护，吴剑入身，可绝非是儿戏，一杀必重伤。

那人见到安鞘中招，慌忙一变剑，改刺为挑，划向安鞘的前胸。安鞘后退一步，就是滚热沸腾的大鼎。他似乎只有受剑或者被炙烤的份。安鞘却不慌张，顺势用剑向后一抵，抵在了沸腾的鼎上，并利用剑的弹力向前一送，迅猛地反弹了出来，与那员虎贲的吴剑在半空中狠狠地相撞。“嘭”一声发出极其巨大的轰鸣。

这是一次所有人都想避免，也是所有人都想看到的交锋。姬旦充满着自信，而姬发则充满了不安。交锋的结果很快就出来了，青铜的吴剑上被割出了一个颇深的豁口，而安鞘的铁剑似乎安然无恙——可是，吴剑并没有断开，姬发也没有下令停止。

那员虎贲根本不想细看自己手中的剑，立即向前一扑，打安鞘一个措手不及。此刻，安鞘和那虎贲已经易了位，他知道自己有了优势，便举剑砍杀，只要两把剑再相互撞击一下，对方手中的剑就一定会被砍断，就要输掉了。

此刻，羊肉的香气已经四溢，显然就快要熟了。安鞘容不得对方多喘息，三剑连击，硬生生又把那员虎贲逼到了鼎边。炽热的火气已经逼近了虎贲的后背，他似乎就要被烧到了。然而，安鞘的剑又重重地刺了过来，他只有横剑一挡。又是“咯噔”一声，两剑再相交击。那员虎贲看到自己手中吴剑已经开裂了，他一身冷汗，因为那是国君姬发最爱的佩剑，如此折损，当如何是好。

就在这一转念之间，他凭借丰富的格斗经验，知道此刻安鮆的剑已经卡在了自己的剑中间。他顺势将自己的剑把对方往旁边一引，就势一推，让安鮆的剑径直撞向了厚重的大铜鼎。安鮆知道对方的吴剑已经被自己给破了，没有想到对方会使出这一招，此刻已经收剑不及，只有眼睁睁地被对方顺势带向前，硬生生将自己的剑大力撞击到了鼎上。

“嘣”的一声，两人的剑几乎同时崩断了。安鮆和那员虎贲手里都拿着半截的剑柄。王庭之中，除了两个比武之人，以及目光凌厉的姬旦，其他人都没有看清楚这两把剑都是怎么折断的。大家被他们如风如电一般敏捷的身手给晃花了眼，甚至都忘了叫好，依然只有小儿童太子姬诵在不断叫好。他眼看两人飞来飞去，真是好不热闹。

按事先说好的规矩，剑断了就是息战之时。两个斗士只好握着各自半截的剑，垂手拱立在沸鼎的两边，静听国君的判决。司正官太师姜子牙上前来，慢慢将两个断剑捡起来，藏入袖中。

姬发坐在王座上不言语，沉思了许久，才笑着说：“羊肉熟了，既无输赢，朕定为平手。这鼎中的羊肉就分与我庭中每人一块，大家都吃吧！”

国君一席话，顿时让所有人的心情都放松了下来，满庭都笑逐颜开了，既欣赏了这么精彩的比剑，又吃到国君赏赐的上好羊肉，全然不虚此一行。

安鮆和三员虎贲亲兵都得到一盘上好的羊腿肉，并配以上好的醢佐食。姬发还下令各加赐一份“淳熬”，所谓“淳熬”，就是用甑选蒸熟的小米放入到青铜碗中，浇淋上鲜美的热肉醢。他们就靠在巨鼎旁的长案上坐地而吃羊肉和淳熬。周人把美味的食物叫作“珍”。淳熬之美味，乃居于周人“八珍”之首，小米的清气与肉酱油脂的气息非常完美地交融，让四个斗士大快朵颐。其他各人得到一块鲜美肥腴的熟肉，却无肉醢佐食，只能就这么皱眉干吃下去。因为即便国君姬发，也是这么个吃法。珍馐，只配勇士享用。

吃完了羊肉，姬发默示姬旦和太公姜子牙到后室去。两人连忙尾随着姬发到他临朝更衣休息的后室去。进去发现姬发手里握着那两柄断剑，独自站着发愣，见到他们进来，开口就问姜子牙说：“太公，你说说看，是谁输谁赢？”

姜子牙说：“老臣老眼昏花，远远瞧不清楚，似乎是四王子的门客胜了吧！”

姬旦慌忙说：“臣看得很清楚，最后一战，必然是国君的虎贲赢了！”

姬发摇摇头，将两柄残剑互相叩击，说：“我是好剑之人，这两把剑上的断痕，我岂能看不出？”

姬旦一阵脸红，并不回答。姬发冷冷地追问道：“铁剑质坚，胜于青铜剑，是不用怀疑的。四弟，你府上是否有全套打造铁器的工匠？”

姬旦非常小心地说：“是有这一帮人——然而打造铁剑的陨铁已经全部用尽，想要搜罗新铁，十分不容易。”

姬发用柔和的语气商量说：“那有劳四弟多派出人马去搜寻。所有你的这些匠人和打造好的铁器，从明日起，全都交到内廷来，一点风声不要走漏！”

姜子牙赞许地点点头。姬旦说：“正合臣意。王兄又反复思考了大半年，看来已经定夺下大旨了。”

姬发面带愁容地说：“国仇不能弭，家恨不能报，暴商不能去，朕心不能安——太公、四弟啊，我的失眠难寐的毛病又犯了，思来想去，只有平定殷商，才能彻底治好它！朕意已决，将传令各部族，家家屯粮练兵，三年为期，以备天下有变！”

姜子牙和姬旦相视一看，两人都面露欣喜，并会心地一笑。

一百三十五　天机

姜子牙说：“国君不要忧虑的太多，不光有四王子，臣下也派了很多人到殷商探听动静。第一次的时候，探人跟我说：‘殷商大概要出乱子了，邪恶的人胜过了忠良的人。’我就跟他说，暂且不要禀报大王。第二次，探人跟我说：‘它的混乱程度加重了，贤德的人都出逃了。’我听了说：‘还不是禀报大王您的时候。’第三次，我的探人回来禀报说：‘它的混乱很厉害了！老百姓都不敢讲怨恨不满的话了。’我今天就跟您说吧，邪恶的人胜过了忠良的人，叫作暴乱，贤德的人出逃，叫作崩溃，老百姓不敢讲怨恨不满的话，叫作刑法太苛刻。它的混乱达到极点了，已经无以复加了。三年之期恐怕有点长了，今天，就是今天，正是大王您作决断的好时机啊！”

姜太公的一番话，说得姬旦连连点头不止，他接着补充说：“太公所言极是，三年之中有太多的不测。臣也有一个线索，因为上次朝歌的内乱涉及太子武庚，本来帝辛想要召回远征东南的太子亲兵，又被罚了一年，暗准武庚戴罪立功。有东南蛮夷的巴人和濮人跟我们报信说，太子武庚十分恐惧，攻打东南夷人十分卖力，并接连取得不少的胜仗。消息传到朝歌，听说帝辛十分高兴，正在考虑是乘胜添兵，还是乘胜收兵。”

姬旦的消息，远比姜子牙的话更有实际意义，姬发忍不住紧张起来：“那么，他若收兵，我们怎么可能打得赢商人！四弟，你说他会收兵还是添兵！”

姬旦说：“恭喜王兄，他一定是会添兵的，用兵东南诸夷，是帝辛一生自负的武功，也是他难以释怀的心结。若武庚遇挫，他觉得败得正常，必然收兵整饬；现在节节胜利，以帝辛的性格，一定会增兵以求更大的胜利的。况且经过七贵之乱，贵族没人再敢反对帝辛了，一定会顺着他的心意，鼓动他增兵再战。”姜子牙连连点头，赞许四王子分析得在理。

姬发点点头，忙又摇摇头：“能连连用兵东南而不停歇，殷人还是强悍无比啊！”

姬旦说：“内乱初定，又增兵东南，就算殷商有金山银山，也经不起这样的折腾，勋贵和百姓一定困苦到了极致，也忍耐到了极致。刚才太公的那一番话，不正是最好的证明吗？况且，殷商人对东南用兵如此凌厉，南方的那些诸国之人，也苦于兵灾到了最难捱的时候，正盼望着我们能起兵，在殷商背后攻击，支援他们一下——不要犹豫了，王兄，我们不是要硬碰硬跟帝辛一战，而是要把握好天机，打他一个措手不及！”

姬发被四弟一鼓舞，那股稍稍冷却的热血又有点沸腾了。

姜子牙说：“臣刚刚从岐山宗周故地回来，在山中见到有凤凰飞来，鸣叫不休。凤鸣岐山，正是上天向大王您报送天机啊！”

提及“天机”，姬发却说：“前几天，司马鱼辛与朕讨论兵事，他向我进谏说，近来，太岁星在北方出现，十分不利于行军作战。”

姜子牙很不以为然地说："鱼辛，不过一介武夫。他的话，可以不用听。臣等与大王一心，同甘苦共患难，慷慨赴死也毫不犹疑，为先王，先王之先王报仇雪恨，不在他日，只在今朝，我们只要用兵，就一定能取胜！"

父王不在世，岳父如亲父。姜子牙最后的一番话，让姬发毫无推脱的余地了。他用力地一掰手中残损的青铜吴剑，竟然硬生生地被掰断了："就在今天！朕即刻下令，通令全国，外联诸侯！"

他令侍从官姬何衔着密令通知宗族、厉兵秣马，随时准备随王出兵；又叫来一位心腹宗族——姬利，即刻领密函出使诸外方联络诸侯，年终岁初，有事则应。姬利得令，深知责任重大，连忙拿起使节权杖，向国君告辞出发。

安排妥当内外诸事，姬发脸色突然一阵苍白，有点气虚短促，浑身冒冷汗。姜子牙和姬旦相视一眼，连忙礼拜一下，请辞出去。姬发也不挽留，直接往后宫退去。

姜太公和姬旦两人由偏门走出大殿，来到廊上，两人不约而同地向东方眺望，似乎都有话要对对方说，因此都没有着急走。

片刻的沉默之后，还是姬旦先发话，谦卑地说："三个不肖的犬子请太公费心教导，实在有劳您费心了！"

姬旦有三个儿子，老大叫姬禽，乃是姬旦在梦境混沌之中见一大鸟飞入日中而生，所以起名叫作"禽"，老二姬君陈、老三姬龄。这兄弟三人都被姬旦送到太公府上，跟随姜尚学习文字、历史和兵书战策。姜子牙年纪老迈，虽位居三公之首，但出谋划策多，并不过多具体操劳国事政务，平素喜欢教教二儿子姜印和重要的王室子弟一并知书达理，"太师"二字，实在当得起整个姬家宗族对他的尊重。

姜太公说："三个公子聪颖好学，犹如四王子你，不用担心，一点不用担心。"

客套话说完，姬旦说："今日比剑实在是好。王上既然做此定夺，真是我周国大幸。姬利此番出使，我听说太公已经早做了安排，首先要联络蜀王杜宇！"

姜子牙笑着说："哈哈，铁剑之利，是四王子准备已久的，你是早握胜券；我又听说，杜宇乃是四王子的知交，他有一百个理由助我大周，我一点都不担心！蜀兵强悍，雄冠西南之军，他们能来，我们如虎添翼！”

姬旦笑说：“正是。我听说太公闲来好作《乾坤万年之歌》，言传万年之大势，不知道能否示小侄一看？”

姜子牙摇摇头，笑说：“天机么，天机不可泄露——敢问四王子，除了那比剑的西域羌人，应该还有七位剑客在朝歌吧！”

姬旦点点头。姜子牙突然话锋一转问：“那么，姬幸小王子应该是找到了吧！”

姬旦一愣，少年幸的存在，除了父王和自己，周国之内，似乎并没有其他人知道。但想来，这个神通广大的太师、尚父，父王没有不跟他说之理。他有点支吾地说：“应该是找到了，但生死尚不明。我的门客，都是西域高手，以一敌百，我定不负父王遗嘱，勉力营救姬幸！”

姜子牙捋了捋长白胡须说：“大乱将至，兵祸无眼，一个小小牧羊娃的生死，就交给天意去定夺吧——四王子似乎也不再去混沌世界了？”

姬旦又一惊，他知道太公不但看出了自己的“心结”，还看到了更多的东西，不禁对这个高深叵测的老头儿，不仅仅敬佩，甚至产生了敬畏，忙说：“像梦术这样的旁门左道，实在太伤元神，我听说圣贤之人应该守卫正道而走一条坦途，小侄全力辅助国君，应该以国事为重，不敢再去碰这些旁门左道了！”

姜子牙点点说：“外修者，达到圣贤的境地，足以传颂万年；而内修者，达到精极的境界，应该是成仙之道。我夜夜静观那混沌世界，似乎也在酝酿着一场大战。那是一个杀戮遍地的大魔境，绝非善界，或者成仙成魔，方能驰骋其中，其中的灾难，似乎并非人间圣贤就能挽救的，我等凡人，不慎进入看见已经是禁忌，只有姬幸王子这样的异数，才属于那个世界。”

姬旦终于确认这位智慧卓越的太师，也是能通混沌之人，一股同道中人的默契与共鸣油然而生。

姜子牙又从袖中拿出一样东西展示给姬旦看：“就在前天，有一个红衣女子，自称混沌来客苏什么鹿的，趁着我午寐之时，飞入我内室中，留下此物，是梦是真，我都无从确定，但留下这件东西却是真的！”

姬旦接过那物一看，不由得吓了一大跳，那竟然也是半截铁剑，与安鬻所折损的半截残剑别无二致。只是那剑身上极其工整地刻着“泄露天机者罪”六个字。

“双鱼苏非鹿！”姬旦一声惊叹，他似乎全记起来了！

第二十九章
剑指牧野

一百三十六　起兵

大周王受命十一年，也是公元前 1053 年的商腊月，整个华夏族的文明天下，都沉浸在改元换岁过年的喜气之中，商国和周国不少贵族正挑选着精美的五畜和奴隶，蓄养肥了，准备杀之以祭祀天地与祖先。

天气依然十分寒冷，但周人却在一瞬间沸腾了。因为国君姬发突然下令，周国内大宗室诸侯将各自精兵往镐京集结，在年内任何周人不得踏出周国半步，违令者斩无赦，并调集各处粮仓的粮食和战车于镐京，交由王弟姬鲜与内官姬何统一管辖。这种密令非同寻常，王上一定酝酿着某种不可测的大事，尚武的周人似乎个个在等待着这样的事发生，等待这一天的到来。

在镐京这个曾经崇国的故都之外二十里的开阔之地，周国国君姬发的虎贲亲兵们修筑了个集结王师的卫城，在姬发下令后二十天之内，一共有战车 300 辆、虎贲 3000 人、甲士 20000 人集合起来。这是自周人灭了崇国之后最大规模的一次军事集结。姬发带着最核心的一半宗族在此做出征的准备，太师姜尚及其子姜伋、四王子周公姬旦、十五王子毕公姬高、召公姬奭、诸侯联络官姬利一干人等，以及大将南宫适、黄飞虎、武吉等皆在营中。

但众兵集结，除了姬发自己、姜尚和姬旦，没有人知道这次国君宣布亲征的地方是哪里。只知道国君要东向狩于某国，很多人隐隐约约猜到了或许是商，但也不敢明说出来。因为近些年，自周人灭崇国以后，商周几乎是相安无事，边境之上偶有为一些小国小部落的摩擦，并没有大冲突。最为平静的世界里，往往孕育着最大的狂飙。

在集结后不久，周王姬发就封姬旦做了周公。“周公”之爵，在姬昌所设置的大周国的封爵序列里，属于公爵，是仅次于国君的最高荣衔。封地名义上就在周人龙兴之地周原北部，然而周原又是王畿，乃是国君直属之地，所以所谓的“周公”，实际上有封并无地。但就因一个“周”字，与国同尊，其含义是在国君之下，诸臣之上，其尊荣之贵，是非任何一公能比的。

姬旦没有想到二哥会这么早把自己封为“周公”，连连推辞，甚至是拼命推辞。

但姬发金口玉言一开，并不收回。姬发跟他说：“父王临终之前，说能开创我大周基业的，非四弟你莫属，我是忝为兄长，享此王位。太子尚小，若此番出师不利，能继我之后，诸弟之中，能勉力克商的，只有四弟你了！”

二哥一番话完全出自真诚，姬旦也听得出，他异常感动，也异常痛苦，说道：“王兄，克商大业，我宗周历年的夙愿，臣弟自当万死不辞，至于说周公之爵，或许，或许，父王他另有安排！”

姬发心下认为姬旦是考虑他三哥姬鲜的感受，摇摇头说：“父王做什么安排，朕也无从去追问，你的受爵，权由我来定夺。三弟他文糙气狭，又不喜读书求进，非柱国之栋梁。你是要担当大责任的，由你领衔诸公，最为合适。就这样，若大事能成，则分疆裂土，都有会有一个名分；若不能成，我等兄弟能否安然耕田于岐山之下，还说不准呢！唉，我最近一连十几天都睡不好，老觉得，我们的计谋怕是泄露出去了！今早上，朕稍稍能睡着了，就有商音惊醒了我，我想我真担忧得太厉害了啊！”

姬旦看到姬发的脸色的确是越来越不好，像是有某种暗疾缠身一般，便劝慰他说：“二哥，箭在弦上，不得不发，大军已经集结，就此散去反而会真因走漏风声引得商人的警觉。宫商角徵羽，本来都是天籁之声，冬日寒气日盛，风吹大地发出商音，乃是常事，不必因此而担忧。我通天韵，商音入耳，兴许是上天在鼓动二哥兴兵戈，讨不义，为天下革故鼎新哪！难道您做国君日久，忘了当年驰骋疆场的那份豪迈了吗？”

这番话，正说到姬发心坎了，他忍不住一边握住姬旦的手，一边拔出佩戴的铁剑出来，扬声说道：“四弟此言在理，想我早年随着父王东征西讨，在西域羌人之地杀得三进三出，羌人听到姬发大名无不闻风丧胆；又北讨犬戎，一柄大斧，砍死苍狼人无数，让犬戎人服帖我大周三十余年，不敢南下一步。今天有铁剑在手，削金如泥，未曾临敌鏖战，正是畅快淋漓的好时候，怎会前怕狼后怕虎，此番不灭帝辛，我发誓此生不往岐山去！”

姬旦说：“对啊，二哥，大哥习文，您习武，您当年敢称大周国第一勇士，没有敢称并列的。每每远征归来，你的战车里满满都是匪酋的首级，你的战斧永远都是砍杀得卷了刃，战袍像是被血染了一层新颜色，这大周国已有三分之二的天下，一大半全由您的战功得来。一个贪杯好色的帝辛，杀祖父、长兄，囚禁我父王，血海深仇，老朽之君，哪是你的对手！”

姬发全身的血气都被鼓舞了起来，与姬旦相视一眼，哈哈大笑，随即大声喊：“姬利，姬利，诸侯如何说的！”

他那个走遍南方诸国而不辱使命的使臣姬利忙入帐中回报：“回禀大王，庸人、蜀人、羌人、髳人、微人、卢人、彭人、濮人都愿意倾精锐之师与大王在大河之南会盟，无论大王剑指何方，他们都愿意鼎力效劳，绝不食言！与我同气连枝的吴人距离遥远，又与百越交战，恐怕无法来盟，但吴王说，只要中原有变，他们必然策淮夷而北攻，牵制劲敌！”

姬旦细听之下，不禁好奇地问：“怎么，楚人熊丽他这次不愿意来会盟吗？”

姬利说：“别提了，熊丽这小子，上次围攻崇国只带了几十人，冒领了南方诸蛮的首功，惹得诸方不高兴，出兵最多的巴人尤其不满。为此回去了以后，巴楚两方还大打出手，闹得十分可笑。这次会盟，他们怕是有心无力了。”

姬发不以为然地说：“我早说了，区区一荆楚，只是鬻熊先生的遗泽，既然与我大周有渊源，将来不如举族回归罢了，何必苦苦在那南蛮荒僻之地，辗转诸蛮之间呢？大事当前，且不去管他了——传我王令，三军即刻出发！”

一百三十七　会盟

从镐京出发的周军，一共有战车 300 辆、虎贲 3000 人、甲士 20000 人。另有 25000 人的甲士在周商边境的黎国集结，那是毕公姬高征讨黎国之后，保留在那里驻守的屯兵。众人听说国君亲征，无不欢欣鼓舞。两军交汇，45000 员步兵甲士，长矛如林、长戈如雨，蔚为壮观。

姬发让众将士饱食，休憩三天，过了正月，又启程向东，进入商国境内，中原之地。自后队离开周土，姬发就知道此回一大征战，将全无退路了，纵然身经百战，心头也不免涌上阵阵寒意。正此时，姜子牙献给他一份画在毡毯之上的殷商地图，用以率领全军前进。图中尽收九州之方圆、殷商之险隘、堡垒、粮仓、朝歌之周边形势。姬发虽对此图将信将疑，但坚信太师的智慧，也不多问其来历。

令姬发十分意外的是，凭着地图指引，周军在殷商国内行走得十分顺当。所经之地，并非荒无人烟的偏僻所在，而皆是有主的封地，却无商人的半分抵抗。周军还攻破了几个子姓宗族封主的堡垒、土坞。抓住几个奴隶一问，原来封主都带着封土上的精兵随着太子武庚去东南征讨淮夷了，仅仅留下一些幼弱守土，如何能敌得过奇袭而来的周人精锐。周军就地取食，倒也不愁后勤接济不上。

这种情况让周军上下很是欢欣鼓舞，然而却让懂兵术的姬发更加担忧。他素来知道，商人不留恋故土，一直实行“虚边实中”之策，喜欢把国中精腴尽藏于国都之中，要是一战不利，就迁都异处。所以，殷商在历史上数次迁都，并以为常事。现在看来，历史记载一定属实。这些周边的封地越是虚弱，姬发就越担心朝歌城周围的防御就越加厚实。与姬旦、姜子牙不一样的是，他大半生都在周国的西域作战，或者一直镇守西岐，从没有到过殷商，心中对商土中原一片茫然，自然会萌生怯意。

不久，周军就来到了黄河边的一处开阔之地，这里就是孟津。孟津在夏朝时因为是孟涂氏封地而得名，殷商人定都朝歌后，将孟津收为王畿。本应守着孟津的殷商贵族，却亦在东南远征，周军不费吹灰之力就攻了下来。他们要在此处往北渡过黄河，攻向朝歌。按照事先约定来到了黄河边，姬发就要与八百诸侯会盟，他要向三军和盘托出此次大战要略。

按照事先的联络，当周军到达孟津的时候，殷商人的世仇彭人、濮人早已经到达。他们各出一万人马，跟随他们一起到来的，还有髳人和庸人。髳人梳着奇怪的发型，驱赶着几头战象——殷商军有一支令东南蛮夷惊惧的凶猛象军，象牙尖端镶嵌着青铜做利矛，沾到就会被刺穿。战马非常害怕大象，若此次联军没有大象反制对方，一定会乱了阵脚。庸人是楚人的邻国，生活在神农之山中，占地广大，人数却不多，不过他们对中原文明的向往却是非常强烈的，一直与周国保持着联络。西北的羌人也尾随周军到达了孟津，他们来了几十个部落一万的人马。只是，以彪悍、善战著称的蜀国人却没有按照事先的约定及时赶到会盟，姬发随即派出姬利再去联络。

一下子增加了三万五千人的援军，给姬发添加了很大的信心。太公姜子牙让他召开一次会盟大会，面向三军表达决心。那一日，姬发登上高高的土台，换上了一身孝服，令人捧出父王姬昌的牌位，向大家说话："大周列祖列宗，先父文王英灵在上，三年服丧，我从不敢称大周国的君主，而仅仅是太子。不克仇敌，我姬发有何等脸面在周为君？今天，我请诸位首领、国君到这里会盟，并不光为练兵观兵，而意在用兵。我们兵锋所指，不为别处！"

说着，姬发抽出自己的佩剑，向东北方向一指，继续说："我们就是要攻打暴虐无道的商纣王子受！"

他的话声一落，三军立刻响起了震天动地的欢呼之声。行军以来，大家都在暗自猜想此次出兵与会盟的目标，但无论是周人动员还是姬利出使时都没有明说。现在，无论是贵族还是士兵，无论是军官还是小卒，无论是部族首领头人还是寻常战士，都在同一时间内听到周王的命令，不禁群情激奋，山呼之声，地动山摇。这其中，有很多蛮夷族人，被殷商打了大半辈子，听到有朝一日竟能主动出击讨伐商人，简直比什么都来得狂喜。

姬发在此时，已经不愿意叫帝辛为"帝"而正式改称"纣王"了。"纣"在周人的语言里，是暴虐无道、无德失范的意思。只听他继续说："纣王失德则戕害天下，他既然无道，我们天下之人就能发誓共讨之！而且，不在别年，就在近日！这次会盟，大家能在孟津合兵，多为天意眷顾。周虽旧邦，其命维新。若诸位能够倾力相助，无论地处南北东西，成功之日，皆可归宗于华夏族人。我将给你们封号，承认你们的封土，赐予你们礼器。普天之下，皆为王土，率土之滨，皆为王臣，凡是服膺我大周的，无分敌我，皆是一宗，再无征伐，再无乱战，享百世之和平！"

姬发的这段话，让那些蛮夷方国的首领和士兵听得热血沸腾。他们向往中原文明，却永远被强盛的中原帝国商国视为蛮夷，视为劫掠和欺凌的对象，动辄就被杀伐。现在周人给他们开出了一个天大的诱惑，凡是助力周人的，都能入宗华夏，头人能得到封爵，士兵能享有和平，自然是莫大的鼓舞。没有一个人不摩拳擦掌，要拼死效力的。

这段话，实际上是姬旦为他草拟的。看到二哥将主旨点明之后，穿着巫师缁衣的姬旦连忙带上了一个杨木傩的面具，站在土台中部的一个平台上，拿着一把半截铁剑，念念有词道：

"明明在下，赫赫在上。天难忱斯，不易维王。天位殷適，使不挟四方。

挚仲氏任，自彼殷商，来嫁于周，曰嫔于京。乃及王季，维德之行。

大任有身，生此文王。

维此文王，小心翼翼。昭事上帝，聿怀多福。厥德不回，以受方国。

天监在下，有命既集。文王初载，天作之合。在洽之阳，在渭之涘。

文王嘉止，大邦有子。

大邦有子，伣天之妹。文定厥祥，亲迎于渭。造舟为梁，不显其光。

有命自天，命此文王，于周于京。缵女维莘，长子维行，笃生太子。

保右命尔，燮伐大商！"

苍天啊苍天，你是多么会挑选天子啊，将殷商的美女嫁给了祖父姬历，生了文王姬昌，又将殷商帝王的妹妹嫁给了父亲姬昌，他们生下了现在的大周太子姬发。他可是殷商王庭的外孙和外甥，现在要讨伐失德的表兄纣王。重振华夏之纲，讨伐殷商，试问天下，还有谁能比他更合适呢？

站在姬发身后的姜子牙听着姬旦的祝诗，观察大家的反应，不禁满意地点头不止，胸中满满是全胜的把握。

一百三十八　异象

就在姬旦装神弄鬼之际，突然土台之下传来了两个苍老的声音："不可啊不可，不可啊不可，万万使不得，万万使不得！应该赶快回兵！"

大家循着那两个声音看去，竟然是一路风尘的两个小老头。外邦之人都不知道他们是谁，但周国人都认得。他们是两个不合时宜的老头子——伯夷和叔齐。

当年，他们离开了孤竹国来到中原，试图阻止闻仲对西南的征讨，向纣王提出建议，却并没有受到理睬。他们因为商王无道，失望之下，来到了周国，帮助姬昌治理国家。不过，他们跟姬昌交流得也不是那么理想。周文王打心眼里十分尊重这两位先生，但尊重归尊重，却不怎么采纳他们的建议。比如在是否攻占崇国这点上，他们与姬昌的分歧很大。他们主张为臣就要守臣道，尽力规劝帝辛；不果，便守好自己的本分，把周国治理得安稳就好，仁义的人没有必要攻城略地。

可是姬昌依然在临终前攻下了西域的宿敌崇国。这令伯夷、叔齐二人渐渐认清了这位文王的本来面目，他们对周国的政务也就冷淡了，半隐居地生活在商周之间一块文王赐予他们的小封地上。这次他们听说国君姬发带着大军东去，慌忙与周人交了封地，驾着车追赶大军。果然在孟津追上了，刚刚听到姬发自称"太子"，捧着文王的灵位要讨伐帝辛，更是大惊失色，慌忙站出来，喝阻他。

伯夷和叔齐来到土台之下说："我们从来没有听说，父亲的服丧之期未满，尸骨未寒，就带着灵位出来兴起兵戈、讨伐自己的主君。这是不吉利的，更是大逆不道的。我们劝太子赶快收兵，返回西岐吧！"

他们两人的这一番话，引起了诸多将领的不愉快。姜子牙之子姜伋靠近他们，忙拔出佩剑，怒喝一声说："两个老糊涂，你们在说什么？左右，给我拿下，立刻拉下去砍了，正好用两个头来祭祀文王和祖先！"

姜伋的士兵一拥而上，把伯夷和叔齐拿下，嚷嚷着要去砍头。高台之上的太公姜子牙高声喝止，说："大胆犬子，不得无礼，给我放了两位先生！他们虽谋不与我们同，但是道义是一致的。两位先生，我们并非谋逆，只是迫不得已，要用这种办法为天命伸张正义！"

伯夷、叔齐经过刚才的一番推搡，对姜子牙的话更加不以为然，他们整了整衣冠高声道："诸公要是一心指望着这么伸张正义，那真是苍天无眼了。罢了，是我们无眼，错看了周人。在此告别，我们发誓有生之年，不踏入周国半步，即使饿死，也不食周粟！"

二人说完这番话，就登车离开了。他们的话，对会盟之中的任何人都没什么影响，倒是姬发听入耳中了，他本想挽留伯夷和叔齐，却被身后的姜子牙拉住了后襟，只得目送他们消失在人群之中。

既然已经会盟，接下来就要马不停蹄地渡过黄河了。

滚滚黄河之水，九曲回环，滋养中原沃土，令华夏族人生生不息。在殷商朝时代，它还并不那么浑浊，又时值冬季，河水平缓而从容。孟津两岸都是宽阔又坚实土地，非常适合渡河。在等待会盟的日子里，太公姜子牙已经安排好了渡河的船只，让三千虎贲率先渡过黄河，在对岸列阵防护。姬发随后率领中军登船渡河。他的船开到河中心时候，突然刮起了大风，似乎是河神掀起了一个个巨大浪涛。那些浪径直冲着姬发的船头打来，狂暴的风刮得天昏地暗，连两岸的人马都看不见了。

姬发有点慌张了，他坐在船头，左手拿起一把黄金色的大板斧，右手拿了一只悬挂白色旄牛尾巴的权杖向河流中心一指，大声说道："河神，朕担当了天下的重任，谁敢违逆我的意志！"

不过，似乎河神并没有听从他指令的意思，风依然很大，河水依然汹涌，波涛起伏。姬发有点慌张了，侧面向太公姜子牙瞧去。姜子牙嘴里念念有词，然后说："冬日阵风，王上不必惊慌，多令几次，河神自然顺服。"

姬发又照样念了几次，过了好一会，风过去了，河面自然就平静了。他长舒了一口气。突然一条大白鱼跳到了他的船里，把他吓了一大跳，他不由得想起了伯夷、叔齐的话，惊呼说：“白鱼入舟，这，这是不吉之兆，是否是河神的旨意，要我们退兵归周？”

姜子牙拔出佩剑，一剑刺穿那条鱼，高声向身后将士们说：“大王，这是河神向您的拜献，他是得了您的命令，惊扰到了您，特敬您一条白鱼，求您息怒啊！”

姬发擦了擦额头的冷汗，连声说：“那就好，那就好！”

终于，姬发渡过了黄河，他的后军也陆陆续续渡过了黄河。那些三百辆兵车刚被用船搬运过河，姜太公就马上命人把河里的船全部毁坏。姬发在前军清点兵马，来不及阻拦太公这一疯狂举动。只听到姜子牙对身后的将士厉声说：“这回出兵，是大周国的太子去为他父亲和兄长报仇。大家只有去和敌人拼死奋战，不可存侥幸生还之心！”

他随即下令，将三军所过的渡口和栈桥全部烧掉，不留半分退路。姬发心中有一百个不愿意，但是岳父的意志比岐山还要重，几乎是架着自己向朝歌去，他也不敢悖逆这个疯狂的命令。

全军既然渡过黄河，就只剩一条路——攻向朝歌了。

孟津的对岸是邢丘。大军刚在这个地方走出没多远，忽然天下大雨，雨水冲刷毁坏了道路，人马不得前进。冬季里难得见到这样的大雨，为了避免过度疲劳，姬发只得下令暂时停止行军。这场大雨一连下了三天三夜。

正这时候，姬发一员贴身虎贲所用的盾无故折为三截。他心里感到十分害怕，便召太公来问道：“尚父，你看这是否是天降旨意，好像是纣王这人，现在还不可以讨伐吗？”

太公没想到姬发火急火燎地召自己来，问的就是这话，很轻描淡写地说：“不然。盾折为三段，是说我们的军队应当分为三路。大雨三天不止，那是在洗我们的甲兵，让我们清清爽爽，好上路啊！”

姬发听的，满脑子的担忧毛病更重了，说：“那，那我现在该如何是好呢？”

姜子牙说：“等雨水稍稍停止，我们立刻前进，趁着殷商人不备，直扑朝歌。老臣估算着，就算纣王再糊涂，此刻也应该得到我们进军的消息了，一定在手忙脚乱，调集人马，我们只有快攻。即便如此，也会有一场恶战要打！”

姬发一听，忧心忡忡说：“我昨夜观天象，见有流火，夜晚做梦，梦见一只赤鸟扑入太阳当中，扇动翅膀，吞吃日精，这是不吉之象啊！不如我们就此罢兵，此刻退回河边修复栈桥和舟楫还来得及啊！我这就去下令！”

一向平和冲淡的姜子牙听了姬发的这番话不禁火冒三丈，用平生最严厉的声音对着自己的君主兼女婿说：“发，你竟然不顾会盟之八百诸侯已率师集结，此时退兵，大周的威望、你姬家几代人的基业将毁于一旦，殷商若得以喘息并倾国反扑，你我全族皆会死无葬身之地！发，爱那个人，就连他屋顶上的老鸦也觉得可爱；要是憎恶那个人，就连他巷子里的壁头也觉得可恶。现在的我们，早已经没有办法了，要想退回去，唯一的办法就是向前冲，去杀光敌人，不要剩下一个！”

说着，他抽出了自己的佩剑，拦在了姬发的面前。这举动简直就是威胁了，把姬发一吓，本能地将手伸向自己的大斧。等手摸到斧柄的一瞬间，姬发想通了一切，壮气复燃，说：“对，尚父说的对，我要踏平朝歌，砍下商纣的脑袋！或者，他砍了我这颗脑袋！”

一百三十九　交锋

恰如姜子牙所预料到的，帝辛，也就是现在周人眼中的纣王，在周军孟津之盟前夜就已经知道姬发已经倾巢而出了。

姬昌家的几个儿子，纣王自信十分了解。论治国才能，数第一的应该姬考，论勇猛数第一的应该是老三姬鲜，论谋略数第一的应该是老四姬旦……姬发是个外强内软的人，所依仗的无非是他的岳父——老狐狸姜子牙，纣王从来没有把他放在眼里。他一直猜着周人会动手，但那必定是在自己死后，没想到他们如此大胆，姬昌一死就来挑战。

纣王有点慌神，但绝非慌得失去了主张，也绝非害怕。平定了七贵族之乱后，他一改暴虐的做法，很宽大地处理了那些造反的人，那些帮助他平叛的奴隶们也获得了优待。整个朝歌，在他看来现在人心是很整齐的。

当时，殷商全国最精锐的十五万主力都被太子武庚带去了东南，而平叛有功的嬴飞廉又带着一支精兵刚刚去了北方——纣王自感年迈，差遣他去太行山中找一块上好的石料回来做自己的石棺，朝歌周围的确并没什么重兵把守了。不过，纣王所信赖的几员猛将，费仲、尤浑以及嬴飞廉之子嬴恶来三人都在朝中，努力征发一下，足有五万精兵可用，另有无数的奴隶可以征用作战，凑得优势人马该不成问题。

有这样多的重兵，以逸待劳，让那些有罪的贵族们戴罪立功，让包括苏妲己在内的几位王妃的亲族参战，比如有苏国的人。打了一辈子仗的纣王盘算，应该可以抵挡周军一阵子。他已经派出了最快的信使向东南去，召回太子武庚。这个儿子，纣王本来很不以为然，但经过这么久的锻炼，他越发觉得太子还是个可塑之才，得赶快召回。对于老贵族们，似乎太子的威望比自己更重，自己是个行将就木之人，不用跟儿子争了，这次若能打退周人，就让位于太子武庚吧，飞廉的棺材也应该办到了。纣王依旧在饮酒，并不怕。

周军的行军速度比纣王估计的要慢许多，挨过了邢丘之后，又花了两天才到达殷都的郊区牧野。此时，纣王已经下令由恶来领军、尤浑做他的副手，两人带着三万殷商精兵和五万奴隶兵早已经在牧野之原上摆好了阵势，坐等周人的到来。

时值公元前 1053 年 1 月 20 日清晨，这是一个甲子日，太岁星在东方冉冉升起。姬发夜不能眠，策动大军在寒风中迎着星辰赶路，按照约定来到了牧野之地，迎面遇太岁可不是什么好兆头，周王姬发心里充满了忧结。①

经过渡河和暴雨，周军已经疲惫不堪了。姜子牙下令三军就地休整，待天明再前进。姬发、姜子牙和姬旦驾车翻越一个小土丘，向东眺望，三人都抽了一口冷气：牧野的那头，平旷之地里，商军已经扎起了连绵的营寨。

---

① 有关牧野之战的确切时间，史学界至今没有定论，按照不同的推算办法，共有四十几种说法。作者写作中，采其一说，为的是和全书时间节拍合辙。各家见仁见智，不必理会小说家言。

营寨外有巡逻的战车举着火把，来回走动。营寨之中像繁星一样燃着点点的篝火，时不时从营寨里传出有人震天动地的呼号，那是商人在砍杀祭祀祖先的人牲。果然是打了几百年仗的大邦商，排兵布阵有条不紊，丝毫看不出有任何的惊慌失措。

姬发已经连续好几夜睡不好觉了，精神极其疲乏，看到商军的营寨，忍不住哆嗦了一下，说："他们果然是有准备了？这，这该如何应对？"

姜子牙来回看了几眼说："十万人马，应该不错！"他随即看向姬旦。

姬旦双手撑在马车的车轼上，向东望去，感叹着说："太子，太师，当年我从朝歌回来，每每必经这牧野之地，这里的地势高下，已经了然于胸，回营我就画给你们。"他头脑中浮现的，却是与有苏国人交战的画面。

姜子牙笑着说："嗯，不劳四王子费心，这地势图，我也有了。现在我们只需要再等等，还会有别的好消息来的。"

姬发不禁发问："等什么？"他话声刚落，就见一辆殷商的战车悄无声息地向这个土丘冲了过来。来人并没有打火把，等马蹄声靠近，众人才在黑暗中发现那辆车。

姬发一惊，他身侧的虎贲慌忙搭弓举盾准备护卫，却被姜子牙制止住了。

那来人独自驾着车，脸上戴着一副冰冷的青铜面具，在远远的距离上，他就停了下来用低沉的嗓音说："丘上的可是周国的太师姜子牙！"

姜子牙说："正是！"

那人感叹一声说："既约定甲子日相会，果然一天也不差啊，如胶鬲阿衡言，周人诚然可信也！"

说完，他立即搭弓射箭，轻飘飘地将一尾箭射向了姜太公。这么近地射箭，姜子牙的卫士防护不及，眼睁睁看着箭飞到姜子牙的胸前，却在姜子牙的胸甲上一撞，落到了他的车中。两边的士兵慌忙要搭弓反击，姜子牙却高呼："不要慌，不要慌，没有射中！"

他拿起那杆箭一看，原来只是一杆秃箭，并没有安箭头。用手捏捏，他就知道箭身上绑着绵软的帛书。那个人射完箭，立刻收弓，拉转马头，赶车离去。

姬发询问姜子牙："要追吗？"

姜子牙摇摇头说："不要追，不要追，他可是文王给我们派来的信使！"

姬发眼睛陡然一亮，问："这杆空箭上可有什么吗？"

姜子牙抽出帛书说："有的，却是明日战胜殷商人的胜算！"

姬旦点点头说："我就猜到殷商国中会有肯帮助我们的人，原来父亲在世之时早已经作了周详的安排！"

姬发和姬旦都想知道这帛书中的秘密，姜子牙却将那书信揣入袖中，一指殷商军队的营寨说："太子，四王子，你们都可以高枕无忧了，过不了多久，这些人，还有那朝歌城里的人，都会是咱们的帮手啊！"

听了姜太公的这番话，姬旦忍不住拍手叫好，姬发紧锁的眉头也舒展开来。殷商国力雄厚，纵然主力在外，若上下齐心，就凭周人这点兵马前来，注定是以卵击石。只有内援的存在，才是周人战胜他们的关键所系。

一百四十　牧誓

天放明了。天明之前，殷商军派出的探马也知道周人抵达了牧野，主帅恶来令人下牒问罪。

这份问罪的通牒是纣王亲自口述的，由殷人使节带入周人大营中。使节振振有词地对周国君臣说："西伯姬发，自古商周既是兄弟之邦，也是君臣之国。尔等本应镇守西域，未蒙征召，无故带兵，汇合蛮夷，来到我朝歌郊外，是为何故？若误信谗言，余一人限尔等两日内速速带兵离开，则我大商不予追究，并念劳师远来，赏赐珍宝朋贝无数；若尔等怀有有二心，决意挑衅大商，则战端一开，尔等皆是罪大而不赦之徒，皆当炮死！"

姜子牙听了哈哈大笑说："死到临头，暴纣还这等猖狂！正巧，我们要祭祀祖先，缺少人牲，就把这使臣和他的人全拿下，砍了用！"

他一声令下，周军蜂拥而上抓住了使臣和他的随从，扒光了衣服向外拖。那使臣吓得是屁滚尿流，苦苦哀求，但依然被残暴的周人给杀了头，可怜做了人牲，献祭了文王的牌位。两国交战时候的使节，真不是个好干的差事，遇上两边阴谋诡计的碰撞，伤亡率极高。

杀了殷商的使臣，还搞了一次隆重的人祭开始誓师，周人正式与商人决裂，挑衅开战了。不远千里而来，当然不会是为了领走纣王的赏赐的。纣王也心知肚明一战不可避免，他弄不清周军实际总数究竟是多少，但他此生作战，无论远征东南，还是远征东北，都是败少胜多。这次让嬴恶来领出精兵，他并不指望能一举击溃周军，但是能与之僵持上一两个月足矣。朝歌城的蓄财和蓄粮极多，完全可以应付旷日持久的战事。周人和蛮夷们不成，他获知，他们一路上都是靠攻打那些殷商的封地获取补给，算来，能足十日的口粮就已经不错了。

周军的状况的确如纣王所料，一点不虚，因为增加了诸侯联军，整军之中存粮不过五日之需。所以周人急于求战，用殷商的使臣做完人祭之后，在甲子日的黎明，姬发就在牧野举行了盛大的誓师。

只见牧野之阪，两万员联军已经排列成紧凑的阵型，一字排开面向朝歌。太子姬发登上一辆居中的战车，左手持黄色的青铜大斧，右手拿着系有牦牛尾巴的白色旗帜向全军挥舞。

姬发看着身后的士兵，大声说："我们这些从西方来伐纣王的人，历经千辛万苦，走了多么遥远的路途！今天，我们要让这一切做一个了断！"

众人山呼海啸，喊声震天。姬发将大斧平放，平息大家的呼声，继续说道："哦，我们友邦的国君们和执事的大臣们，司徒、司马、司空，亚旅、师氏，千夫长、百夫长们，还有蜀、庸、羌、髳、微、卢、彭、濮等国的朋友们，举起你们的戈，排列好你们的盾，竖立起你们的长矛，我要发布誓词！"①

又是巨大一阵波涛般的欢呼，很多蛮夷族人用长戈敲击自己的盾牌，用两根长矛互相碰击，发出砰砰咣咣此起彼伏的巨声。

姬发就应和着众人的情绪，发布了那篇中国历史上最著名的战前动员令——《牧誓》：

---

① 王曰："嗟！我友邦冢君，御事：司徒、司马、司空，亚旅、师氏，千夫长、百夫长，及庸，蜀、羌、髳、微、卢、彭、濮人。称尔戈，比尔干，立尔矛，予其誓。"

“古人说：‘母鸡是没有在清晨报晓的；若母鸡报晓，说明这户人家就要衰落了。’现在，商纣王子受，只听信妇人的话，对祖先的祭祀不闻不问，轻蔑废弃同祖兄弟而不任用，却对从四方逃亡来的、罪恶多端的人，加以推崇，并且信任重用，以他们为大夫、卿士。这些人施残暴于百姓，违法作乱于商邑。现在，我，姬发要奉天命进行惩讨！今天的决战，我们进攻的阵列前后距离，不得超过六步、七步，要保持整齐，不得拖拉。诸将士们，奋勇向前啊！在交战中几次不超过四五回合，至多六七个回合，就要停下来整顿阵容。奋勇向前啊，将士们！希望你们每个人都威武雄壮，如虎如貔、如熊如罴，前进吧，向朝歌的郊外杀去。在战斗中，不要攻击从敌方奔来投降的人，要用他们为我们服役。奋勇前进啊，将士们！你们如果不奋力向前，你们自己就会被杀。冲吧！”①

这份战前动员令实在是太鼓舞人心了，而且对于那些根本不知道战法战术的蛮夷盟军，也是简洁明了的一个战术指导。打仗么，无论如何，一定要把队形给排列好了，以整军克敌才能致胜。姬发一挥白牦牛尾的令旗，整个周军的先锋部队，就开始举起武器，迈着统一的步伐向着商军进攻了。

牧野战场是一块异常宽阔的洼地，四周有大大小小零落的土丘，中间是一块非常宽阔平坦的平原。当周人发起进攻的时候，商军的主帅恶来也布好了大方阵。他登上一个望台，远远眺望周军的人马，当他看到周军让甲士与蛮夷族人混编成方阵时，不禁心中轻蔑不已，心想，果然是一群乌合之众。

恶来便下令，将一万商军最精锐的精甲猛士陈列在前。他们是当时全世界第一流的重装步兵。装备之好可当得上举世无双，清一色镶嵌着青铜块的牛皮甲，青铜头盔上高扬着野鸡的长翎毛，腰部上别着青铜力剑，右手持一人半高的长矛或者长戈，左手持的半身盾牌上雕刻着鬼面人加玄鸟纹的图案。商军行动整齐划一，步伐也一致，踏着地面虎虎有声，令人望而生畏。这支虎师的阵

① 王曰：“古人有言曰：‘牝鸡无晨；牝鸡之晨，惟家之索。’今商王受，惟妇言是用，昏弃厥肆祀，弗答；昏弃厥遗王父母弟不迪，乃惟四方之多罪逋逃，是崇是长，是信是使，是以为大夫卿士，俾暴虐于百姓，以奸宄于商邑。今予发，惟恭行天之罚。今日之事，不愆于六步、七步，乃止，齐焉。勖哉夫子！不愆于四伐、五伐、六伐、七伐，乃止，齐焉。勖哉夫子！尚桓桓，如虎如貔，如熊如罴，于商郊。弗御克奔，以役西土，勖哉夫子！尔所弗勖，其于尔躬有戮。”

容，瞬间令周军相形见绌。

恶来的探马已经绕一圈回来了，也将姬发《牧誓》的大概复述给他听了。他不禁哑然失笑，了解周军和他的盟友是哪些人，还有他们那令人笑掉大牙的战法战术。在姬发的嘴里，恶来自己就是那种“四面八方逃过来的人”，他和他的父亲飞廉都不是殷商的旧贵族，而是靠着军功一步一步被帝辛提拔起来的。姬发指名道姓要征讨他们这样的人，那就是没有商量的余地了。嬴恶来踌躇满志，决意踏平周人，让这帮狂妄之徒有来无回。

第三十章
乾坤决战

一百四十一　先锋战

在第一线指挥周军的，是猛将山戎人黄飞虎。当甲士们奋力向前冲之后，在两个方阵之间的一百辆战车次第向前驶去。两个文明大国之间的交战，不同于殷商或者周人对戎狄的征讨，只要集中优势兵力猛攻歼灭，此时需要讲究战争的礼法。

战车和步兵方阵协同作战，步兵先行，战车紧随其后出发。两派的方阵停在了平原当中，相隔一箭之地的距离。所谓一箭之地，就是互相放箭无法射到的安全距离。大家都光明磊落，不突然搞流矢攻击。这一箭之地便是战车作战的好沙场。到这里，战车加速驶出阵列，排成一字队形两两对峙。对准了各自的作战伙伴之后，两车相向冲击，战车上的猛士互决胜负。

黄飞虎驾着战车，手持着一个巨大的战斧，袒露着半边胳膊，虎视眈眈地盯着殷商军。恶来也亲自驾车上前，手持着两根短矛。他生得高大魁梧、一脸虬髯、双目像铜铃一样圆瞪着，背后还背着四支短矛，像是一头长出无数利角的怪兽。

三军不动，主帅先战，这是比勇。两军几乎同时吹响了号角，周人用的是牦牛号角，声音低沉却很圆润，商人吹的是水牛号角，声音高亢。在号角的推动下，黄飞虎和恶来驱车互冲，先杀起来。在两车交汇的一霎，恶来用尽全力刺向黄飞虎，黄飞虎则横斧劈向敌人。无论谁的武器触碰到对方的身体，纵然不死都是致命伤。

恶来用一支矛头刺向黄飞虎，另一支抵挡住了青铜战斧的冲击。巨大的金属互击，黄飞虎的战斧硬生生镶嵌到了恶来的矛头里去了。恶来则很有把握地刺中了黄飞虎。不过，当他试图拔出长矛时，却发现自己的矛被黄飞虎用左胁给夹住了。当两车分开之时，黄飞虎的斧头已经落到恶来的手里，而恶来的矛也被黄飞虎夺取了。

“山戎人！”恶来挥了挥斧头，又从背后拔出一支短矛，“不要为周人卖命，他们是永远瞧不起你们这些蛮夷的！”

黄飞虎则扬了扬手中的长矛说：“纣王无道，天下都盼望他早点倒台！不要助纣为虐！”说完，他将长矛向天空一指，周军的战车都冲向了商军的战车。真正的恶战开始了，双方车战打得异常激烈与残酷。因为战车的冲击力强，商军的优势甲胄防护作用十分有限，互相砍杀、冲刺，杀声、喊叫声震天。

为了给战士鼓气，更因为要遮掩厮杀中的惨叫，不令步兵胆寒，两边都擂起了战鼓。那种单薄的鼙鼓，尚没有深厚的共振腔，却足以振奋三军。那些周军中的蛮夷军队发出了虎啸狼嚎为自己的车士壮威，而商军则齐整地叩击地面，

至少几十年以来，周人军队从来没有跟商军正面交手过。只知道商军勇猛异常，横扫天下无敌手。周人非常善于与戎狄作战，商人也善于征讨四夷。但商周之间的实力，彼此都没有摸底。崇国人就是按照商军的建制和装备仿行的——周人灭崇，害怕长期的消耗战，只敢采取偷袭合围的办法，从来没有留出机会跟其进行野战。

这次商与周的决战，就车战看来，商军似乎更勇猛一些。黄飞虎左支右挡，百辆战车对决，一番厮杀之后，竟然被商军打败、损毁了一半。商军只损失了二十辆车左右，大股的车马完好无损。黄飞虎并没有打过这么大的仗，虽然一路上指挥先锋军攻下了不少的外围封地，不过那种抵抗与这一仗相比，简直小巫见大巫。他忧心己方的损失太大，慌忙下令撤军，自己殿后，用恶来的长矛挑翻了一辆追兵，让剩余的车兵全部退到步兵方阵的后方。

商军根本不给周军以喘息的机会，恶来见黄飞虎败退之后，忍不住哈哈大笑，立刻招摇令旗，让重装步兵方阵向西逼近，掩护车兵，并杀向周人的方阵。周军的退路已经被姜子牙给毁掉了，诸人虽然惧怕商军的整齐与威猛，但此情此景之下，只有硬碰硬了。

黄飞虎也竖起了令旗，让步兵方阵向前冲击，杀向商军。两边军马都踏出了遮天的灰尘，喊杀之声震天动地。比较起来，商军虽然冲击的速度很快，但整体队形丝毫不乱，每列步兵之间保留的间隙也很匀称。周军只有一半是周人的甲士。还有一半乃是言语不通、未经训练的蛮夷诸侯之兵，一旦移动起来，他们完全忘了周太子姬发的训诫——走几步就要调整阵容，只顾自己胡冲。结果，这些蛮夷倒先行冲击到商军方阵中，胡砍乱杀起来。

商人非常善于与这些蛮夷作战，两个方阵和纵队之间配合得十分熟练。远则用长矛结成三层的矛林进行攻击防御，近则拔剑。按照《周礼·考工记》的记录，商军制式长矛称为“铍”，足有 5 米多长，短矛 4 米，铍与矛的层次很分明。外用盾牌隔成一堵防护墙，高效分割、刺杀和砍杀这些蛮夷。

这些盟军虽然力甚勇，但战法实在不高明，彼此配合得十分有限，很快五个方阵被杀了大部分，后来跟上的正规周人军队，被诸侯军的散乱后队隔开，努力向前凑都没法嵌入到商军的方阵中，眼瞅着盟友被屠杀，却一点帮不上忙。整个战场乱成了一锅粥。

待到商军的后队、跨过尸山血海，替换前队上来，周人完全丧失了人数优势，几乎是被包围着歼灭。他们何其之勇，往往以一敌二、以一敌三，但商军也是毫不留情，排排长矛从盾牌的缝隙中向前刺杀，有节奏地向波浪或者车轮一样冲击周人的方阵，慢慢使之打乱、打散。恶来登高一看，又不失时机地驱动兵车出列在周军方阵之中横冲直撞，战马踏，战车碾，车上乱箭齐放，长戈横扫。很快周人那些胆怯的甲士开始向己方阵地溃逃，

黄飞虎看在眼里急在心里，自己驱车上前冲，要与商军拼命，但抵不住自己的溃兵冲击，也被带着向西退去。没有来得及撤退的周军，就成了商人残酷的猎物，很快就被杀了个精光。整个牧野到处横尸，到处在流血——后人形容“流血漂杵”丝毫不夸张。

毫无疑问，这交锋的第一仗周人是败了，彻底地败了。姬发、姜子牙二人在远处高丘上观战。姬发时而满脸涨得通红，时而面如死灰，他一言不发，心中却焦虑万分。看到黄飞虎收拢起残余的三千人马，加以整顿，准备反击的时候，他恨不得自己提着战斧冲下坡去与商人拼个你死我活。但姜子牙依然不动声色，他眯着眼睛，抱着双臂，见黄飞虎把残军收整好之后，立即下令："鸣金收兵！"

号兵慌忙敲打起金钟，令周军战士回撤。

恶来见此情形大摇令旗，准备指挥大军再追杀一阵子，杀光周人。这时，商军营中却也响起来鸣金之声。他大为惊讶，但害怕营寨有变，不得不勒马收兵。

一百四十二　援军

鸣金之后，双方大军归营寨，派出人打扫战场。九千尸体横陈战场，周人死伤七千人，商人死伤两千人，谁胜谁负，一目了然。

黄飞虎归营，初战就败绩，羞愧难当。自己被四王子姬旦从一介山戎举荐为将，第一次先锋遭遇战就丢盔弃甲，死伤无数，实在是无颜见周太子诸人。姜子牙倒没有表现出任何的失望，他说："我师远来，诸军疲惫，初战受挫，正常之事。让大家好好休息，多杀几只羊，大釜烹之，明日再战！"

嬴恶来回到营寨中，立即质问他的副帅尤浑说："我军大胜，我正要乘胜杀过去，为什么早早就鸣金收兵？"尤浑很不以为然地说："姜子牙用兵狡猾，远征疲乏，故意用这些杂兵取败来引诱、麻痹我们，将军怎么能这么轻易上他的当呢？"尤浑的话，其实不无道理，但嬴恶来非常不喜欢他这副腔调，说："周人不过如此，就算引诱我们，难道我就不能杀他们一个三进三出！"

尤浑不禁说："我军的任务，不过是将周人驱逐出去，拖累拖垮，求战太多，似乎才合姜子牙之意呢！不日，我们的后援也会陆续到来，等我们后军备齐，才是一朝驱走周人的好时机。"

尤浑也是常常领兵征讨蛮夷的人，当年苏妲己就是他俘虏回来献给纣王的，名为副帅，实为监军。嬴家父子俩入朝很晚，但这两年倒颇受纣王的倚重，令尤浑很不爽。他内心也不大愿意嬴恶来仗打得多么顺当。两个主帅聊到这里就聊不下去了，话不投机，就各自回帐休息。

等到第二天，嬴恶来早早起来迫不及待命人敲起求战鼓。只等周军的回应，出乎他的意料之外，周军营寨平静得很，丝毫不理睬商军的挑战。他好生纳闷，周军远征而来，一败之后，竟然不求战，只好回营中饮酒、谩骂。

而尤浑一天之内，完全忙着接收从朝歌城里陆陆续续开来的后军，见这些人竟然多是临时武装起来的奴隶，不禁问押解的军官："是谁为帝辛编凑这些军人来？"那军官告诉他："帝兄微子与大夫胶鬲！"尤浑轻声一叹："怎么是他们！"

半年前的七贵族之乱，名义上都谣传要尊微子为帝，但帝辛派人查清微子没有参与到谋划与动乱的任何的细节里，也就并不为难这位比自己老得多的大哥。帝辛所派的人就是大夫胶鬲。胶鬲原来是从东海往西岐贩卖鱼和盐的贩子，常常预先拿了周人的钱，隔年才来送货，约定好时日，十分守信，一天不会怠慢。鱼盐有时价之差，但胶鬲贩卖都遵守上年约定的价格，多不取，少不增。文王姬昌发现此人十分可信赖，便推荐给了帝辛，入朝做官。

胶鬲的确很能干，有殷商人最推崇的经营之睿，管理商邦财政胜于任何人，每一次征战，后勤供应都搞得有声有色，颇得帝辛的欣赏。这次毫不例外，当帝辛为拼凑军人而头疼的时候，胶鬲不失时机地进言说："上次平叛，奴隶们自发地襄助王师，可见他们对您的尊崇。这次周人西来，何不搜尽城中奴隶，发以兵戈，以集重兵，凭多胜少，全歼周人呢？"

帝辛的战略目标是等着远征东南的商军能够尽快回师，在此之前，能够打退周军足矣，未曾想过全歼周人之兵，经胶鬲这么一说，他倒有心一试，便向太保费仲下令，发尽城中的奴隶和俘虏，交到前线去，由尤浑统一指挥。

嬴恶来一觉醒来，听到营寨之后人声鼎沸，平空多了无数的兵，不禁勃然大怒，质问尤浑："是谁送来这么多的兵？"

尤浑说："是帝辛送来的！"

恶来说："我们出师顺利，打退周人指日可待，干嘛要无故增兵?"

尤浑说："多多益善，岂不美哉！帝辛有令，让你我全歼周军！"

恶来简直不相信自己的耳朵，说："帝何其之愚蠢，精兵不过三万，节制五万奴兵足矣。此番又派来多少奴隶兵?"

尤浑说："七万奴兵，两万精兵。目前，我们共有十七万人马！"

恶来仰天长叹："给我四万精兵足以破周人，如今却有十七万人马，我恐怕有危险啊！"

尤浑就有点瞧不起恶来了："都说将军神勇，为何人多反而胆怯成这样，不如你来指挥精兵，这些奴兵由我来指挥！"

关键时刻，尤浑似乎倒也不拆台。两人既作如此商议，就做了分工，第四天，由尤浑领兵再度向周军求战。

第四天，由姜子牙长子姜伋为主、武吉为副，领五千周兵甲士应战。姜伋在车战中抵挡不住恶来的攻击，臂膀中矛，武吉匆忙驱车救他，在回撤之时被恶来一矛挑出战车，纵马踏死。一将伤，一将死，恶来十分得意，摇旗进攻，追杀猛砍，周军又一次面临大败。正在此时，土丘上奔涌出一线蛮夷的人马，远远地放出乱箭进行支援，逼退了恶来的商军，救出了姜伋的周军。

这些蛮夷似乎不用马车，像一些犬戎人部落那样，都直接骑在马上，脸上都涂着厚厚的鬼面油脂，头插翎毛，上身赤裸。他们的首领，带着太阳金冠，手持着黄金权杖，面带着镶嵌着金块的青铜面具，高高地坐在一辆六匹马拉的大车之上，从容指挥着全军。在他马车的侧后方，有一辆周人的战车，驾车的人手持使节之杖，正是姬发所派出的使者姬利。而这支来得及时的人马，正是蜀人。

蜀人出其不意的进攻，令恶来没法招架。商军方阵抵挡不住乱马的奔踏，支起盾墙抵挡一阵子之后，也被冲散了。商军所一直进攻的东南淮夷缺少战马，故而抵御不住商军战车的冲击。而蜀人不同，虽然偏在西南，但长期与善养马的羌人通商，用蜀盐和青铜换羌马，故而有一支非常彪悍的马军。蜀地向外，多山路崎岖，战车不易行，所以他们向犬戎人学习，冲锋时夹住马脊直接骑在马背上。

经不住蜀人马军的冲击，任恶来勇猛，商军还是败了，尤浑登高望见，连忙鸣金收兵。那蜀人首领也知道鸣金收兵之礼，待商军退去，便喝令全军勒马收兵，与姬利一起到周军营寨之中面见周太子。这第二仗，周人折损两千人，而商人折损三千人，商军小败。

一百四十三　杜灵

虽然儿子受伤，弟子牺牲，姜子牙依然振作跟姬发一起迎接蜀王。姜子牙远远就迎上来说："很早就听闻蜀帝杜宇大名，能得到贵军襄助真是三生有幸！你们能及时赶到，真是天助我大周啊！"

那蜀王摘下自己的鬼面，露出一张清秀的脸，脸面上干干净净，颇有几分清雅之风。听姜子牙提及"杜宇"二字，那蜀王慌忙解释说："太师弄错了，我并非杜宇，我是杜灵，暂接替望帝杜宇兄承担蜀国的重任！"

姜子牙一愣，忙问："那么，杜宇陛下他？"

那蜀王杜灵解释说："我那王兄他半年以前突然宣告退位，将王位禅让于我。扶周灭商那是我蜀人既定之志，故而来贵国来使后，我们就集国中精华之力出发远征了。既然有约定，不因王兄的退位有更改。然而蜀道艰难，我们出蜀，需行军万里，未能按照既定的时辰赶到孟津汇合，实在有愧于前约啊！"

姜子牙点了点头说："有劳新帝这番辛苦了，你们来得正是时候啊！一战就助我等挫败了商军的锐气！请大蜀国三军快快休息，今夜，我大周太子姬发宴请蜀王，洗尘，庆功！"

后来姜子牙细细问使节姬利才知道，杜灵的确是新晋之蜀王。他原来是蜀国的相，辅助蜀王杜宇治理蜀国，运筹帷幄，经营三蜀，很有功绩，不但深得杜宇的肯定，也深受蜀人的拥戴。蜀人崇拜"鳖"，在他们眼中是为龙族一类的，他们也有以灵物为名姓的传统，便尊称这位杜灵为"鳖灵"。关于这位杜灵，有种种荒诞的传说。说他本来是荆楚之人，掉在长江里淹死了，反而向上游漂去来到了蜀国，却又活过来，从而成为了蜀人的相——这当然是无稽之谈，杜灵是杜宇的族弟，正宗鱼凫族的人。既然杜灵这么深得人心，某一日，杜宇索性就将王位禅让给了他。杜灵百般推辞不受，然而杜宇却比他更坚决，简直就是恳求，杜灵这才勉强接受。自此继位，创立了蜀国的开明王朝时代。

对于杜宇的退位，并非蜀人讳莫如深，实在是杜灵本人也弄不清楚原委。只知道杜宇痴迷于某个山谷里一些神秘莫测的阵列，不愿意再出来了。人们说蜀王不小心打开了地狱之门，要自己去镇守。在杜宇禅让出王位后不久，杜灵因是否出兵援助周人的事情想亲自找他请教一下，结果是几乎把蜀地找遍了，也不得丝毫音讯。

不过，对于周人来说，来的是杜宇还是杜灵都是无所谓的事情，只要有援军来，就是大好事。蜀人之善战，第一次登场就展露无遗了，对出师不利的周人来说简直是久旱逢甘霖。

第二日，周人主动邀战。这一次，嬴恶来却选择免战。他已经打探到周人也添了蜀人的援兵，对尤浑说："他们添了这么多人马，也要多耗费粮草，只要我军坚守不出，耗尽周人粮草，就多了无数的胜算！"

尤浑跟他意见截然相反："周师远来，必然不肯轻退，只有主动出击，凭着我们排山倒海的兵士，一定能把他们击溃！"

听了尤浑的这番话，性急的恶来简直想一把拔出佩剑砍死他，怒斥说："向来本帅求战，尤阿衡说不急；今天我说免战，你却说要战；我说用兵贵精良，你却添了这多的杂兵——尤阿衡是偏要跟本帅作对是吗？"

尤浑听他口气十分不恭，也不禁也怒了："你小子不过一介莽夫，帝辛怕你鲁莽，才派我为副！你是什么人，纵然你父嬴飞廉也不敢跟我这么放肆说话！"

恶来虽然以勇闻名，但精于战术，能审时度势，绝不是没有头脑的莽夫，听尤浑这么一激，怒不可遏，唰的一声抽出佩剑来。尤浑是故意恶语刺激他，也抽出佩剑。左右的人慌忙抱住两位主帅，唯恐他们真的打起来。

两人既然不和到撕破脸的程度，也就没什么可争的了。恶来宣布自领精兵殿后，由尤浑领奴兵在前，明日再应战周人。次日，周军挑战，尤浑自领十二万的奴隶兵出战。

"所有人听着，都应当奋勇杀敌！"尤浑做了一个简短地战前动员，说，"帝辛有令，打退了周人，有赏，临阵脱逃者杀，杀杀杀！”

由于姜伋受伤、武吉战死，周人这边的一线指挥又换成了初战失败的黄飞虎。这是姜子牙的刻意安排，他料黄飞虎求胜洗耻心切，便令他再度领兵出征。在出征前，姜子牙对黄飞虎说：“军粮将尽，这番出征，只许胜不许败，败了，提头回来。你领兵五千，我再助你三万大军后援，两万蜀人，一万奇兵！”

黄飞虎已经下了死心，根本无须姜子牙立生死状，欣然领命出征。如果说前两仗打的都是先锋战的话，那么今天这一仗将是一次决战中的决战了。

尤浑亲率十二万奴隶兵列前阵，恶来领五万商兵列后阵。黄飞虎领着五千精锐周军翻了个小土丘列阵，所有人放眼向对面看去，不由地都吸了一口凉气。牧野之原早已经被黑压压的一大片商军给覆盖了，简直一眼望不到边，把整个地平线都给吞没了。后来《诗经》为证，非常精彩地形容道：

殷商之旅，其会如林。矢于牧野：“维予侯兴，上帝临女，无贰尔心！”

牧野洋洋，檀车煌煌，驷骠彭彭。维师尚父，时维鹰扬，凉彼武王。

肆伐大商，会朝清明！

就参加过那次大战的人看来，这首诗并没有半点的夸张成分，牧野洋洋，殷商的军队，其会如林，像森林一般茂盛。

前面的奴兵排列出松散的方针，在一些商军军官皮鞭和刀剑的驱使下，向着周军慢慢逼近，把后队恶来所指挥的精锐商军完全遮蔽了。十几万人行军，踏出的尘土像一场大雾，遮天蔽日。马拉的战车在商军阵前来回穿梭、逡巡，保持奴兵们队列的整齐。这些奴兵大部分人手中只有一个戈或者一支矛，没有盾牌，也没有佩刀或者佩剑，更别谈鲜亮的甲胄护身了，衣衫褴褛，面目黧黑。黎明的太阳照在他们身后，看不清他们脸上的表情，似乎只是一群等待被屠宰的行尸走肉。

黄飞虎胸中热血沸腾，面对着几十倍多于自己的商军，知道无论最终结果如何，自己必然是有去无回。那也顾不得想那么多了，他拔出战剑，准备指挥身后的五千士兵利用高坡优势，冲下去厮杀。这时，他看到一驾马车从他身后闪了出去，驶到了两阵之中。那车上坐的，竟然是太公姜子牙，只听得姜子牙停住车，站起身来，对着商军，似乎用尽全身之力高呼说：

“诸军，周太子为殷商的外甥，这一战，是王庭家事，与诸位无干。为奴者，凡是襄助我太子，则还给你们自由之身，愿耕种的，有土地可以赏赐！”

冒着中冷箭的危险说完这句话，姜子牙就立刻回车，退到黄飞虎军后了。然而，就这么简单的一番话，对于整个商军作用似乎比千军万马还有威慑力。黄飞虎看到商军前阵明显行军速度下降了，甚至有凌乱的迹象。这正是发动进攻的好时机！

一百四十四　倒戈

周军吹起了牦牛角号，敲起了隆隆战鼓，五千士兵簇拥着交错列成两排的五十辆战车，向一望无边的商军发起了冲锋。

吸取了上次失败的教训，黄飞虎宁要少量的精兵，不要杂兵。他在阵中的一辆战车上竖了杆大旗，并在车上亲自擂鼓。如果方阵被冲乱的话，所有人只要紧靠着他的战车就成。黄飞虎发誓要厮杀到最后一人。

他还让蜀人的骑兵在十丈远之外尾随自己，等自己的全军杀入商军的核心当中，再擂鼓冲锋，用战马搅乱商军方阵。而武王姬发和太公姜子牙则率领剩下的全部人马殿在最后，一旦商军被撕裂、分散，则从中间的血路冲入朝歌，攻打鹿台宫，活捉纣王——这是周国君臣设计出的最后一策，粮草不多了，战争不能无限拖延下去，生死一搏，只在今朝。

为了保持阵列的整齐，黄飞虎的进军速度并不快。五千人队列丝毫不乱，整齐前进，其实非常适合给弓箭兵当活靶子用。可惜，商军中精锐的弓箭手被前面十二万奴兵隔在了后军，丝毫帮不上忙。

尤浑眼见周军前锋只有这么一小撮人，不由地暗自觉得好笑。但他放眼看到中军、后军还有人马慢慢涌现，不由地心怯了。刚才姜子牙的话，他也听到了耳中，并在心中慢慢盘算，甚至觉得还有几分道理。姬发和帝辛之间的战争，那是一个联姻家族的内事，外人掺和再多，也是外人。多年来商周之间只有王族的冲突，没有打过什么大战，眼下的情况是否需要细细反思——尤浑还真的在掂量。

就在尤浑犹豫之时，战场的情势发生了怪异的变化。抱着必死决心的黄飞虎擂着鼓冲入奴兵当中，手持着简陋武器的奴隶们除了有极其零星的一点冲突之外，竟然自动让开了一条路。驱使奴隶们的商军，用长鞭抽打他们，他们也不肯涌上去与周军作战。

突然，有人在奴兵中高呼一声：“商人暴虐，周人仁义，正是我们求得自由身的好时机啊，何不反了！”

尤浑还没弄清楚究竟发生了什么事情，就听到海涛一般此起彼伏的应和之声：“反了！我们要跟从周王，杀殷人！”

紧接着，提着武器的奴兵们欢呼声震天动地，他们纷纷竖起了手中矛或者戈，挥舞了几下，然后像是有人统一指挥那样，纷纷转过身去，指向了背后恶来指挥的商军。十二万人倒戈之迅速，完全似有预谋一般。那些驱赶奴兵的商军用矛刺倒戈的人，但寡不敌众，很快马车被掀翻了，人也被乱矛刺死。余下的吓破了胆，纷纷往恶来阵中退去。尤浑也吓怕了，被卫士们簇拥着，赶着战车后撤。

黄飞虎见此形势，忙拔出佩剑一指东方，说：“杀啊！”十二万的奴兵簇拥着周人像乌云一样压向商军。恶来毕竟还有五万殷商的正规军，他也被这种临战变阵给吓了一跳，但是并不慌张，连忙把他的弓箭兵推到第一线，箭矢如雨发，铺天盖地向奴兵们卷来，转眼中箭着无数，竟堆起一堵人墙。

黄飞虎指挥周军引弓还击。商军的盾墙已经有效地防御了诸箭，还及时加以还击。没打过真仗的奴兵们开始有点怯意了。黄飞虎按照向前之约，向后军摇旗求援。

姜子牙已经料到此情形，令蜀人策马冲锋。百匹战马从周人前军的缝隙之中飞驰而出，冲向商军。然而，恶来已经吃过一回亏，作为优秀的战将，他不会再不提防的。当战马逼近的时候，商军阵前竖起了几排极其尖锐的长木杆，一头削尖并在火上烧烤成炭黑色。那些没留心的战马，连人带马被钉在了这些长杆子里。没有被刺中的，也会惊翻在地，一场残酷的厮杀。蜀人也冲破了商军防线的一些小角。但恶来采取不争之策，失守就放弃，龟缩后退，不给周人有破全军的机会。

蜀人也畏惧阵容严整的商军主力，马队开始踌躇不前。奴兵们知道商军的厉害，只是呐喊，也不敢强攻。只剩下黄飞龙和他的死士了，他大摇纛旗，告诉姜子牙自己准备拼了。远远山丘上，姜子牙并不回复黄飞虎，只是静静地一动不动，似乎在等着什么。

黄飞虎只有拼了。看着身后倒戈的奴隶们，他突然想起了自己的哥哥黄飞龙来，便继续擂鼓，鼓动五千壮士冲击五万人的商军方阵。嬴恶来知道这是周军的先锋主力，就放开阵营让黄飞虎攻入，然后关门厮杀。五万人将五千人团团包围，双方杀得血流成河。黄飞虎努力冲向恶来的中营。可惜不到半路上，他的战车就被截住了，乱矛齐刺，他身中数刺。

周军又一次吹起来号角，百辆战车从姜子牙身边冲了出去，飞驰向商军大阵，战车后还紧随着几百猛士——姜子牙决心驰援前锋军队了。

“杀商人，救出先锋军！”那黄飞虎率领的先锋士兵很多人是后军的兄弟朋友，眼睁睁看着他们被一点点地商军吞没，实在是不忍心，这声号令一下子激发起大家同仇敌忾的决心，后军像疯了一般冲向恶来的军中。

已经吞到肚子里的肉，嬴恶来岂有不吞之力。他一边调兵遣将，黄飞虎军压缩得越来越紧；一边指挥前军列阵迎接周军后军。姜子牙远远看着恶来的调度，心中由衷佩服这的确是一等一的将才，纣王能重用这样来历不明却十分能干的人，的确有他的长处。

经过后军的浴血冲击，商军的防线又被撕开一个裂口。有一千周军虎贲也冲入恶来军中。这些虎贲都是太子姬发训练出的亲兵，平素里都能以一当十。当他们进入商军之中，纷纷抽出了自己身佩戴的长剑。令商人大吃一惊的是，那些剑没有一个是青铜的金色，而是黑色，并闪亮着白色的刃，令人观之可怖。这正是姜子牙所谓的“一万奇兵”。

而指挥后军的，正是四王子姬旦的门客安觜，他左手盾右手剑，手起刀落，打翻了一个商军士兵，指挥全军救援黄飞虎。一千虎贲脸上涂着鬼怪一样的油彩，身披重胄，拿着利刃游走在商军之中，左右砍杀。手持利器，一剑甚至能刺穿两个士兵的身体，把商军完全吓蒙了。很多胆怯的士兵开始丢盔弃甲。

受前后军和蜀人鼓舞的奴隶兵们勇气又恢复了，他们也疯了一般，猛扑向恶来的乱军。商军渐渐露出了败象来。

一百四十五　决胜

冬日，天黑得早。战了整整一天，天色渐渐暗，晚霞燃烧，群星冉冉，有一颗彗星在天空中扫过，背后长长的彗尾像是一把大扫帚。多年以后，据说那颗彗星被证实，就是由天文学家埃蒙德·哈雷所认定的哈雷彗星。

悬着一颗心的姬发陪着姜子牙矗立在大军后队，看着这场厮杀。他手握着大斧的斧柄，几乎把拳头捏出了血，但姜子牙依然横着手杖拦在自己面前，不让他带着后队杀入战场。此刻，彗星的陡然出现，令姬发又一惊。

在那个时代，任何一个巫师都会说彗星出现是大不吉利之兆。姬发看到了彗星，满怀焦虑地看着姜子牙。姜子牙知道他心里想什么："彗孛，不过是一种天象，它预示着不吉，那是对殷商人不吉，对我周人可是大吉。"

姬发最怕岳父这种看透一切的本领，忙又问："太公，天色已晚，既然本王不能参战，何不鸣金而收兵？"

商周时代，周人的主食是粟，也就是黄小米，用陶罐煮一锅，加入菜和少许的肉。长年食粟，士兵营养不足，常有夜盲之症，入夜后，必然要鸣金以修整。特别是周人，苦事农耕，远比殷商人摄入的肉食营养更不足，更打不起夜战。

然而，姜子牙却说："不能，今天收兵，明日恶来修整再战，我们又要死伤很多人。况且，一下子添了十二万的奴兵，他们张口要吃饭，我们军粮就全没了。太子少安毋躁，马上就要决攻了！"

说完，他一挥令旗，身后有一队士兵便燃起了一片木料，一堆堆熊熊大火在牧野边缘跳跃了起来。紧接着，号角之声此起彼伏，像是在应答一般，牧野的北方也有火燃烧了起来。稍等不久，又一阵子吹角之声，西南方也有火燃烧了起来。

姜子牙向四处看了一下，一拍大腿说：“太子，起兵，冲吧，南宫适和四王子都得手了！”

姬发一听喜不自禁，策马高呼：“虎贲，诸侯，都随我冲啊！”

原来在孟津之时，姜子牙就定下分军三路的策略。由大将南宫适带一支人马攻打商军囤积军粮的钜桥仓。钜桥在鹿台宫和朝歌城之间，南宫适知道必定重兵把守，他获得姜子牙和姬旦的授意，极富耐心地迂回作战。终于，这一天的傍晚，他看到守仓的兵营内乱了，似乎有一支商军在攻打守仓的商军。果然按照约定时辰行动了，南宫适发起进攻，一举攻下钜桥仓。商军堆积如山的囤粮尽归周人所得。

南宫适大喜过望，赶快分一支彪兵再向西北去攻打鹿台宫。周人一路纵火，把朝歌以北烧得半边天通明。可惜，鹿台宫并不像南宫适想象的那样易攻。他的先锋人马还没挨近高高的宫城，就被如飞蝗一般的箭雨给打散了。南宫适只好暂围住，双方僵持着。

在朝歌城南得手的人马由四王子姬旦所率领，他心中，有两个重要的目标一定要偷袭成功。第一个目标，是太祝伊颂的庄园。他去过那里，不管伊颂对周人有何种看法，那个能打造武器的庄园，无论如何是一定要攻下来的。

与南宫适带分兵万人出征不同，姬旦只挑选了三千精兵跟随自己。这些人都是崇国人，被周人所灭后被父王赏赐给了自己，所有这些人，姬旦交由崇黑虎管辖，以延续崇国的祭祀。这次他所选的副将，也正是崇黑虎。三千精兵化装成了商军的模样，悄悄杀向伊颂的庄园。令姬旦十分意外的是，太祝家正发生着暴乱，整个工坊里的奴隶们造反了！

原来，伊颂的家兵也被抽调到牧野，编入了恶来的军队之中。大半的家兵被抽走后，那些奴隶之中就有谣言说，周人打过来，可以赏赐土地和自由之身。谣言越穿越广，一些工奴们开始蠢蠢欲动起来，他们串联好起事，攻入伊颂的府邸。

其时伊颂正在捆绑一个老奴准备杀祭给上天，以求占卜出吉凶。他的大儿子伊奇的头颅却被造反的奴工们丢进了大院之中。准备攻打庄园的姬旦与其说是伊颂的大敌，还不如说他的救命恩人。姬旦的人马很快驱散了那些造反的奴隶们，他径直找到了吓得惊慌失措、屁滚尿流的伊颂。

伊颂认得当年化装成富商的四王子姬旦，听说周人真的攻破了朝歌，长舒了一口气，说：“天意，一切都是天意啊，没想到，还是四王子殿下救了我一命。那且容老夫为我大商用大龟和人血，为大周占卜一次天命，向天祈福如何？”

得胜者姬旦很大度，说：“且随太祝公之便吧！”

伊颂就念念有词地走到那个被捆绑着准备祭天的老奴面前，说：“就差那么一点，那些吃我粮、喝我水的奴匠们就能救你了，可惜啊，可惜！”

那老奴并不吭一声，只是用极度轻蔑的眼神盯着太祝伊颂和姬旦看。伊颂说完，就将他的刀子扎入奴工的心窝，喷涌出的鲜血涂满了钻上孔的龟甲。

那个绑在祭坛之下，胸口喷血，将死老奴依然在笑着，似乎面目上十分熟悉的样子。姬旦忍不住问伊颂：“这个老奴可有名字，我似乎认得一般！”

伊颂说：“他可是我工坊里的老铸神，山戎人黄飞龙！”姬旦听了，浑身一颤。

彗星当空，姬旦看着面目狰狞的伊颂，有说不出的厌恶。此地并不宜久留，他心中还有第二个更重要的目标。

姬旦的第二个目标是殷商的太庙，相传太庙里还存留大禹治水之后遗留下的标志天下九州的九鼎。得九鼎者得天下，姬旦与门下八剑客们早约定在太庙汇合。他留下一小半精兵看好伊颂，并在他的庄园外点起熊熊大火向姜太公报信，自己则带着崇黑虎和大半的精兵继续杀向太庙。

一南一北的两团火烧得实在是太及时，姜子牙两边都看到了，就知是出兵好时辰。他这才让姬发放马而去，杀向恶来。

周人和奴兵们看到周太子领兵亲征，顿时，战斗的激情又一次被鼓舞了起来。大家齐声喊：“帝辛败了，殷商已败了！”喊声顺着西风冲到混乱的商军阵中，军心就开始动摇了。

转眼间，姬发的幡旗已经出现在周军阵前，前阵的商军士兵开始弃甲投降。在这次牧野大决战中，商军开始露出败相！

第三十一章
逼宫夺庙

一百四十六　得胜

“为什么黄飞龙师父必须要死呢？”孩子们几乎都是含着泪问阿幸翁，“他死了会去哪里呢？龙族的人，死了去龙坟地里吗？”

“这个……”阿幸翁抬起头，看看繁星密布的南海的天空，从怀中掏出那个小小的三棱镜，对着星空比照，说：“我们龙族的人死后，龙魂还在——女娲会收回这份包含记忆的龙魂，没有怨恨，也没有悲伤，跟眼下的世界并没有半点的牵连，也不会留下半点的痕迹。当下，我们是经历者，见证者，记录者，活着，只是一种修炼，死后，龙族却生了，却要去为天地之终极大劫难而战斗！与生的短暂相比，死了，龙族大概才真正活了！这就是龙族人的命运。”

星光透过三棱镜，被透镜吸纳着，在三面空间里旋转起来。阿幸翁自己也困惑起来，那个人为什么把自己变成了永生，永远无法抵达死亡的彼岸。一世一世见证人间的沧海桑田与爱恨情仇，却无法直接到达那个混沌的世界里，与龙伯这样的朋友一起并肩战斗。有时候，他活得实在是累了，沉睡了，以为会死去，然后一梦醒来，一切恢复到了往昔的开端。

那些莫名其妙的猎时者们和星宿斗士们追着自己、无数次的截杀与争夺，却并没有能够改变少年幸在受挫之中不断成长的命运，恰如日后强大无双的“火神”萧炎之对他的哀叹：“几千年中，唯有你一人是永生不死的，但是你却如此虚弱不堪，不公平啊……”

然而，孩子们并没有让阿幸翁沉思太久的机会。牧野大战已经打到这么关键的地方了，所有人都想知道结果怎样，孩子们吵吵嚷嚷要听后面的故事，阿幸翁只好与他们慢慢道来：

姬发是一个战神。作为一国之君，他常常对政事有力不从心的感觉，但是作为一个战士，离开了姜子牙，他顿时感到如鱼得水。他右手持着战斧，左手持着一柄铁枪，在商军之中左右冲杀。两名虎贲紧贴他身后用盾和矛护卫着他。看到周王本人出征，很多商军士兵望幡而降。

恶来也看到了杀红了眼的姬发。他清楚自己或许就要败了，汹涌的周人、蛮夷和奴隶在火光的鼓舞下，像狼群一样骁勇和嗜血。恶来知道到处闪耀的火光，或许只是周人扰乱军心的。他想及时鸣金撤兵，保存精锐再反扑，但是败退的尤浑不但丢掉了十二万的奴兵，还分掉了自己的一万人马有生力量。尤浑被吓破了胆，周军刚进攻，他就撤到了牧野最后方的营寨之中。不鸣金，也不助战。

在胜败之间唯一的一线生机，就是活捉姬发。恶来转念想到这一点，立刻策动自己的战车，用枪挑翻了两个蜀人，逼向姬发。姬发也看清楚了恶来的来路，反而更主动地向他靠拢。这位大商国第一悍将，激发了姬发那颗好战的心，他想到，如果是三弟姬鲜在此，一定会跟他争着去挑战恶来。男儿当以战场为荣，像岳父姜子牙和四弟姬旦那样对帷幄权谋那么乐此不疲，实在憋闷。杀，姬发要痛痛快快杀一场。

当姬发在战场上驰骋之时，无论周人的进攻，还是商人的防御，都减缓并停滞了下来。两军相斗搏其主将，既然两位主帅要生死相拼，兵士们的厮杀可以暂缓，看他们的胜负再说。

冲向姬发的恶来还是使双枪。他战了一天，力气已经耗了大半，但第一枪还是精准地刺死了护卫姬发的一员虎贲。

姬发怒喝说：“大丈夫搏其主，你是将才，还不快降！”

恶来轻蔑地说：“我看不上不守本分的贰臣！”

姬发就用大斧砍向恶来，恶来架起双矛阻挡。恶来犯了一个致命的错误，导致了自己命丧黄泉。他对自己力气很自信，但没有想到姬发手中的斧子是一个镀了铜的铁斧——或许是当时整个华夏世界里为数不多的几柄铁斧之一。无论重量、硬度还是锋利程度，都是恶来的青铜矛所不能抵挡的。

姬发憋了一整天，力道之大，也出乎了恶来对于周君的轻视。他看这位第一次谋面的周王脸白如敷粉，也无虬髯横肉，完全一个内廷文弱宫人的模样，手持的大斧多半是礼器而非战具。没有想到这一斧头劈下来，竟然将恶来手中的双矛都劈断了。

就在嬴恶来惊诧之中，姬发质问："降不降？"

恶来怒叱道："呸！"就准备伸手拔出自己的佩剑。

战场之中，纵然姬发有百分怜才之心，也容不得多犹豫了，他用另一只手中的铁矛一把刺向恶来，铁矛刺穿了恶来胸前掩心的一块青铜饕餮鬼面，穿破了他的胸膛。一代名将，就此殒命牧野战场。

若干年后的三国时代，曹操称赞手下一员猛将典韦，赞其为"古之恶来"，也算对他遥远的一个赞许。恶来的父亲嬴飞廉远在太行山中为纣王寻找合适的玉石做棺材，费了九牛二虎之力终于找到了一块似乎冰与脂之质的大美玉。打磨成方形准备往朝歌运送，忽然听到招降的信使传来朝歌城破、纣王自焚，特别是儿子战死的消息，悲愤之中，飞廉一头撞死在了那块玉石上而死，这也是后话了。

姬发仗着武器之利，手刃恶来，令商军三军尽胆寒。他举起沾满血的长枪，向四面挥动，姬发朗声说："诸军听着，降我者不杀一人，从我者赏如我同胞，阻我者必死！"

恶来抱着胸口，汹涌的血液从手缝中喷出。他跌下战车，痛苦挣扎，很快失血过多死去。他一闭目，商军士兵们纷纷丢下手中的武器和盾牌，不再抵抗。

恶来死前曾向尤浑摇旗求援，尤浑不予理睬。此刻，听前军说恶来死了，尤浑顿时吓破了胆，弃下自己的部将，又狼狈逃到朝歌城里去。

两位主帅一死一逃，那些犹豫不决的商兵像被风吹伏的草一样，全部倒向了周人。牧野大战，以周军全胜告终。

一百四十七　焚宫

南宫适让人向姜子牙求援。姜子牙本来想劝得胜的姬发暂时歇兵，由一名偏将率上两万人马攻打鹿台宫即可，他需要坐镇中军，看着南北需要后援及时支持就成。而刚刚取得牧野大胜的姬发，乘胜之心强烈，也不愿受太公的掣肘，他估计四弟姬旦用不着自己操心，便自领三千虎贲，急速向北驰援南宫适。

鹿台宫里，有姬发最想见到的人，纣王子受。他不可能不去。姜子牙细想了一番，最终并没有阻拦他。

那个让姬发压抑、担忧、连觉都睡不好的帝辛此刻已经成为了周人掌心中的猎物。试问这等快意，普天之下，谁还能有？姬发马不停蹄地赶到鹿台宫城外，唯恐南宫适攻击力爆发，趁夜攻陷了鹿台宫。

谢天谢地，这个骁勇善战的大将并没有做到这点。南宫适几乎被鹿台宫的守军反击得焦头烂额。既要分兵防守钜桥粮仓，又要打鹿台宫，他的确有点力不从心。当姬发的援军来到之时，南宫适大喜过望。周太子亲征，这才是应有之举动。

得知牧野大战的决胜，南宫适长舒了一口气。关键的决战已经得手，生俘纣王，不过是猫捉耗子的游戏罢了。他自动退居姬发之后，看着姬发取得最具有象征意义的胜利，为祖父、父亲和兄长报仇。他也在庆幸自己没那么好的运气，没一举攻下鹿台宫。

从姜子牙和姬旦身上，姬发学到了临战喊话的威力，他也向鹿台宫内做了一番说辞："暴君纣，你的大军已经在牧野之原被我全部降服了。天下之祸端，皆因你而起，我在宫外等你，你我一决雌雄，也免却无辜兵士们的伤亡！"

周国国君的幡旗到了鹿台宫外，不消姬发亲口跟他说，帝辛知道牧野大战的结果了。在高高的鹿台宫上，他问爱妃苏妲己："是谁还在坚守这鹿台宫？"

苏妲己很平静地告诉他："是我们有苏国的人，苏乙在指挥着！"

帝辛喝了一口酒，说："嗯，你听听，姬发这小子已经给我改名叫作纣了，将来还不知有多少污水要往我身上泼，我还有什么话可说。让你的人撤了吧，我知道，你们不是在护卫我，而是怕我逃了！我已经老得走不动了，放心，我不逃！"

苏妲己微微一笑说："我侍奉你这么多年，你我夫妻一场，为何你总不听我的！"

一支流箭飞入鹿台宫里，无力地坠到了地上。帝辛看了看，又喝口酒说："我没有听很多人的话，闻仲、商容、武庚、姜皇后、崇侯虎、比干、微子、箕子、祖伊、伯夷、叔齐、姬昌……太多了，但这不是他们背叛我大商的理由！"

苏妲己说："帝，你将如何面对周人？"

帝辛苦笑说："自你们有苏人接替了我的亲兵，我就让宫人在这鹿台宫下堆满了薪草，只欠一把大火了。你们帮助周人抢到了我的钜桥仓，又夺得了鹿台宫，断了我跟朝歌与牧野大军的任何音讯——灭商有大功啊！只是，恐怕纵然如此，周人还是不会放过你和有苏国的。因为，你，是纣王的妃子！"

苏妲己冷冷一笑说："我不关心大商，也不关心有苏国。周人洗劫了伊颂的庄园，我最后的族人们恐怕也被他们屠杀殆尽了。"

帝辛说："我总是太沉醉、太享受你的身体，却没好好听你讲讲你当年那个白鹿族的故事，还有你原来的夫家楚人的来历。你既然这么讨厌我，为什么不一刀杀了我？"

苏妲己说："现在你这样，不是更好吗？"

帝辛摇摇头说："我很早就说过了，我的命是上天决定的。当年这么对祖伊说，我其实是想告诉他，如果我真有罪过，上天会惩罚我，而不是由哪个野心勃勃、谋我大商锦绣河山的野心之徒！"

苏妲己说："所以，你不难过？不痛恨？不懊恼？不仇恨如火烧？"

帝辛喝了口酒，说："你比我小几十岁，这几十年啊，你不知道啊你不知道，我什么都有：难过，痛恨，懊恼……但是，又都没有了。南征北战，东伐西讨，该失败的总会失败，该消散的总会消散。现在，我终于等来了解脱！"

苏妲己似乎被触动了一下，张口想说些什么，止住了，又很急切地说：“你不该放纵那些老贵族，永远不能手软，应该早早就把他们都杀光，他们才是真正背叛你的人！”

帝辛说：“他们在，我们殷商的好东西或许能传下去，他们都死了，殷商就真的灭亡了。你还是个小妇人啊，野心太大，你若要恢复你的故族，早说么。而这天下，岂是你小小白鹿族人一部所能驾驭的。姬发说的不错啊，牝鸡之晨，惟家之索……哈哈！”

这时候一个侍女悄无声息地走入鹿台之内轻声说：“妲己娘娘，该走了！”

苏妲己转身对她说：“苏非鹿，别急，我和大王还有话没说完！”

这个苏非鹿，却是纣王配给苏妲己的贴身侍女。

帝辛挥挥手说：“快走吧快走吧，回头代我问问那个姬昌的贞人——所谓后天八卦占卜吉凶、预知未来，应该都是骗人的把戏吧？不过，爱妃，听我一言，今夜，千万别要去找那个不吉的女人，远走高飞，越远越好……”

苏妲己没听完帝辛的话，她几乎被苏非鹿拖着走出了鹿台宫。临走时，她看到帝辛这个名义上做了她多年丈夫的老头子喝完最后一口酒，颤颤巍巍地到铜镜前，开始整理自己的衣冠。他似乎比任何时候都注重自己的仪容，一丝不苟地给自己穿好最华丽的兖服，把冠冕和珠玉佩戴上身，就像是她第一次见到他的那样。

当苏妲己离开高高的鹿台，在门下剑客苏丁的护送下向鹿台宫后的密道上退却时，她回首，看到了熊熊的大火已经包围了高高鹿台。帝辛在高台之上，也手持着一个火把，像舞蹈一样挥动着，将一切点燃，也包括他自己。

是的，这个在漫长的晚年里常年以酒灌溉自己老君王终于解脱了，他很有尊严。他的一切，都将随着熊熊烈火，而永远地沉入漆黑的夜色。

有苏国人的卫兵不再抵抗、很快撤走，宫人打开了宫门，周军像潮水一样涌入鹿台宫。这些寻常兵士们的夜盲症彻底好了，他们的眼睛睁得比铜铃还大，四下搜寻名传海内的奇珍异宝。一些莽夫还冲入后宫，搜寻鹿台宫的女人们，不管是纣王的妃子还是宫女。

姬发什么都不在乎，他只要帝辛。他让人拼死扑灭了鹿台的大火，把帝辛烧焦的尸身拖了下来，一斧子将他面目全非的人头给剁了下来，高挂到自己的王幡之上。

太过瘾了，复仇的快感太过瘾了，姬家几代人隐忍负重和牺牲终于等来了这一天。自己苦闷忧愁、担惊受怕，终于等来这发泄的快感！殷商朝最尊贵的一颗脑袋终于成了自己的战利品！他终于可以面向天下，光明正大称大周王了！

姬发感到前所未有快意，前所未有地酣畅淋漓！一向内敛沉静的姬发，居然像个野兽一样，失态地狂笑了起来！

一百四十八　夺庙

商人非常重视对祖先和鬼神的拜祭，所以他们最好的建筑就是宗庙。在甲骨文里，殷商的“商”字是一个标准的象形字，象征着高大的宗庙建筑。一种高耸、甚至能通向天空的高台。在埃及人的建筑之中，那高台类似太阳神庙宇或者金字塔；在古巴比伦，那高台类似于空中花园；在玛雅人的建筑之中，那也类似玛雅的神庙。至今，没有一个殷商的高台流传下来，中原的战乱太多了，沧海桑田，不断地毁了建，建了毁，除了“商”这样的一个字。某种意义上来说，鹿台宫的鹿台也是那种祭祀之台的变种。承受天命的商王高居台上，在比普通臣民距离天更近的地方领教天运的奥秘。

姬旦远远就看到了那个叫作“商”的高台。时间已经到后半夜了，此时急速赶来的信使安鬻已经把牧野大胜、攻陷鹿台宫和纣王自焚的捷报带给了姬旦。这一仗，不但逼得纣王自焚，还俘虏了那些妃子们。

纣王能够自焚实在太好啊，姬旦想，免去了处死亲君的尴尬，掌握了那些女人们也好，就掌握了殷商与姻亲诸侯的联络，都是好事。战前，深谋远虑的姬旦是满心胜算，此刻还是为这样的大胜欣喜万分。毕竟，这是一次结果叵测的军事冒险，时机把握上有十分之一的疏漏，后果不堪设想。

安鬻告诉姬旦，蜀人由新任的蜀王杜灵率领着参战，杜宇已经禅位并不知所踪。对此，姬旦并不感到十分意外，杜宇托梦，必有缘由，只是蜀山巴水不知何年何月才能归入大周的王治，这才是姬旦心中的远忧。

安觜还告诉姬旦，整个牧野大战中周军折损甚众，损失巨大。大将黄飞虎在乱战中死去，打扫战场时发现他身上被刺十余处，死时依然怒目圆睁。姬旦很为这个山戎人朋友而惋惜，他活着就能封疆裂土，成为姬旦能够依赖的股肱，战死在得胜前的最后一刻，着实可惜。他也想到了伊颂工坊里被杀了拜祭的老头黄飞龙，心中不由地隐隐一凉。

在猎取了纣王的头颅之后，姬发和姜子牙让全体周军就地休整，以在次日天明之后以胜利者的身份进入朝歌城，但姬旦却不愿意停下来，既然此战的最高目标纣王已死，那么攻取商人宗庙，夺得九鼎，将有异乎寻常的象征意义——不仅仅象征着周人对商人的胜利，更象征着周人获取了整个华夏天下的统治之权。

姬旦让安觜和崇黑虎跟随自己一起，带着所部崇人兵马，气势汹汹地杀向商宗庙。他们行军到半路上，就遇到两个老头抱着宗庙的礼器匆匆奔逃。姬旦的兵士将他们截下盘问，竟然是大商朝的太师子疵和少师子强二人。

一听说拦截自己的是周人的军队，子疵痛哭流涕说："我们盼望你们很久了，正式打算投奔大周，去投奔明君！"而少师子强则说："你们赶快去宗庙里吧，一伙强盗正要抢夺九鼎呢，可惜殷商已经没人能阻止得了他们！"

听了子强的话，姬旦一惊，担心乱世之中有人趁火打劫，当下安排三个兵士、一辆车护送子疵和子强到大本营去，自己则指挥诸军，加速攻向太庙。一千五百士兵都点起火把，像一条长火龙一般，横亘在商太庙前。姬旦高呼："团团围住，不许逃脱一人一鼎！"

太庙之上，也四处燃起了熊熊的火炬，的确真有人捷足先登了。在通向高庙的台阶上，还响着乒乒乓乓的声音。姬旦飞驰而上，看到竟然是麾下的七位门客在跟几倍于他们的商军士兵打斗。姬旦忙令人乱箭齐放，打退了那些商兵。

七剑客看到姬旦和安觜来到了，自然是欢欣鼓舞。姬旦拱手跟安危说："安子劳苦了，你们人少，何苦要冒险进攻这个宗庙，等大部人马到了也不迟啊！"

安危冷冷一笑，说：“四王子可知道现在盘踞庙里的是什么人？”

姬旦问：“什么人？”

安毕告诉他：“那是崇侯虎！”

听到“崇侯虎”三个字，姬旦不禁一战栗，问：“他是怎么跑到这里来的？那，那，姬幸还在不在了？”这个名字就像个讨厌的幽灵一样，时不时地来骚扰自己、为害整个姬家。这次，也必定要有一个了断。

安昴告诉姬旦，谢天谢地，姬幸还在，小王子是杀不死的。姬旦又一次陷入无语之中。

原来，八剑客让安觜回去报信之后，其余人都在远远跟踪着绑架了姬幸的崇侯虎。他们奉安危之命看紧他，却并不真的惊扰崇侯虎。

自从参与七贵族之乱失败之后，这位亡国之君更如丧家之犬，朝歌已经没人可以依靠的了。他更像是一个打家劫舍的土匪，带着残余的部族在朝歌四周奔走，四处打劫活命的钱粮，并怀着最后一线期望，到各个权臣门下求援。可基本上，都无门可走。到最后，居然是费仲良心发现，给了他一些粮食和补给，让他到山区里安定下来。

崇侯虎比任何殷商朝臣更清楚殷商的危局，他一直恳求谁能带着他觐见帝辛一面。但这两年的殷商朝歌，在弭乱之后，犹如狂欢节一般，人人醉生梦死，个个长饮通宵达旦，男女混乱无度，桑林之舞此起彼伏，谁还去管他这个灰溜溜、不吉祥的亡国之君？

他只好像周人一样，期盼着殷商的霉运到来。听说周军打到了牧野，一向像山大王那样蛰伏山野的崇侯虎知道，最后一搏的机会来了。他迅速带着自己的千余部众倾巢出动，化装成商军，攻向商太庙。那里有他觊觎已久的东西——九鼎。

崇侯虎的运气实在太好了，因为全部兵力都抽调到了牧野战场，大商宗庙仅仅有几十人守卫。不想就这个几十位精兵，居高临下，居然打退了崇侯虎的几次进攻，使得太师子疵和少师子强两人能够从容地带着几具礼器逃走，好在九鼎沉重，谅他们也搬不走。

最终，在伤亡了数百人之后，崇侯虎夺得了宗庙，也见到了梦寐以求的那九尊巨鼎。他真的欣喜若狂，把沉睡之中的少年幸给打醒，指着它们对他说：“小子，快看看，这，这就是我们的天下！”

被捆绑着的少年幸睡眼蒙眬，用含含糊糊的声音问他：“主人，我实在快要憋死了，我，我能在这几个大铜盆子里撒尿吗？”

一百四十九　顶上

对于姬旦门下七剑客发难攻击自己，崇侯虎一点不意外。这七个人如鬼魅一般，在山中跟着自己这多年，所要的无非是少年幸。自己死死地扣押住少年幸，也就保持住了跟周人的这层芥蒂，或者说联系。少年幸、九鼎，都将是自己跟姬旦做交易的本钱。他让所部人马远远逼开七剑客，不让他们靠得太近即可。

看到远远的一只火龙在黑夜中快速奔杀过来，崇侯虎就知道那是姬旦的兵马。他特地从庙中走下来，到士兵身后向宿敌喊话：“四王子，别来无恙！”

姬旦就回话说：“崇侯，自从丰京一别，多年不见，也可好啊？”

崇侯虎说：“听说你们周人把我的丰城变成了镐京，我在这野山之中风餐露宿，是日思夜想我的故乡啊！”

姬旦哈哈大笑说：“崇侯要是想家，可以放下手中重剑，到镐京居住么！”

崇侯虎苦笑说：“回不去了，我已经夺得了九鼎，姬幸也在我手中，四王子你看能用什么来与我交换呢？”

这时，黑暗之中有一个人走向前，对着崇侯虎喊话说：“大哥，我是你弟弟，我大周已经打胜了，我崇人也分得了一块封土，可以耕种延年，保留祭祀。大哥，你就快，快降了吧！”说话的人，正是崇侯虎的弟弟、周军的偏将崇黑虎。

听到弟弟的声音，崇侯虎大吃了一惊。长年困在朝歌四周，久不与西域通音讯，实在没有想到周人用了这种手段，不但占了自己的国土，还收了自己的国人。

崇侯虎突然想到，既然弟弟来了，那么姬旦所带的兵马必定是自己的族人。用崇人来攻打崇人，这真是一种莫大的悲凉。他恨透了姬家父子，恨透了那个老死的姬昌，他真是死有余辜。

果不其然，姬旦朗声说："崇侯你看，令弟在我大周，我们待之如同兄弟，我这左右亲兵都是崇人，我们待之如同胞。不如你也降了吧，所谓九鼎，不过是些礼器，王者拥有它，乃是一份威严，落到寻常人手中，不过是可以分金买卖的货物罢了！"

在姬旦的指挥之下，那些崇人士兵唱起了古崇国的歌谣，歌声飘向崇侯虎的部下们。这些跟着崇侯虎出生入死、占山为寇、吃尽苦头的流浪者，听了免不了暗自落泪，军心动摇。崇侯虎也听在耳中，深感这周人四王子的厉害，自己与他周旋多年真是一场大噩梦。不过，他依旧不甘心失败，心生一计，对姬旦说："罢了，罢了，战之无谓。四王子，九鼎就在这庙里，少年幸也在这庙里，我请四王子上来查看。若无大碍，算我献给周王的一份重礼如何？"

姬旦知道崇侯虎的用心，却毫不害怕，大大方方地说："好，我随崇侯去看，不过，要带着我的门客一起上去！"他想到自己当年孤身一人试险犯难，也没怕过崇侯虎，如今整个朝歌都被大周占领，还怕什么这伙儿如匪盗的落败者！

姬旦就带着门下八剑客拾阶而上，走过了那残崇的士兵队中，与崇侯虎汇合，去往高处的商宗庙。

崇侯虎多年没见到姬旦，两人相视一看，都苍老了许多，竟不由地都哈哈大笑。崇侯虎领着姬旦一步一步地登入商人宗庙里。迎面是一个石头垒成的大墙，上面刻着巨大的玄鸟图案。两边是高高的石柱，柱子上也刻着玄鸟图案，并在石柱顶部砸开一个圆坑，燃烧着熊熊火焰。

绕过左右两边的石柱子，往后走，是一个石头铸成的高台。高台下四处堆满了骷髅头，还有未及风干的人头，令人望之毛骨悚然。这是商人杀人牲以祭祀祖先和上天的地方，整个石头上血腥之味浓重，斑斑驳驳依稀还留着血迹。这等可怖的地方，让姬旦也不禁背后流出冷汗。

这祭祀台四周有几十根石柱子，上面刻着甲骨文，每根柱子下都有石盆燃着火。姬旦都认识，那是包括王亥、商汤、盘庚、武丁等等殷商历代王的灵石牌。这些地方本来都是殷商的重地，非商王和祭司、贞人们不得踏足的。四处是血腥之气，四处也飘荡着亡灵的气息，很多人踏足一步就会吓得魂飞魄散。

可惜，姬旦是个梦师，他并不怕。在梦境之中和梦境之外，他都出生入死，殷商的活人都不怕，还怕什么死人。姬旦心里却十分藐视这些嗜杀如命的殷人，保有一条精壮的人命，可耕种数十亩的田地，产粟万升，可以种麦，可种蔬，可以养羊养牛。随便一刀杀了，取血和人头贡给那看不见摸不着的祖先和鬼神，简直是脑子有病。

在这些石柱背后，是一个石头垒成的大庙，庙里面陈列着许多礼器，有青铜器、玉器、宝石器、象牙器、骨器、蚌器等，是供祭祀时用的。礼器类别较全，有乐器、炊器、食器、酒器、水器等等，编钟、青铜磬，有大小方鼎、方壶、鸮尊、小圆鼎、铜斗、鱼盉、圆斝、三联甗、偶方彝、四足觥、圈足觥，其余觚、爵无数。如今礼器被子疵和子强带走一些，又有乱兵趁乱盗走了一些，剩下是那些常见的、不值钱的或是笨重的、单人无法携带的东西。

那九鼎也在其中，它们按照一种奇怪的阵列被摆在的大殿中央，而那一脸无辜的少年幸就被捆在“雍州”之鼎上，用极其恐惧和无辜的眼神向外探望。

大殿里燃烧着熊熊的大火，一百多崇侯的士兵将这主庙团团围住。殿外，放晴了几日的天空，突然乌云密布、电闪雷鸣。

“老天有眼啊。”姬旦想，“特意晴好几天，让我军能及时赶到牧野，与商军在牧野一决胜负。若雨水迟迟不停，我等怕是皆困在邢丘不得前进。”

见到了九鼎，姬旦并没有那么激动万分。那九个鼎，一看之下，绝非是传说中夏启所铸造，那种繁复的花纹，必定是某位商王铸造无疑，虽非近百十年所为，也绝不可能超过三百年。这是赝品，那么，正品或许另在他处，或许，压根就没有。

至于少年幸，姬旦心中更复杂了。几年了，这个小孩子还是没有任何的变化，没有长大，也没有缩小，就像他第一次在伊颂的工坊里见到他时一模一样。

姬旦想起了父亲留给他的话，自己此刻拥有的周公之位当属这个来路不明的妖童。他在想，今晚该如何在这宗庙之上，干脆利索地处理掉这个令他梦境都不安的小子。

一百五十　遗策

当姬旦领着八剑客迈向大殿中的九鼎之阵中心时，一道电光闪如白昼，巨雷轰鸣。崇侯虎突然打了个呼哨，门外围着大殿的一半崇国人突然举着武器涌进了大殿。崇侯虎慢慢走到那些士兵前面，抽出了他那招牌式的重剑，表情极其冷峻。

姬旦转过身来，很和蔼地笑着说："崇侯，九鼎，我已经查验过了，你若搬得动，就送给崇侯做个纪念吧。哦，还有殷商的礼器，你要是喜欢，都拿走。周人不用商器，我们都不要，统统送给你！"

崇侯虎冷笑一声："四王子倒挺大方！"

姬旦也笑说："这个小兄弟姬幸呢，嗯，哦，你叫他雷震子。他是我父亲义子，也是你的旧奴，算是我们周崇结盟的见证，不如交给我带走吧！"

崇侯虎哈哈大笑道："四王子倒好心胸，此刻的情形你看不出吗？今晚，你还指望能走出这个宗庙，走出朝歌吗？"

姬旦用更大的声音笑说："这庙里围着我的，是你们崇国人；这庙下围着你们的，也是你崇国人，还是你的亲兄弟。我既然来了，在上在下都是险。这是在朝歌，已经为我大周所有，我干嘛要走呢？"

崇侯虎说："那好，你死在大周国里，也算是死得其所啊。"

姬旦皱了皱眉头，不解地问："死就死吧，我被囚在崇都之时，随时可以死，但崇侯却留了我一命，真是多谢多谢了。今天，你若保全我，崇侯将不失一国之尊，有封土，有族人，祖先可以祭祀，后人可以延续。可是，你若杀了我，一则我的门客们可绝非这么容易对付，二则我一支响箭放出去，你的弟弟和族人未必就不肯冲上来救我。崇侯何必念念不忘过去的仇恨，而断送全部崇人的性命呢！"

崇侯虎说："因为我见了一个人，他请我驱逐周人，并分给我一半的天下！崇人不但要复国，还要重振大夏的光荣！"

姬旦不由觉得崇侯虎疯了，说："你见到的是谁？"

崇侯虎坦白相告说："帝辛！"

姬旦真觉得他疯了说："纣王已经自焚而亡了，你该不会在这高台之上见到他的魂魄了吧，如果见到，请向他老人家说，逼宫非我周人所愿，但愿为大商匡扶正义而已！"

崇侯虎冷笑说："假仁假义！我这么多人手，难道子疵和子强这么容易逃脱吗？"

极度聪明的姬旦一下子就明白了，那佯装逃脱的太师子疵和少师子强看来只是两个诱饵，他们是催促自己往宗庙去的。他又想通了其余，对崇侯虎说："他们到宗庙不是来取礼器的，而是带着纣王死前所安排的重任，专门与你汇合的是吧？"

崇侯虎说："不错，他们正是帝辛的使者！"

姬旦说："纵然如此，纣王不可能专门为我设这么一个陷阱的吧。杀了我，你也不可能坐拥一半的天下啊！崇侯，痴人说梦吧！"

崇侯虎亮出了一个金玉状的东西，说："当然不，你以为我真疯了吗？帝辛请二位使者将这兵符送给了我！"

姬旦真的一惊了，崇侯虎手中的东西应该的确是纣王的兵符，而且是传说中的玄鸟雄符。他瞬间明了了，殷商有三都，驻军三方，朝歌只是一方。纣王持有玄鸟雄符，还有雌符在商丘大军中，子符在奄城大军中。纣王将自己的兵符送给了崇侯虎，就是把东土的商军节制之权全部交给了他——这个疏漏非同小可，姬旦开始怨怼起太公与自己的谋划太不周全，怎么忽略了这么重要的事情。

须知，周人能够在牧野大败商军、占领朝歌，完全因为偷袭之功。趁着十五万精锐的商军主力远在东南征讨的契机，才带着十二分的侥幸打赢了这一仗。朝歌不过商国偏于西的一个都城，纵然攻占得手，殷商还有大半的国土不在周人的控制之下，那精锐的商师若在太子武庚的率领下反扑回来，也是十分难办的事情。

帝辛素知武庚性格中的文弱，并且也知道武庚不怎么喜欢自己。不管怎么说，姬昌娶的是殷商的公主，还是武庚的姑父，倘若周人采用怀柔政策，武庚被老贵族们或者费仲这样两边倒的人一怂恿，就能放弃掉兵权而忘记了国仇家恨。在大势不可挽回之时，帝辛给武庚挑选了一个坚定会抗周的人，想来想去，就是那个惶然于穷山之中的丧家犬崇侯虎。闻仲当年未去世之时，留给自己的建议就是“周崇互制”，兵符若归周人所得，还不如赠予他。子疵和子强虽不中用，但也是忠心耿耿，他们一定会把大商国的救国希望送到位的。

一切恰如帝辛所料，在山中接待了子疵的信使之后，崇侯虎果然迫不及待到宗庙与太师少师汇合，接受了兵符，并在大商的列祖列宗之前发了血誓，一定要帮助商人复国、打败周人。他的回报就是朝歌以西一半的疆土，可以重建大夏。崇侯虎并不疯狂，他可不单单为那传说中的九鼎冒这样的险。

姬旦想通了前后关节，忍不住又笑了起来，这次他是苦笑：“你料定我要来？”

崇侯虎说：“你肯定会来，因为你和我是一样的人，甚至，你的野心更大，你比我更想要九鼎——因为我只要大夏，而你，四王子，要全天下！而且，只要你来，你肯定会孤身跟我到这太庙里，因为在你眼里，我是一个彻头彻尾的失败者，压根就不足为惧。我说的对吧，姬旦王子？”

庙外，雷电不断，震人心魄。姬旦问：“崇侯既然得了兵符，何必非要在此等我，远去东南调兵，岂不是更妥当。杀我一人，快意恩仇了，但眼下也夺不了朝歌！”

崇侯虎摇摇头说：“错了，四王子，我在山中数年，每日对着石壁思量，想通了太多的事情。你对我，比这个朝歌城更重要！”

姬旦故作镇定地说：“是么，承蒙崇侯高看了。那么，君侯都如愿了，何必要告诉我这么多呢？”

崇侯虎笑着说：“因为我很坦荡，而你们周人阴谋修德，藏了太多见不得人的东西。我能对你四王子如此表白，你就不肯说说你们姬家几代的野心吗？”

姬旦不知该如何回答崇侯虎，他盘算着自己这一夜怕是凶多吉少，他感到

自己仿佛从来没有遇到过这样可怕的一个崇侯虎，

崇侯虎见姬旦不作声，就说：“那我请人帮周公殿下说说吧！我向你说了那么多我那不可告人的秘密，周公，何不坦白说说你们周人不肯告人的阴谋呢？”

第三十二章
九鼎之争

一百五十一　谜底

一道巨蟒一般的闪电划过天空，一瞬间将宗庙照得通明。就在这一瞬间，姬旦看到太庙中一根柱子背后多了一个白色的身影，那身影上还带着一个狰狞的鬼面，在跳跃的火光下显得格外诡异。此人的出现，吓了姬旦一小跳。待他定神了之后，才发现那人，身后还有一个精壮的武士用一把长剑抵着其后心。

姬旦不解地看着崇侯虎问："她，她是何人？"

崇侯虎说："她，呵呵，她是我的老朋友！也应该是，你的，和你父亲的老朋友！"

说完，他一拍手，那个武士就将那人的去除掉了鬼面。那是一个极度苍老的女人脸，五官扭曲，丑陋不堪，就像是最糟糕的噩梦里所能见到的脸一样。

崇侯虎说："四王子，不要说不认识这位大巫师。当年，姬昌公被拘羑里，你潜伏朝歌七年间，跟她不知会面过多少次。人人都传说你有梦师的本领，能探知那些最顶级的奸细都探知不到的事情，对大商国上下了如指掌。呵呵，恐怕这些说辞，都是谣传出来迷惑人的吧？"

姬旦不禁轻蔑地说："我的本事，自小苦修而来，谅崇侯也想象不到罢了。"

崇侯虎说："哦，果真如此吗？那请周公告诉我，此人是谁？"

姬旦说："她是白鹿族的巫师，后来，白鹿族被君侯所灭，她投奔君侯，却又逃去有苏国，随有苏国主苏护之女到纣王宫廷中做贞人！因触怒殷商权贵，被纣王赐死！但此刻，却活着，说明她压根没有死！她的存在，就是个天大的阴谋！"

崇侯虎不禁赞赏道说："坦率，周公果然坦率。我能活着，那是纣王的遗策，而她，她能活着，不用我说，周公你也明白，完完全全是令尊姬昌公的遗策！那么，妖女，告诉我，你到底是何人？"

那白鹿巫师冷冷哼了一声，用一种极其沙哑的声音，说："我，我是文王的弟子，天下第一女贞人，后天阴八卦和《周易》阴书的述作之人！"

崇侯虎说："孽障，你是一切祸端源头。你引我吞并了白鹿的部族、驱逐了有熊部族，周国得以有隙与我崇国攻伐，深年日久，灭了我的国。"

那白鹿巫师很平静地说："这一切的根源，难道不是崇侯你自己心中的贪婪与野心吗？"

崇侯虎冷冷一笑说："是的，我是小贪，却上了周人的大当。当年你云游天下，拜师姬昌门下，就该谋划过后来的一切吧？我不过是你们的小小一环，在我之后，获得帝辛的信任，谋夺殷商与天下，才是你们的雄才大略吧？"

白鹿巫师依然很从容地说："我老师的智慧，谋划千年万年，何况短短一时！"

崇侯虎说："你很厉害啊，太厉害了，借族里的妖女化身为苏妲己魅惑帝辛，不断煽动他对东南用兵，把闻仲断送在东南，把武庚支配去东南，乃有周人的可乘之机。我想不通的是，既然众亲贵要求帝辛赐死你，并且你服了毒药，为何又能活着？"

白鹿巫师说："或许，那些贵族并不真想我死呢！"

崇侯虎敲了敲自己的额头，说："对了，对了，帝辛不想你死，所以他的毒酒并不致死。亲贵中有人也不想你真死——你活着，大家都不好说，只要你名义上死了，对大家都有利，因为，亲贵之中也有人与周人暗通。我猜猜那人是谁？绝不是那冤死的比干，他忠心耿耿；不是商容，他只想帝辛能听其规劝；不是微子，他是王兄不错，但真是一个厚道人；那一定是，至今还关押在大牢里的箕子——他才是大商国首席的巫师，他真想要帝辛去死，为比干报仇！”

崇侯虎显然是猜对了，白鹿巫师一震，但还是用沙哑而平缓的声音说：“你想得实在是太多了，崇侯，太迟的时候知道太多，没有任何的意义！”

崇侯虎摇摇头，说：“你们阴谋天下，果然是费尽心思啊。你假死之后，就蛰伏在这宗庙之中。进，可以入宫，继续控制帝辛；退，可在此联络箕子，让胶鬲之徒暗助周人。还可远去西岐，向姬昌通风报信。你在我崇国时，就盗走了我的九州之图，后又盗得殷商山河图，藏于毡毯之中献给姬昌，现在那图都在姜子牙手中，周军行军既快又准，你功劳很大啊！七贵起兵，你暗中让有苏国人兴风作浪，四传谣言，乃使得群奴作乱，阻碍大事之成，也让帝辛轻信了奴兵可用，以至于牧野的倒戈；你还蛊惑帝辛，临战之时，支走了忠心耿耿的大将嬴飞廉去找什么玉棺，致使商军缺少一个扭转乾坤的主帅。等他想通了这一切的一切之时，全盘皆败矣。帝辛令我来这个宗庙中，第一件事可不是传兵符，而是要我除掉你这个万恶妖巫！你这诸恶的元凶！”

姬旦忍不住说：“要不是崇侯点拨，我还真想不到巫师做了这么多，恐怕有很多也只是你的臆想罢了。帝辛何以能被一介贞人这样左右着，他应该自己反思自己是不是太蠢了吧。不过，在下还是要替我父王深深拜谢您，巫师，你的牺牲，我周人世世代代感恩不尽！”说着，他深深向女巫一鞠躬。

那面目扭曲的白鹿巫师长叹一声，仰头说：“我与姬昌公之间贞人师徒深情，岂是你姬旦这等俗人所能懂的！你不过是跟帝辛一样的角色！”她又对崇侯虎说：“崇侯，你所能猜到的，不过十之二三罢了，哈哈，你不杀我，我告诉你所有的阴谋！你杀了我，还有太多的秘密将沉于地下！”

崇侯虎说：“我没有太多时间跟你啰嗦了！崇国的勇士们，动手吧！”

姬旦忙大声说：“崇侯且慢，既然诸事都明了，我们已经谈了这么多，何妨再向下谈谈。帝辛能许你西域之地重建崇国，我周人何尝不能许你！”

崇侯虎凝视了姬旦许久，哈哈大笑说：“周公，你，是在和我交易吗？”

姬旦说：“你说了这么久，说了这么多，危急之下，还这么有耐心，一定是想向我证明你崇侯并不是那样失败到底的人。我也刚刚想通，在大商国，你的确是一个值得商量的对手！那么，我们百事好商量，你虽人多，但我兵精，这八位剑客的功夫你也知道，你未必奈何得了我的！”

崇侯虎将手中的重剑猛地往石板地面一磕，诡秘地说：“是吗？死到临头，大梦师周公姬旦还是这么自负了得啊！”

一百五十一　剧变

天空又闪了一个巨大的霹雳，闪电像火龙一样从九天之上蜿蜒下来，突然“咣当”一声，击中了庙外的一个手持青铜长矛的崇族士兵。

他“啊！”地惨叫一声，倒地而亡。众人向室外看去，这个不幸的士兵已经变成焦炭一样，情形十分可怖。崇族的人发生了一阵骚乱。

崇侯虎双手撑在青铜重剑的柄上，说：“天雷之力，雷霆之杀！哈哈，平叛逆，除暴恶！周公，你以为我跟你说这么多，是为了证明自己不是孬种吗？”

姬旦一惊，已经无从猜测这一刻变得那么叵测的崇侯虎到底在玩什么把戏。他用眼角在扫视，该如何指挥八剑客夺取大巫师和少年幸，整个宗庙内有什么退路可以走，该如何发信把庙下的亲兵给调上来。是的，一切麻烦都源于对崇侯虎的轻视和不以为然，自负了得的姬旦此刻才觉得自己也太蠢了。

崇侯虎半眯着眼睛说：“巫师是元凶，杀了，一了百了；而四王子姬旦你本人，我想了很久才明了，才是此刻大周国最最重要的人。没有你，姬发和姜子牙一样能灭了大商；但有了你的深谋远虑，周人才能稳稳坐拥这个华夏天下！所以今天，我要竭尽全力地除了你，一点不能给你再走脱的机会！”

姬旦此刻已经浑身冷透，努力装作很从容，语气极轻松地说：“哦，崇侯太高看我了，姬旦何德何能，当得起崇侯这样的高看！”

崇侯虎侧头看了看跳动的火焰说：“周公就不要指望我那个不成器的弟弟能上山救你了。如果我时间算得不错的话，现在有苏国的人一定包围了他们，双方杀得难解难分。有苏国人把他们当成了真的商军，而他们也把有苏国人当成了商军。我想，我那傻弟弟崇黑虎可能正在跟有苏国三剑客缠斗着，马上，他就会向庙上求援的！”

在崇侯虎的提示之下，姬旦这才在雷声悄寂时注意到了宗庙外的喊杀之声。不一会，宗庙外就射出了两支装有骨哨的响箭。这是崇黑虎在向姬旦求援。姬旦苦笑一声，自己也是身陷困局，他这才明白临大敌前，崇侯虎这么啰嗦地说前道后，其实都是在故意拖延时间。

崇侯虎说："那有苏国人兵马，应该是妖妇苏妲己来接大巫师的兵马。他们在鹿台宫逼死了帝辛，算是大功告成了。可你们也不会想到，帝辛还是把这么重要的任务交给了老朽这个一败涂地的人。周公，你也不必到处看了。这个宗庙下有个暗道，待会，我想，那个妖妇苏妲己，嗯，应该说白鹿族首领的女儿，马上就应该到了。索性等她也来了，我们一了百了！"

崇侯虎的话声刚落，九鼎之中的"扬州"鼎下传来窸窣的声音。接着，地面的石板被推开，闪出了一个白衣女人。少年幸扭头看去，果然如崇侯虎所说，是白鹿小公主，也就是苏妲己。苏妲己轻声呼唤："大巫师，大巫师！"被捆在"雍州"之鼎上的少年幸忍不住喊了起来："快走啊，白鹿，千万不要出来！"

苏妲己听到了少年幸的声音，看到屋中浓烈的火光，还有这么多人的时候，知道情况有变，急忙想退下去。

崇侯虎大声说："贵妃啊，就请你出来吧。我已经在这密道入口布下了十个弓手，叫他们只准放人进，不得放人出。谁要是原路退出去，必遭乱箭射死！"

已经露出半截身子的苏妲己只好全身而出，坦坦然然地站在宗庙大堂中。她看到了大巫师，也看到大巫师身后的持着剑的武士，还有被锁链捆绑的少年幸，姬旦和面如木鸡的八剑客，崇侯虎和他众多部下们。

姬旦被身后闪出的苏妲己一震，他暗自寻思，王兄在攻打鹿台宫时，怎么把这么重要的一个女人给走脱了。

崇侯虎不禁得意地大笑起来："冤头债主，今天全部到齐了，一个也不脱。想必姬发一定是也捉住了一个苏妲己，明天进了朝歌城，就会杀之示众。可惜啊可惜，就跟九鼎一样，那个苏妲己也是一个赝品，真正的贵妃今晚一点都没有迟到啊！"

苏妲己慢慢也看清了形势，倒也不慌不忙，只是幽幽地说："很好，我们白鹿族人，也正要找崇侯报仇呢！”

天雷滚滚，似乎有点点滴滴的雨开始降落。又一个狂蛇一般的霹雳落了下来，击中了另一个举着青铜长戈的崇人士兵，他几乎无声无息地倒了下去。

姬旦说：“既然人都齐全了，那么崇侯也就不必等了！八壮士，动手吧！”他在催促门下八剑客拔剑，说着自己也抽出了腰中所佩的铁剑。他很自信，凭着八剑客绝世的功夫，保护自己冲出宗庙应该不成问题。倘若安危能够激发出潜伏在姬幸身上的神奇之力，那就再好不过了。

然而，一向服从姬旦指令的八剑客却分列两边，岿然不动，仿佛没有听到姬旦的命令一般。这次轮到崇侯虎发话了：“四王子，周公，这八位西域剑客这次不会帮你的！”

姬旦一愣，不由把目光投向八剑客的领头人，已经被封为“安子”的安危。安危的表情很淡然，他的双眸藏在深深的眼窝之中，淡黄的双眉十分舒缓，完全没有临战状态。他的红色头发就像是一盆烧得正旺的炭，格外刺眼。

站在安危身旁的第一副手安昴代替他发话了：“四王子，我们一起表决过，并和崇侯达成了一项友好协议，将不再干涉你们之间的事务了！”

姬旦在这一瞬间几乎要崩溃了，从来都是忠心耿耿的八剑客怎么会突然在这要害之际背叛自己，而且一点先兆都没有。他已经是浑身冷汗如雨下了，六神也开始无主了。

为什么，为什么，为什么？崇侯虎说了那么一堆惊心动魄的话都没有让姬旦有任何慌乱，但此刻八剑客毫无征兆地反叛，让他满满的自负几乎全盘丧失了。

难道我给他们的封赏不够丰厚？我对他们的礼节不够尊重？我对他们的信任不够大，对他们不够重用？形如丧家犬的崇侯虎拿什么能收买我的门客，金钱，美女，更大的封地？

姬旦的目光不由地在八剑客每一个人的脸上游来游去，希望得到一个答案。

一百五十三　逆转

崇侯虎说：“周公不用想太多了，并不是所有事情你都能想透的。你大概从来不知道这八位壮士不远千里，死心塌地跟从你的真正目标是什么？”

“是什么？”姬旦质问八个骗了他如此之久的叛徒。

崇侯虎一直被用锁链锁在雍州之鼎上的少年幸说：“那个牧羊娃！”

姬旦有点迷惑了，说：“不错啊，就是我派他们寻找他的！”

崇侯虎说：“不，你不是派人寻找他，而是想派人抓住他、杀死他。因为，他才应该是周公，而你，是个赝品！”

姬旦心中如同被钉进一个楔子，他自觉一生唯一的伤疤被揭开了，脸色顿时变得煞白：“你，你，知道的实在太多了！那么，纵然如此，崇侯凭什么说动我的门客背叛我！”

安危突然用阴柔的声音说：“四王子，不是背叛。他救过我一次，我也帮他一次。这是我们与崇侯达成一项交易。”

安昴接着说：“当年，在那山谷之中，正是崇侯虎从密须人子丰的刀下，救了我们发狂的头人！”

原来当年，安危在少年幸的梦境之中遭遇死对头、双鱼座天将苏非鹿的巨力攻击而丧失了斗魄。迷乱之中，在峡谷中狂奔，突然遇到了劫持少年幸的密须国军官子丰。虽然深知迷狂，安危带着仅剩的一丝清醒，要从密须子丰手里夺取少年幸。这惹恼了子丰，反过来策着马车追杀安危。迷乱之中的安危已经没有任何抵抗之力，却不料遇到了崇侯虎的战车，抢夺了少年幸，救下安危，杀死了密须子丰。

毕竟在崇侯虎看来，少年幸是原本该属于他的家奴，他倒是真心把幸看成自己不可分割的私产。而帮他救幸的人，也是朋友。这么一次善举，倒成全了安危和崇侯的交情。

姬旦回想起这些往事，其中细节历历在目，但是他还是没法猜透八剑客与崇侯虎之间能做出一次什么样的交易。他用言语刺激安危说：“一命还一命，嗯，倒也公平，但安子，你是要拿我的命还给崇侯吗？”

安危柔和地说：“不，四王子，我们只想修正一个错误，就是那个孩子——少年幸。我们要带走他而不是杀死他，崇侯也同意把他送给我们了。他与我们所做的交易，就是如果你俩决斗，我们不要插手你们之间的事情——本来，我们就不应该插手你们这个时代的人的事情。”

姬旦还有有点迷糊，但总算能听出一个态度来：“那么，你们是不打算帮我，但，也不会帮崇侯了是吧？”

安危点点头，并不说话。姬旦仰头向天说：“那么，说到底，崇侯，还是你赢了，你全赢了。那么，你是准备让你的部下冲过来杀了我，还是跟我单打独斗，一决雌雄呢？”

崇侯虎冷冷一笑，说：“容我问周公一个问题，你们姬家几代人口口声声说以德配天，敬天爱人，说得是头头是道、冠冕堂皇，在你们心中，真正相信过天命吗？”

崇侯虎的问题一下子问住了姬旦，他看到对方衰老的眼睛里燃烧起两团火，而自己双目却游游移移，无法正视那两团火。姬旦几次张口欲回答，到最后还是什么都没有说，他一横手中的铁剑说：“到此为止吧，来吧，崇侯！”

崇侯虎不由地对姬旦投出了最轻蔑的一瞥，他握起手中的重剑，背对着姬旦，面向宗庙的大门外而站立。这是对对手最大的鄙视。

门外，雨开始下了起来，电闪雷鸣之中，雨点像片片银亮的飞刀切向深重的黑暗。

忽然，那宗庙的台阶下升起一片通亮的火光。一阵巨大的喧嚣传了过来，有一伙人举着火把涌上来了。为首的一人浑身是血迹，右手中拖着一把依旧在滴血的、亮晶晶的长剑，左手提着一颗黑漆漆的人头。他身后是一大群衣衫褴褛却拿着最崭新刀剑矛戈武器的人，这些人齐声高喊着：“杀尽贵族，得吾自由！”

而领着这群人的不是别人，正是有苏国三剑客之一的苏丁。他手中所提的头颅，却是姬旦裨将、崇侯虎之弟崇黑虎的头颅。

原来有苏国三剑客率领族兵护送苏妲己到达宗庙之后，果然遇到了崇黑虎的人马，加上崇侯虎在庙外对峙的人马，三方混战瞬间厮杀了起来。苏妲己趁机秘密潜入宗庙。而骁勇的崇黑虎竟然刺死了三剑客中苏乙、苏丙二人，打退了有苏国人。

落败的苏丁想到借奴隶之力求胜的经验，收拢了族人，回马偷袭了伊颂的工坊，杀死了伊颂，把其中的白鹿族人和其他奴隶全部释放了出来，带着他们一起打回宗庙，手刃崇黑虎，为两位哥哥报仇，并冲上了大禁地来解救贵妃和大巫师。

崇侯虎的百余亲兵不防备身后杀出了这么一彪人马，慌忙列成队形，抵御这一眼看不到头的造反的奴隶们。

“杀尽贵族，得吾自由！”

那些奴隶们在雷雨之中喊得尤其响亮，有人开始用石头砸那个充满了血腥的祭坛，还有人开始用棍子撬倒商人先王们的灵柱。

苏丁远远看到被困在宗庙内的苏妲己、大巫师还有少年幸，心中把此刻的情势猜了个八九分，就立刻丢下了崇黑虎的头颅，双手握起剑柄，准备向面对着自己的崇侯虎冲刺。

崇侯虎看到弟弟满脸血污的头，也看了看两具被雷劈倒的族人士兵尸体，看了看杀气腾腾的苏丁，忍不住哈哈大笑起来，转头对姬旦说：“周公，我崇人是相信天意的。此刻，我们所有人的命都交给天决，如何？”

姬旦也看到了有苏国人马和奴隶们，他心中狂喜，机关算尽的崇侯虎到了最后一步，一切都发生了扭转。他左右扭头看了看八剑客，他们依然像两排石像一样岿然不动。而不知不觉之中，那苏妲己已经坐到被铁链捆绑着的少年幸的旁边，紧紧拥抱着他。大巫师被人所胁，却向他们投去异常温暖的目光。

前有苏丁，后有姬旦，崇侯虎这次死定了，还说什么天决，简直是痴人说梦。他身怀兵符，对于大周国，将是个十分危险的角色。姬旦一念之中想到，这次一定不让他走脱了。

姬旦也挺剑，准备向崇侯虎冲刺。他已经完全顾不了那么多了，只疯狂地提醒自己，千万不要再丧失这天赐的良机。

一百五十四　天决

前有苏丁，后有姬旦，两人都虎视眈眈地看着自己，随时要把自己吞噬掉。崇侯虎举起了手中的重剑，似乎用尽全部力气冲着气象万千的雷霆大喝一声：“老天啊，上帝啊，崇人的命运，就交给你来决断吧！”

苏丁和姬旦二人都准备逼近崇侯虎之时，他突然将手中的重剑奋力向上一抛。只见那柄剑就像一柄闪电一样飞射而出，径直飞向一根石柱。随着那柄剑的飞出，叮叮当当之声大作。姬旦十分惊诧，闹不清声音从哪里传出，定睛细看，才看到崇侯虎的重剑柄后连着一根细而长的青铜锁链。那柄剑就带着这根长长的锁链，飞到了最近的一个灵石柱顶端，随后垂直落下，“咣”地插入到石柱之端。

那根细长的铜链从高高的剑柄一直垂下来，弯弯曲曲在青黑色的石板地面上延伸，连接到了少年幸身上。所有人都对崇侯虎的这一举动感到惊愕不已，完全不知道他这是要干什么。除了八剑客，众人的目光都被吸引到那柄剑和它所拖带的铜链子上了。

完成了这圆满的一击之后，崇侯虎转过头来，冲着姬旦微微一笑，闭起了双眼。姬旦心下本能的反应就是：糟糕，这的确是一次天决！

一道巨龙一般的霹雳从天而降，带着一团巨大的红色火球，非常准确击中了那柄矗立在商汤灵石柱之上的崇侯重剑。与此同时，众人听到少年幸惊惶地高声叫道：“泰坦救我！”

苏妲己被一股玄密之力掀得横飞起来，撞向大巫师。无数金蛇一般的光弧在九鼎之间跌宕，一道飞弧跃起击向那个威胁着大巫师的崇人武士。因为他手中拿着一把青铜剑。他“啊”地惨叫一声，向后跌倒在地，似乎已经昏厥或死亡。武士之死，惊得姬旦慌忙本能般丢掉手中的铁剑。

可是，那雷霆的第一击之下，少年没有被击死，也没有被烤焦，而是语无伦次地慌乱地大叫着：“泰坦救我，泰坦救我！”他的双目中居然迸射出紫色的电弧，形如鬼魅。

众人都被吓傻了，不知道这一瞬间发生着什么。电弧在九鼎和诸种青铜礼器中闪耀，最后又汇聚到八剑客身上，他们一如既往地一动不动，监视着少年幸的动静。

在霹雳之后，那个红色火球依旧像一团真实的火一样矗立在石柱的顶端。崇侯虎因此就开始对着它高呼道：“上天啊，上天，你快点下来吧，你快点做你的天意之决断吧！”

仿佛听到了崇侯虎的呼告，那团红色的火球开始从石柱顶端滑落下来，慢悠悠地在那细长的青铜锁链上向下滚动，就像是有生命的灵物一般。在这诡异、可怖的大商宗庙之巅，天意终于露出了真面目，吓得那些崇人和跟随着苏丁的群奴都跪拜了下来。

苏丁也把手持的利剑高举过头顶，跪拜在地。他内心并不恐惧，但他相信这是天意的决断，他等待天的决断。崇侯虎单膝下跪着，双手高举向天际，紧闭双目，念念有词，也在等着天意的决断。

唯独姬旦没有任何的动作，他空着双手，死死盯着那个诡异的红色火球。他说不清那究竟是什么妖魔鬼怪，或者是天之遣使，也不知道那团红火球会引发什么，决断什么。他只是知道，比起少年幸的种种怪异来，这团红火算不了什么。既然八剑客千里迢迢为他而来，甚至可以不顾一切，姬旦飞转的脑子里想到，无论如何，还是把姬幸控制在自己的手里。

就在姬旦转念之际，那团火球已经慢悠悠地顺着锁链滚落到宗庙之内。有那么须臾，它似乎停了下来，踟蹰不前，仿佛在犹豫着什么。就在这个须臾之间，姬旦看到一个黑色的身影从刚才苏妲己出来的地方——扬州之鼎背后闪了出来，扑向姬幸。

“他就是泰坦？”姬旦猛地想到。

那团红色的火球不再犹豫，飞滚着沿着锁链撞向被捆绑并挣扎之中的少年幸。它似乎要跟那个黑色的身影比拼速度。

天决已到，所有人都在等着将要发生的事情。须臾之间，那个紧密的红色火球开始膨胀，它释放出巨大、炫目的白光，炽热无边，伸出了无数只紫色的利爪，向四处蔓延，变成了鼎一般大小，随后是一个巨石，依然向前滚着，很快就要撞上了少年幸。

姬旦无法直视那白亮的光了，他准备拔腿向门外跑去。其余的人依旧都在岿然不动，他们诚心等待天决的结果。

“轰隆”一声。那团红火已经完全爆炸开来了，瞬间将那种来自天宇高处巨大的能量向宗庙四处扩张

与此同时，那黑色身影已经拦在少年幸的面前，大喊一声：“幸！”

姬旦看到那个站在姬幸面前的黑衣人后释放出更为灼目的光芒，似乎在收敛着光球爆炸的威力，并笼罩起所有的人。但光亮之中，八剑客却启动了，他们已经都持剑在手，扑向了那个黑衣人。

姬旦突然想明白了，那八个西域来客果然并不属于自己，他们只是利用了自己和崇侯虎罢了，他们真实所图乃是少年幸和那个黑衣人。但随着热浪袭来，他在一瞬间就丢失了一切意识。

尘埃四起，一种殷商人所未见过的剧烈爆炸从宗庙顶端绽开。

所有见证者看到，整个大商的宗庙，在雷雨之夜被一股无形而神秘的力量消弭殆尽，随后被暴风骤雨和浓重的尘埃所吞没。

天决已定，诸事将澄清。

当姬旦再度醒来之时，他已经身在伊颂庄园的内室里了。

天已经大亮，风停雨住，有殷商装扮的奴婢服侍他起身，洗脸与用早膳。他用极其狐疑的眼光打量着身边的一切，伸手数着自己的五指，无法说清眼前一切是梦是真，是幻是实。

两个奴婢为姬旦穿上镶嵌着周王室图纹的牦牛皮护甲，还有一人为他捧来镶嵌着西域美玉与玛瑙的青铜头盔与佩剑。

姬旦没有取头盔，而是直接抓起了那柄佩剑。他猛然一抽，竟然是一柄青铜之剑，剑身上铭刻着甲骨文的“蜀王剑”三字。姬旦一惊，慌忙收了宝剑，走出内室，去往门外查看。

整个环拥淇水伊颂的府第，除了姬旦所居住的内室几间房子，大部分都被夷为了平地。那绵延的青铜工坊，那殷商朝中最大、最具代表性的民营青铜工

业体、兵工厂，此刻已经成了狼藉一片的废墟。

一个奴婢追了出来，为姬旦披上猩红的披风。姬旦在晨光熹微之中巡视。一队周人士兵正押解着一群奴隶在这些废墟上劳作着，一员百夫长正挥动着皮鞭，指挥着这些看似疲惫不堪的奴隶们干活。

姬旦就问那个领头的百夫长："昨夜发生了何事，从头说给我。"

那名百夫长说："回禀周公，昨夜我们进军到此府，正逢群奴造反，杀死了殷商太祝伊颂全家，尽毁府中以及工坊之物，也焚烧了附近殷商的宗庙。一整夜，雷雨交加，您亲率大军，出生入死剿灭反贼，只有少许反奴侥幸逃脱，崇黑虎将军也战死，真是取得了大胜！"

姬旦急了，抽出长剑架在百夫长的脖子说，怒吼："你胡说，崇侯虎呢，苏妲己呢，大巫师呢，我的八剑客呢，有苏国的人呢，还有，还有……姬幸呢？我的剑呢，我这把剑又是哪里来的？告诉我，不说的话，我立刻杀了你！"

一百五十五　梦城

那百夫长被姬旦给吓坏了，哆哆嗦嗦说："我，我不知道啊，苏妲己已被太子姬发给连夜处死了啊，崇侯虎不是在……在山里吗？有苏国的人被姜太公给驱散都回家了啊，您这把剑，不是一直佩戴着的吗？您的门下哪里有过八剑客，我真不知道啊！天下巫师很多，我不知道您指的哪一个，周公，我也不知道姬幸是谁啊，真不知道啊！"

姬旦死死盯着这个百夫长，被他一脸恐惧的表情弄得瞬间心烦意乱，想不起来自己还能问他一些什么。这时，一个周王的虎贲亲兵匆匆忙忙跑进来禀报说："大周太子姬发和太公姜尚，有请周公姬旦尽快赶赴牧野会师，今天日升高时，进入朝歌城！"

姬旦忙收了剑，紧随着那个亲兵走出庄园，上了车，匆匆忙忙往牧野而去。驷马飞快，姬旦很快就到周军大营之中，此刻姬发已经换上天子的一身华服，远远出来迎接姬旦。

姬旦见到打了大胜仗一脸的喜气的二哥，劈头就迫不及待地问他："王兄，苏妲己她在哪里？"

姬发说："朕昨晚已经处决了这个天下皆恶的妖妇！朕也已经下令捉拿费仲、尤浑，任何非王族的佞臣，一个不会放过！"

姬旦问："刀斧手是否验明正身否？"

姬发说："自然验明了……周公，我们大胜了，纣王子受已经死了，你操心这些事情干嘛，难道你想向我讨要那个女子？天下的男人都想要啊，哈哈！"

姬旦又迫不及待地问："王兄可曾派人追查到崇侯虎下落！"

姬发有点恼了："要进朝歌，四弟怎么尽关心这些无关紧要的话！快脱了这身甲胄，换上礼服，跟朕进朝歌！"

看到姬发兴致高昂的样子，姬旦就知道自己没办法再说下去了。他换上了礼服，整理了冠冕，就等上了备好的戎车，与诸臣一起，列成一个长长的车队，向朝歌城驶去。

整个车队由毕公姬高领头，姬发有点过度宠幸这个小弟弟，整场战争都没有舍得让他去冲锋陷阵，反而让他作为第一个进城，显得格外被器重。

姬旦远远就看到殷商老臣商容混在殷商的百姓当中，一起观看周人的军队进入朝歌城。眼见姬高排在第一位，殷人就说："这是我们的新王了！"

商容说："不是他。看他好像很着急、很得意的样子，是个少年得志、心地不坏的福人罢了。"

跟在姬高身后的是鹤发童颜的太公姜子牙，殷人又问商容："这是我们的新国君了？"

商容说："肯定不是他，他应该是姜尚姜子牙。这个人蹲在那里像只猛虎，站在那里像一只雄鹰，面对敌人、率领军队，会更加威严。不过，他看见利益就拼命向前冲，很想占为己有，所以，他只算是一个统领军队、进退果敢的君子罢了。"

姬旦神情迷惘地跟在姜子牙的身后，身体僵硬地站立在马车之上，向大道两边巡视。他远远就看到了商容。这位"七贵之乱"的策动者此刻神情泰然，似乎整个周军都是他指挥而来一般。殷人问商容说："这是我们的新国君？"

商容的双目炯炯有神地盯着姬旦。两人双目相汇，商容也不避让，好似对着姬旦个人直说一般：“不是他，他不是个国君。看他的面相，是很乐意想做大事，想剪除天下祸害。他可是大周的柱石，你们看他表情充满了谨慎和疑惑，丝毫没有得胜的得意扬扬。他是个大家一眼就能看出来的圣人，是未来天下帝国的缔造者！”

紧接着姬旦之后，就是姬发的车辇。姬发穿戴着国君的冠冕，一脸的得意，一脸的威严。殷人说：“哈，这应该就是我们的新国君了！”

商容朗声说：“对，是他，他就是周王姬发！圣人为天下讨伐恶人，看见恶不暴怒，看见善不喜悦，面容威严不失体面，因此，谁都能知道他就是国君！”

殷商人一听说姬发大名，又得知果然是周王，不禁纷纷冲着姬发欢呼起来了，仿佛他不是打败了自己君王的人，而是自己得胜归来的君王一般。欢呼之浪一潮胜过一潮，将商容的那张诡秘的老脸给遮掩住了。姬旦在人群中左顾右盼，焦急地寻找他的身影，但商容已经全然无踪迹。

在众人的欢呼声中，在前一辆车上的姜子牙兴奋地扭过头，大声问姬旦：“听说大王马上要大封天下，为每位功臣立一个封国。不知，周公将如何治理自己的封国？”

姬旦回过神来，十分谦和地问姜子牙说：“我也很想问问太师呢，你将会以怎样的办法作为自己封国的立国原则呢？”

姜子牙说：“选用那些能干的人！只要能干，无论是什么样的人，都可以成为我的卿大夫！”

姬旦说：“我要选用那些有贤德的人，唯德是举！”

姜子牙哈哈大笑，摇摇头说：“我恐怕周公的封国会因此变得很贫穷啊！”

姬旦则不无讽刺地说：“太公的封国恐怕过不了太久，就不会在你姜家的控制之下了啊！”

姜子牙和姬旦几乎不约而同地哈哈大笑了起来。

车队已经来到了朝歌城的正中央。一群士兵嚷嚷着押解费仲和尤浑二人来到姬发的车下。

士兵想将费仲按着跪下，他死也不从，说：“我助你姬家甚多，为何以囚俘待我！”

姬发并不认识费仲，但常听诸兄弟们说此人如何贪婪，如何敲诈周人的钱财，便说：“泼奴，那就去问问你守着的那堆钱财吧！”

尤浑倒是很爽快地跪下了，但却是跪地求饶，说：“大王，我愿意当你养马、喂马、牵马的奴隶！永世不离开你！”

姬发倒想起了在牧野战死的嬴恶来，说：“你与恶来一同指挥十七万大军，为何恶来战死，而你独活下来！若是嬴恶来为朕驾车，朕都许他，你要为朕养马，朕偏偏不要！”

姬发一声令下，刀斧手将费仲、尤浑二人当即拉在市井之中处决。朝歌城里那些殷商的老牌亲贵们巴不得这两位权臣早早被处死才好，听闻周人要杀二奸，无不欢欣鼓舞，纷纷前来观看，甚至要大跳傩舞，让这两位可恨的殷奸魂魄不得安宁。

处决之时，尤浑依旧在求饶不止，被刀斧手一斧头给了个痛快。独独费仲僵着脑袋，大骂周人忘恩负义，他待周人如何好，周人竟以刀斧回馈。他越是这么说，殷商人越冒火，越要鼓动刽子手们杀了这个奸贼。

刀斧手举起边刃很钝的青铜大斧，一斧一斧地砍向费仲的脑袋。费仲忍着剧痛大声说：“杀了我，你们怎么能知道崇侯虎在哪！”

远远听到他这句话，姬旦匆忙忙跌下车来，向费仲那跑去，边喊：“刀下留人！”

可惜刀斧手不耐烦了，并没听到周公的话。这样，费仲一颗圆圆的脑袋，就远远地滚来迎接姬旦。

第三十三章
时轮回转

一百五十六　杜鹃

姬旦拎起了费仲的脑袋，在瞬间空无一人朝歌城的街道上走着。那些房屋在燃烧、塌陷，全都变成了一片废墟。废墟之中，高高的鹿台宫和宗庙依然屹立不倒，只是两处高台的火烧得格外剧烈。

此刻，姬旦头脑变得异常清晰，他知道自己依旧身在混沌世界。

他问费仲："崇侯虎如今人在哪？"

费仲的头颅哈哈大笑说："他已经带着兵符远走高飞了，东南的十五万精兵加上东夷的盟军，三十万人马即将杀回朝歌。你们周国人舒服的日子不多了！"

姬旦冷笑说："哼，纣王我尚且不怕，还怕武庚？能败十七万人，又何惧三十万？"

费仲的头颅也冷笑说："你怕崇侯虎！怕你未来三十年的命运！你将弑兄杀弟，屠杀殷人，还像帝辛一样征讨四方，把血光之灾遍被海内！"

姬旦说："圣人之治，为天下谋，纵然不得已用刀兵，那也是无奈之举。"

费仲依旧出言不逊说："你还怕着那个孩子——少年幸！他应该是周公，而你，只是个冒充者！"他说完哈哈地狂笑了起来。

姬旦就不想再搭理这颗头颅了。他知道这个混沌世界里诡异的费仲，是不会将崇侯虎的去向告诉自己的，就抡起胳膊，把他的头颅扔进了熊熊燃烧的火堆。那头颅跌入火中的一刻，依旧在哈哈地笑个不停。

这时候，远远的宗庙方向上传来了巨大的爆炸之声。姬旦慌忙手按在佩剑之上，前去查看原委。人还未到达宗庙脚下，姬旦就看到了一个绝对震撼的打斗场面：

自己麾下的八剑客和一个红衣女子死死缠斗在一起。那个女子显然不是别人，正是苏非鹿。通过盘问宫人，姬旦已经查清楚，那个代苏妲己去死的女子应该叫作苏非鹿。在人间，她是个不起眼、也虚弱不堪的小宫女，但在混沌世界里，她变得如鬼神一样强大无比。

姬旦看到自己的八剑客们个个变得像传说中妖魔那样，身体都高出了寻常之人三倍有余。其实，他们只不过恢复了在混沌世界里作为星宿斗士的应有之态。姬旦心知肚明，他们果然并不属于自己，果然是那西王母的神使。因此，他也不去怨恨在最后关键时刻八剑客背叛自己，襄助崇侯虎了。神的意志如天命，无从猜度。

他们各自手持着光电闪耀的武器，按照一个舞蝶般的阵型矗立，将各自的斗魄释放出来，冲击居中的身形娇小的苏非鹿。安危和安昴担当一个蝴蝶羽翼的一端，其余六人三三成品字状站在他们身后。

苏非鹿双手的睚眦剑，在她的左右相抵挡。两道剧烈的红光从她背后升腾而出，形成硕大无朋的龙魂，左右冲突。那是飞鱼龙之魂，姬旦在不周山上稍稍见识过一回。这一次，他无可回避了。

星宿斗士所释放的斗魄五颜六色，就像星空中繁星与星河的色泽一般，但总体还是偏于阴冷。而龙魂炽热无边，彰显一种吞噬一切的爆发力量。两种力道相激，整个大地随之不断爆炸和震颤。苏非鹿以一敌八，很不占上风。渐渐地，她的龙魂被压制起来，慢慢开始收敛，压进她自身。

当年苏非鹿以一敌一，几乎打得安危加里宁魂飞魄散。可眼下，要抵挡回归到混沌世界里联袂作战的八个人，她似乎是非常力不从心了。

“轰隆！”又一声巨大的爆炸，比雷电光亮要强一万倍。姬旦看到，苏非鹿并没有在爆炸之中毁灭，她的身形只是在八剑客斗魄的压力之下，又小了一圈——原来苏非鹿完全是被压缩变得娇小的。八剑客们的斗魄之光，在她的身体四周慢慢汇合，像是巨大的星辰漩涡一样旋转，在她身后变成一个小小的黑洞。

“啊！”苏非鹿发出巨大而痛苦的喊叫之声，声音震人心魄。

此时，姬旦本能地伸手要拔出自己的佩剑，想凑得更近去瞧瞧仔细。

然而，就在姬旦拔剑的时候，他明显感到有个人穿越了他的身体，拔出了他的剑。动魄惊心。因为剑已经不在剑鞘之中，而他的肩头居然停着一只五色斑斓的鶗鴂——所谓“鶗鴂”，就是周人所见的“子规鸟”也叫“布谷鸟”。

那只鶗鴂似乎认识姬旦一般，冲着他大吼道：“不如归去，不如归去！”那声音极其哀切。

姬旦死死盯着那只鶗鴂，慢慢伸手想去捉它，却不料它一个翻身，朝着相反的方向飞去。姬旦慌忙去追赶，未料那只鶗鴂一个翻身，竟变成了一个人。姬旦仔细看时，那人竟然是蜀王杜宇。

杜宇一弹手中握住的青铜剑，问姬旦：“老友，你是要准备帮助谁？你的那些剑客们，还是那个女子苏非鹿？这是未来人之间的事情，姬兄不要插手。你一插手，怕就真的走不出这个混沌之境了。”

姬旦一把拉着他的手，说：“杜宇兄，牧野战场是令弟杜灵率兵而来。退位后，你去了哪里？”

杜宇说：“我就在这里啊。而且，我只能在这里。我要完成我身为龙族之人的使命！”

姬旦迫不及待地问：“什么使命？”

杜宇说：“把你送到应归之处！四王子，你们周人已经取得了决定性的胜利，接下来，就该好好安治天下了。人生一世，草木一秋，兄的雄才大略，肩负着开周的重任，兄尽责做好此世之本分足矣。可不要再到混沌之中来了，这里太多的奥秘，一辈子我们都猜不完。”

姬旦说：“自然。我已经自己禁绝了梦师之功，但此番也不知何故，复坠入这混沌之中。”

杜宇说：“因为在下酿成的大错，在人世间草率铸造了宇阵，致使宇宙时序之混乱。”

姬旦十分不解，问："蜀王这是何意？能明示小弟一二吗？"

两人正说着，又一声巨大的轰鸣响起，仿佛天崩地裂了一般，天地之间一片玄黄。无人知晓苏非鹿和八剑客的决战究竟是谁胜谁负。

杜宇见状，用剑在空中画了一个十字架，仿佛凭空打开一道门一般，空间在向四个角屈卷，展开了一个大洞。他一把拉起姬旦，箭一般地闪身其中。

一百五十七　日月轮

令姬旦大为意外的是，十字之门后的景象一点不比刚才更好，甚至更像是到了雾气深重的地狱里一般。

姬旦再次看到杜宇一手所主持铸造的"宇阵"，赫然陈列在眼前。不过，却不在深深的幽谷之中，而是在高高的山峦之巅一块宽阔巨大的平地之中。在山峦四周都是刀劈斧砍般垂直的断崖，断崖完全被深幽无际的奥宙之水包围着。

那些青铜所造就高大的塑像，依旧无声无息地矗立着。如姬旦所见，那西方双鱼之像和西方七宿的都变得通红炙热，犹如炮烙的铜柱一般。北方七宿中居危的一宿也同样如此。

杜宇说："我身为一地之王时，自负只有我们蜀人能造出如此巨大的青铜柱来，便把梦境之中所示造了出来。没想到，这些青铜柱阵在无意之中泄露了天机。你的那些剑客，其实就是通过我的宇阵，来到这一时空的。他们应该是一群屠龙之人，在时光中寻找女娲播撒的龙族，聚歼而杀之。"

姬旦说："既然如此，杜兄干脆毁灭了这些铜柱、断了他们来路就可以了，何必担忧如此之多呢？"

杜宇说："但凡在时空中存在过宇阵，即便是毁弃了，一样被他们找到。你不知道这些屠龙者们是一些什么神鬼，从何而来，如何学会了驾驭时间之法。昨日之易，他们可去昨日更改，今日之变，他们可以从明日回首更改。循环往复，与你缠斗不休。我一人之力，安能与他们抗衡，只是恐怕连累了我的蜀国。我铸得宇阵之前，蜀人有几百年的光阴文明开化，立有文字，传教化，日渐昌盛，但自从有了宇阵，不过几十年，我国中之人变得日渐不文，好蛮斗，也不以文化为然，时光如同倒流了一般，天地之中，灾象不断，众人日渐比蛮夷更加蛮夷，能识字写字的人一夜之间绝迹了。待我龙魂破茧，知晓这个混沌世界之后，自然想到，这一切，皆我之过错。那凯旸的使者们，似乎在施加某种法术，要让我们蜀族全部失去他们见证过的一切记忆。”

姬旦听杜宇说得惊恐，陡然想起了九鼎那奇怪的布局之法，说：“看来不光是宇阵，还有其他的东西，只要按照一定的法术布置，一样能使得那些剑客的同族之人，来往古今与未来。”

杜宇带着姬旦来到“宇阵”的中央，那是一尊孪生巨子托着太阳之轮的巨像。杜宇摩挲着那尊巨像的足部，说：“四王子请看，那日轮之功！这宇阵之中，似乎一样能在混沌世界中见证时间之变，往未来而去！”

令姬旦惊奇的是，那巨像中的日轮竟然慢慢转动了起来。那青铜日轮的转动似乎带动了眼下日月星辰的运行，姬旦看到了整个宇阵和混沌世界都在运转：远远近近高山隆起又伏下，海潮来来又回回。透过幽蓝的奥宙水面，姬旦清晰地见证到，有无数的人马在其下涌动着、厮杀着：

有扛着王旗的周人与商人在拼杀，那是牧野之外的战场；有闪族的人在厮杀，那是大卫王在与非利士人作战，有埃及的法老指挥着战车冲向赫梯人，有巴比伦王击败了苏美尔人最后王朝的卫兵……所有的人，都厮杀成一团，无尽的死亡和流血汇聚成杀戮之海。接着又是无数人排着方阵向前冲，战车变成了战马，发射出来的武器原来越远，并渐渐喷起了火、吐着浓烟，天上、海中也有巨大杀戮，铜鸟横飞，巨大的蘑菇云从大地深处冉冉升起……越到最后，各种各样金属怪物越来越多，混沌的天幕之中，飞出无数巨大的闪着光的盘子，无数道金光从那些盘子里落向地面，地面也发射出光芒去反击……

日轮停止转动了，姬旦也不愿意再看下去，忙问杜宇：“蜀王，天上、地下、水里何以杀戮永无止息呢？难道日后没有一战定乾坤的时机。看来，欲使得四海之内晏平，只有一个办法，那就是礼乐征伐，以一定中，化解纷纷的野争！”

杜宇摇摇头，说：“兄陈义甚高，我也不知道将来该怎样才好。这个‘宇阵’之功，不过是见证古今与未来，但却不能改变什么。姬旦兄反正是不可能借着这阵改变历史或者未来的。不过，据说有一个人可以更改。此刻的我，刚刚开启了龙魂之卵，尚未修炼成士，待我进阶修炼，无限接近于十二大天将时，或许能知道得更多一点。时间，如今对我而言，是一个漶漫无边的谜。”

他将擎着空心太阳之轮的青铜巨像转了一圈，将另一面展示给姬旦看，背后孪生的巨像手中举着的，却是一个实心的圆盘。与蜀人习惯打造的青铜人面那夸张而高突的双眼不一样的是，背面的孪生者却紧闭双眼，低垂着头，一副冥思苦想的样子。

杜宇一指实心盘中那个小小三角形的缺口，对姬旦说：“传说那位使者，将有本领启动日轮回转，让发生过的事情再发生，或者重发生，不发生。这是混沌世界之中一个人尽皆知的传说。”

姬旦忙问：“那么，那位使者是谁呢？”

杜宇说：“此诚天机也，兄知道得越多，将越难以离开混沌世界。因此，我领姬兄到这里，并非想要告诉兄太多的奥秘。因为千头万绪，鄙人也弄不清楚。我只是想借用时轮之力，把姬兄完好无损地送还到大周国去的。”

姬旦听杜宇说得言辞恳切，忙拜谢道：“实在应当如此，那就有劳杜宇兄了。那么，既然日轮可以驱使光阴前去，看来这个，这个，月……”姬旦一时半会说不出那个实心的大圆轮应该叫什么，杜宇也没有告诉他，只是本能觉得该叫“月轮”。

杜宇说：“那的确是月轮，太阴之轮！”

杜宇摩挲起那闭目的巨像的双足，月轮也就此旋转：在宇阵之外的星辰开始逆转，从奥宙之中回升，江河倒流，山峦回复，一切曾有之生者得以复生，灭绝之种族与物种都得以再现，所失之复得，所遗落之辉煌复点燃，而今日之强者转瞬见昨日之弱象……

姬旦看得入迷了，完全别样惊心动魄的感触。他忍不住又想问杜宇：“杜兄，那么你怎么借这个阴阳时轮的力道将我送还岐周呢？”

那杜宇笑道：“姬兄莫急，我自有办法！”说着，他从怀中摸索，竟拉出了一个小孩的手。他对那只手说：“借给我一下吧，孩子！”

那只手就舒展开了，手中竟然是一截小小的三棱透镜。那杜宇将棱镜向上一抛，正好插入到那太阴轮中心，贯穿了日月之轮，两者同时飞转了起来。整个日月星辰收敛成了一点，随即又爆发出来，天地玄冥，众星如扬沙走石般飞驰。

姬旦指着杜宇惊呼说："你，你，你，是，是……"

只见那杜宇伸手抓起自己的下巴往后一掀，竟然露出了费仲的头。姬旦一吓，那费仲微微一笑，又一掀，竟露出了姬昌的头来。姬旦又惊得嘴都合不拢了。

那姬昌说："该送你走了，四王子！"说完，他挥手击出一股无形而强劲的力道，将姬旦掀向宇阵之下、浩渺的魂魄奥宙之中。

一百五十八　洪范

姬旦感觉自己看到了一个巨大红色的火球在眼前爆炸，慌忙一遮脸。在最后的一瞥之中，他依然看见那个杜宇，矗立在那日月时轮之下，又还原成了杜宇之貌，微笑着向他挥手告别。姬旦亲耳听到自己跌入到巨水之中的声音。

在行将没入魂魄奥宙之中时，姬旦慌忙揉了揉眼，希望在最后的时机把这一切看得清楚，那杜宇究竟是何许人也。

当他揉好眼睛，再度睁开看之时，发现自己竟然端坐在高高殿堂之侧，耳朵里听到有人在高谈阔论。那人高声说：

"洪范者，初一曰明五行，知晓天地运行之理；次二曰敬用五事，貌端，言实，视正，听真，思纯；次三曰农用八政，食货祭，司空、司徒、司寇，用礼宾，军师；次四曰协用五纪，见日月星辰之运行而作息；次五曰建用皇极，国君应该占据最高端，向天下施加王道；次六曰义用三德，正直，刚克，柔克，正不邪，刚柔并济；次七曰明用稽疑，以贞术或者文王后天八卦，考察天子、百官与庶民；次八曰念用庶征，按照天地的种种征兆，调节自己的行为；次九曰飨用五福，威用六极。求寿，求富裕，求安康，好德，能有善终！这就是洪范九畴的纲要。”

那高论之人又老又瘦又黑，穿着很夸张的殷商祭祀礼服。衣服太大，人太瘦小，不但不合身，甚至有点猴子穿人衣般不伦不类的感觉。但正是这位先生，却端坐在大殿最尊的上座之中。姬发、姜子牙、商容等人都在他下首坐着，听他讲述。姬旦慌忙又揉了揉眼睛，想看看那座上是否是杜宇所变的，结果，揉来揉去，依然是那个老瘦子。

大殿之中，众人听得连连说好，都是欢欣鼓舞的感觉。只有姬旦一人满头雾水，转过身去，见十五弟姬高正坐在他旁边，便轻声呼唤他："姬高？"

姬高面露喜色地听着那人讲解着"洪范"，冷不丁被姬旦一叫："醒来了啊，四哥，我看你最近总是神情恍惚，见你打瞌睡，就没有打搅你啊！"

姬旦茫然地问："这是在哪里？谁在说话！"

姬高说："这是在朝歌的文太堂中啊，二哥为箕子册封送行！"

姬旦问："册封什么？"

姬高说："册封为朝鲜国主啊。箕子要带着他的殷商部族回归祖地东夷之北的朝鲜之地去。二哥和姜太公商定，索性册封他为朝鲜国君算了。"

原来周人进入朝歌后，姬发除了处决费仲、尤浑二凶之外，并没有再追究殷商任何贵族。他还做了不少的安抚工作，将闻仲和比干的墓都修葺一新，请商容和微子到新朝中做官，派人去求伯夷叔齐来朝等等。释放了被纣王关押的箕子，也是这抚平人心的善举之一。

随着箕子的释放，很多事情也就尘埃落定了。商容面见姬发时，秘密禀奏之，当年极力推动纣王释放姬昌，正是箕子；不久前策动七贵之乱的，也是牢狱之中的箕子。

姬发很奇怪："何以箕公如此青睐我周人而偷偷帮我们？"

商容长叹一声说："他或许是殷商之中，唯一能理解并很欣赏文王之易的贞人吧。"

在殷商朝，巫师与君王争夺天命之权，已经是路人皆知的秘密。宁由巫做主，不以君王马首是瞻，这是殷商贞人一种同气连枝的职业自信。纣王至死都不愿意释放箕子，也就是不肯向巫师们屈服。而姬昌本身就是一个贞人，并且视贞人之业胜于王位百倍。

听商容介绍完箕子的用心，姬发感动之极，连忙邀请箕子入朝。然而，毕竟是异族入侵，姬发请了箕子三次，他都推脱不见。到了最后一次，他想清楚了去路，决定举族迁往朝鲜，才从容入朝见姬发。

姬发召集了周人在朝歌所有的亲贵，聆听箕子的教诲，正是他刚才所说的“洪范九畴”。

箕子的一番高论说完之后，姬发又向他请教：“那么敢问，箕师，我周人承天之后，第一件事应该如何呢？”

箕子说：“偃武修文，归马于华山之阳，放牛于桃林之野，昭示天下太平！”

姬发点点头说：“此，也是十分合我意啊！”

姬旦忍不住站起来，大声问：“箕子神算，不知可晓得崇侯虎的下落？”

他的问题问得十分突兀，周国众人忍不住喧哗了起来。姜子牙朗声说：“周公何出此问啊，崇侯虎不是在宗庙之中被你手刃了！”

姬旦一愣，又问：“那么兵符呢？那个杀了崇侯虎的我，拿到他手中的兵符没有？”

姜子牙说：“什么兵符？”

姬旦急忙说：“纣王的兵符啊，可以调动西南十五万大军的兵符啊！武庚的大军就要杀回朝歌来啦，诸公的人头就要不保了啊！”

箕子笑说：“我已经给太子写了封信，并也接到太子的回信了。他本来就是我的人，更表示愿意归顺周王，周公过虑了啊！”

姬旦问：“可是，兵符还没有拿到是吧？那苏妲己呢，大巫师呢？怎么就能马放南山呢，征伐都要自天子出，天下才能太平！二哥啊，箕子，他，他那是胡说啊！”

姬高立刻站起来打圆场，拉着姬旦说：“四哥，四哥，你可能连续征战疲乏了，我们听着箕子国师的高论就成了，不要打断他！”

姬旦一摸自己腰，发现常常带着的佩剑此刻没有在腰上，忙问：“我的剑，我的铁剑呢？快叫我的西域门客把我的铁剑送过来！我要知道，我是不是在混沌之中！你们这些人是不是变幻身形的异象！崇侯虎何以知道这么多，我们周人之中必奸细！一定要找出来，杀光奸细！”

众人面面相觑，连周王姬发都有点过意不去了，高声呵责姬旦：“四弟，虽然你劳苦功高，也不得放肆。你已经将玄铁之剑赠予了朕，难道是发难向朕讨要吗？”姬发在座位上半跪起身，刷的一下抽出了腰里佩戴的黑铁剑，竖起雪白利刃，提醒姬旦不许再放肆了。

姬旦看到了那把剑，暂时认定自己应该不在混沌之中了，便颓然地跪坐于自己的位上，两眼茫然，低声自问：“那么，蜀王杜宇现在人又在何处？”

姬高就笑了起来，小声告诉这位一向言行严谨，今天似乎失魂落魄、心不在焉的四哥：“蜀人之兵已经由蜀王杜灵带回去了。蜀地都有传说，蜀王杜宇退位后，化身鶗鴂，也就是我们这里的子规鸟，决意守护他亲手铸造的玄密之阵，整天不如归去、不如归去地叫唤，鶗鴂便被蜀人叫成‘杜鹃’！”

正说着大殿之外传来了“不如归去”叫声，姬旦循声往大殿外看去，一只黄色的杜鹃飞过，而高天之外，那“宇阵”赫然悬浮在半空，日月之轮转动不息。

一百五十九　南去

“商周之替，以牧野大战为分野，中国进入了两个截然不同的阶段。中央朝廷的文治，便有了，中国真正进入了中央王朝的时代。普天之下莫非王土，率土之滨莫非王臣。周人很聪明，他们把自己的国君叫作‘天子’，尊崇天意，治理天下。周武王就是第一代周天子，他把天下划分为许多的封国，让那些宗室的人纷纷到各地区做小国君。这些都是姜尚和姬旦定下的方略。”

端坐在 1854 年南海之舟中的老者阿幸翁对孩子们娓娓而言说：

“姬发的几个亲弟弟，都做了大诸侯国的国君，其中周公姬旦被封在鲁国，而姜子牙被分封在了齐国，毕公姬高分封在了魏国，召公姬奭被封到了北边的燕国，泰伯的后人因为在吴地支援东征有功，吴国被确认分封。周武王也封了纣王的儿子武庚来治理朝歌。不过，武王又怕武庚叛周，分商都畿内地为邶、鄘、卫三国，史称‘三监’。殷都以北就叫作邶，由霍叔姬处监之；霍都以东就叫作卫，管叔姬鲜督监之；殷都以西南就叫作鄘，蔡叔姬度监之，也就是建立了霍国、卫国、管国、蔡国等等。何止这些大功臣和大宗亲啊，就是一般的宗亲，如使者姬利，甚至姬发的侍从官姬何，都能获得分封，有了一块土地建了一个国。哦哦，我想起来了，还有一个人，就是那个一心想建一个自己国家的楚人熊丽。他从荆楚匆匆赶到朝歌时，不但仗已经打完了，连周武王的分封也结束了，结果什么也没捞着……”

阿幸翁模仿熊丽那灰溜溜的表情，逗得孩子们哈哈大笑。孩子们就关切地问：“难道熊丽就这么兴冲冲来回白跑一趟吗？”

阿幸翁说：“嗯，当然不会白跑了，而且收获更大。在朝歌，他遇到了一个与他们楚国和有熊氏族很有渊源的人以及她的部族，把他们都接回到了楚国去了，极大地壮大楚人的实力，至少能让他们在南蛮遍布的南方存活下来，并学会很多中原的技术和武艺。”

孩子们纷纷追问：“那是谁呢？”

阿幸翁摇摇头说：“这恐怕是后世都没法知晓的秘密，我是见证者，但却没法跟任何人说。嗯，多年以后，姬发的儿子姬诵在叔叔姬旦的辅佐下，做成了周成王，又追封了一些诸侯。熊丽因为带着楚人在南方披荆斩棘、筚路蓝缕，早早去世了，他的儿子熊狂的儿子熊绎终于被周天子召见，并封为子爵，楚国也算终于建国了，从有熊的小部落，变成持续八百年的一个大国家。 真不知道崇侯虎那次贸然的攻击，对于楚人是福还是祸啊。就像后来，我最尊敬的老师——老子先生所说的，“福兮祸之所伏，祸兮福之所倚”。我们小小的兰芳共和国虽然也不幸被荷兰人给攻灭了，我们跟大家流离失所，漂泊在这茫茫的南海之上，向北而去，但不知将来，或许我们会有一个更大、更美好的兰芳之国呢，对吧，诸位？”

孩子们似懂非懂地点点头，他们无从想象未来会怎么样，相比较而言，阿幸翁波澜起伏的历史故事倒真的更吸引他们。如果他的故事能够这么无限制地讲下去，他们倒很愿意在这南海之上永远地漂流下去，只到听故事讲完的那一天。

阿幸翁欲言又止的要说秘密是，他真的知道熊丽接走的是谁，那个令他魂牵梦绕的白鹿族小公主：

那一天，在大商宗庙之中，巨红的天决从青铜的链条上滚落下来。少年幸眼睁睁看着火球在他最近的地方膨胀爆炸，吓得几乎要死去。这两年，他被崇侯虎绑架着，像一只小犬那样整天被铜链和木枷拴着，在朝歌四郊和山地间奔走，吃尽了苦头。他看到那姬旦门下的七个剑客，总是远远近近地跟从着自己和崇侯虎，却从来不肯出手搭救。他们似乎有耐心地等着谁的出现。

少年幸以为这样凄苦的奴囚生涯会一直继续下去，不过至少还有一份平安；却想不到有一天他被带到了大商宗庙内捆绑在一个大鼎之下，成为了诱饵，被从天而降的超巨大电流一次一次冲击。巨大的雷电冲击，已经冲坏了少年幸的头脑，破坏了那个他一直依赖的“泰坦”防卫，也切断了他和青鸟之间的联络。他成为了一个彻底的孤儿，没有人能够帮助他，也没有人能够拯救他。

当那个红色火球慢慢向前滚落之时，少年幸突然想起了龙伯教会他的那首古谣：

逝将去女，适彼乐土。
乐土乐土，爰得我所。
逝将去女，适彼乐国。
乐国乐国，爰得我直。
逝将去女，适彼乐郊。
乐郊乐郊，谁之永号？

他意识几乎崩溃的头脑里，没有了姬旦、姬昌、帝辛、崇侯虎等任何一张叵测与可怖的面孔，却突然浮现出一只只小羊清晰和温暖的脸，然后是白鹿小公主——她就在他的身边相伴。最后是黄飞龙——龙伯的脸。少年幸看到他被太祝伊颂送到上了祭坛，但龙伯的脸上没有任何的恐惧，微笑着鼓励少年幸。这是他永远的第一个师傅，瞬间给幸增添了无穷的勇气。他睁开了被电流击溃的双眼，“泰坦”神经网络系统因为短路而自爆，其实已经瞎掉了。他的双眼只能模糊地看到红色的火球在慢慢地膨胀，散发出紫光，向他挨近。

在最后，他看到了一张熟悉的脸。那个陌生人的脸。他好似分了身一般，一个巨大身体挡在了火球之前，另一个身体向后转，弯曲下来将双手伸向少年幸。

火球终于爆炸开来了——

少年幸眼前一亮，随即又一黑。而当他再度睁开眼睛的时候，发现自己竟然安稳稳地坐在一个山坡的石头上，双手托着脸向山坡下看着。

阳春三月天，风轻云淡。一个由牛和马拉的车队，在山坡的下的道路上向着南方而去。有个白衣女子，站在最后一辆车上向少年幸挥手道别。少年幸一愣，忍不住也挥挥手向她道别。但他侧过脸一看，原来那车上的白衣女子并非向自己，而是在向自己左边的红衣女子挥手。那个红衣女子面容熟悉，正是曾带着少年幸到大卫梦境里避难的苏非鹿。

苏非鹿似乎很难过，含着泪，抽抽搭搭地说：“终于把她安全送走了，好难过啊！希望她们母子在苏丁和熊丽的保护下，到荆楚能好好生活！”

另一个声音从少年幸的右边传出来：“你已经代替她去死过一回了，很仗义了！”少年幸一愣，那声音是如此地熟悉，如此地亲切，慌忙跳了起来。

那人不是别人，正是龙伯黄飞龙，却并不是老奴的样子，而是英姿勃发的一位少年武士。

“你还活着，师父！”少年幸兴奋得无与伦比，拉着黄飞龙的胳膊。

“当然！”黄飞龙说，“我们龙族的战士，是不会这么轻易就死的！我们只会越来越多地聚集起来。当然，还亏望帝杜宇陛下的出手，让我们反败为胜！”

在黄飞龙身边还站着一个高大的王者，身穿一袭白袍。

少年幸知道，那就是蜀王杜宇。杜宇冲着少年幸微微一笑说：“我退位后，偷偷混在蜀军中来到朝歌。宗庙里九鼎的摆放，是我按照宇阵的格局布置的，盖娅的星宿斗士们无非想再建一个超时空链接，借用未来的盖娅之力消弭我们——但是，他们一定是失败了！因为这个链接，其实，给了我们的双子座！”

一百六十　归牧

少年幸完全搞不懂他们在议论着什么，他只是想问苏非鹿：“他们能安全地抵达南边吗？他们到南边能好好地生活下去吗？”

苏非鹿摇摇头说：“不知道啦，二十六万个夸克之中，唯有你是跳出女娲的人常设定，在时空之中延续不断的。以后，你要有功夫，就慢慢去查找吧。我们在这一时空的使命终结了，得回到混沌之中，去真正地为人类作战了！你就慢慢地放着你一万年的羊吧，少年幸，哦不，大周国的小王子姬幸殿下！”

苏非鹿说完这番话，像银铃般笑了几声，转眼就消失了。少年幸一愣，忙问黄飞龙：“她，她，她去哪里了啊？”

黄飞龙说：“她说她去混沌之中了啊——你没有听见吗，傻小子！哦，她要去跟四王子的八位门客决一死战，把他们堵在返回混沌世界的路上。不愧是天将级的龙族，英勇无双，我们祈祷她胜利吧。我也得走了，不过，你会常常梦到我的，因为我还有很多技能还没来得及教会你，就被崇侯虎这小子给搅乱了！”

少年幸又一愣：“你，你要去哪？”

黄飞龙说：“找你去，借你的月轮一用，与我的弟弟黄飞虎道声别。他马上就要战死在牧野，兄弟一场，我也想他！”

说完，黄飞龙也消失不见了，唯独蜀王杜宇还在。少年幸跟杜宇并不熟悉，只是怯生生地问他：“您，您也要走吗？”

杜宇想了想，点点头，又摇摇头说：“我要走，但也不急，还是先带着你去见一个人吧！”说完杜宇冲着幸挥了挥手，少年幸就跟着他向山坡上走，并翻过了山坡。

很奇怪，翻过了山坡，好似来到另外的一个区域。天色就完全变了，变得晦暗与阴沉，仿佛随时要下雨。少年幸一眼就看到山坡下有一团雾气笼罩着若隐若现的“宇阵”，也看到半坡上坐着一个虎背熊腰、披散着灰白头发的老武士。他心生怯意，紧跟着杜宇走过那人身旁，惊恐地发现，那人竟然是崇侯虎！

少年幸不由地牙齿打战，哆嗦着问杜宇：“你说的那人，是，是他吗？”

杜宇摇了摇头说：“不是他。不要怕，他已经被球状闪电的威力搞得耳聋眼瞎、神志不清了，也不会攻击任何人了。我把他带到蜀地，就在这残年之中，伴我一起守护这宇阵吧！嗯，对，你要见的人，他就在这宇阵之中。 快去吧，他等你很久了。”

天空之中突然飞过杜鹃，在欢快地名叫着“布谷布谷”的声音。随着杜鹃飞过，连天空也似乎明亮很多，连表情阴沉的崇侯虎都露出了笑容，他喃喃自语却得意洋洋地说：“雷震子吗？还是姬旦？姬旦啊姬旦，一定是你吧，兵符还在我手中，你全输了！”

少年幸吓得远远地绕过崇侯虎，小心翼翼地走进雾气之中，进入宇阵的边缘。他忍不住回首看了看杜宇，杜宇微笑着鼓励他说：“去吧，去吧，没事！”

少年幸还是怀着十二分的忐忑走到了宇阵的中心，果然看到有一个黑衣的身影在那举着巨大太阳和月亮的巨像下站着，等着他。他的脸藏在黑色的衣帽之中，看不分明。

那人知道少年幸走来了，便取下衣帽，竟然是文王姬昌。少年幸一愣，瞠目结舌，不知道该叫老头子，还是叫义父好。

那姬昌说：“哈哈，孩子，周公你是做不成了，我们夸克战士在人间的至高原则，就是不要干扰真实的历史，稍稍出一点的差错，就会导致太多的变化，多到计算无穷平行宇宙也装不满这些变化。你知道吗？”

少年幸摇了摇头，根本弄不清姬昌想对他说什么。那姬昌笑了笑，将衣帽拉起，然后又摘下，却又露出了一张久违了脸。

那张脸，阿幸翁至今都无法忘记，那个改变他一生甚至到未来的脸，他脱口而出：“陌生人，是你，呵！呵！呵！呵！”

陌生人开心地笑了起来：“呵呵呵，是我，呵！我们又一次见面了！”

少年幸忍不住走近他，点头叫好。他无端地信任陌生人可以给予他无限的帮助。那个会变脸的陌生人伸出一个拳头到少年幸的面前，说：“这个，从你那暂借一用，总算安顿好了真正的……历史上的周公姬旦，万事 OK 了。虽然，你做不成周公，但你还可以去做一个自由自在放羊娃么，对吧！虽然一切重头再来，但至少，我的孩子，已经收获了苦难、困厄、友谊、希望、绝望、启蒙……最重要的第一点，改变自己的勇气！”

他摊开了拳头，掌心里是那枚小小的三棱镜，光辉灿灿，就如今天在阿幸翁手心中展示给孩子们的一模一样。少年幸也不知道这份礼物啥时候又被他拿去用的，当然毫不客气地一把夺了回来，放到龙伯为他铸造的那个龙形的小匣子里，带在了身上。他冲着陌生人傻笑，不知道下一步要干什么。

陌生人抬头看了看天空说：“嗯，差不多，时辰到了，要摆脱那些猎时者们的侦察真不容易。他们是活生生的人，所有系统的工程师，虽然脑子慢，但主意多，一定会用我们都想不到的办法找到我们。那么，孩子，我们让日轮转动，送你继续去放羊吧，你的旅程才刚刚开始呢，我的宝贝！”

那陌生人的话仿佛还在耳边，但少年幸已经又跟着一群羊，回到了白鹿之原的那个山谷里。天还是风轻云淡，但暮色已至。他看到自己的羊儿，依旧是一张张熟悉的脸，是“哈”“咔”“哈”“哒”，还有小羊“哇”。他仔细数了数，一共二百一十三只，不多也不少。是这些羊一路领着少年幸归家，他们来到了一个小村子外，这个村子已经布满了草房子，家家炊烟袅袅，四处飘逸着蒸粟米的香气。

一个半大小孩冲着少年幸嚷嚷：“喂喂，你带着羊回来啦，今晚上到我家去吃饭吧！”

少年幸茫然地问他：“嗯，好，谢谢。不过，我是谁，这是哪里啊？”

那个小孩觉得非常好笑：“哈，你又犯迷糊啦，小羊倌，这里可是大周天子的王畿——宗周的镐京。我们都是周公大人的封地里白鹿村的德民。你是村里的小羊倌——崇幸。每天傍晚，我都要在这里告诉你一遍你是谁这是哪，你烦不烦啊！你一定忘了，每天你出去放羊之前，都要说把你身上那个龙匣子送给我玩！”

少年幸立刻摇了摇头，说：“不行的，它并不是我的东西，不能乱给。不过，晚上，我可以给你讲讲周公大人的故事。现在，我可有一肚子的故事了！”

那小孩眼睛一亮，说：“好啦，你已经讲到，周公大人用一身梦术本领潜伏到殷商的朝歌了，今晚就请继续吧！”

少年幸愉快地点了点头，他由衷地觉得，这样日复一日有一个小孩在村子里等候他放羊归来讲一讲旅途中的故事，实在是太好不过了！

2016 年 10 月 10 日完稿

更多后续精彩，敬请期待《少年幸之旅之百家争鸣》

附录一 时轮之刻

138.2 亿年前，大爆炸，宇宙诞生。

45.6 亿年前，太阳系诞生。

46 亿年前，地球诞生。

41 亿年前，生命起源。

34 亿年前，光合作用开始，最原始的自养生物演化。

27 亿年前，真核细胞演化。

5.42 亿年前，寒武纪生命大爆发。

2.5 亿年前，三叠纪生命大灭绝。

2.31 亿年前，恐龙出现。

1.7 亿年前，哺乳动物诞生。

6500 万年前，恐龙灭绝。

5000 万年前，鲸鱼演化。

600 万年前，人类诞生，世界人口约为 1 万人。

320 万年前，“露西”诞生。

260 万年前，人类学会使用石头工具。

230 万年前，第一批人类走出非洲。

160 万年前，人类学会用火。元谋猿人。

100 万年前，蓝田猿人。

50 万年前，人类出现在欧洲。北京猿人。

15 万年前，现代智人诞生，世界人口约为 10 万。

10 万年前，许昌人。

6 万年前，现代智人出现在北非。

5 万年前，现代智人到达欧亚大陆和澳洲。

3 万年前，欧洲尼安德特人灭绝。

2 万年前，弓箭诞生。现代智人通过西伯利亚东部的白令大陆桥到达美洲。

18000 年前，北京山顶洞人。

10000 年前，冰河纪结束，大洪水时代。

公元前 6000 年，狩猎采集时代终结，苏美尔人开始建立文明，发明楔形文字。

公元前 4700 年，伏羲时代，动物驯化，文字、日历、轮子诞生。

公元前 3204 年，神农时代，植物驯化，耒耕农业诞生。

公元前 3114 年，玛雅纪年的元年。上埃及王美尼斯统一上下埃及，青铜文明流传。

公元前 2674 年，黄帝时代，埃及第四王朝，金字塔修建。

公元前 2113 年，苏美尔乌尔第三王朝建立，颁布了《乌尔纳姆法典》

公元前 2070 年，大禹时代，分九州，立九鼎，开创华夏“家天下”。

公元前 2000 年，亚细亚半岛上赫梯帝国兴起，较早进入铁器文明。

公元前 1750 年，巴比伦国王灭亡苏美尔王朝，统一两河流域，颁布《汉谟拉比法典》。

公元前 1600 年，鸣条之战，东北夷的商汤入中原灭夏。

公元前 1447 年，摩西带领希伯来人出埃及。

公元前 1200 年，荷马时代，特洛伊战争。

公元前 1053 年，牧野之战，周灭商。

附录二
殷商世系表

商汤：在位 30 年。姓子名汤。传说商的祖先契助大禹治水有功封于商地，商汤时建都于亳（今河南商丘）。他任用仲虺和伊尹为相，逐渐强大起来，又有夏桀残暴无道，民怨沸腾，遂起兵征讨夏，大败夏军，建立商朝。建国后又修《汤刑》,《明居》等法，比较关心民命。商汤即位 17 年践天子位，为天子 13 年崩。

外丙：在位 3 年。外丙，商汤的儿子，在位 3 年卒。

仲壬：在位 4 年。仲壬，商汤子，外丙的弟弟，商王世袭是先弟后子，仲壬在位 4 年卒。

太甲：在位 33 年。太甲，商汤长孙，太丁的儿子。即位初，因“颠覆汤之典刑”，被伊尹放逐于桐宫，三年后改过复立，成为有成之君。这就是“桐宫悔过”的故事。

沃丁：在位 29 年。沃丁，太甲的儿子。沃丁在位 29 年。

太庚：在位 25 年。太庚，太甲子，沃丁弟。

小甲：在位 36 年。小甲，太庚子。

雍己：在位 12 年。雍己，小甲弟。商朝开始衰弱。

太戊：在位 75 年。太戊，雍己弟。太戊勤政修德，治国抚民，颇有振作。

仲丁：在位 11 年。太戊子，即位后迁都于嚣。

外壬：在位 15 年。外壬，仲丁弟，太戊子。

河亶甲：在位 9 年，河亶甲，太戊子，外壬弟，迁都于相。

祖乙：在位 19 年。祖乙，河亶甲子，即位后迁都于庇，商朝的社会经济得到了恢复和发展，商朝又兴盛起来。

祖辛：在位 16 年。祖辛，祖乙子，在位 16 年。

沃甲：在位 20 年。沃甲，祖乙子，祖辛弟。

祖丁：在位 32 年。祖丁，祖辛子。

南庚：在位 29 年。南庚，沃甲子，南庚迁都于奄（今山东曲阜）。

阳甲：在位 7 年。阳甲，祖丁子。“帝阳甲时，殷衰”。

盘庚：在位 28 年。盘庚，祖丁子，阳甲弟。盘庚迁都于殷，商朝自此称殷商。迁都后，社会经济得到较大发展，殷都成为当时的政治，文化中心。

小辛：在位 21 年。小辛，祖丁子，盘庚弟。商复衰。

小乙：在位 21 年。小乙，祖丁子，小辛弟。

武丁：在位 59 年。武丁，小乙子。武丁是盘庚以后最好的国王，政治改善，商朝复兴，他还击败四方入侵，商朝威震四方。

祖庚：在位 7 年。祖庚，武丁子。

祖甲：在位 33 年。祖甲，武丁子，祖庚弟。

廪辛：在位 6 年。廪辛，祖甲子。

庚丁：在位 6 年。庚丁，祖甲子，廪辛弟。

武乙：在位 35 年。武乙，庚丁的儿子。武乙在位时，巫教势力极大，经常假借天意钳制商王的行动，武乙便想方设法打击巫权。经过种种斗争，终于使巫权大为降落，王权大为上升。后来，武乙到黄河、渭水之间去游猎，据说被雷击死——可能是仇恨武乙的巫师们编造出来贬低武乙的。

文丁：在位 13 年。也叫太丁，武乙子。他在位时，周侯季历（姬昌的父亲）声威较镇，太丁忌惮，杀之。

帝乙：在位 26 年。帝乙，太丁子。帝乙时，商朝更加衰弱，以和亲的方式与姬昌媾和。

帝辛：也叫商纣王，在位 33 年，商灭亡于帝辛。